ユースフ・ハース・ハージブ

出所：*Yusuf haṣ ḥajib, Kutaḍqu Bilik*, Millətlər Nəxriyati, Beyjing, 1984.(『福楽智慧（維吾爾文）』尤素甫・哈斯・哈吉甫著　新疆社会科学院民族文学研究所編　北京：民族出版社、1984 年）

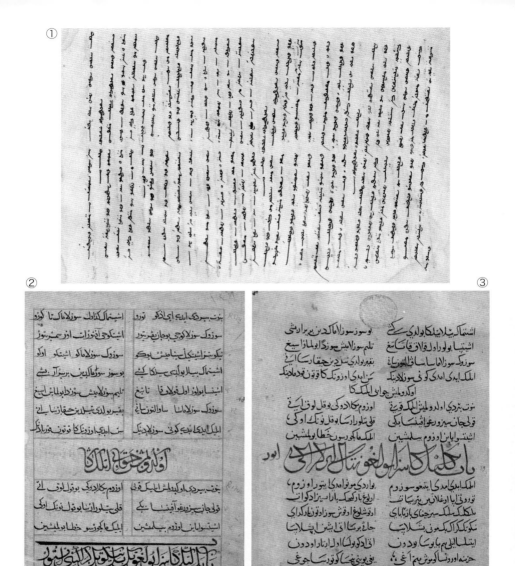

『幸福の智恵　クタドゥグ・ビリグ』の諸写本
①ウィーン写本 37 葉裏　本書 182 頁、ベグが備えるべき条件を論じた部分
②フェルガーナ本 74 葉裏　本書 182 頁、ベグが備えるべき条件を論じた部分
③カイロ写本 52 葉表　本書 182 頁、ベグが備えるべき条件を論じた部分

幸福の智恵
クタドゥグ・ビリグ
Qutadgu Bilig

テュルク民族の長編物語詩

Yusuf Ḥaṣ Ḥajib
ユースフ・ハース・ハージブ
著

山田ゆかり
訳

明石書店

凡　例

1．本書について
　本書は、9〜13世紀に中央アジアを支配したテュルク（トルコ）系イスラーム王朝のカラ・ハーン朝の宮廷で大侍従の地位にあったユースフ・ハース・ハージブが、ヒジュラ暦（回暦）462年（西暦1069／70年）に、現在の中国新疆ウイグル自治区西端の都市カシュガルで、カラ・ハーン朝テュルク（トルコ）語で完成した『クタドゥグ・ビリグ（幸福の智恵）』の日本語訳である。

2．本書の内容について
　『クタドゥグ・ビリグ』はテュルク・イスラーム文化が生み出した最初の文学である。
　物語は、作者が人間社会を動かす四つの原理として考えた、正義（公正）・幸福（幸運）・智慧（理性）・終末（人生の終末）を擬人化した4名の主人公のうちの2名の間で繰り広げられる対話と論争を基盤として展開され、人間の幸福や運命が語られる。内容は多彩で、作品を裏付ける作者の教養は、宗教論や帝王学をはじめ、政治・経済・天文・数学・医学・哲学などのほか、当時においては科学であった夢判断にまで及んでいる。カラ・ハーン朝が東西に分裂し、同族・同宗の人びとが相争う時代に、作者は民の安寧と繁栄を願ってこの長編詩を国王に捧げた。過去の物語という形式をとってはいるが、正義と法を重んじる理想の君主像と対比しながら君主の暴政や独善をするどく批判したこの書は、作者の自省をも含みつつ、身を挺して書かれた「諫言の書」と呼んでも差し支えないであろう。

3．日本語訳について
　日本語訳は、テュルク語原文のウイグル式ラテン文字による転写テキストとその現代ウイグル語訳を対照して示した *Yusuf haṣ ḥajib, Ḳutaḍqu Bilik, Millətlər Nəxriyati*, 1984（新疆社会科学院民族文学研究所編『福樂智慧（維吾爾文）』北京：

民族出版社、1984年) に基づく、郝関中・張宏超・劉賓訳『優素甫・哈斯・哈吉甫著　福樂智慧』(北京：民族出版社、1984年) に見える中国語全文訳によって、訳者がまず日本語訳の初稿を作成した。次に、それを、英語訳本である Robert Dankoff, *Yūsuf Khāṣṣ Ḥājib, Wisdom of Royal Glory (Kutadgu Bilig), A Turko-Islamic Mirror for Princes*, Chicago and London: The University of Chicago Press, 1983 によって補訂し、さらに前掲の新疆社会科学院民族文学研究所編『福樂智慧（維吾爾文）』に見える現代ウイグル語訳をも参照して改訂を加えた。また、中国語訳・英語訳・現代ウイグル語訳の訳文間に齟齬があった時と、作品に通奏する主要な概念を表現する単語、例えば「民 bodun」については、校訂本である Reşid Rahmeti Arat, *Kutadgu Bilig, I, Metin*, Ankara: Türk Dil Kurumu, İkinci Baskı, 1979 にあたってカラ・ハーン朝テュルク語の原語を確認し、訳文の確定に反映させた。

4．訳者について

　翻訳は、中国語版からの訳を基盤に、英語版による補訂、現代ウイグル語版の参照、さらに校訂本の参照、注の調査などに多くの人びとが携わったが、関係者の一部、とくに現代ウイグル語版の関係者はある事情をもって訳者名を公表することを固辞した。それにともない他の関係者も名前を掲載することを辞退したため、訳者名は主に中国語訳を担当した山田ゆかりのみとした。読者のご理解を願う。

5．表記について

　①カナ表記について　人名、地名のカナ表記については、読者に正確な情報を提供できるよう、できる限りカラ・ハーン朝テュルク語の発音に従うこととした。ただし、聖書、コーラン、その他古典によって一般に通用している人名・地名については慣用にしたがった。動植物名については、多くはカタカナで表記したが、慣用的に漢字を使用した場合もある。なお、役職名、位階名については、調べられる限りは調べたが、未詳のものが多く残った。読者のご教授をいただきたい。

　②ラテン文字表記について　カラ・ハーン朝テュルク語のラテン文字表記

は、原則として前掲のアラトの校訂本の表記に従った。ただし、アラトのc
はj、ķはq、n͡gはngとした。

6．構成について
　本文の構成、順序は前記した新疆社会科学院民族文学研究所編『福樂智慧（維吾爾文）』によって確立したものに従った。

7．『　』、「　」、（　）について
　本文中の書名と先人の金言・格言・詩については『　』に、会話と手紙、そして固有名詞については「　」、テュルク語音とテュルク語の語句、そして年代の説明は（　）に示した。

8．太字について
　賢人の言葉などとして本文中に引用された四行詩は、「　」で括り太字で示した。

9．注について
　注について、中国語版で示されていた脚注は同様に脚注で示し、一部、不明瞭なところは訳者が補訂した。本書において新たに追加した訳注は章末に示した。

10．解題について
　巻末に間野英二教授に詳細な「解題」を執筆していただいた。

✺「クタドゥグ・ビリグ」に登場する四人の主人公

①日の出王
　貧富・貴賤なく、王国のすべての民の繁栄と安寧のために日夜心をくだく明君。王は、本来正義の化身であり、ひろく優れた賢者や智者を求め、公正な政治を願う。

②満　月
　日の出王の名声にさそわれ、単身、都に上って宮廷につかえる。優れた才能を認められ宰相となって日の出王を補佐するが、道半ばにして逝去する。幸運の化身。

③絶　賛
　満月の息子であり、長ずるにつれて才能を発揮、日の出王に認められて満月なきあとの宰相の地位を継ぐ。智恵と知識の化身であり、その博識は王の善政に貢献する。

④覚　醒
　絶賛の兄弟。国王の再三の招へいを拒み、約束された富や出世を好まず、清貧に甘んじてアッラーへの祈禱のために山中に隠居している。人生の終末の化身であり、イスラーム神秘主義を象徴している。

幸福の智恵
クタドゥグ・ビリグ

——テュルク民族の長編物語詩

目　次

目 次

凡　例 / 3
『幸福の智恵』を読む前に / 12

序言　その1/ 13
序言　その2/ 16
第1章　尊く偉大なるアッラーを讃えて / 22
第2章　預言者を讃える、彼に平安あれ / 25
第3章　預言者の四人の教友を讃える / 27
第4章　美しき春と偉大なるボグラ・ハーンを讃えて / 29
第5章　七つの惑星と12の星座（黄道十二星座）/ 34
第6章　人類の価値が知識と智恵にあることを論ずる / 36
第7章　言葉について論ずる　その長所と欠点、利益と損失について / 38
第8章　著者の謝罪 / 41
第9章　善行を賞賛する、そしてその利得について / 44
第10章　美徳と智恵と知識の利得について / 49
第11章　書名の内容と筆者の晩年について / 54
第12章　物語の始まり、日の出王について / 58
第13章　満月、日の出王の都に至る / 63
第14章　満月、日の出王に謁見する / 73
第15章　満月、国王に向かいわたしは幸運を代表するとのべる / 77
第16章　満月、国王に向かい幸運の本質をのべる / 80
第17章　日の出王、満月に正義についてのべる / 89
第18章　日の出王、満月に正義である自分についてのべる / 92
第19章　満月、国王に言葉の美徳と弁舌の長所についてのべる / 105
第20章　満月、幸運の無常について語る / 113
第21章　満月、息子の絶賛に遺言を残す / 122
第22章　満月、息子の絶賛に対する教え / 132
第23章　満月、日の出王に遺書を綴る / 137
第24章　日の出王、絶賛を召喚する / 152
第25章　絶賛、日の出王に謁見する / 155
第26章　絶賛、日の出王の宮廷に仕える / 156
第27章　絶賛、国王に智恵の容貌をのべる / 176
第28章　絶賛、ベグが備えるべき条件について論ずる / 182
第29章　絶賛、宰相が備えるべき条件を論ずる / 201

第30章	絶賛、国王に対して将軍が備えるべき条件を論ずる /	*208*
第31章	絶賛、大侍従が備えるべき条件を論ずる /	*220*
第32章	絶賛、門衛隊長の備えるべき条件を論ずる /	*227*
第33章	絶賛、使者の資質について論ずる /	*232*
第34章	絶賛、書記が備えるべき条件を論ずる /	*238*
第35章	絶賛、宝物管理官が備えるべき条件について論ずる /	*244*
第36章	絶賛、料理長が備えるべき条件を論ずる /	*251*
第37章	絶賛、酌人の長の備えるべき条件について論ずる /	*256*
第38章	絶賛、ベグはどのように臣下に報酬を与えるべきかを論ずる /	*262*
第39章	日の出王、覚醒に手紙を書く /	*280*
第40章	絶賛、覚醒を訪れる /	*288*
第41章	覚醒と絶賛、論争をおこなう /	*291*
第42章	覚醒、絶賛にこの世の欠陥を論ずる /	*306*
第43章	絶賛と覚醒、現世の助けを借りて来世を獲得することができるかを論ずる / *316*	
第44章	覚醒、国王に手紙を書く /	*321*
第45章	日の出王、二度目の手紙を覚醒に送る /	*335*
第46章	絶賛と覚醒、二度目の討論をおこなう /	*341*
第47章	絶賛、覚醒に対していかにベグに仕えるかを論ずる /	*346*
第48章	絶賛、どのように宮廷の人間と接するかを論ずる /	*356*
第49章	絶賛、覚醒にいかに平民に応じるかを論ずる /	*368*
第50章	絶賛、アリー家の人びと（サイイド）とどのように交わるかを論ずる / *370*	
第51章	絶賛、どのように学者に接するかを論ずる /	*371*
第52章	絶賛、どのように医者と接するかを論ずる /	*373*
第53章	絶賛、どのように巫術師に接するかを論ずる /	*374*
第54章	絶賛、どのように夢判断師に接するかを論ずる /	*375*
第55章	絶賛、どのように天文学者に接するかを論ずる /	*376*
第56章	絶賛、どのように詩人に接するかを論ずる /	*378*
第57章	絶賛、どのように農民と接するかを論ずる /	*379*
第58章	絶賛、どのように商人に対するかを論ずる /	*381*
第59章	絶賛、どのように牧人に接するかを論ずる /	*383*
第60章	絶賛、どのように職人に接するかを論ずる /	*385*
第61章	絶賛、どのように貧しい人に接するかを論ずる /	*387*

目 次

第62章　絶賛、どのように妻をめとるかを論ずる／　388
第63章　絶賛、どのように子どもを教育するかを論ずる／　391
第64章　絶賛、部下の使用人とどのような関係を築くかを論ずる／　393
第65章　絶賛、覚醒に宴会における作法について論ずる／　397
第66章　絶賛、覚醒に宴に招く際の礼儀についてのべる／　403
第67章　覚醒、絶賛に世間から逃避すること、足るを知ることについて論ずる／　406
第68章　日の出王、覚醒に三回目の呼び出しを命じる／　425
第69章　覚醒、絶賛の所に来る／　433
第70章　日の出王、覚醒と会見する／　434
第71章　国王に対する覚醒の忠告／　442
第72章　絶賛、国王に国を治める方法を論ずる／　467
第73章　絶賛、過ぎた歳月を後悔し悔悟する／　480
第74章　覚醒、絶賛に進言する／　487
第75章　正直には正直、人情には人情を／　491
第76章　覚醒、病にかかり、絶賛を呼ぶ／　506
第77章　絶賛、覚醒に夢判断を論ずる／　510
第78章　覚醒、絶賛に夢について話す／　513
第79章　絶賛、覚醒に夢を解く／　514
第80章　覚醒、夢に別の解釈をする／　515
第81章　覚醒から絶賛への遺言／　518
第82章　遺産（Qumaru)、絶賛に覚醒の死去を告げる／　533
第83章　遺産、絶賛を慰める／　534
第84章　絶賛、覚醒を哀悼する／　535
第85章　国王、絶賛を慰める／　536
後書き（1)　青春の喪失と老年の到来を嘆く／　553
後書き（2)　時代の堕落と友人たちの裏切り／　557
後書き（3)　筆者、ユースフ大侍従自分への戒め／　560

『クタドゥグ・ビリグ』解題（間野英二）／　565

カラ・ハーン朝系図／　588
カラ・ハーン朝関連地図／　589
訳者後書き／　591

幸福の智恵
クタドゥグ・ビリグ
―― テュルク民族の長編物語詩

☞『幸福の智恵』を読む前に

❀ ベグについて

　ベグは『クタドゥグ・ビリグ』の中に頻繁に登場する重要なテュルク（トルコ）語の単語である。本来、ベグはテュルク系の遊牧国家で支配階級に属する者の身分をあらわす言葉で、いわば遊牧貴族にあたる。遊牧国家では、このベグの中で優れたものが、ベグたちの集会などで選ばれ国家の君主の位に就いた。この君主・国王をテュルク語ではイリグという（彼らは、テュルク民族のイスラーム化で名高い、カラ・ハーン朝の君主サトク・ボグラ・ハーンのごとく、ハーンという特別の称号を帯びた）。
　ベグは貴族の階級（貴族の中でも階層はあり優劣はある）を示す言葉であるだけに使われ方は幅広い。『クタドゥグ・ビリグ』の中でベグと書かれていても、文脈からすると、国王や君主と訳すべきところも多くある。本訳書では、一部を除いてベグと原書にあった場合は、そのままベグを用い、あえて日本語を当てることをさけた。その理由は、本書に登場するベグを一つの日本語の訳語に統一することが訳者の力では及ばなかったためである。ベグについては、読者自身で、貴族・君主・国王・族長など、文脈の中で適切と思われる日本語の訳語を当てはめていただきたい。
　なお、底本にした中国語訳本でも、ベグは君主・君王・明君・国君・帝王、と様々に訳され、さらには伯克とベグをそのまま漢字の音表示にしたままの部分もあった。中国語訳の訳者にも、本訳者同様の苦労があったと想像される。
　この訳書を機会に、イギリスのプリンスや、インドのマハーラージャ、韓国の両班のように、テュルク系遊牧民族の貴族階級を指すベグという言葉が人びとの間によく知られるようになり、中央アジアの歴史が日本でもより身近なものとなれば幸いである。

※章見出し背景（designed by GarryKillian-Freepik.com）

序言　その1

慈悲深く慈愛あまねきアッラー[1]のみ名において

あらゆる賛美、感謝、賞賛を一身に受けるもっとも尊きアッラー、偉大なる主、完全かつ全能なる主。

アッラーは天地を創造し、すべての生きものに糧(かて)を与えた。

アッラーはなにかを欲したなら、それを為した。またなにかを欲すれば、それを為す。

アッラーはみ心のままに行いたもう[2]。

アッラーはおぼしめしのことを定めたもう[3]。

すべての敬礼・祝福は、選ばれし者、預言者のなかの預言者、偉大なるアッラーの使徒、ムハンマド・ムスタファーに捧げられる。

そして、高貴にして、祝福されたムハンマドの教友たち[4]、そのすべてに祝福を賜れますことを。

この書はきわめて価値あるものであり、チーン*の賢人の言葉とマーチーン**の学者の詩によって美しく飾られている。

この書の中身を読んだ者、書かれた言葉をよく学んだ者は、この書よりずっと高貴となろう。

チーンとマーチーンの賢人たちは誰もが一致して認めている。東方の諸王国とトルキスタンの各部族のなかで、またボグラ・ハーンが発する言葉***、テュルク族の言語で書かれた書物のなかでこれ以上の優れた書は編纂されたことがないと。

---

* チーン　古代テュルク民族や西方の諸民族が現中国の北部地域を指す呼称。

** マーチーン　古代テュルク民族や西方の諸民族が現中国の南部地域を指す呼称。

*** ボグラ・ハーンが発する言葉　カラ・ハーン朝宮廷の言語。テュルク語の一つで、カラ・ハーン朝テュルク語と呼ばれる。

序言　その1

たとえどの帝王のもとに渡ろうとも、たとえどの国家に伝わろうとも、そこにいる賢人や学者たちはこの書の素晴らしさと美しさを褒(ほ)めたたえ、この書のためにそれぞれの地で異なる名前と称号を授け与えた。
チーン人は『帝王の礼儀』と呼び、マーチーン人は『王国の規律』と言い、東方人は『君主の飾り』、イラン人は『テュルク人の王書』と称した、また他の国々では『王のための助言』と呼ばれ、テュルク人は『幸福の智恵（クタドゥグ・ビリグ）』と名付けた。

この書の筆者はベラサグン*に生まれた敬虔な信徒で、カシュガル**でこの書を著し、東方の王、タブガチュ・ボグラ・ハーンに***捧げた。
ボグラ・ハーンは彼を讃え、彼にハース・ハージブ（御前侍従）の役職を与えた。これにより、彼の名声はユースフ・ウルグ・ハース・ハージブ（ユースフ大御前侍従[5]）として世界に広まった。
この書は四つの大きな土台の上に建てられている。
それらは、一つに「正義」、一つに「幸運」、一つに「智恵」、そして「満足」である。
筆者はこれらのそれぞれにテュルク語の名前をつけた。
「正義（adıl）」には「日の出（Kün-toġdı）」という名をつけ、王とした。
「幸運（dawlat）」には「満月（Ay-toldı）」という名をつけ、宰相とした
「智恵（aqıl）」には「絶賛（Ögdülmiş）」という名をつけ、宰相の息子とした。
「満足（qanā'at）」には「覚醒（Odġurmış）」という名をつけ、宰相の一族とした。
彼らは問答の形で議論しあった。

*　ベラサグン　カラ・ハーン朝の首都として繁栄した古代都市。現キルギス共和国領内に遺跡として残っている。
**　カシュガル　現中華人民共和国新疆ウイグル自治区の西端に所在し2000年をこえる歴史をもつ古都といわれシルクロード交流の要衝として名高い。ユースフ・ハース・ハージブの墓もこの町にある。
***　タブガチュ(桃花石)　中央アジアのテュルク系遊牧民族が中国を指した呼称。語源については北魏の支配民族「拓跋」説などがあるが、唐家子、つまり「唐」を指すという説が有力である。いずれにしても中国、およびその一部を指すことは間違いない。ほかにタブガチュは当時のテュルク語では、すばらしいもの、優れたものという意味でも使われていた。ここでのタブガチュも、優れた、卓抜した、偉大なるという意味で、ボグラ・ハーンに捧げられた尊称と考えるのが適当であろう。

この書を読んだ者の心が満たされ、筆者に祝福を捧げられることを願う。

訳注
〔1〕**アッラー** アッラーという言葉は、ユースフ以外の著者によって書かれた序文中には見えるが、ユースフによる『クタドゥグ・ビリグ』本文中には使われていない。ユースフは神を表すのに、アッラーではなく、テングリ、バヤトなどのテュルクの神の名を使用している。ただし、本訳書ではテングリ、バヤトなどすべてをアッラーという訳語に統一した。(本書「解題」参照)
〔2〕**アッラーは…行いたもう** 『コーラン』第14章第27節からの引用。
〔3〕**アッラーは…定めたもう** 『コーラン』第5章第1節からの引用。
〔4〕**教友たち**(サハーバ ṣaḥāba) ムハンマドから直接にイスラームの教えを受けた者たち。この場合は4人の正統カリフ(アブー・バクル、ウマル、ウスマーン、アリー)を指す。
〔5〕**ユースフ大御前侍従** 侍従(ハージブ)は国王の世話をする者、その長である大侍従(ウルグ・ハージブ)は、実際は王の相談役であり、秘書であり、絶大な権力を持った。さらに王の特別な側近を意味する大御前侍従をハース・ウルグ・ハージブという。作者自身がハース・ウルグ・ハージブであり、彼の固有名ユースフにつけ加えて役職名がそのまま彼の名前として歴史に残ることになった。

序言　その2

1、すべてを超越した、唯一、全能なるアッラー、
　　感謝と賛美はすべてわが主のために存在する。
2、もっとも偉大で、もっとも強力、もっとも尊いアッラーは、
　　この世に溢れんばかりの万物を創造した。
3、アッラーは天と地の創造者であり、万物の供給者である、
　　アッラーはおまえたちに糧を与えた、喜んで食せよ。
4、アッラーは万物に糧を与え、万物はそれから養分を授かるが、
　　彼自身はなにも食する必要はない。
5、アッラーはすべての生きものが飢えから免れ、
　　すべての生きものが満足に飲食できるようにした。
6、アッラーが望んだものはすべて顕現し、
　　アッラーが必要とした者は、誰だろうと位階を高めた[1]。
7、神に選ばれた預言者に教典を唱えて敬意を表し、
　　次に預言者の教友たちを祝福する。
8、預言者ムハンマドは人びとの長であり、
　　存在するすべての者の目と眉になる。
9、この書はまことに価値あるものであり、
　　学者たちにとっては知識の大海である。
10、貴重な智恵の言葉で彩られたこの書を読めば、
　　誰でもアッラーのもとで心を満たすことができるだろう。
11、この書に書かれた賢者たちの言葉はどれもすべて、
　　真珠の首飾りのようにつらなっている。
12、東方の王たち、マーチーンのベグ[2]たちは、
　　智恵豊かで博学であり、この世のもっとも優れた人びとである。
13、彼らはこの書を常に傍ら(かたわ)に備え、

　　　　宝庫に所蔵し、たいせつに扱っている。
14、この書を遺産として子々孫々継承し、
　　　　他人には知らせず、一族だけに伝えるように。
15、人びとに害を与えず益のみを授ける書にかかわらず、
　　　　多くのテュルクの民はそのありがたさを知らない。
16、この書は深く読みこんだ者にこそ理解される、
　　　　上っつらを追い、たんに書き写しただけではなにも分からない。
17、この書に書かれた言葉は人びとを導き、
　　　　現世来世ともに、あなたの悪しきを善きに変えてくれるだろう。
18、チーンとマーチーンの賢人たちのすべてが、
　　　　この書のすばらしさを賞賛している。
19、テュルク、シナ、東方の国々を見渡して、
　　　　いや世界のすべてをさがしても、この書よりも優れた書物はない。
20、賢人たちはこの書の価値を知っている、
　　　　しかし愚かな者たちにどうしてその意味が理解できようか。
21、この書を誰かれかまわずに見せてはいけない、
　　　　たとえ友人でも信用してはならない。
22、無知な者に書物の価値は分からない、
　　　　知識ある者のみが深く理解しそれをたいせつにする。
23、筆者はボグラ・ハーンの時代、
　　　　王国の言語をもちいてこの書を著した。
24、かつてこのように優れた書を書いた者がいただろうか、
　　　　これからもこれ以上に立派な書を著す者がいるだろうか。
25、誰がこれよりも優れた書を書けるであろうか、
　　　　もし書く者がおれば、わたしはその者を賞賛しよう。
26、大きな都市から小さな町まで、あらゆる王室宮廷は、
　　　　すべてこの書に名前を授けた。
27、それぞれの国の賢人たちは、
　　　　それぞれの慣習やさだめに従ってこの書に名前を与えた。
28、チーンの人びとは『帝王の礼儀』とし、

序言　その2

　　　　マーチーンの人びとは『王国の規律』と名付けた。
29、東方の王侯たちはこれを押し崇め、
　　　　『君主の飾り』と呼んだ。
30、イラン人は『テュルク人の王書』、『王のための助言』と称した、
　　　　テュルク人はこれを『幸福の智恵（Qutaḋġu Bilig）』と命名した。
31、それぞれの国はそれぞれの言語で、
　　　　それぞれの名前をこの書に与えた。
32、この書にさまざまな美しい名前を与えた高貴で高潔なしもべたちに、
　　　　アッラーの慈悲を賜らんことを。
33、この書に感動した者も、テュルク語で書かれていることに驚いた者も、
　　　　しっかりこの書を心にとどめておきなさい。
34、この書はすべての人に適（かな）っている、
　　　　とりわけ国を治める者にとって。
35、ここには国を治める者がなにをすべきか、
　　　　賢人たちが書きのべている。
36、ベグとはなにによって守られるのか、
　　　　ベグはどのように法律をさだめるべきか。
37、国家の興隆の原因はなにか、
　　　　国家の衰退の理由はなにか。
38、また軍隊と将兵の指揮について、
　　　　駐屯部隊の地点、行軍の進路について。
39、本書では章を分けて論述しており、
　　　　その一つひとつを深く洞察している。
40、国家を平和に治めようとするならば、
　　　　ベグはふさわしい賢明な人物を登用しなければならない。
41、ベグは知識と徳を身につけた優れた補佐を必要とする、
　　　　ちょうど月光が灯明を補佐として使っているように。
42、臣下や民はベグに対して義務を負い、
　　　　ベグは臣下や民に恩寵を与えなければならない。
43、臣下や民はベグを守り、

序言　その2

　　　ベグもまた臣下や民の生命と安全とを守らねばならない。
44、この書は、戦争となればベグはいかに指揮するか、
　　　戦いに挑むとき、どのように軍隊を組織するかから始まっている。
45、また敵を打ち破って勝つためには、
　　　いかなる策略を用いるかについて書かれている。
46、さらには、ベグはいかに臣下を自分に従わせるか、
　　　自らはいかなるふるまいをすべきかにまで話はおよんでいる。
47、臣下や民たちはベグを愛でその栄光に浴するために、
　　　ベグに近づきその顔を拝したいと渇望する。
48、ベグは自分を補佐するためにある者を近づけ、
　　　必要のない誰かを遠ざける。
49、どのような人物を自分のために引き入れ、
　　　どのような悪人を遠ざけるべきか。
50、ある者は権威を侵す者として処罰し、
　　　ある者は見識があるとして讃える。
51、ベグが賢く智恵に富み勇敢で力あれば、
　　　国も民も平安となる。
52、宝庫に満たしたものを空になるまで民に与えれば、
　　　ベグは国中に力をおよぼし、政(まつりごと)のすべてに満足できるだろう。
53、わたしはあなたに上にのべた教えを残す、
　　　だからあなたはわたしのために祈ってくださるよう。
54、今一度言うなら、この書の筆者は、
　　　卓越した才能を持つ稀なる人物である。
55、彼の品徳は優れ、智恵は深く、内には叡智を秘め、
　　　外観も美しく、その生活は幸福に満ちていた。
56、彼は崇高にして無欠の哲人であり、
　　　敬虔で博識あり、真に純潔な人物である。
57、彼はクズ・オルドゥ〔3〕に生まれ育った、
　　　名門の出身であることは彼の遺した金言がなによりの証拠である。
58、彼はこの詩作を書くために故郷を離れ、

序言　その2

　　　さまざまな場所を放浪した。
59、初稿を書き終えたあと、全内容の構成をさだめ、
　　　カシュガルでこの書を完成させた。
60、この書を王の御前で朗誦し、
　　　タブガチュ・ボグラ・大ハーン〔4〕の賞賛を受けた。
61、著者のペンと智恵に敬意を払って、
　　　ハーンは彼に長衣〔5〕を与えて栄誉を祝福した。
62、また彼に御前侍従（ハース・ハージブ）の称号を与え、
　　　彼を自分の近くにおいた。
63、これによって、人びとは彼に大きな敬意を払い、
　　　ユースフ御前侍従（ユースフ・ハース・ハージブ）と呼んだ。
64、この書についてもう一度陳べれば、
　　　内容は四種類の尊いことがらを偉大な原理として構成している。
65、第一に正義、正しさにを基本におく、
　　　第二は幸運、幸福と同じ。
66、第三は智恵、偉大さと同じ、
　　　第四は満足〔6〕、成功と同じ。
67、筆者はそれら四つの原理に別の名前を与え、
　　　それらの名前を用いてこの本を完成させた。
68、「正義」は「日の出王」とし、
　　　彼を帝王という高い地位にそえた。
69、「幸運」には「満月」という名を授け、
　　　日の出王の宰相にした。
70、「智恵」の名は「絶賛」とし、
　　　彼を宰相の息子とした。
71、「満足」は「覚醒」の名を得て、
　　　宰相の直系親族とされた。
72、詞章はこの四者をめぐって語られ、
　　　この書の教えはこれらを主軸に展開されている。
73、アラブ語、ペルシア語で書かれた書籍は数多くあるが、

　　　　我らの母語（テュルク語）で書かれた書物はこれだけである。
74、智者には知識の価値が理解できる、
　　　　知識ある者は、かならずこの書の価値が分かる。
75、わたしはテュルク語を用いてこの序言を書いた、
　　　　あなたがわたしを記憶し、わたしを祝福してくれることを祈る。
76、わたしはまもなくこの世から去っていく、聞きなさい、
　　　　注意深く眼を光らせ、多くを学んでいきなさい。
77、唯一のアッラーよ、わたしに恩恵をもたらし、
　　　　人びとにあなたの聖跡をお示しください。

訳注

〔1〕**アッラーが望んだ者は…位階を高めた**　『コーラン』第6章第38節、第12章第76節からの引用。

〔2〕**ベグ**（beg）　ベグは遊牧国家で支配階級に属する者の身分を表す語で、貴族にあたる。モンゴルのノヤンと同じ。カラ・ハーン朝ではベグの中から複数の君主（ハーン）が選ばれた。

〔3〕**クズ・オルドゥ**（Quz ordu）　現キルギス領ベラサグン、「序言　その1」の脚注（本書14頁＊）を参照。

〔4〕**大ハーン**　ハーン中のハーン（ḫanlar ḫanı）。ハーカーンのこと。

〔5〕**長衣**　イスラーム化したテュルク人の国家ではベグが功績のあった臣下に「ヒルアト」という宝石や貴石で飾られた豪華な誉れの長衣を与える習慣があった。

〔6〕**満足**　英国の東洋学者レナルド・ニコルソンによれば、スーフィーの克己の修行の到達点。自己の意志を抹消したスーフィーは「満足」と「神への信頼」の「階梯」に達したと言われる。
　　ただし、この『クタドゥグ・ビリグ』において「満足」を擬人化して覚醒としたことは後世に序言を付け加えた学者たちの解釈の間違いで、ユースフが覚醒を「終末」の擬人化としていることはユースフ自身が書いた357番の句で明確にされている（本書「『クタドゥグ・ビリグ』解題」参照）。

第1章

尊く偉大なるアッラーを讃えて

1、万物の創造者、養育者、免罪者であるアッラーの名において、
　　わたしは話をはじめる。
2、すべての賞賛と賛美はアッラーのもとに、
　　唯一全能のわが主は永遠に存在する。
3、アッラーは青い空、褐色の大地と緑の森、太陽と月、
　　夜と昼、歳月と時間、そして万物を創造した。
4、アッラーは欲するものを欲するときに創造する、
　　ただ一声「あれ」と言えばすべてがあらわれる。
5、世のなかのすべてのものはアッラーを必要とする、
　　比類なきアッラーのみがなにものをも必要としない。
6、おお、永遠にしてなにも必要としない全能のアッラーよ、
　　あなたの他に神と呼べるものはない。
7、アッラーは偉大であり尊い、
　　アッラーに、比類できるものはない。
8、あなたは唯一で、なにものもあなたと等しいものはない、
　　宇宙、万物のうち、あなたのみが始まりもなく終わりもない。
9、あなたは、唯一、数字でかぞえられるものにはいらない、
　　あなたの力はあまねく万物におよぶ。
10、あなたはまごうことなく唯一の神である、おお、永遠の主よ、
　　数字ではあなたの完全さを数えられない。
11、あなたは現象の内も外も知っている確固とした真理である、
　　あなたは届かない遠くにいるが、同時にわたしの心の間近にもいる。
12、あなたの存在は太陽や月のように明らかである、
　　しかし、人の考えなどではあなたの根本を突き止めることはできない。

第1章　尊く偉大なるアッラーを讃えて

13、あなたの完全さは他に比類なく、
　　全(まった)きあなたは万物を創造し、万物すべてはあなたに属している。
14、この世のすべてはあなたが創造し、すべてはあなたに属している、
　　いつかすべてが消失しても、あなただけは永久に存在する。
15、創造されたすべてのものが創造者の存在を証明している、
　　あなたは二つの世界を創造し、あなたが唯一完全であることを示した。

16、この世のすべてのものは、あなたと比べることはできない、
　　人びとの智恵では、あなたの根本を明らかにすることはできない。
17、あなたは色もなく形らしきものもない、
　　行動することも休むこともなく、眠ることもなく目ざめている。
18、あなたは前か後(うし)ろか右か左、どこにいるか分からない、
　　低いところ、高いところ、目の前にいるかも分からない。
19、あなたは空間を創造したが、空間には備えなかった、
　　しかし、あなたに存在できない場所はなく、問題にする必要はない。
20、あなたは幽(かす)かにしかあらわれないが、人の心の奥深くで寄りそう、
　　世のなかのすべての物象があなたの存在を証明する。
21、あなたは無数の生命をつくり、
　　高山、平原、大海、丘陵を創造した。
22、あなたは無数の星で空を飾り、
　　まばゆく白い太陽で暗い夜を明るくした。
23、空飛ぶ鳥、走りまわる獣、すべての生命は、
　　あなたに命をさずかり養われた。
24、上は玉座から下は塵芥(ちりあくた)まで、
　　すべてのものがあなたを必要とする、偉大なるアッラーよ。

25、さあ、全(まった)き方(かた)を信ずる者たちよ、おまえの言葉で主を讃えよ、
　　信仰が心にあるのなら、もはや精神を労する必要はない。
26、主がどのような方であるかを問うな、おまえの真心(まごころ)を守りなさい、
　　主の存在を信じ、静寂を保ちなさい。

第1章　尊く偉大なるアッラーを讃えて

27、主がどこにいるかと問うな、おまえは自己を抑制し、
　　「主はどこにもいない」と聞いても、口数やかましく尋ねてはならない。
28、わたしは罪深きしもべ、おお、なにも求めることのない主よ、
　　わたしの罪を赦（ゆる）し、わたしに憐みを与えてください。
29、あなただけをお慕いし、わたしのすべての希望を託します、
　　わたしが困難に会ったとき、どうかわたしの手をとってください。
30、わたしを敬愛する預言者とともに復活させてください、
　　最後の審判では、預言者がわたしの執りなし[1]となるのを願います。
31、預言者の四人の教友たちにかぎりない敬意を表します、
　　あなたからもわたしの敬愛の念を彼らにお伝えください。
32、最後の審判の日にその姿をあらわされ、
　　よき言葉でわたしのために執りなしてださるよう願います。
33、主よ、あなたの素晴らしさをわたしでは讃えきれません、
　　どうか主自らお讃えください、わたしの言葉はすでにつきました。

訳注
[1] **執りなし**　アラビア語ではシャファーアト。最後の審判の日に、信者たちが天国に行けるようアッラーに執りなすこと、また既に地獄に落ちたものを地獄から出て、天国へ行くようにアッラーに執りなすこと。本来は「執りなし」ができるものは、天使とムハンマドのみに限られたが、後世にはイスラームの聖人などにも広がる。

第2章
預言者を讃える、彼に平安あれ

34、慈悲深きアッラーは最愛の預言者を遣わした、
　　神は人間のなかからもっともすぐれた人物を選んだ。
35、預言者は静寂なやみ夜のランプであり、
　　その光は四方を照らし、おまえたちを照らす。
36、アッラーは預言者の名のもとにおまえたちを招き導いた、
　　それゆえにおまえたちはまっすぐな正道を歩めた、英雄よ。
37、預言者は自分の父母を犠牲にし、
　　一心に信徒のために道を指し示した。
38、預言者は日中食をとらず、夜は眠らず、
　　ただひたすらにおまえたちのために慈悲を乞うた。
39、預言者は自分のためにはなにも求めず、人びとのために神を説いた、
　　預言者を讃えよう、預言者を選んだアッラーに祈ろう。
40、預言者はいつも信徒のためを思い、
　　一心に信徒の平安と救済を求めた。
41、預言者は信徒たちの父や母よりも慈悲深く、
　　日々アッラーに祈った。

42、預言者はアッラーが創造物〔1〕に与えた恩寵である、
　　預言者の性格は誠実で、もの腰は温和である。
43、預言者は優しく、慎み深く、感情はおだやかである、
　　また慈悲に富み、寛大な心を持っている。
44、上は空から下は大地まで、ただ預言者を敬うよう、
　　アッラーは数え切れない価値を預言者に与えた。
45、預言者はすべての者の首領となり、

第2章　預言者を讃える、彼に平安あれ

　　その後、すべてのの預言者の「封印」*となった。
46、今、わたしは預言者の道に帰依した、
　　喜んで預言者の言葉についていく。
47、アッラーよ、わたしの信仰心をお守りください、
　　最後の審判で預言者とわたしを同じ場に立ち上がらせてください。
48、そのときには彼の満月のような顔を見せてください、
　　あなたの預言者をわたしの執りなしとさせてください。

訳注
〔1〕**創造物**　人間たちのこと。

---

*　**封印**　ムハンマドは最後の預言者であり、さらなる予言者の出現は彼をもって封印される、という意味。

第3章

預言者の四人の教友を讃える

49、四人の教友は預言者の喜びであり、
　　預言者の側に仕えた助言者であった。
50、二人の義父、二人の娘婿[*]、
　　四人はともにすばらしい、選ばれた人たちだった。
51、はじめにアティーク^{**}、彼は敬虔にアッラーを信じ、
　　心と言葉は真っすぐで純粋だった。
52、彼は財産、心身をともに投げ打ち、
　　一心に預言者の歓心を求めた。
53、次にファールーク^{***}、最高の人物であり、
　　彼の言葉と心はいつも一致していた。
54、彼は預言者を助け、正しい教えの礎石（いしずえ）を築き、
　　法典（シャリーア）〔1〕を広め、世の悪事を追い払った。
55、次にウスマーン^{****}、彼は慎（つつし）み深く誠実である、
　　飛び抜けた人物であり、寛大な心を持つ。
56、彼はすべての財産と自分とを打ち捨て、
　　預言者の二人の娘との結婚を許された。
57、最後はアリー^{*****}である、
　　彼は勇敢で恐れを知らず、智恵は群をぬいている。
58、彼は心広く度量もあり、それでいて注意深い、
　　賢く敬虔で、その名声は轟（とどろ）いている。

---

　*　ムハンマドの四人のカリフ（預言者の代理人）のうち、アブー・バクル、ウマルは彼の義父、アリーとウスマーンは彼の娘婿である。
　**　アブー・バクルを指す、「美顔の持ち主」という意味のあだ名。初代のカリフ。
　***　ウマルを指す、「真偽を分かつ人」という意味を持つ。彼は娘ハフサをムハンマドの四人目の妻とした。アブー・バクルの死後、二代目のカリフになる。
　****　ウスマーン　ムハンマドの二人の娘と結婚した、ウマルの死後、第三代カリフとなる。
　*****　アリー　ムハンマドの従兄弟で娘婿、ウスマーンの死後、第四代カリフとなる。

59、彼らは信仰と経典を糧（かて）とし、
　　　異教徒と無宗教の人がもたらす苦痛に耐えた。
60、四人の教友たちは、まるで自然界の四要素＊のようだった、
　　　この四要素が調和し、生命は奏でられる。
61、四人の教友にわたしの気持ちをお伝えください、
　　　彼らにわたしの敬意を知らせてください。
62、おお主よ、彼らがわたしに満足しますように、
　　　あの大いなる日〔2〕に執りなしをして頂けますように。

訳注
〔1〕 **法典・シャリーア**　コーランとハディース（預言者ムハンマドの言行の記録）をもとに作られたイスラームの法体系のこと。この場合はムハンマドから伝わるアッラーの教えという意味。
〔2〕 **大いなる日**　最後の審判の日。

＊　自然界の四要素　古代西アジア・ヨーロッパで考えられていた宇宙の構成要素は、火・水・空気、土の四つの基本物質であった。

第4章

美しき春と偉大なるボグラ・ハーンを讃えて

63、東方からやってくる穏やかな春風は、
　　世界を飾る人ボグラ・ハーンへの天国の門を開いた。
64、白い龍脳(りゅうのう)のような雪が消え、大地は麝香(じゃこう)の香りで満たされた、
　　世界は色とりどりに美しく着飾る。
65、春風はそよそよと吹き、人を苦しめた冬を追い払う、
　　美しい春は、幸福の弓を引く。
66、太陽はもといた場所に帰る、
　　うお座の尾から昇り、おひつじ座の頭に入る。*
67、萎(しお)れていた木々は緑の衣をまとい、
　　紫赤黄青とともに、枝先は五つの色で飾られている。
68、灰色の大地は緑のベールで顔をおおい、
　　契丹**の隊商は優れた商品を広げている。
69、平野や山々はひろびろと広がり、
　　尾根や谷は青色や赤色の花で飾られる。
70、色とりどりの花ばなの笑顔がほころび、
　　大地には蘭や麝香の香りが満ちわたる。
71、そよ風がライラックの清らかな香りを運び、
　　山野に麝香の芳香をふりまく。

72、白鳥、鴨、はと、砂鶏が空いっぱいに羽ばたき、
　　シャシャシャと叫びながら、上へ下へと飛びまわる。
73、あるものは飛び立ち、あるものは舞い降り、

---

*　太陽が魚座からのぼり牡羊座に入ることを意味する、太陽暦では、一年のはじめは、旧暦の春分のころにあたり、それは花が咲き出す美しい季節である。
**　遼朝を建国した契丹・契丹人（キタイ）、あるいは広く中国北部を指す。

第4章　美しき春と偉大なるボグラ・ハーンを讃えて

あるものは水を飲み、あるものは泳いでいる。
74、クキシ*や雁は青空で声高く鳴き、
　　隊商のラクダのようにゆったりと飛んでいく。
75、ヒマラヤキジは互いに鳴きかわし、伴侶に呼びかける、
　　無垢な娘が心に誓った人へ呼びかけるように。
76、眉毛は漆黒、くちばしは真っ赤なキンケイが、
　　グーグーと笑うように歌っている。
77、黒いムクドリが珊瑚色(さんご)の口ばしを動かし、
　　まるで美しい少女のような声で鳴いている。
78、花園ではナイチンゲールが高らかに「詩篇」**を読み上げ、
　　昼夜、幾千回となく歌いつづける。
79、カモシカがつがいとなって花のなかに戯れれば、
　　鹿のめおとは草原で飛びまわる。

80、天が眉をしかめると涙が飛び散り[1]、
　　花々は顔をあげてほほ笑み笑う。
81、このとき、世界も自身を見渡して、
　　自分の宝石のように美しい衣装を眺めて喜んだ。
82、そしてわたしをちらと見て尋ねた、
　　「おまえはハーカーン[2]の姿を見たことはあるか。
83、もしおまえがまだ眠っているのなら、しっかりと目をあけなさい、
　　もしおまえが聞いたことのない話なら、耳を洗ってよく聞きなさい。
84、一万年間、わたしはやつれた寡婦(やもめ)のような姿だった、
　　しかし今日、わたしは黒衣を脱ぎ去り花嫁衣装の白貂(しろてん)の衣をまとった。
85、偉大なハーカーンはわたしの夫となり、わたしは着飾った、
　　もし彼が望むなら、喜んで命を捧げましょう。」

86、雷の音が鳴り響き、雨粒が太鼓[3]をたたく、

---

*　クキシ（kökiş）　鳥の名前、和名は不明。
**　「旧約聖書」中の150篇の神を賛美する詩章。

稲妻がさし、ハーカーンの剣がふりかざされる。
87、鞘から放たれた剣は四方を制覇し、
その勢威は全世界に拡がった。
88、偉大なボグラ・ハーンが世界を統治する、
その名前は栄光に輝き、二つの世界が彼のものとなるだろう。
89、おお、信仰の誉れ、国家の統治者、
おお、宗団の統帥、法典の執行官。
90、アッラーはあなたが求めるすべてをかなえた、
これからもアッラーがあなたを助けてくださいますように。
91、おお、たぐいなき高潔さを纏(まと)う人、この世でもっとも気高い人、
善政の光、変転する運命を手綱で思うままにあやつる人。
92、運命はあなたに国と王座を与えた、
アッラーがあなたの王座と幸運を守ってくださるよう願う。

93、ハーカーンが王座を約束されたとき、世界はやさしく息をして、
国王にふさわしい贈りものを献上しはじめた。
94、見よ、天空から鳥たちが飛んできた、
あるものはインドの王侯(ラージャ)の、あるものはローマ皇帝の使いとして。
95、彼らはその威名をくちぐちに讃え、
賞賛と喜びの挨拶を競いあった。
96、草花たちが山や谷、尾根や窪みをとりどりに飾りたて、
青緑の草が大地を敷きつめる。
97、あるものは芳しい香りを彼のために捧げ、
あるものは笑顔で宮門をくぐった。
98、あるものは両手を伸ばして香木を、あるものは貴重な麝香を奉(たてまつ)り、
世界は芳香で満たされた。
99、あるものは東方から珍しい贈りものを山にして運びこみ、
あるものは西方から来て彼への恭順の意をあらわした。
100、幸運の女神も自ら彼のもとにやってくる、
彼を手助けするために女神は宮廷の門に立つ。

第4章　美しき春と偉大なるボグラ・ハーンを讃えて

101、世界はすべて彼に仕えるために準備され、
　　　こうべを垂れた敵は、自ら視界の外に消え去った。
102、ハーカーンの名声や声望は世界に拡がり、
　　　彼に会えない人すら、彼をみつめていた。
103、法が整備され、世のなかは平安となった、
　　　正義の名とともに彼の名声は高くあがった。
104、寛容なる人というものを見たいのなら、
　　　我らのハーカーンのお姿を見に来るがよい。
105、もし誠実の化身というものを見たいのなら、
　　　生まれながらに全(まった)き誠実の人、彼の顔を仰ぎ見なさい。
106、もし災いを逃れ、幸運を求めたいのなら、
　　　ここに来て、真心をこめて彼につかえなさい。
107、もし穏やかで慈悲深い、その人が誰かと思うのであれば、
　　　ここにいらっしゃい、こころ安らかになる。
108、おお、人がら気高(けだか)く、生まれ高貴なるベグよ、
　　　あなたを失えば、世界は孤独に陥(おちい)ろう。
109、アッラーはあなたに幸運を与えた、
　　　おお、栄えある帝王よ、アッラーに感謝しいつも讃えられますように。

110、昔語られ、今は諺になった言葉に、
　　　『父親の名声や地位は息子によって継承される』とある。
111、父君の名声と地位は彼に残された、
　　　それに加えてあなたは幾千もの善行を積まれている。
112、幾千もの手が高貴な贈りものを献納する、
　　　しかしわたしはただ『クタドゥグ・ビリグ』一巻のみを奉(たてまつ)る。
113、彼らの献上品はまたたくまに消えてしまうだろう、
　　　しかしわたしの贈りものは永遠に伝わるにちがいない。
114、集められた大きな財産もいつかはつきる、
　　　書物に書かれた言葉はつきることなく広まる。

第4章　美しき春とボグラ・ハーンを讃えて

115、書物に記されるハーカーンの名前は、
　　　おお、それは永遠に残っていく、栄えある王よ。

116、主よ、彼に繁栄を与え、その願いを満たしてください、
　　　彼の事業のすべてに大いなる支えと助けをください。
117、彼の友には平安を、敵には滅亡を与えてください、
　　　彼の苦悩を取り除き、胸いっぱいの喜びを与えてください。
118、恵みの雨を降らせ、花々がつぼみを開くよう、
　　　枯れ木がふたたび繁(しげ)り、枝先から新しい芽が出ることを願います。
119、天球は彼を愛でて永遠にまわりつづけ、
　　　彼の敵はこうべを垂れてひれふすだろう。
120、大地が赤銅のように赤くなるまで、
　　　木花が烈火のなかからふたたび緑を息吹くまで。
121、幸福に満ちた大いなる帝王は永遠に存在しますように、
　　　妬(ねた)む者の目は烈火で焼かれますように。
122、彼にやりとげるべき願いがあるならば、
　　　アッラーが助けてくれますように。
123、安定と繁栄のみ世が続きますように、
　　　伝説の人ルクマーン＊のような長寿を保たれますように。

訳注
〔1〕**涙が飛び散る**　雨が降ることの形容。
〔2〕**ハーカーン**（ḥaqan）　突厥、ウイグル時代はカガン（可汗）といわれたもので、アラビア文字では ḫāqān と写され、ハーン中のハーン、すなわち大ハーンを意味する。
〔3〕**太鼓**　太鼓は現在のケトルドラムのかたち。上からバチで叩いて打つ。

＊　西アジアの伝説上の賢者。起死回生の術を持ち、伝説では千年生きたといわれる。

第 5 章

七つの惑星と 12 の星座（黄道十二星座）

124、万物の創造者、養育者、免罪者であるアッラーの名において、
　　わたしは話をはじめる。

125、アッラーは自らの意志にもとづき宇宙を創造し、
　　太陽と月に世界を照らさせた。

126、彼は天界に空を創造し、それは止(とど)まることなく動きつづけている、
　　見よ、地上の生命もそれにしたがい悠々とまわる。

127、彼は紺青の空とそこに瞬く星を創り、
　　漆黒の夜と輝く昼を創造した。

128、天空の星のいくつかは輝く導き手の星、いくつかは先がけの者の星、
　　いくつかは斥候(ものみ)の星とされた。

129、いくつかは世の人に光明を与え、
　　いくつかはあなたが迷ったときあなたを導く。

130、いくつかは高いところに、いくつかは低いところに、
　　いくつかは明るく輝き、いくつかはほのかに光る。

131、なかでももっとも高い地位にあるのは土星であり、
　　2 年 8 か月の間、黄道帯にとどまる。

132、第二位にくるのは木星であり、
　　12 か月間、黄道帯にとどまる。

133、第三位は火星で傲慢で怒りやすく、
　　その光指(さ)すところ、草木を枯らす。

134、第四位は太陽で、宇宙を照らす、
　　その光芒は近くにあるもの、向かい合うものをあまねく照らす。

135、第五位は金星で、愛らしい笑顔を見せる、
　　もしその星があなたに好意をよせれば、思い通りにことが運ぶ。

136、その下は水星、希望の星、
　　　その星を身近に引き寄せれば、望みがかなう。
137、最後は月、末位となる、
　　　彼女の顔は太陽と向かい合うと満月になる。

138、これらの惑星以外に黄道十二星座[1]がある、
　　　あるものは黄道からはみだし、あるものは黄道のなかに正しく納まる。
139、おひつじ座は春の星であり、つぎにおうし座が来る、
　　　ふたご座とかに座は連れあって行く。
140、しし座とおとめ座は隣り合わせ、
　　　てんびん座、さそり座は、いて座の仲間である。
141、最後に、やぎ座、みずがめ座、うお座がやってくる、
　　　これらの星座が昇ってくると、天空はまぶしく輝く。

142、三つの星座は春の空、三つの星座は夏の空、
　　　三つの星座は秋の空、三つの星座は冬の空、に輝く。
143、三つの星座は火、三つの星座は水、
　　　三つの星座は風、三つの星座は土、これらで宇宙は構成される。
144、これまでは、互いに反目しあい制御しあっていたが、
　　　今は、仲むつまじく過ごしている。
145、互いに目もあわせなかった敵同士は、
　　　恨みを消し去り争いを失(な)くした。
146、混沌から秩序を生み出す全能のアッラーは、
　　　一つひとつ星座を軌道に乗せ、天界に平和と秩序をもたらした。
147、今からわたしは再び人類のことを話すが、
　　　人間の価値は、聡明な才知のなかで見つけられるべきである。

訳注
[1] **黄道十二星座**　黄道十二星座は、黄道が経過する13星座のうち、へびつかい座を除いた12の星座のこと。メソポタミアに起源を持ちヨーロッパ・西アジアに伝えられたといわれる。

第6章

人類の価値が知識と智恵にあることを論ずる

148、アッラーは人類を特別に創造し万物の長として選んで、
意識、才能、知識、智恵を与えた。
149、彼はまた人類に言葉の能力を与え、
恥を知る心と善良なおこないを与えた。
150、アッラーが人類に智恵を与えたため人間は気高いものになった、
アッラーが人類に知識を与えたため人間は問題を解けるようになった。
151、アッラーが人に智恵と知識を許してくれたおかげで、
人は美徳や善行を手に入れることができた。

152、知っておきなさい、智恵と知識はとても高貴なものであり、
その二つがアッラーのしもべをより気高いものとする。
153、ある格言は、このわたしの話を証明している、
耳を傾けて聞けば、あなたはすばらしい人間となれる。
154、『智恵ある者は尊敬を受け、
知識ある者は高い位を得る。
155、智者はすべてを理解し、知者はすべてに精通する、
智恵と知識がある者は、思い通りにものごとをやりとげる。』

156、知識の価値とはなにか、知識は答えを導く、
知識があれば病(やまい)も治すことができる。
157、知識のない者は、みな病人である、
知識なしで病は治らず、死んで灰になっていくだろう。
158、無知な者よ、早くあなたの病を治しなさい、
知者よ、早く愚か者の迷いを治しなさい。
159、智恵は手綱のようなものであり、誰かがそれを握ったら、

第6章　人類の価値が知識と智恵にあることを論ずる

　　　　願いのすべてをかなえて、目的地まで着くだろう。
160、智恵ある人は言いつくせない利益を受ける、
　　　　知識ある者は高貴な人となる。
161、智恵をもって仕事をすればなにごとも達成でき、
　　　　知識を用いて時間を管理すれば、時間をむだにすることはない。

第7章
言葉について論ずる
その長所と欠点、利益と損失について

162、言葉は智恵と知識を外面に表すためのものである、
　　やさしく美しい言葉は話す人の心を照らし出す。
163、言葉は人を高貴にさせ、幸福にさせる、
　　人を卑しくもさせ、ときに生命をも奪う。
164、ごらんなさい、言葉はライオンが門を守ることと同じである、
　　気をつけなさい、そいつがあなたの頭を喰いちぎることもある。

165、言葉で損をしたことのある人の話を聞きなさい、
　　彼の話にしたがい、それを座右の銘として側（かたわ）らに置きなさい。
166、『言葉はわたしに多くの苦しみをもたらすに違いない、
　　わたしは頭が切られる前に、舌が断ち切られることを願う。
167、言葉を慎んで、命を失わないように、
　　舌を守るために、歯を損（そこ）なわないように。』
168、賢者が言葉についてこんな警句をつくった、
　　『舌を持つ者は、まず自分の頭をしっかり見張れ。
169、もし、あなたが身の安全を求めるなら、
　　口から不用意な言葉を発してはならない。
170、話が適切にできてこそ、その言葉は賢いとされる、
　　無知な者は出まかせにしゃべり、自分で墓穴（はかあな）を掘る。』

171、口が急流のようであればなにごとにも益はない、
　　口が堅すぎれば、ものごとは成りがたい。
172、話は多すぎず、控えめにせよ、
　　多くの問題も、一句ではっきりする。
173、人類は言葉によって万物の王となったが、

第7章　言葉について論ずる　その長所と欠点、利益と損失について

　　　　多すぎる言葉は人を影のように地面につき落とす。
174、賢人は言葉が多い者をおしゃべりと言う、
　　　　話さなければ、啞者と呼ぶに違いない。
175、言葉は巧みに使いなさい、
　　　　能弁であれば、あなたは出世できる。
176、言葉を慎みなさい、それはあなたの頭を守ることだ、
　　　　話は簡潔でありなさい、それはあなたの寿命をのばすことだ。

177、言葉から生まれる益は多いが、失うものも多い、
　　　　ある時は誉め讃えられるが、ある時は誹り貶される。
178、こうであるから、良く考えて話をしなければならない、
　　　　あなたの聡明な言葉は盲人の目を開かせる。
179、知識のない人は盲人と同じである、
　　　　さあ無知な者よ、早く賢い者から知を学びなさい。
180、生まれた者は死ぬが、言葉は文字となって人の世にとどまる、
　　　　善い言葉を話しなさい、そうすれば永遠に存在できるのだ。
181、人は二つのことによって不朽となる、
　　　　一つは美しい言葉、一つは善いおこない。
182、人は死ぬものだとしても、人の言葉だけは残る、
　　　　魂が離れたとしても、名声は残る。
183、もし永遠の命を求めようとするなら、
　　　　賢者よ、あなたの行為と言葉を正しく保ちなさい。
184、わたしは言葉をたたえ、またたしなめた、
　　　　目的は言葉の真実を明らかにするためである。
185、智恵は無言でいることを許さない、
　　　　言うべきことは言わねばならない、心にしまう必要はない。

186、わたしはこの話を自分の息子にした、勇敢なわが子よ、
　　　　おまえはわたしより年若い、どうしてわたしと同じに理解できようか。
187、息子よ、わたしはおまえにこのように話をした、

第7章 言葉について論ずる その長所と欠点、利益と損失について

わたしの戒めをよく心に刻んでおきなさい。
188、たとえ、わたしがおまえに黄金と白銀を残しても、
わたしの言葉に値(あたい)するものではない。
189、黄金と白銀はいつかつきる、
わたしの言葉は、金銀以上の価値を持つものだ。
190、言葉はある人から他の人へ残す財産である、
わたしの言葉をおまえが記憶することは大いに価値あることなのだ。
191、博学の士よ、眉をしかめないでくれ、
どうかわたしの謝罪を聞いて欲しい。

第8章

著者の謝罪

192、わたしは多くを語った、おお賢者よ、
　　　わたしの願いは、後の世の人びとがそれについて論議することだ。
193、見なさい、知性がわたしの所にやってきて注意した、
　　　「気をつけよ、まちがった話をすることは自ら苦しみを招くこと。
194、人は邪(よこし)まな言葉をつかって、あなたを噂する、
　　　人の性格は生まれつき妬み深く、あなたをうしろから中傷する。」
195、でもわたしは深く考えてみた、「あまり考えすぎなくてもよい」、
　　　わたしは自分に言いきかせた、「話があれば言いつくそう。」
196、あなたが「なぜか」と聞くのなら、わたしは答えよう、
　　　わたしの話を聞いてくれ、おお雄々しい勇士よ。

197、人間（yalnguq）は罪（yangluq）を犯したがゆえに、人間と呼ばれる、
　　　だから、罪は人間であるということ自体のなかにある。
198、見せてごらんなさい、過ちを犯したことのない人を、
　　　過ちを犯した人のことなら、万という数の人を見せてあげよう。
199、無智な人や愚かな者はいくらでもいるが、
　　　まことに賢く智恵ある人物は稀にしかいない。
200、無智な者は智者にさからい、
　　　無知な者は知者に敵意を抱く。
201、人と人のあいだには大きな違いが存在する、
　　　この違いの主な理由は知識のあるなしである。
202、わたしはこんな話を知者に話すことはできるが、
　　　無知なる人へ話す言葉を知らない。
203、無知な人に対して、わたしはなにも話すことはない、
　　　知ある人よ、わたしはあなたのしもべである。

第8章　著者の謝罪

204、わたしはこのような話を語ったことを深く恥じ入り、
　　　あなたには慎んで謝罪をのべる。
205、話す者は時に迷い、時に誤る、
　　　聡明な者はそれを聞いて、過ちを正すことができる。

206、言葉は、ラクダの鼻を引く手綱（たづな）のようだ、
　　　手綱をどちらかに引けば、ラクダはその方向を向く。
207、賢さを気どって話す者は多いが、適切に話す人は少ない、
　　　わたしにとってはそういう人こそ価値ある人間である。
208、知識のもたらす利益とは、知識が生み出すべての善行である、
　　　諺にあるようにそれによって"天国への道が見つかる"。
209、言葉は賢く考えて使いなさい、
　　　知識だけがあなたを貴い人物にすることを知りなさい。

210、言葉が空から大地に降り立ったからこそ、
　　　言葉によって人間のたましいは気高くなっていった。
211、人間の心はまるで底なしの大海である、
　　　知識はそのなかの真珠であり、海底深く沈んでいる。
212、真珠も海底から掬（すく）いださなければ、
　　　石ころとの違いはない。
213、黄金は地下に埋蔵されているときは、たんなる鉱石に過ぎない、
　　　しかし掘り出されれば、ベグたちの宝冠となる。
214、賢い人も、知識を言葉に発しなければ、
　　　その知識は光も当たらずしまわれているだけだ。
215、本当にすばらしいものは、智恵と知識である、
　　　励んでそれを手にできれば、天の果てにも飛べるだろう。

216、優れたベグの話を聞きなさい、
　　　彼は智恵や知識に深い見識を持っている。
217、『世界を征服するには、知識が必要である、

民を統治するには、頑強な精神と知識が必要である。
218、世界を征服する者は智恵によって征服し、
民を統治する者は知識によって統治する。』
219、アダム〔1〕が世界に降りてきた時から、
法を立ち上げた智者がいた。
220、いかなる時代でも、
高い地位は知識ある人びとが占めていた。
221、悪人どもは智恵の力で処刑され、
反乱者の暴動は知識によって抑えられた。
222、もしこの二つを用いて制御できなければ、
知識を捨てて、剣を手に持ちなさい。
223、賢明なベグや王ですら、
無知な者を扱うために剣を使う必要があった。

224、つまり世界を支配するためには、智恵が必要であり、
民を統治するには、知識が必要だということである。
225、この二つを備えているのならその人は完璧な人間であり、
世界中の賞賛を受けられる。
226、あなたが二つの世界で共に恩恵を願うならば、
その方法は善行を積むことである。
227、あなたがもし功徳を得たいならば金言がある、
『今すぐ行って善いことをおこなえ』ただそれだけのことだ。
228、人は永遠には生きられない、ただ名前が残るだけだ、
すばらしい名声はとこしえに讃えられる。
229、もしあなたの名前が残れば、
あなたは不死を達成したことと同じである。

訳注
〔1〕**アダム**　テュルク語原文では Apa 人類の祖先の意味。ロバート・ダンコフ訳はアダム。本書でもアダムと訳した。

第9章

善行を賞賛する、そしてその利得について

230、もしあなたが民を統治するのなら、
　　　ただ善いおこないをし、善い言葉を話しなさい。
231、青春は矢のように去り、命は風のように流れる、
　　　あなたの魂も夢のようなこの世からまたたくまに消えていく。
232、生命(いのち)は投資で善行は利益である、
　　　あなたは来世で良い食物と美しい衣服が得られよう。
233、聞きなさい、ある賢人がなにを言ったのか、
　　　『息をし、歩くものはすべて死をもって終わる。』
234、見なさい、どれだけ多くの人がこの世に生まれ歩んだか、
　　　そしてまた、死んでいったか。
235、帝王臣下、善人悪人にかかわらず、彼らの魂は去っていった、
　　　自分の足跡として名前だけを残して。
236、今はあなたに順番がまわり、この高位についた、
　　　だから、あなたは誰よりも善いことだけをおこないなさい。

237、生ある者はかならず最後は死に、大地が彼らの褥(しとね)となろう、
　　　だが善行を積めば、死んだとしてもその名は生きつづける。
238、名声には二種類ある、人びとの口に伝承されるもの、
　　　美名と悪名、どちらもこの世に残るだろう。
239、善人は賞賛をうけ、悪人は罵(ののし)られる、
　　　自分を考えてみなさい、あなたにはどちらが似合うか。
240、あなたが善人だとしたら、美名が残るであろう、
　　　悪人ならば、人びとに罵られるであろう。
241、邪悪なザッハーク＊はなにゆえ人びとに罵られるのか、

＊　11世紀に書かれたペルシアの古典『シャー・ナーメ（王書）』に登場する伝説上の悪の王。

第9章　善行を賞賛する、そしてその利得について

　　　　幸福のフェリードゥーン＊はなにゆえ人びとに賞賛されるのか。
242、一人は善人で人びとの賞賛を受ける、
　　　　一人は悪人で人びとに忌み嫌われる。
243、あなたは悪の道を望むのか、善の道を望むのか、
　　　　誹り貶<small>そしけな</small>されたいのか、賞<small>ほた</small>め讃えられたいのか。
244、どちらの道を行くかは、あなたが選びとることだ、
　　　　最後の結果に後悔してはならない。

245、ある見識ある人物が言ったことがある、
　　　　見識ある人は人間の道理が分かっている。
246、『名声をもって死んだ人は賞賛を受けつづけ、
　　　　悪名をもって死んだ者は永遠に罵られる。』
247、わたしは多くの悪人たちと出会ってきた、
　　　　しかし彼らは歳月の流れにともない権力を失った。
248、わたしは多くの悪人の結末を見てきた、
　　　　知者よ、悪事の最後にはなにもない。
249、悪事は自分の行く道をすべて焼きつくす、
　　　　燃えさかる道に通るべき渡し場はない。

250、見なさい、わたしたちの前に死んでいった人たちを、
　　　　平民でも、ベグでも。
251、彼らの中で知識を得た者は、
　　　　この現世と時代の主人となった。
252、もし世界を制するベグが知識を持っているならば、
　　　　彼こそ最高の人物で、優れた法制度を確立する。
253、今もし名声を得たいという人がいるのなら、
　　　　まずは、善い人たちのなかでも一番の善行をすることだ。
254、そして、賢明なベグよ、もし彼が知識とともにありたければ、
　　　　彼の身近に学者たちを置かなければならない。

＊　同『シャー・ナーメ（王書）』に登場する、ザッハークを倒しペルシアを解放する伝説上の英雄。

第9章　善行を賞賛する、そしてその利得について

255、民の実情を考慮して統治するため、
　　　賢明なベグはこのように注意深く政務を実行する。
256、彼は善い政治で自分の国の民を豊かにし、
　　　彼自身にその富を還元させて自分を守る。
257、こうして彼は雅量ある人物との名声を得る、
　　　雅量ある人物が死ねば、生きているときと同じように讃えられる。
258、死を知る者は死の前に生きた証しを準備する、
　　　生きる者のために書を著わし、書物に自分の名を刻む。
259、その書物を読んだ人間は彼を手本とし、
　　　また次の人へと美徳はつづいていく。

260、この世に知識ほど貴重なものがあるだろうか、
　　　無知と呼ばれることほど忌わしい罵りはない。
261、聞きなさい、ある古老の言葉を、
　　　世のなかの道を歩くに長けた人の言葉を。
262、『もし無知な者が高貴な椅子に座っていたとしても、
　　　その場は中庭の番所と見なされるだろう。
263、もし知識ある者が中庭の番所に座っていたとしても、
　　　その場は栄光の高貴の椅子とされるだろう。
264、すべての誉れは知識ある人に属す、
　　　たとえ彼が高い位の椅子にあろうとも中庭の番人であろうとも。』

265、貴い人には二つの種類がある、
　　　人びとの頭領、一つはベグ、一つは賢者。
266、これら二者以外は家畜の群れである、
　　　どちらの種類になりたいかは、すべてあなたしだいである。
267、教えておくれ、あなたはどの道を選びたいのか、
　　　できれば家畜になる道を避け、第一と第二の道を選んで欲しい。
268、第一の人びと、王侯たちは刀を用いて民を治め、
　　　第二の人びと、賢者たちはペンを用いて正しい道を指し示す。

第9章　善行を賞賛する、そしてその利得について

269、彼らからは善い法制が残された、
　　　この遺産を継いだ者は、前途に飛躍を見るだろう。
270、本当の教えの言葉は、死者から生者への遺産である、
　　　教えという遺産を継ぐ者は莫大な利益を得られよう。

271、無知な者は盲者と同じである、
　　　おお盲目の人よ、世界を見るために知識を学びなさい。
272、弁舌は男子の装いである、
　　　すばらしい弁論家を賞賛させて欲しい。
273、次にくるテュルクの格言は、
　　　そのことについてこう描写している。
274、『智恵の飾りは舌であり、舌の飾りは言葉である、
　　　人の飾りは顔であり、顔の飾りはその眼である。
275、人に話をする者は自分の話がうまく話せたら、
　　　顔を誉れで明るく輝かせるものだ。』

276、テュルクのベグを見せよ、
　　　彼らこそ世界でもっとも優れたベグたちである。
277、そのテュルクのベグのなかでも際立って評判高いのは、
　　　幸福に満ちた王、トンガ・アルプ・エル（Tonga Alp Er）＊である。
278、トンガ・アルプ・エルは多様な美徳と偉大な智恵によって名をなす、
　　　卓越した人物である。
279、彼はなんと雄々しい人物なのだろう、聡明な人間なのだろう、
　　　トンガ・アルプ・エルだからこそ全世界を征服できた。
280、ペルシア人[1]は彼をアフラーシヤーブと呼んだ、
　　　トンガ・アルプ・エルは異国の領土を侵略し征服した。

281、世界の覇者には次のことが要求される、
　　　大いなる美徳、意志、知識、そして規律。

＊　古代テュルク民族の英雄、『シャー・ナーメ（王書）』に登場する。

第9章　善行を賞賛する、そしてその利得について

282、ペルシア人は書物にこのことをすべて記載した、
　　　もし書かれてなければだれが知り得ただろうか。
283、ある勇敢で頑健な人物がうまいぐあいに言った、
　　　そのような人はきつい結び目をほどくこと[2]ができるのだ。
284、『千もの才能が世界の覇者には要求される、
　　　野ロバを捕まえるには雄ライオンが必要とされるように。
285、多くの美徳をもって世界の覇者は霧を晴らした、
　　　そして広大な領土を彼の手に把握した。
286、彼は剣をふるい敵の首を切り離す、
　　　法と正義で国土と民を統治する。』

訳注
〔1〕**ペルシア人**　原文ではタジク（tajik）人。イラン系民族の一種。タジキスタン共和国はもとより、アフガニスタン北部・ウズベキスタン・ロシア・中国など中央アジアに分布している。ここでは、広くペルシア人のことを指す。
〔2〕**きつい結び目をほどく**　難題を解くこと。アレキサンダー大王の故事からでる。

第10章

美徳と智恵と知識の利得について

287、賢人よ、この論議はわたしの希望するものである、
　　　二つのこと、智恵と知識について話すのがわたしの主題だ。

288、智恵は闇夜にともすランプであり、
　　　知識はあなた自身を輝かせる光である。

289、智恵によって人は高い地位に上り、知識によって偉大となる、
　　　この二つによって人は価値ある人間となる。

290、もし信じられないなら、ヌーシルラワーン＊を見なさい、
　　　彼は智恵の目で世界を照らした。

291、彼は公正な社会を確立し民は繁栄した、
　　　このすばらしい時代とともに、彼は自身の名声も残した。

292、ある知者が彼についてこのように言った、
　　　『彼なら地獄の真っただなかにいても災難を受けないだろう』と。

293、あの幼子（おさなご）を見てごらん、彼は徐々に分別を得ていく、
　　　しかしものごとが分かるまで、天使のペンは彼を記録しない。

294、智恵ある大人を見てごらん、彼も歳をとれば耄碌（もうろく）がはじまる、
　　　耄碌し分別がなくなれば、天使のペンは彼を記録しない。

295、たとえ一人の狂人が殺人を犯したとしても、
　　　死をもってその罪を購（あがな）う必要はない。

296、それをなぜかと問うことは愚かなことだ、
　　　分別のない人間に賞罰はなじまない。

297、名誉とか罰とかはすべて知力に対して与えられる、
　　　愚かな者は、たんなる一握りの泥に過ぎない。

＊　ササン朝ペルシア第22代君主。別名ホスロー1世。賢明で公正な王として知られる。

第10章　美徳と智恵と知識の利得について

298、聞きなさい、ここでの論議がどれほど良い話か、
　　　無知な者、愚かな者にならないために。
299、世間の人は体面のために華美な上着を纏(まと)っている、
　　　本当に高貴な人は、智恵と知性を身につけている。
300、人は智恵あればこそ、世の人の尊敬を受け、
　　　人は知識あればこそ、ベグの地位を任される。
301、高貴な生まれの者は生まれながらに知性を持つ、
　　　さらに智恵を持つ者は王位にまで到達できる。
302、アダムの息子たちは褐色の大地を手に入れ、
　　　知識を使ってすべてのものを生みだした。
303、ベグは知識があってこそ高貴の人と呼ばれ、
　　　王は智恵があるからこそよく民を統治できる。
304、あらゆる美徳と立派な行為が賞賛されるのは、
　　　智恵によってそれが成し遂げられているからだ。

305、知識が少ない人を少ないと言ってはいけない、その益も多い、
　　　智恵が少ない人を少ないと言ってはいけない、人はみな価値がある。
306、賢者が語った、聞きなさい、
　　　四つのことを少ないと侮ってはいけない。
307、一つめは火、二つめは敵、三つめは人の命を奪う病気、
　　　人の命を奪っていく。
308、最後の一つが知識、これら四つのことを軽んじてはいけない、
　　　それぞれが大きな意義を持つ。
309、そのうちのあるものは利得となり、あるものは損失となる、
　　　人から受けた恩義が、あるときは報賞、あるときは負債となるように。

310、智恵は錬金炉のようなものである、
　　　王宮に蓄えられる財宝のように、それはたくさんの知識を集める。
311、知識と麝香(じゃこう)は同じ種類のものだ、
　　　誰もそれを隠しつづけることはできない。

第10章　美徳と智恵と知識の利得について

312、麝香を隠そうとしても香りは身体から漂い出る、
　　　知識を隠そうとしても言葉から伝わっていく。
313、知識は貧困に戻ることのない財産であり、
　　　盗賊や悪人でも奪うことはできない。
314、知識と同じように智恵は人を繋ぐ足枷である、
　　　それは人に悪行をさせないための抑えである。
315、人は良い馬を綱で繋ぎ、
　　　彼に役立つようしっかりと監視する。
316、つながれた馬は必要な草を食べられる、しかし逃げはできない、
　　　足枷をされても動くことはできる、しかし拘束されたままだ。

317、知識は契りで結ばれたあなたの友人であり、
　　　智恵は信頼するあなたの兄弟である。
318、無知な者の知識とおこないは自分への仇となる、
　　　他になにもしなくても、それだけで充分彼を苦しめる。
319、次のテュルクの格言はその真実を語っている、
　　　よく読んで、心に刻んでおきなさい。
320、『知識ある者には智恵は善き同伴者であり、
　　　無知の者には呪いこそがその名にふさわしい。
321、無知な者の知識は食べものと衣服のためだけにあり、
　　　そのおこないは愚かな結末にいたる災いとの道行きである。』

322、知性ある人よ、怒ってはならない、
　　　智恵あるベグはいらだちを抑えて善き名をとどめる。
323、怒りを持ったまま、ことをなそうと急げば、
　　　かならずやあなたの人生は破滅に追いやられよう。
324、怒りをもってことを為す者は、いつも自分のおこないを後悔する、
　　　後悔を持って仕事をする者は、いつも失敗する。
325、むしろ人は穏やかでおちついていなければならない、
　　　ベグはどっしりと冷静であればこそ、太陽と月はめぐっていく[1]。

第10章　美徳と智恵と知識の利得について

326、人は智恵や知識とともに、自分を抑える慎みと謙譲が必要である、
　　　それがあなたの仕事の成功をみちびく。
327、人を見分ける分別があって、人を用いることができる、
　　　智恵があって、仕事ははじめて成就できる。
328、適切な者と不適切な者を慎重に選び、
　　　使える者か使えない者かをよく認識しなくてはならない。
329、一つの事業を成し遂げるには、正確に選択し決断し、
　　　注意深く見守りつづけなければならない。
330、こうして事業は計画されうまく達成される、
　　　賢い人はよく調理された料理を食べるものだ。
331、このような人は自分の願いを思い通りにし、
　　　二つの世界での準備をすすめる。

332、怒りといらだち、
　　　それは人を監獄と破滅へ追いやる。
333、信頼できる賢者がこのことについて次のように言った、
　　　よく聞きなさい、その言葉はあなたの頰を赤くそめるだろう。
334、『いらだちは良識を征服し、
　　　癇癪(かんしゃく)は理性を失わせる。
335、怒りは賢い人を愚行に走らせ、
　　　温厚な人を恥知らずにする。』

336、ある賢人が言ったことを聞きなさい、
　　　賢人たちの言葉は人の心に響く。
337、『これからのべることは人がしてはならないこと、
　　　おこなえば自分にも害をおよぼす。
338、まず、一つめは嘘をつくこと、
　　　二つめに約束を守らないこと。
339、三つめは享楽のために酒を飲むこと、
　　　疑いなく破滅する者だ。

第 10 章　美徳と智恵と知識の利得について

340、四つめは性質が頑固であること、
　　　頑固な者は一生楽しむことができない。
341、さらにもう一つ、ふるまいが下品なこと、
　　　それは他人の家に火をつけることと同じである。
342、最後に怒ることといらだつこと、
　　　汚い言葉は呪いのように他人を傷つける。
343、ある人間の性格のなかにそういう欠点があったなら、
　　　運命は彼を好まず、幸運は目の前から去っていくだろう。
344、青空も彼に対してふり向きはしない、
　　　彼のおこないは正しい道を外れているからである。』

345、さあ行け、素晴らしい者たち、もっと多くの善行をしなさい、
　　　善行に幸いあれ。
346、国事に携わり、仕事で成果をもたらしたある侍従が、
　　　次のように言った。
347、『善人は長く生きても心は歳をとらず、
　　　悪人はいかなることを試みてもけっして成功しない。
348、不正に綴られた後悔の歳月は、悪人を早く老いさせる、
　　　善人は懸念なく生き、その人生は長い。
349、善人の願いは日ごとかなっていく、
　　　悪人の悩みはかぎりなく生じてくる。』

訳注
〔1〕**太陽と月は巡っていく**　長い年月がたつという意味。ここでは長く統治するということ。

第11章
書名の内容と筆者の晩年について

350、わたしはこの書物を『幸福の智恵』（Qutadġu Bilig）と名付けた、
　　　読者を幸福（qut）へと導き、その方法を手引きするために著した。

351、わたしは自分の意見を明らかにし、
　　　それをもとにこの書を構成した。

352、わたしは、あなたが二つの世界を理解し、
　　　幸福になるための道案内となるだろう。

353、はじめにわたしは日の出王についてのべる、
　　　心やさしき読者たち、まずその名前について説明する。

354、続いてわたしは満月についてのべる、
　　　幸福の太陽は彼からその光を受けるのである。

355、日の出王は正義を象徴している、
　　　満月は幸福を代表している。

356、そのあと、わたしは絶賛についてのべる、
　　　彼は智恵を象徴し、人間の価値を高める。

357、最後にわたしは覚醒について話す、
　　　彼には終末の意味がこめられている。

358、この四つのことを主題に、わたしは議論を進める、
　　　これを読めば頭は明確になり、目はしっかり見開くだろう。

359、若さにまかせて快楽に身を置いたあなた、
　　　よく聞きなさい、わたしの言葉をむだにしないでほしい。

360、真っすぐな道からそれないよう努力しなさい、
　　　あなたの青春を浪費してはいけない。

361、貴重な青春をたいせつにしなさい、それは慌ただしく去っていく、
　　　命はいくら捕まえようとしも、最後には遠く逃げ去っていく。

362、みなぎる若さを浪費してはいけない、
　　　清廉に身を保ち、アッラーにお仕えしなさい。

363、わたしはどれだけ青春を浪費したのだろう、
　　　あのときへ帰りたいが、後悔しても間に合わない。
364、人生も四十歳を越えると、
　　　青春はあなたにいとまを告げる。
365、今、わたしは五十歳をかぞえる、
　　　カラスの羽のように真っ黒な髪は、白鳥の翼のように白く変わった。
366、そして向こうから六十歳という年齢がわたしを呼んでいる、
　　　不意の死でもないかぎり、わたしはそこへ行くだろう。
367、もし人が六十歳を越えたなら、
　　　楽しみは彼から離れ、夏の季節は冬に変わる。
368、三十歳のときの蓄えは、五十歳で使い果たされる、
　　　六十歳に手が届くとき、わたしにはなにができるだろう。
369、五十歳よ、わたしがあなたにどんな罪を犯したのだ、
　　　あなたはどうしてこんなにわたしに敵意を抱くのか。

370、若いころはなにをしても甘く楽しかった、
　　　年は変わり、今はすべてが毒を飲むように苦しい。
371、わたしの身体は矢のように真っすぐで、心は弓のように柔軟だった、
　　　しかし、今では身体は弓のように曲がり、心は矢のように固くなった。
372、青春はわたしにすべてを与えたが、今は老いがすべてを奪って行く、
　　　そして、それはあなたにも確実にやってくる。
373、来てくれ、解放者よ、わたしを自由にしてくれ、
　　　わたしは歳月の囚人となっている。
374、足に足枷はないが、感覚はなく歩くことができない、
　　　二つの眼は光を失い、かすんで暗い。
375、臓腑から湧きたつ炎は消え、人生の味わいはなくなった、
　　　青春の二文字はすでにわたしから去っていった。

第11章　書名の内容と著者の晩年について

376、目覚めよ、鬢髪白き老人よ、死を準備しなさい、
　　　過ぎていった時間を弔いなさい。
377、むなしい過去の日々はすでに去った、
　　　残された時間は許しを得るために主の慈悲を求めなさい。

378、わが主よ、ただあなただけが憂いなく永遠に不死です、
　　　あなたはかぎりない生命を創造し、すべてに死期を与えた。
379、わたしの祈りの声をお聞きください、
　　　そしてわたしにもう少しの時間を与えてください。
380、わたしの話はあなたを正しく理解することを願ってはじめた、
　　　無事にこの物語を終えられるよう力を与えてください、アッラーよ。
381、わたしは創造主を永遠に賛美します、
　　　邪なおこないからわたしを遠ざけてくださった方よ。
382、わたしという人間とわたしの心を創造し、それに光をあててくれた、
　　　真っすぐな道を歩ませ、わたしの弱い心を守った。
383、わたしが暗闇をさ迷ったとき、彼はわたしの闇夜を照らしてくれた、
　　　わたしが暗闇に沈んでいたとき、彼は夜明けをもたらしてくれた。
384、見失いあてもなく走りつづけていたとき、彼は道を示してくれた、
　　　彼の加護がなかったら、わたしは地獄の業火に焼かれていただろう。
385、アッラーはわたしを見つけ、迷いのなかから引揚げてくれた、
　　　入り組んだ迷路から、正しい道へとわたしを導いてくださった。
386、彼は光明をもってわたしの心を飾り、
　　　証言*［1］をもってわたしの舌を飾った。
387、彼はわたしに心、目、理性、知識そして智恵を与えた、
　　　彼はわたしの口を開かせ、舌を思いのままに操れるようにした。

388、預言者がさし示した道（スンナ）［2］こそわたしの指針である、
　　　どうか敬愛する預言者がわたしの執りなしとなってくださるように。
389、このすべてはアッラーの慈悲である、

---

*　イスラーム教徒の証しを朗誦すること。「アッラーのほかに神は無し。ムハンマドは神の使徒。」

第11章　書名の内容と著者の晩年について

　　　彼は、わたしのような至らぬしもべまで慈しんでくださる。
390、たとえわたしが何年長く生きつづけたとしても、
　　　この恩をお返しすることはできるだろうか。
391、あなたはわたしの非力を知っている、
　　　アッラーよ、わたしはあなたにわたしのすべてをゆだねます。
392、わたしは充分にあなたへの感謝の言葉を言いつくせない、
　　　どうかわたしに代わって、あなたご自身から感謝を示されますように。

393、わたしが正しい道を歩けるようお導きください、
　　　わたしの信仰の衣を脱がさないでください。
394、わたしの魂がわたしの身体から離れるとき、
　　　信仰の証しを見さだめて、わたしの最後の息を止めてください。
395、わたしが一人暗い土に横たわるとき、
　　　あなたのかぎりない慈悲をお与えください。
396、主よ、わたしは価値もないあなたのしもべ、犯した罪は数えきれません、
　　　どうかあなたの慈悲でわたしをお許しください。
397、すべての信徒たちを憐れんでください、
　　　現世では彼らを見守り、次の世では彼らに永遠の命をお与えください。

訳注
〔1〕**証言**　原語は tanuqluq、証人による証言。ここでは、中国語訳の脚注にあるように、アッラーとムハンマドについての証言、すなわち信仰告白の言葉を指す。
〔2〕**道（スンナ）**　預言者の言行によってあらわれた正しい道のことをスンナと呼び、スンナに従う人をスンニーと言う。預言者の言行は「ハディース」に記録され、それはコーランともにイスラーム法の基礎をなす。

第 12 章

物語の始まり、日の出王について

398、知識が説明しはじめ、智恵が教えはじめた、
　　世界の性質は気まぐれで移ろいやすいということを。
399、この狡猾な老婆は若い娘のように行動するが、
　　あなたがよく見ればとても年老いていることが分かる。
400、あるときは愛らしい少女のように見え、あなたの欲望を目覚めさす、
　　しかしあなたが彼女の手を取ろうとすれば拒まれる。
401、あなたが恋すれば彼女はカモシカのように逃げ、
　　あなたが彼女から逃げようとすればあなたの脚にしがみつく。
402、あるときは美しく着飾ってあなたの後ろに寄り添い、
　　あるときは地下に潜って、あなたからは見えなくなってしまう。
403、突然、彼女は顔をくるりとまわし、あばずれ女のように媚びてくるが、
　　けっしてあなたに自分を触れさせはしない。
404、彼女は多くのベグを老いさせたが自分一人は老いることがなかった、
　　多くのベグを死の沈黙に誘ったが自分自身は生きて話しつづけた。

405、昔、非常に聡明で英知あるベグがいた、
　　そのベグは、王位について長い時間を過ごしていた。
406、彼の名は日の出、誰もが知っている、
　　その高貴な威光は全世界におよんでいた。
407、彼の性格は率直で明るく、話す言葉は正直で嘘を言わず、
　　やさしい眼差しと心を持っていた。
408、彼は聡明で知的であると同時に思慮深いベグであった、
　　しかし悪人には劫火であり、敵対する者には懲罰者であった。
409、彼の勇敢で誇り高く公明正大な性格は、
　　日ごとに彼の地位を押し上げていった。

第12章　物語の始まり、日の出王について

410、これこそ彼がベグたるべきベグであったことを示している、
　　　彼は賢明にして、さらに向上を怠らず歩んでいった。
411、彼は大望をもって国事を取り仕切り、
　　　この大望こそ高潔にふさわしかった。
412、ある詩人がうたっている、
　　　これを聞けば、あなたの心の目は見開かれるだろう。
413、「男の度量は果敢な勇気のなかにあり、
　　　人間らしさは高い道義のなかにある、
414、二つの資質は同じ器のなかにあり、
　　　二つがあって悪や卑劣さから逃れられる。」

415、日の出王はこの二つの美徳を備え、
　　　日と月のように世界を照らしていた。
416、王は、智恵ある者がいれば彼をそばに召し抱え、
　　　知識ある者があれば賓客として奉った。
417、世界中の英才が彼のまわりに集まり、
　　　智恵と知識に溢れた賢人たちは王宮の門前に並んだ。
418、王は自ら国事に携わり、
　　　彼の仕事を共におこなう優れた部下をむかえた。
419、彼らの補佐のおかげで王が休息に入っても、
　　　政務は滞りなく実行できた。

420、ある日、彼は悶々として悩み、玉座にすわりこんで呟いた、
　　　「国を支配し命令を下すことはたいへんな仕事でいつも頭痛の種だ。
421、こんなに複雑でたくさんの仕事をきちんと処置できる、
　　　そのように聡明な人間は稀にしかいない。
422、わたし一人で国家の仕事すべてを為すことはできない、
　　　わたしの補佐として重要な仕事を任せる人物が欲しい。
423、必要とする人物は並みはずれた英才である、
　　　彼は群を抜いた賢く知的な才能ある者でなければならない。

第12章　物語の始まり、日の出王について

424、彼は慈愛に満ち品行方正であらねばならない、
　　　彼の心は純粋で心と言葉が一致していなければならない。
425、彼がわたしを補佐するためには、
　　　公のことと個人的なこと、その両方を知る必要がある。
426、ある長老はこのように言った、
　　　彼はすでに年老いているが、深い見識がある。
427、『王にはかならず補佐が必要である、
　　　仕事に精通した賢い人を宰相とする必要がある。
428、補佐する人物が深い知識で彼の任務を遂行すれば、
　　　どのような仕事も成功するだろう。』
429、助けになる臣下が多数いれば、ベグの苦労は少なくなり、
　　　国は栄え、政治が腐敗することはない。
430、どのような仕事でも、人には多くの手助けが必要である、
　　　まして王の仕事にはどれだけそれが必要か。」

431、日の出王は良い補佐役を見つけることができなかったので、
　　　すべての仕事を彼一人の手でおこなわなければならなかった。
432、王は毎日のように困難に出合った、
　　　仕事がうまくいくことを望んだが、苦労の方が多かった。
433、これはある長老が話したことだ、
　　　彼自身も神に祝福された立派な人物である。
434、**「楽しみを望むならば、苦しみも共にあるだろう、**
　　　喜びを追求するならば、悲しみが道連れとなるだろう、
435、**地位が高くなればなるほど、頭痛の種は多くなる、**
　　　頭が大きくなればなるほど、帽子もまた大きくなる[*]**。」**

436、国王は自国の民情を自分の目と耳でさぐった、
　　　すべての閉じられた門は彼によって開かれた。
437、彼は無能の輩を抑圧し、

---

[*]　大きくなれば、それに比例して欠点も大きくなるの比喩。

第 12 章　物語の始まり、日の出王について

　　　邪悪な連中を王国から一掃した。
438、彼は賢く国事を治め、威光と人望が高まるごとに、
　　　安寧の日々が増えた。
439、人はどのような状況においても心して仕事をすべきである、
　　　まして王の仕事はより注意深くおこなうべきである。
440、冷静に注意深く政治をおこなうことは、
　　　正しい政策を実行し、末永く国家を統治できる保証である。
441、詩人がこのようにうたっている、
　　　賢くこの話題を進めるにふさわしい詩句を。
442、『注意深さは人びとの賞賛するところ、
　　　それなのにおしゃべりの不注意で何人の命が消えたか。
443、気をつけなさい、不用心な眠りから目覚めなさい、
　　　それでこそ、この世とあの世を渡り歩ける。』

444、自分を過信して不注意だった見張りがいたが、
　　　敵が侵入した時には、彼が真っ先に殺された。
445、どんな敵をも油断することなく打ち負かし、
　　　世界を征服した人物の言葉を聞きなさい、
446、『王が世界を支配したいなら警戒心がなければならない、
　　　警戒もまた教典の精神に符合している。
447、怠け者はぼんやり眠っている間に騙される、
　　　それゆえ厳格な王者は、油断することなく目をこらせ。』

448、王の警戒心は、国家に益をもたらす、
　　　それにより民の生活は喜びを享受できる。
449、名君が善い政治で国を治めれば、民は豊かになる、
　　　羊と狼は、一つの池で水をともに飲む[*]。
450、朋友は喜んで王を賞賛するであろう、

---
[*]　「羊と狼は、一つの池で水をともに飲む」、この表現は古代テュルク人が太平の世を現した習慣的言いまわしである。

第 12 章　物語の始まり、日の出王について

彼の敵はその名声に頭を垂れるだろう。
451、ある者たちは美名を慕い、彼の下に保護を求め、
　　　ある者たちは駈けつけ、王宮の門に口づけする。
452、ある聖者がどのように話したのか聞きなさい、
　　　彼の言葉は色とりどりの花のように美しい。
453、『王権とはもともと美しいものだ、
　　　所有者が正しく行っていくかぎり、その頬は紅に染まっていく。
454、王の政治をさらに善いものにしたいのなら、
　　　より公平に法を執行することである。
455、ベグが高潔で正直であるかぎり、
　　　民はかぎりなく幸せな時代を過ごせるだろう。
456、男にとって名声を得ることはなんと貴(たっと)いことか、
　　　名声はすなわち、彼が永遠の栄光を勝ち取ることである。
457、もしベグが人道をもって国を治めるならば、
　　　王として人として、すばらしい僥倖(ぎょうこう)に巡(めぐ)りあえるだろう。』
458、日の出王の恵みは王国の隅々までおよび、
　　　彼の名声は世界中に拡がった。
459、国中で王の名前を賞賛し彼を祝福した、
　　　彼の名望と栄光は日々高まった。
460、世界中の人びとはその話を聞いて彼を探し求め、
　　　彼の側を取り囲み、誠実さを献上した。
461、王は全世界から与えられた栄光の腰帯を身につけた、
　　　狼は羊と連れそって大地を歩いた。

第13章

満月、日の出王の都に至る

462、満月という名の人物がいた、
　　　国王の評判を聞くと、彼に仕えようと決心した。

463、彼は若く、冷静沈着な性格で、
　　　知識に富み、智恵が溢れていた。

464、容貌は眩(くら)むばかりに美しく、
　　　話は穏やかで、言葉は人を魅了する。

465、彼はあらゆる徳目を修得し、
　　　歩けば彼の美徳が周囲にほとばしるようだった。

466、彼は自分を評価してつぶやいた、
　　　「わたしはこの国でもっとも人徳に優れた人間だ。

467、なぜわたしは目的もなしにぐずぐず過ごしているのか、
　　　国王に会って、わたしの力を王のために役立てることを申し出よう。

468、彼はわたしに報いてくれるに違いない、
　　　そうすればわたしは自分の憂いから抜け出せる。

469、人びとは日の出王を賢く温和なベグと言い、
　　　智恵ある人物を探していると噂する。

470、智者であるからこそ智恵の価値を知っている、
　　　賢さを売ろうとすれば、賢い者だけがそれを買う。

471、一人の詩人がこのようにうたった、
　　　詩人の言葉は美しい。

472、「智恵の値打ちは、
　　　知識ある者のみが知っている、

473、知識という宝石は、
　　　ただ無知な者だけが軽蔑する。」

第13章 満月、日の出王の都に至る

474、満月は馬と服と武器、必要なものすべてを用意し、
　　　王宮へと出発した、そして彼は言った。

475、「今、わたしは故郷を去る、
　　　王に仕えるために真っすぐ進む。」

476、彼は考えた、「わが家から遠く離れれば路銀が必要だ、
　　　少ししか金がなければ、心細さでわたしの頬は黄色くなる。」

477、彼は、故郷を離れるとき、十分な財物を携えた、
　　　足りなければ、恥辱を受けることになる。

478、故郷を離れることは、多くの困難があることでもある、
　　　異郷の地で、人はどれだけ辛酸をなめるものか。

479、旅の途中でわたしがなにを為すにしても、
　　　まちがいなく必要なものは金銀である。

480、これについてある人が言った、
　　　この人物は海のように知識に満ちた賢人だった。

481、『もし誰かが王宮に仕えたいと願うなら、
　　　二つのものが必要である。

482、一つは健康な身体と精神、
　　　それは笑顔をたやさずいつも元気に仕えるためのものだ。

483、もう一つは純金、
　　　おお智者よ、それを使って思うことをやり遂げなさい。

484、さすればこそ、お仕えすることがかなうだろう、
　　　閉ざされた宮殿の門は開かれるだろう。』

485、満月は金と銀と他に高価な品々を用意した、
　　　もしやっかいごとが起こっても、それが彼を助けてくれるに違いない。

486、満月は家を離れ、長い道のりを歩きはじめた、
　　　あるときは進み、あるときは泊りながら。

487、ついに日の出王の王宮門の前に着いた、
　　　彼が望んだ希望を成し遂げた。

488、満月は都で住む場所を探したが住まいは見つからない、

第13章　満月、日の出王の都に至る

彼には世界が狭く感ずる。
489、失意のうちに、彼は貧者のための慈善宿泊所[*]にたどりつき、
　　孤独な夜を過ごすためにここに宿ることにした。
490、優れた賢者の一人に数えられる人物が言ったことを聞きなさい、
　　彼はその言葉を豊かな知識のなかから選んでいる。
491、『新参者が見知らぬ土地に来れば、
　　まわりはすべて見知らぬ人、そこでは苦労が待っている。
492、新参者が必死に道を探しても、
　　誰の助けも得られず、苦労だけが増すばかりだ。
493、誰も知っている者がいない人は盲人のようなもの、
　　もし彼が道に迷っても咎めてはいけない。
494、異郷に一人いることは唖者のようでもあり、
　　見知らぬ人のなかにいる花嫁のようでもある。
495、智者よ、異郷の旅人をもてなしなさい、
　　彼らを憐れみ食べものや飲みものを与えなさい。
496、異郷の旅人を助ければ、あなたの目は輝きを増すだろう、
　　その善行の知らせは広く世間に知れわたるだろう。
497、人はいろいろなところに、友人を持つべきだ、
　　友人たちなしに、仕事はうまく運ばない。』

498、満月はこのようにして都に住んだが、
　　漂泊の苦難が彼の容貌を憔悴させた。
499、しかし、徐々に知人や友人をつくり、
　　住まいも見つけ、気分も楽しくなってきた。
500、彼は誰とでも仲よくつきあい、
　　地位の高低にかかわらず親交を深めた。
501、仲間のうちに特別に素晴らしい人物がいた、
　　満月は互いに認め合い、善い友となった。
502、満月は、その友と親しく交流した、

---

[*]　muyanlıq 貧者のための慈善的宿泊施設。

第13章　満月、日の出王の都に至る

大望（Küsemiš）[1]が彼の名で、善行が彼の職業だった。
503、満月は彼に向って自分の心を開いた、
自分がこれまでなにをしてきたのか、なにをしようとしているのか。
504、自分がなにゆえ故郷を遠く離れたのか、
本当に、満月が思っているすべての気持を話した。

505、日の出王の身近に剛毅（Ersig）[2]という名の御前侍従がいた、
彼は王が信を置く腹心の臣下だった。
506、ある日、大望は侍従の所に訪問し、
満月のことについて語った。
507、侍従は熱心に彼の話に耳を傾け、
満月がどんな男でなにを考えているか、つぶさに尋ねた。
508、大望は侍従の質問にすべて答え、
満月の望みや彼の身分などについてもきちんと話した。

侍従が大望に答える

509、侍従は言った、
「彼をここに来させてくれ、まず少し話をしてみよう。
510、それからわたしが国王に上申しよう、
国王に接見する期日を決めていただこう。」

大望と満月の話

511、大望は侍従の邸宅を去り、帰って満月に言った、
「起きなさい、満月、君の太陽が昇りはじめた。
512、行きなさい、行って侍従にお会いしなさい、
望みがあれば、それを彼に言いなさい。
513、彼に会って自分のことを知らせなさい、
君自身の口から、自分の状況を告げなさい。
514、君の話はもう侍従には伝えてある、
でも自分自身から話せばもっとよい結果になるだろう。」

第13章 満月、日の出王の都に至る

515、直接当事者が話すという、このやり方について、
　　　ある正直な男が適切に語った。
516、『他人が代わって本人よりもうまく話せる、ということは本当である、
　　　しかし、本人の関心を本人よりも多く持つ者は誰もいない。
517、いかに親しい友人であろうとも、
　　　あなた自身よりもあなたに忠実な人間がいるだろうか。
518、もしあなたが誰かに自分についての真実を語ろうとするなら、
　　　あなた以上にそれを語れる人間はいない。』

519、満月は立ち上がり、ふさわしい衣服を身につけて、
　　　大望といっしょにその侍従に会いに行った。
520、彼ら二人が侍従の屋敷の門前に着いて馬から降りると、
　　　侍従の下僕が前に進みより二人を出迎えた。
521、まず、大望が一人邸宅に入り、しばらくして戻ってくると、
　　　今度は満月を屋敷のなかに招き入れ侍従に会わせた。
522、侍従は満月を迎え上座に座らせると、
　　　言葉親しく話しはじめた。
523、「気分はどうか、どんなところに住んでいるのか、
　　　住まいの居心地はどうか。
524、ここにはあなたの友人はいるか、親戚はあるのか、
　　　世話人はいないか、食事は満ち足りているか。」
525、そしてまたつづけて尋ねた、
　　　「あなたの得意なことはなにか、望みはなにか。」

満月、侍従に答える

526、満月は言った、
　　　「おお、幸い多き侍従様、わたしは日の出王の名声を聞きました。
527、わたしは遠くで王の威光と声望を知り、
　　　また、彼の知性、学識、その深い智恵について聞きました。
528、それこそが、わたしが王に仕えようと願い、

第 13 章　満月、日の出王の都に至る

王宮の門にまで来た理由です。
529、もしわたしが王さまに仕えるにふさわしいとお思いならば、
　　　侍従閣下から陛下へわたしのことをお伝え願えないでしょうか。」

530、侍従は満月をとても気にいった、
　　　そして彼のことをおおいに賞賛した。
531、彼の容貌、立ち居ふるまい、品行のすべてがすぐれ、
　　　話し方はたくみで、語気も穏やかである。
532、侍従は彼を王に奉じる条件にかなう人物だと考えた、
　　　言いかえれば、侍従は満月に心を奪われたのである。
533、主人に寵愛されたある人物が言った、
　　　「人に好かれれば欠点も美徳となる。
534、もし主人に愛されれば、あらゆる欠陥が完璧さに変わるだろう、
　　　もし主人が彼を嫌うなら、完璧さも高慢にしか見えないだろう。」
535、次の詩がこのことをうたっている、
　　　善き人よ、どうかこの句を聞いて欲しい。
536、**「人が誰かを恋すれば、短所も長所に変わるだろう、**
　　　左だって右*になり、欠点だって飾られる、
537、**人が誰かを恋すれば、彼のすべてが美しい、**
　　　彼の姿は目をうがち、あなたはなにも見られない。」

侍従、満月に答える

538、侍従は満月に答えた、
　　　「急ぐではない、わたしの話を聞きなさい。
539、まずあなたの気持を上申させてくれ、
　　　それからあなたの願いと経歴を説明しよう。
540、もし国王があなたにお会いなさることになれば、
　　　あなたが尊重されるよう、すべてをわたしに任せなさい。

＊カラ・ハーン朝・テュルク語で、「左」は「まちがい」、「不幸」の意味がある、「右」は「順調」、「幸運」などの意味がある。

541、あなたになにか希望があればわたしが面倒を見よう、
　　　わたしは喜んであなたに力を貸そう。」
542、侍従は満月の言ったことを快く承諾し、
　　　彼の願いを成就させてやろうと気を引き締めた。
543、これはなんと素晴らしい最良の介添人だろう、
　　　他人のために喜んで責任を受け負う。
544、仕事に通じ能力に優れた政府の高官がいた、
　　　この賢人が次のように語ったことがある。
545、『高い地位を得た者は、
　　　民に対していつも公正であらねばならない。
546、誰かもし民を支配するものがあるならば、
　　　礼節と寛容をもって治めなければならない。
547、誰かもし人びとに命令を下すならば、
　　　口調は柔らかくもの腰は穏やかでなければならない。
548、幸運の女神は行ったり来たり、幸せを作ったり壊したり、
　　　それが退屈になれば、ほかに逃げていく。
549、運命を信じ、ただ正しいことをおこないなさい、
　　　幸運は今日はここにいるが明日はどこかに去ってしまう。
550、幸運に頼ってはいけない、
　　　幸運は来たらまた消えていく。
551、運命の主人はあなたである、
　　　幸運が長くとどまるなら、善いことだけをおこないなさい。
552、もしあなたが王の側近となり高い地位を得たとしても、
　　　謙虚さを保ち、人びとに頭を低くして接しなさい。』

553、侍従が再び語った、「さあ行きなさい、もう幸運の帯は結ばれた、
　　　あなたは喜んでもよいのだよ。
554、急いではいけない、機会を待つのだ、
　　　ときが来たら閉じられた宮門はすぐ開くだろう。」
555、一人の賢人がよいことを言っている、

第13章 満月、日の出王の都に至る

　　　　学者の言葉は、まるできらびやかな錦織りのようだ。
556、「急げば急ぐほどことは遅くなり、
　　　　結果、大きな後悔を引き起こす。
557、すべてのことは、それがなされるべきときがある、
　　　　待ちなさい、急いではいけない、賢い者よ。」

満月、侍従に答える

558、満月は侍従の話をすべて聞き、感謝して言った、
　　　　「わたしは忍耐強く待つでしょう。
559、侍従閣下はわたしに会ってくださり願いを聞いていただいた、
　　　　あとはすべてをお任せします。
560、閣下がいつわたしをお召しになるとしても、
　　　　わたしはすぐに参上いたしましょう。」
561、満月は立ち上って別れを言い、
　　　　家に帰って着衣をぬいだ。

562、侍従は満月に会ってみて、
　　　　彼が群を抜いた秀才だということを見いだした。
563、「わたしは今まで彼のように優れた人物を見たことがない、
　　　　彼は知的で賢く本当に素晴らしい人物だ。
564、このような人物はまことに稀(まれ)にしかいない、
　　　　稀（qız）なものは価値が高い、乙女（qız）を光る真珠と呼ぶように。
565、希少なものはかならず価値がある、
　　　　さがし求めて得がたいものは貴重さである。
566、王にとってこのような人材は必要である、
　　　　王に必要な人物は、王国全体にとっても必要である。
567、才能ある人は多くの人にとって価値がある、
　　　　才能ある人は才能によって志を実現しようとする。」

568、侍従はついに、国王に満月のことについて話す機会を得て、

彼の性格の高潔さ、素質の高さなどを語った。
569、さらに、彼の容貌やいきさつを説明し、
　　　知性に裏付けられた彼の賢さを話した。

国王、侍従に答える

570、国王は話を聞いて言った、
　　　「彼はどこにいるのか、連れて来て余に会わせよ。
571、まさにこのような人材が必要なのだ、
　　　余は国事を分担させられるような人物を探していた。
572、余はなにごとも思うままに行っているが、ただ一つ不足がある、
　　　今、余に必要なのは彼のような補佐なのだ。
573、行け、彼を見出した優れたわたしの臣下よ、
　　　そしてわたしの前にその男を連れてきなさい。」
574、侍従は王の部屋から出て宮門に行き、
　　　一人の小姓にその知らせを急いで届けさせた。

575、小姓が侍従の命を伝えると、
　　　満月は喜んで衣を礼服に着替えた。
576、満月は馬に乗って宮殿の門まで行った、
　　　馬から降りると、門前では侍従が出迎え彼を宮殿に招き入れた。
577、侍従は満月を上座につかせた、
　　　満月は礼儀をわきまえてそこに座った。
578、侍従は王室に入って王の前に立ち、
　　　満月が宮廷に参上したことを報告した。

国王、侍従に答える

579、国王は言った、
　　　「早く彼をここへ、余は会って彼と話をしたい。」
580、侍従は王室から外に出てくると言った、「立ちなさい、満月、
　　　陛下の前に行きなさい、幸運の帯はあなたの腰に巻かれている。」

第 13 章　満月、日の出王の都に至る

訳注

〔1〕**大望**（キュセミシュ Küsemiš）　クタドゥグ・ビリグ英語翻訳者、ロバート・ダンコフは、「大望」を満月の王宮へ仕えたいという意思の擬人化としている。

〔2〕**剛毅**（エルシグ Ersig）　ロバート・ダンコフは、「剛毅」を満月と宮廷を取り持つ侍従の男気の擬人化としている。

第14章

満月、日の出王に謁見する

581、満月は国王に会い、うやうやしく礼をした、
　　　日の出王は満月を見ると心から喜んだ。
582、満月は床にひざまずき、国王に挨拶をした、
　　　その美しい言葉は日の出王を心から満足させた。

日の出王、満月に問う

583、国王は尋ねた、「そなたの名はなんという、
　　　どこから来たのか、どこに住んでいるのか。」
584、満月は静かに重々しく口を開いた、
　　　口調は温和で、言葉使いは上品である。
585、おちつき温和であることは智恵ある者の特性である、
　　　一方、愚かな人びとは家畜と同じである。
586、重要な仕事に直面したら慌(あわ)ててはいけない、
　　　このことを詩人がうたった。
587、**「熱して急げば、**
　　　おまえが得るのは後悔と悲哀のみ、
588、**冷静であれ、沈着であれ、**
　　　安らかな奴隷は明日の王。」

満月、国王に答える

589、満月は言った、「おお栄光の王よ、
　　　わたしが陛下に仕えるならば、奴隷のように働くでしょう。
590、わたしの名前は奴隷でありしもべであります、
　　　わたしの居場所は宮門であり、なすべきことは公正と奉公です。
591、遠方より陛下のもとへと、わたしはまっすぐめざして歩みました、

第 14 章　満月、日の出王に謁見する

そして今日、とうとうわたしの目的を達成いたしました。
592、これはお願いです、
　　わたしを退けず、陛下のお側に仕えさせてください。」
593、この言葉を聞いて日の出王は喜んだ、
　　なぜなら、探し求めていた男子が見つかったからだ。

日の出王、満月に答える

594、満月を登用しようと思いながら国王は言った、
　　「満月、余はそなたと会い、そなたの風貌や態度を気に入った。
595、望むならそなたは余の宮廷に仕えよ、
　　余の側に仕えて忠誠をつくせ。
596、幸運の門は開かれた、次に参るときには余からの報酬を受けとり、
　　そなたが仕えるべきこの国のために働け。
597、今後、そなたは余のために尽力せよ、
　　ベグは臣下に相応の報賞を遣わすであろう。」

満月、国王に答える

598、満月は床に口づけして言った、「陛下のご威光のおかげで、
　　幸運がわたしに手を差し伸べてくれました。
599、遠く故郷を離れて長い道のりを、
　　わたしは陛下へ忠誠をつくすためにやってきました。
600、おおアッラーよ、わたしが過ちを犯さず、
　　陛下のために尽力することをお助けください。」

601、満月は王の許しを得て宮殿の外に出た、
　　心は喜びでいっぱいだった。
602、幸運を得たある人物の言葉を聞きなさい、
　　彼は幸運によって自分の願望をすべて果たした男だ。
603、「ベグがもし誰かを寵愛したら、
　　その人の心は生きいきし、自信に満ち溢れるだろう。

第 14 章　満月、日の出王に謁見する

604、ベグがもし誰かに対して笑顔で接したら、
　　　その人の瞳は輝き、言葉は重みを持つようになるだろう。
605、ベグがもし誰かを側近くに置けば、
　　　彼は確信を持ってなにごとをもすすめるだろう。
606、ベグとは人びとにとって幸運を意味する、
　　　幸運に近づけば人びとの願いはかないすべてが順調にいく。」

607、この日以来、満月は宮中で仕えることとなり、
　　　怠けることなく仕事に精をだした。
608、昼は門衛のように、夜は夜警のように、
　　　朝早くから彼はしっかりと仕事に取り組んだ。
609、彼は王のもとにも出入りし、
　　　王もまた彼に対して親しく接した。
610、毎日のように彼は新しい業績を残し、
　　　王は日ごとに彼の功績を讃えた。
611、ベグが奴隷の仕事を讃えれば、
　　　その功績で賤しい奴隷も高い地位にのぼる。
612、実際、功績によって奴隷がベグになることだってある、
　　　しかし彼の仕事に功が無ければ願いは達成できない。
613、耳を傾けなさい、
　　　ある賢人がこのことを詳細に語った。
614、**「賤しい召使いも堅実と正直で、**
　　　誉れの椅子にのぼってすわる、
615、**見苦しく笑うヒキガエルは、**
　　　庭から外へは出られない。」

616、満月は日夜、自分の仕事に精をだした、
　　　王はそれに応えて彼に恩恵を施した。
617、宮廷での地位は見る間にあがっていく、
　　　心配はなくなり心は喜びでいっぱいだった。

第14章　満月、日の出王に謁見する

618、満月は王のために真心をこめて働き、
　　　王は応えて手あつい待遇で彼を遇した。
619、王は満月にあらゆる種類の仕事を試し、
　　　彼が理想的な人物であることを確かめた。

第 15 章

満月、国王に向かい
わたしは幸運を代表するとのべる

620、ある日、日の出王は王室で一人座り満月を招いた、
　　彼は喜んで部屋に入り王の側に行った。

621、満月が王の前に立つと、
　　王は彼に向って座に着くよう指示をした。

622、満月は持っていた一つの丸い球を取りだすと、
　　それを尻にしておもむろに座った。

623、王は満月にさまざまな学問の論点について質問をした、
　　満月はゆっくりと一つひとつ返答した。

624、日の出王はたいそう喜び笑みをたたえた、
　　だが、満月は表情を変えず両眼をつむった。

625、突然、日の出王は場違いな沈黙におそわれた、
　　満月は相変わらず目を閉じたままだった。

626、王は満月に向かって再び問いはじめた、
　　満月は顔をしかめ眉をひそめながら答えた。

627、王は敬意をもって満月を観察した、
　　そして彼が立派な精神と優れた知識の持ち主だということを認識した。

628、王は気分を害したが満月が有能な人物だという理由で自分を慰め、
　　彼を尊重することをやめなかった。

日の出王、満月に語る

629、不意に満月は顔を横にそむけた、
　　王はその態度を見て、怒りで真っ赤になった。

630、国王は言った、「なんというまちがいをしたのだろう、
　　これも余が他人を信頼したことから起こったのだ。

631、ある賢人が言った言葉をききなさい、

第15章　満月、国王に向かいわたしは幸運を代表するとのべる

　　　　『急いでものごとをおこなうと後から後悔する。
632、急いでおこなうことは、生煮えの食べもののようなものである、
　　　人がそれを食べれば、病気を患う。
633、急いでおこなうことは失敗の始まりである、
　　　熟慮をともなってこそ、どんな行為も成功する。』
634、このたびは余が急ぎすぎた、
　　　そなたを知らず仕事ぶりも試さぬ前にそなたと親しくなりすぎた。
635、ベグは臣下に仕事をさせてから、
　　　彼らに恩恵を与えなければならない。
636、まず臣下に仕事をさせ、彼らがそれに精通してから、
　　　重要な地位につかせるべきである。」

満月、国王に尋ねる

637、満月が口を開いた、「おお栄光の王よ、
　　　なぜあなたはこのようにお怒りになるのですか。
638、わたしがどのような過ちを犯したのでしょうか、
　　　どうかお教えください、申し開きしたいのです。
639、もし罪を犯しているのなら、陛下の力でわたしをお罰しください、
　　　そうでなければ、氷のように冷たい顔をなさらないでください。
640、智恵ある人が言ったことをお聞きください、
　　　彼はこのことを注意深くくりかえしました。
641、**「臣下にまちがいがあったなら、彼を近くに呼びなさい、**
　　　そして理由をただしなさい、
642、**本当に罪があったなら、罰することも仕方ない、**
　　　罪がなければ物と心で慰めなさい。」」

643、日の出王はそれを聞いてさらに怒った、「己を知れ、愚か者め、
　　　そなたはどこにいるのか分っているのか。
644、そなたのこの無作法はどこから来たのだ、
　　　どこでその非常識を学んだのか。

第15章　満月、国王に向かいわたしは幸運を代表するとのべる

645、余はそなたが忠誠をつくして仕えると思っていた、
　　だがまだそなたは業績も功労もあげていない。
646、禄を受けられるほどの功はなくとも余はそなたを尊敬し寵愛した、
　　余はそなたに高位を与えたが、そなたはそれを乱用した。
647、そなたは丸い球を座布団として座った、
　　なぜか、まさかその円球がそなたの座る所ではあるまいな。
648、それから驚いたことに余が話している最中、
　　そなたは目をつむっていた。
649、それでも余はその無作法を許して話をつづけた、
　　しかし次には、そなたは余に顔をそむけたのだ。
650、まさかそなたは知者の戒めを聞いたことがないのではなかろう、
　　『ベグの前に出るときには自らを持せよ』という言葉を。
651、まさかそなたの父母が教えていないということはあるまい、
　　『息子よ、おまえはベグと対等にふるまってはならない』と。
652、まさかそなたの友人の高官がそなたに言っていないことはあるまい、
　　『ベグを軽んずればおまえの首は打たれる』と。
653、ベグは燃えさかる炎である、
　　もし炎に近づけばいかなる者も焼き殺されてしまうだろう。
654、警告しよう、ベグは劫火である、
　　劫火に近づけば大難が待ち受けている。
655、見よ、もしそなたがベグを侮辱したら、
　　そなたの首は切られ、そなたの血は大地に流れるだろう。
656、そして、彼らと接するときは畏れをもって用心せよ、
　　もし畏れる心がないなら、力づくでそなたに恐れを示すだろう。」

第16章
満月、国王に向かい幸運の本質をのべる

657、満月はほほ笑んで言った、
　　「陛下のみ心はわかりました、わたしも説明させていただきましょう。
658、わたしの行動は理由があってしたことで、
　　わたしの気持ちを陛下に理解していただきたかったのです。
659、今日陛下の御前に参上したことは、
　　わたしの天性を示すためです。
660、陛下はわたしに然(しか)るべき席をくださったがわたしは座りませんでした、
　　わたしにはまだ座る場所がないことを示したかったのです。
661、このことを明らかにするためにわたしは床に円球を置きました、
　　この円球はわたし自身を表しているのです。
662、円球は床の一か所に固定せず、あちらこちらと動こうとする、
　　そう、わたし、幸運もずっとまわりつづけていくものなのです。
663、陛下が親しくわたしにお話あるときに、わたしは目を閉じました、
　　これもまたわたしの天性を伝えるためです。
664、今日のわたし、つまり幸運は盲人のようなものです、
　　誰がわたしに近づき、誰がわたしをつかまえるかは分かりません。
665、陛下が笑顔でお話をつづけられたとき、
　　わたしは自分の顔を陛下から背(そむ)けました。
666、これもまたわたしの性格を言い表そうとしたことです、
　　わたしの性分は定まりません、軽く信頼をおいてはいけないのです。

667、あるテュルク人の警句をお聞きください、
　　彼は多くを経験してきた才知ある老人です。
668、『幸運の主よ、うつろなる幸運の女神に頼ってはいけない、
　　名声ある者よ、彼女を信じてはいけない。

第16章　満月、国王に向かい幸運の本質をのべる

669、幸運があなたの側にいようがいまいが、
　　　流れる水と王の舌[1]はたえまなく変化していく。
670、幸運は移り気で不実、あるときは歩きあるときは飛んでいく、
　　　彼女の脚は軽やかでつかめない。』」

国王、満月に尋ねる

671、国王は言った、「そなたの弁解は分かった、そなたの謝罪は認めよう、
　　　だが余にはそなたが自分を自慢しながら話しているように見える。
672、そなたの言いたい放題の舌が大きな話をした、
　　　まずはそなたの長所についてのべなさい。」

満月、国王に答える

673、満月は言った、「もし生まれつきそれがあると言うのなら、
　　　わたしの長所はたいへん多いと言えるでしょう。
674、ベグへの道はもとより閉ざされていました、
　　　しかし、わたしの年は若く生き方に屈託はありませんでした。
675、わたしの容貌は美しく性格は洗練されています、
　　　なにか願いがあれば、すべて達成できるでしょう。
676、わたしがいたどんな場所ででも、
　　　願いごとはわたしの思うようにかない、わたしを楽しませてきました。
677、喜びはわたしのものであり、苦しみはわたしから遠くに去りました、
　　　幸福はわたしのものであり、悲しみはわたしから離れて行きました。
678、誰かがわたしにひざまずいたなら、彼は願うところを得られます、
　　　誰かがわたしを軽蔑したならば、彼は酷い死にみまわれるでしょう。
679、誰かがわたしに打撃を与えたいと思ったら、彼はわたしに撃たれます、
　　　誰かがわたしを抑圧したいと思ったら、彼はわたしに制圧されます。
680、ある詩がわたしのことをうたっています、
　　　聡明な人はその意味を味わえるでしょう。
681、「運には腰をかがめて拝みなさい、
　　　拒むなら悲嘆と心配に暮れなさい、

第 16 章　満月、国王に向かい幸運の本質をのべる

682、幸運を祝福する者は、
　　　かぎりない幸せと共にある。」

国王、満月に尋ねる

683、王は言った、「そなたの長所はよく分かった、
　　　今度はそなたの欠点を聞こう。」

満月、国王に答える

684、満月は答えた、「わたしに話すような欠点はありません、
　　　しかし他人はわたしの欠点を変わりやすさだと申します。
685、彼らは、わたしは気が変わり裏切りやすいと、
　　　後ろで悪い噂を流しています。
686、しかし変わりやすさはわたしの欠点ではありません、
　　　たえず新しいものを探し求めることがわたしの天性です。
687、わたしは墓穴に入りそうな古びたものは嫌いです、
　　　そういったものには耐えられません。
688、新しいものがあるのに古いものは必要でしょうか、
　　　良いものがあるのに悪いものが必要でしょうか。
689、新しいものは人生の調味料です、
　　　人びとは良い味を求めるために苦しいことでも耐えるのです。
690、わたしのこの天性のために人びとはわたしを移り気とそしり、
　　　この名で呼ばれるわたしの気質を非難します。
691、偉大な吟遊詩人がうたいました、
　　　彼はわたしの言いたいことをより明らかにしています。
692、「生命あるものはすべて終わりがある、
　　　ただ創造主のみが永遠(とわ)に存在する、
693、あなたが生命(いのち)と呼ぶものは風のように過ぎていく、
　　　生命はいつも逃げていく、誰がそれをとどめえよう。」
694、幸運を信じてはいけません、わたしはあなたの所に往来(ゆきき)するものです、
　　　わたしはあなたに与えもしますが奪いもします。

695、幸運はなんと素晴らしいものか、わたしの子羊よ、
　　だがそれは変わりやすさのせいではありません。
696、もし幸運が来たままその場にとどまるなら、
　　暗い夜は輝く昼間にとって代わることはないのです。」

国王、満月に尋ねる

697、国王は尋ねた、「そなたがとりとめなく変化することは知った、
　　だがそなたがずっと定まることはないのだろうか。」

満月、国王に尋ねる

698、満月は答えた、「わたしの生活は常に変化しています、
　　広い野にいる自由なカモシカのように。
699、誰かがわたしを探し出そうとしてもかんたんではありません、
　　とらえようとしても、すぐに見失ってしまうでしょう。
700、ただわたしをしっかりつかんでおく方法を知っている人だけが、
　　わたしを逃さないのです。」

国王、満月に尋ねる

701、国王は言った、
　　「どんな種類の枷なら、そなたをしっかりとらえておけるのか。」

満月、国王に答える

702、満月は返答した、
　　「いくつかの枷があります、陛下にお教えいたしましょう。
703、わたしをとらえる者は礼儀正しく、温和で謙虚、
　　言葉づかいは穏やかでなければいけません。
704、その人はその気質をけっして失わず、
　　悪徳から身を守っておく必要があります。
705、同じように、自分の行動に節度を保ち、
　　蓄えた富を浪費してはなりません。

第16章　満月、国王に向かい幸運の本質をのべる

706、身分の高い者には心をこめて仕え、
　　　目下の者には穏やかに話します。
707、人びとに対して高慢にならず誰をも見くださない、
　　　未熟な者たちからの嘲笑などは受け流していく。
708、酒に溺れてはいけません、運命にもてあそばれます、
　　　むだなものを求めない、財物の浪費です。
709、いつも正しい行為をおこない、
　　　高潔さを保つこと。
710、これらが幸運をつなぐための枷の数々です、
　　　これらの枷で束縛することこそ良い運命を逃さない方法です。
711、次の詩がこれを表しています、
　　　詩人はわたしが言いたいことを魅力的にうたいました。
712、「足を引きずって幸運が歩いてくる、
　　　いつもならカモシカのように速いのに、
713、おまえに二度目の機会はない、
　　　彼女が近くに来たらしっかりととらえなさい。」」

国王、満月に答える

714、国王は言った、「幸運よ、余はそなたを理解し今は深く愛している、
　　　しかし、そなたは余を嫌い見捨てようとしている。
715、それがそなたの気まぐれな性格からでないのなら、
　　　そなたがここに来てくれたことはなんと素晴らしいことか。
716、そなたは誠実なふりをしているが、本性は移り気で不実である、
　　　そなたに好意を示せば、そなたは苦痛を与える。
717、あるときは、そなたは一人の人間に対して父母よりも深い愛情をかけ、
　　　自分の手のひらの上で彼を揺らしながらほほ笑む。
718、あるときは、そなたはまったく違った態度になって、
　　　彼にそっぽを向いてしまう。
719、そなたはすべてを集め、後には風と共にすべてを吹き飛ばす、
　　　そなたは人を招き入れ、後には彼の眼前で音をたてて扉を閉める。」

満月、国王に答える

720、満月は言った、
　「おお栄光の王よ、わたしの長所と欠点はすでに申しました。
721、もし誰かがわたしをとらえておきたいと言うのなら、
　わたしを繋ぎとめる方法もすでにのべました。
722、彼が手綱をしっかり握っていなければ、
　わたしはカモシカのように逃げだし追いつくことはできません。
723、経験に富んだある先達の忠告をお聞きください、
　それは言葉で織られた錦のようです。
724、『変わり身の早い幸運をいかにとらえておくかを知らなければ、
　彼女がまぢかに来ても、きっと逃げていってしまうだろう。
725、気ままな幸運がどんな利益をあなたにくれるのかを知らなければ、
　彼女はそれを持ちかえってしまうだろう。
726、幸運を獲得したら移り気な彼女をしっかりつかまえておきなさい、
　そうでなければ、あっという間に彼女を失ってしまうにちがいない。』
727、高潔さを保ち、正しい行為をおこなえば、
　幸運の手綱は陛下の手に握られるのです。」

国王、満月に尋ねる

728、国王は尋ねた、「すでに余はそなたの長所と欠点を知った、
　しかしそなたの名前がなぜ満月というのか知らない。
729、どうか満月の名の意味を教えてくれ、
　余の疑いをほどいてくれ。」

満月、国王に答える

730、「わたしの性格が月に似ているという理由で、
　ある賢人が満月という名前をわたしにつけてくださったのです。
731、生まれたときには眉のように小さかった月は、
　天空のなかで日ごと大きく高くなっていきます。

第16章 満月、国王に向かい幸運の本質をのべる

732、それがちょうど真ん丸になったとき、
　　　世界中に光りを注ぎ、すべての創造物を照らし出します。
733、月は真円の極限に達すると同時に、
　　　今度はだんだんと小さくなり美しさを失っていきます。
734、光は徐々に暗くなりいつか天空から消えていく、
　　　そして再び日ごとに月は満ちていくのです。
735、これはなんとわたしの性格に似ていることでしょう、
　　　わたしはあるときは現れ、あるときは存在しません。
736、どんなに惨めな人間であってもわたしがその人の方をふり向けば、
　　　彼は美しく健康になり出世し名声を得ます。
737、しかし彼が大きな富を築き名声がとどろけば、
　　　わたしはすぐに彼の側から去るでしょう。
738、もしわたしがその人から離れれば輝きは消え富も離散し、
　　　彼はもとの惨めな状態に戻るのです。
739、詩人が美しい詩にしてこのことを語っています、
　　　この詩句は無知な人にとっては真実を知る目となるでしょう。
740、「運がもたらした勝者の名声は輝くばかり、
　　　さながら新月が満月になり世界を照らすように、
741、気ままな幸運に囚われてはいけない、
　　　満ちた月、あとはただ欠けて行くばかり。」

742、わたしの話をお聞きください、
　　　もう一つの満月の名前の由来を説明しましょう。
743、月の位置は変化し定まっていません、
　　　だから彼女の最後の住まいはありません。
744、はじめ月の宮はかに座にありそこから移動をしていきます、
　　　移動にしたがい宮は変化し、それは再びかに座まで帰っていきます。
745、月はどこの宮に入ってもすぐに離れていきます、
　　　あまりに早く出ていくので、月は前にいた宮を壊してしまいます。
746、これはまったくわたしの性格と同じです、

第16章　満月、国王に向かい幸運の本質をのべる

わたしはあるときは高く昇り、あるときは低く下ります。
747、わたしは来ては出て行き、行くときは自ら離れ、
　　決まった住まいもなく世界中をさすらいます。
748、それを見て、ある知者がわたしの名前を満月と名付けました、
　　意味はとても深いのです。
749、ここにわたしの長所と短所の両方をのべました、
　　わたしの、つまり幸運による病気とその治療法は以上です。
750、言うべき話はあなたにすべて話しました、
　　今はあなたがわたしをつき放すか、わたしをつかまえるかだけです。」

国王、満月に答える

751、王は言った、「そなたの言いたいことはわかった、
　　そなたの話は余の心を明るくし、気持ちも余と変わらない。
752、おお、人間の精鋭よ、余はそなたのような人材を探していた、
　　アッラーはわたしの願いを聞き届けてくれたのだ。
753、アッラーが願いを聞き届けてくれたなら、
　　ふさわしいお礼はただ感謝することだけである。
754、今日から余は日夜祈りを捧げよう、
　　惜しみない神への感謝の気持ちを伝えよう。
755、一人の賢者がどのように言ったか聞きなさい、
　　彼はすでに世を去っているが、彼の著作は今でも残っている。
756、『天の恵みを賜った者よ、アッラーに感謝せよ、
　　深く感謝する者には神の恩恵はさらに増すだろう。
757、神の恵みを賜った者は神への感謝を忘れがちである、
　　神から顔をそむけないかぎり、その恩恵は続くであろう。
758、たとえ神からの恵みが少なくとも充分に感謝しなさい、
　　神の恵みが多ければ、そのあり難さをよりたいせつに受けとりなさい。
759、感謝して祈る者には、神の恵みは十倍にもふくれるだろう、
　　彼の家は、おびただしい財物で溢れるだろう。』」

第16章　満月、国王に向かい幸運の本質をのべる

760、王は満月を賞賛し、
　　　日夜ともに自分の近くにいることを命じた。
761、王は満月に敬意を表し褒め讃えた、
　　　加えて、金や銀たくさんの財物を報賞として与えた。
762、王は満月の知識を頼って、
　　　しばしば彼の賢明な助言を求めた。
763、満月は王から与えられた栄誉を受け入れ、
　　　誠実に宮廷の政務に取り組んだ。
764、王は満月に対し時間をかけて考察したが、
　　　彼が王の臣下のなかでもっとも優れた人物であると分かった。

訳注
〔1〕舌　ここでは、王の発言・命令のこと。

第17章

日の出王、満月に正義についてのべる

765、ある日、王は宮中で一人座っていた、
　　　殿内に人の気配はなく心は空洞のように寂しかった。
766、彼は満月を王室に呼んだ、
　　　満月は部屋に入ると、恭しく両手を組んで王の前に立った。
767、王は満月を見下ろすような高いところに座っていた、
　　　そしてしばらくなにも言わず黙ったままだった。
768、王は彼を少しながめてから、
　　　自分の近くに座るよううながした。
769、満月は静かに上品に座った、
　　　目は伏せていたが、王への忠誠心は明らかだった。
770、満月が日の出王をそっとのぞくと、
　　　王は眉をしかめ険しい顔つきになっていた。
771、王は銀の椅子の上にまっすぐ座り、
　　　その椅子は三本の脚で支えられていた。
772、王の手には一ふりの大きな刀が握られ、
　　　左には毒[1]、右には砂糖が置かれていた。
773、それを見て満月は不安でいっぱいになり、
　　　口をつぐみ、息をひそめた。

国王、満月に尋ねる

774、国王は頭をもたげ、少したってから、
　　　満月に命じた、「話しなさい、満月。
775、そなたは、余が一人でいるというのに、
　　　なぜ啞のように黙っているというのだ。」

第17章　日の出王、満月に正義についてのべる

満月、国王に答える

776、満月は答えた、
　　「おお栄光の王よ、わたしには口を動かす勇気がありません。
777、今日の陛下の行動を見ているといつもと違います、
　　その理由がなにか、わたしは恐れているのです。
778、一人の知者が人びとに戒めを告げました、
　　『ベグが怒ったときは、絶対に近づくな。』
779、ある賢人はもっと良いことを言っています、
　　『ベグが怒りに震えるときは猛毒がまき散る。
780、もしベグの顔に怒りが走ったら、龍が怒ったことなのだ、
　　けっして近づいてはならない、素直な人よ。
781、もしベグが怒りに震えたら、雷鳴が響いているのだ、
　　早く彼から離れなさい、雷に撃たれないように。』
782、ある名言がこのことについて述べています、
　　それを心に刻み、身を守ることを願います。
783、「王の怒りが間近にあることは、
　　宮廷で屈辱を受けることだ、
784、そのとき、王は檻から放たれたライオンとなる、
　　首を切られることを覚悟せよ。」」

国王、満月に尋ねる

785、国王は言った、「今すぐ話しはじめてくれ、
　　そなたは、なぜ驚いて口をつぐんでいるのだ。」

満月、王に答える

786、満月は言った、「次のことがよく分らないのです、
　　一つめに、玉座の椅子がなぜ銀製なのでしょうか。
787、銀の椅子は陛下の身分にふさわしくありません、
　　その意味をお教えください。

788、二つめに、陛下はどうして手に大きな刀を持っているのですか、
　　　その理由はなんでしょうか。
789、三つめに、陛下の右側には砂糖が、左側には毒が置かれています、
　　　どのような深い理由(わけ)があるのでしょうか。
790、わたしはこれを見て、陛下が大そうお怒りだと思い、
　　　理性を失ってしまいました。
791、この情景に、わたしの心は畏れ入り、
　　　啞者のように言葉が出なかったのです。」

訳注
〔1〕**毒**（ウラグン uraġun）　インド産の一種の苦い毒のある植物。

第 18 章

日の出王、満月に正義である自分についてのべる

792、国王は言った、「余はすでにそなたの言いたいことが分かった、
　　　一つひとつ、説明しよう。

793、先日、余はそなたを宮中に呼んだ、
　　　そしてそなたに敬意を表しふさわしい地位を与えた。

794、そなたは多くの不可解な話をして余を当惑させた、
　　　しかしそなたは余からの罰を逃れ自分を守った。

795、そなたが意見を主張するのを見て余は怒ったが、
　　　そなたはそれを責め、余を非難した。

796、余が怒りを放ったとき、そなたは強く言った、
　　　『わたしは**幸運**そのものである』と。

797、そなたは自分の行動について申し開きした、
　　　『わたしは陛下に自分を知ってもらうために言った』と。

798、余はそなたの無礼を許し、
　　　そなたの美徳にふさわしい栄誉を授けた。

799、今日余がこのように行動したのは、
　　　余の美徳と天性をそなたに教えるためだ。

800、見よ、余こそ**正義と法**である、
　　　これこそが余の生まれもった天性である。

801、見よ、余が座っているこの椅子は、
　　　三本の脚で支えられている。

802、三本の脚だからこそ傾かず、
　　　三本の脚だからこそ偏らない。

803、三本の脚の一本が折れ曲がったら、
　　　椅子は倒れ、座る人も転倒する。

第18章　日の出王、満月に正義である自分についてのべる

804、三脚の椅子は三本で真っすぐに立っているが、
　　　四脚の椅子は一本が曲がれば、残る三本で支えても椅子と人は倒れる。
805、どんなものでも均衡あるものは安定する、
　　　安定したとき、ものはよく本来の働きをする。
806、どこか偏りのあるものは曲がりやすく、
　　　曲がったものは悪い結果を生み出していく。
807、もしものが曲がっておれば立たずに倒れる、
　　　もしそれが真っすぐであれば、倒れずしっかりと立っている。
808、余の天性が曲がっておらず真っすぐなことはそなたも知っておろう、
　　　余、つまり正義が曲げられれば、この世は最後の日となる。

809、それが奴隷、あるいはベグであろうとも、
　　　余がことを判断する基準は、正義をもととしている。
810、見よ、余の手のなかには大きな剣がある、おお高貴な剣よ、
　　　これこそ余が多くのことを決断するための武器である。
811、余はこの剣をもって訴訟を裁定し、
　　　けっして訴える者をむだに待たせはしない。
812、余の右に置かれた砂糖は事件の被害者が、
　　　正義を求めるために宮廷の門に来たとき。
813、彼が余の判決に口に砂糖を含んだように満足して、
　　　喜びを一杯に笑顔で帰れるように。
814、余の左に置かれた毒は、
　　　正義をないがしろにする悪人共に飲ませるためのもの。
815、そのような人物が裁判のために余の下にやってきたら、
　　　余は判決を下し、毒を飲ませ苦しめねばならない。
816、余が眉をしかめ険しい顔つきになっていたのは、
　　　悪人共に対してのものだ。
817、それが余の息子でも、親友でも、
　　　異郷人でも、旅人であったとしても。
818、余が裁決するときは彼らに区別はなく平等である、

第18章　日の出王、満月に正義である自分についてのべる

　　　　裁判はそれぞれの事例に応じて公平に判決されねばならない。
819、正義は国を統治するための礎石である、
　　　ベグが真っすぐであればこそ民は生きられる。
820、偉大な賢人がこのように言った、
　　　耳を傾けて聞けばすべてはうまくいく。
821、**「国の基礎は正義と法の上になる、**
　　　正道は国家の根本、
822、**ベグが正義と公正を為せば、**
　　　願望は実現し王国は幸福に満つ。」

満月、国王に問う

823、満月は言った、「栄光の王よ、日の出王よ、
　　　陛下のみ名はなにゆえ日の出と申されましょうか。」

国王、満月に答える

824、国王は答えた、「ある聖者が余のために命名してくれた、
　　　彼は余の天性を赤い太陽になぞらえたのだ。
825、知っておろう、太陽は丸く輝き欠けることはない、
　　　燦々たる光りは永劫に変わらぬ。
826、余の天性も太陽と同じである、
　　　正義に満ち、永遠に欠けることはない。
827、二つめに、太陽が昇るとき、その輝きはすべての創造物を照らし出す、
　　　照らし出された万物はいささかの違いもなく明らかにされる。
828、余の裁定は太陽と同じようにいささかの違いもない、
　　　余の行動と言葉はすべての者に変わりなく公平である。
829、三つめに、太陽が昇ると大地は温かくなり、
　　　日があたって数えきれないほどの花が咲く。
830、同じように、余の法が国中におよべば、
　　　民はもとより石や岩に至るまで繁栄するであろう。
831、旭日のおよぶところ、美しい醜いを問わず、

第 18 章　日の出王、満月に正義である自分についてのべる

　　　すべては照らされ余すことはない。
832、余の行動も太陽と同じである、
　　　余はすべての民に公平に分かち与える。
833、最後に、太陽の宮室は永遠に変化しない、
　　　なぜならその基礎が堅固であるからだ。
834、太陽の宮はしし座である、その宮室はずっと動かず、
　　　けっして滅亡の道へ落ちることがない。
835、余の天性と言えばこのようなものである、
　　　余の燦々とした輝きは永遠に変わらないのだ。」

満月、国王に尋ねる

836、満月は言った、「栄光の日の出王よ、陛下の威勢が国中に拡がり、
　　　世界にその名が響き渡りますように。
837、わたしはたくさんの苦労と困難を乗り越え、
　　　遠い道のりを旅して陛下の下に参りました。
838、国王陛下の高潔さと美徳を聞きおよんで、
　　　わたしは宮廷に仕えるようここに参上しました。
839、お教えください、わたしは陛下のためになにができ、
　　　なにをすれば陛下を喜ばせ満足させるのかを。
840、臣下として仕えることは、自分の気持ちと異なるときも、
　　　陛下のために全力で力をつくすことと承知しております。
841、イリ（ıla）＊の族長が語った言葉をお聞きください、
　　　彼は国王への功績を通じて、高貴な位に上った人物です。
842、『わたしはベグの宮廷にお勤めしたとき、
　　　まずベグの歓心を得ようとしました。
843、あなたもベグが喜び、ベグが満足できるようお仕えしなさい、
　　　そうすれば幸運の扉はあなたの前で開くでしょう。
844、いかにすれば高位を得られるかを知る者は高位を得られ、
　　　知らない者は門番にまで降格されてしまいます。

＊　イリ。現中華人民共和国新疆ウイグル自治区イリ河の地域。

845、下僕は彼の主人に愛されたとき、
　　　臣下はベグに尊重されたとき、出世の道が開かれるのです。』」

国王、満月に答える

846、国王は言った、「そなたの言いたいことは分かった、
　　　そなたは己をよく省みて、余を喜ばせるようにせよ。
847、そなたが余に仕えるに当たり、余が嫌うことを伝えたい、
　　　それはそなたがけっして行(おこな)ってはならないことだ。
848、余が嫌いな一つは嘘をつくことであり、
　　　一つは権力で弱い人びとをいじめる不届きものである。
849、一つは欲ふかいこと、一つは慎みのないこと、
　　　一つはせっかちなこと、また一つは卑劣なこと。
850、一つは性格が横暴なこと、一つは手が曲っていること〔1〕、
　　　一つは大酒を飲むこと、一つは施しを惜しむこと。
851、そなたには率直に言おう、
　　　余はその種の人間が大嫌いである。
852、そなたが余の好意を得ようと願うなら、
　　　けっして彼らのような性分を持ってはならぬ。
853、そなたが日々余に親しみ、
　　　より高い栄誉と報酬を得られんことを願う。」

満月、国王に答える

854、満月は言った、「陛下のお話はよく分かりました、
　　　次の質問をしてもよろしいでしょうか。
855、陛下にとって徳のある者とは、
　　　どのような資質を持っている人物なのかお教えください。」

国王、満月に答える

856、国王は言った、「徳のある人物の資質とは、
　　　彼が接するすべての人に恩恵を施す人間である。

857、その施しは自分を世間にひけらかすものではなく、
　　施しを与えた人びとの幸せに供するものでなければならない。
858、それはけっして自分の利益のためでなく、
　　他人への施しから見返りを求めるものではない。」

満月、国王に問う

859、満月は言った、「陛下のお答えはよく分かりました、
　　しかし、もう少し質問をつづけさせてください。
860、お教えください、人生を輝かせる正直の特性、
　　それはどのように人の心をてらすのでしょうか。
861、正直の根本とはなにでしょうか、
　　人びとが言う『真っすぐな道』とはなにでしょうか。」

国王、満月に答える

862、国王は言った、「真っすぐで正直な人間は、
　　言葉と心が一致している。
863、言葉と心が一致しているということは、
　　外側と内側も同じであるということだ。
864、彼は自分の心を手のひらに乗せて歩いても、
　　道行く人に恥じることはない。
865、正直に行動することは、
　　人が幸福になるための必要な条件である。
866、実際、正直のもう一つの名を人間らしさと呼ぶ、
　　男に処女がないように、正直者は珍しい。
867、人がイタチでないほどに、正直者はめったにいない、
　　このことについては詩人がうたっている。
868、**「無数の人が歩いているのに、**
　　正直者はめったにいない、
869、**無数の人が生きているのに、**
　　本当の人間がどれだけいよう。」」

第18章　日の出王、満月に正義である自分についてのべる

満月、国王に問う

870、満月は言った、「栄光の王よ、
　　　わたしのためにこの謎を解いてください。
871、善人は悪人になれるでしょうか、
　　　その悪人に善の痕跡は残るのでしょうか。」

国王、満月に答える

872、国王は言った、「善人は二種類に分けられる、
　　　一人は真っすぐ正道を歩く。
873、ある者は、生まれついての善人で、
　　　ただ真っすぐ正道を歩み、正しいおこないをつづけていく。
874、もう一人は善人をまねている者である、
　　　彼は悪人と交わると、悪いおこないに染まっていく。
875、悪人もまた二種類に分けられる、
　　　この二つを同じように考えてはいけない。
876、ある者は、生まれついての悪人で、
　　　彼の汚れは死ぬまで洗い流すことができない。
877、もう一人は悪人をまねている者である、
　　　彼が善い仲間を持つとその影響で真っすぐな道に戻っていく。
878、生まれついての善人はいつも正しいおこないをし、
　　　その恩恵は世界中の人びとに与えられる。
879、生まれついての悪人を救う薬はない、
　　　彼は世界に災難をもたらし、人びとに苦痛をもたらす。
880、そのことをテュルクの格言が語っている、
　　　よく聞き、よく覚えておきなさい。
881、『母親の乳からあたえられた善い資質は、
　　　死ぬまで変わることはない。
882、先天的にそなわった性格は、
　　　死のほかに壊せるものはない。

883、母の胎内で育まれた性格は、
　　　ただ墓のなかでのみ消えていく。
884、善人をまねた人間が悪い人間のなかにいれば、
　　　彼も仲間のような悪人になっていく。
885、だが、もし彼が善い人びとと共にあれば、
　　　ともに正しい道を歩んで行くだろう。』

886、もう一つ考えられるのは、人が善くなるのも悪くなるのも、
　　　単に近くの環境によって影響されるということである。
887、もしベグが高潔であれば、
　　　民も正直になって、正しいふるまいをするであろう。
888、もしベグが彼の近臣に有徳の人びとを登用すれば、
　　　悪人ですら良い仕事をするようになるだろう。
889、もし悪人が宮廷で力を得れば、
　　　国全体を支配しようとするだろう。
890、もし悪人が勢力を得れば、善い者は消え去ってしまうだろう、
　　　もし善人が権力を持てば、悪人は根絶されるだろう。
891、ベグがその気高い美徳によって正しい政治をおこなうかぎり、
　　　民はみな善良な人びとになるだろう。
892、ベグが愚かにならなければ、
　　　国中の悪人は頬を真っ赤にして楽しむことなどできない。
893、今はベグのなかのベグと呼ばれる偉大な人物の優れた法があり、
　　　悪人共は適切に監獄で懲罰されている。
894、もし指導者が徳ある政治をおこなえば、
　　　地方の役人たちも政務を正しく果たすに違いない。
895、もしベグが高潔であれば、
　　　かならずや民は富み国家は繁栄するだろう。」

満月、国王に尋ねる

896、満月は再び話しはじめた、

第18章　日の出王、満月に正義である自分についてのべる

　　　「王さまがたまわれた話は一語一語、正道にかなっております。
897、人びとは、善行は善行を生むということを知っています、
　　　同時に、善行がおこなわれると良い利益がもたらされると信じています。
898、すべての人間は善行を愛しそれを願っています、
　　　しかし、それはどのようにすれば得られるのでしょうか。」

国王、満月に答える

899、国王は言った、「とても素晴らしく、まれなるものが善行である、
　　　優れた賢人たちはいつもそれを追っている。
900、しかし、価値ある貴重なものを得ることは、
　　　かんたんなことではない。
901、悪行には価値がなく、悪事を為すものは相手にされない、
　　　悪事は卑しく、残すことは悪の痕跡だけである。
902、もし安ものの雑貨なら床に置かれ、
　　　高価な金襴の絹織物なら上座に置かれる。
903、善行は山を登るように難しく、
　　　悪行は坂を下るようにかんたんである。
904、ある智者がくりかえし語った格言がある、
　　　それは次のようなものだ。
905、**「善行は高山の急な坂道、**
　　　誰もが登れるものではない、
906、**価値あるものを得ることは難しく、**
　　　愚か者には見つけられない。」」

満月、国王に尋ねる

907、満月は言った、「栄光の王よ、
　　　善行とはなんと誉れ高い名声を受けているのでしょう。
908、しかしその欠陥は知られているのでしょうか、
　　　その原因は解明されているのでしょうか。」

国王、満月に答える

909、国王は答えた、「善行は常に讃えられている、
　　　しかし、悪人のあいだでは善行の欠陥をこのように言っている。
910、閉ざされた世界で生きている悪人たちは、
　　　もしするべき悪事がないときも、為すべき善行を知らない。
911、悪人たちは善い人びとを弱い者として軽蔑し、
　　　善い人びとにそそぐ太陽の光をさえぎっては迫害する。
912、だから、善い人間が善行をしようと願うなら、
　　　悪人たちの軽蔑や迫害を恐れずにおこないなさい。
913、反対に現世の快楽だけを求める者は悪行をおこない、
　　　来世には苦しみで悲嘆にくれることになる。

914、よく聞きなさい、善行の人が言った言葉がある、
　　　『美徳を今生の伴侶として善をつくしなさい。
915、現世の善行にあなたの損失はけっしてない、
　　　来世にはかならず報われる、この言葉を信じなさい。
916、悪いおこないはこの世では利があるように見えても、
　　　来世では大きな損失をこうむる、心に刻んでおきなさい。
917、善行は右、悪行は左、
　　　左は地獄への道、右は天国への道である。
918、悪人どもがいかに現世で享楽を謳歌していても問題はない、
　　　次の世では、彼らは厳しい罰を受け後悔に苦しむだろう。
919、現世で善行の人間が抑圧されていても憂うる必要はない、
　　　次の世では、すべてのことに幸いがもたらされることだろう。』
920、満月よ、この話がまことのことであることを知っておけ、
　　　余は善行という名を得て死ぬのなら後悔することはない。

921、ある清廉な人物の言葉がとてもよい、
　　　清廉な人間の話は論議を正しくするための基礎となる。

第18章　日の出王、満月に正義である自分についてのべる

922、『おお美徳よ、悪人どもはあなたを見下し軽蔑するでしょう、
　　　それでもわたしはあなたを追い求めています。
923、教えてください、美徳よ、誰かがあなたを飽きるほど食べつくす日を、
　　　そして、一刻でも早く来てください、あなたに飢えたわたしのもとへ。』
924、悪人どもがどれだけ善い人間を軽蔑しても、
　　　わたしは美徳とともに歩んで行く。
925、もし王位が悪行と共にあろうとするのなら、
　　　余はそれを断固として拒否しよう、そんな王位は必要ない。
926、人間の本性は悪に傾きやすい、
　　　だが快楽は短く、後悔は長い。
927、ある詩人がこれをうたった、
　　　この詩を味わってみよ。
928、**「善人が善行を悔いたことがあろうか、**
　　　悪人は自分の欲望と引きかえに後悔に苛まれる、
929、**悪事は後悔と悲哀をもたらす、**
　　　善いことを為せ、悪事を厭え。」

930、余に悪人を讃えることなどどうしてできようか、
　　　悪事を願うことなどどうして考えられようか。
931、見よ、不実、うぬぼれ、恥知らず、
　　　どれもが悪人どものふるまいである。
932、見よ、災難、嘆き、苦しみ、後悔、
　　　これらが悪事の結末である。
933、おお若き者よ、善い人間を嫌いになることなどできようか、
　　　善行を讃えないことなど考えられようか。
934、寛大、慈善、喜捨、人間性、
　　　これらが善人のおこないである。
935、善行の人は我らのよき道連れであり、
　　　人のおこないのなかでも、もっとも優れた美徳をおこなう。
936、善き友があれば、そなたに足りないものはなにかを聞きなさい、

第18章　日の出王、満月に正義である自分についてのべる

善き友は正道を歩むためにはかならず必要である。
937、喜び、充足、信頼、自尊、
これらが善行の果実である。」
938、国王は言った、「今話したことで分かったであろう、満月よ、
これで余はそなたの疑問にすべて答えた。」

満月、国王に答える

939、満月は大地に口づけしてから、
立ちあがって言った。
940、「おお祝福されし人よ、厳正なる正義よ、
陛下はこの世のすべての権力を制覇されている。
941、陛下が長寿であられますことを、幸せと健康が続きますことを、
陛下の王国がけっして侵されませんことを。
942、陛下が穏やかに、喜びの笑みとともに過ごされますことを、
陛下の権力が天下におよび、国の基盤が永遠に揺るがぬことを。
943、陛下の強い権力でもって王国の基礎をしっかりお固めください、
陛下の理想を思うままに貫き、けっしてあきらめないでください。
944、幸運が陛下のもとに舞い降り、数多くの慶事がもたらされますように、
陛下の敵が消え去り、彼らに悲嘆と苦しみが与えられますように。

945、陛下には忠誠をつくされる価値があり、
その価値に価する人物を召抱えれば、幸運の扉が開くでしょう。
946、王室によく仕えたある侍従の言葉をお聞きください、
このことについて次のように語りました。
947、『使用人などになるな、そうせざるを得ないなら賢い人を探しなさい、
賢いベグなら召使いを公平に扱うだろうから。
948、人には仕えるな、そうせざるを得ないなら寛大な人を求めなさい、
寛大な主人の家でなら黄金、門番だって白銀のようなものだ。
949、けっしてケチには仕えるな、そうなればあなたの人生にはなにもない、
むだに時間を過ごしあなた自身もだめになる。

103

第18章　日の出王、満月に正義である自分についてのべる

950、ケチな者は、自分に対してさえ一本の毛も抜かない、
　　　他人のために対価を払うことなど考えられようか。』」

951、満月は話し終わると、身をもたげ別れを告げた、
　　　喜びを一杯にして自分の家に向かった。
952、これ以降、彼は気を緩めることなく仕事に精を出した、
　　　朝早くから夜遅くまで、日夜怠ることはなかった。
953、彼は誠実と忠誠でお仕えし、
　　　王と彼のあいだは日ごと親密になっていった。
954、こうして満月は宮中で長い歳月を過ごした、
　　　そして彼はその功績により高貴な地位に昇った。

訳注
〔1〕**手が曲がる**　真面目でない者のことを言う。

第19章
満月、国王に言葉の美徳と弁舌の長所についてのべる

955、ある日、国王は満月を召して、
自分の近くに座らせた。

956、満月は静かに上品に座り、
目を床に向けながら黙々としていた。

国王、満月に尋ねる

957、国王は言った、「満月早く話しなさい、
なぜ黙っている、一体どうしたのだ。」

満月、国王に答える

958、満月は言った、「ベグのなかのベグよ、
しもべはベグを見て、頭が真っ白になっております。

959、陛下の命令なく、わたしはどうして歯を動かすことができましょうか、
陛下がお尋ねにならなくて、わたしはどうして話せましょうか。

960、ある賢者が言ったことがあります、
『尋ねられるまで、あなたは無礼に答えてはいけない。

961、もし誰かがあなたを必要として側に呼んだなら、
彼を先に話させてから、あなたはそれに答えなさい。

962、尋ねられもしないのに多くを話すことは、
家畜と呼ばれても仕方がない。

963、狂っているか、愚かである者だけが、
ベグが問うのを待たずに、むやみに口を開く。

964、舌があなたの寿命を縮めることを知りなさい、
安全と安寧を望むなら、しっかりそれを守りなさい。

965、自ら自制に努めた人の言葉を聞きなさい、

第19章　満月、国王に言葉の美徳と弁舌の長所についてのべる

　　　　身を慎む者だけが平和に安全に生きられる。
966、「赤い舌は黒い頭の敵、
　　　　たくさんの頭が舌によって葬られた、
967、舌という剣(つるぎ)を納めなさい、
　　　　舌はいつもおまえの頭を威嚇する、頭を守れ。」」

国王、満月に答える

968、国王は言った、「そなたの話は分かった、
　　　　だが生きているかぎりなにも話さないことは不可能であろう。
969、もちろん、二種類の人びとは話すことができない、
　　　　それは口の利けない者と、愚かな者である。
970、口の利けない者は舌が動かず話すことができない、
　　　　愚かな者は言葉を隠し秘密にすることができない。
971、愚かな者は口を閉ざしたままがよく、
　　　　知識ある者が舌の主人となるとよい。
972、知識ある者の話は大地に流れる水のように、
　　　　それが流れるすべての場所を祝福していく。
973、知識ある者の言葉と清らかな湧き水は、
　　　　つきることなく流れ出す。
974、知識ある者はまるで湿原の柔らかな土のようなものだ、
　　　　一足踏めば、湧き水がこんこんと湧き出してくる。
975、愚かな者の心は砂漠の荒れ地のようなものだ、
　　　　川の水は枯れ、雑草も根付かない。」

満月、国王に答える

976、満月は言った、「陛下は知るべきです、
　　　　舌の禍(わざわい)を受けると命を保つことすら難しいのです。
977、人は生きていくかぎり、話をしないでいることはできません、
　　　　必要なことは言葉を選んで話すことです。
978、もし発言をするならば、問われるのを待つべきであり、

第19章　満月、国王に言葉の美徳と弁舌の長所についてのべる

　　　　問われるまで、沈黙を守るのがよいのです。
979、問いはまるで男性のようなものです、おお王さま、
　　　　答えはまるで女性のようなものです、陛下はお分かりでしょう。
980、女性は夫として一人の男と連れ添いますが、
　　　　彼女は二人の男の子を生むかもしれません。」

国王、満月に問う

981、国王は言った、「そなたの話はその通りである、
　　　　だが余にはもう一つの問いがある。
982、そなたは舌が引き起こす害について説明したが、
　　　　それがもたらす利点はあるのか。
983、舌の禍を恐れすぎれば、
　　　　そなたの有益な話も言い出し難いであろう。」

満月、国王に答える

984、満月は答えた、「言葉の利点はたくさんあります、
　　　　わたしの舌がそのすべてを数えられるでしょうか。
985、むだ話は無知な者の舌からでてきます、
　　　　知者は無知なる者を畜生と呼びます。
986、愚か者は川の流れのように話します、
　　　　むだ話はその男の黒い頭を破滅させます。
987、べらべらと話すことは災いをもたらします、
　　　　しかし、的確に語られた話には大きな利点があります。
988、愚か者が腹いっぱい食べるのは、まるで牛のようです、
　　　　空虚な話に明け暮れては、それを自分の肥やしにします。
989、腹いっぱい食べ、寝たいときに寝る、
　　　　愚か者のすることは牛の本性と同じです。

990、反対に、知者は身体を痩せ衰えさせても、
　　　　知識あることを喜び、心を豊かにします。

第19章　満月、国王に言葉の美徳と弁舌の長所についてのべる

991、肉体の栄養は喉から入りますが、
　　　心の栄養は善い言葉で耳から入ります。

992、知識の証しとされるものは二つあります、
　　　二つがあれば人びとは幸福を得られます。

993、一つは舌、一つは喉、
　　　それをうまく使える者は、幸せを得られます。

994、知者は言葉と飲み食いの主であるべきです、
　　　舌と喉を上手に使うことこそ知識なのです。

国王、満月に問う

995、国王は言った、「言葉の利点と欠点ははっきりした、
　　　もう一度、言葉の基本と区分を教えてくれ。

996、言葉はどこから来て、どこに向かうのか、
　　　この点を余にきちんと教える必要がある。

997、なにを話すべきで、なにを話してはいけないのか、
　　　賢人たちはそれをどのように論じているのか。」

満月、国王に答える

998、満月は答えた、「言葉の源はたいへん奥深い、十の話す内容があっても、
　　　話をわきまえた人はたった一つで話を終えるでしょう。

999、発せられた言葉を一つとすると、残りの九つは隠すべき言葉です、
　　　隠すべき言葉を話せば、まわりに臭気を放ちます。」

国王、満月に問う

1000、国王は言った、「"しゃべり"にはどのような利益があるのか、
　　　またどんな損失があるのか。」

満月、国王に答える

1001、満月は答えた、「"しゃべり"の利益は絶大です、
　　　的を射た話ができれば、奴隷でも引き立てられるでしょう。

第19章　満月、国王に言葉の美徳と弁舌の長所についてのべる

1002、人は"しゃべり"の利益によって、
　　　地から天まで、低い身分から高い地位にまで登ります。
1003、反対に、もし人が話し方を知らなければ、
　　　高い地位にあっても、地面まで落ちていってしまうのです。

国王、満月に問う

1004、国王は言った、「"しゃべり"が多いとどうなるのか、
　　　"しゃべり"が少なければどうなるのか。」

満月、国王に答える

1005、満月は答えた、「"しゃべり"の多い人は人を疲れさせ、
　　　尋ねられるのを待たず、自ら先に話し出します。
1006、"しゃべり"の少ない寡黙な人は、
　　　尋ねられるのを待ってから、返事を用意します。
1007、詩人がこのことについてうたっています、
　　　詩人は言葉の錦に花を添えます。
1008、「深く考え、それからゆっくり返事をなさい、
　　　長ったらしい話…それはなんと野暮なこと、
1009、よく聞いてから、要点だけを話しなさい、
　　　智恵を使って言葉を真珠の飾りのように繋ぎなさい。」」

国王、満月に尋ねる

1010、王は言った、「余は今の答えを理解した、
　　　しかし、まだそなたに尋ねたいことがある。
1011、教えよ、どのような人物の話を聞くべきか、
　　　話し相手にはどのような人物を選ぶべきか。」

満月、国王に答える

1012、満月は答えた、「話を聞くときは智者の話を聞くべきです、
　　　そのあと無知な者に語るのです。

第19章　満月、国王に言葉の美徳と弁舌の長所についてのべる

1013、話を聞くときは目上の人の話をお聞きください、
　　　それを目下の者に伝え、よく覚えさせてください。
1014、『たくさん聞き、話は少なく』、
　　　一人の智者がわたしにこのように教えたことがあります。
1015、『おしゃべりな人が賢者になることは難しい、
　　　よく話を聞く賢者こそ高い地位に上っていく。
1016、口が利けなくとも学ぶことはできる、
　　　しかし、耳が聞けなければ知識を得ることはできない。』」

国王、満月に尋ねる

1017、国王は言った、「そなたの話はよく分かった、
　　　最後にもう一つ、次のことについて説明せよ。
1018、この舌は使うべきか、使わぬべきか、
　　　話は言うべきか、心のなかにとどめるべきか。」

満月、国王に答える

1019、満月は言った、「王よ、わたしの話をお聞きください、
　　　もし話さなければ、知識は闇のなかに消え去るでしょう。
1020、舌を責めることもできますし、賞賛することもできます、
　　　それは賞賛すべきであり、また責めるべきであります。
1021、この世界のさまざまな生きものを見てください、
　　　舌によってアッラーへの信奉を表現します。
1022、アッラーは数えきれない生命を創造しました、
　　　彼らは舌を用いてアッラーを賞賛しつづけています。

1023、身体ある人間は二つのものを兼ね備えなければなりません、
　　　一つは心、一つは舌と言葉。
1024、アッラーが心と舌を創造したのは真実をのべるためであり、
　　　不実な妄言を語る者は次の世で劫火に焼かれます。
1025、正直に話す者は、多くの利益を得られ、

第19章 満月、国王に言葉の美徳と弁舌の長所についてのべる

嘘をつく者は、人に呪われるでしょう。
1026、もし相手が正直ならば陛下の舌を動かしてください、
　　　もし彼らが不実ならば陛下の言葉は心のなかにおとどめください。
1027、陛下がお話なさらなければ、人は陛下を『口が利けない』と言います、
　　　もし話し過ぎれば、わきまえのない『おしゃべり』とされるでしょう。
1028、妄言をはなつ者はもっとも卑しい人間の部類です、
　　　反対に、惜しみない慈悲心を持つ人はもっとも高貴な人間です。」

1029、国王はその言葉を聞き心から喜び、
　　　両手をかかげて天を仰いだ。
1030、彼はアッラーに感謝し賞賛して言った、
　　　「おおわが主よ、あなたの慈悲は無限です。
1031、わたしはあなたの不届きで罪深い下僕でありますのに、
　　　あなたはわたしにかぎりない慈悲を与えてくださいます。
1032、あなたはわたしに富、歓び、幸運と美徳を与え、
　　　わたしの希望と願いを満たしてくださいました。
1033、わたしはあなたから賜った恩恵をどのように感謝したらよいでしょう、
　　　主よ、願わくは、わたしに代わって主ご自身で自らを賛美ください。」

1034、王は話し終えると、宝庫を開き、
　　　貧しい人びとに多くの財物を施した。
1035、王は満月を日に日に重用し、
　　　賞賛を惜しまず、多くの褒美を与えた。
1036、彼に宰相の称号とその印璽を授け、
　　　旗印と陣太鼓、甲冑などを与えた。
1037、満月の威勢は国全体におよび、
　　　敵は彼の名を聞くと肝をつぶし足跡をくらました。
1038、満月は国事のすべてを掌握し、
　　　それを機会として善い政治をおこなった。
1039、国の繁栄により民は豊かになり、

111

第19章　満月、国王に言葉の美徳と弁舌の長所についてのべる

　　　　人びとは国王に祝福の祈りを捧げた。
1040、人びとは苦難から抜け出し、
　　　　カモシカと狼はいっしょに憩った。
1041、国は栄え、法は正しく用いられ、
　　　　王の幸運はやむことなく増していった。
1042、このようにして、長きにわたり国運は栄え、
　　　　王国と民は正しい道を歩んだ。
1043、国中に無数の町や村がつくられ、
　　　　王の宝庫は金銀財宝で満たされた。
1044、王は喜び、栄華を享受し、
　　　　その名声は世界中に広まった。

第20章

満月、幸運の無常について語る

1045、満月の願いがすべて実現したころ、
　　　彼の幸運はすでに過ぎ去り、満月を支える柱が崩れはじめた。
1046、一人の智者がこのように言った、
　　　『幸福が満ちたとき、あなたに食べるものはない。』
1047、他の賢人はより率直にこのことについて語った、
　　　『幸福に出合った瞬間、あなたの人生は終りを告げる。』
1048、ある哲学者の言ったことを考えてみよう、
　　　智者の話は愚か者の目を明るく照らす。
1049、『落ちるものは上がり、上がるものはかならず落ちる、
　　　輝くものは暗くなり、動くものはかならず止まる。
1050、すべてのものは、完全をめざし、
　　　完全なものは、滅びに向かう。』

1051、満月の願望は十分に実現した、
　　　財物は残したまま、寿命はつきようとしている。
1052、丸い月は欠けはじめ、
　　　輝く彼の夏は厳しい冬に変わっていく。
1053、調和のとれた四つの要素は乱れはじめ、
　　　そのなかの一つが勝ち、残りの三つは征服された。
1054、彼の体質は変化し、食欲は減退する、
　　　気分は憂鬱で、力も衰えた。
1055、若木のように真っすぐだった身体は、
　　　弓のように曲がってしまう。
1056、病魔がおそい、彼を棺に入れようとする、
　　　彼の身体は病の床で苦しみうめく。

第20章　満月、幸運の無常について語る

1057、医師たちは彼を囲み脈を診る、
　　　だがなんの病気かわからず、さまざまなことを言う。
1058、ある者は言う、「血を取りだすべきである、
　　　見たところ彼の血流は通っていない。」
1059、ある者は言う、「下剤を飲ませるべきである、
　　　内部に食べものがたまり、腸が塞がっている。」
1060、ある者は彼のために、薬を加えた冷たいバラの蒸留水を用意し、
　　　ある者は飲みものとして、彼にシロップを用意する。
1061、彼らは世のなかの薬をすべて用い、
　　　なにか合う薬があると知れば、彼に飲ませようとした。
1062、薬は効かず、病状は日に日に重くなり、
　　　精も果て、意識も朦朧となっていった。
1063、敬虔な信徒がどのように言ったかよく聞きなさい、
　　　敬虔な信徒は神に選ばれた人間である。
1064、『法典（シャリーア）でも、解毒剤でも、
　　　塗り薬でも、下剤でも。
1065、医者を呼んでも、巫術師に頼んでも、
　　　死にゆく人にはなにも役にたたない。
1066、生あるあいだ、惰眠にまかせてはならない、
　　　いま生きているあなたもかならず死んで行くのだから。』

1067、国王は満月の病気が、死が取りつくほどのものと聞いて、
　　　満月の容態の厳しさを知った。
1068、ある日、王は満月を尋ねたが、
　　　ただ満月が床に伏したまま動かないのを見るだけだった。

国王、満月に尋ねる

1069、国王は言った、「そなたの気分はいかがなものか、
　　　症状はどうか、睡眠はよく取っているか。」

満月、国王に答える

1070、満月は言った、「栄光の王よ、
わたしは全身病に侵され、効く薬もございません。

1071、わたしはもともと丸い月、それも今は欠けてきました、
わたしの元来の美徳も、今は消失しました。

1072、わたしの太陽は歓喜のなかから昇りました、
しかし太陽は沈み、再び輝くことはありません。

1073、喜びと生命はもはやわたしから離れていきました、
気まぐれな世界がわたしから顔をそむけています。

1074、喜び、希望、幸福はわたしの後ろにとどまり、
悲しみ、憂い、苦しみがわたしの同行者となりました。

1075、今日、わたしは陛下とお別れをしなくてはなりません、
多くの悔いを残して悲しみながら去るでしょう。

1076、ある賢明なベグがこのように言ったことがあります。
彼は民の指導者として傑出した人物です。

1077、『幸運は素晴らしいものです、
もしそれが来て去らないものならば。

1078、王の地位はたいへん良いものです、
もし帝王のまま死なずに生きつづけられれば。

1079、青春は素晴らしいものです、
もし老いることなく、春の光が永劫であるならば。』」

国王、満月に答える

1080、国王は言った、「満月よ、そんな話はやめてくれ、
誠実な人よ、不吉な話をしないでくれ。

1081、病にかかるのはそなた一人だけではない、
誰もが病気になり、直っていくものだ。

1082、そなたはなぜこのように不適切なことを言うのだ、
そなたはなぜ心を傷つけ、自分を痛めるのだ。

第20章　満月、幸運の無常について語る

1083、そなたは余の心許した伴である、
　　　余を見捨てるかのごとき話しはやめてくれ。
1084、アッラーはそなたの病を回復させるであろう、
　　　心に火を放って、余を心配させないでくれ。」

満月、国王に答える

1085、満月は言った、「おお栄光の王よ、
　　　わたしの身体は不治の病に侵され、治す薬もございません。
1086、人には誕生があり死があります、
　　　上るものは、最後には落ちねばなりません。
1087、上り坂には下り坂があり、高い所があれば低い所がかならずあります、
　　　喜びがあれば憂いがあり、甘さがあれば苦さがあります。
1088、わたしは陛下にわたしの天性について語ったことがあります、
　　　わたしの天性は不安定と変化です。
1089、わたしが陛下に自分の天性についてお話したからには、
　　　陛下のみ心をわたしに固執されてはなりません。
1090、わたしがこの世を去ることは疑いありません、
　　　もし誰かが死なないと言っても信じないでください。
1091、わたしが信頼できないからといってわたしを責めないでください、
　　　世界を信じてはいけません、それは陛下を落胆させるでしょう。
1092、わたしが不実だからといってわたしを咎めないでください、
　　　この世はわたしよりずっと無情です。
1093、無思慮であってはなりません、陛下もわたしの後に死なれるでしょう、
　　　たとえこの世を助けても、この世に執着してはなりません。
1094、わたしはなにもしませんでしたが、陛下はお引き立てくださいました、
　　　王よ、わたしがなにを陛下に貢献したというのでしょう。
1095、死ぬことはわたしの望みではありません、
　　　しかし最早、宮廷にいる時間は長くはないのです。
1096、わたしが世を離れるのは、どうしようもないことです、
　　　死から逃れる場所などなく、永遠に生きる方法などありません。

第20章 満月、幸運の無常について語る

1097、アッラーはわたしを創造し、わたしを育ててくださいました、
　　　小さな子どもから、立派な大人にしてくださいました。

1098、すべすべの顔は長いあご髭でいっぱいになり、
　　　カラスのような黒い髪は白鳥のように白く変わりました。

1099、矢のように真っすぐな身体は弓のように曲がり、
　　　わたしの人生はつき、時間のかぎりがきました。

1100、博学の智者がこのようにのべたことがあります、
　　　幸運の人よ、この頬を温める美しい言葉をお聞きください。

1101、『頭の髪が白鳥のように白く変わったとき、
　　　心も白鳥のように真っ白に清くならねばならない。

1102、若木のように真っすぐな背筋が弓のように曲がったら、
　　　心を真っすぐにして最後のときを待たねばならない。

1103、あなたの髪とあご髭が白く染まったら、
　　　隠れていた死に出合う準備をしなければならない。』

1104、このことを詩人が見事にうたっています、
　　　善き人よ、陛下が耳を傾けられますように。

1105、**「頭の上の白い霜は死の報せだ、**
　　　おまえに命の価値を教える、

1106、**この世の幸と生の楽しみを味わいつくしたなら、**
　　　覚悟せよ、死がおまえを飲みこもう。」」

国王、満月に答える

1107、国王は言った、「満月よ、どうか耐えてくれ、
　　　病は来世でそなたの罪を取り除く代償金なのだ。

1108、もし病気になった者がすべて死ぬのなら、
　　　主が賜る食べものは、誰のために用意されたというのか。

1109、アッラーはかならずそなたの病を取り去るだろう、
　　　心を煩わさず、安心して休みなさい。」

1110、王はもろ手を挙げ、

第20章　満月、幸運の無常について語る

　　　　アッラーに満月の回復を祈った。
1111、王は悲しみながら彼の病室を離れ、
　　　　肩を落としてして宮廷にもどった。
1112、満月に功徳があるように、
　　　　王は貧しい人びとにたくさんの施しを与えた。
1113、しかし、もし銀で死を買うことができるなら、
　　　　誰もが銀を死の代償としてさし出すだろう。
1114、もし代償金で命を挽回できるものであれば、
　　　　世の帝王たちは永遠に死なないであろう。

1115、満月の症状は日に日に悪化し、
　　　　最後の望みも失ってしまった。
1116、彼は悔みながら叫んだ、「おお口惜しい、
　　　　わたしは美しい日々をいたずらに過ごしたのが残念だ。
1117、ふらふらと送った慌ただしい一生、
　　　　漠然と投げつけられた青春の年月。
1118、たとえ死を逃れようとしても死はかならずわたしをつかまえる、
　　　　語るべき言葉などどこにあろうか。
1119、わたしは貪欲に現世の財を集めた、
　　　　わたしは行くが、財産はこの世にとどまる。
1120、わたしは比類なき権力を握り、わたしの命令には誰もが従った、
　　　　今は死がわたしの腕をつかみ、わたしの息を止めようとしている。」

1121、満月は悔やんで泣いたが、
　　　　悔恨も死を前にしては、なんの役にもたたない。
1122、アダムの子孫はなんと儚くみすぼらしい、
　　　　寿命一つ人の意のままにはならない。
1123、生きているときにはその願いはかなわず、
　　　　願いがかなおうときには死が近くある。
1124、小さな成功を得ると我を忘れて、

第20章　満月、幸運の無常について語る

　　　　天の彼方までにも自分の力を示したいと願う。
1125、高い地位に上って権勢を誇ったとしても、
　　　　死が降り立てば、後悔し泣くだけだ。
1126、満腹であれば種ラクダのように堂々と闊歩するが、
　　　　飢えれば毒薬だって食べるに違いない。
1127、不満は浪費を呼び、満足は退屈をもたらす、
　　　　欲しいものが手に入ったとしても、すぐに飽きてしまう。

1128、満月は後悔しながら、ため息をついて言った、
　　　　「自分は正しい道から離れてしまった。
1129、なぜわたしは金や銀を蓄えてきたのだろうか、
　　　　どうして貧しい人びとにそれを施さなかったのだろうか。
1130、なぜわたしは善い仲間たちを見捨ててきたのだろうか、
　　　　どうして罪のない人びとに悪態などついたのだろうか。
1131、もしわたしが善行を第一にしていたなら、
　　　　来世はしっかりと約束されていただろうに。
1132、しかし、今わたしが悔やんでもなにになる、
　　　　死はわたしをとらえ、わたしの声と言葉を遮ろうとしている。

1133、聞きなさい、ある慧眼の士が語った言葉を、
　　　　彼は慈愛に満ちた正直な人物であった。
1134、『死は息をするものすべてにとっての大門である、
　　　　生あるものすべてはその門をくぐらねばならない。
1135、生命とはなにものか、死とはなにものか、
　　　　わたしはどこから来て、どこに向かうのか。
1136、死ぬためだけに、なぜに生まれてくるのか、
　　　　悲しむためだけに、なぜに笑うのか。』
1137、生まれて死ぬすべての者は次のように言う、
　　　　『この世で死より辛いことはない。』
1138、生まれたものはかならず死ぬということについて、

第20章　満月、幸運の無常について語る

　　　　一人の詩人がこのようにうたった。
1139、「**死よりも辛いものがあるというのか、**
　　　　死を思えばすべてがむなしい、
1140、**死は海である、底も知れねば岸もない、**
　　　　知ろうとても、深くて見えない。」

1141、死ぬことが分かっているのにそれに気をつけない、
　　　　こんな考えは死にとらえられたとき、なんの役にも立ちはしない。
1142、快楽と無気力に身を任せている者は、
　　　　死に臨んで目覚めたとしてもすでに無力である。
1143、富を求め満足を知らない者は、
　　　　死期に臨んで後悔するがなにごともできはしない。
1144、移ろいやすい幸運に得意となり我を忘れた者は、
　　　　悔んで死んで胸を切り裂く。
1145、楽しみに陶酔し笑っている人よ、
　　　　悲嘆の涙にくれるその日を準備せよ。
1146、死ぬべきさだめの人よ、智者の言葉を聞きなさい、
　　　　そこにはその証しがのべられている。
1147、『今あるおまえの不正をやめよ、
　　　　来世の至福を得るために。
1148、善きことを得るために善きことを為せ、
　　　　来世と今生の世界のために。』」

1149、満月は後悔にさいなまれ涙にくれたが、
　　　　悔恨はこのとき、なにも役にたたなかった。
1150、彼は貧しい人に金銀を施し、
　　　　家族や友人に遺言を残した。
1151、それから、天を仰いで黙々と祈った、
　　　　「アッラーよ、あなたのほかに神はない。
1152、あなたはわたしを創造し、わたしを育みました、

第20章 満月、幸運の無常について語る

　　　これはすべてあなたの恵みのおかげです。
1153、わたしは心からあなたを信じてきました、
　　　今は死がわたしをとらえ、わたしの言葉をさえぎります。
1154、わたしは逃げることもできず、為すすべもありません、
　　　あなたの恵みでわたしにご加護を与えてくださるよう願います。
1155、恥ずべきこと、悪いことも少なからずおこないました、
　　　あなたの慈悲をもってわたしの罪をお許しください、おお気高き方よ、
1156、おお、惜しいことだ、虚しく一生を送ってしまった、
　　　悔しいことだ、この王国での日々を浪費してしまった、おお。」
1157、祈り終えると、彼は黙々と瞑想した、
　　　そして自分の息子に会うと、再び両目に涙を浮かべた。

第 21 章

満月、息子の絶賛に遺言を残す

1158、この満月にはたった一人の息子[1]がいた、
　　　その息子はまだとても幼かった。

1159、彼の性格は純粋高潔で容貌も美しかった、
　　　彼の名は絶賛と呼ばれた。

1160、満月は彼を自分のそばに呼び、
　　　さめざめと涙を流しながら、きつく抱きしめた。

1161、「息子よ、わたしは行かねばならない、
　　　わたしはおまえに地位と富を残した。

1162、おまえはもともとわたしの眼のなかの光だった、
　　　わたしが去っても、おまえは自分で上手に生きなければならない。

1163、テュルクのブイルク* が素晴らしい話をしている、
　　　『たしかに、息子や娘は父母たちの光り輝く瞳である。

1164、しかし、子どもたちへの心配は底なしの大海のように、
　　　喜ばせもするが疲れさせもする。

1165、妻と娘がいる者は、
　　　熟睡安息できるであろうか。

1166、父親は子どもたちのために身を粉にするが、
　　　子どもたちは父親のことを気にとめない。』」

1167、満月は言った、「息子よ、よく聞きなさい、
　　　わたしの言葉を忘れず、心に刻んでおくように。

1168、わたしをしっかり見てみなさい、
　　　わたしはおまえの父であり、満月がその名だった。

1169、今や、その満月の命はつきようとしている、

---

*　ブイルク Buyruq　テュルクの官位。大臣クラスの高位。

第21章　満月、息子の絶賛に遺言を残す

　　　　後悔に呻(うめ)いても救いにはならない。
1170、この世の命は甘酸っぱく、死は苦くつらい、
　　　　死が来た、わたしはどこへ逃げたらよいのだろう。

1171、現世はわたしをだまし、歓びがわたしを陶酔させた、
　　　　だがそれはすぐに倦怠を呼び、わたしは嫌気がさした。
1172、現世はわたしを呼び、わたしは迷いつづけた、
　　　　わたしは誠実を捧げたが、幸運は却って逃げていった。
1173、幸運は年老い、現世はわたしを裏切った、
　　　　よく聞きなさい、現世におまえは騙されるな。
1174、為すべき多くのことを打ち捨て、
　　　　わたしは欲にかきたてられ、ばかなことをした。
1175、この人生は強風のようだ、またたく間に去り、
　　　　わたしを虚しく傷つかせ、むせび泣かせる。
1176、財産や賄賂もなんの役にもたたない、
　　　　誰もわたしのために最後の審判の執りなしとなってはくれない。

1177、ある悟りを開いた人物がなにを語ったか聞きなさい、
　　　　彼は死の意味を深く理解している。
1178、『哲人とても死に面したときには智恵を失い、
　　　　智者とても死に面したときには知性を失う。
1179、死の鋭い爪はなんと貪欲なものか、
　　　　死の刑罰はなんと無慈悲なものか。
1180、すべての財産は死によって蹴散らされ、
　　　　豪華な宮殿は死によって壊される。』
1181、詩人がそのことをうたった、
　　　　おまえもよく聞くがいい。
1182、「この世でうまくできないことなどない、
　　　　この世で耐えられない苦難などない、
1183、死から免れる…これだけは為す術も手だてもない、

第21章　満月、息子の絶賛に遺言を残す

うまく逃れる方法などどこにもない。」」

絶賛、満月に尋ねる

1184、絶賛は父の言葉を聞き、
　　　父を見つめながら言った。
1185、「お父上、わたしに一つ聞きたいことがあります、
　　　どうか、お教えください。
1186、父上はこの世に長く生きてこられました、
　　　智恵をたくわえ、徳行を積まれてきました。
1187、父上は多くを聞き、多くを学び、多くを知りました、
　　　経験も豊富で、見識もあります。
1188、死に対処する方法があるのではないでしょうか、
　　　賢明なお父上、それをお示しください。
1189、そして、もしその手立てや方法がないのなら、
　　　父上の財産や宝物を人びとにふるまってください。
1190、財産で命を購（あがな）うことができるというなら惜しくはありません、
　　　金銀はいつでも用意できるでしょう。
1191、ある満ち足りた人物がこうのべたことを聞いてください、
　　　彼は寛大な性格で、施しを好んでおこないます。
1192、『あなたの富を分かちなさい、食物を貧しい人に施しなさい、
　　　あなたのお金があなたを見捨てる前に、そのお金を使いなさい。
1193、人は健康であれば金銀は得られます、
　　　ハヤブサも生きているかぎり餌に不足はありません。
1194、人は生きて健全な心身を持ってさえいれば、
　　　願いはかならず手に入るものなのです。』」

満月、絶賛に答える

1195、満月は答えた、「おお息子よ、
　　　わたしの話を聞きなさい、ばかな考えはやめなさい。
1196、金銀を死に使っても意味がない、

　　　　智恵と知識で死を防ぐことはできはしない。
1197、もし財産で死を買収できるのなら、
　　　　世のなかに死ぬべグなどいないだろう。
1198、賢人たちの哲理も死に対しては無力であり、
　　　　博士たちの科学も死を止めることはできない。
1199、薬で死を治すことができるのであれば、
　　　　医者は永遠にこの世に生きるだろう。
1200、もし死が相手を選んでくれるのなら、
　　　　高貴な預言者たちは永遠に生きているはずだ。
1201、人には一生があり、かならず死があるということを知りなさい、
　　　　生まれて死ない人間を見た者がどこにいるのか。
1202、この世は隊商宿で、人びとはみな旅人である、
　　　　世界は巨大な龍で、喰らえば喰らうほど腹をすかす。」

絶賛、満月に答える

1203、絶賛は注意深く聞き、満月に言った、
　　　　「父上、あなたは死の道理が分かっておられます。
1204、それなのに、なぜ昏々と生きることを求めるのです、
　　　　なぜ悲嘆にくれ、死を責めるのです。
1205、あなたはなぜ持っていくことのできない財物を貯め、
　　　　なぜに余った財物を施さないのです。
1206、こういったことを気にもとめず生きてきた人間は、
　　　　その過ちを知って、自分自身を咎めるべきです。
1207、頭を地面に打ち付けて、涙し悲しんでも意味はありません、
　　　　父上、今になって過ちを後悔してなにになりましょう。」

満月、絶賛に答える

1208、満月は言った、「おお聞きなさい、わが息子よ、
　　　　わたしを見て、忘れずに明日の仕事をしなさい。
1209、不注意がわたしを滅ぼし、わたしはいまさらに後悔する、

第21章　満月、息子の絶賛に遺言を残す

　　　　　目覚めなさい、わたしのようにぼんやり過ごしてはならない。
1210、生まれた人のすべてはかならず死んでいく、
　　　　　どんなに死にたくなくとも、かならず命を失ってしまう。
1211、我われ人間は時間の虜である、
　　　　　そのときが来たら、一歩すら歩むことはできない。
1212、ある詩人がこのことについてうたっている、
　　　　　おまえにも理解できるだろう、それは素晴らしい言葉だ。
1213、**「この世のすべてのものに時間はさだめられ、**
　　　　　おまえの呼吸の数にもかぎりがある、
1214、**太陽と月はめぐり命も行き来する、**
　　　　　消え行く歳月がおまえを墓に送る。」

1215、満月はつづけて言った、「わたしのありさまはこのようだ、
　　　　　息子よ、おまえはしっかり注意深く生きなさい。
1216、今、わたしはおまえを父親なしで残していく、
　　　　　こんなにおまえは幼いのに。
1217、わたしが死んだあと、おまえはどうしていくのか、
　　　　　このこと以外にわたしの心残りはない。」
1218、父親の心血は息子に注がれた、
　　　　　息子も正しいおこないをしていくに違いない。
1219、父親が息子を厳しく教育すれば、
　　　　　両親に喜びをもたらす立派な人物となっていく。
1220、もし息子が厳しい教えを学ばなければ、
　　　　　くだらない人間となって両親を失望させるだろう。
1221、息子を立派にする唯一の方法は厳しい躾であり、
　　　　　賢い父親はいかにそれをおこなうかよく心得ている。

1222、息子を立派に育てた経験を持つ、
　　　　　ある父親が言った言葉を聞きなさい。
1223、『もし息子や娘を甘やかして育てたら、

その親の涙は枯れず、心配はつきないだろう。
1224、幼いときから息子がほっておかれてむだに過ごしたなら、
　　　罪は息子にではなく父親にある。
1225、子どもたちの品行が正しくなければ、
　　　そのおこないは父親によって作られたものである。
1226、もし父親が子どもたちによい品行を厳しく躾したなら、
　　　彼らが成長したあとに幸せがもたらされる。
1227、父親たる者よ、生んだ息子をきちんと教えなさい、
　　　後で人の笑いものにならないように。
1228、息子と娘には学問と道徳を教えなさい、
　　　彼らの品行は正しくなるだろう。』

絶賛、満月に答える

1229、絶賛は答えた、「おお父上、あなたが苦しまれるのを見ていると、
　　　わたしは悲しみで身が焼かれるようです。
1230、父上が苦しみ耐え忍ぶ姿をどうして見ていられましょうか、
　　　父上が死んだら、どうしてわたしだけが生きていかれましょうか。
1231、慈悲深きアッラーよ、わたしを代わりに死なせてください、
　　　わたしにこのような悲しい情景を見させないでください。
1232、それでもアッラーがお許しにならず、死が来るのなら、
　　　それは久遠の昔から書かれていたさだめです。
1233、父上はなぜ泣き、悲しまなければならないのでしょうか、
　　　これはアッラーがさだめられたこと、泣いてはなりません。
1234、父上は自分の財産を置き去りにして行ってしまうことを、
　　　それほど嘆いていらっしゃるのでしょうか。
1235、現世の幸運によって与えられた恩恵を残して去っていくこと、
　　　そんなことは悲しみに値いしないことです。
1236、あなたの前にもたくさんの人びとが滅び去り、
　　　みな嘆きつつ財産を残しては、去って行かねばなりませんでした。
1237、父上はこの世が残酷なものであることをずっと知っていたのに、

第21章 満月、息子の絶賛に遺言を残す

　　　　この世が残酷にふる舞うことを忘れておられた。
1238、たとえこの世の財物のすべてがあなたのためにあったとしても、
　　　　あなたは二枚の白布*だけを持って墓に入るのです。

1239、父上がもし自分の人生を空しく過ごしたと悔むのなら、
　　　　涙の跡もぬぐわずお泣きください。
1240、流れ去った輝く昼はけっして戻りません、
　　　　なにをしようともあなたを待つのは真っ暗な夜です。
1241、もし父上がわたしのために心配されているのなら、
　　　　悲しむのではなく、喜ばれるべきです。
1242、あなたも創られたものであるからには消え去ります、
　　　　創られたすべてのものは消え去り、創造主だけが永遠です。
1243、あなたはわたしの父親です、大いなる愛情と寛大さがあります、
　　　　しかし、創造主は父上よりもっと深い思いやりがあります。
1244、アッラーはあなたを創造し、幸福をお与えになりました、
　　　　父上は主がわたしにも同じ幸せをくださるとは思いませんか。
1245、アッラーは賎しい者に気高さを与え、
　　　　小人を貴人に変えることもできます。
1246、ある格言はそのことをこう言っています、
　　　　優れた知者の言葉は知識なき者の目です。
1247、「アッラー、全能かつ崇高なる方よ、
　　　　神は尊い者に高い地位を与える、
1248、**アッラー、地位なき者の頼み、**
　　　　神は賎しい者を高貴なる身分に変える。」

1249、満月は息子の話を聞くと、
　　　　天を見上げて、両手をかかげた。
1250、彼はアッラーに幾千万の祈りをささげ、
　　　　アッラーが息子に授けた聡明な智恵に感謝した。

＊　イスラーム教徒は死んだ後、ただ二枚の白布を遺体と納棺し他の物は入れない。

満月、絶賛に答える

1251、満月は言った、「息子よ、わたしの心はすでにおちついている、
　　　おまえがアッラーの恩恵を受け、幸運のなかで生きることを願う。
1252、智者の名言は真実を示している、
　　　おまえは瞳を見開いてその意味をつかみなさい。
1253、『アッラーが智恵と知識を誰かに与えると、
　　　その者はすべての願いを実現することができる。
1254、品性が高潔で態度が温和であれば、
　　　その人物は昼夜たがわず輝きつづける。
1255、善行は、投下された資本であり、
　　　すべての成果と恩恵はその見返りである。』」

1256、満月は再び両手をかかげ、
　　　幾度となくアッラーを讃えて言った。
1257、「おおアッラーよ、万物の創造者、
　　　あなたは糧(恩恵)をもって生命を育まれた。
1258、あなたはわたしを創造し、幸運を与えるほどにわたしを引き立てられた、
　　　わたしが罪深く、不従順な下僕であるにもかかわらず。
1259、あなたはわたしにこの世を享受させ、豊かに養ってくれた、
　　　慈愛に満ちた目でわたしと向いあってくださった。
1260、わたしはあなたの恩恵をすでに受けつくした、
　　　大いなる主よ、わたしはあなたに十分に満足しました。
1261、わたしにあなたの命令が届きました、わたしはこの世を去ります、
　　　寄る辺ないわたしの一人息子を残して。
1262、わたしはもうすぐ死んでいく彼の父親です、
　　　唯一の主よ、あなたが息子に幸運を賜らんことを願います。
1263、どうか息子を災いから遠ざけ、喜びと共にあらせますように、
　　　この世とあの世の二つの世界で、彼をお導きくださいますように。
1264、邪悪から息子を守り、正しい道を歩かせますように、

第 21 章　満月、息子の絶賛に遺言を残す

　　　　　彼が衣食に困ったり貧しさに陥ったりさせないよう願います。」

1265、満月は心からそのことを祈った、
　　　　　心のこもった祈りは苦しみから解き放つ。
1266、ある敬虔な人物が語った言葉を聞きなさい、
　　　　　敬虔な人は人びとの鑑(かがみ)となる。
1267、『アッラーが施し助けた人間の誰もが、
　　　　　この世でもあの世でも幸福を得るだろう。
1268、どこかの下僕にアッラーの恩恵が与えられたら、
　　　　　この世でもあの世でも彼の願いは実現できるだろう。』
1269、アッラーの恵みを賜った者は、
　　　　　あらゆる願いと幸福を獲得することができる。
1270、ある思慮ある詩人が次のようにうたった、
　　　　　知者の言葉をさえぎる者はいない。
1271、「**アッラーに加護された者は安らかだ、**
　　　　　百の願いはかなえられ、美味(うま)き食事を享受する、
1272、**アッラーを崇拝する者には、**
　　　　　悲嘆と心配の門は閉じられている。」

1273、満月はもう一度言った、「よく聞け息子よ、
　　　　　死を忘れてはいけない、虚ろに過ごしてはならない。
1274、生命を信じるな、おまえは人の世を去るのだ、
　　　　　ぼんやりとすごすな、それは風のように過ぎてゆく。
1275、わたしはおまえのことをアッラーにお任せした、
　　　　　アッラーがおまえを助け、おまえに幸運を賜ろう。
1276、おお、今、わたしはおまえから永遠に去っていく、
　　　　　わたしは後悔にさいなまれ、涙におおわれる。
1277、わたしがこの世を離れた後、おまえはどんな人間になるべきか、
　　　　　知っていることをおまえに話しておこう。」

第 21 章　満月、息子の絶賛に遺言を残す

訳注

〔1〕**たった一人の息子**　原語は bir öki oġlı。この 1158 番や 1261 番には、絶賛が満月の一人息子のように記されているが、後の記述からすると、絶賛には覚醒という兄弟がいる。ここに、なぜ、このように書かれているかは不明で、その理由は今後の研究課題としたい。

第22章

満月、息子の絶賛に対する教え

1278、「アッラーに仕えて心と言葉を正しく保ちなさい、
　　　迷わず、来世のために善行をおこないなさい。
1279、世の善きことも悪しきこともアッラーがさだめられたこと、
　　　アッラーを信じ、彼のために祈りなさい。
1280、願いがあればアッラーに祈り求めなさい、
　　　ただアッラーのみがおまえの頼りとなろう。
1281、アッラーの教えの一つひとつを敬いなさい、
　　　彼はこの世でもあの世でもおまえの幸いを導いてくださるだろう。
1282、真っすぐな道から外れてはいけない、
　　　自信過剰とならず、言動を慎みなさい。

1283、わたしはひとときだけをここに住み、今ここを去っていく、
　　　世界がわたしに報いてくれたものを、おまえはすでに見ただろう。
1284、現世のために火のなかに身を投げてはならない、
　　　人びとを虐げその財産を奪ってはいけない。
1285、わたしは富の集め方は知っていたが、用いることを知らなかった、
　　　歳月を浪費し今は後悔のなかにときを過ごしている。
1286、わたしの財産は残り、わたしの重荷となった、
　　　おまえはそれを正しく用いて平安に過ごしなさい。
1287、遺された財物を必要なところに用いれば、
　　　それが両世でのおまえの誉れとなるだろう。
1288、おまえが財産を管理できず、使わざるべきところに使ったら、
　　　財産はすぐに乏しくなり、恥ずかしめを受けるに違いない。
1289、正直で、おこないは正しくありなさい、
　　　そこに真の幸せはある。

第 22 章　満月、息子の絶賛に対する教え

1290、両世の幸福を享受するにふさわしい、
　　　ある正直な人物の言った言葉を聞きなさい。
1291、『幸福の内に人生を過ごしたい者は、
　　　行動を正すよう努力しなさい。
1292、もし富むことを求めるならば、
　　　身を正して正直な道を歩めば裕福になれる。
1293、高い地位につき人びとの尊敬を受けたいのなら、
　　　目の前に開かれた清廉な道を歩めば実現できる。
1294、人間は品行方正で善いおこないをつづければ、
　　　その人生は二つの世界で光り輝くだろう。』」

1295、満月はつづけて言った、「息子よ、聞きなさい、
　　　善行をおこない地獄の門を封じなさい。
1296、善行をほどこし邪悪を遠ざければ、
　　　すべての善いことがおまえに降り注ぐ。
1297、悪友と交わるな、おまえに危害を与えるだろう、
　　　邪悪は毒蛇である、おまえに噛みつくだろう。
1298、偽善者を信頼してはいけない、
　　　彼はおまえの秘密を外に漏らすだろう。
1299、おしゃべりを自分の家に招くな、
　　　彼は家のなかで見たことを国中に言いふらすだろう。
1300、信頼でき経験に富んだ従僕をたいせつにするがよい、
　　　彼はかぎりない恩恵を与えてくれるだろう。

1301、人の話をよく聞き、しかも軽々と信じてはいけない、
　　　自分の秘密を人に漏らすな、心のなかにとどめておきなさい。
1302、他人を嫉妬したり、陰口をたたいたりしてはならない、
　　　この二つのことが災難を呼び起こす。
1303、門をしっかり閉じて、妻を管理しなさい、

第22章　満月、息子の絶賛に対する教え

　　　　　すべての不幸は女がもたらす。
1304、見知らぬ人に門をくぐらせず、妻を外に出すな、
　　　　　家庭に招く場合には、その人の品行をよく調べなさい。
1305、お金のことで悩んではいけない、
　　　　　善いおこないをするかぎり、富は自然に生じてくる。
1306、次の格言がこの点についてのべている、
　　　　　よく学んで、人生に活かしなさい。
1307、「善きことを願うかぎり、どうして財など必要があるのか、
　　　　　必要なものは、おのずとやってくる、
1308、悪人や悪党に財産など意味があるのか、
　　　　　どれだけ富を持ったところで貧しいままだ。」

1309、恥知らずなものは遠くに退けよ、
　　　　　わたしがもっとも賞賛する者は慎み深い人物だ。
1310、なにごとも急(せ)いてはいけない、
　　　　　我慢のできる者が目的にたどり着くだろう。
1311、なにをするにしても、言葉はおだやかに使いなさい、
　　　　　おだやかに話す者にこそ、良い明日が訪れる。
1312、おまえの舌を制しなさい、おまえの眼を制しなさい、
　　　　　おまえの胃袋を制しなさい、小飲小食に努めなさい。
1313、民のあいだの諍(いさか)いは遠くに避けなさい、
　　　　　愚民の争いごとにかかわってはいけない。
1314、舌をすべらせてベグの噂話をしてはならない、
　　　　　カモシカよ[1]、彼を賞賛しなければいけない。
1315、他人を傷つけても、己を損ねてもならない、
　　　　　欲望を抑え善行を積みなさい。

1316、一つの仕事にかかわったら、退(しりぞ)く道を考えておきなさい、
　　　　　退く道がなければ、損失を招くだろう。
1317、怒りが湧きあがったとき、自分を抑制しなさい、

第22章 満月、息子の絶賛に対する教え

今日耐える者が、明日の幸せを得るのだ。
1318、ある我慢強い者が言ったことを聞きなさい、
　　　我慢強い人間は、失敗もよく処置できる。
1319、『我慢強さがあるならば、きっと願いを実現できるだろう、
　　　忍耐強い者のみが白鷹を狩る*ことができる。
1320、もし不幸に遭い、難局におかれても、
　　　我慢強ささえあれば、喜びの日がくるだろう。
1321、たとえ幸運がおまえの前で門を閉ざしたとしても、
　　　我慢強さがあれば、門は再び開かれる。
1322、我慢を覚えなさい、我慢は男子の美徳である、
　　　忍耐は天国に通ずる道である。』

1323、死を忘れてはいけない、それを迎える準備をしておきなさい、
　　　己を忘れてはいけない、本当の自分をよく見なさい。
1324、人びとのあいだでは、話す言葉を抑えなさい、
　　　他人の家にいるときには、好奇心の眼を抑えなさい。
1325、生活は収入に応じて支出を考えなさい、
　　　話は身分にふさわしい言葉で語りなさい。
1326、けっして嘘をついてはならない、
　　　嘘はおまえを卑しく変えてしまう。
1327、善い友人たちと親しく付きあいなさい、
　　　目上の者も目下の者も笑顔で迎えなさい。
1328、食べものを十分に用意し、他人に与えなさい、
　　　他人の過失を世間にさらしてはなりません。

1329、祈りを守り、アッラーの恩恵に感謝しなさい、
　　　罪悪から遠ざかり、自分を守りなさい。
1330、幸運が降り立っても、得意になってはならない、

---

　* 古代テュルク人は、白鷹の捕獲は大変難しいこととして、運気があり、我慢強い人だけが捕まえることができると考えていた。

第22章 満月、息子の絶賛に対する教え

　　　　善行を守って、悪事を避けなさい。
1331、現世に執着してはならない、それは瞬くまのことだ、
　　　　幸運に頼ってはいけない、来てはまた去っていく。
1332、人生をおもい惑うな、それは夢であり幻である、
　　　　虚ろな幸運をほこるな、それは鳥の影のように去っていく。
1333、歳月をいたずらに過ごすな、早く善をおこないなさい、
　　　　過ぎゆく時間のうちに功徳を積みなさい。

1334、酒に溺れるな、女と遊び姦淫にふけるな、
　　　　この人生を悪名で汚すな。
1335、酒と女は幸運を連れ去っていく、
　　　　酒と女がおまえに貧困の門をくぐらせる。
1336、経験に富んだ長老がこのようにうたったのを聞きなさい、
　　　　長老はものごとの始まりに通じている。
1337、「好色と暴飲を遠ざけよ、
　　　　酒と女はおまえに貧困のマントを縫い上げる、
1338、一つはおまえの面前から幸運を葬り、
　　　　一つはおまえを罪人にまで追いやるだろう。」

1339、最後に満月は言った、「息子よ、
　　　　わたしの教訓を覚えておきなさい、きっと役に立つだろう。
1340、語るべきことはすべて語った、わたしを信じなさい、
　　　　わたしの言葉を覚えておれば、おまえは幸福にきっと満たされる。
1341、この話はおまえへの遺言である、
　　　　誓って忘れずしっかり心に刻んでおくのだ。」

訳注
〔1〕**カモシカ**　親しい人への愛称、この場合、むすこのこと。他にもラクダなどの動物の名称をもって愛称とする場合がある。

第 23 章

満月、日の出王に遺書を綴る

1342、満月はペンと紙を持ってこさせると、
　　　アッラーの名の下に書きはじめた。
1343、「わたしはアッラーの名の下に最後の手紙をお書きします、
　　　アッラーは万物を創造し育み、そしてその罪をお許しになりました。
1344、アッラーは無数の生命を創造し、
　　　彼らに糧を与え、彼らの命をつないできました。
1345、アッラーの意志をさえぎるものはなにもなく、
　　　いかなる助けも必要としません。
1346、アッラーがそれをと願えばそれが創造されるように、
　　　万物の出現もまた彼の意志によるものです。
1347、アッラーはあなたのために生命を創造し、死を創造しました、
　　　万物はすべて死ぬ、ただアッラーだけが永遠に生きるのです。

1348、わたしは預言者に向かってお礼を申し上げます、
　　　アッラーからわたしのつくせぬ敬意をお伝えくださるよう願います。
1349、預言者の四人の友をわたしは深く敬います、
　　　アッラーが彼らにわたしの祝福をお伝えくださるよう願います。
1350、栄光の日の出王よ、陛下が長生きし、
　　　陛下の王権が世界の隅々におよぶことを願います。
1351、わたしの名前は満月、そしてわたしはすでに満ちました、
　　　死期が近くなり、丸い姿を失っていくのです。
1352、死の使いが来てわたしをつかんで放しません、
　　　わたしは逃げる場もなく人生の喜びを失いました。

1353、陛下はわたしに恩恵を賜わり、親しみをもって接してくださいました、

第23章 満月、日の出王に遺言を綴る

しかしわたしは陛下にこれ以上お仕えすることができません。
1354、王よ、陛下のご恩に報いるために、
　　　わたしはここに遺書を残します。
1355、この世のことでは、わたしはいつも陛下の伴でした、
　　　わたしは公務に仕え、行動は正しくありました。
1356、賜わった王さまの過ぎたるみ心を胸に抱き遺書を書きます、
　　　お目をお通しくださるよう願います。
1357、ある忠義の者がどのように述べたか、お聞きください、
　　　彼はもっとも誠実に陛下に仕えた人間です。
1358、彼の言葉を心にとどめ置いてください、
　　　それは陛下が幸運をとらえるための助けとなるでしょう。
1359、忠義にあつい者は信頼できる人物です、
　　　彼の話は陛下をより高い所へ昇らせましょう。
1360、おお王よ、わたしはあなたに忠節を貫いてきました、
　　　雄々しき英雄よ、わたしの心からの言葉をお聞きください。

1361、死がやってきました、わたしには多くの悔いが残ります、
　　　しかし悔いても死の前ではなんの意味もありません。
1362、過去の悪行がわたしを後悔させます、
　　　神への祈りだけがわたしに安心をもたらしてくれました。
1363、わたしが蓄えた金銀はこの世に残ります、
　　　清算すべき罪だけがわたしの担うものです。
1364、わたしは後悔で悲嘆にくれましたが、
　　　ただ一つの希望はアッラーの慈悲しかありません。

1365、今日、わたしは仕方なく逝きますが、
　　　明日、陛下もわたしの後に続くでしょう。
1366、おお王よ、目を見開き冷静に行動してください、
　　　かぎりある命、知識を頼りに多くの仕事を成し遂げてください。
1367、暴力と抑圧が横行する所で善行を守り、

第23章　満月、日の出王に遺言を綴る

　　　　民衆に愛されるように語り行動してください。
1368、陛下の治世が平和であれば、多くの善きことをおこない、
　　　　陛下の富が多ければ、貧しい者に施しを為さるように。
1369、若くして目覚めた人物がなんと言ったかお聞きください、
　　　　そのような人間の眼光は鋭いものです。
1370、**「死がやって来る、その前に十分な支度をしておけ、**
　　　　まだ生きて動けるあいだに、アッラーの慈悲を祈れ、
1371、**死がおまえをつかんだら、悔いたとてもう遅い、**
　　　　どれだけおまえが嘆いても、身体はすでに土のなか。」

1372、おお王よ、わたしが逝ったあとも勤勉で怠けてはなりません、
　　　　虚しくときを過ごされず、アッラーにお仕えください。
1373、現世にも幸運にも惑わされてはなりません、
　　　　政は正しく行ってください。
1374、法を公正に用い、民を公平に扱えば、
　　　　最後の審判の日には、きっと善い報いがあるでしょう。
1375、現世の惑いのために、身を劫火に投げいれてはなりません、
　　　　あなたの欲求を抑え、欲望の根を絶ってください。
1376、ベグは現世の主人であって彼女の奴隷ではありません、
　　　　彼女が陛下を見捨てる前に、彼女を寡婦(やもめ)にさせなさい。
1377、得意になって驕りたかぶってはなりません、
　　　　この世界は無常です、それを信じてはなりません。
1378、善い人びとを身近に置いてください、
　　　　悪事を働く輩からは遠く離れてください。
1379、貪欲な者たちに国事を任せてはいけません、
　　　　信頼できない者たちを宮中に置いてはなりません。
1380、礼拝にお勤めください、罪を犯さないように、
　　　　礼拝の他はすべて空なのです。

1381、死を忘れてはなりません、なにものもそれを遮(さえぎ)ることはできません、

第23章 満月、日の出王に遺言を綴る

　　　　　死は急にやってきて、跡形もなく去っていきます。
1382、あなたが素早く逃げたとしても、死はかならず捕まえます、
　　　　　隠れても探し出し、ついには両手を縛ります。
1383、目覚めてください、死は生きることのうちに潜んでいます、
　　　　　たとえ寿命をのばしたところで、最後のしとねは土のなかなのです。
1384、誰か死から逃れられた人はいたでしょうか、
　　　　　誰か死の到来を避けることができたでしょうか。

1385、一人の賢人が素晴らしい話をしています、
　　　　　彼はアダムの息子たちを隊商の旅人にたとえました。
1386、『人間は砂漠を行き来する隊商のようなものだ、
　　　　　誰もひとつところにずっととどまる者はいない。
1387、おまえは父の種から出て、
　　　　　母の胎内で何か月かを安らかに過ごした。
1388、おまえは母体から離れ自分の名前を得ると、
　　　　　時間という駿馬に乗って山野を駆け上った。
1389、昼間一歩、夜また一歩、
　　　　　それはおまえが死に向かって進むことだった。
1390、この世は一つの宿、墓も一つの宿、
　　　　　そして来世という最後の宿で旅は終わる。
1391、来世で待っているのは二つの道、
　　　　　しかし、おまえの道がどちらかは分からない。
1392、右に行けば為すべきことすべてがかなう道、
　　　　　左に行けば頭をぶつけてただ嘆き悲しむ道。』

1393、王よ、世界はちょうど畑のようなものです、
　　　　　刈り取っては種を植え、再びそれを収穫する。
1394、瓜を蒔けば瓜を、豆を蒔けば豆を、
　　　　　誰か善を蒔けば、善の果実が味わえる。
1395、人の財産を奪わず、人の生命を傷つけてはなりません、

第23章　満月、日の出王に遺言を綴る

　　　　　臨終のとき、二つの罪があなたの魂を慟哭させるでしょう。
1396、人生は夢のようなものです、跡形もなく消えていく、
　　　　　たとえあなたが奴隷であっても、ベグであったとしても。
1397、過ぎ去った歳月は一場の春の夢、
　　　　　残りの時間は後悔のうちに流れて行く。
1398、ある優れた人物がうたっています、
　　　　　彼は目覚めてはじめて、悔いることを知った人です。
1399、**「おまえの人生はまどろむうちに過ぎ去った、**
　　　　　それでおまえはなにを得た、
1400、**おまえは幻想を抱いて一生を過ごしてきた、**
　　　　　今は後悔以外になにもない。」

1401、受けた命を粗末に使わず、早くお目覚めください、
　　　　　生と死はとても近くにあるのです。
1402、けちってはいけません、王よ、惜しんではなりません、
　　　　　寛大なる者の名前は永遠に残るでしょう。
1403、軍隊と財宝に頼ってはいけません、
　　　　　兵士たちも金銀も最後まで頼れるものではありません。
1404、他人のためにご自身を犠牲にしてはなりません、
　　　　　自分をたいせつにし、不本意に火中に入ってはいけません。
1405、陛下の前にこの世を去った王たちも、
　　　　　ごらんください、みな墓のなかに横たわっています。
1406、死はすでに陛下を迎える準備をしています、
　　　　　おお輝く太陽、彼はただあなたの死ぬときを待っているだけです。
1407、お聞きください、この世の本質を知る人の話を、
　　　　　彼の話は完全に理性にかなっています。
1408、『この世の富はにがい塩水と同じである、
　　　　　飲めば飲むほど喉が渇き、舌を濡らすことすらできはしない。
1409、おお英雄よ、この世は影と同じである、
　　　　　人がそれを追いかけると逃げ、逃げようとすれば貼りついてくる。

第23章　満月、日の出王に遺言を綴る

1410、この世のでき事はちょうど蜃気楼と同じである、
　　　人が手を伸ばしそれをつかむと、跡形もなく消えてしまう。』

1411、王さま、善きことをおこなうよう努めてください、
　　　ベグを模範として民も善良となります。
1412、民は羊の群れです、ベグは羊飼いです。
　　　羊飼いは羊の群れに寛容であらねばなりません。
1413、飢えた狼の群れが宮廷の門の前に集まっています、
　　　羊飼いよ、王は羊の群れをしっかり守らねばいけません。

1414、怒ってはいけません、癇癪を抑えなさい、
　　　ベグの怒りは、国を揺るがす原因となります。
1415、民を謗（そし）ってはいけません、
　　　謗りや悪口は燃えさかる炎で、人の身も心も焼きます。
1416、慎み深く温和、静かでおちついていなければなりません、
　　　陛下の正しいおこないが成功を導きます。
1417、目の前には一本の長い道が続いています、
　　　聡明な人は旅路のために、乾燥した食糧を準備します。
1418、おお栄光の王よ、王宮殿堂を造営されませんように、
　　　土の下にはすでに、陛下の住まいが用意されています。
1419、黄金輝く広大な宮殿は人の世に虚しくとどまり、
　　　陛下は暗い土の下で呻きもだえるでしょう。
1420、たくさんの金銀財宝を集める必要などありません、
　　　二枚の白い布だけが陛下の最後の持ちものです。
1421、ある詩人がうたいました。
　　　彼の美しい詩文は内容をより豊かにします。
1422、「富貴を極めたあとには破滅が待っているのか、
　　　愚かなおまえはそんな答えにお構いなし、
1423、おまえのすべての欲望が満たされるころ、
　　　不治の病におそわれておまえは一人発って行くのだ。」

第23章　満月、日の出王に遺言を綴る

1424、おおベグよ、富を持つ喜びと驕りで自己満足していてはいけません、
　　　　富がはなつ喜びと驕りは眠りのように自分を見失わせます。
1425、現世の利得のために虚しくときを過ごしてはなりません、
　　　　またたくまに過ぎ去る浮世があなたを苦しめないように。
1426、今日、あなたは絹や錦を纏っていますが、
　　　　明日、あなたの衣服は黒い土となります。
1427、今日、あなたは側室に囲まれ楽しまれていますが、
　　　　明日、あなたは言葉もなく暗い土のなかで横たわるのです。
1428、今日、あなたは立派な駿馬に乗りますが、
　　　　明日、あなたは嘆きながら鞍もない木馬 * に乗ります。
1429、陛下はこれらのことを考え、死を迎えられますよう、
　　　　土のなかで、悲しみ悔やまれなきようご準備ください。

1430、すべてのことに、アッラーの慈悲を乞うてください、
　　　　ただアッラーのみが陛下に力を与えてくださいます。
1431、善きことも悪しきことも喜んでお受けとりください、
　　　　言葉を正しく使い、神の裁きにおしたがいください。
1432、陛下がもし二つの世界のベグとなりたければ、
　　　　これからのべる五つのことをお避けください。
1433、さだめられた禁忌を犯さない、不正にかかわらない、
　　　　人の命を傷つけてはならない、復讐を願わない。
1434、飲酒をしない、淫らなことを遠ざける、
　　　　これらのことは国の根本を壊します。
1435、ベグが王国を永久に存続させたいと願うならば、
　　　　民のために正義をおこない、暴政を防がねばなりません。
1436、王さま、今あなたはすべての民の主であります、
　　　　賢くあり注意深くあって、人びとをお守りください。
1437、今、陛下の肩には重い責任がかかっております、

---
　*　イスラームで埋葬する時用いる死体を運ぶ物。

第23章　満月、日の出王に遺言を綴る

　　　　気を緩めず、しっかりと政務をお取りください。

1438、楽しみを追いかけると、いずれ肉体の虜になります、
　　　　もし捕まりそうになったら、できるだけお逃げください。
1439、過ぎ去った歳月は一瞬で、通り風が吹くようです、
　　　　陛下の命はどれだけのあいだ、王座を許すのでしょうか。
1440、陛下が人生の残りの時間をむだにされないように、
　　　　あなたが昔の罪を洗い清められますように。
1441、この世は確かなものでないことを知ってください、
　　　　陛下はこの仮の世で永遠の世のための食糧*をお整えください。
1442、ある敬虔な信仰者が言ったことをお聞きください。
　　　　敬虔な信仰者は稀なる人物です。
1443、『現世はかりそめの隊商宿で、人びとは旅商人だ、
　　　　旅商人はどれだけの時間この宿にとどまれようか。
1444、また、この世界は宝の庫にも似ている、
　　　　誰かが掘り当てれば、誰かがそれを持ち去って行く。
1445、あなたはすぐに宿を移る、手荷物と食糧を用意せよ、
　　　　持てるものは持ち、無用のものは捨てなさい。』

1446、わたしはまもなく去って行きます、わたしを鏡としてください、
　　　　自らはげまし、美しい誉れをお残しください。
1447、死に臨んだ者の話をお聞きください、
　　　　彼は死の直前、最後の言葉を遺しました。
1448、**「瀕死の者が残った者に教えを与えた、**
　　　　聞きなさい、心にとどめておきなさい、
1449、**生きている者よ、目覚めよ、ぼんやりしているな、**
　　　　わたしは深く眠っていた、今は悔やんでも悔やみきれない。」

1450、おお王さま、もし陛下が王国の永続を望まれるのであれば、

---

*　食品、食料を準備する、これは善徳を積むことを意味する。「食糧」は功徳を指す。

第23章 満月、日の出王に遺言を綴る

為さねばならないことと為してはならないことがあります。

1451、一つめは、真っすぐな道を歩み暴政をしてはいけません、
アッラーを礼拝し、アッラーの門を抱くことです。

1452、二つめは、頭をはっきりさせてうかうかと過ごさない、
恐ろしい災難を陛下にもたらさないように。

1453、三つめは、二つの感情が起きたらなにもしてはいけません。
激情や怒りがおそったら歯を食いしばってお抑えください、

1454、これらのことをしっかり注意すれば国家は護られるでしょう、
王国の基盤は拡がり、国は永遠に安定します。

1455、良い人物を重んじ尊重してください、
悪人には近づかず王宮から追い出してください。

1456、社会正義と法を確立してください、
陛下は輝き、幸運の帯が陛下の腰に結ばれるでしょう。

1457、お聞きください、賢さに長けたある人物が言いました、
この話の教えを学ぶことを願います。

1458、『法を制する者よ、善い法を立てなさい、
悪法を制定することは、自らを死に追いやることだ。

1459、立法者よ、冷酷な法を制定してはならない、
悪法をさだめたら、統治者の資格は喪失する。

1460、誰かもし過酷な法を制定すれば、
のちの世ではかならず悪名が流布される。

1461、民のために善い法をさだめた立法者こそ、
のちの世にもその美名が伝わるだろう。』

1462、おお王よ、慌てることなく心してください、
自身の根底にあるものを忘れず、用心深くあってください。

1463、大いなる権力を持つ者よ、邪悪な行為に染まってはなりません、
悪行は二つの世界であなたに嘆きを与えるでしょう。

1464、陛下は民を統治し、比類なき権力をお持ちです、

第23章　満月、日の出王に遺言を綴る

しかし心におとどめください、人生は短くまたたくまに去ることを。
1465、この世は過ぎて行くものであり、去って行くものです、
死は必ず来るものであり、訪れるものです。
1466、瀕死のわたしをよくごらんになって忠告をお受けください、
今は生きておられます、しかし明日は後悔されるかもしれません。
1467、人はこの世を去るとき、財産を遺します、
わたしの遺産はこの遺言です。
1468、陛下、わたしはあなたをもっとも敬愛しております、
それゆえにわたしは有益な遺産を残すのです。
1469、もっとも善い遺産は優れた遺言です、
わたしの遺言を守ればきっと善い報いが受けられるでしょう。
1470、わたしが書いていることは心の中にある真実の言葉です、
わたしの遺言とわたしを忘れないでください。

1471、どれだけ陛下が長命でもいつか終わりはやってきます、
最後は墓の狭い一間に戻るのです。
1472、疑うことなく、突然、死は訪れます、
陛下の魂を奪い、陛下をあの世に送ります。
1473、命の召喚者の訪れには準備が必要です、
長い旅路の身支度をしっかりと備えておいてください。
1474、誰も死から逃れる方法はありません、
すべてを準備し、必要なものを持っていてください。
1475、ある智者が言った言葉をお聞きください、
彼は死ぬ前に死の本質を悟った人物です。
1476、「人にはさだめられた死の順序がある、
いつも最悪に備えておけ、
1477、銀の帯をして威を張る偉丈夫も、
死につかまれば帯といっしょに砕けちる。」

1478、これでわたしは陛下からの債務を返済し終わりました、

第23章　満月、日の出王に遺言を綴る

　　　　おお王よ、わたしは陛下のご恩に報いることができました。
1479、アッラーがすべての善い人に恩恵を賜われますように、
　　　　彼らに幸運を授け、衣食住足るようにされますことを。
1480、陛下のお身体が健やかで、長寿に恵まれますように、
　　　　お幸せで、よく王国を繁栄させられますことを。
1481、わたしは衷心よりお話申し上げました、
　　　　お別れです、お幸せにおなりください、陛下。
1482、わたしは行かねばなりません、おお王よ、
　　　　わたしの愛する息子を一人残して。
1483、わたしはアッラーが息子を助けるように祈りました、
　　　　燃えさかる炎のなかにいるあいだ、神が彼を見守ってくださるように。
1484、陛下、わたしの愚息をお守りください、
　　　　彼を見捨てず、浮浪の道を歩ませないでください。

1485、アッラーは万物のために因果を創造しました、
　　　　あらゆる善悪は、すべて彼が掌握しています。
1486、息子や娘の因縁は父親と母親にあります、
　　　　子どもの性格の良し悪しもその父母に原因があるのです。
1487、今、彼の父であるわたしは死に向かっています、
　　　　しかし、息子はいまだ幼く一人この世に残ります。
1488、もしわたしを陛下の老臣の一人だとお思いくださるのなら、
　　　　彼に正しい道を指し示し、歩ませてください。
1489、彼に深く知識と徳を学ばせ、
　　　　才徳をもって人の上に立てるようにしてください。
1490、彼に善い躾と立派なおこないを教えてやってください、
　　　　宮廷の仕事に役立ち、重任を背負えるようにさせてください。
1491、厳しく教え、自由奔放にさせないでください、
　　　　厳しくしつけられた子どもには善い幸運がやってきます。
1492、経験に富んだ老人が語りました、
　　　　彼は多くの見識を持ち、理にそって話します。

第23章 満月、日の出王に遺言を綴る

1493、『子どもたちには小さいころから教育を与えなさい、
　　　　幼年で知識を学べば、成果はすぐ近くに来る。
1494、息子や娘たちに鞭を惜しんではいけない、
　　　　鞭は子どもたちを賢くする。
1495、幼いうちに学んだことは、
　　　　年をとっても記憶から消えることはない。』」

1496、満月は遺書を書き終って折りたたみ、
　　　　きちんと封を閉じてから息子に手渡して言った。
1497、「しっかりと持っていなさい、失くすのではないぞ、
　　　　それを王さまにお渡ししなさい、これはわたしの遺言なのだ。
1498、王さまがそれを読まれれば、わたしの話どおりにされるだろう、
　　　　死を迎えるにふさわしい準備をされるに違いない。」
1499、満月は息子を見て長くため息をして言った、
　　　　「おまえはわたしを理解し、正しい道を行かねばならないぞ。」
1500、言いながら息子を胸に抱き、
　　　　雨のように泣きながら彼の頬に口づけした。

1501、彼は再び言った、「息子よ、わたしの姿を見ただろう、
　　　　父がどのようにこの世を去っていくのか、そのことを忘れるな。
1502、いつかはおまえにもこのようなときが来るだろう、
　　　　ぼんやり過ごしてはいけない、心にとどめておきなさい。
1503、話すべきことはすべて話した、
　　　　忘れてはいけない、そしてわたしのために祈ってくれ。
1504、もし王さまがおまえを呼んで入廷することがあるならば、
　　　　陛下に背くことなく、勤勉にお仕えしなさい。
1505、遊びほうけて時間のむだをしてはいけない、
　　　　一言一動、穏やかで正しくありなさい。
1506、夜は遅くまで働き、朝は早く起きよ、
　　　　早起きする者には幸運が訪れる。

第23章　満月、日の出王に遺言を綴る

1507、アッラーの教えを敬い尊重しなさい、
　　　王さまのために真心をこめてお仕えしなさい。
1508、悪人に近づかず、遠くに避けなさい、
　　　性格をただし、善いおこないをしなさい。
1509、言葉を控えめにし、健康で長生きすることを願う、
　　　自分のことをきちんとし、平安に一生を過ごすことを願う。」

1510、満月はそう話し終わると、子どもを抱きしめた、
　　　後悔の涙がはらはらと落ちた。
1511、満月は言った、「おお裏切りの世界よ、
　　　おまえはなぜにわたしをこのように苦しめるのか。
1512、わたしはおまえの祝福を得て今日まで生きてきたが、
　　　今、わたしの体は暗い土のなかに埋もれようとしている。
1513、以前、母から生まれてきたときと同じように、
　　　今、わたしは裸で人生との別れをする。
1514、死に臨んだ人が言った言葉を聞きなさい、
　　　彼は死ぬ前に悲しみのなかで訴えた。
1515、**「胎から出て来て、また胎にもどる、**
　　　蜜で育って、毒蛇に食われる、
1516、**おおくやしい、わたしの青春、わたしの栄華、**
　　　恨みを抱いて墓穴に入る。」」

1517、満月は悲しみを抑え、涙を止めて、
　　　思い出として遺品をみんなに分配した。
1518、彼は親しい者たちに許しを乞うた、
　　　彼の魂は天に向かって飛ぼうとしている。
1519、彼は空を見つめ、両手をかざして願った、
　　　アッラーの名を呼ぶと、舌が動かなくなった。
1520、命は止まった、明るい昼は暗い夜に代わり、
　　　呼吸はとだえた、すべてが止んだ。

第23章　満月、日の出王に遺言を綴る

1521、純粋なる魂は天国を求めて飛び立ち、
　　　空ろとなった体だけが取り残された。
1522、命はあたかも生れてこなかったように消え、
　　　ただ彼の名前だけがこの世に残された。

1523、ある正直な男が言った言葉を聞きなさい、
　　　彼は漫然と生きていたが、ある日目覚めて次のようにのべた。
1524、『身体の住まいは華麗な部屋である、
　　　魂の住まいは美しい身体である。
1525、魂は飛び去り、空の体だけが残った、
　　　ただアッラーのみがその行方をご存知である。
1526、それがもし天空に上れば幸福に溢れ、
　　　もし地底に落ちれば苦しみは続く。
1527、二つの場所のうちの、それはかならず一つに行く、
　　　そこで魂は復活し永遠に生きつづける。』

1528、なんと人間は弱々しい生物だろう、
　　　一瞬の間にその名前は消え、行方も分からなくなる。
1529、人はどこから来て、どこに去るのか、
　　　人はどこを歩き、どこで止まるのか。
1530、博学の人よ、あなたは脱出できるのか、
　　　聡明な人よ、あなたは知ることができるのか。
1531、ただ全知なるアッラーのみがすべてご存知である、
　　　ただ全能なるアッラーのみがこのことを承知されている。
1532、人間は凡々のうちに目立たずひっそりと暮らし、
　　　一瞬、世に姿を現してはすぐに目の前から消え去ってしまう。
1533、人の一生はなんと短いものか、
　　　なすべきことは多く、語ることは多々あるのに。
1534、人間はこのように弱いのに、
　　　どうやって多くの罪を担うことができるのか。

第 23 章　満月、日の出王に遺言を綴る

1535、幻のこの世はまたたくまに過ぎていく、
　　　なぜに岩山のように胸を張ることができるのか。

1536、死の本質に目覚めた人物の言葉を聞きなさい、
　　　彼は運命にしたがい、正しい道を歩んだ人だ。
1537、『死よ、おまえの狂暴さは較べるべきもない、
　　　誰もおまえに抗(あらが)うことなどできはしない。
1538、おまえはあらゆる者をつかまえ、誰ひとり逃がさない、
　　　善人であれ悪人であれ、みな同じだ。
1539、聡明な賢人は長生きした方が良いだろう、
　　　愚か者や恥知らずは早く死んでもかまわない。
1540、しかし、賢い者も愚かな者も誰もがひとしく死ぬ、
　　　偉大な者も小人も皆ひとしく土と化す。
1541、いかに長生きできたとしても最後には死ぬ、
　　　死の道に安全な渡し場はない。』

1542、よく聞きなさい、ある優れた高官が言った、
　　　彼はすべてのことに知識と智恵を用いた。
1543、『人がもし死ななくてすむのなら、どれほど良かったか、
　　　人がもし死ななくてすむのなら、なんと素晴らしいことか。
1544、死はわたしたちに安息をもたらさず、
　　　人間を根底から破壊する。
1545、だが不思議なことではない、生まれたものにはかならず死がある、
　　　生きるものはすべて最後には黄土で体をおおわれる。
1546、おお、たいせつなものは人ではなく人の真情である、
　　　おお、必要なことは人びとではなく神への正道である。
1547、この老婆のごとく年老いた世界の習いとはこれだ、
　　　それを受け入れるか、受け入れないかはそなたしだいだ。』

第24章

日の出王、絶賛を召喚する

1548、国王は満月の葬儀に参列し、
　　　　彼の息子をお召しになり、慰めの言葉をかけた。
1549、「息子よ、悲しみをやめよ、
　　　　悲しみが過ぎれば、喜びがやってくる。
1550、悲しみはそなたの頭の上に落ちただけでなく、
　　　　余の心にも大きな悲しみがまとわりついているのだ。
1551、落ち込まず自愛しなさい、
　　　　そして、わたしのそばに来て、政務をてつだいなさい。
1552、そなたの父は去った、今は余がそなたの父親である、
　　　　余はそなたの父となり、そなたはわが子のようになるのだ。」

絶賛、国王に答える

1553、絶賛は地面に口づけし、静かに口を開いた、
　　　　「国王がよく万民に恩恵を施し、長き寿命を得られますように。
1554、わたしはあなたに養われた奴隷、臣下であります、
　　　　わたしは陛下のためなら命も惜しくありません。
1555、亡き父は陛下のためにすべてを犠牲にしました、
　　　　父のようにわたしが陛下にお役に立てるようアッラーに祈ります。」

1556、絶賛は父親の遺書を取りだし、
　　　　うやうやしく国王の目の前に差し出した。
1557、王は遺書を開き、それに目を通して言った、
　　　　「なんと悔やまれることか、英才はこの世を去ってしまった。
1558、おお、そなたは臣下のなかでも抜きんでた忠臣であった、
　　　　そなたが欠けて、宮廷中が落胆し空洞のようだ。

第 24 章　日の出王、絶賛を召喚する

1559、そなたは生前余につくし、職責をまっとうした、
　　　　死に臨んでも余を心配し、遺言まで残した。
1560、そなたの厚意に余はなんの褒美も与えていない、
　　　　余に代わり、きっとアッラーが見返りを与えるだろう。
1561、今日、そなたは余を安心させてくれた、
　　　　アッラーがかぎりない慈悲をそなたに賜わらんことを。」
1562、王は黙って静かに涙を流した、
　　　　他の人びとも悲しみながら立ちあがって出て行った。
1563、残された絶賛は門を閉じ、一人こもった、
　　　　心は乱れ、数日のあいだ悲しみに暮れていた。

1564、絶賛は父親の葬儀を終えると、
　　　　貧しい人びとに銀貨や絹布を施した。
1565、彼は父親の喪の時間を済ませると、
　　　　善い人びとと交際し、それを友とした。
1566、彼は父親の教えにしたがい、正道をまっすぐ歩いた、
　　　　運勢は日ごと上がり、ものごとは順調に進んだ。
1567、ある賢者が話したことである、
　　　　彼は経験豊かで道理に通じた人だった。
1568、**「父親の教えにしたがう者は、**
　　　　幸運が日ごとに祝福してくれる、
1569、**父母につくし、彼らを喜ばせなさい、**
　　　　つきることない利得がおまえにやってくる。」
1570、それ以降、王はさらに勤勉に働き、
　　　　日増しに新しい法を完成していった。
1571、人びとは豊かになり、王国は繁栄した、
　　　　民はみな、国王を讃えて祝福した。

1572、ある日、王は一人宮中で座っていた、
　　　　彼は読んでいた本を置き、長いあいだ考えた。

第24章　日の出王、絶賛を召喚する

1573、思考はふさがり解決の糸は浮かばない、
　　　誰か話し相手を探そうと思ったが、誰も思い浮かばない。
1574、満月の美徳を思い出し悲嘆にくれた、
　　　「なんと惜しいことよ、すばらしい男だった。
1575、彼はわが宮殿の美しい飾りであり、余の善き友であった、
　　　政務を遂行し、人びとに多くの利益をもたらした。
1576、善き友は去り、その座は空いたままである、
　　　今、誰がこの空席を埋めるのだろうか。」

1577、突然、王は満月の息子のことを思い出して言った、
　　　「余はなぜこのような良い考えを忘れていたのだろう。
1578、満月は臨終のとき、息子を余に託したではないか、
　　　余は彼のことを忘れていた。
1579、父親は死んでも、息子は生きている、
　　　余は一人を失ったが、もう一人を得ている。」
1580、国王は人を使って、絶賛を呼びにやった、
　　　絶賛は詔によって宮中に入った。

第 25 章

絶賛、日の出王に謁見する

1581、絶賛はまっすぐに宮廷に入ると、
　　　喜びいっぱいに、国王に謁見した。

国王、絶賛に尋ねる

1582、国王は絶賛を見ると、側らに呼び尋ねた、
　　　「歳月はどのような運命をそなたに与えたのか。
1583、おまえは日々をいかに過ごしたか、
　　　正道を歩んだか、それとも道をそれてしまったか。
1584、父の死後、そなたはどんな風に歳月を過ごしたか、
　　　それはそなたに喜びを与えたのか、苦しみを与えたのか。」

絶賛、国王に答える

1585、絶賛は答えた、「おお栄光の王よ、
　　　陛下に長寿と宇宙に馳せる名声あらんことを祈ります。
1586、わたしは陛下がつかさどる宮廷から遠い所にいました、
　　　歳月はわたしを見放し、眉をひそめておりました。
1587、わたしは長いあいだ、陛下のお姿を仰ぎ見られず、
　　　笑顔をなくし、ただ憂いておりました。
1588、しかし今日、陛下はわたしを思い出しお召しになりました、
　　　幸運の金の帯がわたしの腰に巻かれたのです。
1589、希望に満ちて、わたしは陛下のご命令にしたがいました、
　　　目の前は明るくなり、心は太陽のように輝きました。」
1590、王はさまざまなことを尋ね、
　　　絶賛は一つひとつ丁寧に答えた。

第26章

絶賛、日の出王の宮廷に仕える

1591、国王は言った、「わたしの息子よ、
　　　これからは余に仕えなさい、もう心配はするな。
1592、そなたの父親は多くを成し遂げてきた、
　　　余はそれに報いておらず、内心恥じている。
1593、今、余はこの借りを返し、
　　　人びとに咎められることなきようにしたい。

1594、三部族（uç ordu）*を束ねる首長の教えを聞きなさい、
　　　彼の話は熟した果実のように深い味わいがある。
1595、『もし誰かがおまえのために働いてくれたら、
　　　彼の功労をけっして忘れてはいけない。
1596、気高き者よ、人情を捨て去ってはならない、
　　　人情には人情をもって報いなさい。
1597、誰かがおまえの為に苦労したなら、
　　　おまえは彼に二倍の報賞をせよ。
1598、人の恩に報いることを知らぬ者は、
　　　愚かな牛と同じである。
1599、けっして愚かな牛になるな、人情を重んじよ、
　　　人の親切にはおまえの人情で応えよ。
1600、人は人情によって人間らしくなる、
　　　人は人情をもってその名をあげることができる。』」

---

*　三部族　三姓カルルクを指す。カラ・ハーン朝を支える基本部族のひとつで三つのグループからなる。ウチュとは三つの意味。

第26章　絶賛、日の出王の宮廷に仕える

絶賛、国王に答える

1601、絶賛は地面に口づけすると言った、「王さま、
　　　陛下の幸せはわたしの願いです。
1602、陛下はベグです、わたしは陛下の臣下であり奴隷です、
　　　ベグは奴隷を貴(たっと)くすることができます。
1603、臣下の貴も卑も陛下にあります、
　　　わたしは、自らをあなたに捧げます。」
1604、絶賛は静かに立ち上がり宮門を出た、
　　　ひとときのあいだ歩いて、家にもどった。
1605、それ以来、彼は臣下の帯を締め、
　　　宮廷で仕えては、惜しみなく励んだ。
1606、朝から晩まで勤勉に働き、
　　　夜は宮中で寝食を為した。
1607、絶賛は王の歓心を得た、
　　　幸運が彼に手をのべ扉を開けた。

1608、ある側近の話を聞きなさい、
　　　彼は疾走する幸運の馬を操った。
1609、『おお、ベグの歓心を求める者よ、
　　　ものごとを為すには、王の願いに適わねばならない。
1610、奴隷の行為が主人の満足に適っていなければ、
　　　彼は屈辱を受け、ただ自分を苛めるだけである。
1611、臣下の行為がベグの意にそぐわなければ、
　　　為すこともなく、虚しく一生を過ごすのみである。』
1612、王は絶賛を日々親しく用い、
　　　王室の典礼の仕事を任せた。

1613、ある日、国王は一人悶々と座って、独りごちた、
　　　「おお、余はなんと惜しい人物を失くしたのだ。

第26章 絶賛、日の出王の宮廷に仕える

1614、宮廷には多くの臣下が溢れているが、
　　　誰が余の渇きをいやし、忠誠をつくしてくれようか。
1615、王の仕事にさだめはなく、いかに繕(つくろ)うかは誰も知らぬ、
　　　どこに任せることのできる忠誠の士はいるのか。
1616、ある長老が言ったことがある、
　　　彼は経験も豊かで見識も広かった。
1617、『この世の願望は容易に達成できるが、
　　　思うところの人物を探し出すことは難しい。
1618、人と呼ぶだけなら、歩く者や黒髪の者などどこにでもいる、
　　　しかし、心より信頼できる者はどこにもいない。』
1619、余に必要な者は王室の仕事にふさわしい人物である、
　　　有能な人材は多くの利益をもたらす。
1620、ある詩人がうたった、
　　　詩人の見事な言葉には深い意味がある。
1621、「宮廷に求婚者は溢れているが、
　　　国と添おうとする者はいない、
1622、黒い頭は山ほどいるが、
　　　国に役立つ者はいない。」

1623、再び王は言った、「諺とはうまく言うものだ、
　　　蒔いた者が死んでも、種は残る。
1624、蒔いた種によって、収穫物が決まる、
　　　息子が産まれれば、それは親に似る。
1625、絶賛は満月の息子として恥じるところはない、
　　　父親の地位を引き継がすことにしよう。
1626、父親は死んだ、その席はまだ空いている、
　　　息子にその位を与えるのが、もっとも適している。
1627、余が彼を育て立派に成人させ、
　　　一人前の大人にしたら、きっと役にたつだろう。
1628、彼は大いなる力量を持つ人材と考えられる、

第26章　絶賛、日の出王の宮廷に仕える

　　　　　若さという以外に、なにも不足はない。
1629、偉大なるイリの首長が語っている、
　　　　　彼は民の頭であり、国家の僥倖である。
1630、『ベグが寵愛し育てあげた者は、
　　　　　ベグ自身を除いて仇なす者はいない。
1631、ベグが身近においた者は、
　　　　　どんな願いも遂げられる。
1632、ベグの笑みを得た者には、
　　　　　臣下の皆が、その者を頼るだろう。』」

1633、国王はつづけた、「今、他の選択はない、
　　　　　この若者を成長させ、立派な男にしよう。
1634、これで彼の父親の忠義に報い、
　　　　　臣下に対する温情と人間味を表そう。
1635、満月は多くの功績を残した、
　　　　　余は人間として、彼の忠誠に報いよう。
1636、人情とは、すなわち善徳のことである、
　　　　　善徳とは衣食のように欠けてはならぬものだ。
1637、高貴な者は善行を忘れない、
　　　　　育ちの善い者の心は純粋である。
1638、白髭（しらひげ）の老人の話を聞きなさい、
　　　　　子羊よ＊、老人の言葉を心に刻みなさい。
1639、『善き人よ、善行を積みなさい、
　　　　　善人は老いることなく、その青春は永続する。
1640、善人は滅びない、損なわれることもない、
　　　　　彼の人生は長く、その名は永遠に存在する。』」

1641、国王は絶賛をたいそう重んじ、
　　　　　宮廷の仕事での善いこと悪いこと、すべてを教えた。

───────────────
＊　人に対する愛称。

159

第26章　絶賛、日の出王の宮廷に仕える

1642、王は恩典を施し、彼を昇進させた、
　　　天も絶賛を助け、仕事を成功させるようにした。
1643、彼は宮中内外の法や典礼を改善し、
　　　その功労をもって、彼の希望の門を開いた。
1644、欠点も長所となり、彼の発言力は重くなった、
　　　王は目覚めるといつも、絶賛を待ち望んだ。

1645、国王は言った、「今、余が望むことは、
　　　内外の政務がすべて正常におこなわれることである。
1646、あの男は明らかに能力がある、
　　　だから、余は彼を育て上げ重用しているのだ。
1647、彼は余が心で願う人材となってきた、
　　　成長するにつれて、さらに見込みが出てきた。
1648、勇猛なるハヤブサは幼いときから、
　　　その兆しをはっきりと見せる。
1649、ここに一つの詩がある、
　　　何度も読めばその意味が分かるだろう。
1650、**「有能な人材には兆しがある、**
　　　幼いころから特質は表われる、
1651、**その木がどんな実を結ぶかは、**
　　　蕾を見て推しはかれ。」」

1652、絶賛は全力で国事に励んだ、
　　　朝は早く夜は遅くまで、怠ることなく。
1653、自身のよくない性格は取り払い、
　　　さまざまなものごとに才能を発揮した。
1654、国王は苦労と悩みから抜け出し、
　　　人びとの富は増え、彼の恩恵に浸った。

国王、絶賛に尋ねる

1655、ある日、国王は絶賛を宮殿に来るよう伝え、
　　　彼の本心を聞こうとした。
1656、王は言った、「わが子よ、聞きなさい、
　　　尋ねたいことがある、静かに余の話を聞きなさい。
1657、まず、なにごとが人にとって有益なのか言いなさい、
　　　その利益とはなにか、話してみなさい。」

絶賛、国王に答える

1658、絶賛は答えた、「おお王よ、どうかお聞きください、
　　　陛下こそ知識の宝庫です、人類の叡智です。
1659、両世において利益を得るには三つのことが必要です、
　　　一つめは、善良で温厚な性格。
1660、二つめに恥を知っていること、三つめに正直であることです、
　　　この三つが人に幸運を運んできます。
1661、性格が善良であれば、人から好かれます、
　　　行動が正直であれば、人の尊敬を受けます。
1662、廉恥の心は悪事を思いとどめることができます、
　　　恥を知らない人は大病を患っていると同じです。
1663、性格が善良で行動が正直であれば、
　　　両世で善き幸運に恵まれるでしょう。
1664、正直で、恥を知り、善良な性格である、
　　　この三つを兼ね備えていれば、幸福になれます。」

国王、絶賛に尋ねる

1665、国王は言った、「そなたの話はよく分かった、
　　　なにごとが悪く人に有害であるか、説明してみよ。」

第26章　絶賛、日の出王の宮廷に仕える

絶賛、国王に答える

1666、絶賛は答えた、「陛下、お聞きください、
　　　陛下のお考えで、わたしの言葉を悟ってくださりますように。
1667、おお栄主よ、人にとって悪であり有害なことは、
　　　三つあげることができます。
1668、一つは気立てがひねくれていて、性格が頑固であること、
　　　一つは嘘が好きで、言動が信じられないこと。
1669、最後の一つはケチな性格であること、
　　　これらの三つはすべて愚かな者の行動です。
1670、もし性格がひねくれ、頑固であったら、
　　　なにごとも思い通りにすることはできません。
1671、嘘つきという評判のある人は、
　　　世間に詐欺師であるとの悪名をひろげます。
1672、そして世のなかでケチより悪いことはありません、
　　　飲まず食わず稼いでも、死ぬときにはなにも持っていけません。

1673、智者がケチな男に言った戒めをお聞きください、
　　　『おい、ケチの輩（やから）よ、
1674、おまえは拳（こぶし）を握って、金銀を集めた、
　　　飲まず食わず、他人にも与えずに。
1675、享受することを知らずに、ただ財を守る輩よ、
　　　はやく料理を食べよ、他人も分けまえを待っている。』
1676、前にのべた三つを兼ねそなえる者は、幸運に恵まれるでしょう、
　　　後にのべた三つを兼ねそなえる者は、身を滅ぼすでしょう。」

国王、絶賛に尋ねる

1677、国王は言った、「このこと、余は理解した、
　　　もう一つ聞きたいことがある。
1678、賢人は生まれたときからの天性なのか、

それとも後から学んでなるものか。」

絶賛、国王に答える

1679、絶賛は答えた、「栄光の王よ、
　　　　賢人は智恵と知識の二つから成り立っています。
1680、人は無知で生まれて徐々に知識を学んでいきます、
　　　　知識を学べば成功し良い地位に着くことができます。
1681、生まれたばかりの人間に知識はなく、
　　　　学ぶことによって得られていくものです。
1682、一方で、智恵は人が学んで得たものではありません、
　　　　それはアッラーが人を作ったときに与えた天性です。
1683、智恵以外のすべての美徳は、
　　　　人は学んで身につけることができるのです。」

1684、国王は答えを聞くと大そう喜んで言った、
　　　　「余の望みは満足を得た。
1685、余は父親を失ったが、まだ息子がいた、
　　　　息子は父の意志をついで正道を得た。
1686、慈悲深きアッラーに深く感謝し、
　　　　余は民のために法制度を完成させるだろう。
1687、余は絶賛の忠誠心を見た、
　　　　責任を持ってものごとを実行し、非の打ち所はない。
1688、今日、余は彼に対する報賞を与え、
　　　　それを受けとるよう準備させた。
1689、ある傑出した人物が話した言葉を聞きなさい、
　　　　彼こそ賢人というにふさわしい人間である。
1690、**「義を受ければ、情で返せ、**
　　　　情をもらえば、義で返せ、
1691、**信義には信義で報う、**
　　　　それが人間たる所以である。」」

第26章 絶賛、日の出王の宮廷に仕える

1692、国王は絶賛を日ごと重用していった、
　　　人びとは彼の美名をうわさした。
1693、絶賛は国中の声望を集め、
　　　人びとは彼を大いに讃え祝福した。
1694、友人たちのあいだでも日増しに尊敬を受け、
　　　貴族のなかでの地位も高くなっていった。
1695、彼の一言一動、どれも謙虚で礼儀正しく、
　　　多くの人びとから愛された。
1696、彼の態度は温和で言葉やさしく、
　　　国中の人びとの心身を温めた。
1697、彼は多くの友人と交際し仲間となった、
　　　知っておきなさい、男子にとって友人は後ろ盾であることを。
1698、もし多くの善い友人がいれば、
　　　後ろ盾は岸壁のように堅固であろう。
1699、強い後ろ盾があってこそ、
　　　幸運はしっかりと根をおろす。

1700、謙虚な心はなんと幸運にふさわしいのだろう、
　　　賢人のもの静かな姿はなんと美しいことか。
1701、ある智者の話を聞きなさい、
　　　その言葉を理解すればなにごともうまくゆく。
1702、『幸運と相性がよい者は、
　　　謙虚で慎み深い人である。
1703、幸運からのほほ笑みは、
　　　謙虚さによって繋ぎとめられる。
1704、幸運はちょうど一株の苗のようなものだ、
　　　謙遜は幼い苗の苗床である。
1705、謙虚な人間はなんと美しいものか、
　　　顔には光がさし、なにごとをもかなえていくだろう。

第26章　絶賛、日の出王の宮廷に仕える

1706、高慢な人間はなんと醜いものか、
　　　日ごと、人びとから見くだされていくだろう。
1707、幸運がほほ笑んだ人びとには、誰にでも恩恵がある、
　　　知者との相性はさらに良い。』
1708、詩人の優れた詩を読みなさい、
　　　あなたがその深い意味を理解することを願う。
1709、「幸運は無知な者にすら喜びを与える、
　　　まして知者には何倍も、
1710、幸運は無知な者とも寄りそうが、
　　　知者との相性はずっと良い。」
1711、幸運は愚か者をも貴くするが、
　　　知者ならその名をより大きく世界に広める。
1712、幸運はたとえ愚か者にほほ笑んでも、
　　　彼と長くは共にしない。
1713、ある名言がこれを証明している、
　　　善人よ、しっかり読みとりなさい。
1714、「正直者に降りそそぐ幸運は誉れの道、
　　　地位はあがり、名はたかまる、
1715、だが悪人に幸運が降りかかっても、
　　　彼はただ一蹴りに、それを抛りだすだけ。」

1716、国王は絶賛を試して、
　　　彼が公正に仕事を行えるか判断した。
1717、あるときは、彼を重んじ引き立てた、
　　　あるときは、彼を賤しめ退けた。
1718、彼は寵愛を受けているときも力を乱用せず、
　　　それを失ったときも、手を抜くことはなかった。
1719、国王の忠実な盾となり、
　　　国庫をきちんと管理した。
1720、このようにして絶賛は肩に重責をになった、

第26章　絶賛、日の出王の宮廷に仕える

　　　　重責を負う者は命までも担保とする。
1721、絶賛は自分の義務を誠実に実行し、
　　　　国王はそれがために彼をいつも身辺に置いた。
1722、彼はまちがい少なく仕事を処理し、
　　　　国庫にある財産を綿密に登記した。
1723、財産を管理する者は、清廉であらねばならず、
　　　　一つの埃も身に寄せてはいけない。

1724、ある長老の話を聞きなさい、
　　　　彼は稀なる正直者として知られている。
1725、『金銀は本当にたいせつなものだが、
　　　　より価値あるものは清廉なことそのものだ。
1726、金銀に欲のない正直な人間こそ、
　　　　この世の幸運の恩恵を手に入れる。』
1727、知識ある人がこのように教えている、
　　　　『正直な人間はたいせつな目の薬のように扱いなさい。』
1728、智恵ある人はそれ以上のことを語っている。
　　　　『忠実なる人間とは、主人に命をも捧げる者を言う、
1729、どのような人物を正直と呼べるのか、
　　　　人に代わって金銭の管理をする際に一文もくすねない。
1730、どのような人間を完全と呼べるのか、
　　　　態度は誠実で、品行は方正であること。
1731、どのような人間が批判されるのか、
　　　　ケチな人間は罵られ、寛大な人間は讃えられる。』

1732、アダムの息子たち[1]はなんと悲しみに満ちていることか、
　　　　一日中財をかき集め、しかもそれに満ち足りない。
1733、ある人は世界中を駆けめぐり、
　　　　ある人は命をかけて海に飛びこむ。
1734、ある人は山の岩石を掘り、

第26章　絶賛、日の出王の宮廷に仕える

　　　　ある人ははだしで地面を這いずりまわる。
1735、ある人は山を乗り越え、大河を渡り、
　　　　ある人は地球のなかを掘り、井戸をさがす。
1736、ある人は軍隊のなかで刀を食べ、
　　　　ある人は城を守り一生を削る。
1737、ある人は盗賊となり人を殺して略奪し、
　　　　ある人は武装し財を奪うために命に害を与える。
1738、すべての苦労を衣食のために使うが、
　　　　集めた富を費やすこともできず死に臨んで後悔する。
1739、これらはすべて無知なる者の行動である、
　　　　彼らの生き方は家畜のそれと変わりない。
1740、賢き者、信心深き者よ、
　　　　神の恵みを受けたなら思う存分享受しなさい。

1741、ある賢者の話を聞きなさい、
　　　　彼はすべての生命の働きを観察している。
1742、『おまえが家で寝ていようが、世界を渡り歩こうが、
　　　　おまえのさだめはすでに決まっている。
1743、だから、賢き者よ、心と言葉を正しく保ち、
　　　　アッラーの恵みを、かぎりなく享受せよ。
1744、もしおまえが現世の富を求めるのなら、
　　　　ただ正しい道を歩きさえすれば得られるだろう。
1745、もしおまえが来世の幸運を求めるのなら、
　　　　完璧な行動と完全な品行をめざさなければならない。』
1746、もう一人の智者が素晴らしい話をしている、
　　　　彼は正道を歩んで現世の幸運を得た人である。
1747、「この世の富を得たいのならば、
　　　　人に正直で、言葉は誠実であれ、
1748、心と舌がまっすぐならば、
　　　　来世の幸運はあなたに届く。」

第26章　絶賛、日の出王の宮廷に仕える

1749、王よ、見てほしい、正直者であれば、
　　　輝くように素晴らしい日々が送れることを。
1750、正直に、正確に一つひとつ仕事をこなせ、
　　　あらゆる種類の仕事を、人間らしさを持って行え。

1751、絶賛は幸運のおかげで高い地位に上っていった、
　　　彼は命令を出すだけでなく人びとの意見も聞いた。
1752、国王はさまざまな仕事に対する彼の能力を試し、
　　　どれも見事に処理するのを見た。
1753、絶賛の品行はきわめて優れ、
　　　彼への信頼が王の心を満たした。

1754、賢人の教えをよく聞き理解しなさい、
　　　愚か者よ、その教えを首にかけておきなさい。
1755、『臣下をよく試すことはベグの義務である、
　　　彼の資質を調べてこそ適切な仕事に就かせられる。
1756、もし臣下の仕事がベグの思いに適ったら、
　　　栄光への道は目の前に開かれる。』
1757、仕事がベグの意にそえば臣下は昇進し、
　　　臣下の栄進は、国王自身の名を世に広める。
1758、学識あるヤグマ＊のベグが次のように話した、
　　　彼は聡明で計略に富み、周到にことをおこなう。
1759、『ベグたちよ、国事はいかに遂行するかを知る人を用いよ、
　　　正直で賢く公正な人物を登用せよ。
1760、ベグが無能なやからに政治を任せたとしたら、
　　　他でもなく、自分自身が無能であるということだ。』
1761、アッラーが幸運をもって成功させる人物には、
　　　賢くしっかりした臣下を従わせるだろう。
1762、アッラーが恩恵を取り去ろうとする人物には、

＊　ヤグマ　カラ・ハーン朝の構成要素となった古代テュルクの部族の一つ。

第26章　絶賛、日の出王の宮廷に仕える

　　　　愚鈍で無能な臣下を送るだろう。
1763、愚かな者や悪人が権力の取っ手を握ったら、
　　　　国は破滅し塵と埃にまみれるに違いない。

1764、国王は絶賛を重んじ、
　　　　絶大な信頼のもと、政務の多くを任せた。
1765、絶賛は大きな権力を握り、
　　　　彼の権威ある指示は国全体に実行された。
1766、また官位、印鑑、駿馬、絹の長衣が与えられ、
　　　　絶賛の幸運は最高潮に達した。
1767、国王は高い身分を与え、
　　　　それは王に次ぐ、臣下最高の位だった。
1768、宮廷で仕える軍人たちは階級の上下なく礼を払い、
　　　　彼に服従することを誓った。
1769、役所の下役人たちも謁見を求め、
　　　　彼を祝福し、贈りものを捧げた。

1770、絶賛は新たな法を施行し、
　　　　よく人の才能を測りながら任用した。
1771、暴政と悪法は取り除かれ、
　　　　民は自ら悪しきおこないを正した。
1772、法は確立して、国内は大いに治まり、
　　　　王国は繁栄し、王は安らかとなった。
1773、友人は増え、敵は逃げ、
　　　　国中、塵一つなくなった。
1774、国王は苦悩から解き放たれ気分はよくなり、
　　　　絶賛の青春は輝き、喜びで心満たされた。

1775、このような利得をもたらしたものは、
　　　　すべて智恵、知識、善行によるものである。

第26章　絶賛、日の出王の宮廷に仕える

1776、愚者のおこないがどうして軽蔑されずにすむだろうか、
　　　智者の行為がどうして賞賛されずにすむだろうか。
1777、智者はものごとの規則に従う、
　　　愚者はものごとを偶然に任せる。
1778、幸運はいつも智者とともにある、
　　　善人よ、知識ある人を信頼なさい。
1779、イリのベグの話を聞きなさい、
　　　彼の言葉はあなたの考えのもとになる。
1780、**「幸運が愚鈍な者に降りたったなら、**
　　　王国は災難と不幸に見まわれよう、
1781、**智者が王位を得られれば、**
　　　民は喜びと太平を享受できる。」

1782、国王の生活は喜びに溢れていた、
　　　アッラーに感謝し、アッラーを讃えた。
1783、彼は天を仰ぎ両手をかざして言った、
　　　「おお主よ、どうかわたしに智恵の心を授けてください。
1784、あなたはわたしに知識と力と王権を授けてくださった、
　　　わたしが永遠に正しい道を歩めるようお助けください。
1785、アッラーがわたしに力を与え、多くの善行をおこない、
　　　民のために、重責をやり遂げられるよう願います。」
1786、彼は貧しい人びとに財物を施し、
　　　なにをおいても、アッラーのことを心にとどめた。
1787、彼は満ち足りた歳月を過ごし、
　　　国の民も日々豊かになっていった。
1788、このような人物をもっとも優れた人間というのだ、
　　　しかし、おお、彼のような者さえも死から免れない。
1789、幸福な民は、このようなベグを持ち、
　　　賢いベグは、民の繁栄を求める。
1790、こういう優れたベグたちも、おお、死ねば塵と化す、

ただその美名だけが永遠にこの世にとどまるのだ。

国王、絶賛に尋ねる

1791、ある日、国王は一人で殿中に座り、
　　　絶賛を召して問いかけた。
1792、「絶賛よ、聞きなさい、
　　　そなたの父親は、そなたにまだその責任を果たしていない。
1793、そなたの父親が死んだとき、そなたはまだ幼かった、
　　　ふつう幼い者は年長者が導いてやるものである。
1794、しかし、彼はそなたに知識と美徳を伝える前に死に、
　　　そのあと、余からも気をかけてやっていない。
1795、それなのにそなたはどこからその知識や才徳を得たのか、
　　　余にくわしく話してくれ。」

絶賛、国王に答える

1796、絶賛は答えた、「おお王さま、
　　　陛下のご威光がいやさかに輝き、ご長寿でありますように。
1797、アッラーが恩徳を与え、
　　　栄光を得た者が理想を実現できます。
1798、ある人がのべたテュルクの格言に実例があります、
　　　語った人物は齢を重ねた徳と見識に満ちた人です。
1799、『アッラーの恩徳により高位を得た者は、
　　　順調に仕事を成し遂げ成功する。
1800、創造主が与えたものは、人には奪えず、
　　　天地が危害を加えようとも妄想に終わる。』
1801、人間のすべての行動はアッラーの支えが必要で、
　　　ただそれを得た者のみが願いをかなえられます。

1802、おお王さま、その上に息子が父親の祝福を得れば、
　　　幸福は長く続き、心は喜びに満ちるのです。

第26章　絶賛、日の出王の宮廷に仕える

1803、亡き父はわたしのために素晴らしい祈りを捧げてくださいました、
　　　その父の恩恵により、わたしは現在の位を得ました。
1804、全能のアッラーは知識と美徳を学ぶ時間を失ったわたしに、
　　　陛下がわたしを庇護していただく光栄をくださいました。
1805、陛下はわたしに手を差しのべお引き立てくださいました、
　　　天はやさしくわたしを見つめ、高く羽ばたかせてくれました。

1806、ベグが笑みをかけ、引き立てた者は、
　　　彼の願うところすべてがかなうでしょう。
1807、人の心は庭園で、ベグの恩恵は水です、
　　　ベグの恵み深い言葉が注がれると、緑に変わります。
1808、清水が豊かに流れる庭園は、
　　　花が咲き乱れ、良い香りを漂わせます。
1809、主人の命令がやさしく発せられたときは、
　　　臣下の顔は晴れやかに、喜びで心が勇みます。
1810、主人の命令が荒々しくあれば、
　　　満開の花は、すぐに枯れてしまうでしょう。
1811、下僕はアッラーの恩恵を求めなくてはなりません、
　　　ただその恩恵あってのみ、門は開けられるのです。
1812、詩人はこの点を美しくうたっています、
　　　この詩の深い意味を理解することを願います。
1813、「アッラーの慈悲を賜ったしもべには、
　　　知識が現われ、その門を開くだろう、
1814、**知識が来たれば、幸運の光は日ごと輝き、**
　　　賤しき者も天まで昇ろう。」

国王、絶賛に尋ねる

1815、国王は再び言った、「絶賛よ、聞きなさい、
　　　知識ある者たちはどのように学を得たのか。
1816、世の人は学ぶことにより賢人となるのか、

それとも生まれたときより賢人なのか。」

絶賛、国王に答える

1817、絶賛は答えた、
　　　「わたしにこのことについての原理を明らかにさせてください。
1818、この世に人間を創造なさったアッラーは、
　　　彼に知能を与えて、未熟な子どもとして出発させます。
1819、彼は日ごと成長し、成長するごとに知能は発達し、
　　　必要に応じて学び、知識を得ていきます。
1820、そして最後には、賢明な学識者として、
　　　王国にかぎりない利益をもたらします。
1821、アッラーがもし彼に生来の知能を与えていなければ、
　　　たとえ勤勉に学んでも、ものごとを為すことはできません。

1822、それからもう一つ説明が必要です、
　　　知識を求めようとするなら、幼いときより努力が必要です。
1823、彼が小さな子どものころから勤勉に学べば、
　　　成人になったとき、ものごとができるようになります。
1824、人間は知識と美徳を得れば、
　　　おのずから行動は善良になり、品行は方正となります。
1825、知識は美徳や礼節と同じく学んで得られるもの、
　　　智恵は生まれながらに具わっているものです。
1826、テュルク人の真実を映した格言にこうあります、
　　　よく読んで人生にお役立てください。
1827、『人は学べば学ぶほど知識を増やすが、
　　　どれほど努力しても智恵は学べない。』
1828、知能はアッラーから賜わったもの、
　　　天性である智恵はすぐに兆候が現れます。
1829、そしてアッラーが与えた智恵の持ち主は、
　　　ついには神からのたくさんな贈りものを受けとるのです。

1830、智恵を与えられた人は人類のなかでももっとも優れた人です、
　　　智恵こそすべての美徳の源なのです。
1831、智恵のない人、そういう人を人とは呼べません、
　　　また、なんでもべらべら話す人間も信用してはいけません。」

国王、絶賛に尋ねる

1832、国王は言った、「そなたの話、よく分かった、
　　　余もこの点について言いたいが、今はさらに説明して欲しい。
1833、そなたは智恵と知識を区別した、
　　　だがその違いをなによってさだめるのか、言いなさい。
1834、智恵は確かにこの身にあるのか、
　　　それはどこから来て、どこに向かって行くのか。」

絶賛、国王に答える

1835、絶賛は答えた、「智恵は貴重なものです、
　　　人間にとって並々ならぬ価値があります。
1836、それはとても高貴なところ、つまり人間の頭脳にあります、
　　　智恵はとてもたいせつなものなので、頭という高い場所にあるのです。
1837、智恵は人間の行動を制約し、
　　　ふるまいを正し、おこないに規律をもたらします。
1838、アッラーは慈悲をもって足枷をつくり、
　　　彼のしもべたちの行動や言葉を智恵で規制しました。
1839、智恵のない者は屍(しかばね)であり、智者は生きている人間です、
　　　智恵をもってものごとを測れば、それを判別できるのです。
1840、生身(なま)の人間は暗い家のなかにいると同じです、
　　　智恵はランプであり、智恵が心を輝かせます。

1841、すべての善行は智恵からもたらされますが、
　　　人は知識でもって偉大となります。
1842、人は智恵と知識の二つのことで、高い権勢を得られます、

この二つがあれば、正道は滞りなく通じるでしょう。
1843、知識ほど偉大なものはあるでしょうか、
　　　これこそ、人間と家畜とを区別するものです。
1844、智者がこの点についてのべたことがあります、
　　　ここには智恵の価値が説かれています。
1845、「**知識こそ人と獣(けもの)を別けへだて、**
　　　人間を地上の動物の上に立たせた、
1846、**獣になるな、知識と智恵を求めよ、**
　　　さすれば言葉に価値が出る。」

国王、絶賛に尋ねる

1847、国王は言った、「余にはまだ質問がある、
　　　秀才よ、余のために答えてくれ。
1848、智恵の現われ、その内に含むもの、
　　　それを示す印のことを余のためにのべてくれ。
1849、その容貌、態度、性格はどのようなものか、
　　　その年齢、地位、嗜好、性質はいかなるものか。」

訳注
〔1〕**アダムの息子たち**　アダムとイブの子孫である人間のこと。

第27章

絶賛、国王に智恵の容貌をのべる

1850、絶賛は言った、「智恵の容貌を言うなら、
　　　たいへん高貴で、高潔な姿です。
1851、顔立ちは美しく、年齢は若い、
　　　そのことがすべての善事を導きます。
1852、その性格は温和で、態度は慎み深い、
　　　品行は穏やかで、すべての生きものに情け深くあります。
1853、それが人におよべば、その人は栄え、
　　　それが人に語れば、その人は正しく導かれます。
1854、その顔は親しみがあり誰にでも好かれる、
　　　それが人びとに与える利得は量りしれません。
1855、その眼は鋭く、視野は広く、
　　　触れるものすべての根本に力を与えます。
1856、それは触れるだけで汚水を浄化し、
　　　一目で絡（から）まった結び目を解くこともできます。
1857、それは前後左右、万事に注意を行き届かせ、
　　　おこなう方法と時期を心得ています。
1858、それは逃げるものに追いつき、飛ぶものをとらえる、
　　　壊されたものを修復し、傷を負ったものを治します。
1859、智恵のない者は後悔で悲嘆にくれる、
　　　なぜならそれがないために辛酸をなめるからです。

1860、わたしは智恵の恩恵を受けていないため、
　　　生きていても心のない死人のようでした。
1861、智恵はランプです、盲人に目を与え、
　　　啞者には言葉を、死人には魂を与えます。

第27章　絶賛、国王に智恵の容貌をのべる

1862、智者が智恵に言いました、『おお、わたしの友よ、
　　　　智恵という同伴者がいれば、すべてがうまく行く。
1863、智恵はいつも左にそれず右に行き〔1〕、
　　　　誠実かつ正直で、人を欺くことなどけっしてない。』

1864、智恵を持っている人間には印があります、
　　　　智恵があるかは、その印によりはっきりと分かります。
1865、智恵の性格は、比類ないほど優しいことです、
　　　　そして、いつも正道にそって真っすぐ歩みます。
1866、智恵の行動は道義をわきまえ、話し方は優美です、
　　　　ものごとを為すときは人のために正義を根本とします。
1867、それは温和でもの静か、さらに忍耐力もあります、
　　　　すべてを考慮し、ものごとを穏やかにおちついて処理します。
1868、年齢はとても若いけれども、大人のように成熟しており、
　　　　身分の高い者から賤しい者まで、彼を追い求めます。
1869、ある素晴らしい名言があります、
　　　　なんども読み返せば、深い意味が悟れます。
1870、**「智恵の見かけは愛らしい若者、そのふるまいは立派な大人、**
　　　　どこかで智恵を見つけたら、しっかりつかまえ放すまい、
1871、**幼いときは初々しい、齢を重ねて慎み深く、**
　　　　人となりは善良で、他人のために幸(さち)を生む。」

国王、絶賛に答える

1872、国王は絶賛の答えを聞き心から気に入った、
　　　　王は言った、「そなたの言葉には論理と知識が含まれている。
1873、アッラーは余にかぎりない恩恵を与えてくださった、
　　　　そなたもまた余へのアッラーからの賜ものである。
1874、国のために苦労することは大きな負担である、
　　　　だがその負担を担った者には、最後に善い報いがある。
1875、もし幸運を得たければ、大任を背負わねばならない、

第27章　絶賛、国王に智恵の容貌をのべる

　　　　大きな仕事を為した者は、かならず善い結果を得られよう。
1876、そなたは余の任務を分担し、すべて順調に成し遂げた、
　　　　余は安らぎを得たが、そなたは苦難を受けている。
1877、アッラーが余に徳と力を賜わるのなら、
　　　　余はそなたに何倍もの報賞を支払うに違いない。

1878、そなたは余のために多くの貢献をしている、
　　　　余はそなたの忠誠心と仕事の成果をよく知っている。
1879、忠誠なる臣下は皆このようであり、
　　　　私利を計らず、ベグの目的と平安のためにある。
1880、ある侍従の話を聞きなさい、
　　　　勤勉な侍従はベグを満足させる。
1881、『臣下がベグのために政務をつくして、
　　　　はじめて彼はかぎりない栄華と幸福を楽しめる。
1882、ベグの願いを実現していく忠実な臣下があって、
　　　　誇り高く堂々としたベグが存在する。
1883、臣下が主人の憂いを分担してこそ、
　　　　ベグは自らの理想を実現できる。
1884、ベグがこのような臣下を持てることは、
　　　　アッラーの賜ものであることを知らねばならない。
1885、事実、多くのベグが恨みを抱きながら、
　　　　望みを実現することもなく、この世を去っていった。』」

1886、さて、すべての民は国のいやさかに感謝し、
　　　　王のために日々、大いなる祝福をした。
1887、遠い国の人びともこの様子を聞くと、
　　　　日の出王の尊顔をひと目でも仰ぎ見たいと願った。
1888、こうして幾年もの月日が流れ、
　　　　その間にも国は大いに治まり法は守られた。

国王、絶賛に尋ねる

1889、ある日、日の出王は絶賛を呼び出して言った、
　　　「そなたに聞きたいことがある、知っていることを話してくれ。
1890、人間の体の七つの部位を観察すると、
　　　どこにも妙味があり、それぞれに持分がある。
1891、心と目の妙味はどこにあるのか、
　　　余はこの二つからどんな利得を得られるのか。」

絶賛、国王に答える

1892、絶賛は答えた、「夢中になって追い求めること、
　　　これが即ち、心の最大の妙味です。
1893、愛する者の顔を見ること、
　　　それが目の妙味であり、喜びです。」

国王、絶賛に尋ねる

1894、国王は言った、「絶賛よ、教えてくれ、
　　　ある者がそなたを愛したときの目印とはなにか。
1895、人は皆自分には愛があると言うが、
　　　愛の嘘まことはどのように判別するのか。」

絶賛、国王に答える

1896、絶賛は答えた、「わたしの答えをお聞きください、
　　　恋人の顔を見れば、その愛情は分かります。
1897、目だけで見れば障害がありますが、
　　　しかし心と心には遮(さえぎ)るものはありません。
1898、もし愛情の真偽を確かめたければ、
　　　その心を見れば、すぐ分かります。
1899、恋人の顔には恋の印が現れます、
　　　目を向かい合わせれば、それがはっきり見えるでしょう。

第27章 絶賛、国王に智恵の容貌をのべる

1900、詩人がこのことをうたっています、
　　　　優れし方よ、あなたがその心を理解されますように。
1901、「一目だけでも、一言だけでも、
　　　　人の気持ちはよみとれる、
1902、真(まこと)の恋かを知りたくば、
　　　　見つめる瞳にあらわれる。」」

国王、絶賛に尋ねる

1903、国王は言った、「そなたの話はよく分かった、
　　　　もう一つ説明して欲しいことがある。
1904、余もそなたに役に立つ話をしなくてはならない、
　　　　よく考えて答えて欲しい。」

絶賛、国王に答える

1905、絶賛は言った、「おお栄光の王よ、
　　　　ベグは知識をもって名声を博します。
1906、ベグとはもともと知識の集う場所であります、
　　　　無知なる下賤になんの話があるというのでしょうか。
1907、聞くは易く答えるは難いものです、
　　　　陛下の学識がわたしに正確な答えを示されるでしょう。
1908、英主よ、陛下にとっては易しい問いでございます、
　　　　どうか難題をわたしの身に振らないでください。」

国王、絶賛に答える

1909、国王は言った、「求めるものがあるからこそ、人に尋ねるのだ、
　　　　自分に知らないことがあるからこそ、誰かに尋ねるのだ。
1910、それゆえ、そなたのできるかぎりでよい、
　　　　そなたは喜んで余の質問に答えて欲しい。」

絶賛、国王に答える

1911、絶賛は言った、「正義なる法主よ、わたしの答えをお聞きください、
　　　話を聞くことはつまり話をするより良いのです。
1912、話し手は口や喉を費やし、力を消耗します、
　　　聞き手の方は快適になり、体も太っていきます。
1913、ある経験に富んだ長老の話を聞いてください、
　　　多くを話すのではなく、多くを聞くことが良いのです。
1914、『多くを聞く人は賢人となり、
　　　よく話す人は命すら保ち難い。
1915、よく聞くことは耳に喜びを与え、
　　　おしゃべりな人間に善い報いはない。
1916、言葉は口のなかでは純金だが、
　　　口から出るやいなや銅に変わってしまう。』」

国王、絶賛に答える

1917、国王は言った、「絶賛よ、そなたの話はまったくの真実だ、
　　　そなたの腰には幸運の金の帯が巻きついている。」

絶賛、国王に答える

1918、絶賛は言った、「栄光の王よ、
　　　わたしは陛下の忠実なしもべとなることを願っています。
1919、国王のご意志は臣下の義務です、
　　　わたしの知識がお役に立つのならお話します。
1920、今から話しますので、陛下どうぞお聞きください、
　　　もしまちがいがあっても、賤しいわたしめをお咎めにならないよう。」

訳注
〔1〕**左にそれず右に行く**　左は悪の道、右は善の道。この場合は正しいおこないをすること。右と左についてのこのような考え方はコーランの各所（例えば、コーラン第57鉄章）に示されている。

第28章

絶賛、ベグが備えるべき条件について論ずる

1921、国王は言った、「絶賛よ、よく聞け、
　　　これこそ余がそなたに尋ねたい問いである。
1922、唯一の神は人間を創造された、
　　　貴人、賤人、悪名を持つ者、名声を持つ者を。
1923、無知なる者、知識持つ者、貧しき者、富める者、
　　　智恵ある者、愚妄なる者、邪悪なる者、有徳の者を。
1924、ベグはこれらの者たちをなにによって導くのか、
　　　いかに国事をおこない、王国の名を高めるのか。
1925、どのように民を富ませ、国を豊かにし、
　　　彼が死ぬとき、己の誉れをいかに残すのか。
1926、どのように国庫を銀や財貨で満たし、
　　　敵を屈服させ、動乱をなくすのか。
1927、兵馬を充足させ、強力な王になるには、
　　　知識をかりて公正な法を推し進めるにはどうしたら良いのか。
1928、威勢をふるい、名声を四方に轟かせ、
　　　日ごと地位を高めて、栄光を手に入れるにはなにをすべきか。
1929、長く国を統治し、安らかな生活を享受し、
　　　さらには命が絶たれ、次の世でも楽しむにはどうするのか。」

絶賛、国王に答える

1930、絶賛は答えた、「陛下、お聞きください、
　　　陛下は本当に難しい問題を出されました。
1931、ベグの為すべきことはベグのみがご存知です、
　　　法令や秩序、慣習はすべてベグから出ています。
1932、ベグは母から生まれたときからベグの地位にあり、

第28章　絶賛、ベグが備えるべき条件について論ずる

　　　幼いころよりいかに為すべきかを学びます。
1933、アッラーがベグの地位を与えた者には、
　　　ふさわしい心と才知も与えられているのです。
1934、アッラーが誰かをベグにしようと思えば、
　　　その者に先ず資質と智恵、つまり羽と翼を与えます。
1935、国のこととはすなわちベグのこと、
　　　ただベグのみがベグの為すべきことを知っているのです。
1936、陛下はこのことをわたしよりもっとよくお分かりでしょう、
　　　お父上はベグでございます、陛下もまたベグなのですから。」

1937、国王は言った「そなたの話はすべて真実だ、
　　　真実の話は麝香の香りのように芳しい。
1938、だが、当事者は自分の仕事をすることだけに集中する、
　　　一方、傍観者はその長所、短所を見ることができる。
1939、余は当事者であり、そなたは傍観者だ、
　　　当事者は傍観者からなにかを学ぶことができる。
1940、アッラーはそなたに善き精神と知性を与えた、
　　　才知を用いて仕事をし、態度もおちついていた。
1941、幼いころから余に仕え、
　　　政治や法についてもよく学んだ。
1942、宮廷のさまざまなことをよく知り、
　　　言葉と行動で余への忠誠を示している。
1943、人は助言を求めるなら忠誠をつくす者に聞く、
　　　忠誠の者は尋ねた者のために自分を捧げる。
1944、余はそなたの忠誠ゆえにそなたを信頼している、
　　　誠意を持って余の問いに答えてくれ。
1945、忠誠をつくす者がどのようにいったか聞きなさい、
　　　人情のなかでも第一のものは忠誠心である。
1946、**「智者は忠誠心ある者を讃える、**
　　　忠誠こそは人びとの望み、

第28章　絶賛、ベグが備えるべき条件について論ずる

1947、**忠誠心ある者には心をこめよ、**
　　　智恵と知識がいましめる。」

絶賛、国王に答える

1948、絶賛は言った、「陛下お聞きください、
　　　陛下が平安長寿のよきベグであられますように。
1949、まず、ベグとは高貴な生まれでなくてはなりません、
　　　大胆で勇敢で強固な驚くべき心臓を持たねばなりません。
1950、父親がベグであれば、息子は生まれたときからのベグです、
　　　息子も父親の胆力と賢さを持ち合わせています。
1951、ベグには智恵と知識が要り、
　　　気前よさや純真さも必要です。
1952、ベグは知識をもって人びとを導き、
　　　智恵をもって王国を統治します。
1953、ベグと知識の単語は関連し、
　　　知識（bilig）の li が欠けたこと即ちベグ（beg）なのです*。
1954、ベグには多くの智恵と知識が必要です、
　　　なぜならベグには多くの敵があるからです。
1955、経験を積んだ学究がいかに語ったかお聞きください、
　　　彼は見識広く、ことの理をよく弁えています。
1956、**「智恵で満たせ、頭を研ぎ澄ませ、**
　　　ふいの禍いから免れるために、
1957、**美徳は多く、悪習は少なく、**
　　　王の名を汚されないように。」

1958、アダムの子孫はもともと皆ひとしく高貴に作られています、
　　　しかし、知識ある者はそこから選ばれ昇進していきます。
1959、種がよければよき者として生まれます、

---

　*　カラ・ハーン朝テュルク語「知識 bilig ﺑﻴﻠﻴﮒ」は、真ん中の li ﻟﻲ を取ると「ベグ big/beg ﺑﻴﮒ」となる。「bilig」の中の「li」をとると「big/beg ベグ」の発音と似る。

第28章　絶賛、ベグが備えるべき条件について論ずる

　　　　血統が優れた者は、栄誉の席に上ります。
1960、天が与えた血統はベグとなる者のさだめです、
　　　　それは純潔と領土を守る警戒心を必要とします。
1961、選ばれた者はもっとも勇猛果敢であるべきで、
　　　　それでこそ大業を為すことができるのです。
1962、ウテュケン[*]のベグの言葉をお聞きください、
　　　　彼の話は理にかなっています。
1963、『ベグは人びとのなかから選ばれたもっとも優れたつわもの、
　　　　心も言葉も正しく、性格は高潔でなければならない。
1964、賢く、知性豊かに、民を愛し、
　　　　貪(むさぼ)ることなく清貧で、心は広くあるべきだ。
1965、いつどこででも善行に励み、
　　　　恥を知って、礼節を重んじ、慈悲深くある。
1966、このような人物が最初のベグとなり、
　　　　彼から善い子孫が生まれ、くりかえされて行くのだ。』

1967、人は智恵をもって仕事をはじめなくてはなりません、
　　　　その上に知識を使ってこそものごとはうまく運びます。
1968、ベグが民を治めるには知識を用いなければなりません、
　　　　知識がなければ、智恵も役に立たないのです。
1969、ベグが過ちを犯せば、おお栄光の王よ、
　　　　国は病に冒されるでしょう。
1970、治療の薬はただ智恵と知識だけです、
　　　　まじめにそれを服用せねばなりません。
1971、そうです、智恵と知識を持つベグのみが、
　　　　それを用いて国の病を治すことができるのです。
1972、そのような聡明で知性あるベグは、
　　　　現世も来世も幸運に恵まれます。
1973、この世と来世の二つを支配する者には、

　＊　ウテュケンは、現モンゴル国にある山の名で、古テュルク人の聖地。

第28章　絶賛、ベグが備えるべき条件について論ずる

　　　　　幸運の星が永遠に照らすでしょう。
1974、詩人がこのことをうたいました、
　　　　　この詩は愚か者に目を開かせます。
1975、「幸福とはなにか教えてくれ、
　　　　　この世でだれが幸運を勝ちうるのか、
1976、勝ちえた者がさらに善行を施せば、
　　　　　来世も尊敬と栄光を得よう。」

1977、ベグが温和で正直であれば、
　　　　　日々楽しく満足いくものとなるでしょう。
1978、アッラーが優れた性格と善いおこないを与えた者には、
　　　　　全世界が祝福します。
1979、世界のすべてはアッラーが所有しています、
　　　　　彼は自分でも使うが、他人にも与えます。
1980、アッラーから幸運と恩恵を与えられた人は、
　　　　　行動は完全で品行は方正となります。
1981、ベグは美徳と多くの才能を備えなくてはなりません、
　　　　　それにより国土は治まり、かかった煙塵は取り払われるのです。
1982、優れた品行はなんと素晴らしいものか、
　　　　　それは、人にとっての衣服や食べものと同じです[1]。
1983、アッラーにいい加減な性格を与えられた人間は、
　　　　　歳月をへるにしたがい苦しみを受けます。
1984、ベグがいい加減な性格であれば、
　　　　　仕事はまちがい、喜びは憂いに変わります。

1985、ベグは敬虔かつ純潔な心であるべきです、
　　　　　純潔さが純潔な血統を生みだすの[2]です。
1986、敬虔なベグはアッラーに畏れを抱いています、
　　　　　畏れる人は、公平に仕事ができます。
1987、もしベグが敬虔でなく不純であれば、

第28章　絶賛、ベグが備えるべき条件について論ずる

　　　けっして正しい仕事はできません。
1988、耐えることです、泰然とした姿はベグの飾り、
　　　国を治める手綱はそれでこそ約束されます。

1989、ベグには豊富な理性があればこそ、
　　　事業は終始完全に成し遂げられます。
1990、智者が政をすればものごとは順調に進みます、
　　　政は愚か者から遠ざけておく必要があります。
1991、人に心がなければ、目はなんのためにあるのでしょうか、
　　　人に智恵がなければ、心はなんのためにあるのでしょうか。
1992、ある智者が言った言葉をお聞きください、
　　　その人は忍耐強く経験に富んだ人物でした。
1993、「誰かが智恵と知識を得たならば、
　　　大いに尊び讃えなさい、
1994、悪い人は善人となり、
　　　賤しい者も尊者に変わる。」
1995、"よい考え（ög）"はなんと素晴らしいものでしょう、
　　　よい考えを持つ者はそのまま"よき相談役（öge）"と呼ばれます。

1996、短気は誰にとっても大きな敵です、
　　　特にベグに短気が現れれば大きな恥を招きます。
1997、短気な性格と癇癪の気質は、
　　　無知な愚か者と同じ行動を招きます。
1998、慌ただしい仕事は生煮えの食事のようなものです、
　　　誰かがそれを食べればきっと病気になります。
1999、すべてのことをおちついて行ってください、
　　　ただ礼拝をするときだけは急がねばなりません。
2000、足るを知り、恥を知り、もの腰は穏やかに、
　　　言葉は明るく、おこないは率直にあってください。
2001、涎（よだれ）を垂らさんばかりの人はいつも満たされていません、

第28章　絶賛、ベグが備えるべき条件について論ずる

　　　　　貪欲な人の胃袋はこの世で満足することはありません。
2002、貪欲は治すことのできない病です、
　　　　　国一番の名医であっても治療はできません。
2003、腹が飢えている者は、食べれば満腹になります、
　　　　　目が飢えている者は、死んではじめて心安らかになります。
2004、貪欲な人間は金持ちにはなれません、
　　　　　たとえ全世界を得たとしても、依然貧しいままでしょう。

2005、ベグは慎み深く恥を知らなければなりません、
　　　　　恥を知るものは完全なるおこないができます。
2006、廉恥と清廉さを持つ者は、
　　　　　けっして卑劣な行為は致しません。
2007、アッラーは人間に廉恥と目の水[3]を授けました、
　　　　　即ち、彼に幸福と栄光を与えたのです。
2008、廉恥は人が悪事を働くことから遠ざけ、
　　　　　善行を積むことに導きます。
2009、廉恥こそ素晴らしい男子の飾りであり、
　　　　　それはすべての善徳を呼び込みます。

2010、言葉に嘘はなく心は正直な者、
　　　　　彼が民に善行をおこなえば幸運の太陽が昇ります。
2011、もしベグが民を裏切り恩恵を施さないのなら、
　　　　　その国に希望はありません。
2012、ベグの言動が正しくなければ、
　　　　　幸運は彼とその王国から逃げ去っていきます。
2013、言葉を破るベグに希望を託してはなりません、
　　　　　彼の人生は空虚で、死ぬときになって後悔します。

2014、ベグは明晰で用心深くあらねばなりません、
　　　　　もし怠けてぼんやりしていれば、災いに苦しむでしょう。

第28章　絶賛、ベグが備えるべき条件について論ずる

2015、二つのことが国家を維持する礎石です、
　　　用心深さと法は国を治める鍵と縄です。
2016、ベグが明晰で用心深くあれば国家は保たれ、
　　　敵の首を踏みつけることができます。
2017、ベグが公正な法を施せば、
　　　国は治まり、太陽が輝くでしょう。
2018、用心深さと法は国の統治の基礎となります、
　　　この二つがあれば、支配者の地位は永続できます。
2019、ある老将が言ったことをお聞きください、
　　　彼は用心深さで敵に打ち勝った人物です。
2020、『おおベグよ、国家を存続させたいと願うのなら、
　　　民に心を寄せ、用心深くありなさい。
2021、用心深さは領土を拡大させ、
　　　怠惰は国の基礎を壊していく。
2022、ベグよ、用心深さによって敵を打ち破り、
　　　法によって永遠の平和を得られよ。』

2023、二つのことが、ベグの地位を危うくします、
　　　それはベグを正しい道から迷いの道に陥らせます。
2024、一つは不注意、一つは暴力、
　　　この二つでベグは国を滅ぼします。
2025、陛下がもし自分の敵を征服したいと願うなら、
　　　目と耳に注意を払いなさい、頭を用心深くさせなさい。
2026、用心深いベグは強敵をも消滅させます、
　　　怠惰なベグは国の基礎を壊してしまいます。
2027、ベグが蒙昧であれば事を為すことはできません、
　　　国もまた長く存続はできません。
2028、用心深いベグは不注意な者を征服します、
　　　敵が注意深くあれば、誰が勝つことができましょう。
2029、ベグが用心深くあれば敵は攻撃できません、

第28章　絶賛、ベグが備えるべき条件について論ずる

　　　　　敵が来たとしても、智恵をもって勝利できます。
2030、残忍なベグは国を衰退させます、
　　　　　民はどうして暴政に耐えることができましょうか。
2031、ある賢人の名言をお聞きください、
　　　　　暴君の政権は長続きできないことを語っています。
2032、『暴政は火のごとく、すべてを燃やす、
　　　　　良法は水のごとく、万物をうるおす。』
2033、王さま、陛下が長く統治をお望みならば、
　　　　　善き法制を推し進め、民をお守りください。
2034、善政は国を盛んにし民は繁栄します、
　　　　　暴政は国を衰退させ、破滅に導きます。
2035、暴君は多くの宮廷を破滅させ、
　　　　　最後は自身が凍えて飢死していきました。
2036、ベグが公正な精神を持ち良法を遂行するかぎり、
　　　　　国は崩壊することなく長く続くでしょう。

2037、もっとも悪いことは、栄光の王よ、
　　　　　ベグが信用できないと言われることです。
2038、ベグの言葉が信用に足り、行動が誠実であってこそ、
　　　　　民は彼を信頼し、ベグと幸福を分け合うのです。
2039、言葉に不誠実な人間は、たえず心変わりします、
　　　　　心変わりするベグは民に危害を与えます。
2040、ある忠誠の人が言った言葉をお聞きください、
　　　　　信義は人のために事を為すときの基本です。
2041、「虚言を弄する者は人に危害をもたらす、
　　　　　人に危害をもたらす者は畜生と同じだ、
2042、"嘘つきを信じるな"こそ忠告、
　　　　　いつか歳月がそれを証明しよう。」

2043、ベグには果敢な勇気が必要です、

第 28 章　絶賛、ベグが備えるべき条件について論ずる

　　　　勇気があるからこそ敵に対抗できます。
2044、兵を統率する者は勇敢でなくてはなりません、
　　　　臆病な兵士たちに彼の本領を学ばせねばなりません。
2045、勇者が臆病な兵士たちを指揮すると、
　　　　臆病者たちすべてが英雄に変わります。
2046、ある詩がそれを証明しています、
　　　　どうかしっかり胸に刻んでください。
2047、**「ライオンが犬の群れの首領となれば、**
　　　　犬たちはライオンのように勇猛となる、
2048、**犬がライオンの群れの首領となると、**
　　　　ライオンたちは犬のように無能となろう。」

2049、ベグは謙虚で寛容であるべきです、
　　　　謙虚さはおちついたもの腰と共にあります。
2050、ベグは寛容をもってその名を轟かせ、
　　　　その声望が世界の安定を守らせるのです。
2051、そのベグの旗のもとに集まる兵馬があれば、
　　　　願いはかならず達成できます。
2052、一人の戦士がどのように語ったかお聞きください、
　　　　勇者よ、この言葉を陛下の兵士たちに与えてください。
2053、『気前よく贈りものを与え、衣食を人に施せ、
　　　　おまえが欠乏して困ったら、再び戦場で手に入れよ。
2054、恐れなき勇士は財物に困ることはない、
　　　　勇猛な白鷹は獲物に困らない。
2055、男に弓矢と剣と斧、それに勇気さえあれば、
　　　　なにもないことなど恐れるな。』

2056、聡明なベグはどこに富を求めるのでしょうか、
　　　　兵馬がいるところに金銀はあるのです。
2057、国を得たいのならば軍隊が必要です、

第28章　絶賛、ベグが備えるべき条件について論ずる

　　　　　兵馬を養うには、金銀が必要です。
2058、財を集めるには民が富んでいなければなりません、
　　　　　民が富むためには法制が公平でなければなりません。
2059、一つが欠ければ、四つともすべて空となります、
　　　　　四つが空になれば、ベグの支配は終わるのです。
2060、ベグが名声を得ようと思えば、
　　　　　次にのべる五つのことを避けなければなりません。
2061、一つは慌てること、一つはケチなこと、一つは怒りっぽいこと、
　　　　　これらを遠くに避けなければなりません。
2062、四つめは人の意見を聞かないこと、
　　　　　五つめは嘘をつくこと。
2063、もしベグがこの五つの悪習を避ければ、
　　　　　名声は保たれ、命令は効果的に実行されるでしょう。
2064、五つのなかでも最悪なものは人の意見を聞かないことです、
　　　　　人の言葉を聞かない者はきっと苦しみを招きます。
2065、ある詩人がそのことをうたいました、
　　　　　それを学べば、あなたの言葉が豊かになるでしょう。
2066、「**一人よがりの人間は自分で自分を苦しめる、**
　　　　　人の意見が聞けない者はつながれた馬にすぎない、
2067、**友のする忠告を受け入れられぬ者には、**
　　　　　友も敵と同じこと、敵も友と同じこと。」

2068、陛下、あなたが天下に君臨したいと願うのなら、
　　　　　あと三つのことをしなくてはなりません。
2069、あなたの右手で戦いの剣をふるい、
　　　　　あなたの左手で集めた財物をお与えください。
2070、話すときは、舌には蜜のような砂糖を加え、
　　　　　貴賎を問わず、だれをもあなたのもとに来させてください。
2071、おお王さま、ベグにこれらのことができれば、
　　　　　民は彼を愛し、彼らの尊敬を集めるでしょう。

第28章　絶賛、ベグが備えるべき条件について論ずる

2072、ほほ笑みに満ちた顔、態度は優しく、言葉は甘く、
　　　性格は暖かく、行動は正しくなければなりません。
2073、謙虚な心で、気前もよくあるべきです、
　　　なによりも民に対し慈愛に満ちてなくてはなりません。
2074、こうしてすべての美徳を一身に集め、
　　　あらゆる悪行を遠ざけていく人。
2075、このようなベグこそ人類の精鋭であり、
　　　満月が放つ光のような英雄であります。
2076、この世の民はすべて彼の臣下となり、
　　　世界を思い通りにできるのです。

2077、暗い顔、粗暴な言葉、傲慢な態度、
　　　これらは人に嫌がられ、ものごとに失敗します。
2078、性格は粗暴、仕事を焦り、浮ついた行動、
　　　ベグはこのような愚民のおこないを避けねばなりません。
2079、愚か者の行動はベグにはふさわしくありません。
　　　もしそれらに染まったら、身分を失うことと同じです。
2080、純白はベグの色、黒は平民と奴隷たち、
　　　白と黒はこれほどの差があるのです。
2081、あなたがもし完全なベグになろうと願うのなら、
　　　完璧な美徳を備えていなくてはなりません。
2082、ベグという名のもとに、黒の階級のおこないをしたら、
　　　あなたは"エセ貴人"として平民から笑われるでしょう。

2083、ベグは美しい容姿と豪華な衣服と飾り、
　　　そして普通の背丈があれば賞賛を受けます。
2084、民はその風貌に誇りを抱き、
　　　彼の姿を見ては信頼を高めます。
2085、彼の勇気は敵を蹴散らし、
　　　彼を仰ぎ見る者に喜びを与えます。

第28章　絶賛、ベグが備えるべき条件について論ずる

2086、身長が高すぎる人は智恵が足りません、
　　　身長が低すぎると洗練さがなくなります。
2087、中くらいの身長を備え、
　　　世間の平均の体つきがよろしいです。
2088、ある長老の話をお聞きください、
　　　彼は高齢で、経験に満ちた人です。
2089、「**背丈が低い男は癇癪を起こしやすく、**
　　　頭に血が上ってはすぐに争う、
2090、**名君よ、尋常な体を持ち、**
　　　国事も尋常をめざして偏ってはならない。」

2091、ベグは酒を戒め、女に注意しなければなりません、
　　　この二つは人の幸運を葬り去るでしょう。
2092、世界のベグたちが酒の楽しみに溺れれば、
　　　国と民は大きな苦しみに出会います。
2093、世界の支配者たちがひたすら安楽を求めたら、
　　　国は滅び、自身も乞食になりましょう。
2094、もし支配者が自分の治世を失ったら、
　　　鷹もその跡を追うことは難しい、と言います。
2095、ある清貧の賢者が次のように言いました、
　　　無知な人びとへの暴飲の戒めです。
2096、『暴飲をやめよ、喉の奴隷たちよ、
　　　酒はおまえを貧困の道に追いやる。
2097、平民が酒を好めば、財産が風のように飛んでいく、
　　　ベグが酒を好めば、国はどうして持ちこたえられよう。』

2098、酒は盗賊の親玉です、酒が陛下の銀貨を奪っていきます、
　　　挑発や喧嘩は酔っぱらいたちの習性です。
2099、酒に酔っぱらうと自分を見失い白痴となります、
　　　白痴が仕事をして正しいことなどできるでしょうか。

第28章　絶賛、ベグが備えるべき条件について論ずる

2100、ある敬虔な人物が言ったことです、
　　　喉の奴隷よ、この言葉をよく聞きなさい。
2101、『なすべきことが酒によってどれだけ滞(とどこお)るのか、
　　　なしてはならぬことが酒によってどれだけ生ずるのか。
2102、酒杯(さかづき)は多くの善い行為を遅らせ、
　　　酒杯は多くの悪いおこないを導く。』

2103、ベグが酒に溺れ快楽に浸ったら、
　　　どんな信念で国の統治をするのでしょうか。
2104、姦淫があるところから幸運は逃げていきます、
　　　姦淫は王国の秩序を壊していきます。
2105、幸運は純粋ですので純粋なものを求めます、
　　　幸運は澄んだものなので清らかさを求めます。
2106、もしベグが暴飲し狂気に落ちたら、
　　　すべての民が酒飲みに変わるでしょう。
2107、民の悪行はベグが制止できます、
　　　ベグの悪行を誰が正すことができるでしょうか。
2108、人は水を用いて汚れを洗い流します、
　　　もし水が汚ければ、どう洗うことができましょうか。
2109、人が病にかかれば医者が治療します、
　　　もし医者が病になったら、誰が治療するのでしょうか。
2110、だから、ベグの品行は正しくなくてはなりません、
　　　民はベグのおこないに習って正しくなります。
2111、ベグがおこなう作法を見て、
　　　民も彼のやり方を見習います。
2112、ある格言がこのことについて語っています、
　　　よく聞いて理解してください。
2113、「**ベグが歩む道を、**
　　　臣下も後ろから歩んでいく、
2114、**ベグの道が正しければ、**

第28章　絶賛、ベグが備えるべき条件について論ずる

　　　臣下も正しい道を歩むだろう。」

2115、高慢な性格はベグにはそぐいません、
　　　傲慢さは正しい道を壊してしまいます。
2116、ベグは幸運であるがために尊敬されます、
　　　幸運を享受するためには謙虚な心でなくてはなりません。
2117、徳の高い賢人がどのように教えたのかお聞きください、
　　　彼は優れて聡明なベグでした。
2118、『ベグがうぬぼれ、自分を吹聴していたら、
　　　辱めを受け威信を失くすに違いない。
2119、高慢な者は天国には昇れない、
　　　謙虚な人はすべてに成功していく。
2120、傲慢さに利はなく、心を冷たくするだけだ、
　　　謙虚さこそが人の地位を高くしていく。』
2121、ベグは謙虚で優しくあらねばなりません、
　　　それでなければ、その地位から退くべきです。
2122、ベグは温厚で心を広く持たねばなりません、
　　　民に罪があっても寛大であるべきです。
2123、軍の将兵が彼を愛したら、
　　　彼らは忠誠を誓い彼の命令に従うでしょう。

2124、民の上に立つベグには威厳が必要です、
　　　この威厳とともに寛大さも必要です。
2125、この二つをもって、ベグの名声は広まり、
　　　願いはかない、目標は達成できるのです。
2126、威厳がない者は 屍 と同じです、
　　　現世も来世も失くしてしまいます。
2127、威厳を保つためには、刑罰も必要です、
　　　刑罰を執行するのはベグが決めることです。
2128、ベグは刑罰によって国の政治をおこない、

第28章　絶賛、ベグが備えるべき条件について論ずる

　　　　　民は刑罰により、正しい品行となります。
2129、一つの詩がこのことを証明しています、
　　　　　証拠があれば証明となります。
2130、「**刑罰がベグの門を飾っている、**
　　　　　ベグは刑罰によって民を治める、
2131、**悪人どもには刑罰を施行し、**
　　　　　国の汚れを刑罰で清めるのだ。」

2132、二つのことが国の柱となります、
　　　　　国家はそれによって成り立つのです。
2133、一つは民に法制を施すこと、
　　　　　一つは将兵に報酬の銀を与えること。
2134、法律と制度があれば、民は幸せとなり、
　　　　　銀があれば、将兵は喜びます。
2135、この二つのことがベグを幸せにし、
　　　　　彼の宮廷と王国を繁栄させます。
2136、もしベグが民のために法制を立てなければ、
　　　　　民を守れず、彼らの安全を保障できません。
2137、ベグが民を災難に追いやれば国家は損害を受け、
　　　　　国の基石は壊れていくでしょう。
2138、ベグがもし将兵を喜ばせなければ、
　　　　　彼らの鞘から刀が抜かれることはありません。
2139、ベグは刀によってのみ力を得、
　　　　　刀のないベグが国を保つことはできません。
2140、刀と斧は即ち国の衛兵であり、
　　　　　支配者はまず刀によって国を支配します。
2141、歴戦の皇帝が語った言葉をお聞きください、
　　　　　彼は刀と斧で敵を打ち負かしてきました。
2142、『不注意な美食家は毒を喰うかもしれない、
　　　　　おお王よ、だから注意深くありなさい。

第28章　絶賛、ベグが備えるべき条件について論ずる

2143、あなたの兵士たちに刀と斧を用意せよ、
　　　彼らが衛兵となればベグは安泰である。』
2144、刀がふるわれるとき、敵は身動きできません、
　　　しかし刀が鞘にあれば、ベグの安泰はありません。
2145、それゆえベグよ、刀をふるって幸福をお守りください、
　　　陛下がずっとお幸せで、長寿されますように。」

2146、絶賛はつづけた、「おお栄光の王よ、
　　　国家の仕事は輝かしいと同時に難しいものです。
2147、人びとのためのベグの責任は重大で、
　　　いつも辛労や頭痛が絶えません。
2148、喜びは少なく心配は大きい、
　　　賞賛する者は少なく責める者は多い。
2149、見渡せば不安にさせることはかぎりなく、
　　　幸せを探しても、影も形もありません。
2150、陛下を愛する者は少なく恨む者は多い、
　　　受ける苦労は多く、受ける幸は少ないのです。
2151、いつでもどこでも不安に苛まれ、
　　　不安であること自体にまた苦しまれる。
2152、陛下のまわりに潜むたくさんの危険をごらんください、
　　　その危険を察すれば、喜びなど消えてしまいます。
2153、ある智者がどう言ったか、お聞きください、
　　　智者の言葉は連なる真珠のようです。
2154、「王の頭は塔のように高く、
　　　彼の首は縄のように細い、
2155、玉座の上には鋼鉄の刃がかかっていて、
　　　たえず王の地位を脅かしている。」

2156、ベグのこととはもともとこのようなものです、
　　　一人に喜びがあれば、一人が身を滅ぼす。

第28章　絶賛、ベグが備えるべき条件について論ずる

2157、陛下がもし両世の幸運を得たいのであれば、
　　　　次のことをしなければなりません。

2158、心を正しく保ち、言葉は正直に、
　　　　アッラーを礼拝し、アッラーにおしたがいください。

2159、アッラーが陛下になにかを与えたらご満足ください、
　　　　足るを知ることは信仰の基盤です。

2160、すべての人びとに対し慈悲の心を持ち、
　　　　善いおこないを施しては、善功をお積みください。

2161、平民に危害を加えず、民を幸せにしなければなりません、
　　　　徳を保ち、悪を切り捨てねばなりません。

2162、このようにすれば、世界は陛下のものです、
　　　　一生、心配なく食べて寝ることができるでしょう。

2163、たとえ陛下が死なれたとしても、失望することはありません、
　　　　アッラーは善良な者には大きな門を開けています。

2164、多くを話しましたが、陛下はご理解くださった筈です、
　　　　ベグには知識と品行がかならずあるべきなのです。

2165、誰かもし善徳と美質ある人物があれば、
　　　　人びとによってベグとして奉られるのです。

2166、完全なベグとは、民のための主であることです、
　　　　民はあらゆる徳行をベグに期待しています。

2167、ある学者がこんな風に言いました、
　　　　学者の知識は国の美しい飾りです。

2168、『ベグは正直で博学、智恵深くなくてはならない、
　　　　名声は高く、勇気と抜け目なさが必要である。

2169、大らかで寛容、善良かつ純粋、恥と礼を知り、
　　　　仁愛に溢れ、民を守る王の責任感も重要である。

2170、足るを知って忍耐強く、謙虚さに富み、
　　　　さらには質素でもの静かであることも不可欠とする。

2171、人びとの模範となる非凡な才徳を備え、

第28章　絶賛、ベグが備えるべき条件について論ずる

　　　　民のために善い法令を制定しなければならない。
2172、このようなベグがいればこそ、
　　　　民は災難や苦しみから抜け出せる。
2173、かくあって幸運の太陽がこの地に上り民は幸せとなる、
　　　　ああしかし、このようなベグたちもかならず死んでしまうのだ。』
2174、陛下、これはわたしが見聞きしたことです、
　　　　言うべき話しはすべて報告いたしました。」

国王、絶賛に問う

2175、国王は言った、「そなたの話は素晴らしい、
　　　　余の気持ちをとらえ、また正道に見合っている。
2176、余はもう一つそなたに教えを請いたい、
　　　　はっきり分かるように話してくれ。
2177、才徳に満ちたベグのことは分かった、
　　　　それでは宰相にはどのような才能が必要なのか。
2178、宰相はいかに国庫の財を金銀で満たし、
　　　　国の成長と繁栄をもたらすのか。
2179、宰相はどのように法を用いて民を治め、
　　　　どのように将兵の心を喜ばせるのか。
2180、宰相はどのように民の平和と安全を守り、
　　　　国王が名声を得られるようにするのか。」

訳注
〔1〕**衣服や食べものと同じ**　人間には衣食はなくてはならないものであり、より良いものが欲しくなるという性質がある、という考え方。
〔2〕**純潔さが純潔な血統を生みだす**　人の心がきれいだと、その人の血もきれいになるという当時の考え方。
〔3〕**アッラーが授けた目の水**　涙のこと。人間の善性を指す。

第29章

絶賛、宰相が備えるべき条件を論ずる

2181、絶賛は答えた、「おお王さま、
　　　宰相はベグが権力を用いるときの手であります。
2182、ベグに宰相が必要なことは疑いありません、
　　　もし宰相が優れていれば、ぐっすりと眠れます。
2183、宰相はベグのために重い責任を負担します、
　　　これは揺るぎない国家の根幹となる柱石なのです。
2184、このためには強固な意志と勇敢な精神に満ちた、
　　　抜きん出た男子が必要とされます。
2185、智恵に富み、大海のごとき知識を持ち、
　　　あらゆる仕事に長け、ベグを喜ばせる人物です。

2186、彼は高貴な家系に生まれ、敬虔で正直、
　　　いつも正道を歩む人でもあります。
2187、宰相は国の大事をおこなう役職なので、卓越した人間であり、
　　　才徳を兼ね備え、品行も方正でなくてはなりません。
2188、彼は知識にも智恵にも優れた博学多才でなければなりません、
　　　温和で優しい一方で問題を鋭く見る賢さが必要です。
2189、高貴な出身であるだけでなく、聡明であり、
　　　昇るときも落ちるときも萎れることのない強い人物です。
2190、宰相が謙虚で、また清い信仰を持てば、
　　　民は彼に希望を託すでしょう。
2191、人びとのなかより選ばれた人こそ思慮深き者であり、
　　　すべての苦しむ者への薬草です。
2192、敬虔な人物はあらゆる問題をすみやかに解決していきます、
　　　過ちを避け適切な時間をはかって慎重に仕事をおこないます。

第29章　絶賛、宰相が備えるべき条件を論ずる

2193、宰相の権力はベグに次いで大きく、
　　　彼はその言葉をもって国王を代理します。
2194、素性が賤しい人間の品性は不純であり、
　　　宰相の職務はそのような者に充てることはできません。
2195、出身が高貴な人間は人格に優れて信頼でき、
　　　素性の賤しい者は禍をもたらすに違いありません。
2196、国家の礼法を司る人がどう言ったか、お聞きください。
　　　国家の礼法を司る者は高位にある人物です。
2197、「出自が高貴な者は温厚であり、
　　　民に対して真心で接する、
2198、賤しい生まれの者は恩を仇(あだ)で報い、
　　　蜜糖と肉で養ってもむだとなる。」

2199、宰相は謙虚で足るを知り、品徳に優れねばなりません。
　　　恥を知らない者は愚か者と同じです。
2200、足るを知り、財に貪欲であってはなりません、
　　　貪欲な者は世界を得ても満足しません。
2201、もっとも優れた人とは、恥を知る謙虚な人です、
　　　もっとも卑劣な人間とは、慎みを知らぬ厚かましい者です。
2202、謙虚な人にはどんな仕事でも任せられます、
　　　謙虚な人は恥をかくような無様(ぶざま)なことを致しません。
2203、厚かましい人間は卑しい者の仲間であり、
　　　このような者の口からは汚い言葉ばかり吐き出されます。
2204、とても謙虚な人物が言った言葉をお聞きください、
　　　これは陛下への忠誠の言葉でもあります。
2205、『恥知らずは遠ざけよ、
　　　無恥な者の目は抗(あらが)いの眼差しだ。
2206、恥知らずの顔は肉のない骸骨、
　　　無知な者の目は空っぽの洞穴だ。
2207、謙虚な人は人びとの光栄のしぶきを浴びて輝き、

第29章　絶賛、宰相が備えるべき条件を論ずる

　　　　その瞳は誇らしさの迸(ほとばし)りで溢れる。』

2208、宰相の容貌は端正で、堂々としなければなりません、
　　　　正しいおこないは、人びとの喜びを得るでしょう。
2209、まっすぐなふるまいと穏やかな性格は、
　　　　長い年月をかけて、人びとに利益を施します。
2210、もし宰相のおこないが正しくなければ、
　　　　ベグの大業は失敗してしまいます。
2211、しかし、宰相が公平で正直であれば、
　　　　ベグは国事を信任できるでしょう。
2212、容貌の美しい人は性格も美しく、
　　　　彼の性格の美しさで王国は幸運に恵まれます。
2213、さらに心まで動かされる美しい容貌であれば、
　　　　彼の心のなかもまたこよなく美しいでしょう。
2214、ある詩人が次のようにうたいました、
　　　　彼は経験に満ち分別に長けた人物です。
2215、「心と態度は双子の兄弟、
　　　　容貌と品行は親密な仲間だ、
2216、外見を知ればその心も分かる、
　　　　心は外見と同じものだから。」
2217、宰相は容貌を整え威厳をもたねばいけません、
　　　　良い印象を与えれば仕事は進みます。

2218、宰相は聡明で、数学に通じてなければなりません、
　　　　種々の資料を作成するためにはその知識が必要です。
2219、宰相の仕事にはすべて計算が必要です、
　　　　数字がわからなければなにもできないでしょう。
2220、人は計算することによって仕事をうまく進めます、
　　　　年月日から時間まで、数学によって細かく計算されます。
2221、"数学"（saqış）は精緻なるがゆえに数学と呼ばれます、

第29章　絶賛、宰相が備えるべき条件を論ずる

　　　　　事実、数学とはとても"精緻なこと"（saqış）です。
2222、数字に明るくなかったらことを成功させるのは難しい、
　　　　　聡明で数字に詳しい者は、うまく仕事を進められます。

2223、人は文字を使った書物によってものごとを知ります、
　　　　　他人が体験したことを自分が体験したものとして学びます。
2224、文字は知性のしるしです、
　　　　　文字がわかる人は聡明さを深めます。
2225、人間に文字がなければ、
　　　　　どうして年月日が正確に分かりましょう。
2226、もし古の賢人が書物に記さなければ、
　　　　　誰がたくさんの計算の方法を知ったでしょうか。
2227、アッラーは宇宙を創造する前に、
　　　　　ペンと木版をもって善悪を記載＊しました。
2228、天使は人びとの行動を記録し、
　　　　　報告日にアッラーは審判をおこないます。

2229、宰相は言葉優しく、謙虚でなければなりません、
　　　　　それが民に迎え入れられる方法です。
2230、態度が謙虚であれば、人びとに愛され、
　　　　　迎え入れられる者は、なにごとにもうまく行きます。
2231、ある謙虚な人物が言ったことをお聞きください、
　　　　　彼はとても善い人間性を持った人でした。
2232、『謙虚な人は人びとに愛され、
　　　　　高慢な者は誰にも嫌われる。
2233、謙虚な人には楽しみ多く、
　　　　　高慢な者にその日は来ない。』

　＊　イスラームの伝説で、人の一生の善悪は、天使により木牌に記載されるとしており、最後の審判の日に清算される。

第29章　絶賛、宰相が備えるべき条件を論ずる

2234、宰相はかならず品行方正な人物でなければなりません、
　　　そして教養があり、知性が必要とされます。

2235、言葉と心が一致し、行動は正しく、謙虚で、
　　　優しく、正直で、慎重で、注意深くあらねばなりません。

2236、質素で、鋭敏で、仕事に精通し、
　　　部下に能力があるか無能かを見分ける力が必要です。

2237、勤勉で、慎重で、忠義に篤く、
　　　人に代わって財を管理しても誠実であること。

2238、もしこれらの才徳を備えている人物がいれば、
　　　国王は彼を高い地位につけ重責をゆだねることができます。

2239、このような人物が宰相となりベグを補佐すれば、
　　　ベグも民も安らかに暮らしていけるでしょう。

2240、国王の仕事は思い通りに運び、
　　　王国は繁栄し民は豊かになるでしょう。

2241、もし宰相が無能か悪人であれば、
　　　貧富にかかわらず民は災難に会います。

2242、宰相が賢く善良であれば、民は利益を得ます、
　　　民の利益は国王にとっての無限の喜びとなります。

2243、海のように深い知識に満ちた人の話を聞いてください、
　　　彼はいつも知識の光で心を照らしていました。

2244、『ベグが正しい心と美しい言葉を持っていれば、
　　　臣下たちは正道を真っすぐに進むだろう。

2245、ベグが愚かで横暴であれば、
　　　臣下もまた善い関係を捨てるだろう。

2246、もしベグが高潔であれば、
　　　臣下たちも悪に陥ることはない。

2247、ベグが自ら悪の道に陥らなければ、
　　　悪人たちはけっして彼のそばに近寄らない。

2248、悪がある所、悪人たちが潜んでいる、

第29章　絶賛、宰相が備えるべき条件を論ずる

　　　　おお善人よ、善い友人を探しなさい。』

2249、善と悪の二つは相いれません、
　　　　直と曲が一致することはないのです。
2250、黒い夜と白い昼が併存できないように、
　　　　青い水と赤い火は仲間になれません。
2251、もし誰かを理解したいと思ったら、
　　　　彼の友人たちを見ればよく分かります。
2252、どんなものも同じ性質のものと交わるものです、
　　　　だから正道を歩み、曲がった者たちを避けてください。
2253、わたしの言いたいことを、ある詩がうたっています、
　　　　読んで心に刻んでくださるよう祈ります。
2254、「見よ、鳥も獣(けもの)も、
　　　　生けるものすべてが同類を知る、
2255、人は自分の友を知っている、
　　　　冷酷な者は親切な人とは交わらない。」

2256、宰相はベグの身近な相談相手です、
　　　　相談相手は、相談者と親密になっていきます。
2257、王さま、けっして悪人を登用してはなりません、
　　　　苦い果実は飲み込めないのです。
2258、もしベグがよい臣下を登用するなら、
　　　　国は栄え、その名声は四方に拡がります。
2259、反対にベグが悪い臣下を近づけたら、
　　　　国事は乱れ、英名に汚点が残るでしょう。
2260、おお王さま、宰相がもしこのように賢明であったら、
　　　　ベグは安心して眠れ、民は平和に暮らせます。
2261、こうしてベグの願望は宰相とともに実現されます、
　　　　どんな状況になっても事業は成功できましょう。
2262、民はゆたかになり、王国は栄えます、

第29章　絶賛、宰相が備えるべき条件を論ずる

　　　　国庫には宝物が満ち、人びとは彼を祝福します。
2263、たとえ彼が老いて朽ち果てても、
　　　　彼の名と善政は永遠に記憶されていくのです。
2264、現世と来世での幸福は無限で、
　　　　栄光とともに永遠に生きるでしょう。」

国王、絶賛に尋ねる

2265、国王は言った、「これらの話、分かった、
　　　　今日の話は本当に素晴らしかった。
2266、今度は、将軍について語ってほしい、
　　　　どのような条件を備えている者が将軍にふさわしいのか。
2267、将軍は軍を率いて指揮しなくてはならない、
　　　　彼はベグの方針を過ちなく実行し成功できるのか。
2268、教えてくれ、どのような人物に戦いを任せることができるのか、
　　　　その者は敵を打ち砕き、降伏させることができるのか。」

第30章

絶賛、国王に対して将軍が備えるべき条件を論ずる

2269、絶賛は言った、「王さま、わたしの言葉をお聞きください、
　　　陛下が敵と向いあえば、かならず勝利されますことを。
2270、ベグには兵を率いた将軍が必要であり、
　　　それは強情な敵に安らかな眠りを与えません。
2271、将軍は忍耐強い屈強なる男子で、
　　　危険や辛苦の体験に富んだ人物であるべきです。
2272、軍隊を率いることはたいへん大きな仕事です、
　　　軍隊を組織し敵を殺戮しなくてはならないのです。
2273、将軍は愚かで蒙昧だなどと誹謗されない、
　　　用心深く選び抜かれた人物であらねばなりません。
2274、彼は謙虚であるだけでなく、勇敢であることも必要です、
　　　肝がすわり、冷静沈着で、気前がよいことも不可欠です。

2275、寛大さは将軍のたいせつな資質です、
　　　選び抜かれた精鋭が彼のまわりに集まります。
2276、彼はすべての財産を兵士に分け与え、
　　　それによって、忠実な戦友という仲間を手に入れます。
2277、将軍には軍馬、軍服、武器のみが残り、
　　　望むのは自分の美名が世界に広まることだけです。
2278、彼は自分の家族のために財産を集めず、
　　　果樹園や領地のために銀を収奪しません。
2279、刀を用いて願望を実現するのみで、得ては皆で分け、
　　　ただ名声を世界に広めるだけでよいのです。
2280、また兵士たちには飲食や服装を提供し、
　　　褒美として駿馬や奴隷を与えます。

第 30 章　絶賛、国王に対して将軍が備えるべき条件を論ずる

2281、このようであれば、勇士たちは彼の周りに集まり、
　　　命を犠牲にし、山野に屍(しかばね)を横たえることさえ厭いません。

2282、智謀がいるだけでなく、大胆さも必要です、
　　　勇敢さがいるだけでなく、寛容も必要です。
2283、戦闘においては臆病な者はいりません、
　　　怖がりは女たちの心情です。
2284、臆病者は敵と戦わず自分の部隊を滅亡させ、
　　　仲間の兵士たちは次々と犠牲となります。
2285、戦闘中は勇敢かつ冷静であり、
　　　敵の騎馬の音を聞けばただちに戦場へ駆けつけます。
2286、人には定まった死ぬ時間があります、
　　　しかし、その時間が来るまでは絶対に死なないのです。
2287、ある勇士がこのように語っています。
　　　彼は死を忘れて敵と戦った人物です。
2288、「**定まったときが来るまでは人は死なない、**
　　　敵を見てなにを怖れよう、
2289、**烈火のごとく敵に向かっても、**
　　　死期に会わねば死ぬことはない。」

2290、将軍は栄光と恥辱を知らなければなりません、
　　　安易に和睦し報復のときを引きのばしてはいけません。
2291、恥を知る者は敵に打ち勝ちます、
　　　恥知らずは戦が始まれば最初に逃げます。
2292、臆病者も恥を知ると勇敢になります、
　　　誇り高い男児は危機に命を懸けます。
2293、勇敢な者はかならず恥を知っています、
　　　恥を知る者は命を懸けて闘いつづけます。

2294、将軍は謙虚で穏やかであるべきです、

第30章　絶賛、国王に対して将軍が備えるべき条件を論ずる

　　　　それによって民の敬愛を受けるのです。
2295、謙虚な将軍は兵士たちの心を暖めます、
　　　　すぐ怒り罵る将軍は兵士たちから敬遠されます。
2296、もし将軍が高慢であれば、
　　　　まちがいなく敵の攻撃を受けるでしょう。
2297、高慢で無分別な人間は大局をおろそかにします、
　　　　このような者は不慮の死で命を失くすでしょう。
2298、勇敢で雄々しい将軍は容貌も身なりも優れ、
　　　　威名は世界に拡がり、栄光を勝ち取ります。
2299、悪人どもには厳格さで彼らを脅えさせ、
　　　　善人たちには温和で愛されるべき人物です。

2300、将軍の義務は法の規律を押し広めることです、
　　　　軍事のことは王政の権威と深い関係があります。
2301、規律ある軍隊の維持にはかならず優れた統率者が必要です、
　　　　統率者があってはじめて軍隊はよく整えられます。
2302、軍隊の規律がたるみ、統率者がいなくなれば、
　　　　おお王さま、その軍はきっと滅び去るでしょう。
2303、悪人に対しては規律と抑圧が必要です、
　　　　善人にはさらなる尊敬が必要です。
2304、善人に恩徳を施せば善い報いがあります、
　　　　彼らに負担をかけず、満足させる道をお探しください。
2305、人びとは善人の温情を渇望しています。
　　　　善人から恩恵を受けたら皆その人の従者となるでしょう。
2306、ある善行の人が言った言葉をお聞きください、
　　　　その言葉で、心の平安をお守りください。
2307、「**自由な者も恩徳には奴隷となる、**
　　　　正しい道を歩め、皆従うであろう、
2308、**正道を行く者はそれに同意する、**
　　　　人情とはそうなるよう定まっている。」

第30章　絶賛、国王に対して将軍が備えるべき条件を論ずる

2309、敵との戦闘が始まったときには、
　　　　将軍には次のような資質と行動が必要とされます。
2310、戦闘のなかでは虎の獰猛さと、
　　　　豹のような体力が必要です。
2311、野生の猪のように頑強で、狼のような強さを持ち、
　　　　熊のように狂暴、かつヤクのような敵意が要ります。
2312、キツネのように狡猾で、
　　　　雄ラクダのように恨みを忘れない。
2313、山鷹のように鋭く遠方を望み、
　　　　カササギのように警戒心に富む。
2314、ライオンのように威厳を持ち、
　　　　梟のように夜も寝ない。
2315、これらの資質があれば勇者と言えましょう、
　　　　敵に打ち勝ち報復を果たす将軍としてふさわしい。
2316、このような将軍のもとにおいて、
　　　　将兵たちは武器を取って敵を打ち砕きます。

2317、パン、塩など食糧は豊富でなければなりません、
　　　　刀、槍、馬、軍服なども。
2318、食糧、塩、パン、これらは命の香油です、
　　　　食糧、塩、パンを施して名声は得られるのです。
2319、イリの首領がどのように語ったかお聞きください、
　　　　幸福の人よ、軍の糧食は多くあらねばなりません。
2320、『もし名声と長寿を願うのであれば、
　　　　兵士にはパンと塩を豊富にふるまいなさい。
2321、信義を守り、寛大で気前よくあれば、
　　　　戦士たちはかならずや、衣食の恩に報いる。』
2322、出世を求めるなら、食料と飲みものを兵士に配ることです、
　　　　長寿を願うなら、そのための蓄えを十分にしておくことです。

第30章　絶賛、国王に対して将軍が備えるべき条件を論ずる

2323、将軍には次にのべる資質と行動が必要です、
　　　これを実行すれば成功できるでしょう。
2324、一つめに、将軍の言葉には誠実さと真実が必要です、
　　　高位の人間が嘘をつけば、将兵は彼を信用しません。
2325、二つめに、寛大で気前よく財物を施さねばなりません、
　　　勇者たちは、ケチにはけっして身を寄せません。
2326、三つめに、勇敢さです、恐れてはいけません、
　　　臆病者は敵を見ると病を装って怠けます。
2327、四つめに、策謀と実行力を持つことです、
　　　謀略によってライオンをも手中に収めることができます。
2328、最後に、配下の部隊をつかわす迅速な判断と、
　　　敵を打ち破る頑強な決意を持つことです。
2329、将軍がこのような品行を有すれば、
　　　敵を打ち破り、彼らの声望を粉砕できましょう。
2330、このような人物が軍を率いて敵と戦えば、
　　　必ず勝つに違いありません。
2331、部隊が戦いに臨んだときの将軍は、
　　　日夜眠ることなく、頭を明晰にしておかねばなりません。

2332、兵の数は多くなくても優れた兵が必要です、
　　　優れた兵には良い武器が必要です。
2333、兵士が多すぎれば統率者に困り、
　　　統率ができなければ士気がふるいません。
2334、経験に富んだ元将軍が語りました、
　　　『一万二千人の軍隊は多すぎる』と。
2335、もう一人の敵を制した英雄も言いました、
　　　『四千人の部隊はわたしが使うには多すぎる』と。
2336、兵が多すぎれば内部は混乱し、
　　　士気はたるんで治めにくく、作戦は失敗するでしょう。
2337、ある名将がのべたことがあります、

第30章　絶賛、国王に対して将軍が備えるべき条件を論ずる

　　　　　『兵士を強くしたければ武器をよくせよ』と。
2338、さらに他の将軍はこうも言っています、
　　　　　その言葉を記憶し、良き友としてください。
2339、「多くの兵を求めるな、
　　　　　良き兵と良き武器を選べ、
2340、厳正な軍隊は多数より少数がよい、
　　　　　精鋭を選んで頭数(いくさ)の戦をするな。」

2341、将軍が自ら敵に向かうときには、
　　　　　まわりに精兵を配置しなければなりません。
2342、また先鋒と偵察騎兵を派遣し、
　　　　　目と耳にして敵情を調べてください。
2343、偵察騎兵が敵軍と出会ったら、
　　　　　迂回した後、再び偵察をつづけさせてください。
2344、監視軍を設置し、軍の規律を維持させ、
　　　　　行軍中誰も前後乱れることのないようにしてください。
2345、部隊の設営する場所を選び、警護に見張らせ、
　　　　　いかに軍団を防御するかを考えねばなりません。
2346、将軍は将兵の行動を監視し、
　　　　　一人たりとも気を緩めないようにしてください。
2347、軍営は安全を確保した場所に設置し、
　　　　　将兵はそこから離れず集中しておく必要があります。
2348、将軍は油断することなく、警戒心を保つことです、
　　　　　油断すれば敵の突然の攻撃に見舞われます。

2349、将軍が先頭部隊を率いて敵に近づくときには、
　　　　　飲食が可能な場所に軍営を設置してください。
2350、敵に"舌[1]"をつかまえられてはなりません、
　　　　　部隊をよく管理し、敵に軍の状況を悟られてはいけません。
2351、まず敵方の"舌"をつかまえることに注力してください、

第30章 絶賛、国王に対して将軍が備えるべき条件を論ずる

　　　　　"舌"から敵の軍情を知ることができます。
2352、敵情を図ってこそ機敏に行動ができ、
　　　　　敵の首を討ち取り大勝を得ることができます。
2353、これがいわゆる機敏さと警戒心についての話です、
　　　　　戦いでは用心深さが勝利を生みます。
2354、ある警戒心に富んだベグが言った言葉があります、
　　　　　彼はライオンに乗り、刀を鞭とし、龍に導かれたという人物です。
2355、『敵を滅ぼすには二つの武器が必要である、
　　　　　二つの武器は敵を死地に追いやる。
2356、まず、敵に対しては謀略を用いなさい、
　　　　　謀略によって敵を混乱させなさい。
2357、次に、機敏さと警戒心に努めなさい、
　　　　　これらがあれば、勝利できる。』
2358、戦いにおいては機敏さと警戒心を持てば、
　　　　　まちがいなく、敵に痛手を負わすことができます。

2359、敵の軍勢が味方の軍勢より大きければ、
　　　　　慌てて戦わず、他の策略を考えねばなりません。
2360、もし可能であれば、しばらく和解を求めた方が望ましく、
　　　　　和解が成立しなければ、すぐに武器を取って戦わねばなりません。
2361、もし油断している敵がいれば、夜襲をかけてください、
　　　　　闇夜にあなたの兵力の多寡は誰も分かりません。
2362、もし自軍の力不足で勝利できなければ、
　　　　　使節を派遣し、交渉の可能性を求めてください。
2363、狡猾に言葉を駆使して和平について話し、
　　　　　急いで軽率な戦いを挑んではなりません。
2364、もし敵の戦争を継続する意思が固ければ、
　　　　　それをさらに求めてはなりません。
2365、よい機会をつかみ、軍隊を編成し再戦するべきです、
　　　　　兵士を奨励し、彼らに金銀を与えてください。

第30章　絶賛、国王に対して将軍が備えるべき条件を論ずる

2366、戦争が長引けば、敵も利口になります、
　　　彼らも味方の軍勢の力を計るでしょう。
2367、歴戦の将軍がなにを言ったかお聞きください、
　　　彼は長く戦場で戦い多くを見聞きしています。
2368、「**敵が遠くにあれば、その名は大きく、**
　　　接して戦えば、その名は小さくなる、
2369、**好機を逃さず、烈火のように敵に向かえ、**
　　　早く走れ、遅れれば敗北する。」

2370、部隊の一部を後ろに潜伏させてください、
　　　自分の率いる徒歩の射手は前を歩かせてください。
2371、年長の歴戦の勇士は先鋒にあて、
　　　兵士たちを率いらせ勇敢に前進させてください。
2372、白髪混じりの兵士たちは英雄のように素晴らしい、
　　　彼らの勇敢さで味方は強くなります。
2373、若い兵士は勇敢で機敏ではありますが、
　　　戦闘が始まれば勇気はまたたくまに消えるでしょう。
2374、信頼できる兵士は、隊列の前と後ろに置き、
　　　さらには左右両側にも配置すべきです。
2375、敵軍と出会って対峙したら、
　　　頭をもたげ大声を出して敵を威嚇してください。
2376、まず、距離をおいて弓を射る、
　　　接近すれば、向かい合って長い矛で戦う。
2377、乱戦に入れば、刀や斧で切ったり、
　　　噛みついたり、爪や手で引き裂いたり、倒したり。
2378、堅く守ってけっして退かない、
　　　敵を消すか、自分が死ぬかです。
2379、敵におそいかかった勇士の話をお聞きください、
　　　強固に闘ったからこそ彼は敵に打ち勝ちました。
2380、「**乙女の喜びは初夜の赤い燭台にあり、**

第30章　絶賛、国王に対して将軍が備えるべき条件を論ずる

　　　　男子の喜びは戦場での闘いにある、
2381、勇士は馬を駆って前に進み、
　　　　鷹のように獲ものを血に染める。」

2382、勇士は敵に会えば鞭を打って馬を駆り、
　　　　先を争って突撃します。
2383、勇士は敵を見るとライオンとなって敵を倒すか、
　　　　さもなくば自らの命を与えるでしょう。
2384、勇士は敵を見ると勇んで交戦し、
　　　　闘っては軍服を血に染めます。
2385、鎧や鞍は鮮血で紅く染まり、
　　　　憤怒で燃えさかった頬も群青色に変わります。
2386、たとえ敵が騎馬で攻めても引き下がってはいけません、
　　　　頑強に抵抗すれば勝つことができます。

2387、敵が移動したら、こちらも移動しなければなりません、
　　　　ためらわず敵の跡を追っていくのです。
2388、敵が破れて逃げはじめたら、
　　　　逃げ遅れた敵兵を捕虜にしてください。
2389、足並み乱れ、逃げ遅れる兵士が出てくれば、
　　　　敵は彼らのために戻ってくる、そこを打つのです。
2390、たとえ敵が逃げ出しても、遠くまで追いかけてはなりません、
　　　　追い詰められた敵は死をもって闘うでしょう。
2391、絶望した敵は死ぬことを恐れません、
　　　　死を恐れない者に、誰が勝てると言うのでしょう。
2392、このような状況では、特に用心する必要があります、
　　　　さもなくば自分が消え去ります。
2393、用心しない者は歩く途中で死を招く、
　　　　注意深い人は最後までたどりつく。
2394、経験に満ちたある人がわたしに話しました、

第30章 絶賛、国王に対して将軍が備えるべき条件を論ずる

　　　　多くの経験を持った人は得がたい人物です。
2395、『敵が逃げても最後まで追うな、
　　　　追い詰めれば鞭を喰うこととなる。
2396、敵を打ち散らせば、二度とは集まらない、
　　　　火に水をかければ、再び燃えだすことはない。
2397、しかし、人は絶望すれば死を求める、
　　　　絶望した兵士は敵を殺してともに死ぬことを求める。』

2398、手柄をたてた兵士には報賞を与えねばなりません、
　　　　報賞を受ければ、その兵士の顔に輝きが増すでしょう。
2399、捕虜を捕まえた者を賞賛し褒美を与えてください、
　　　　彼の心は誇りで膨らみます。
2400、賞賛されれば、悪人すら善良となります、
　　　　善い者を讃えれば、後ろに遅れることなどないでしょう。
2401、兵士を褒めなさい、彼は雄ライオンすら生け捕りにします、
　　　　軍馬を褒めなさい、彼は飛ぶ鳥にでも追いつきます。

2402、怪我をした兵士には治療と看護をしてください、
　　　　敵にとらえられた兵士は、釈放できるよう手をつくしてください。
2403、戦死した者には、名誉と高い地位を与えてください、
　　　　彼らの子女には報酬を与え安心させてください。
2404、こうすれば兵士たちの温情は自然に湧き上がり、
　　　　戦闘の日々、進んで犠牲となりましょう。
2405、美しい言葉、笑顔、気前よい施し、
　　　　すなわち将軍の三つの飾りです。
2406、自由人すら自分から彼の奴隷となります、
　　　　このために喜んで命を犠牲にさえするのです。
2407、智者よ、ある話がこのことについてのべています、
　　　　読めばもっともな名言であることが分かります。
2408、**「言葉と笑顔と気前よさ、**

第30章　絶賛、国王に対して将軍が備えるべき条件を論ずる

　　　　誰でも心を盗まれる、
2409、金銀で奴隷を買う必要はない、
　　　　自由人が自分で奴隷になりに来る。」

2410、将軍はこのような人物であるべきです、
　　　　彼が軍隊を率いれば兵士は奮い立ちます。
2411、将軍がその上に金銀を与えたならば、
　　　　兵士は金と同じ貴重な命を犠牲にするでしょう。
2412、臣下もこの三つのもので喜んで陛下の奴隷となります、
　　　　ベグはそのことを統治の礎石としなくてはなりません。
2413、もし、ベグがこのような信頼できる将軍を見つけたら、
　　　　すべてのことが成功裡に進むでしょう。
2414、もし、このような人物が来て将軍となるならば、
　　　　国事は思い通りでき、心は平安となるでしょう。
2415、わたしはどのような人物を宰相として国を豊かにすべきか、
　　　　どのような人物を将軍にして強い国にすべきかをのべました。
2416、このような人物をベグは信用してください、
　　　　彼らによって、ベグの願いが実現することを願います。」
2417、絶賛はつづけて言った、「おお栄光の王よ、
　　　　次の二つの職務は、偉大で、名声をともなうものです。
2418、一つは宰相（vezīr）、二つめは将軍（sü baş）です、
　　　　一人はペンを持ち、一人は刀を持ちます。
2419、この二つが国の膠(にかわ)であり、国を治め整えています、
　　　　もしこの二つが結びついたら、誰が国を粉々にできましょう。

2420、これらの人はとくに選び抜かれた者でなくてはなりません、
　　　　しかし彼らが反乱を起こしたら、ベグは彼らの首をはねなさい。
2421、彼らがよく仕えれば、利益は莫大です、
　　　　彼らが反逆すれば、国と民は大いに傷つくでしょう。
2422、ベグとは国中でもっとも優れた人間でなければなりません、

第30章　絶賛、国王に対して将軍が備えるべき条件を論ずる

　　　　だからこそ、この二つは臣下のなかでも格別優れた者を選ぶのです。
2423、彼らは国家に利益をもたらし、
　　　　ベグはそれによって安寧を享受できます。
2424、ある賢明な君主がのべたことをお聞きください、
　　　　賢者の言葉は思索の食べものです。
2425、『見よ、国を得るには剣を使い、
　　　　国を維持するにはペンを使う。
2426、剣によってたやすく王座を奪ったとしても、
　　　　ペンがなければ、国を治めることはできない。
2427、剣によって国を得ることは可能でも、
　　　　それを長く保つことむずかしい。
2428、ペンで王国が治められてこそ、
　　　　国は繁栄し、民の願いは叶うのだ。』
2429、おお王さま、わたしが存じていることは以上になります、
　　　　陛下のお尋ねへの回答はこれですべてです。

国王、絶賛に問う

2430、国王は言った、「これらのことはすべて分かった、
　　　　まだ疑問があるので、教えて欲しい。
2431、そなたは考え、余に説明してくれた、
　　　　それでは大侍従〔2〕にはどんな人物がよいのか。
2432、彼は侍従たちの頭であり国王に命を懸けて忠誠をつくす者だ、
　　　　どんな資質を持たねばならないのか。
2433、ベグが彼自身のためにも王国のためにも信頼でき、
　　　　国中の民が祝福できる人物とはどんな人物か。」
2434、国王は言った、「この点について思うように話してくれ、
　　　　そなたの答えで余の眼を輝かせてくれ。」

　　訳注
　〔1〕舌　ここでの舌は間諜・スパイのこと。
　〔2〕大侍従　序言その1（15頁）の「ユースフ御前大侍従」の訳注を参照。

第31章
絶賛、大侍従が備えるべき条件を論ずる

2435、絶賛はこのように答えた、
　　　「陛下がお幸せで、長寿給われんことを願います。」
2436、大侍従は信頼でき、純粋な心を持つ人でなければなりません、
　　　また純粋さとともに、信仰篤き者でなければなりません。
2437、家系は高貴で性格は温和、
　　　そのことは人びとにかぎりない利益をもたらします。
2438、人は出自が高貴であれば善良な人間となります、
　　　善良な人間は民の幸福を願います。
2439、人が飲食や乗りもの、衣服を持っていると同じように、
　　　善良な人間は善行の心を持っています。
2440、性格が温和な人はよく考えて話をします、
　　　このような人間の行動はまちがいがありません。

2441、清貧で恥を知り、温和で謙虚、
　　　知識は深く聡明であらねばなりません。
2442、清貧な者は仕事で賄賂を受けとることはありません、
　　　大侍従が賄賂を受け取れば、ベグが笑いものになります。
2443、賄賂はものごとの道筋を破壊し、
　　　注意深くなされた成果に傷をつけます。
2444、恥を知る純粋な人間は、
　　　言葉と行動で善きことをたくさん導くでしょう。
2445、恥を知る者に悪事はできません、
　　　悪人と組むこともなく他人に危害も与えません。
2446、純粋な人には幸運が降りかかります、
　　　純粋な人間は幸運と共にあるのです。

第31章　絶賛、大侍従が備えるべき条件を論ずる

2447、賢明な者はお金に困りません、
　　　知識によって仕事にも成功します。
2448、偉大な学者がこのように言っています、
　　　『博学の賢人には幸運が宿っている。
2449、知識ある者はベグの仕事を成し遂げる力となるが、
　　　知識なき者はなにごともできはしない。
2450、知識なき者は屍のように、まことの命など宿っていない、
　　　彼は死人と同じほどに役に立たない。
2451、人は知識によって名声を得る、
　　　さらに知識が増せば世界から尊敬されよう。
2452、愚かな者は色塗りの石膏人形に過ぎない、
　　　知識ある者は天より高くに存在する。』

2453、大侍従には多くの智恵と思考力が必要です、
　　　知性を使う仕事はとても貴いことです。
2454、智恵の長所は数えきれないほどです、
　　　すべての善いことは智恵から出ているのです。
2455、愚か者は実のない樹木と同じです、
　　　実のない樹木は飢えた者にどう役立つのでしょう。
2456、智恵ある人は現世来世を獲得し、
　　　また高貴な名声を得ることができます。
2457、智恵と知識の二つを持つ者がまことの人物です、
　　　彼こそ選ばれた人であり、人びとの頭領です。

2458、大侍従の容貌は美しく、身だしなみは整い、
　　　話し声は男らしく、言葉は明確でなければなりません。
2459、容貌の美しさは人びとに愛され、
　　　通る声は宮廷での仕事に適しています。
2460、男らしく堂々とした風貌は威厳を保ち、

第31章　絶賛、大侍従が備えるべき条件を論ずる

　　　　威厳は人びとの尊敬を集めます。
2461、同時に大侍従は信仰に敬虔でなくてはなりません、
　　　　信仰が純潔であればおこないも純粋となります。
2462、人は信仰があれば敬虔となり、
　　　　自分の義務をけっして怠りません。
2463、信仰篤き人はもっとも優れた人間です、
　　　　他人のための努力を惜しみません。

2464、大侍従はよく人前に立たねばなりません、
　　　　だから注目されるにふさわしい容貌を必要とするのです。
2465、人びとがこの美しい容貌を見ると、
　　　　瞳はうるみ、心は躍ります。
2466、ある賢人がこれについて次の言葉を残しています、
　　　　賢人の話はしっかり聞いておくことです。
2467、「美しい容貌はどれだけ人を魅了するものか、
　　　　どれだけ人を楽しませるものか、
2468、栗毛の髪の美丈夫は幸福を呼ぶ吉兆である、
　　　　多くを語ることはない、すべてうまくいくだろう。」

2469、大侍従は円満な心の持ち主で信念がなくてはなりません、
　　　　自分の言葉に正直で、人を納得させねばいけません。
2470、信念のある人間はものごとを忘れることはないでしょう、
　　　　志のない者の言葉は信用できません。
2471、人に道義心がなければ仲間をさがすことはできません、
　　　　人に信念がなければ、なにごともできません。
2472、信念のない人は空っぽの石膏人形のようなものです、
　　　　人は信念があって、はじめてものごとを成就できるのです。

2473、聡明さと優しさだけではなく、謙虚さも必要です、
　　　　貧しい人や寡婦や孤児、身寄りのない者への同情も重要です。

第31章　絶賛、大侍従が備えるべき条件を論ずる

2474、政に熟練し、宮廷の礼法に精通していなくてはなりません、
　　　この世の美しいことは、すべて聡明な人びとによって生み出されます。
2475、大侍従は、あらゆる人に謙虚であり、
　　　話し方は柔らかで、蜜のように甘く。
2476、人にはいつも笑顔とやさしい眼差しで接し、
　　　性格は穏やかで人情に富んでいなくてはなりません。
2477、ある謙虚な人物がなにを言ったかお聞きください、
　　　『不運な者よ、おまえも謙虚になりなさい。
2478、幸運は謙虚な人のもとへ舞い込んでくる、
　　　温かい言葉と笑顔は人びとの心をとらえよう。
2479、温かい言葉と笑顔は人の心も温かく変えていく、
　　　人の心が温かくなれば、彼らはあなたの奴隷となり虜となる。』

2480、忍耐があり、自己を抑制できる人、
　　　言葉を慎み、睨まず穏やかに目をたもつ人。
2481、他人の話を聞き、多くを学ぶことのできる人、
　　　性格は正直で寛大、口と心が一致している人。
2482、品徳は完全で、文筆に長け、
　　　知識をもって、任務を遂行できる人。
2483、大侍従と呼ばれることは最高の栄誉です、
　　　そのためにすべての知識、品行を備えておかねばなりません。
2484、考えてもみれば、宮廷の役割のなかでも、
　　　大侍従の任務はもっとも繊細で優雅な仕事です。
2485、大侍従と呼ばれるには、前にのべた知識とおこないが必要です、
　　　それにより人の上に立ち、民を指導することができるのです。
2486、詩人がそのことについてうたっています、
　　　その詩句は無知なる者に目を与えます。
2487、「大侍従(ウルグハージブ)になるには十を数える美徳が要る、
　　　目は明るく、耳は聡く、心は広い、
2488、美しい容姿、立派な体、穏やかな言葉、優雅なもの腰、

第31章 絶賛、大侍従が備えるべき条件を論ずる

　　　　そして機知と知識と智恵、それこそが彼にふさわしい。」

2489、おお王さま、陛下の長寿と永生を願います、
　　　　ひとことで言えば、大侍従はベグの眼の役割をするものです。
2490、宮廷の規則や典礼は緻密、細心の注意が必要とされます、
　　　　大侍従はこれを整理して道を切り開いていかねばなりません。
2491、ある賢人が残した言葉があります、
　　　　心にとめておくべき重要な話です。
2492、『大侍従の仕事は宮廷でももっとも重要な任務の一つである、
　　　　まことに優れた人物にしか成し遂げられないことなのだ。
2493、ベグと宮廷の大小の仕事をつなぐ、
　　　　大侍従はその仲介者の役割を持つ。
2494、財務管理者、総務管理者、他の重要な仕事をする者たちから、
　　　　裁縫職人、靴職人などの些細な仕事まで。
2495、または外交使節の往来時の接待、
　　　　贈りものの授受から宴会の食事。
2496、出発の手配、賓客の宿舎と乗りもの、馬の餌のことまで、
　　　　地位ある者から無役の者、すべての世話をしなくてはならない。』

2497、大侍従には王室の行幸時には、路上においても部下に指示し、
　　　　式典の作法を崩さぬようにする任務があります。
2498、寡婦や孤児らの身寄りのない者からの訴えがあれば、
　　　　よく願いを聞き、ベグに伝えることも彼の仕事です。
2499、ベグが法廷の席に立たれるとき、
　　　　訴訟人からの訴えを調べ、判決の材料を示すのも彼の役目です。
2500、宮廷の内外でふさわしくない人物を見つけたときには、
　　　　警戒し、行動を遮(さえぎ)り、取り除かなければなりません。
2501、このような煩雑な仕事が大侍従には負わされています、
　　　　そして有効にそれらの問題を解決する能力が必要です。
2502、これらの宮廷の仕事に大侍従は携わっています、

第31章　絶賛、大侍従が備えるべき条件を論ずる

　　　もしまちがいがおこれば、彼がすべての責任を負うのです。

2503、おお王さま、大侍従は注意深く選ばなければなりません、
　　　これからのべる点に特にお気をつけください。
2504、一つめは王の機密をけっして漏らさない、
　　　二つめは激情に駆られず冷静であること。
2505、三つめは謁見するときには慎重、
　　　報告は正確で、いい加減なことをのべない。
2506、最後に、すべての仕事に賄賂を受け取らず、
　　　賄賂を提供しようとする者はベグに会わせない。

2507、王さま、次の二つの性格を持つ者については、
　　　けっして仕事や権力を与えてはいけません。
2508、一つは嘘をつき信用できない、
　　　一つは道から外れ、自分の欲に走る。
2509、誰かもしこの二つの悪い性格を持ったものがいたら、
　　　おお王さま、けっして彼を身辺に近づけてはなりません。
2510、また大侍従の心得には次の三つが必要とされます、
　　　注意しなければ自分の頭を失くすでしょう。
2511、一つは余分な話は心の奥にしまい置くこと、
　　　一つは不適切なものを見たら素早く眼をとじること。
2512、一つは自分自身を正しく律すること、
　　　そうすることで日々喜びのなかで過ごせます。

2513、ある聡明なベグがのべた言葉をお聞きください、
　　　彼の言葉に従えばすべてうまくいくでしょう。
2514、『死にたくなければ、王の短所を論じるな、
　　　主君の噂を国中に広めるな。
2515、主君を噂で傷つければ頭を失い、
　　　余分な話をすれば、歯を失うだろう。

第31章　絶賛、大侍従が備えるべき条件を論ずる

2516、わたしはかって多くの不幸を見たことがある、
　　　主君の噂を広めたために命を失った者たち。
2517、わたしは幾たびもこのようなことを聞いた、
　　　舌が秘密をもらして唇を傷つけた者たち。
2518、博学の賢人が語っている、
　　　"自分を抑制できなければ自身の頭を失う"と。』

2519、大侍従はしっかり自己を抑制しなければなりません、
　　　上奏のときには舌を抑制し、謁見のときには眼を抑制する。
2520、時期に合わなければベグとは謁見せず、
　　　主君に問われなければ上奏はひかえる必要もあります。
2521、智者がなにを言っているかお聞きください、
　　　それは道理でもって説かれています。
2522、**「時が熟すまで待ちなさい、**
　　　問われたときに口を開きなさい、
2523、**機会がくれば両目は見える、**
　　　主君に見せておまえの価値を示せ。」

2524、今までのべた品徳の数々を備えて、
　　　はじめて大侍従の職務に着くことができるのです。
2525、これがわたくしの知っていることです、おお王さま、
　　　陛下のご質問にはすべてお答えしました。」

国王、絶賛に尋ねる

2526、国王は言った、「そなたの話はよく分かった、
　　　まだ他の質問がある、くわしく説明せよ。
2527、今度は門衛隊長についてのべよ、
　　　門衛隊長にはどのような人物を選べばよいのか。」

第32章

絶賛、門衛隊長の備えるべき条件を論ずる

2528、絶賛は答えた、「おお王さま、
　　　陛下が平安のうち、健やかに生きられんことを願います。
2529、門衛隊長はベグへの忠誠心に篤く、
　　　心身共に職務を忠実に行わねばなりません。
2530、門衛隊長は王宮の門前に暗い夜から夜明けまで、
　　　また明るい昼から日没までを過ごします。
2531、彼は法廷や法令の制度をよく理解し、
　　　手際よく任務を実行しなくてはなりません。

2532、彼には門衛隊をまとめるために、
　　　飲食や金銭を部下へ施す気前よさが必要です。
2533、毎夜、自分が休みを取る前には、
　　　適切に夜警を配置し巡回させます。
2534、怪しい人物や見知らぬ人間なら入門させず、
　　　王宮との約束がある者が来れば入ることを許可します。
2535、そして、最後に閉じた宮門を確かめて、
　　　一日の仕事がようやく終わります。
2536、次の日も朝早く起きて門を自ら開き、
　　　歩哨たちが勝手に門を離れないようにします。

2537、門衛隊長は王室行事のときには部下を集め、
　　　彼らを率いて王に謁見します。
2538、殿前で長居はせず、謁見後すみやかに退出させ、
　　　宮門の背後に歩哨を配置します。
2539、彼の部隊が謁見するときには、

第32章　絶賛、門衛隊長の備えるべき条件を論ずる

　　　　部下たちが礼を正しく守るか注意せねばなりません。
2540、部隊の謁見が終わった後、
　　　　門衛隊長だけは再び入廷する必要があります。
2541、彼は部隊の代表者として、
　　　　部下たちの要求や願いを代弁して奏上します。
2542、部下たちの代わりに王から褒美をあずかったり、
　　　　苦労して護衛する兵士のために金銀を受けとるのです。
2543、誰が忠義をつくし任務を誠実に遂行する者か、
　　　　誰が不忠で見せかけだけの時間を費やしているのか。
2544、誰が任務にふさわしく、誰が役に立つのか、
　　　　誰が将来、力を伸ばし有能となるのか。
2545、部下の特徴を一人ごとに明らかにし、
　　　　仕事の適性をベグに奏上しなくてはなりません。
2546、また報償などのよい知らせを部下たちに伝え、
　　　　彼らの心を暖めることも彼の任務です。

2547、王宮での部下の守備位置を適切にさだめ、
　　　　宮廷の安全をはかるのは門衛隊長の任務です。
2548、異国からの賓客をもてなし、
　　　　彼らの同僚や従者たちを楽しませることも仕事です。
2549、膳を食卓の上に捧げるときは皿のなかを確かめて、
　　　　不適切であればすぐに変えさせねばなりません。
2550、飲みものを出すときはことに注意して、
　　　　途中誰にも触れさせてはいけません。
2551、宮中から出された褒美の食事は、
　　　　ベグの名のもとに隊員に公平に分け与えます。
2552、賜わった食事は質量ひとしく数え、
　　　　宮廷内外の部下たち全員にわたるようにしなくてはなりません。
2553、二つのものがベグの評判を高めます、
　　　　一つは宮廷の旗、一つは恩賜の食事です。

第32章 絶賛、門衛隊長の備えるべき条件を論ずる

2554、この二つは王門の美しい飾りです、
　　　ベグはこれを借りて声望を増やし、幸運の道を開きます。
2555、宮廷の旗とは偏見にとらわれない人徳ある大侍従であり、
　　　恩賜の食事とは宮門を守る有能な門衛隊長のことです。
2556、この二人こそ宮廷をよく管理し、
　　　王家の名声を広く伝える仕事を担う者たちです。

2557、門衛隊長は部下の誰をも平等に気を配らねばなりません、
　　　酒の給仕、床に絨毯を敷く者、料理人、旗手。
2558、また毎日宮門に待機して仕える、
　　　鷹匠、狩人、射手もそこに加えるべきです。
2559、帰宅するときには部下を引き連れ、
　　　身銭を切って食事などをふる舞うことも必要です。
2560、彼らには腹いっぱい食べさせ、飲ませ、楽しませ、
　　　ただ遊ばせるだけでなく、手ぶらで帰らせてはなりません。
2561、門衛隊長自身には、馬と鎧と刀さえあればよい、
　　　その他のものは皆部下たちに分け与えるのです。

2562、異国の賓客が来たときには彼の対応が重要です、
　　　よい住居を提供し世話をする従僕を遣わさねばなりません。
2563、宮廷での謁見の前に用意することがたくさんあります、
　　　賓客たちのための住まい、宮廷用衣服、馬などがそれです。
2564、賓客の随行員の状況もよく聞かねばなりません、
　　　門衛隊長は彼らにも関心を持ち、気を配ります。
2565、彼らが手もとの金に困っていないか、衣服はすり減ってないか、
　　　彼らの悩みを知り障害を取り除いてやらねばなりません。
2566、もし誰かが宮廷での勤務を休んだら、
　　　その理由と状況を調査するのも仕事です。
2567、彼が病というならば見舞いをし、
　　　もし仮病であれば罰しなければなりません。

第32章　絶賛、門衛隊長の備えるべき条件を論ずる

2568、これらのすべての任務を実行することこそ、
　　　　門衛隊長の忠誠の証しでありベグの意志に従うことです。
2569、ある従僕がどのように言ったかお聞きください、
　　　　彼はまじめに仕事に取り組んだことでベグの信頼を得ました。
2570、『臣下の義務はベグに忠誠をつくすことであり、
　　　　忠誠とは心から仕え全力で働くことである。
2571、臣下のまじめな仕事と献身は、
　　　　王国の日ごとの繁栄の礎(いしずえ)となり要(かなめ)となる。
2572、忠誠の人は私利をむさぼることはない、
　　　　ただベグの利あることのためにのみつくす。
2573、もし鮮やかな花に害があるのなら、
　　　　わたしは根こそぎ抜きとろう。
2574、役にもたたぬ子どもを持つよりも、
　　　　忠義な臣下に出会える方に価値がある。
2575、無益な兄弟は遠くに捨てなさい、
　　　　善い人を友としてその利を分かちなさい。』

2576、門衛隊長の言葉は優しく謙虚であり、
　　　　笑顔で人をもてなさねばなりません。
2577、険しい顔と苦い言葉は人の心を冷たくし、
　　　　与えた傷は一生その胸に残ります。
2578、ある詩がこのことをうたっています、
　　　　読めば意味することが分かりましょう。
2579、**「悪い言葉は人の心を傷つける、**
　　　　骨まで溶かす炎のように、
2580、**鞭の傷はすぐに癒えるが、**
　　　　言葉の傷はいつまでも残っていく。」

2581、ベグが出征するときや狩りに行くとき、
　　　　あるいはポロで遊ぶときや田舎を旅するとき。

第32章　絶賛、門衛隊長の備えるべき条件を論ずる

2582、門衛隊長はベクに不測の事故が起こらないか、
　　　　災難に気をつけねばなりません。
2583、ベグが戦闘や狩りで馬を駆っている最中は、
　　　　大きな災いが降りかかりやすいものです。
2584、信頼できない者は遠くに退け、
　　　　疑うべき人をより警戒するのも彼の任務です。
2585、ベグの身近には忠実で信頼できる護衛を置き、
　　　　左右を守らせなければなりません。
2586、隊長はそのあいだ、門衛隊全体の隊列を見渡し、
　　　　背後を固め、遅れる者を叱咤します。
2587、そして行進中は貴賎の序列を乱したり、
　　　　隊列に外部の者を近寄らせたりしてはなりません。
2588、宮廷を守る門衛隊員は外にあっても、
　　　　宮中と同じ規律と態度で過ごすのが決まりです。
2589、これが門衛隊長のあるべき忠誠の姿です、
　　　　お聞きください、寛大なる王よ。
2590、これらの資質があってこそ門衛隊長の任務を遂行でき、
　　　　ベグの禄を食むことができるのです。
2591、わたしの話せることはこれだけです、王さま、
　　　　それ以上はもっと優れた賢人にお尋ねください。」

国王、絶賛に尋ねる

2592、王は言った、「そなたの話はよく分かった、
　　　　だが問題はまだある、素晴らしいことを教えてくれ。
2593、そなたも知っているように、
　　　　どの国のベグたちも他国に使者を送っている。
2594、余にこれらのことについて教えてくれ、
　　　　使者にはどのような資質が求められるのか。
2595、ベグはなんのために他国に使者を送り、
　　　　どのような者を任用し、どんな仕事をさせるのか。」

第33章

絶賛、使者の資質について論ずる

2596、絶賛は答えた、「おお王さま、
　　　　この問題は本当にしっかり考えることが必要です。
2597、使者は人物のなかの人物を選ばなくてはなりません、
　　　　知識、智恵ばかりでなく勇気ある者をそれにあてるのです。
2598、使者はアッラーのしもべのなかでももっとも優れた者、
　　　　才智、勇気に抜きん出た者がなるべきです。
2599、使者であるということは多くの任務を持つことであり、
　　　　素晴らしい役目を成し遂げなければならないことです。
2600、使者には智恵と知識、冷静沈着な性格に加え、
　　　　他国の人間が話すことを解釈する能力が要求されます。
2601、言葉こそ、使者の最大の職務であり、
　　　　言葉の裏と表を読みとって任務は成功します。
2602、あるベグが言ったことをお聞きください、
　　　　彼は知識に富む卓越した名君でした。
2603、『もっとも優れた人間とは知識ある者のことだ、
　　　　もっとも偉大な者とは智恵ある者のことだ。
2604、どんなことでも智恵を使うときにはじめて成功する、
　　　　多くの成功がそれを証明している。
2605、賢者はなにかを為そうとするときには、
　　　　かならず知識をもって手綱とする。
2606、人が智恵と知識によって導かれたなら、
　　　　なにごとも終始うまくいくだろう。』

2607、使者は慎み深く忠誠心に篤い、
　　　　率直かつまじめな人間であらねばなりません。

第33章　絶賛、使者の資質について論ずる

2608、ベグを心から愛する忠義の臣は、
　　　ベグのためになることだけを願う人物です。
2609、もしベグがこのような人物を見つけたら、
　　　しっかり心におとどめください。
2610、忠誠心のある臣下は陛下の肝臓であり、
　　　心臓から流れるご自身の血液です。

2611、貪欲な者は自制することができず、
　　　使者の任にふさわしくありません。
2612、足るを知る者は貧しくとも豊かであり、
　　　忍耐強い者はどんなことでも成功できます。
2613、貪欲な者はいつも満足することなく、
　　　世間から乞食という卑しい名で呼ばれます。
2614、足るを知った賢者がどのように話したかお聞きください、
　　　足るを知った人はもっとも富んだ人のことです。
2615、『貪欲は人を貧しくし、
　　　世界のすべてをもってしても彼を豊かにできない。
2616、もし誰かが貪欲の虜となったなら、
　　　ただ死のみがそこから抜け出す道となる。』
2617、もう一人の賢者もそれについて語っています、
　　　貪欲な者がいれば教えてあげてください。
2618、『もしおまえが本当に豊かになりたいのなら、
　　　まず心を豊かにすることからはじめなさい。
2619、足るを知る奴隷はまるで王のような存在だ、
　　　彼は貪欲な王よりはるかに富んでいる。
2620、どこかの王が貪欲であれば、それを貧しい者と言うべきだ、
　　　どこかの奴隷が足るを知れば、心は満たされ王の位と同じになる。』

2621、使者は慎み深く分別があり、
　　　広く知識と教養に富んでいなければなりません。

第33章　絶賛、使者の資質について論ずる

2622、慎みのない者は愚かで卑しいと思われ、
　　　慎み深い人間の品行は正しく完全とされるでしょう。
2623、上品な人間は寛容な人と呼ばれ、
　　　分別ある人は人びとから慕われます。
2624、人は知識があり聡明であれば、
　　　彼の試みは成功します。
2625、ここに詩があります、
　　　それを記憶し座右とされることを願います。
2626、**「賢い人は望む所にたどり着く、**
　　　だからおまえも賢さを携えよ、
2627、**知識と智恵をまず学べ、**
　　　幸運がおまえを祝福してくれる。」

2628、使者は各種の文書に通じてなくてはなりません、
　　　使者たる者の用意しておくべき知識です。
2629、いかに読み、いかに書き、いかに理解するか、
　　　この三つを備えて、使者の仕事に値するのです。
2630、使者には各種の品徳や才能が必要とされます、
　　　才能あって使者は栄光を得るのです。
2631、彼は話せ、よく書物を読むだけでなく、
　　　詩を詠み吟ずることができなくてはなりません。
2632、また星占い、医術、夢判断にも精通しなくてはなりません、
　　　夢判断の際は、夢の吉兆を細かく分析する程の知識が必要です。
2633、計算と幾何学はすべて掌握し、
　　　土木測量の知識も要求されます。
2634、ナルド[1]、チェスの技巧にも優れ、
　　　相手を負かすことができる力量も要ります。
2635、馬術、弓技もたしなみ、
　　　鳥や獣の狩猟にも秀でる。
2636、口を開けば各種言語をあやつり、

異国の文字も巧みにつづる。

2637、これらの知識と能力を備えてはじめて、
　　　　使者の仕事は成功できるのです。
2638、もし使者が聡明で博学ならば、
　　　　ベグは利益を得、本人は目を懸けられます。
2639、もし使者が愚かで無能ならば、
　　　　ベグの名声は葬り去られるでしょう。
2640、使者たる任務はとても重要な仕事です、
　　　　あらゆる種類の交渉で相手より優位を保つ必要があります。
2641、交渉相手が彼に対して才能を誇示しようとしたら、
　　　　相手を打ち負かし自分を尊重させねばいけません。
2642、交渉するどのような種類の人物の話でも、
　　　　よく理解し、しっかり心にとどめねばなりません。
2643、使者がこれらの才能を備えていてこそ、
　　　　ベグの威信は他国に拡がるのです。
2644、知識に満ちたキョク・アユク＊の言葉をお聞きください、
　　　　この名言が分からなければ、知識がないと同じです。
2645、『誰でも才能に勝れば名を上げられる、
　　　　才能が無ければ老いてもその名は聞こえない。
2646、人は才能によって他人より抜きんでる、
　　　　多才多能な者は雲に入るほど高く飛ぶ。
2647、人が才能の手を強く伸ばせば、
　　　　巨大な山も彼に頭を下げるだろう。』

2648、使者は相手の人間がなにを言いたいかを素早く把握し、
　　　　それに適切に応ずることができねばなりません。
2649、使者は酒を飲まない、あるいは飲んでも溺れない、
　　　　自分を抑制できる者には幸運が宿ります。

　＊　キョク・アユク kök ayuq　　古代テュルク人の貴族の位の一種である。

第33章　絶賛、使者の資質について論ずる

2650、賢人といえども酒を飲めば無知な者へと変わります、
　　　無知な者が泥酔すれば、自分で止(と)まることなどできません。

2651、酒は知識と智恵の大敵です、
　　　酒の本当の名は"もめ事のごたごた"と呼ぶのです。

2652、たくさんの知的で聡明な人たちが、
　　　酒に溺れて身を滅ぼしました。

2653、また多くの穏やかで分別ある人びとが、
　　　酒のせいで狂気のおこないにのめり込みました。

2654、おお、知識と智恵に富み恥を知る賢人であっても、
　　　一杯の汚い酒を飲んで正気を失ってしまいます。

2655、酒に溺れてはならない、酒は幸運の恵みを絶つ、
　　　酒に溺れれば、ただ愚か者の汚名を被るだけです。

2656、酒が胃のなかに入れば多くの失言や暴言が吐き出され、
　　　言葉は自分に跳ね返ってその身を焦がします。

2657、詩人がこのことをうたっています。
　　　どうかその心をお汲みとりください。

2658、**「おまえが美酒に酔いしれたとき、**
　　　心に閉った秘密が世間に漏れる、

2659、**酒の後には賢者も愚人、**
　　　愚か者と笑われて恥をかく。」

2660、使者の言葉づかいは優美で考えに富み、
　　　話は巧みで熟練していなければなりません。

2661、優美な言葉づかいは人に歓ばれ、
　　　巧みな話しかたは仕事をうまく運ばせます。

2662、使者は相手から聞いた言葉を忘れることなく、
　　　しっかり心に記憶しておく必要があります。

2663、彼はまた、容姿端麗で体格も適度によく、
　　　髭も整えて堂々としているべきです。

2664、果敢な勇気と気高い精神、

二つの資質が男子としての大きさを見せます。
2665、話しぶりは柔らかく、口は蜜のように甘い、
　　　高い身分の人にも賤しい者にも優しく接する態度。
2666、使者の仕事は言葉で成り立っています、
　　　もし使者の話しが巧みであれば目的は達成できます。

2667、栄光の王よ、このような人材があったなら、
　　　その者を使者の職務に任命してください。
2668、陛下は彼を使節としてさまざまな国にお送りください、
　　　近くの友好国にも、遠い敵国にも。」

国王、絶賛に問う

2669、国王は言った、「そなたの話はよく分かった、
　　　だがまだ疑問がある、聞きたい。
2670、そなたは良い答えを知っているであろう、
　　　余はそれに報賞を与えよう。
2671、聡明なる人よ、書記を選ぶにはどんな条件があるのか、
　　　ベグが信頼し書状や記録を取らせるにはどんな人物がよいか。」

訳注
〔1〕**ナルド**　二人で行うボードゲームの一種。西洋のバックギャモンと似ている。ギリシャ・ローマの影響を受け広く西アジアでおこなわれた。

第34章
絶賛、書記が備えるべき条件を論ずる

2672、絶賛は答えた、「おお、王さま、
　　　わたしの知るかぎりの知識を用いてお答えします。」
2673、絶賛は一礼をほどこすとつづけて言った、
　　　「書記についても王は大きな注意を払わねばなりません。
2674、彼がいかに博学であったとしても、
　　　自身の命令は書記に書かせねばなりません。
2675、王も書記には秘密を明らかにします、
　　　書記が秘密を漏らすことはあってはなりません。
2676、秘密を知り得る者は忠実で信頼できねばならず、
　　　それには純粋な信仰心が必要です。

2677、もし書記が信頼を裏切れば、
　　　王の秘密は漏れ、自分自身も滅ぶでしょう。
2678、王にどれほどの秘密の話があろうが、
　　　二種類の人間には隠してはいけません。
2679、一人は書記、一人は宰相、
　　　この二人にはすべてを明らかにしておくことです。
2680、この二人は王の意図に関与している当事者であり、
　　　王は彼らと極めて親密であらねばなりません。
2681、彼らはすべての秘密に通じており、
　　　それを漏らせば彼ら自身を滅ぼすことになります。
2682、ウテュケンのベグがよいことを言っています、
　　　本当に素晴らしい言葉を残しました。
2683、『おお、国王の信頼を得たいのならば、しっかりと秘密を守れ、
　　　もし秘密を漏らしたら、おまえの頭はなくなるであろう。

第34章　絶賛、書記が備えるべき条件を論ずる

2684、人の口は山のなかの洞窟のようなものだ、
　　　秘密がそこから漏れたとき、冷たい風が吹いてくる。
2685、いったん世間に出てしまったら、それを回収するのは難しい、
　　　他人がそれを聞いてしまったら、遮ろうとしてもかなわない。
2686、人の口のなかからは火が出る、また水も出る、
　　　一つが直れば、もう一つが壊れてしまう。
2687、無用の話は激しい炎のようなもの、
　　　出してはいけない、口から出たらおまえを燃やす。
2688、善い言葉は清流の水のようだ、
　　　流れるところにつぼみが生い茂る。』
2689、おお、人物と呼ばれるほどの賢き人よ、
　　　心の秘密はしっかりととどめておいてください。
2690、ある詩人がうたっています、
　　　秘密はかならずしまっておきなさいと。
2691、**「言葉を慎み、秘密を守れ、**
　　　一度漏らせば、ただ悔いるだけ、
2692、**赤い舌は、黒い頭の手強い敵、**
　　　口を抑えて、のどかに生きよ。」

2693、書記は知識を蓄え智恵がある上に、
　　　筆蹟は美しく表現にも富んでいなければなりません。
2694、美しく心を込めて書かれた書類は、
　　　読めば読むほど人の気分を良くさせます。
2695、内容と筆跡がともに素晴らしければ、
　　　書かれた文章は雄弁に多くを語りはじめます。
2696、イリのシル・テングリの名言をお聞きください、
　　　彼は書くことの価値について語っています。
2697、『すべての素晴らしい言葉は書物に書かれている、
　　　書かれた言葉は忘れられることはない。
2698、もし書記たちがそれを書物に書き残さなければ、

第34章　絶賛、書記が備えるべき条件を論ずる

　　　　智恵の言葉をあなたはどこから知り得たのか。
2699、もし学者が書物で著さなかったら、
　　　　先達の事績を誰がのべることができるのか。
2700、もしこの世に証拠となる文字がなければ、
　　　　口から出た言葉を誰が信じただろうか。
2701、人は国から国に知らせを送りあう、
　　　　文字が無ければなにをもって気持ちを交換できるのか。』

2702、文字の仕事は王にとって欠けてはなりません、
　　　　それによって国を治め社会の規律を整えます。
2703、王の事業には賢く能力ある人物を選びます、
　　　　これは三種類の人間に分けられます。
2704、一つめは相談できる賢人、信頼する智恵袋です、
　　　　二つめは王室の書記、臣下に言葉を伝えます。
2705、三つめは勇猛な将軍です、
　　　　彼によって、敵や反逆者に対抗します。
2706、まず、知識と智恵に富む賢人が、
　　　　相談相手になることはかならず必要です。
2707、次に、国のすべての仕事は書記によって記録され、
　　　　文字に書かれたその文書を使って政治をおこないます。
2708、最後に、勇敢な戦士が刀をふるって、
　　　　敵将の首を取り、敵国を征服します。
2709、この三種類の人材を集めれば、
　　　　どのような願望も実現できます。
2710、彼ら以外にもさまざまな種類の人間はいますが、
　　　　彼らは三種類の人間の後をラクダの子どものように追うだけです。

2711、国家は刀によって勝ち取られ、
　　　　ペンによって造られ、智恵によって保たれます。
2712、この三種類の人材の力を借りてこそ、

第34章　絶賛、書記が備えるべき条件を論ずる

平和で豊かな国をつくることができるのです。
2713、ベグは知識を用いて法制を遂行し、
　　　智恵を用いて国家のものごとを処理します。
2714、剣をもって新しい領土と民をもたらし、
　　　ペンをもって国を統治し富ませます。
2715、ベグは赤い血が滴る刀で領土を獲得し、
　　　黒いインクが滴るペンで国庫に黄金を満たします。
2716、この二つはともに国家を支える支柱です、
　　　過去であっても、未来であっても、永遠に。
2717、おおベグよ、これらの二つは偉大な宝です、
　　　国を治めるベグたちはこの二つをしっかりつかまねばなりません。
2718、これについて詩人がうたっています、
　　　陛下、よくお聞きください。
2719、「知識をそなえることは美徳だが、
　　　剣をふるうこともまた美徳である、
2720、剣は国を獲得するが、
　　　ペンは人の心の願いを実現する。」

2721、書記は足るを知って貪欲であってはなりません、
　　　自身の栄華を求めず、忠実で正直でなければいけません。
2722、足るを知る人は金銭に欲を持ちません、
　　　金銭があっても、金銭に騙されることはありません。
2723、欲深い人間は、欲望のために罪を犯すでしょう、
　　　貧欲な者は哀れであり本当の意味の奴隷です。
2724、たとえベグであろうとも貪欲であれば、
　　　もっとも愚かな人間であり、賎しい奴隷と同じです。
2725、書記が貪欲ならば彼の知識は消え去ります、
　　　欲のためにペンを動かすうちに文字まで失うでしょう。
2726、金銀を一目見るなり惑わされ、
　　　主人にも自分自身にも禍を呼び込みます。

第34章　絶賛、書記が備えるべき条件を論ずる

2727、忠実な臣下はいつも身近に仕え、
　　　必要となればすぐに主人の前に現れます。
2728、ベグの利益を願う臣下は、
　　　自分の命と財産を用いて主人に報います。

2729、書記は清廉で飲酒をしてはなりません、
　　　自分の良くないおこないを完全に捨てねばなりません。
2730、書記が酒を飲めば理性を失います、
　　　理性を失えば文書を書き間違えるでしょう。
2731、書記は朝早くから夜遅くまで殿中で仕え、
　　　いつでも任務を果たせるようにしています。
2732、次の二種類の仕事に携わる人間を慎重に選び、
　　　それぞれに部署を置かねばなりません。
2733、一人は書記、書くことができる人、
　　　一人は使者、話に長けた人。
2734、近隣遠方にかかわらず他国の怒りを招くような事態があれば、
　　　多くは二人の仕事のどちらかに失敗の原因があります。
2735、反対に関係がうまくいかないときも彼らに頼ります、
　　　事態の悪化を修復させるのも彼ら二人の役目です。
2736、たとえば書記が書信を書き損ねたら使者は言葉で過ちを正し、
　　　反対に書記が使者の誤りを文書で助ける場合もあります。

2737、このような人物であれば、おお王さま、
　　　書記として信頼でき登用できるのです。
2738、このような者こそ書記の職務に就かせてください、
　　　このような者こそまことに信用でき忠実に任務を遂行する人物です。
2739、おお王さま、陛下がわたしに与えた仕事は終わりました、
　　　ほかに話せることはございません。」

第34章　絶賛、書記が備えるべき条件を論ずる

　　　　　国王、絶賛に問う

2740、国王は言った、「問うた答えはよく分かった、
　　　だが、まだそなたに尋ねたいことがある。
2741、ベグは宮廷の財務を臣下にゆだねることができるが、
　　　どのような人物を宮廷の宝物管理官とするのがふさわしいのか。
2742、余はふさわしい人物に金銀を管理させ、
　　　彼に任せた事柄をきちんと守らせたい。」

第35章

絶賛、宝物管理官が備えるべき条件について論ずる

2743、絶賛は答えた、「おお栄光の王よ、
　　　貴重な金銀には生命の力があります。
2744、宮廷の宝物管理官は疑惑を抱かせない、
　　　正直でまじめな人物でなければなりません。
2745、ある豪商の言葉をお聞きください、
　　　彼は世界を駆けめぐり巨富を集めました。
2746、『人間の生命とは貴重なものだ、
　　　しかし、金銀は生命と比べてもさらに貴重である。
2747、白銀は悲しみに暮れた人の心を喜ばせ、
　　　不屈の人をもひざまずかせる。
2748、白銀を見ても目が眩まない人、
　　　このような者を天使と言うのだ。
2749、黄金を見れば強靭な男も柔軟になり、
　　　粗暴な者も優しい言葉で話しはじめる。』

2750、国庫の財産が日増しに増えることを望むなら、
　　　宝物管理官は足るを知り、行動も正しい人物が必要です。
2751、宝物管理官は金銭を見慣れ財宝を見ても欲望を起こさない者、
　　　信仰心に篤くアッラーに畏れを抱く者でなければなりません。
2752、やって善いこと（ハラル[1]）とだめなこと（ハラム[2]）を区別し、
　　　役立つ事と役立たない事をしっかり判別できねばなりません。
2753、足るを知る人は金銭に目が眩みません、
　　　公平で正直な人は社会に汚点を残すことはありません。
2754、幼いころから金銀に慣れ親しんでいると、
　　　金銀や財物に執着しすぎることはありません。

第35章　絶賛、宝物管理官が備えるべき条件について論ずる

2755、アッラーを心から畏れている人は、
　　　正しい道を歩み他人のものを欲しいとは思いません。

2756、正直は資本であり、善行は利息です、
　　　この利息は永遠の幸せをもたらします。

2757、人が正直であれば生活は申し分なく、
　　　生活が申し分なければ幸運が続くでしょう。

2758、ある誠実な人物がどのように語ったか、お聞きください、
　　　世界の柱石たる陛下、このようにおこなってください。

2759、**「言葉と心は違わずに、**
　　　おこないは真っ正直、

2760、**さすれば暮らしは満ち足りて、**
　　　幸運だけが降ってくる。」

2761、宝物管理官は忠誠心が篤く明晰で注意深い性格と、
　　　無数の仕事を手早く処理する能力が必要です。

2762、宝物管理官は心から謙虚でなければなりません、
　　　傲慢な人間は陛下からお遠ざけください。

2763、謙虚さは自分の見苦しい行動を教えてくれます、
　　　恥を知れば人は悪行を改めることができます。

2764、酒を飲んではいけません、自制してください、
　　　自分を抑制できる人には幸運が訪れます。

2765、もし酔えば宮廷の金で自分のための見栄を張ります、
　　　他人に財物を与えますが、取りもどすのは困難です。

2766、宝物管理官にはケチな人こそふさわしい、
　　　ケチな人間は宝庫の財産をしっかり見張ることができます。

2767、忠実な臣下は誠実に任務を果たします、
　　　そのような臣下がベグを富ませていくのです。

2768、もっとも適切な者を臣下からお選びください、
　　　陛下に忠実な人物をその職におつけください。

第35章　絶賛、宝物管理官が備えるべき条件について論ずる

2769、宝物管理官が用心深くあるかぎりなにごとも起こりません、
　　　宮廷の財産はうまく管理され、彼も安泰に過ごせます。
2770、聡明な人物であれば記憶は確かです、
　　　彼は先を見て行動し失敗はありません。
2771、しかし、宝物管理官が愚かであれば記憶が悪く、
　　　管理に失敗して身を滅ぼすでしょう。
2772、宮廷財産の複雑な計算には聡明さが必要です、
　　　聡明でないなら巨額の財産の計算などできるでしょうか。

2773、部下にも優秀な会計専門家が必要です、
　　　部門ごとに明細を分けて記載しなくてはなりません。
2774、収入と支出をはっきり区別して登記し、
　　　項目を整理し、すべて一つひとつ明記する必要があります。
2775、年月日の記載もゆるがせにしてはなりません、
　　　各項目の数字も分別してまちがいのないよう記録します。
2776、正確な計算は書くことによって完成します、
　　　はっきり仕訳をして、帳簿に記憶させねばなりません。
2777、以上が会計を明朗でまちがいなくおこなう方法です、
　　　会計に携わる部署が計算をするときの義務でもあります。
2778、記録していないことを心にとどめるのは難しい、
　　　記憶を信じず文字に記録してください。
2779、書かれた言葉や数字は永遠に残ります、
　　　いい加減な記録なら計算するとき、嘆くことになります。
2780、さまざまな計算法に精通してこそ多様な業務を記録できます、
　　　こうして宝物管理官の任務は成し遂げられます。
2781、もし数字の明細が曖昧であれば、
　　　計算は紛らわしく頭痛の種となるでしょう。

2782、宝物管理官は四則演算をよく学び、
　　　一心に帳簿を計算しては業務を果たします。

第35章　絶賛、宝物管理官が備えるべき条件について論ずる

2783、四則演算を掌握したら、
　　　幾何学にも精通しなければなりません。
2784、幾何学は精巧な学問です、
　　　それを用いれば天地の計算もできるのです。
2785、偉大な詩聖がどのように語ったかお聞きください、
　　　知識ある人の話は食べもののように身になります。
2786、**「幾何学とはなんと奥深い、**
　　　哲人ですら頭を惑わす、
2787、**七層の天空をも分解し、**
　　　その高低のすべてを計量する。」

2788、宝物管理官は知識と智恵が必要です、
　　　そしてなにより商取引に公正でなければいけません。
2789、知識ある人は専門的に仕事ができ、
　　　智恵ある人は正直に仕事を果たします。
2790、人は智恵がなくては自分を抑制できません、
　　　人は知識がなければ仕事ができません。
2791、宝物管理官の公務はすべて宮中でおこなわれます、
　　　この仕事は自分を抑制し注意深く行動する必要があります。
2792、心と言葉を一つにして正しい行動をすれば、
　　　炎で身を焼くこともなく、煙すら立たないでしょう。
2793、彼は眼と舌に気をつけねばなりません、
　　　理性によって欲望や情熱を制限しなければなりません。
2794、目がものを見れば、心がそれを欲しがります、
　　　心の欲望を誰が止めることができましょう。
2795、心は人間の肉体の七つの部位の君主です、
　　　君主の導きが正しければ臣民はそれについていきます。
2796、陛下、目と耳を傾けてわたしの言うことをお聞きください、
　　　見識多き賢人の言葉があります。
2797、**「肉体とその七つの部位は心に従う、**

第35章　絶賛、宝物管理官が備えるべき条件について論ずる

　　　　　人は心を使って重荷を運ぶ、
2798、人は心がなければ偶像と同じである、
　　　　　智のなき言葉をくり返すだけだ。」

2799、宝物管理官は気前がよいよりケチがよいと言われます、
　　　　　彼は浪費する性格ではいけません。
2800、気前がよいことは捨ててはいけない美徳です、
　　　　　しかし他人の財産を使ってはいけません。
2801、また宝物管理官は商売の術(すべ)に長けるべきです、
　　　　　商売が分からない人には収益がありません。
2802、彼はあらゆる商品の販売価格を熟知している必要があります、
　　　　　それが高いか安いか、市場の価値を知らねばなりません。
2803、そうすれば彼は適正な価格を知り、
　　　　　騙されて損を被ることはないでしょう。
2804、商談中は頭を柔軟にして態度は温和でなければなりません、
　　　　　貴賤老幼なく言葉使いを丁寧にすべきです。
2805、もし借入れした場合は期日通りに返済せねばなりません、
　　　　　そうすれば他の人間も必要なとき貸してくれるでしょう。
2806、彼が柔軟で温和そして正直に取引するかぎり、
　　　　　必要とするときに元手が不足することはないでしょう。

2807、ベグが戦士たちに褒美を与えようとしたら、
　　　　　いやな顔をせず喜んで供給するときです。
2808、宝物管理官が褒美を惜しめば戦士たちは不満を持ち、
　　　　　ベグに対して非難しはじめるでしょう。
2809、気前のよいことでは一番の人物が言いました、
　　　　　ケチな者よ、よく覚えておきなさい。
2810、『自分を友人の敵にさせたいのなら、
　　　　　約束したことを実行しないことだ。
2811、人にものをやりたくなかったら約束をするな、

第35章　絶賛、宝物管理官が備えるべき条件について論ずる

　　　　一度約束したら出し惜しみせず与えよ。
2812、ベグが発した言葉を実行しなければ、
　　　　民からの信頼は失い、宮廷の富も霧散するだろう。』

2813、宝物管理官は警戒心強く迅速であるべきです、
　　　　もし無能であれば仕事は遅れ失敗します。
2814、ベグに請願を出す者の多くは、
　　　　生活の必要に迫られて彼のもとへとやってきます。
2815、ベグが彼らの金銭の不足を聞いたなら、
　　　　宝物管理官に贈りものを施すよう命令をくださねばなりません。
2816、もし宝物管理官が彼らに与える財を惜しんだら、
　　　　苦しんでいる臣下は失望し出て行くでしょう。
2817、しかし彼がすみやかに助けを得れば、
　　　　ほんの僅かなものにも大きな感謝を示すでしょう。
2818、だから悲しむ者を助けなさい、雄々しき人よ、
　　　　年老いた賢人の言葉をお聞きください。
2819、「**必要なときに助けを得れば、**
　　　　人は命をもって恩に報いる、
2820、**ときを得た助けは豆粒ほどに小さくとも、**
　　　　困った者には巨大な象よりさらに大きい。」

2821、宝物管理官には知識、智恵、謙虚、純粋さが求められます、
　　　　このような人間こそ信頼できるのです、王さま。
2822、そういう人物がいれば、彼に国庫の管理を任せ、
　　　　信頼すると同時にふさわしい報酬を与えてください。」

　　　　　　　　国王、絶賛に問う

2823、国王は言った、「これを聞いて余の心は明るくなった、
　　　　しかしまだ問題はある、話をつづけてくれ。
2824、料理長は宮中の食事を管理する、

第 35 章　絶賛、宝物管理官が備えるべき条件について論ずる

　　　このような仕事はどんな人物がふさわしいか。
2825、ベグが疑惑なしに食事を用意させ、
　　　自身の生命の安全を託すことは難しい。
2826、賢人よ、疑いのある料理や飲みものがでてくるかどうか、
　　　このことは本当に難しい問題である。
2827、どうかこの問いに答えてくれ、
　　　余ははっきりとそれを知りたい、雄々しい男子よ。」

訳注
〔1〕**ハラル**　コーラン高壁章 157 節。一切の清きものをハラルとする。合法の意。
〔2〕**ハラム**　コーラン高壁章 157 節。一切の汚れたものをハラムとする。禁忌の意。

第36章

絶賛、料理長が備えるべき条件を論ずる

2828、絶賛は答えた、「おお王さま、この仕事は、
　　　本当に信頼できる人物が担当しなければなりません。

2829、臣下のなかでももっとも正直な者を選べば、
　　　食事のことは彼に任せることができます。

2830、正直で信用できるのに加えて、
　　　慎み深く勤勉かつ忠実な人物を選ぶ必要があります。

2831、このような資質を持った人間なら、
　　　ベグのために身も心も捧げられることでしょう。

2832、ベグの最大の敵は喉からやって来ます、
　　　料理人が料理を作っている間は誰も管理できません。

2833、ベグはいつも身の安全を計らねばなりません、
　　　特に食べたり飲んだりするときは注意を払うことが必要です。

2834、人の上に立つ者には多くの敵がいます、
　　　敵はいつも彼を罠に陥れようとしています。

2835、もし料理人が誠実さに欠け信頼できなければ、
　　　飲食はベグに大きな危険をもたらすでしょう。

2836、この仕事は経験に満ちた老練の召使いにゆだねるべきです、
　　　彼は主人を喜ばせるために、てきぱきと食事を提供するでしょう。

2837、もし調理が長引き苦労していることがあっても、
　　　ベグは彼を信頼し酬いてやらねばなりません。

2838、ある賢者が語った名言をお聞きください、
　　　その話は智恵の力を象徴するものです。

2839、『人は自分が努力したことを、
　　　他のなによりも貴重なものとする。

第36章　絶賛、料理長が備えるべき条件を論ずる

2840、人は自らの一生を捧げたことを、
　　　　自分の命よりもたいせつなものと見なす。
2841、人は命を惜しまず、努力を惜しむのであり、
　　　　苦労のない人生は人に後悔をもたらす。
2842、命がただ流れ去っても後悔はない、
　　　　苦労が報いられないときはじめて心は痛むのだ。』

2843、宮廷料理長は慎み深く寛容で、
　　　　身体は清潔、顔は月のような清らかさが必要です。
2844、また信仰心に篤く教えに忠実でなければなりません、
　　　　こういう人物をこそ信頼すべきです。
2845、ベグの信仰心が純粋なのに、
　　　　食べものが不浄であれば、どう食べれば良いのでしょう。
2846、料理長が清浄であれば、食べものもすべて清浄です、
　　　　食べものが清浄であれば、食事の楽しみを享受できます。
2847、貧欲な人間は食べものを見るとすぐ欲しくなります、
　　　　彼が触れれば、食べものはみな腐りはじめます。
2848、貧欲な男の行動は下品です、
　　　　しかし下品という病気を治す薬はありません。
2849、よく料理できる使用人は経験に富み熟練しています、
　　　　それと同時に陛下の安全にも注意を払っています。
2850、しかし仕えているのが誠実で信頼できる臣下たちであっても、
　　　　陛下は自分自身の方がより安心できることをご存知です。
2851、次の名言がこれと同じことを言っています、
　　　　この格言を記憶にとどめることを願います。
2852、「この世でもっとも忠実な者は自分の眼だ、
　　　　その眼に自分を守らせなさい、
2853、もっとも価値ある宝は自分の魂だ、
　　　　魂をよく守りなさい、自分を正しく守りなさい。」

第36章　絶賛、料理長が備えるべき条件を論ずる

2854、料理長の容姿は美しく清潔で、
　　　もの腰は端正、そして心は潔白であらねばなりません。

2855、美しい容姿は見た目にも清潔さを感じます、
　　　もし汚く見えたら食事は棒のように喉を通りません。

2856、清潔さはアッラーの教えです、
　　　清潔な行為は人に善き名をもたらします。

2857、あらゆる人が清潔さを好みます、
　　　飲食が清潔なら食欲も増進します。

2858、不潔な者たちを陛下の食事から遠ざけてください、
　　　不潔な者は汚い料理しかできません。

2859、料理長はまじめかつ公正であるべきです、
　　　まじめでない人間は正しいおこないができません。

2860、もし料理長の心が歪んでいたら、
　　　彼の部下たちも皆不正をおこないます。

2861、宮廷の食事をつまみ食いする輩が調理室に集まれば、
　　　どうしてベグの食膳の清浄を保つことができましょう。

2862、だが正直で誇り高い人物がその役目を担ったら、
　　　ただそれだけで、すべてが願う通りになっていきます。

2863、ある真正直な人間がこのように言いました、
　　　まことに正直である人は現世で幸運に輝きます。

2864、『正直な人間はどこに居ようと幸運は彼につき従う、
　　　正直な人間は昼を夜に変えたりしない。

2865、不実な者が偶然に幸運と出会えば、
　　　善いことは遠くに逃げ去ってしまう。

2866、不実な者が手を差し伸ばしても、
　　　海は枯れ大地は荒野に変わるだろう。』

2867、料理長はベグに真心から忠誠をつくさねばなりません、
　　　栄誉と恥辱の双方を知って欲望を抑える必要があります。

第36章　絶賛、料理長が備えるべき条件を論ずる

2868、知識と智恵があれば、
　　　料理の提供をてきぱきとおこなえます。
2869、もの腰は礼法と宮廷の規則にのっとり、
　　　殿前に出入りするときには目線を伏せねばなりません。
2870、智恵と知識を使って自分の仕事をおこなわねばなりません、
　　　仕事以外のことに眼をやらず、誤りを防がねばいけません。
2871、真心を込めてベグに仕えその名を高めれば、
　　　自分の名もともに上がるでしょう。
2872、智恵ある人は名声を求めます、
　　　知識ある人は信用を得ようとします。
2873、智恵ある人は人間らしく生きることを願います、
　　　彼らこそ人類のなかでもっとも優れた人びとです。
2874、智恵ある人が言った言葉をお聞きください、
　　　智恵ある人はこの世の宝です。
2875、「**誠実で智恵がある人びとは、**
　　　他人(ひと)のために身を捧げる、
2876、**邪悪で不実な者たちは、**
　　　虚偽の言葉で己の身を削る。」

2877、王さま、これでわたしの話は終ります、
　　　これらの資質を持つ者が料理長には適任です。
2878、このような人物が陛下の御膳を差し出せば、
　　　陛下は安心して食事を楽しめることでしょう。
2879、陛下、わたしが知っていることはここまでです、
　　　心のなかのすべてを言い終わりました。」

国王、絶賛に尋ねる

2880、国王は言った、「余はこれらのこと、みな理解した、
　　　まだ問題がある、教えてくれ。
2881、次は酌人[1]について教えて欲しい、

第36章　絶賛、料理長が備えるべき条件を論ずる

　　　　この仕事に就くにはどのような資質を備えているべきか。
2882、ベグが心から信頼でき身近に置ける、
　　　　彼の手ずからマイ〔2〕を飲めるような人物とは。」

訳注
〔1〕**酌人**　8世紀から12世紀頃のアラブ・ペルシア世界に存在した酒席における男性の酌取り。ペルシア語ではサーキー（sāqī）。主に美少年がこの職にたずさわり、女性との交流に厳しい戒律を持ったイスラーム社会における社交場での接待係となった。彼らはイスラーム文化にも影響を与え、『ルバイヤート』や『ゴレスターン』などイスラーム文学に頻繁に取り上げられている。『クタドゥグ・ビリグ』はこのサーキーが中央アジアにまでひろがり、国の官僚組織のなかに組み入れられ、王制を支える一つであったことを示して興味深い。
〔2〕**マイ**　酒のこと。ここでは葡萄酒、あるいはその他の果実酒と考えられる。ほかに馬乳酒のようなアルコール度の低い酒、アラクというアルコール度の高い蒸留酒も飲まれていた。

第 37 章

絶賛、酌人の長の備えるべき条件について論ずる

2883、絶賛は言った、「おお王さま、
　　　これも注意深く考えなければならないことです。
2884、これは育ちの良い親族か、長い年月これに従事した熟練者か、
　　　自分の欲望を抑えられる品行正しい者でなければなりません。
2885、まじめで謙虚、信頼できることが必要です、
　　　弓から放たれた矢のようにまっすぐな人物であらねばなりません。
2886、このような人がマイを注ぐのに適し、
　　　この任に耐えられることができれば王つき酌人の長となれます。

2887、食欲の出る薬、精力剤、便秘薬、それらは彼が煎じます、
　　　すべての薬はみな彼が管理します。
2888、食べる、飲む、貼るを含めて、
　　　各種の薬は彼の手もとにあります。
2889、新鮮な果物と乾燥果物、飲用のマイ、
　　　喉をとおるものが彼の手を経て捧げられます。
2890、喉から入るものはベグの生命におよびます、
　　　料理人と酌人はなにを食べさすかの責任があります。
2891、もし料理人と酌人が信頼できなければ、
　　　ベグが食べたり飲んだりすることはできません。
2892、ゆっくり食事して健康を守ることがたいせつです、
　　　ある学者がこう言っています。
2893、『腹八分の食事は脳にも身体にも良い、
　　　ゆっくり食べれば食事は美味（うま）くなる。
2894、多くの人が食事によってむだに命を落とし、
　　　暴飲暴食によって一生を台無しにしている。

第37章　絶賛、酌人の長の備えるべき条件について論ずる

2895、病気は喉から入る、
　　　薬も喉から摂取する。』

2896、酌人の長には知識と智恵が必要です、
　　　智恵ある人はおのずと人間性が現われます。
2897、賢い人は悪事と交わりません、
　　　知識ある人は正直で正しいことをおこないます。
2898、矢竹は真っすぐでなければ薪にしかなりません、
　　　おこないが正しくなければ囚人にしかなりません。
2899、おお偉大なるベグよ、あなたは正しく公平であってください、
　　　公平さに勝る正しいことはないのです。

2900、酌人の長は厳格な性格で、
　　　事を進めるのに心がけがよくなければなりません。
2901、心をつくして自分の任務に忠実で、
　　　悪人たちと交わってはいけません。
2902、マイを醸造するときは自らの手でおこない、
　　　瓶口にはきちんと封をし、保管する必要があります。
2903、ことに食べたり飲んだりする薬剤は自分で調合し、
　　　厳重に注意して清潔に保たねばなりません。
2904、生、乾燥した果物、果汁を熟させたマイなどは、
　　　自分の手で適切に貯蔵することがたいせつです。
2905、情熱にあふれ忠誠に燃えなければなりません、
　　　器や皿を清潔に保管し、責任を履行する義務があります。
2906、このようにベグのためにつくせば、
　　　その努力は臣下の栄誉として戻ってきます。
2907、あらゆることは努力に見合った価値を生みます、
　　　それが人の生きるより所となります。
2908、善良な詩人がこのことをうたっています、
　　　善良な人間の言葉には智恵が詰まっています。

第37章　絶賛、酌人の長の備えるべき条件について論ずる

2909、「あなたはなんのために働いてきたのか、
　　　　　その労苦こそあなたの生命の根、
2910、一生をかけてつくした労苦なら、
　　　　　尊ばれよう、愛でられよう。」

2911、もしこのような酌人の長がいれば、
　　　　　王杯のことは彼に任せられましょう。
2912、このような人間に仕事を取り扱わせれば、
　　　　　彼のもてなしと美貌がきっと人びとを喜ばせます。
2913、その他にも酌人の少年たちは、
　　　　　賢いばかりでなく美しくあることが重要です。
2914、酌人は満月のような滑らかな顔に細い黒髪、
　　　　　絵から出たような容姿でなくてはなりません。
2915、腰は細く、肩幅広く、
　　　　　肌は白く、頬には紅がさす。
2916、緑や青、赤や黄色の絹の衣を身につけ、
　　　　　瀟洒（しょうしゃ）な姿でマイを注ぎ、膳を奉じます。
2917、毛やゴミを杯のなかに落とさないために、
　　　　　酌人はひげを生やさず清潔を保たねばなりません。
2918、毛が杯のなかに落ちればマイを飲むことはできません、
　　　　　食べもののあいだに毛が見つかれば食べる気をなくさせます。
2919、ある酌人がこのことについて語っています、
　　　　　『酌人に適しているのはひげのない者だ。
2920、もし酌人が清潔で美しければ、
　　　　　美酒は人の心の底にまで浸透する。
2921、美しく優雅な人が手ずから酒を注げば、
　　　　　誰の眼も心も楽しくなる。』
2922、詩人がなにを語ったかお聞きください、
　　　　　知を求める者よ、よく記憶してください。
2923、「麗しくたおやかなる酌ささぐ者よ、

第37章 絶賛、酌人の長の備えるべき条件について論ずる

　　　　はじけるばかりの笑みをたたえし、
2924、飢えた者には彼こそ美味し馳走、
　　　　渇えた者には彼こそ天上の美酒。」
2925、酌人の長はこうであらねばなりません、
　　　　マイをそそぐ少年たちもそのようにする必要があります。
2926、ベグがこのような人物を見つけたら、
　　　　彼を信頼しその仕事につけるべきです。

2927、おお王さま、これらの諸部門には秀才たちを配してください、
　　　　足るを知り、恥を知り、忠誠である者をお選びください。
2928、一つは使者、一つは書記、
　　　　一つは酌人、一つは料理人。
2929、これらの部門の責任者は本当に注意深く選んでください、
　　　　不測の事態が起きて後悔しても、そのときでは遅いのです。
2930、もし使者と書記が無能であれば、
　　　　国家に大きな傷をつけるでしょう。
2931、もし酌人と料理人が悪ければ、
　　　　あなたの命に危険がおよぶでしょう。
2932、ですから、陛下、これらの人事は慎重に考えてお選びください、
　　　　そのあと、彼らの仕事を一つひとつ任せていってください。」

2933、絶賛は再び言った、「栄光の王よ、
　　　　ベグの名声とは、彼のおこなう事業と同じ程至高なものです。
2934、偉大な事業のなかにはさまざまな悩みがあります、
　　　　もし悩みを解決できなければ、国は壊れてしまうでしょう。
2935、聡明で智謀に長けた臣下がのべたことをお聞きください、
　　　　彼の言葉はベグのまえに真珠の首飾りのようにきらめきます。
2936、『おおベグよ、贅沢や快楽にふけってはならぬ、
　　　　快楽は苦しみという荷のなかにこそある。
2937、ベグが民のために苦労すれば、民は平和の内に富む、

第37章　絶賛、酌人の長の備えるべき条件について論ずる

　　　　民が繁栄することは、ベグの願いがかなうことなのだ。
2938、眼の前の安楽にふけっていてはならない、
　　　　たとえそれを楽しんでも、不幸はすぐにやってくる。』

2939、最後に、雄々しい虎よ、よくお聞きください、
　　　　酌人や料理人は確かにとても忠誠でありましょう。
2940、しかし陛下ご自身は自分に対してさらに忠誠なのです、
　　　　もっとも忠誠心に篤いのは自分以外の他にはいません。
2941、ある優れた高官オゲ・ブイルク＊が述べた言葉です、
　　　　忘れないように書き残してください。
2942、「長いあいだ探しつづけてみたが、
　　　　自分自身より確かな友はいなかった、
2943、正しい道をしっかり守れ、
　　　　自分を見失えば再びそれは取り戻せない。」

2944、栄光の王よ、陛下の質問にはすべてお答えしました、
　　　　宮廷それぞれの職務にふさわしい人物の条件をのべました。
2945、このような臣下を登用すればベグの力は増し、
　　　　敵を打ち破り、名声は遠く広まるでしょう。
2946、人の選び方についてわたしは陛下に細かくお話しました、
　　　　いくつかの話はお役に立つと存じます。
2947、陛下がお聞きになりたいのならさらにお話しましょう、
　　　　そうでなければわたしの心にとどめておきます。」

国王、絶賛に尋ねる

2948、国王は答えた、「いいや、賢き人よ、
　　　　そなたに意見があればつづけて話してくれ。
2949、余はそなたの賢明な言葉のすべてを聞きたい、
　　　　そなたの智恵は海のようで、知識は流れる川のようだ。」

＊　オゲは人の名、Buiruq は古代テュルク以来の官職の一種。

第37章　絶賛、酌人の長の備えるべき条件について論ずる

絶賛、国王に答える

2950、絶賛は答えた、「おお王さま、
　　　王国の知識はすべて国王から発せられたものです。
2951、臣下の道はすでに陛下にのべたとおりです、
　　　そしていかに臣下がベグに仕えるべきかも語りました。
2952、しかし、ベグも臣下が長く仕えられるよう、
　　　彼らに恩恵を示さねばなりません。
2953、臣下がベグへの義務を引き受けた以上、
　　　ベグもまた臣下に対する義務があるのです。
2954、臣下がベグのために奉仕すれば、
　　　その仕事に従って報酬を払わねばなりません。
2955、臣下が仕えるのは生きるためにであり、
　　　もし必要な報酬を得られねば、苦労しただけに終わります。」

国王、絶賛に尋ねる

2956、国王は言った、「さあ、もっとはっきり語って欲しい、
　　　臣下への報いとはどのようにすることが正しいのか。」

第38章

絶賛、ベグはどのように臣下に報酬を与えるべきかを論ずる

2957、絶賛は言った、「臣下が不満をもって御前に現れたら、
　　　　ベグはすぐに彼に対しての情を示さねばなりません。
2958、まず、彼らの衣食住を解決し、
　　　　必要な者にはすぐにも提供しなくてはいけません。
2959、宮廷で仕えれば苦労もたくさんあります、
　　　　ベグがその辛さを知れば、臣下はさらに努力するでしょう。
2960、臣下はベグの利益のために身も心もささげ、
　　　　一心に主人の歓心を求めます。
2961、王よ、覚えていてください、臣下は飢え暑さ寒さも顧みず、
　　　　剣や斧、弓矢の攻撃にも耐えながらベグのために働きます。
2962、また臣下は前後左右を限らず走りまわり、
　　　　ベグの安寧を守るために苦労を引き受けます。
2963、敵を前にすれば彼らは確かな武器となり、
　　　　ベグの命を守って、自分を犠牲とします。
2964、このように臣下はベグに喜びを与え、
　　　　日夜を厭わず働き、自分は進んで辛苦をなめるのです。

2965、これに対して、ベグは充分な報酬を与え、
　　　　温情と配慮をもって待遇しなければなりません。
2966、三つの宮殿 [1] (ordu) を有したハーンの言葉をお聞きください、
　　　　彼こそ人びとのなかから選ばれた英雄です。
2967、『おお、民の長(おさ)たるベグよ、
　　　　そなたの臣下を良く待遇し、たいせつにしなさい。
2968、臣下がいるからベグは腕を伸ばすこと*ができ、

＊　腕を伸ばす　腕が長いということは分野にかかわらず成功した指導者のことをいう。

第38章　絶賛、ベグはどのように臣下に報酬を与えるべきかを論ずる

　　　　臣下がいるから王侯は国を治めることができる。
2969、ベグがいかに偉大で善い血筋でも、
　　　　臣下があってこそ、その名を高めることができる。
2970、おお王よ、人情とは寛大な慈しみの心であり、
　　　　他人に対する慈しみの心が道義の規範となる。
2971、広く慈しみの心や道義を求めるということは、
　　　　他人の労働を尊重し報酬を認めることでもある。
2972、宮廷で仕える臣下は希望を抱いて働いている、
　　　　もし彼らを失望させれば、ベグへの慈しみは消え去るだろう。』

2973、ベグは臣下の能力をよく把握し、
　　　　彼が有能か無能かを知らなければなりません。
2974、有能な者には報酬を増やすなどして、
　　　　貢献度に従って対価をお渡しください。
2975、ベグよ、人間と家畜は同じではありません、
　　　　人間を家畜のように取り扱ってはいけません。
2976、家畜はその腹を満たしてやるだけで、
　　　　彼らの力を利用することができます。
2977、ベグがやさしく声をかけ充分に報酬を与えれば、
　　　　臣下は命を惜しまずベグのために忠誠をつくすでしょう。
2978、臣下は自分の利益への代償として、
　　　　困難な任務にも耐えてベグを支えるでしょう。
2979、ある聡明な詩人がこのようにうたっています、
　　　　知識は人間の腕を大きく伸ばします。
2980、『人は恩に感じては命すら犠牲にし、
　　　　他人の助けを受ければ十倍のお返しをする。
2981、人は恩恵を与えた者のためなら、
　　　　辛苦もいとわず自ら奴隷となる。』

2982、臣下の功績にしたがって報酬を増やし、

第38章　絶賛、ベグはどのように臣下に報酬を与えるべきかを論ずる

　　　　　凍える者には衣をやり、飢える者には食を与えます。
2983、臣下が貧困から抜け出せない主人を、
　　　　　おお王さま、どうしてベグなどと言えましょうか。
2984、老人の叡智あふれた話をお聞きください、
　　　　　老人の言葉は若者にとっての目となります。
2985、『もしある者が他の者に労働を提供したら、
　　　　　情をもってその温情に報わねばならない。
2986、他人の労働を尊重できないような者は、
　　　　　人と呼ばれる価値はなく獣と言う。』

2987、仕える臣下は二種類に分かれます。
　　　　　一つは奴隷、一つは自由な民。
2988、奴隷たちには自由はありません、
　　　　　仕事ができなければベグからこん棒の苦しみを受けます。
2989、自由な民は臣下としてベグに力を出します、
　　　　　その功績を讃え、鼓舞しなければなりません。
2990、自由の民はみずから奴隷の位置に身を置いては、
　　　　　認められるよう、努力して栄進の道を求めます。
2991、自由な民が奴隷のようにしても奴隷ではありません、
　　　　　自由な民は自由な民で奴隷は奴隷です。
2992、ベグの門は幸運の門です、
　　　　　その門をしっかりつかめば、無尽の益を得るでしょう。
2993、臣下が豊かになれば、ベグの名は高まります、
　　　　　その名声は神の祝福と共に、永遠に不滅です。

2994、おお王さま、ベグと臣下の関係は、
　　　　　まるで売る人と買う人の関係と同じです。
2995、売る人は買う人に物品を提供し、
　　　　　買った人はまた国から国へと流通させます。
2996、歳月の流れによって利益はたまり、

第38章 絶賛、ベグはどのように臣下に報酬を与えるべきかを論ずる

　　　　　　分配され、各々が利益を得ます。
2997、このように臣下はベグの事業のなかで、
　　　　　　商人の売買関係と同じ利益関係にあるのです。
2998、ベグが善き言葉をそえて財物を与えれば、
　　　　　　臣下は主人のために心身を捧げます。
2999、臣下は命を惜しまず剣を取って戦い、
　　　　　　その結果、獲得できる報酬は国や町など領地です。
3000、敵の首を切っては国庫に財を積み上げ、
　　　　　　願望と希望を一つひとつ実現していく。
3001、すべてはあなたの利益と関係します、
　　　　　　ベグよ、あなたに利をもたらす者を見守りください。
3002、ある大富豪がこのように語っています、
　　　　　　彼は利益を追い求め、世界を駆けめぐる商人です。
3003、『有益な使用人は自分の息子にも勝り、
　　　　　　無能な息子は商売敵と同じ。
3004、利益のために人びとは駆けめぐる、
　　　　　　獲ものがいなければ、猟師も家のなかで老いる。』

3005、ベグのなかのベグよ、将軍と兵士たちはベグの羽根と尾羽です、
　　　　　　羽根がなければ、鳥は飛ぶことができません。
3006、将軍と兵士たちがいてこそ、ベグには力があるのです、
　　　　　　軍団があってこそ、ベグはゴルディアスの結び目[2]が解けるのです。
3007、勇敢な兵（つわもの）どもがベグのもとに集まれば、
　　　　　　彼はもっとも幸運なベグとなれます。
3008、すべての徳を集めたような完全なベグであれば、
　　　　　　どのような願望も達成できるでしょう。
3009、世界の支配者には無数の才能や徳が要求されます、
　　　　　　それを手にいれたとき、ベグは世界を獲得できるのです。
3010、才能をつちかえ、若者たちよ、美徳を軽んじてはならない、
　　　　　　才能や徳は白鷹と同じように幸運を運びます。

第38章　絶賛、ベグはどのように臣下に報酬を与えるべきかを論ずる

3011、才能を求めることは、白鷹をとらえるほど難しい、
　　　　陛下は才徳を白鷹のように重んじてください。

3012、白髪の老人がなにを話したかお聞きください、
　　　　その寿命は世界より長かったほどです。

3013、「智恵を求め、智恵をたたえよ、
　　　　それはおまえに栄誉をはこぶ、

3014、幸運を求め、善徳を尊べ、
　　　　才と徳に抱かれて幸運は生まれる。」

国王、絶賛に尋ねる

3015、この話を聞いて王はたいへん喜んで言った。
　　　　「おお聡明な人よ、貴き者よ。

3016、人間性の根本についてそなたはのべた、
　　　　誠実な人の道を指し示した。

3017、余は万民の帝王として君臨している、
　　　　余の権力は無限で、力は四方にまでおよぶ。

3018、余は王位を楽しんでいるのでもなく、
　　　　享楽に迷って貪欲の夢から醒めていないのでもない。

3019、余の願いは、余のもとに統治される民が豊かになり、
　　　　わが国がより強大になることだけである。

3020、王の喜びは、民の明日の利益である、
　　　　お返しは彼らからの祝福の祈りさえあれば満足する。

3021、わが宝庫に金銀を集めるのも、
　　　　臣下と兵を養うためだけのものである。

3022、かくあれば、人びとは余の恩恵を祝福し、
　　　　アッラーはわが名を世界に広め給うであろう。

3023、余の願いは、余のために仕えている者たちや、
　　　　余が去った後にも残る臣下たちが繁栄していくことである。

3024、余が死んでもわが臣民はこの世に残る、
　　　　彼らが余を記憶し、いつまでも祝福することを願う。」

第38章　絶賛、ベグはどのように臣下に報酬を与えるべきかを論ずる

絶賛、国王に尋ねる

3025、絶賛は答えた、「おお王さま、
　　　陛下のお話は智恵と知識に満ちております。
3026、人間は死に臨む最後に、
　　　名声の他になにを求めるのでしょうか。
3027、この世の幸のために金銀を施すように、
　　　来世の救いのためにも人につくさねばなりません。
3028、おお王さま、金銀を民に施しください、
　　　陛下の権力は国中におよぶでしょう。
3029、ある賢明なベグが語った言葉です、
　　　彼は国家の基礎を作り上げた人物です。
3030、『ベグは財を使って兵士を多く養えば、
　　　敵に打ち勝ち、欲する領土を得ることができよう。
3031、金銀が必要か、必要なのは将兵である、
　　　ベグに財産など必要ない、民の衣食住をまず満たせ。
3032、ベグに将兵がいるかぎり、領地が減ることはない、
　　　将兵がいなければ、ベグが国を保つことは困難だろう。
3033、将兵たちがベグに満足していれば、
　　　ベグが欲しいと願う領土はかならず手に入る。』

3034、ベグが気前良い人物であれば、
　　　現世来世ともに誉れ高い地位を得られます。
3035、ある賢人が語っています、
　　　『ケチなベグは国を統治できない。
3036、ケチと気前よさは互いに矛盾し反発する、
　　　人はケチが嫌いで、気前よい者を好む。
3037、徳ある人はケチに近づかず、
　　　気前良い者と交わって願いを実現する。
3038、ケチはすなわち国家の大敵である、

第38章 絶賛、ベグはどのように臣下に報酬を与えるべきかを論ずる

　　　　ケチな人はどこにいても諍い(いさか)を招く。』

3039、二つのものが王国を支えます、
　　　　一つは黄金、一つは剣。
3040、強い国は気前がよくなければなりません、
　　　　気前のよさは国とベグを偉大にします。
3041、その上に勇敢な戦士が稲妻に輝く剣をかかげれば、
　　　　敵どもは命を失うことになるでしょう。
3042、ベグがもし黄金の施しを惜しまなければ、
　　　　剣はなくとも、言葉だけで王国を支配できます。
3043、この二つのものによって国は治められます、
　　　　おお王さま、その二つのものが人を偉大にさせるのです。
3044、黄金は憂い悩む者のしかめっ面をやわらげ、
　　　　ものごとが失敗しても、黄金がそれを解決してくれます。
3045、どこかに剣があれば、白銀もそこにあります、
　　　　白銀あるところに、剣は向かっていきます。
3046、勇士を招くために白銀をばらまいてください、ベグよ、
　　　　あなたがケチれば戦士たちは去っていくでしょう。
3047、勇敢な戦士たちも、皆、金銀の虜です、
　　　　陛下が集めた金銀は、彼らの剣のためにお使いください。
3048、ケチなベグはただ富を蓄えることだけを知っています、
　　　　気前のよいベグは剣を用いてそれを獲得するのです。
3049、これが昔からの世の習いというものです、
　　　　ケチな者は非難され、気前のよいものは賞賛される。」

国王、絶賛に答える

3050、絶賛は言い終わると、地面に口づけした、
　　　　国王を祝福し、アッラーを讃えた。
3051、絶賛の話は国王を楽しませた、
　　　　王は両手を挙げて、アッラーに感謝した。

第38章　絶賛、ベグはどのように臣下に報酬を与えるべきかを論ずる

3052、王は言った、「慈悲深き主よ、あなたはわたしの心の寄せどころです、
　　　わたしが不幸なとき、ただあなたの助けだけを求めます。
3053、あなた以外にわたしの信ずるところはありません、
　　　あなたこそわたしの唯一の支えであり希望です。
3054、あなたはわたしにすべてを与えてくれました、
　　　わたしの願いをすべて満たしてくれました。
3055、なにものも求めることなきあなたに、わたしは助けを求めます、
　　　どのようにあなたにつくせばよいのか、わたしには分かりません。
3056、わたしはあなたに力と助けを願います、
　　　わたしが正しい道を歩めるよう支えてください。

3057、これより素晴らしいことはありません、
　　　絶賛がわたしの心を満足させた以上に。
3058、あなたがわたしにお与えくださった絶賛には、
　　　わたしはかぎりなく感謝しております。
3059、彼はわたしの事業のために心身を献上し、
　　　またわたしの余生に祝福を祈ってくれます。
3060、わたしに力をください、彼の情義に報いらせてください、
　　　彼の心をわたしに近寄らせ、彼が喜びに満たされることを願います。」

3061、国王はつづけて言った、
　　　「おお絶賛、賢き者、智恵ある者は皆そなたを讃える。
3062、もし誰かが智恵を探しているのなら、それはそなたの智恵である、
　　　もし誰かが知識を必要としているなら、それはそなたの知識である。
3063、そなたは誠実で温和、そなたの忠誠は余の頼りとなる、
　　　そなたはなにごとにも正義をまっすぐにつらぬく。
3064、そなたが成さなかった仕事はない、
　　　そなたの功績は余の報賞をはるかに超えている。
3065、余はそなたに新たな報賞を与えたい、
　　　受け取ってくれ、そなたの長寿を心から祈る。

第38章 絶賛、ベグはどのように臣下に報酬を与えるべきかを論ずる

3066、そなたは本当に余の心を楽しませてくれる、息子よ、
   アッラーがそなたに同様の喜びを賜ることを願う。」

3067、国王は話を止めて沈黙した、
   絶賛は地面に口づけして、ゆっくり立ち上がった。
3068、絶賛は喜び一杯にその場を退き、
   馬に乗って家に帰った。
3069、彼は日夜努力し勤勉に励んだ、
   仕事は優れ、幸運の門は開いた。
3070、知識は高まり智恵は深まった、
   天も彼の権力が増すことを助けた。
3071、ある幸運に恵まれた人物の言葉を聞きなさい、
   彼は幸運を得たことで名を知られた。
3072、『誰かに幸運が近づけば、
   彼の地位は天までにも上がるだろう。
3073、幸運が誰かを照らしたら財産は積み上がり、
   彼の心は活気づくだろう。』
3074、ある長老がこのことについてのべている、
   勇者よ、注意深く聞いてくれ。
3075、**「財さえあれば賢者となれる、**
   賢愚のさだめは財がする、正邪の区別は富がする、
3076、**金がなければ賢者も無能、**
   雄弁家とて今は唖者。」

3077、この世の習いはこのように決まっている、
   それが幸運とは無常と言われる所以であろう。
3078、幸運が愚か者に顔を向ければ彼は満面輝き、
   幸運に恵まれれば小人も身分が上がる。
3079、幸運が誰かの頭を照らしたら、
   その男の内も外もすべてのことがうまくいく。

第38章　絶賛、ベグはどのように臣下に報酬を与えるべきかを論ずる

3080、幸運に誰かが出会えば、願いはかない、
　　　彼の名声はあまねく伝わる。
3081、しかし、幸運が彼から離れれば、
　　　与られたもののすべてを失ってしまう。

3082、知的で思慮深く、聡明で明晰な人よ、
　　　現世を愛してはならない、それは苦痛をもたらす。
3083、暗い谷間のようなこの世になにを求めるのか、
　　　早く純粋で長しえの光を迎えよう。
3084、現世はまるで牢獄のようなものだ、目覚めなさい、
　　　来世の楽園を求めて心穏やかに過ごしなさい。
3085、純粋でまっすぐな人物の話を聞きなさい、
　　　彼はなにごとについても心がけの善い人だった。
3086、「貴き志に満ちる者よ、真実の楽園を求めなさい、
　　　そこでの幸運は無限であろう。
3087、この幻の世界を手放し、来世を求めなさい、
　　　おまえがこの世を捨てなければ、この世がおまえを捨てるだろう。
3088、この世界は無常、おまえを裏切ろう、
　　　おまえも無情であればこそ、この世はおまえに従おう。
3089、正道を見失い混乱している者よ、
　　　この世界を愛するな、そこは泥沼なのだ。
3090、泥沼に落ちれば深く沈んでいく、
　　　自分で抜け出すこともできず悩むに違いない。
3091、我に返って泥沼から抜け出すのだ、
　　　敬虔にアッラーを奉り、アッラーに祈るのだ。
3092、今は正道にもどり過去を懺悔すれば、
　　　アッラーはおまえを助け、願いをかなえてくれるだろう。」

3093、このときから国王の心は正しくなり、
　　　王国では善い法制度が推し進められていった。

第38章　絶賛、ベグはどのように臣下に報酬を与えるべきかを論ずる

3094、民は満足し、痩せた人びとは太った、
　　　友人が豊かになれば、敵たちは威勢を失う。
3095、国王の日々は晴れやかで安らかであった、
　　　彼の名声と評判は世界に広まった。
3096、こうして、長いあいだ彼の治世は続き、
　　　狼は子羊とともに歩いた。

国王、絶賛に尋ねる

3097、ある日、国王は絶賛をそばに呼び、
　　　国内の状況について質問した。
3098、「絶賛よ、わが民はどのように過ごしているか、
　　　豊かになった者が増えたか、貧しい者が増えたか。
3099、どんな悪人たちがいるのか、民の暮らしはどうか、
　　　余に気兼ねなく、包み隠さず話してくれ。
3100、民はどのような話をしているのか、
　　　余を責める者が多いのか、賞賛する者が多いのか。
3101、余には欠点が多いか、美徳が多いか、
　　　教えてくれ、悪を正して善を増やすために。」

絶賛、国王に答える

3102、絶賛は答えた、「おお王さま、
　　　民は皆、願いを実現できました。
3103、陛下の栄光のおかげで、世のなかは繁栄しています、
　　　悲しみは少なく、喜びは日々増しています。
3104、民は豊かになり、暮らしは安定し、
　　　町も村も栄え、人びとは喜んでいます。
3105、民は日々、心は躍り楽しく過ごし、
　　　昼夜を問わず安らかに過ごしています。
3106、すべての民が口々に陛下を賞賛し、
　　　すべての人が心をこめて陛下を祝福しています。

第38章　絶賛、ベグはどのように臣下に報酬を与えるべきかを論ずる

3107、『良法は水のごとく暴政は火のごとし』と言われます、
　　　陛下は清水を流し、劫火をお鎮めください。
3108、陛下が進めている公正な法により、国は繁栄しています、
　　　今は誰も暴政による圧力を受けることがありません。

3109、王さま、三つの事柄によって暴政は現れます、
　　　一つめはベグがぼんやりしていて災難をもたらすこと。
3110、二つめは民を治めるものが間抜けで無能であること、
　　　三つめは人びとを食いものにし、たいへん貪欲であること。
3111、陛下についてはそのなかの一つとてございません、
　　　国内がどうして悪政となりましょう。
3112、おお、公正、純潔、善良なるベグよ、
　　　アッラーは陛下に智恵と知識と美徳を与えられました。
3113、また陛下に与えられた智恵と美徳によって、
　　　民は豊かになり、衣食とも満ち足りました。
3114、陛下がアッラーに感謝し、アッラーのために祈ることを願います、
　　　陛下が幸運のなかで、素晴らしい生活を送られることを祈ります。
3115、外界にどのような悪いこと、忌わしいことがあろうとも、
　　　わたしは一人の忠実なしもべでございます。」

3116、国王はアッラーに感謝し、心に喜びが溢れた、
　　　両手を挙げ、アッラーを讃えた。
3117、「おお、大いなる慈悲溢れたるアッラーよ、
　　　あなたは哀れなしもべをお導きくださった。
3118、卑しいわたしにたくさんの恩恵を与えてくださった、
　　　わたしには、あなたの温情への債務があります。
3119、わたしはどのようにあなたのご恩に報いれば良いのでしょう、
　　　卑しいわたしの代わりにあなたご自身で感謝されますことを。」

第38章 絶賛、ベグはどのように臣下に報酬を与えるべきかを論ずる

国王、絶賛に尋ねる

3120、再び国王は言った、「おお絶賛よ、
　　　　そなたを得たのはアッラーの恩恵である。
3121、悪政を正し、法制を確立し、
　　　　これらの善行はすべてそなたによるものだ。
3122、アッラーは多くの善き事を余に施したが、
　　　　もっとも価値あることは、そなたを余に遣わせたことだ。
3123、ベグ一人がどれほど頑張っても、
　　　　臣下の助けがなければ、長くは統治できない。
3124、多くを宮中に過ごすベグの行動にはかぎりがあり、
　　　　忠実な臣下が外界への目となり、耳となり、舌となる。
3125、そなたは余の目であり、舌であり、手である、
　　　　そなたのおかげで余は美名を勝ち得たのだ。

3126、ハーカーンがなにを語ったか、聞きなさい、
　　　　彼は多くの民を統治し、四方を征服した。
3127、『もしベグが忠誠な臣下を得たとしたら、
　　　　それは金銀を得ること以上の価値あることだ。
3128、彼が正直で忠実な臣下を得れば、
　　　　幸運と共に平安な人生を送れるだろう。
3129、優れた臣下は忠誠心に燃えている、
　　　　だが、誰がこのような人物を見つけられるのか。
3130、そして、もしこのような人物を見つけられねば、
　　　　民との約束はどのように果たせるのか。』

3131、絶賛よ、余は一つだけ残念に思うことがある、
　　　　そなたの父が余に残したのはそなただけだったということだ。
3132、今であっても、これから後であっても、
　　　　そなたと同じような優れた臣下がもう一人いたならば。

第38章 絶賛、ベグはどのように臣下に報酬を与えるべきかを論ずる

3133、余には品行優れたまっすぐな人物はそなたしかいない、
　　　もしそなたを失ったら、どこで他の者をさがせと言うのか。
3134、そなたは一人で日夜苦労している、
　　　もしそなたの伴がいれば、なんと良いことか。
3135、そうなれば、そなたが担う重荷は分かつことができ、
　　　余の願いも、より多く得ることができるであろう。
3136、そなたと同じように歩める者を、
　　　そなたの親族のなかにさがすことはできないか。」

絶賛、国王に答える

3137、絶賛は言った、「おお王さま、
　　　陛下の繁栄と安寧をお祈りいたします。
3138、陛下が健康で平安であれば、
　　　あなたの願いはすべて実現されるでしょう。
3139、どうかわたしの苦労に気遣いされることはおやめください、
　　　陛下が心穏やかにあられんことを願います。
3140、わたしには苦労を受けるとともに喜びもあります、
　　　喜びと苦労はいつも連れだっているのです。
3141、もし、陛下が王国に役立つ他の人間を求めるのなら、
　　　人びとの上にたてる人物でなければなりません。
3142、ある賢明な宰相が言った言葉をお聞きください、
　　　彼は智恵について多くの人に教えています。
3143、『王国は多くの臣下の助けがあってはじめて繁栄する、
　　　それによってベグは偉大となり、食べ眠り笑うことができる。
3144、多くの賢く有能な臣下を集めてこそ、
　　　ベグは国事を成し遂げ、安らかに過ごせる。』

3145、わたしの親族のなかにそのような人物がおります、
　　　彼は賢く高潔で純粋かつ用心深い人間です。
3146、彼は敬虔で機敏、すべての徳性を備えています、

第38章　絶賛、ベグはどのように臣下に報酬を与えるべきかを論ずる

　　　　　自分が理解したことに色をほどこし、輝きを与えます。
3147、彼はいつも善事をおこない、自ら実行し体験します、
　　　　　この正道の人の名を"覚醒"と呼びます。
3148、しかし彼はこの世を疎んでおります、
　　　　　浮世に見切りをつけ、心にしたがい山里に隠遁しています。
3149、俗世から離れてアッラーに身を捧げ、
　　　　　苦行により罪悪という病を治しております。
3150、彼の才徳はわたしの百倍高く、
　　　　　きわ立った人物であり、この世の精鋭であります。
3151、もし彼がわたしと連れ立てば、
　　　　　彼の深い学識は大いに国事に役立つでしょう。
3152、陛下の心はこれで安らかとなり、
　　　　　世界に威をたて、満ち足りて過ごせるでしょう。」

国王、絶賛に尋ねる

3153、国王は言った、「これこそ余の願いである、
　　　　　彼を得ることができれば、わが心は安らぐ。
3154、聡明な人よ、彼をこちらへ来させたい、
　　　　　良い方法はないだろうか。
3155、どのように招けば良いだろうか、
　　　　　誰を使いとして送れば良いのだろう。
3156、書状が良いのか、口上がふさわしいのか、
　　　　　そなたの考えるより良い方法が知りたい。」

3157、絶賛は答えた「おお王さま、
　　　　　わたしはもう少し説明を加えなければなりません。
3158、わたしは自分の兄弟についてお話しました、
　　　　　しかし、彼が宮廷に来るかどうかは分かりません。
3159、もし彼が陛下の命令と栄誉を受けるなら良いのですが、
　　　　　彼がこの栄誉を拒んで参内しないこともありえます。

第38章　絶賛、ベグはどのように臣下に報酬を与えるべきかを論ずる

3160、わたしが恐れるのは、陛下がお怒りになるかどうか、
　　　他の者たちが正論でわたしを責めるやもしれないことです。」

国王、絶賛に答える

3161、国王は言った、「これは余が尋ねたことだ、
　　　そなたはただ知っていることを答えただけだ。
3162、彼が来るなら来てよい、もし来ないとしても、
　　　どうしてそなたを責めることができようか。
3163、そなたは彼の美徳を賞賛した、
　　　それを聞き、余は彼を召抱えたくなったのだ。
3164、彼が知識と智恵に満ちた賢人であるからこそ、
　　　余は彼に思いを寄せ、彼を望んだ。
3165、知識と智恵のある者こそ真実の人間である、
　　　それがない者はすべて家畜と同じなのだ。
3166、知識あり智恵ある者がよくものごとを理解する、
　　　知識あり智恵ある者だけがよくものごとを成し遂げる。
3167、この話はある詩人の言葉と似ている、
　　　勇士よ、この言葉を聞きなさい。
3168、「智恵はどんな難問も解いてくれる、
　　　だから智恵に恋しなさい、
3169、あなたの仕事に知識を用いなさい、
　　　永遠に知識を学びつづけなさい。」

3170、そなたの兄弟は余に役立つだけでなく、
　　　そなたにとっても有益であろう。
3171、人は兄弟でお互い助け合うものだ、
　　　兄弟がなければ友を得ようとするに違いない。
3172、ある権力者がこのような話をしたことがある、
　　　彼には多くの兄弟があり勢力も強かった。
3173、『兄弟を持つ者は評判が高くなり、

第38章　絶賛、ベグはどのように臣下に報酬を与えるべきかを論ずる

友人を持つ者は名声が広がる。
3174、もし兄弟がいなければ友と交われ、
　　　善い友は手足と同じである。』」

絶賛、国王に答える

3175、絶賛は答えた、「栄光の王よ、
　　　陛下が真実彼を求めるのなら、わたしは話を進めましょう。
3176、もし陛下がお許しになるならわたしが赴き、
　　　彼を陛下の前にお連れしましょう。
3177、わたしはわたしの知るかぎりの智恵と知識を用いて、
　　　自分の言葉で率直に彼に伝えます。
3178、陛下はどうかご自身の手で手紙をお書きください、
　　　その聡明な人物に国王の詔を拝読させましょう。
3179、王さまからの手紙を読めばわたしを信ずるに違いありません、
　　　彼はきっと逃げないと思います。
3180、国王の詔は口から出た言葉と違う特別なものです、
　　　わたしがこれをもって説得いたします。
3181、ある高貴な人がこのように語っています、
　　　『ベグの命令は人びとの心をつかまえることができる。』
3182、もう一人の賢人はさらに良いことを言っています、
　　　『ベグの言葉は苦しむ心を解きほどく。』
3183、ベグが臣下に温かい言葉をかければ、
　　　臣下は生涯それを心に刻み込むでしょう。
3184、もしベグの話が心にしみれば、
　　　高貴な者も賤しい者も皆ベグを愛するでしょう。」

国王、絶賛に答える

3185、国王は言った、「それが正しい方法ならば、
　　　余に手紙を書かせてくれ、彼を召すことにする。
3186、そなたは出発の用意をせよ、

第38章　絶賛、ベグはどのように臣下に報酬を与えるべきかを論ずる

そのあいだに、彼を来させるような一文を書こう。」

訳注
〔1〕**宮殿**　オルド ordu はここでは遊牧民族の王の居住する天幕式（移動型）宮殿を意味する。遊牧民族が定住するに従い、一般の宮殿も同じようにオルドと呼ばれた。他に、同じく遊牧民族の軍事キャンプ・宿営・幕庭の意味も持つ。
〔2〕**ゴルディアスの結び目**　アレキサンダー大王にまつわる故事。王は誰も解けないという結び目を刀で切って解決した。⇒ 283 番訳注（48 頁）参照。

第39章

日の出王、覚醒に手紙を書く

3187、国王はペンと紙を持ってこさせると、
　　　　覚醒に依頼する仕事について手紙を書いた。

3118、彼ははじめにアッラーの美名を讃えた、
　　　　「創造者、養育者、免罪者であるアッラーよ。

3189、余は全能のアッラーの名の下にこの手紙を書く、
　　　　アッラーの名はすべての病を治す薬である。

3190、余は幾万回もアッラーへの賛美をささげた、
　　　　ただアッラーのみが永遠に生きながらえる。

3191、主は己の意思に従ってすべての生物を創造し、
　　　　それを育てる栄養を与え、生命を維持させた。

3192、万能のアッラーは公正な法度を降らせ、
　　　　彼の威力はこの世の万物におよんだ。

3193、彼は空、太陽、月を創り、
　　　　年月と明るい昼、暗い夜を創った。

3194、アッラーは天を創造しそれを回転させた、
　　　　それはアッラーの意志によって止まることなく循環する。

3195、アッラーはそなたを創造する前にそなたが為すべき運命をさだめた、
　　　　だから、そなたも神がさだめた運命に従わなくてはならない。

3196、アッラーは自ら望むことのすべてを可能にする、
　　　　アッラーは自ら必要とするもののすべてを手に入れる。

3197、余は国王の身分でそなたに挨拶をしたい、
　　　　聡明な人よ、そなたのために平安を祈る。

3198、そなたの身体は健康で平安と聞くにもかかわらず、
　　　　なぜそなたが世のなかを憂い、その責任を感じるのか知らない。

第39章　日の出王、覚醒に手紙を書く

3199、余はそなたが優れて高潔な人物で、
　　　今の時代、そなたほどの人物はいないと聞いている。
3200、アッラーはそなたに手あつい恩恵を施し、
　　　立派な美徳、知識、智恵を授けた。
3201、そなたの品行がこのように優れていることを聞き、
　　　ぜひ一度会って顔を見たいと思った。
3202、余はそなたの兄弟である絶賛を遣わした、
　　　彼が余の思いを伝えるであろう。

3203、そなたは都や町から遠く離れ、
　　　兄弟や親しい友人たちにも顔をそむけた。
3204、そなたは一人、深い山の奥に隠遁していた、
　　　長い歳月、潜んでアッラーに祈りを捧げてきた。
3205、かくも長いあいだ親しい者たちから顔を背けて、
　　　兄弟や友人たちはなにを思っているのか。
3206、もし誰かがそなたを抑圧していると言うのなら、
　　　そなたの苦しみを余に話してくれ。
3207、余はそなたに正当な地位を与えたい、
　　　ここで生活させ心地よく過ごさせたい。

3208、兄弟と親しむことは互いのためとなろう、
　　　人間は仲間と交わることに喜びを感ずる。
3209、そなたは親族たちと会うべきである、
　　　そしてまた、友人たちと親交すべきである。
3210、考えてもみよ、友人たちが打ち解ければ良い仕事ができる、
　　　仲間ができれば大きな利得をそなたも楽しめる。
3211、そんなことを詩人もうたっている、
　　　打ち解け交際すれば良いことが多い。
3212、「**大地と水は親しい仲間、**
　　　おかげで千の花が咲く、

3213、友とは共に働き歩け、
　　　同じ母から生まれた兄弟のように。」

3214、そのような人里離れた山のなかでなぜ祈っているのか、
　　　都に戻り修行せよ、それもまた信仰の正道だ。
3215、都には多くの祈りや教えにかなう場所がある、
　　　考えてみよ、そこで充分な修行ができるとは思えない。
3216、そなたは知識を充分に得てから祈禱に励め、
　　　無学の祈りは、徒労に過ぎない。
3217、二種類の人間が人にはある、
　　　一人は学ぶ者、一人は教える者だ。
3218、これ以外の人間は家畜と同じである、
　　　どちらを選ぶか、そなた自身で決めるがよい。

国王、覚醒を説得する

3219、この二つのどちらにするか、余にはっきりと答えてみよ、
　　　それともそなたは三つめの逃げる道を選ぶのか。
3220、もし、そなたがすでに知識は学んだというならば、
　　　教えることに努めるべきだ。
3221、まだそなたに知識を学ぶ必要があるのなら、
　　　学んでその後、祈禱に励むのも良いだろう。
3222、ある智者の教えを聞きなさい、
　　　彼は神のしもべとして知識を学んでいた。
3223、『知識によってアッラーの庭は近づき、
　　　知識のおかげで地獄の門を封じることができる。
3224、知識をもって修行すれば道は開かれ、
　　　知識なく祈禱に励んでも報いはない。
3225、知識もなくむだに祈禱するよりは、
　　　知識を持って寝ている方がましである。』

第39章　日の出王、覚醒に手紙を書く

3226、都での修行は場所も機会も多い、
　　　そなたの所では半分もさがすことが難しい。
3227、山での修行はただ礼拝をすることだけだ、
　　　できることといえば断食のみである。
3228、それ以外にどのような功徳が修められるというのか、
　　　余にはっきりと申してみよ。
3229、そなたは修道者として名を馳せているが、
　　　それは苦行をしているということに過ぎない。
3230、もし修道者の名をもって自身を欺いているのなら、
　　　そなたの祈禱は価値なきものとなろう。
3231、祈禱はすべきだが他人に誇示するものではない、
　　　どれだけ祈っても、まだ少ないとするものだ。
3232、善良な人間が祈りをするときには、
　　　人びとの賞賛を恐れて門を閉める。
3233、次の格言が語ることを聞きなさい、
　　　そなたが、この話のように行動することを願う。
3234、**「本ものの人物は祈りのために身を隠す、**
　　　祈禱を百年しつづけてもまだ足りない、
3235、**祈りなさい、人には見られずに、**
　　　わたしが伝えたことは秘密のことだ。」

3236、都に帰って、この場で修練を積みなさい、
　　　そうすれば門はそなたのために開かれるだろう。
3237、人びとに役立つためには、苦しみを分かち合う必要がある、
　　　兄弟や友人たちと心を合わせなさい。
3238、ここには助けが必要な寡婦や孤児がたくさんいる、
　　　動けない者、足が不自由な者、目の見えない者も多い。
3239、皆といっしょに金曜の礼拝[＊]をおこないなさい、
　　　貧しい巡礼と共に祈りなさい。

＊　イスラーム教徒が毎週金曜日、同じモスクで行う礼拝の儀式。

第39章　日の出王、覚醒に手紙を書く

3240、安らぎの世界を得ようとするならば、
　　　そなたは貧しい者を助け施さねばならない。
3241、余が示した行為はすべて神への善行である、
　　　それにより、そなたも安らぎと安心が得られよう。
3242、今のままではこのすべてを捨てることとなり、
　　　祈りも断食も私益をめざす利己主義となる。

3244、私益を顧みなかった賢人が良いことを語った、
　　　彼は他人を先に考える立派な人物である。
3245、『善人は自分の利益を放棄する、
　　　苦労があっても他人の利益を考える。
3246、人は慈悲と善の心を持たねばならない、
　　　悪人に対しても善の道を教えるべきである。
3247、人は生きている内は、他人のために役立つべきだ、
　　　無益な者は、生まれたときから死んでいると同じことだ。
3248、人に役立つ人間は人びとに利益をもたらす、
　　　このような善人は神に祝福される。』

3249、神のしもべがひたすら祈ったとしても、
　　　それだけで神を満足させることはできない。
3250、そなたが神を満足させたいと願うならば、
　　　まずムスリムとしての義務を果たさねばならない。
3251、アッラーはそなたの祈りを気にとめていない、
　　　信者としてやるべきことをやり、善い名を残しなさい。
3252、神のしもべである以上、祈ることはそなたの義務だ、
　　　祈らないしもべは、名前だけのまがいものである。
3253、真実アッラーに従えるよう祈りなさい、
　　　祈りに集中し、それを守りつづけなさい。
3254、ある賢明な人物が語っている、
　　　寛大なそなた、このようにおこないなさい。

第39章　日の出王、覚醒に手紙を書く

3255、『アッラーにしたがい礼拝しなさい、
　　　しかし、けっして言ってはならない、
3256、最後の日がやってくるまで、
　　　わたしの祈りは完全だ、と。』

3257、覚醒よ、余は今そなたを都に招きたい、
　　　これが余の私益のためとは思ってはならない。
3258、もしそなたが来ればすべての利益はそなたのものとなる、
　　　そなたが来ないからといって余に不都合なことはない。
3259、ただ民の幸福のためにこそ余はそなたを呼ぶのだ、
　　　そなたが人びとの利益を損なってはいけない。
3260、余の意見をよく考えて欲しい、
　　　そして余が正しいと思えば会いに来て欲しい。
3261、余の側らにとどまり余を補佐し、
　　　そなたの能力をつくして貧しい民を救ってくれ。
3262、そなたには神からの功徳、余には名声と、
　　　全能のアッラーは我われに両世の幸運を賜るであろう。

3263、善い人物の行動は他の者の模範となるように、
　　　そなたは己に備わった善い資質で余を導いてくれ。
3264、もしそなたが余の善行を導いてくれるなら、
　　　アッラーはそなたに大いなる恩寵を賜るに違いない、勇敢なる者よ。
3265、博学なペルシアの学者の話を聞きなさい、
　　　彼の学識は広く知られている。
3266、『ベグが善良で民に公正ならば、
　　　彼の福徳と栄光を人びとは共に分かちあえるだろう。
3267、自分の幸運を祈るよりベグが賢明なことを願いなさい、
　　　ベグが賢明であれば幸運を得るのは民なのだ。
3268、一人の民が良くても、それは彼一人のことである、
　　　ベグが賢ければ、その徳はすべての民におよぶ。』

第39章　日の出王、覚醒に手紙を書く

3269、誰がまことの人間かと問うなら、
　　　他人に益をもたらし役立つ者こそ人間である。
3270、誰でも善い人間を愛している、だが彼はどこにいる、
　　　もしどこかに善人がおれば、余に彼を讃えさせよ。
3271、人びとに利益を与えることができてこそ善人である、
　　　善人は人びとの人生に喜びをもたらす。
3272、善人の心は人びとへの慈悲の思いで満ちている、
　　　そんな憐みの心を抱けばそなたは善人となる。
3273、余は手紙を書き挨拶は終わった、
　　　言いたいことはのべた、ペンも乾いた。
3274、書面で足らぬ所があれば、そなたの兄弟が言葉で伝えよう、
　　　善き男よ、然らば。」

3275、手紙は丸く巻かれ、紐で結び封印された、
　　　そして絶賛の手に渡された。
3276、国王は言った、「智者よ、行くがよい、
　　　言葉を選んで適切に話してくれ。
3277、しっかり頼む、彼を余の前に連れてくるのだ、
　　　絶賛よ、そなたはその身だけで帰ってはならぬ。
3278、ある賢者のこの言葉を聞きなさい、
　　　『たいせつな伝言は機知に富んだ使者に託せ。』
3279、余の言いたいことはすでに言った、
　　　そなたの胸にすべては記憶された。
3280、話す必要があればふさわしい言葉で話し、
　　　すべきことがあれば思うようにするがよい。」

3281、礼儀正しく教養に富んだ絶賛は、
　　　「かしこまりました。」と命令を受けると宮殿を出た。
3282、彼は駿馬にまたがり家に戻って、

第39章　日の出王、覚醒に手紙を書く

　　　帯を解き着ものを緩めた。
3283、太陽が西に下り大地を枕にすると、
　　　宇宙には赤色の幕が上がる。
3284、天空が髪を垂らし地面をおおうと、
　　　次に宇宙は漆黒に変わった。
3285、絶賛は身を清めて宵の礼拝をおこない、
　　　ベッドに横になって少し休息をした。

3286、目が覚め頭を上げると、
　　　天空はまるでザンジュ人＊の肌のようだった。
3287、起床し身を清め朝の礼拝をした、
　　　彼は数珠の珠を数えながら静かに祈った。
3288、朝日が金色の盾のように昇り、
　　　宇宙は笑顔で光彩を放っているようだった。

＊　ザンジュ人　当時アフリカ東海岸に住んでいた黒人の呼称。現代のタンザニア・ザンジバル
　地域ともいわれる。

第40章

絶賛、覚醒を訪れる

3289、絶賛は馬の準備をし、
　　　家を出発、兄弟の所へ旅立った。
3290、彼は兄弟の住処(すみか)に着くと、
　　　馬を下りて徒歩で門の前まで歩いた。
3291、絶賛が手で門を軽くたたくと、
　　　覚醒は祈禱をやめて彼を出迎えた。
3292、二人は兄弟同士、互いに見合うと口づけを交わし、
　　　抱き合いながらそれぞれの無事を確かめあった。
3293、覚醒は兄弟の手をとって家のなかに案内し、
　　　自分の部屋の椅子に座らせた。
3294、覚醒は身内の者と会えたことを喜び、
　　　アッラーにたいそう感謝した。

3295、遠くにあった親しい友人と無事に会え、
　　　友情を確かめあうことはなんと幸せなことか。
3296、長く分かれていた兄弟が再び出会うことは、
　　　なんと素晴らしいでき事であるか。
3297、一族同士が親しくなることは、
　　　とても美しい情景である。
3298、一族の心はつながり互いの関心は深まる、
　　　これはこの世の美徳の一つだ。
3299、愛情あふれる一族の詩人がうたった、
　　　彼は一族と心でつながっている。
3300、「長く別れていた家族の再会は、
　　　喜びあふれて心を満たす、

第 40 章　絶賛、覚醒を訪れる

3301、二人が出会えた幸せは、
　　　ふたたびの別れを望まない。」

覚醒、絶賛に尋ねる

3302、覚醒は身内たちの様子を尋ねた、
　　　絶賛は答えた、「皆、元気です。」
3303、覚醒は再び言った、「教えてください、
　　　どんな風の吹きまわしであなたはここに来たのですか。
3304、あなたは王に仕えていると聞いています、
　　　自分の知識を使って、人びとを幸福にしていると。
3305、あなたは万民の重責を負っているというのに、
　　　なぜそれを残して、ここに来たのですか。」

絶賛、覚醒に答える

3306、絶賛はこのように答えた、
　　　「あなたと会うのがわたしの願いでした。
3307、わたしはここに来てあなたと会い、
　　　あなたへの心配や不安をぬぐいたいと思っていました。
3308、わたしはあなたと会うことを願っていましたが、
　　　今日、機会があってあなたの側に来ることができました。
3309、歳月は流れ、久しくお会いしていません、
　　　いつも会いたいと思っていたがかなえられませんでした。
3310、今、わたしはあなたと二人いっしょになれました、
　　　わたしの願いが実現したことをアッラーに感謝しています。
3311、もし互いが元気に生きてさえすれば、
　　　兄弟よ、願いはかならず実現します。
3312、人の短い人生で多くの経験をしながら、
　　　たえず希望を見失わなかった人が語っています。
3313、『人は生きていれば願いを実現できる、
　　　命は願望を実現する最高の元手だ。

第40章　絶賛、覚醒を訪れる

3314、人は生きていれば、互いを探し出すことができる、
　　　 元気でさえあれば、かならず会うことができる。
3315、願いがかなうことを祈らず、命あることを祈れ、
　　　 命あることこそ人間の願いを実現する礎(いしずえ)なのだ。』
3316、アッラーはついにわたしたちの願いをかなえてくださった、
　　　 このように元気にあなたと集うことができます。
3317、わたしは他にもあなたと話したいことがあります、
　　　 よければ聞いてください。」

第41章

覚醒と絶賛、論争をおこなう

覚醒、絶賛に答える

3318、覚醒は答えた、「その前に、
　　　ひとこと、わたしに挨拶させてください。
3319、あなたはわたしに親族の深い絆と愛情を示してくれました、
　　　アッラーがあなたに美名と幾万もの恩恵を賜りますように。
3320、まだ他に話したいことがあれば、
　　　思ったことを遠慮なしにお話しください。」

絶賛、覚醒に答える

3321、絶賛の答えは次のようであった、
　　　「あなたに会えて、わたしの目は輝きました。
3322、人は自分の願いのために奔走しても、
　　　智者よ、苦しいとは誰も思わないでしょう。
3323、経験を経た人物の話を聞いて欲しい、
　　　寛大な人よ、あなたがその意味を悟ることを願います、
3324、**「理想を実現するために足を踏み出す、**
　　　一歩ごと、その到達点に近づいていく、
3325、**理想のために奔走すれば、遠い道も近くなり、**
　　　理想を実現させれば、心も平安となる。」」

3326、絶賛はつづけた、「本当のことです、
　　　わたしはあなたのことを心から心配していました。
3237、あなたは町を去り、親族を捨て、人びとから離れ、
　　　そばには誰ひとり親しい人はいません。

第 41 章　覚醒と絶賛、論争をおこなう

3328、あなたは貧しい土地で孤独と飢えと寒さに耐え、
　　　一人孤独のなかに苦難を受けていました。
3329、親族たちはあなたが一人で祈禱していることを心配し、
　　　会うこともできない日々を悲しみで過ごしています。
3330、アダムの子孫は誰も孤独で生きることはできません、
　　　わたしはあなたが一人でここに生活し、病気にならないか心配です。
3331、そのことを考えると、
　　　家でゆっくり眠ることすらできませんでした。
3332、アッラーは、あなたのために地獄を創造されたのではありません、
　　　すべての苦しみをあなた一人に与えたのではありません。
3333、あなたはなぜ自分で自分を苛まなければいけないのでしょう、
　　　どうかその理由を教えてください。」

覚醒、絶賛に答える

3334、覚醒は答えた、「話は分かりました、
　　　わたしもあなたに答えを聞いて欲しい。
3335、あなたの話にはどれも真心がこもっています、
　　　兄弟の情に満ちています。
3336、兄弟が兄弟の心配をしなくて誰が心配してくれるでしょう、
　　　知らない人の誰がそんな心配をするでしょう。
3337、わたしが一族を離れ一人ここに住む理由を、
　　　だからこそ、あなたに話したいと思うのです。

3338、わたしはここで自分の信仰の正しさを知りました、
　　　祈りによって心の救いを得ました。
3339、なぜわたしがここに来たかというと、
　　　自分一人だけでアッラーにお祈りできるからです。
3340、人は俗世のことと交われば、
　　　来世のための善行を修めることができません。
3341、俗世の門を完全に閉ざさなければ、

第41章　覚醒と絶賛、論争をおこなう

　　　　　創造主に敬虔に仕えることはできません。
3342、人は肉体的欲望を抑制しなければなりません、
　　　　　そうしてこそ礼拝の喜びを味わえるのです。
3343、ある敬虔な信者が言っています、
　　　　　『人間の世俗的な欲望と信仰は相いれない、
3344、感情と欲望は信仰の大きな敵である、
　　　　　この二つは礼拝者を道に迷わせる。
3345、肉体に溺れた人間はその虜となろう、
　　　　　身も心も欲望に駆られたら奴隷に堕ちる。
3346、肉体に負けずそれを理性で断ち切りなさい、
　　　　　肉欲が生じたら智恵をもって克服しなさい。』

3347、こういう理由でわたしは町や人を捨て、
　　　　　一人でここに住み苦労を進んで受けています。
3348、わたしは世間と離れて暮らしてからずっと、
　　　　　空論やむだ話や悪口を言ったことはありません。
3349、兄弟よ、あなたはわたしを一人孤独だと言いました、
　　　　　しかし、わたしはアッラーと共にあるだけで充分なのです。
3350、わたしは親族から離れ遠く辺境に住んでいます、
　　　　　わたしが飢えや寒さで苦労していることを知られたくありません。
3351、人の心はもろく、それを守るのは難しい、
　　　　　一度砕けたらアッラーだけがそれを慰められるのです。
3352、わたしは人びとに利益をもたらすことはできません、
　　　　　しかし、人びとを傷つけ損失を与えることもないのです。
3353、善悪や利害得失はすべてアッラーがお決めになること、
　　　　　ごらんなさい、アッラーはすべての主宰者です。
3354、上は玉座から下は塵芥(ちりあくた)まで、
　　　　　同様にアッラーがすべてを制しています。

3355、名ある人よ、人の世のすべての利害を、

第41章　覚醒と絶賛、論争をおこなう

あなたは皆知っており、理解しているでしょう。
3356、今、あなたがわたしの修行の利点を問うのなら、
　　　この修行から真実の神への服従がはじまることです。
3357、人間はアッラーのしもべと呼ばれています、
　　　だから、人は朝夕なく神を祈らなくてはなりません。
3358、全能のアッラーを認めるか認めないかにかかわらず、
　　　常に祈りの言葉を唇に唱えておかねばなりません。

3359、一人暮らしはわたしになにも害を与えない、
　　　むしろ健康と信仰を保つことができました。
3360、ある詩人の言葉を聞きなさい、
　　　表面だけではない、内に深い意味がある。
3361、「**完全なる者よ、孤独を厭うことなかれ、
　　　太陽が誰を傷つけるというのか、**
3362、**オウムは自分だけで言葉を学ぶ、
　　　孤高の修道者は、一人深く祈りを捧げる。**」

3363、兄弟よ、あなたが世間の人と交際することは賞賛する、
　　　しかしわたしにどうしてあなたと同じことができましょう。
3364、考えてみなさい、今、あなたがここに来て以来、
　　　わたしはずっと礼拝をやめています。
3365、ただあなた一人と会っただけでもこんなにむだにします、
　　　わたしにさらなる損失を強要しないでください。
3366、このように、わたしが世間と交わったなら、
　　　アッラーへの祈りを顧みることができるでしょうか。」

絶賛、覚醒に答える

3367、絶賛は答えた、「あなたの話はよく分かりました、
　　　顔を背けないで、わたしの意見も聞いてください。
3368、あなたが話したことは多分その通りでしょう、

第41章　覚醒と絶賛、論争をおこなう

しかしよく見ると、これは口実にすぎません。
3369、もし男子が名声をこの世にとどめたいと思うなら、
　　　生きているあいだに人びとのために善行を施さなくてはなりません。
3370、あなたが世の人びとのために幸せを作れないのなら、
　　　あなたの生きた証しを誰が見ることができるでしょう。
3371、だから人は妻を娶り子どもを育てます、
　　　子どもがいないと忌わしい呪いとまで言われるのです。
3372、ある名士が語ったことです、
　　　『妻は子孫を継承する霊薬である。』
3373、死に臨むと子がない者は後悔して言います、
　　　『たくさん子どもを生み跡取りにしなさい』と。
3374、あなたの後に子どもがあれば、
　　　あなたは死んだのではなく、生きていることと同じです。
3375、人は子どもを持たずに死ねば子孫が途絶えます、
　　　子孫がなければ名声も跡形なく消え失せます。」

覚醒、絶賛に答える

3376、覚醒は答えた、「確かにその通りです、
　　　しかし、違う考え方もできます。
3377、もし子どもが善良な人間であれば、
　　　あなたの言うことは正しい。
3378、だが子どもが悪人となれば、あなたは嘆くこととなる、
　　　自分が死んでも息子は親のことをすぐに忘れます。
3379、あなたは名声を傷つけられ罵られ、
　　　知らぬ者たちから罵倒されることさえあるのです。
3380、敵など必要ないのに子どもたちが敵になる、
　　　あなたに子どもがなければ、どれほど良かったか。
3381、敵となった息子にあなたはなにが期待できますか、
　　　敵となれば彼はあなたを傷つけるだけです。
3382、大学者が簡潔にのべていました、

第41章　覚醒と絶賛、論争をおこなう

　　　　『子どもは影のようにあなたから離れない。』
3383、同様のことを他の賢人も語っています、
　　　　彼の言葉は正直な人間の気持ちです。
3384、**「さんざん心を砕いてみたが、**
　　　　親の苦労を子は知らない、
3385、**おまえは今際の断末魔、**
　　　　子どもは遺産の金勘定。」

3386、結婚とはちょうど船に乗るようなものです、
　　　　船出の後は大海に漂うだけです。
3387、子どもを生んだら船は壊れる、
　　　　誰が海底で生きられましょう。
3388、子どもを持つ父親とは哀れな者です、
　　　　彼の食事にはいつも苦い薬が入っているのです。
3389、悪い子どもは父母が死んだら、
　　　　両親の名前すら覚えていないでしょう。
3390、こんな子どもにどうして期待などできますか、
　　　　彼は生来の悪い性格で親をも裏切るのです。
3391、親は子どもという災いの種に苦労しますが、
　　　　それはちょうど象を背負って運ぶと同じような苦しみです。
3392、あなたは世間と交われと言いますが、
　　　　それが良いことでもわたしにとっては大きな負担です。
3393、博学の賢人が良い言葉を残しました、
　　　　『人間の心は脆いもので守るのは難しい。
3394、それはガラスの瓶のようなもので、
　　　　よく見守って、壊してはいけない。』
3395、心が繊細な器官であることは証明されています、
　　　　熱いときには溶け、冷たいときには凍る。
3396、友人の心を傷つければ、隠れた敵に変わります、
　　　　一人の敵ができれば千の諍いが起こるでしょう。

第41章　覚醒と絶賛、論争をおこなう

3397、敵がいるとあなたの生活は憂鬱なものとなります、
　　　敵がいる所、どこにでも禍が起こります。
3398、たとえあなたの敵が小さくとも、おおわたしの英雄よ、
　　　彼のことを大きなものと思ってください。
3399、考えてみてください、ハエが象を敵として、
　　　いつも付きまとえば、象は安楽を得られません。
3400、人生を同じ敵と戦いつづけた、
　　　ある人物の話を聞いてください。
3401、「**敵を弱いとあなどるな、**
　　　俺は強いと大口をたたくな、
3402、**善き人とは友となれ、**
　　　悪しき敵には仇(あだ)となれ。」

絶賛、覚醒に答える

3403、絶賛は答えた、「聞いてください、
　　　どうかわたしの言葉を心にとどめてください。
3404、アッラーは意味あって、この世を創造しました、
　　　人類に純潔な飲食を与え、それを作ることを許しました。
3405、あなたが善い人を見つけ友情を結べば、
　　　彼はあなたのために善いことをするでしょう。
3406、もし有益であれば、その人と交際しなければなりません、
　　　他人に利益をもたらす人は、自分にも利益をもたらします。
3407、荒野に一人で生きる人は誰にも益を与えられません、
　　　どうやって彼が他人に善行をおこなえましょう。
3408、寛大な人よ、人に役立たぬ者は死んでいるのと同じです、
　　　人のために働きなさい、死人になってはいけません。

3409、人は多くの友人たちと交際すると、
　　　名声が広まり、仕事は順調に進みます。
3410、友人は彼を助け現世での願いを実現してくれる、

第41章　覚醒と絶賛、論争をおこなう

　　　　　もし彼が来世で望んでも同じようにするでしょう。
3411、問題が起きれば、友人たちはあなたを懸命に助けてくれます、
　　　　　幸せなときには、あなたと共に喜んでくれます。
3412、あなたに美徳があれば友人たちはそれを皆に伝えてくれます、
　　　　　欠点を見ても自分の心の奥に閉まってくれるでしょう。

3413、敵は人に警戒と緊張を強います、
　　　　　そして彼の品行や欠点を喧伝します。
3414、人は敵に出会ってこそ、
　　　　　自分の勇気と名声を知らせることができます。
3415、多くの美徳と才能を持つ者は、
　　　　　多くの敵を持つに違いありません。
3416、気高い性格と高貴な生まれの者は、
　　　　　多くの敵の中傷を招くでしょう。
3417、善い人間には敵が多く悪人には敵がいない、
　　　　　事実です、それは悪人が屍（しかばね）だからです。
3418、ある人に、山ほどの敵がいたら、
　　　　　彼の美徳が常人を超えているということです。
3419、勇士は敵と戦って名を上げます、
　　　　　敵のない者はなんの便りもありません。
3420、高徳の人が言っています、
　　　　　彼は才徳で自分の理想を実現しました。
3421、「おまえを誹謗する千人の敵がいなければ、
　　　　　どうして英雄と呼ばれよう、
3422、千匹の犬に吠えられて逃げる腰ぬけが、
　　　　　偉大な狼と言えようか。」

3423、あなたは一人で暮らし、人と交わりもせず、
　　　　　空論を弄（もてあそ）ばずむだ話をすることもない、と言います。
3424、他の人間がいないのに、誰があなたの言葉を聞くのでしょうか、

第41章　覚醒と絶賛、論争をおこなう

　　　　人の輪のなかにいないのに、誰があなたに話しかけるのでしょうか。
3425、まことの人物は大勢の人びとのなかで生活し、
　　　　言葉をうまく使いながらふさわしい地位につくのです。
3426、彼は粗暴な言葉には柔らかい言いまわしで、
　　　　辛辣な言葉には甘いもの言いで応えます。
3427、他人の苦労を背負っても、他人に迷惑はおよぼさず、
　　　　他人が危害を加えても、恨みの代わりに徳をもって返します。
3428、彼は心広く、すべての恨みや苦しみを忘れ、
　　　　思ったことはすぐに話し、隠すことはありません。

3429、ある人物が話したことをお聞きください、
　　　　彼は高潔な徳をもって名を馳せた人です。
3430、『人に粗暴な言葉を投げつけてはいけない、
　　　　汚い言葉は何年も人の心に傷を残す。
3431、あなたを罵る者があれば彼を賞賛しなさい、
　　　　彼は恥知らずとされ、あなたは寛大だと思われる。
3432、あなたは不実な者にも誠実でありなさい、
　　　　不実は悪への、誠実は善への道だから。』
3433、あなたが交流を絶った親族と、
　　　　友よ、親しくなるようあなたから努力すべきです。
3434、あなたに非道をおこなう者があっても許しなさい、
　　　　許すことは信仰の道です。
3435、奴隷がまちがいを犯しても寛大にしなさい、
　　　　怒りが過ぎれば、善行を積むことができます。
3436、男子は辛酸をなめるべきです、
　　　　死が来るまで、忍耐強くあらねばなりません。

3437、今日あなたは一人わびしく部屋にいます、
　　　　善き人よ、なにか良いことがあるのでしょうか。
3438、あなたは享楽・幸運・願望のなにも見ていません、

　　　　金銀財宝もあなたとは無縁です。
3439、あなたには土地も御殿もありません、
　　　　子どももいないし奴隷も駿馬もない。
3440、あなたには権力もなく、人から抜きんでる意志もない、
　　　　ただ自我を抑えて美しい名誉を得ようとしているだけです。
3441、あなたは今までなにを得たのか、なにを捨てたのか、
　　　　どのような無知な人があなたを修道者と呼ぶのでしょう。
3442、多くを捨て、乏しさに満足できる者、
　　　　このような人だけが修道者となります。
3443、自分の願いを実現できなかった者は修道者となるでしょう、
　　　　ただ耐える以外、他に道がなかったからです。
3443、まことの男は千回も願望に挑戦し、
　　　　それに失敗したとき、潔く願望を捨てるものです。
3445、彼は衣食を貧しい人びとに与え、
　　　　アッラーに祈り、敬虔な心になります。
3446、世界が彼のものになっても執着せず、
　　　　すべてが去っても嫌な顔をしない。
3447、彼は願望を成し遂げる力があったとしても、
　　　　言行に違いなく、欲望を制御できます。
3448、一つの詩がそのことをうたっています、
　　　　誠実な人よ、自ら体験し実行することを願います。
3449、「**本物の男は力があっても、**
　　　　己を慎む、
3450、**世界を得ても克己自制をたもつ、**
　　　　ひと、彼を聖人と呼ぶ。」

　　　　　　　　覚醒、絶賛に答える

3451、覚醒は答えた、「本当のことを言いなさい、
　　　　満月の如き男よ、わたしに望むことはなにか。
3452、わたしがなにを言ってもあなたは反発する、

第 41 章　覚醒と絶賛、論争をおこなう

　　　　　わたしの話を批判し、わたしに腹を立たせる。
3453、あなたはなにを求めてここに来たのか、
　　　　　隠さずはっきり言ってください。」

絶賛、覚醒に答える

3454、絶賛は答えた、「わたしはある目的をもってここに来ました、
　　　　　どうかしっかり聞いてください。
3455、日の出王があなたのことをお聞きになり、
　　　　　あなたが国のために必要だと言い、わたしを遣わしました。
3456、あなたに会うことは、陛下のたっての願いなのです、
　　　　　わたしを使者として派遣し、あなたを呼ぶために訪れたのです。
3457、だからどのように難しくとも、あなたは行かねばなりません、
　　　　　その願いを聞き入れ、陛下に謁見しなくてはなりません。

3458、我らの王は本当に素晴らしいスルタン[1]です、
　　　　　民に正義と慈愛をもって接しています。
3459、陛下にお会いした誰もが無限の幸福を感じます、
　　　　　彼らは現世も来世も幸運を享受できるでしょう。
3460、あるベグが語ったことを聞いてください、
　　　　　彼は智恵に富み、法にしたがい国を治めました。
3461、『法と正義を遵守するベグこそ幸運の化身、
　　　　　彼のまわりに集う者はその栄光を享受できる。
3462、公正なベグがいると聞けば、
　　　　　志ある男子は彼と共に幸運をめざすべきである。
3463、正義と法は天を支える柱であり、
　　　　　柱が傾けば天は支えられなくなる。
3464、もし世界に法を遵守するベグがいなければ、
　　　　　アッラーは七層の天[2]を破壊するだろう。
3465、公正なるベグに謁見すれば幸運に祝福され、
　　　　　罪は洗い清められ善功が積まれよう。』

第41章 覚醒と絶賛、論争をおこなう

3466、今日、わたしが立派な成人となり得たのは、
　　　すべて国王が助けてくださったおかげです。
3467、アッラーはわたしに知識と智恵を授けてくださり、
　　　多くのたいせつな仕事を成し遂げることができました。
3468、アッラーはわたしのために叡智を授け、
　　　わたしに多くの人びとの肩の重荷を背負わせました。
3469、今日、陛下はあなたを召し抱えて、
　　　わたしといっしょに王国の難題を解決させたいと願っておられます。
3470、わたしをここに送ったのも陛下があなたを召し抱えるためです、
　　　おお英雄よ、わたし一人で帰ることのないようお願いします。
3471、これは国王が自らお書きになった手紙です、
　　　なんと書かれてあるのか、お読みください。」

覚醒、絶賛に尋ねる

3472、絶賛はその手紙を覚醒に手渡した、
　　　覚醒は少し待ってから手紙を開いた。
3473、覚醒は手紙を読み終えると考えて言った、
　　　「王の言葉は賢さに満ちている。
3474、陛下はわたしと会うためにお召しになった、
　　　手紙にはたくさんの素晴らしいことがのべられている。
3475、陛下の要請はわたしにとってたいへん大きなことだ、
　　　智恵を貸して欲しい、わたしはどのようにすればよいのか。」

絶賛、覚醒に答える

3476、絶賛は彼に答えて言った、
　　　「王さまはいつもあなたのことを口にしています。
3477、ひとこと話せばあなたのことで話は止まりません、
　　　陛下はあなたの顔を見たいと渇望されておられます。
3478、人が誰かを思うとき、心は常にその人を想います、

第 41 章　覚醒と絶賛、論争をおこなう

　　　　　彼はその人の名をずっと口ずさむのです。
3479、恋人の心は恋した者の面影をいつも慕います、
　　　　　ある詩人が次のようにうたっています。
3480、「誰かが乙女を愛したら、乙女はいつも彼の側、
　　　　　瞳の光の届く場所、ほほ笑む彼女の白い顔、
3481、心の願いはなにかと問えば、
　　　　　口を開いて乙女の名。」」

覚醒、絶賛に答える

3482、覚醒は答えた、「どうか教えてください、
　　　　　あなたの言う通りにしましょう。
3483、あなたはわたしにもっとも近い親族です、
　　　　　兄弟のよしみでどうすべきかを教えてください。
3484、なにか良い方法がないか相談したい、
　　　　　あなたの考えを借りてこの難題を解決したい。
3485、あなたはわたしの身内であり友であります、
　　　　　身内と友の二つは同じものと言ってよい。
3486、だからわたしはあなたを心から信頼しています、
　　　　　なにをすべきか、あなたの意見を聞かせてください。」

絶賛、覚醒に答える

3487、絶賛は答えた、「幸運の人よ、
　　　　　わたしの意見を求めないでください。
3488、王さまがあなたをお召しになられたからには、
　　　　　なにをわたしに話すことがありましょうか。
3489、わたしといっしょに陛下のもとへ行きましょう、
　　　　　どうして行かないという答えなどできるのです。
3490、あなたを宮廷に連れて帰ればわたしにも大きな利益があります、
　　　　　自分の利益を考えても、あなたに智恵を貸すはずがありません。

第41章　覚醒と絶賛、論争をおこなう

3491、チギルの *賢人はこのように言っています、
　　　知識のない者は彼に敬服しなさい。
3492、『己の利益を求めている者に相談するな、
　　　あなたにはなんの得も与えない。
3493、兄弟よ、あなたが相談できるのは、
　　　自分の利益を考えない者だけだ。
3494、私利をもくろむ者は自分の打算で、
　　　才能がなくても才能があると言う。
3495、誰かの助言が欲しいときには、忠実な人間を選びなさい、
　　　あなたに良い意見をくれるだろう。
3496、もっとも忠実な人物、それはあなた自身のこと、
　　　よいか、他人をかんたんに信じてはならないぞ。』
3497、どうすべきかは、あなたが自分で判断できるでしょう、
　　　このことをわたしと相談することはありません。

3498、わたしはあなたを連れにここまで来たのです、
　　　だから答えはかんたんです、"行きましょう"。
3499、人びとのなかでこそ善徳を施し、神の功徳を求められます、
　　　ここの場でそれをさがすのはたいへん難しい。
3500、わたしは前にもあなたに言いました、
　　　町で生きることには多くの利点があります。
3501、今は選んでください、わたしの言いたいことはもう分かるでしょう、
　　　アッラーはご存じです、わたしの思いはすべてあなたのためです。

3502、なぜかわかりませんが、あなたは世のなかから逃げています、
　　　どうか人びとと交わり、彼らのために仕事をしてください。
3503、貧苦に喘ぐ多くのムスリムの幸せのために力を貸してください、
　　　アッラーはあなたに高い位と精神の楽園を授けるでしょう。
3504、あなたは、言行一致の正直な性格を守るかぎり、

---

*　チギル（Çigil）　カラ・ハーン朝の構成要素であった古代テュルクの部族の一つ。

第 41 章　覚醒と絶賛、論争をおこなう

　　　　　幸運に満ちた人生を送ることができるでしょう。
3505、ですから、世のなかから離れて生活すべきではありません、
　　　　　他人の欠点を責めず、自分のことを考えてください。
3506、智者よ、このことについて詩がのべています、
　　　　　注意深く読んで、実践してください。
3507、「**望むところに行きなさい、されど真実と共に、**
　　　　　高貴な生まれを鼻にかけるな、求めるものは善徳のみ、
3508、**高潔な人はあなたを忘れない、**
　　　　　あなたの行くところ、正道だけが広がって行く。」
3509、善徳は場所を選びません、
　　　　　正しいおこないはどこにいても心が晴れやかです。
3510、たゆまず善いおこないをしてください、
　　　　　善行はかならずふさわしい報いを得ます。
3511、正しいことをおこない、悪事を犯していけません、
　　　　　そうすれば、どこにあっても恐れを知りません。」

　訳注
〔1〕**スルタン**　イスラーム国家の支配者の称号の一つ。もともとアラビア語で力、権力、統治権などの意味があった。
〔2〕**七層の天**　イスラームの宇宙観。天空は七層あり、現世は一番下の七層目。断食のカディルの日の夜には七層の天のすべてが開いて神がおりる。

第42章

覚醒、絶賛にこの世の欠陥を論ずる

3512、覚醒は答えた、「あなたの意見は聞きました、
　　　今一度わたしの考えをのべましょう。
3513、あなたはこの世界を愛しています、だから、
　　　この世のすべての欠陥もあなたには完ぺきに見えます。
3514、それは不思議なことではありません、格言にもあります、
　　　『おまえが愛する者には傷がない。
3515、それは愛すること自体に夢中になっているからだ、
　　　すべての短所が恋人には美点と映る。』
3516、ある恋人はより的確にそれについてのべました、
　　　『恋人の目には欠点が長所に変わる。
3517、まちがいない、まことの愛のしるしは、
　　　恋人の欠点が美しく見えるときだ。』
3518、同じように、あなたはこの世界をとても愛しているので、
　　　その欠点を美徳のように思うのです。
3519、あなたはなぜわたしにこの世界を讃えるのか、
　　　反対にわたしはこの世界の欠陥を話しましょう。

3520、アダムが罪を犯したためアッラーは彼を罰しました、
　　　アッラーは世界を牢獄にして彼を拘留したのです。
3521、牢獄のなかで実現できる願いがなにかといえば、
　　　幸福のすべてが天国にあることを信ずるだけです。
3522、人の祖先が天国の禁断の麦[1]を食べてしまったことで、
　　　この世界は人が罪をあがなう場所となりました。
3523、アッラーが嫌うものを悪魔は好み、
　　　アッラーが排除するものを悪魔は恋い焦がれます。

第42章　覚醒、絶賛にこの世の欠陥を論ずる

3524、だからアッラーはしもべのだれかを選んで、
　　　この世の財物を一切与えず、正しい道を示すのです。
3525、この世の幸福はかならずしも良いものと言えません、
　　　それはアッラーから引き離し、信仰を破滅させるからです。

3526、『わたしは神である』と叫ぶものは狂人です、
　　　現世の利益を求めて腐肉となった犬と同じです。
3527、人は富を得れば傲慢となり思い上がるでしょう、
　　　貧しさは人を謙虚にさせます。
3528、人は裸で生まれ、裸で去ります、
　　　集めた財はなにになろうか、ただ人の世に残るだけです。
3529、騙されていることが分からないのですか、死に行く人よ、
　　　たった二日間、宿に泊るだけの旅人なのではないですか。
3530、あなたは知っている、生きることは死に向かうことだと、
　　　死は自分の出番の合図を待っています。
3531、現世の門はすでに開かれました、死の門もすぐ開かれます、
　　　生きとし生けるもの、皆その門に向っていくのです。
3532、あなたはたった二日の快楽のために、
　　　目を開けてこの業火のなかに飛び込むのですか。

3533、世界は気まぐれで、幸運は移り行きます、
　　　あなたに与えたと思ったら、すぐに奪っていきます。
3534、あなたがベグであろうと、奴隷であろうと、
　　　善い人であろうと、ならず者であろうと関係ありません。
3535、幸運は一人をベグとして宮殿に昇らせるとすぐに、
　　　他の一人をその代わりとして手まわしします。
3536、ごらんください、世界は影のようなものです、
　　　あなたが追えばそれは逃げ、あなたが逃げればそれは追う。
3537、次の金言が教えています、
　　　正直な人よ、その意味を解ってください。

第42章 覚醒、絶賛にこの世の欠陥を論ずる

3538、「逃げ足速いこの世界を誰が捕まえられようか、
　　　逃げようとてこの世界から誰が逃げられるというのか、
3539、富への渇きは信仰に仕返しする、
　　　見よ、財富を享受すれば信仰は打ち砕かれる。」

3540、世界は花嫁のように自分を着飾って、
　　　あなたの気持をなびかせます。
3541、しかしあなたが彼女を恋い慕えば、
　　　老婆に変わり昼夜を問わず袖をつかんでつきまといます。
3542、不実で気まぐれな彼女は、
　　　一人の男（ベグ）と生活するのは三か月も難しい。
3543、もし彼女を恋い慕ったら、
　　　歳月をむだにし、死ぬまぎわに後悔します。
3544、命はたいへん貴重なものです、
　　　意味のないことに使ってはなりません。
3545、もし命を虚栄のために費やしたら、
　　　勇者よ、あなたはなにも蓄えることができません。

3546、この世の事物は三つに分かれます、
　　　一つはハラル、一つはハラム、一つは分別できぬもの。
3547、ハラルは報われるもの、ハラムは罪をまねくもの、
　　　分別できぬものは注意して扱うものです。
3548、あなたが世界を恋しても、最後は置いていかれるでしょう、
　　　はじめは快楽を与えても、やがて態度を変えるでしょう。
3549、彼女は快楽であなたを太らせますが、
　　　いずれ悲しみで痩せさせていくでしょう。
3550、本当です、楽しみの後には苦しみが来る、
　　　苦しみの後には楽しみが続くということは。
3551、頂上を幸運とすると、底は苦難です、
　　　前を苦難とすると、後ろは幸福です。

第42章　覚醒、絶賛にこの世の欠陥を論ずる

3552、敬虔で明晰な人物が話したことです、
　　　『遠く離れなさい、世界はおまえに禍をもたらす。
3553、おまえの言う豊かさとは貧しさのことだ、
　　　おまえにとっての貧しさとは真の豊かさである。
3554、誰かがおまえを貪り喰えば、最後はおまえも彼の肉を喰うだろう、
　　　黒い土の下でも、おまえは恨みのために彼に復讐するだろう。
3555、おまえが造った宮殿もすぐに破壊され、
　　　おまえが集めた財宝も散り散りに消え失せるだろう。』

3556、現世はまたたくまに去っていきます、
　　　目覚めなさい、来世はすぐです、すぐに来ます。
3557、去る者は慌ただしくあなたから離れていき、
　　　来る者は素早くあなたの目の前にやってきます。
3558、分別ある者は去るものを追わず、
　　　智恵ある者は来るもののために準備します。
3559、自分の死が分かった人には喜びがなくなります、
　　　他人の死を見た人は長く生きることを考えません。
3560、旅する人は途中で家を建てません、
　　　去りゆく者は住まいもなにも残しません。
3561、この世は隊商宿であなたは旅客です、
　　　宿での長居を望んではなりません。
3562、現世の財物はまことの宝ではありません、
　　　財物を持った者は性格が変わります。
3563、修行者が個人の財産を捨てることは、
　　　現世の財産を次の世の財物と交換するためです。

3564、この世界は見えない罠であり、
　　　財物はあなたを捉えるおとりです。
3565、人間の欲望は飽くことを知らず、

第42章　覚醒、絶賛にこの世の欠陥を論ずる

　　　　その罠に掛からずにはおられません。
3566、敬虔な修行者がどのように言ったか聞いてください、
　　　　彼は世のなかを注意深く歩みました。
3567、**「罠は隠れているが、餌は露わに見える、**
　　　　それは着飾った新妻のようにおまえを誘う、
3568、**貪欲でせっかちなおまえは餌を食べ、**
　　　　おまえの足は枷に絡まる、おお強欲な者よ。」
3569、世界の財物をすべて集めたとしても、
　　　　幸運を楽しみながら千年過ごしても。
3570、最後にあなたが休む場所は、
　　　　黒い土の下の暗い穴です。
3571、人生は夢のようなものです、
　　　　過去にしたことには、かならず報いがあります。
3572、そのとき（審判の日）、あなたの後悔はなんの役にも立ちません、
　　　　歳月があなたの証人となるでしょう。

3573、この世の楽しみは三つだけです、
　　　　三つの楽しみに優劣はありません。
3574、一つめは飲み食べること、
　　　　二つめは妻、もし夫を喜ばせるのであれば。
3575、三つめは健康な暮らし、
　　　　三つのうちのどれも欠けてはいけません。
3576、すべての楽しみはこの三つから派生しますが、
　　　　同時に、避けられない報いも生まれます。
3577、兄弟よ、その一つは飲みかつ食べることです、
　　　　友よ、それはあなたに苦しみも持ってきます。
3578、『喉の喜びは三本分の指〔2〕』と言われます、
　　　　それを過ぎれば腹の皮が破れるでしょう。
3579、食べものがうまく消化できなければ、
　　　　気分が悪くなり、病気に侵されます。

第42章　覚醒、絶賛にこの世の欠陥を論ずる

3580、病気はあなたに死の知らせを持ってきます、
　　　注意深い人よ、死にはなんの楽しみもありません。

3581、もう一つの楽しみは妻との楽しみです、
　　　それは冷や水をかけられるような苦しみを受けます*。
3582、そのあとに息子や娘たちがやってきます、
　　　子どもたちに対する負担は本当にたいへんなものです。
3583、ある詩人の妙言を聞いてください、
　　　女と子どもは男の精力を消耗させます。
3584、**「女と戯れることは楽しいが、**
　　　氷の水が跳ね返る、
3585、**楽しみあるところ悩みがあり、**
　　　甘さあるところ苦さがある。」
3586、生きることの楽しみとはかようなものです、
　　　この世界はただ苦難の道のりなのです。
3587、今日の日は、生きることは甘く楽しいが、
　　　明日には死があなたに苦い後味を与えましょう。
3588、この世の楽しみは、ただこの三つだけです、
　　　寛大な友よ、あなたはその楽しみの結果も知りました。

3589、この現世が敵なら、肉体がもう一つの敵です、
　　　これら二つの大敵が網を張っています。
3590、三つめの敵が悪魔、信仰の盗人です、
　　　アッラーがこの三つの害悪からお守りくださるよう願います。
3591、なかでももっとも凶悪で狡猾な敵は肉体です、
　　　肉体が邪悪な熱をもたらすのです。
3592、アッラーの名を唱えれば、悪魔は逃げていきます、
　　　現世をあなたのなかから捨て去れば、あなたは残ることができます。

＊　イスラーム教徒の規律によると、房事の次の日の朝、かならず冷水で全身を洗い清める「大浄」
　　をしなければならない。

第42章　覚醒、絶賛にこの世の欠陥を論ずる

3593、だが、どのように肉体から逃れることができるのでしょうか、
　　　　死なないかぎり、それはずっと残るのです。

3594、ある優れた哲人が巧みに語っています、
　　　　知識ある哲人の素晴らしい話を聞いてください。
3595、『肉体がわたしを苦しめ苛める、
　　　　ときにはわたしを笑わせ、みよ、ときにはわたしを涙さす。
3596、その望みに従って、わたしは世界をさまよう、
　　　　ときには寒く飢えながら、ときには温かく横たわる。
3597、欲望は休むことなく訪れる、一つ満足すれば次が来る、
　　　　満たすことなくそれは手におえぬベグとなる。
3598、わたしはこの肉体にうち勝って自分を抑制することができません、
　　　　慈悲深きアッラーよ、どうかそれを抑えてわたしをお助けください。』

3599、肉体は卑劣な暴君であり、
　　　　それが大きくなれば一層凶暴となります。
3600、暴れ馬が太れば、さらに獰猛になります、
　　　　勝手に駆け出し主人を地面にふり落とします。
3601、また、肉体はちょうど一匹の猟犬とも言えます、
　　　　太らせると、主人を忘れ狩りをしなくなります。
3602、肉体は腹を満たした豚と同じです、
　　　　檻のなかに閉じ込められても外に出ようとしません。
3603、それはまた悪戯っ子のようなものです、
　　　　満腹になれば友達と遊びに行きます。
3604、腹が朽ちれば、怠惰になります、
　　　　なにかなそうと思えば欲望を抑えねばなりません。

3605、人生の旅はたった三日の行程[3]です、
　　　　通り過ぎた多くの時間はただの夢となります。
3606、一日は明日、一日は昨日、

第42章　覚醒、絶賛にこの世の欠陥を論ずる

　　　　今日の生活が明日まで続くとは誰が知りましょう。
3607、今日を通り過ぎれば何日生きられる、
　　　　そんなことを考えても意味はありません。
3608、妻との交わりは男の肉欲を消すためです、
　　　　たった一時間でそれは消えます。
3609、どのようであろうとも肉欲は消えます、
　　　　美しくとも醜くとも、抱けば終わります。
3610、同じように、喉の楽しみも腹を満たすだけのことです、
　　　　腹が朽ちて一番は食べるのをやめることです。
3611、飢えをしのぐためならば、大麦も砂糖漬け菓子も同じです、
　　　　胃腸が一杯になれば、すべて側らに残されます。
3612、大麦や砂糖菓子をどれほど食べても、
　　　　明日になればまた飢えを感じるでしょう。
3613、ある敬虔な修道者が言いました、
　　　　修道者は財産などに目もくれません。
3614、「あなたが世界の珍味を味わっても、
　　　　わたしは黍や大麦だけで満足だ、
3615、腹を満たして眠りにつけば、
　　　　二人は同じ時間を過ぎていく。」

3616、いくら財産を集めても、
　　　　最後に持つのは二枚の白い布だけです。
3617、金持ちでも貧乏人でも死んでしまえば、
　　　　同じように土のなかに横たわります。
3618、たった二日の楽しみを享受するため、
　　　　なぜ命は永遠であるかのように自分を欺くのですか。
3619、あなたは一心不乱に財産を集めようとしています、
　　　　死はそのあなたを捉えようと待っています。
3620、日ごと命はあなたから遠のいていく、
　　　　凶悪な死が生命の樹の根元を切り倒すでしょう。

第42章　覚醒、絶賛にこの世の欠陥を論ずる

3621、生きている者はかならず死にます、
　　　しかしいつ死が来るのかは誰も知りません。
3622、幼いときは髭が伸びるのを待ち望んでいました、
　　　青年になったら髭と眉が白くなるのを期待しました。
3623、しかし、一度髭が白くなれば死はすぐそこです、
　　　どんな武器も死を防ぎ止めることはできません。

3624、みすみす自ら身を滅ぼしてはいけません、
　　　現世のために業火のなかに入ってはなりません。
3625、現世の財物は苦い塩水のようなものです、
　　　飲めば飲むほど喉が渇き、歯ぐきさえも潤しません。
3626、人の心は乾いた砂のようです、
　　　河の水さえ彼の貪欲を満たすことはできません。
3627、この世はまるで蜃気楼です、
　　　追い求めれば求めるほど逃げていきます。
3628、肉体を求めて祈りをやめれば、アッラーよ、
　　　敵は容赦なく攻撃してきます。
3629、肉体に頭を下げて降伏してはならない、
　　　肉体は気まぐれで、楽しみは憂いをもたらすだけです。

3630、過ぎ去った生活は再び戻りません、
　　　未来がどうなるのかは、まだ決まっていません。
3631、生きている今を空しく過ごしてはいけません、
　　　アッラーに仕え祈りなさい、死を迎えるために。
3632、悟りを開いた賢人の言葉を聞いてください、
　　　彼は蒙昧の泥沼から抜け出た人です。
3633、「過ぎ去った日々は跡形なく流れた、
　　　明日おまえが生きているのか誰が知ろう、
3634、今日の日はただ過去と未来の出入口にすぎない、
　　　生きているからとてうぬぼれるのでない。」

第 42 章　覚醒、絶賛にこの世の欠陥を論ずる

3635、わたしはここで多くの歳月を過ごしました、
　　　わたしはすでに欲望の手足を切断しました。
3636、あなたはわたしを町に呼びに来ました、
　　　もし欲望がわたしを誘惑したら、誰が助けてくれるのですか。
3637、肉体とは本当に凶悪な敵です、
　　　いつでもどこでも罠を仕掛けています。
3638、志を保ち、肉体の為すがままにさせてはいけない、
　　　聡明な人間はけっして肉体を気ままにさせません。
3639、自分をよく律する人が語ったことです。
　　　彼は自己抑制を学び、欲望を絶ち切りました。
3640、『知者よ、肉体の虜となってはならない、
　　　虜となれば信仰の道は閉ざされるだろう。
3641、肉欲を求める者は、
　　　知識ある人とは呼ばれない。
3642、肉体の奴隷となった者は、
　　　智恵ある賢人とは思われない。
3643、いつも肉欲にふけっている者があれば、
　　　無分別な愚か者と言われよう。』
3644、兄弟よ、愚かな人間とはこういうものだ、
　　　欲望を前にすればいつも膝を屈し身を投げ出す。
3645、これが世界というものです、
　　　この世の欠点について話しました、分かりましたか。」

訳注
〔1〕**禁断の麦**　旧約聖書中の「禁断の木の実」はリンゴやイチジク以外にも宗派や地域によってさまざまに理解されている。ロバート・ダンコフによればイスラームにおいては小麦と信じられている。
〔2〕**喉の喜びは三本分の指**　飲食の喜びのこと。指一本が1割。この場合3割を意味する。
〔3〕**三日の行程**　ユースフは、人間が現世にいる時間をここでは三日と書き、3529番、3532番では二日と書いているが、二泊三日の意。矛盾はない。

315

第43章

絶賛と覚醒、現世の助けを借りて
来世を獲得することができるかを論ずる

3646、絶賛は答えて言った、
　　　「わたしはあなたの話を聞きました、幸福の人よ。
3647、だが次の点をもう少し詳しく聞いてみたい、
　　　それは知識と智恵の鏡となるでしょう。
3648、世界の常があなたの言う通りであっても、
　　　にがい生活の道を避けることはできません。
3649、この広い世界でそんな狭量な性格であってはなりません。
　　　アッラーは罪深いしもべに多くの慈悲を与えてくださいます。
3650、アッラーの罰も恐ろしいが、天からの恩恵も大きい、
　　　罪ある者にとって、天の恵みは貴重です。
3651、アッラーの怒りを畏れ、慈悲を乞いなさい、
　　　しもべにふさわしくアッラーを祈りなさい。

3652、もし世のなかのすべての人が町を捨てたら、
　　　アッラーのために誰もが山の上に押しかけたら。
3653、それこそ大地は荒廃し世界は壊れ、
　　　アダムの子孫は世のなかから絶滅するでしょう。
3654、アッラーは人間に二つの住みかを与えました、
　　　一つは天国、一つは地獄です。
3655、アッラーへの祈りを忘れて、
　　　人びとは現世の利得を追うために日夜走りつづけています。
3656、礼拝を捨て去れば地獄に落ちると言いますが、
　　　このままでは本当に天国は空っぽになるでしょう。
3657、しかし、アッラーは人間に二つの目と耳を与えてくださいました、
　　　一つは現世を、一つは来世を見聞きするために。

第43章 絶賛と覚醒、現世の助けを借りて来世を獲得することができるかを論ずる

3658、アッラーは人間に二本の腕を与えてくださいました、
　　　一つは現世を、一つは来世をつかむために。
3659、二本の足は歩くためにくださり、
　　　一本は現世の道を踏むため、もう一本は来世に向かうため。
3660、智者の言葉は聞く者を引きつけます、
　　　彼は気前よく寛大な人物です。
3661、『アッラーのしもべたちよ、賢くなりなさい、
　　　罪を犯さぬよう、自分を守りなさい。
3662、アッラーは現世と来世を創造した、
　　　現世に生まれた者は、来世も探さねばならない。
3663、全能のアッラーはアダムとその子孫を創造した、
　　　彼ら人間は飢えるときも満ち足りるときもある。
3664、すべての人間には食べものと衣服が必要である、
　　　親しき人よ、命はこれによって維持されている。
3665、身をおおう衣と、胃を満たす食べもの、
　　　これらなくして人間は生きていけない。
3666、正当な財産はこれを享受すべきであり、
　　　その一部は貧しい者たちに施さねばならない。
3667、人間に空腹の心配がなければ良いのに、
　　　だが、このような心配はいつもやってくる。』

3668、たえずアッラーの最後の審判を畏れなさい、
　　　いつもアッラーの恩寵を祈りなさい。
3669、この二つのおこないはしもべの正しい道です、
　　　迷ってはいけません、道から外れてはなりません。
3670、真珠のように知識を散りばめた賢人が語っています、
　　　彼は愚か者にいつも忠告していました。
3671、「祈りと畏れを両の翼にして、
　　　その谷間に自分の行く道をさだめよ、
3672、アッラーの意志に従えば、

第43章　絶賛と覚醒、現世の助けを借りて来世を獲得することができるかを論ずる

　　　　　天国まで飛び立ち至福のときを得られよう。」
3673、祈りと畏れの二つの翼を持った者は、
　　　　　かならず天国への道を飛んで行けます。
3674、"罪が多すぎる"と希望を失ってはなりません、
　　　　　礼拝をたのんで気を緩ませてはいけません。
3675、祈りなさい、礼拝はしもべの務めです、
　　　　　しもべなら、ただアッラーを祈り讃えなさい。
3676、アッラーの教えこそ貴く、己など卑しいものと思いなさい、
　　　　　己は卑しいと知ってこそ、価値あることを得るのです。
3677、どれだけ多く讃えてもまだ足りないと思いなさい、
　　　　　どれだけ多く祈っても己を罪深いと思いなさい。
3678、どれほど自分が言動を正しくしているとしても、
　　　　　この世でもっとも悪い人間だと思いなさい。

3679、わたしはあなたにすべてを言い終わりました、
　　　　　このようにすれば、善い結果となるでしょう。
3680、もしあなたがわたしの意見を受け入れないなら、
　　　　　答えてください、わたしはまたそれに答えます。
3681、話が長いのに良いことはありません、
　　　　　さらに長く話してもなんの意味もないでしょう。」

覚醒、絶賛に答える

3682、覚醒は頭を抱えしばらく考えた、
　　　　　そしてゆっくりあげて言った。
3683、「ここに来るまであなたは苦難を受けつづけました、
　　　　　兄弟よ、そしてわたしにも親切に忠告してくれました。
3684、わたしを心配してあなたは話をしてくれました、
　　　　　アッラーがあなたに祝福してくださることを願います。
3685、あなたの申し出をわたしはよく考えてみました、
　　　　　しかしわたしにとってはふさわしくなく思えました。

第43章　絶賛と覚醒、現世の助けを借りて来世を獲得することができるかを論ずる

3686、気の進まないことは避けた方がよい、
　　　したくないことをするのは危険です。
3687、ある賢者の素晴らしい言葉があります、
　　　彼は人に好かれる清い心の持ち主です。
3688、『あなたにしたいことがあれば、
　　　まず、あなたの心と相談してからにしなさい。
3689、他人と相談したとしても心が納得しないなら、
　　　やはりそれは避けるべきである。
3690、あなた自身よりあなたに忠実な人間は他にいない、
　　　心から願わないことは打ち捨てるがよい。
3691、気が進まないことを強いてしても、
　　　結局徒労に終わり無益となる。』

3692、わたしはあなたの申し出を受けることができません、
　　　これから断りの説明をしましょう。
3693、どうかお許しくださるよう、
　　　わたしを一人でここに残らせてください。
3694、それに、わたしは国王に利益を与えるような才能はないし、
　　　仕事をおこなう力も捧げる言葉もありません。
3695、わたしは世を避けるためにここに来たのです、
　　　どうして世間に戻れましょう。
3696、わたしは自分の身をアッラーに捧げました、
　　　どうして人びとのためにつくすことができましょう。
3697、わたしを許しアッラーのために献身させてください、
　　　あなたにアッラーのご加護を、幸運を祈ります。

3698、これから、あなたがわたしと会うことを希望しても、
　　　来ないでください、わたしがあなたの側に行きます。
3699、わたしには苦難を受けさせてください、
　　　あなたは国王に仕え人びとの幸福のためにつくしてください。

第43章　絶賛と覚醒、現世の助けを借りて来世を獲得することができるかを論ずる

3700、ある誠実な人物の言葉を聞いてください、
　　　彼は仕事に忠実で、人に親切を施しました。
3701、『心がなにかを求めるときはすぐに動きなさい、
　　　それは思っているよりも近くにある。
3702、心にしっかりとした目標をさだめれば、
　　　かならず自分の願いをかなえることができる。
3703、人は自分の理想に向かって進むとき、
　　　疲れもとどまることもなく望みを実現するのだ。』
3704、別の賢者もはっきりのべています、
　　　彼は誠実なことで名高く、人びとの尊敬を受けました。
3705、「誼(よしみ)の深さは気持ちが示す、
　　　心が側(そば)にあれば、遠くの人も間近にいる、
3706、東から西へ行くのも山の峰一つ、
　　　旅の長さは親しさで決まる。」」

絶賛、覚醒に答える

3707、絶賛は答えた、「あなたの話は分かりました、
　　　わたしの話を聞いてください。
3708、兄弟よ、あなたにそのような願いがあるなら、
　　　わたしは強要したり責めたりしません。
3709、わたしの話は終わりました、あなたが平安であることを祈ります、
　　　国王への返事を書き、わたしの立場をお守りください。
3710、陛下は自らあなたに手紙をお書きになりました、
　　　あなたは陛下の招きに応じられなくとも回答はすべきです。
3711、十分に気をつけて答えてください、
　　　わたしはそれにそって陛下にお伝えします。
3712、口述のみならず手紙にしたためてください、
　　　わたしは陛下にそれをお渡しします。」

第44章

覚醒、国王に手紙を書く

3713、覚醒は答えた、「よいでしょう、手紙を書きます、
　　　少し待ってください、聡明な人よ。」

3714、彼は紙とインクを用意し手にペンを握って、
　　　国王に渡す書状を書きはじめた。

3715、彼はアッラーの名の下にペンを動かした、
　　　「主はすべてを創造し育み罪を赦された。

3716、わたしはアッラーを賞賛します、
　　　日々、絶えることなくわたしは主を讃えます。

3717、アッラーは大地、空、太陽、月を創造しました、
　　　また、光と闇、富める者と貧しい者を創造しました。

3718、人類と無数の生命を創造し、
　　　彼らを飢えや寒さに苦しめられないようにしました。

3719、唯一なるアッラーは両世を創造しました、
　　　彼は唯一であって、しかも数えられません。

3720、アッラーは唯一です、疑うことは許されません、
　　　彼と等しいものもありません、心にとどめてください。

3721、栄光と威厳もアッラーのものです、
　　　彼こそ万能で強力、他に匹敵する者はありません。

3722、彼は数えきれないしもべを創造し、
　　　祈り求める者すべてに満足を与えました。

3723、このドームのような巨大な家屋* は暗黒でしたが、
　　　アッラーは太陽でそれを照らしました。

3724、彼はドームの高いところに青い空を創造し、

---

*　世界を意味する。

第44章　覚醒、国王に手紙を書く

　　　　　日や月、星を使ってそれを装飾しました。
3725、下には、褐色の大地に青緑の清らかな水があり、
　　　　　その上には透明な気体と火がある。
3726、乾燥と湿気、暑さと寒さを調和させ、
　　　　　アッラーの創造物たちに分配しました。
3727、彼は望むものを自らの意志によって創造します、
　　　　　いかなる助けも頼るものも必要ありません。
3728、あるときは不信心なしもべの願いをかなえさせ、
　　　　　あるときは熱心な祈りを無用にします。
3729、彼が"あれ"と言えば、それは"ある"、
　　　　　誰も彼の決定を阻止することはできません。
3730、わたしはここで最愛の預言者にかぎりない感謝をささげます、
　　　　　彼はわたしたちの指導者で正しい道に導いてくださいます。

3731、わたしは王さまを祝福し、この手紙を書きます、
　　　　　陛下が健康で平安であることを願います。
3732、陛下はわたしに温情溢れる手紙をくださりました、
　　　　　拝読させていただき、わたしの目も心も輝きました。
3733、陛下の優れたご意見とご要請に対して、
　　　　　言葉をつくしてわたしの気持ちをのべさせていただきます。
3734、陛下は絶賛を通じさまざまな素晴らしい保証をお約束くださいました、
　　　　　名誉と地位、衣、食、贈りものなどを与えるとお聞きしました。
3735、人びとはこれらを得るため忙しく、
　　　　　世界中を止まることなく走りつづけています。
3736、わたしのようになにも功績のない者が報賞を受けたとしても、
　　　　　この幸運と喜びを素直に感謝できるでしょうか。

3737、それに、わたしにはいくつかの欠点があり、
　　　　　陛下のお側に行けば多くの損失を与えるでしょう。
3738、まず、わたしはどのようにお仕えすべきか分からないのです、

第44章　覚醒、国王に手紙を書く

つり合わない仕事はわたしに恥をかかせます。
3739、わたしは宮廷のしきたりも典礼も知りません、
そのような教養もなく臣下がつとまりましょうか。
3740、次に、わたしはこの世界を強く否定しております、
なぜなら世界は不実で無常だからです。
3741、わたしは自我を抑制しアッラーに身をささげました、
アッラーがわたしの信仰を守ってくださることを願います。

3742、わたしには肩をおおう衣服と腹を満たす食べものがあります、
他になにが必要でしょう、これ以上は負担となります。
3743、けっしてわたしが衣食に欠けることのないように、
アッラーはわたしを創ってくださった。
3744、アッラーは今日までわたしを育ててくださった、
ベグよ、これからもわたしを守ってくださるに違いありません。
3745、気前のよいアッラーは陛下に巨富を与えました、
まさかわたしを見捨てることなどないでしょう。
3746、すべての善と悪、すべての貧しさと豊かさ、
それは皆アッラーが為されることです。
3747、わたしはアッラーに帰依し、彼のために祈ります、
世の人びともすべてこの正道に帰依しています。
3748、もし陛下に帰依するというのならわたしは宮廷へ向かいます、
あなたのために命を使い、なにかを得ることができるでしょうか。
3749、陛下とわたしの二人は同じアッラーのしもべです、
アッラーに仕えることにおいてわたしたちは平等です。
3750、しもべが他のしもべに帰依するのは不当なことです、
人間が人間を礼拝することはあってなりません。
3751、崇高な精神を持つ人間はこのようにすべきです、
ただアッラーを祈り、アッラーに忠誠をつくす。
3752、ある聡明な学者が次のように言っています、
彼はアッラーに精進した純粋な人です。

第44章　覚醒、国王に手紙を書く

3753、「人は飢えたり満腹したり、
　　　どうして人を礼拝できようか、
3754、**唯一のアッラーに向かって祈りなさい、**
　　　迷うことなく正道の門を求めなさい。」

3755、おお王さま、次の四つの望みを満たしてくださるなら、
　　　わたしは陛下を礼拝し、陛下の両手に口づけするでしょう。
3756、一つめに、わたしに死のない命をください、
　　　二つめに、老いることのない青春をください。
3757、三つめに、病を持たない健康な身体をください、
　　　四つめに、貧しさを知らない永遠の富をください。
3758、もしわたしの四つの願いを陛下がかなえてくださるのなら、
　　　わたしは陛下に仕え、陛下のために身を捧げましょう。
3759、陛下がわたしにこの四つの美点をわたしに与えてくださるならば、
　　　わたしは陛下のしもべとなることを決意いたします。
3760、もし陛下がこれをおこなう力がないのでしたら、お教えください、
　　　陛下はわたしよりどこが優れていらっしゃるのでしょうか。

3761、わたしには食べるものも着る衣服もあります、
　　　もしまだ必要であれば、アッラーが与えてくれるでしょう。
3762、貴いか賤しいかはアッラーが決めます、
　　　生きるか死ぬかも彼がさだめます。
3763、この道理がわかる理知ある人が、
　　　どうしてこれを捨て、ほかの道をさがすでしょうか。
3764、支配者たちの主、高貴なるベグである陛下、
　　　陛下であってもアッラーのようにわたしを守ることはできません。
3765、わたしがもし夜な夜な宮中で陛下をお守りしても、
　　　わたしをお守りくださるのはアッラーなのです。
3766、陛下が満たされるまで食べなければ、わたしは食をとれません、
　　　アッラーはわたしに先に食べさせ、自らはお食べになりません。

第44章　覚醒、国王に手紙を書く

3767、わたしが苦しんでいても話し相手は必要ありません、
　　　喋らなくてもアッラーはわたしの声に耳を傾けてくださる。
3768、守衛や警らがごろつきの暴力をとめられなくとも、
　　　アッラーはわたしが侮辱を受けないよう守ってくださる。
3769、もしわたしが陛下に罪を犯したら陛下はわたしを許さないが、
　　　アッラーはわたしが千度罪を犯してもお許しくださる。

3770、罪あるしもべがどのように言ったかお聞きください、
　　　彼は心の秘密をさらけ出しアッラーの赦しを求めました。
3771、『おお、もっとも誠実で慈悲深いアッラーよ、
　　　あなたほど慈愛に満ちた方は他にいない。
3772、苦楽のなか、あなたはわたしの願いをお聞きくださいます、
　　　誰も頼れないとき、どうかわたしをお支えください。
3773、あなたは悲しんだり病気にかかったりしたときの特効薬です、
　　　あなたの慰めはわたしを苦しみから解き放してくれます。
3774、あなたの満足はすなわちわたしの喜びで、
　　　至高の主よ、あなたこそわたしの幸福と安らぎなのです。
3775、わたしはあなたに対して多くの罪を犯してきました、
　　　しかし、あなたの恩徳はわたしの罪よりずっと大きい。
3776、わたしの罪をお赦しください、あなたになにも損はありません、
　　　わたしを罰しないでください、罰してもあなたに得はありません。
3777、わたしの罪は多いですが、あなたは恩情をくださるでしょう、
　　　恵みをくださること、それがあなたの仕事です。
3778、もし、あなたが罰したいならわたしはそれにしたがいます、
　　　しかし、あなたはわたしのすべてを赦すこともできます。
3779、あなたは、わたしがあなたを唯一の神と信じていることを知っており、
　　　わたしがアッラーの唯一性を認めていることも知っています。
3780、わたしは自分の罪を恥じ、わたしの心は恥ずかしさに泣いています、
　　　あなたは穏やかで我慢強く、その寛大さはあなた自身の本質です。
3781、この命はもともとアッラーと約束してお預けしたもの、

第44章　覚醒、国王に手紙を書く

　　　　それをもどして他に預けることなどできません。』

3782、おお王さま、現世は一時的なものです、
　　　　そして、命は日ごと消えていくものです。
3783、人はなぜ現世を信じるのか、長く生きたいからか、
　　　　どうして楽しみに夢中になれるのか、自分を欺きながら。
3784、父親は亡くなり兄弟や友人も死んでいく、
　　　　母親は亡くなり子どもらも死んでいく、彼らはどこに行くのでしょう。
3785、多くの死を見るのに、なぜ自分だけは死なないと思うのですか、
　　　　生きている者はいつの日かかならず大地に埋もれるのです。
3786、おお王さま、眠っていてはいけません、お目覚めください、
　　　　後の世に陛下の名声をお残しください。
3787、もし昼をむだに過ごしたとしても、
　　　　これから来る夜をむだにしてはいけません。
3788、死が陛下を連れ去りにやってきます、
　　　　うつろな歳月を過ごす間に旅の支度*をしてください。

3789、わたしははっきりとこの世の無常を知っています、
　　　　どうして陛下のお役にたてられましょう。
3790、わたしは不実な現世に望みを捨てました、
　　　　ただ信頼するアッラーにすがるだけです。
3791、おお王さま、わたしを好きなようにさせてください、
　　　　この場所で陛下のためにお祈りさせてください。
3792、わたしがどうして陛下の力となり得ましょう、
　　　　陛下は陛下ご自身の力に頼らねばなりません。
3793、わたしはもうこの世を捨てました、陛下もお捨てください、
　　　　現世の人は陛下にもわたしにも利益を与えることはできません。

3794、わたしはアッラーが喜ばれることを求めて、

---

　*　来世のために功徳を積むこと。

第44章　覚醒、国王に手紙を書く

　　　　　残された日々を彼のために祈りつづけます。
3795、これで充分です、他にわたしの願いはありません、
　　　　　この世界はもともと一つの砂地獄なのです。
3796、人生は風のように過ぎ去っていきます、
　　　　　わたしは、目覚めはしましたがまだ後悔で身を焦がしています。
3797、わたしには腹を満たす食べものも肩をおおう衣服も十分にあります、
　　　　　世間の富などなくてもよい、わたしにはなんの益もありません。
3798、自分の持ちものだけで満足している人がいます、
　　　　　足るを知る彼こそ栄光のベグです。
3799、そのような人物が良いことを話しました、
　　　　　彼は足るを知ることにより幸せを得ました。
3800、「わたしに与えられた食べものと、
　　　　　わたしに与えられた衣だけで、
3801、**わたしは充分生きられる、**
　　　　　必要なものはアッラーから贈られる。」

3802、もし陛下がわたしの知識を理由に召抱えようとするのなら、
　　　　　わたしにはこのような知識も智恵もないと申し上げます。
3803、もしわたしに政務を執れとおっしゃるのなら、
　　　　　わたしは自分がなんの役にもたたないと断言します。
3804、もしわたしに宮中の雑務を任すと言われるのなら、
　　　　　わたしの兄弟がわたしの千人分もの仕事をこなします。
3805、もし陛下がわたしを徳ある者として召抱えたいならば、
　　　　　陛下の徳の方がずっと優れておられます。
3806、千人の賢人を虜とするためには、
　　　　　まず自分が襟を正さねばなりません。
3807、しかし、すでに多くの名高い賢人や有能な人物が、
　　　　　陛下のまわりに何千人も集まっています。
3808、わたしは陛下のためにどれだけお役にたてられることでしょう、
　　　　　わたしが宮廷に行ってもなんの成果も生みません。

第44章 覚醒、国王に手紙を書く

3809、わたしは陛下に心よりのお詫びを申し上げます、
　　　わたしにお怒りにならず、今のままにしておいてください。
3810、陛下にお伝えすべきそれ以外の話については、
　　　わたしの兄弟に伝えました。」

3811、覚醒は書き終わると紙をきれいに丸め、
　　　紐で結んで絶賛に手渡した。
3812、覚醒は言った、「わたしがのべたいことはすべて書きました、
　　　他のことは、あなたがわたしの言葉を聞いているはずです。
3613、どうかわたしの意志を陛下にお伝えください、
　　　わたしをお見逃しになるようにしてください。
3814、使者の仕事はただ知らせを渡して答えを持ち返る、
　　　高貴な人よ、答えをわたしの代わりに陛下にお伝えください。
3815、三つの宮殿を持つハーンが言いました、
　　　彼の話は正確に人びとに伝わっています。
3816、『聞いたことをそのまま伝える使者に罪はない、
　　　事実に基づいて伝える使者は信頼できる。』
3817、テュルクのハーンはさらに良いことを話しています、
　　　『使者が真実を伝えたら、嫌な話でも咎めてはならない。
3818、聞いた話を事実のまま伝えるかぎり、
　　　使者に死罪や懲罰を問うてはならない。
3819、いや逆に、使者でも大使などはその報告は不可侵とされ、
　　　もともと罪を受ける理由はない。
3820、使者とは報告を正確におこなえば、
　　　賞賛を受け、報賞を受けるべきものなのだ。』」

絶賛、覚醒に答える

3821、絶賛はこのように答えた、
　　　「あなたの話はすべて聞きました。
3822、あなたが書いた陛下の要望への返書をください、

　　　　わたしが持ち返ってお渡しします。
3823、しかし、兄弟よ、わたしの言葉にまちがいはありません、
　　　　陛下はけっしてあなたを離さないでしょう。
3824、陛下はわたしをあなたに遣わすことを重く見ていました、
　　　　だから再びあなたをお召しになると思います。
3825、あなたが行かなければ陛下は納得されません、
　　　　再びわたしをここへ派遣させることでしょう。」

覚醒、絶賛に答える

3826、覚醒は言った、「親しき人よ、
　　　　この話はやめてください、わたしの心に安らぎを与えてください。
3827、わたしはここを去りません、
　　　　あなたも再度ここに来る必要はありません。
3828、望みがかなわないことを望んでもむだです、
　　　　できないことをお約束するのは失礼なことです。
3829、ある博学者が経験を語りました、
　　　　彼は善いことにも悪いことにも精通していました。
3830、**「為し得ないことを為そうとしてはいけない、**
　　　　得られないことに希望を抱いてはいけない、
3831、**行きつけない場所に行ってはならない、**
　　　　不幸をこうむって惨めに苦しもう。」」
3832、覚醒はもう一度言った、「すぐに出発しなさい、
　　　　二度と帰ってきてはいけない、恐れなき勇士よ。」

絶賛、覚醒に答える

3833、絶賛は身を起こし旅立ちを告げた、
　　　　「わたしの話も終わりました、これで行きます。」
3834、伝えるべきことは彼に託して、
　　　　覚醒は絶賛を見送った。
3835、彼は馬に乗って帰路につき、

第44章 覚醒、国王に手紙を書く

　　　　　自宅に戻ると疲れた体を休ませた。
3836、太陽の顔が隠れはじめ、
　　　　　天空は黒貂の毛皮をまとった。
3837、世界には炭が黒く塗られ、やがて暗い闇となった、
　　　　　人びとは皆目を閉じ、眠りに入った。
3838、絶賛も布団を敷いて眠ったが、
　　　　　眠りは浅くしばらくして目が覚めた。
3839、頭を上げると、炎のような光線が東方に射し、
　　　　　世界は花嫁の顔のように輝いていた。
3840、太陽が長い矛と盾を持ちあげると、
　　　　　世界の表情は真珠のように白く染まった。

国王、絶賛に尋ねる

3841、絶賛は家から出かけ王宮に行った、
　　　　　彼は許しを待って、国王に謁見した。
3842、国王はまず、覚醒の様子を尋ねた、
　　　　　「誠意ある人よ、詳しく話してくれ。
3843、話はどのように進んだのか、申し出はどうなったか、
　　　　　そなたの友はここに来るのか。」
3844、絶賛は先に返書を国王に渡した、
　　　　　王は手紙を開き注意深く目を通した。
3845、王は顔色を赤くしたり青くしたりしながらそれを読んだ、
　　　　　少し苦笑いしてから、今度はふさぎ込んで考えはじめた。
3846、国王は言った、「そなたの兄弟は驚くほど厳しいことを言う、
　　　　　余は彼に絹の布を送ったが、彼はその上にいばらで刺繍した。
3847、しかしながら彼の話はまちがいではない、すべて正しい、
　　　　　正しいことは厳格であり、それゆえ彼は厳しく見える。
3848、彼の口は他になにかを話したのか、
　　　　　そなたが聞いたことを余にすべて話してくれ。」

第 44 章　覚醒、国王に手紙を書く

絶賛、国王に答える

3849、絶賛は覚醒の話を国王に伝えた、
　　　彼がなにを話したかをありのままに報告した。
3850、絶賛は言った、「たくさんのことを話しました、
　　　わたしがのべたことにそって意見を交換しました。
3851、彼はわたしの話にすべて答えました、
　　　わたしがさらに言おうとすると、彼は両眼を固く閉ざしました。
3582、わたしは長く説得しましたが、彼はとうとうここに来ませんでした、
　　　固く辞退し、自分の意志を変えようといたしません。」

3853、国王は絶賛のすべてのいきさつを聞いた、
　　　絶賛の言葉は明快で智恵に富んでいた。
3854、国王はあきらめなかった、心はまた揺らいだ、
　　　心の揺らぎは一種の苦痛と言える。
3855、選ばれた英才がこのように言っています、
　　　『心が虜となったら、人間は自由を喪失する。
3856、心は人のベグであり、体はその臣下である、
　　　ベグが行くところ、臣下もそれにつき従う。
3857、心に憧れがおこれば、それに執着する、
　　　得られなければ、心のおちつく場所はない。』

国王、絶賛に尋ねる

3858、国王は再び言った、「おお絶賛よ、
　　　そなたの兄弟は確かに完全な人間である。
3859、余が彼のことをなにも知らなければなんでもなかった、
　　　しかし彼の品徳と賢明さをすでに聞いてしまった。
3860、聞いたからには、余は前よりも彼のことが気にかかる、
　　　そなた、覚醒に会えるようもう一度努力して欲しい。
3861、それとも自分の国で自分の望みを実現できないほど、

第44章 覚醒、国王に手紙を書く

ああ、余は無能な国王なのであろうか。」

絶賛、国王に答える

3862、絶賛は答えた、「おお王さま、
　　　徳高く、人びとのなかから選ばれたベグよ。
3863、わたしは彼の下を去るときこのことを言いました、
　　　「陛下は再度わたしを遣わしあなたを招請する」と。
3864、わたしはこうも言いました、『国王を敬いすぐに行きなさい、
　　　陛下はけっしてあきらめず、最後にはあなたを召抱える』とも。
3865、しかし彼はこう言いました、『もう来ないでくれ、
　　　希望を抱くな、わたしは行きたくない、どうか強要しないでくれ』と。」

国王、絶賛に答える

3866、国王は言った、「そなたの報告はよく理解したが、
　　　その内容は受け入れがたい、自分の義務を避けるではない。
3867、ベグがもし自分の意志を実現できなければ、
　　　彼はどうしてベグと呼ばれようか。
3868、もし自分の命令を執行できなければ、
　　　万民の首領と言えるのか。
3869、ベグのもっとも重要な証しとは、
　　　望んだことを思い通り成し遂げることである。
3870、心があることを望んだら、
　　　それをかなえることが治療法なのだ。
3871、さてこの願いは、余にはすでに病と同じになっている、
　　　もし治療できなければ死んでしまうほどだ。
3872、ある詩人がうたった小詩がある、
　　　余を満足させる者よ、心にしっかり刻みなさい。
3873、「どんな病も治す薬はある、
　　　どんな病も取り去る医者はいる、
3874、だがもし誰か心の病を患ったら、

望みをかなえることだけが治療法だ。」」

絶賛、国王に答える

3875、絶賛は再び言った、「おお栄光の王よ、
　　　世のなかに治療法のないものはありません。
3876、陛下が健康で長寿、平安無事であられますように、
　　　また、わたしが陛下のお役にたてますように。
3877、覚醒のことはもともとわたしが慌てて陛下に提案したことです、
　　　今、後悔しても仕方がありません。
3878、智者がどのように言ったかお聞きください、
　　　勇気ある者よ、話すときはよく考えねばなりません。
3879、『舌を守れ、言葉は発しないのが一番よい、
　　　ひとこと口に出せば、後悔してももう遅い。
3880、まだ口から出てない言葉はおまえの奴隷だが、
　　　話すやいなや、今度はおまえが言葉の虜となる。
3881、慎重に考えて話し、慌てて喋ってはならない、
　　　急いで発した言葉は、おまえに後悔を呼ぶ。』

3882、覚醒がこれほどまで頑固とは思いませんでした、
　　　わたしは彼に頼みましたが、彼は拒絶しました。
3883、陛下が彼を招聘したいのでしたら、わたしは千倍もそれを望みます、
　　　彼は、日ごとにわたしの十倍も役立つでしょう。
3884、彼といっしょにいたいのはわたしの希望です、
　　　お互いに手を携えて陛下にお仕えしたいのです。
3885、わたしの彼に対する再三の忠告にかかわらず、
　　　彼は自分の意見を固執して余地を残しません。
3886、もし再度行く必要があるなら当然わたしが行きます、
　　　話さなくてはいけないことを、自分で話します。
3887、陛下、どうかもう一度手紙を書いてください、
　　　それを読めば、わたしを信用するでしょう。」

第44章 覚醒、国王に手紙を書く

国王、絶賛に答える

3888、国王は言った、「すでに一度手紙は送った、
　　　しかし、答えは石や雹(ひょう)のように頑(かたく)なであった。
3889、余はどのように二度目の手紙を書けばよいのか、
　　　聡明な人よ、そなたは即ち余の手紙である。」

絶賛、国王に答える

3890、絶賛は言った、「おお栄光の王よ、
　　　なんとしても、もう一度手紙をお書きください。
3891、いかに経験豊かで説得力ある使者であっても、
　　　手紙がなければ誰もその話を信じません。
3892、相手が信用してくれない場合には、
　　　それが嘘でないことを手紙が証明してくれます。」

国王、絶賛に答える

3893、国王は言った、「そなたが必要と言うなら、
　　　余は再び手紙を書くことにしよう。
3894、手紙を書いて、余の意志を分からせよう、
　　　ただし手紙を頼りにするな、心を込めて説得しなさい。
3895、そなたが思うどのような言葉を使ってもよい、
　　　是が非でも彼をここに連れて参れ。」

第45章

日の出王、二度目の手紙を覚醒に送る

3896、国王は紙とペンを持ってくるように言い、
　　　次のように書いた。

3897、「余はアッラーの名のもとにこの書を書く、
　　　主はすべてを創造し、養育し、その罪をお許しになった。

3898、すべての賛美は全能のアッラーにかえり、
　　　その審判は善人にも悪人にもおよぶ。

3899、アッラーは唯一で神聖この上ない、
　　　彼は無を有に変え、有を無に変える。

3900、アッラーの真一性を認め、それを賛美せよ、
　　　心から信じ、真心と言葉で祈りなさい。

3901、彼が欲するものは、即ち"ある"、
　　　彼が"あれ"と言えば、すべて"ある"のだ。

3902、彼はあらゆる生きものに栄養を与え、
　　　彼らを生まれさせ、彼らを死なせる。

3903、高貴な者も賤しい者もアッラーがさだめたが、
　　　小なる者が大へ、大なる者が小へと変ずる道も開いた。

3904、いかなる者も彼の意志を知ることはできない、
　　　いかなる者も彼の審判を阻止することはできない。

3905、余は最愛の予言者にかぎりない祝福を贈る、
　　　アッラーが預言者に余の敬意をお伝えくださるよう願う。

3906、余は四人の教友に敬意を表す、
　　　アッラーが余の祝福を彼らに与えることを願う。

3907、智者よ、国王である余よりそなたに挨拶する、
　　　そなたを賛美し多くの祝福を送る。

第45章　日の出王、二度目の手紙を覚醒に送る

3908、余はそなたに聞く、
　　　哲人よ、そなたは元気に過ごしているか。
3909、前回、そなたを宮廷に呼びたく思い、
　　　そなたの兄弟をそちらに遣わした。
3910、そなたは余の側に来たくないばかりか、
　　　会いたくもないと余の招きを拒絶した。
3911、代わりに、余の書簡へのそなたの返事をよこし、
　　　さらに兄弟は、口でのべたそなたの本心を余に伝えた。
3912、余は手紙を読み、そなたの気持ちを理解した、
　　　だがもう一度そなたの耳を貸せ、拒んではならぬ。
3913、余はそなたに蜜よりも甘い書簡を送った、
　　　然るに、そなたは飲めない毒薬のような答えをした。
3914、もう一度余の話を聞け、情ある人よ、
　　　そなたは余の願いを心にとどめよ。

3915、そなたは一途に修道者の名を追い求め、
　　　深い山に身を隠し苦しい修行を積んでいる。
3916、今や、そなたの名声は広く伝わり、
　　　その名前は人びとのあいだに深く浸透している。
3917、そなたの祈禱はすべてそなたのためになった、
　　　そなたが得た果報を手放してはならぬ。
3918、もしそなたの祈禱が人に見られたら、
　　　今までの苦労は水泡となり崩れ去るであろう。
3919、アッラーに対する祈禱はすべて機密であり、
　　　人びとにこの秘密を公開すべきではない。
3920、アッラーは彼の最愛のしもべをお隠しになった、
　　　そのしもべが人の前に出てこないようにされた。
3921、人びとにはアッラーが彼に近づこうが嫌おうが、
　　　しもべのことを知る由もない。
3922、来なさい、そなたは帰って町で生活すべきである、

第45章　日の出王、二度目の手紙を覚醒に送る

　　　　　人びとに混じり、特別な存在だと見分けられないように。
3923、まず自分をまかなうためのものを手に入れよ、
　　　　　次に飢えた者に食べさせ、凍える者に衣服を与えよ。
3924、善徳の人が正当な財貨を手に入れれば、
　　　　　現世と来世、二つの世界で衣食は足りるだろう。
3925、聞け、ここに召されたくない者よ、
　　　　　大きなターバンを巻いた純粋な心の賢者が言ったことを。
3926、「徳ある人が財貨を得れば、
　　　　　二つの世界で楽しめる、
3927、徳なき人が財貨を持てば、
　　　　　重い荷物に変わってしまう。」

3928、アッラーのしもべたちの役に立ちなさい、賢人よ、
　　　　　人類のためにつくす人こそ、その名に値する。
3929、ムスリム全体の利益のために、おお隠者よ、
　　　　　余はそなたを宮廷に招きたい。
3930、ここに来るよう、そして人びとの役に立て、
　　　　　人の役に立たない者は魂のない骸（むくろ）と同じなのだ。
3931、私利ばかり求める者は人に値するのか、
　　　　　まことの人間は民衆のために身をつくす。
3932、財を人に施す者が気前のよい者ではない、
　　　　　気前のよい者とは他人に命を捧げる者である。
3933、情け深い人とは、人を傷つけないだけの者ではない、
　　　　　他人のために自分を犠牲にできる者だ。
3934、人びとの言う善い人とはどのような人物であろうか、
　　　　　聡明な人よ、本当に善い人について教えてくれ。
3935、人びとが言う善い人とは誰のことを言うのか、
　　　　　他人のために働き、病人や貧民を助ける者のことではないか。

3936、おお、学識深く高潔な人よ、

第45章 日の出王、二度目の手紙を覚醒に送る

そなたの智恵を用いて余の言いたいことを分かってくれ。
3937、余の言葉が本当だと思ったら、
そなたの私情を捨てて、余のいる都に住みなさい。
3938、長い話は嫌われる、
智恵ある人は言葉が少ないと言う。
3939、話はすでに長くなった、これ以上言うことはない、
知識を傘に、余の申し出を横柄な態度で断らぬことを望む。
3940、それ以外に話すことがあれば、
そなたの兄弟が余に代わって伝えよう。」

3941、王は手紙を書き終わると、きれいに丸めて封をした。
そよそよと風が吹き、インクを乾かす。
3942、その上に王印を押すと絶賛に渡し、
手紙は絶賛の腕のなかに納まった。
3943、国王は再び言った、「これ絶賛よ、
この手紙を覚醒に渡し、よく説得せよ。
3944、それ以外にもできることはなんでも努力しなさい、
彼を宮廷に連れて来る方法を考えなさい。
3945、もし彼になにか願いがあるのなら、
余がそれを実現できるようにてつだおう。」

3946、絶賛は命令を受けると、
立ち上がって彼の家に帰った。
3947、門に着き、家に入った、
それから食事をとって少し休んだ。
3948、ローマ*の娘は美しい容貌を包み隠した、
宇宙は黒人の顔のようになった。
3949、空の色は黒いカラスの羽根になり、

＊　ローマ　ここでのローマは、東ローマ帝国（AD395年からAD1453年）のこと。19世紀以後、ヨーロッパではビザンチン帝国の呼称も使われる。

第45章　日の出王、二度目の手紙を覚醒に送る

　　　　大地は黒鷹の羽毛におおわれた。
3950、ベッドを作り終わると横になり考えた、
　　　　兄弟と会ったときどのように話しあうべきか、と。
3951、一瞬目を閉じて眠ったが、すぐに目を開いた、
　　　　夜の色は燃えた灰燼のように変わっていた。
3952、眠気は消えて、静かに起き上った、
　　　　暗い夜は黒い衣装を脱いでいた。
3953、太陽は頭を持ち上げ、昇ろうとしていた、
　　　　輝くばかりの笑顔から真っ白い歯がこぼれた。
3954、絶賛は身を清めると朝の礼拝をした、
　　　　心を込めて静かに祈りつづけた。
3955、付き添いの童子に頼み馬の準備をさせた、
　　　　そして顔じゅう笑みをたたえて家を出た。

3956、兄弟の家に着こうとする所で彼は馬を下り、
　　　　そこからは礼儀正しく徒歩で進んだ。
3957、絶賛が軽く門をたたくと、
　　　　覚醒は祈禱をやめ急いで身を起こした。
3958、彼は急いで門を開き出迎えると、
　　　　絶賛の手を握り口づけして挨拶した。
3959、覚醒は絶賛の手を引いて部屋の奥に招きいれ、
　　　　彼を上座に座らせ、敬意を表した。

覚醒、絶賛に尋ねる

3960、覚醒は言った、「兄弟よ、なにを苦労しているのです、
　　　　もちろん、理由なしにあなたはここに来ません。
3961、あなたは以前、はっきりしたわたしの断りを聞いています、
　　　　なぜまたわたしを困らせる必要があるのでしょう。
3962、経験深い老師がいかに言ったか聞きなさい、
　　　　彼は悪いことを善い人に伝える方法を知っている。

第45章　日の出王、二度目の手紙を覚醒に送る

3963、「一瞥すれば人の価値は分かる、
　　　ひとこと聞けば心の奥も見透かせる、
3964、金と銅との見分けがつかなば、
　　　磨いて分かる試金石。」」

絶賛、覚醒に答える

3965、絶賛は答えた、「おお兄弟よ、
　　　怒らないでください、心を痛めないでください。
3966、仕える臣が開いてみる目はただベグのみ、
　　　ベグがこうせよと言えば、そうしなければなりません。
3967、あなたの手紙は王さまに渡しました、
　　　陛下にはわたしの口からも直接お伝えしました。
3968、これは陛下からのご返事です、
　　　わたしはこれをあなたに届けに来たのです。」

覚醒、絶賛に尋ねる

3969、覚醒は急いで手紙を開けた、
　　　読み終わって、ひとしきり考えて言った。
3970、「おお兄弟よ、あなたはベグになにを伝えたのだ、
　　　陛下はどうしてわたしをしきりにお呼びになるのだ。」

第 46 章

絶賛と覚醒、二度目の討論をおこなう

3971、絶賛は口を開いて、次のように答えた、
　　　「わたしの言うことを聞いてください、兄弟よ。
3972、王さまはあなたが良くなることをお望みです、
　　　陛下は心からあなたの最善の道をおさがしです。
3973、あなたはここで祈禱することの長所短所を、
　　　良くご存じのはずです。
3974、つまりわたしが言いたいことは、町のなかでも、
　　　兄弟よ、利点は少なくないということです。
3975、現世の幸運を得ることはけっして悪いことではありません、
　　　ただ、あなたが偉大な名声を得るだけのことです。
3976、あなたが現世を捨てて修道者になって来世を願っても、
　　　善行美徳は現世から持っていかねばなりません。
3977、現世の財貨を悪いものだとは言えません、
　　　必要な分だけ使って、後は人に施せば徳を得るでしょう。
3978、気前のよい人の話は素晴らしいものです、
　　　善き人よ、彼の教えを聞いてください。
3979、『財貨は善行の先導者である、
　　　財貨は万病の良薬である。
3980、財貨があれば知識を得やすくなり、
　　　善をおこない、徳を積むことが容易となる。
3981、財貨はあなたの願いを実現させる、
　　　天国へ昇らせるための道具となるのだ。
3982、あなたが巡礼したければ財貨がいる、
　　　聖戦に参加したければさらに財貨が必要である。
3983、人は貧しく財貨がなければ、

第 46 章　絶賛と覚醒、二度目の討論をおこなう

　　　善行を積むことは難しい。』

3984、なぜあなたはこの良い申し出を放棄するのでしょう、
　　　なぜあなたは人の忠告を受け入れないのでしょう。
3985、一人で祈禱を信じていることは悪くありません、
　　　しかし、これでうぬぼれては逆に信仰に害があります。
3986、しもべが祈りだけでアッラーを見い出すことは難しい、
　　　信仰の道はとても繊細なのです。
3987、どれだけの人が一生祈りつづけ、
　　　死のまぎわに道を失ったでしょうか。
3988、どれだけの不信心者が一生祈りをしなくとも、
　　　息を引き取る最後のとき、正道を悟ったことでしょうか。
3989、わたしはアッラーを信ずる喜びが、
　　　アッラーへの祈りと服従にあることを知っています。
3990、しかし、いかなる信仰の形が正しいのか、
　　　誰が知り得ましょう。
3991、むしろ、アッラーの望むすべてのことに従うのが、
　　　より神の恩寵を受けるにふさわしい。
3992、わたしの話が正しいかどうか、よく考えてください、
　　　それからあなたの答えを出してください。
3983、もしあなたがわたしの話を正しいと思うなら、
　　　それを認め、そのように行動してください。
3994、気まぐれの虜にならず、心をまっすぐにしてください、
　　　どうか世間に戻り、平安な日々を過ごしてください。」

覚醒、絶賛に答える

3995、覚醒は答えた、「あなたはわたしの静寂を妨げます、
　　　兄弟よ、わたしは毒薬を食べものに盛られたような気分です。
3996、わたしは思います、もしあなたの言葉に従えば、
　　　わたしはかならず王さまにお仕えすることになる。

3997、お仕えする臣下は宮廷の礼儀や法、
　　　宮廷の決まりを知らなければいけません。
3998、どのように話し、どのように行動し、宮殿の出入り、
　　　椅子の立ち方、座り方まで学ばねばなりません。
3999、ある臣下の言葉があります、
　　　彼は三人の主人に仕えた経験に富んだ人です。
4000、「もしベグに仕えたいなら、
　　　話しは正直、おこないは正しく、
4001、**法を学んで言葉をつつしみ、**
　　　あなたの未来は、それで開けていく。」
4002、わたしは人里を離れ、誰とも往来はありません、
　　　言葉づかいも知らず、行儀もわきまえません。
4003、こんなわたしがどうしてあなたの主人にお仕えできましょう、
　　　その道へ行く門はすでに閉じられているのです。
4004、あなたはどうしてわたしの気持ちを拒むのですか、
　　　国王に仕えることを強いるのですか。

絶賛、覚醒に答える

4005、絶賛は答えた、「善き人よ、
　　　あなたの話は、あまり的を射ていません。
4006、陛下はあなたに礼儀など求めていません、
　　　あなたは思うままに立ったり座ったりしても良いのです。」

覚醒、絶賛に答える

4007、覚醒は答えた、
　　　「あなたの話は正しくない。
4008、なぜならわたしやあなたにとって、
　　　国家への礼を知らぬことはふさわしくないからです。
4009、民を管理し、安定した国家を治めるためには、
　　　英明なベグが必要です。

第46章　絶賛と覚醒、二度目の討論をおこなう

4010、王国を繁栄させ、民を法と慣習によって、
　　　　正しく統治することはベグの職務です。
4011、優れたベグは智恵を用いて、
　　　　自分の決断と命令を四方におよぼします。
4012、ある偉大な帝王が語っています、
　　　　彼は博学で智恵多い万民の指導者です。
4013、『世界に君臨する者、智恵があり聡明であれ、
　　　　国と民を治める者、機知に富む英雄であれ。』
4014、それ、以外に、能力のある臣下が必要であり、
　　　　彼らは国の法と典礼に通じていなければいけません。
4015、このようにベグの能力が優れていてこそ、
　　　　国家を強くし、敵を打ち破ることができるのです。
4016、だから法や慣習を壊し自由にふる舞うことは、
　　　　我われにはふさわしいことではないと思います。」

絶賛、覚醒に答える

4017、絶賛は答えた、「食事が用意されれば、
　　　　飲み込むことは難しいことではありません、
4018、わたしは宮廷の礼儀や慣習はよく知っています、
　　　　兄弟よ、わたしに教えさせてください。
4019、人は知らないことは学ぶことができます、
　　　　学べば願いはかなえられます。
4020、高潔な賢人がこれについて語っています、
　　　　生半可な理解では彼に失礼です。
4021、『人間は生まれたときには言葉がないが、
　　　　学んで話せるようになる。
4022、人間は生まれたときには愚かだが、
　　　　学んで賢くなっていく。』」

第46章 絶賛と覚醒、二度目の討論をおこなう

覚醒、絶賛に答える

4023、覚醒は答えた、「おお兄弟よ、
　　　あなたが教えてくれるのなら、わたしに異存ありません。
4024、今日まで、どれだけあなたはわたしを悩ませたのでしょう、
　　　どんな風に陛下にお仕えすればよいのか、教えてください。
4025、わたしはあなたから聞いて学びます、
　　　しかし、わたしにできるでしょうか。
4026、やってみましょう、宮廷の決まりを教えてください、
　　　法や儀礼の細則を一つひとつ説いてください。」

絶賛、覚醒に答える

4027、絶賛は答えた、「おお幸運の人よ、
　　　よく言ってくれました、万事うまくいくでしょう。
4028、あなたの考え方をわたしは賢明とは言えなかった、
　　　しかし今のあなたは理に適った道を選んでいます。
4029、あなたに分かるようにお教えしましょう、
　　　わたしが言うように学べば、難しい問題はありません。
4030、あなたがもし心から学びたいと思っているのなら、
　　　口をはさまず、静かに聞いてください。」

第47章

絶賛、覚醒に対していかにベグに仕えるかを論ずる

4031、「ベグに仕える人は二種類あります、
　　　　日常の政務は彼らによって進められます。

4032、一つは幼少のときから仕事をはじめる者、
　　　　もう一つは成人になって仕事をはじめる者。

4033、二つの内、幼いころから仕える方がずっと良い、
　　　　幼いうちから仕えた方がより純粋だからです。

4034、今日あなたにしようとする話は、
　　　　わたしの幼いころ経験したことです。

4035、話を隠せば生煮えの料理と同じです、
　　　　生煮えの料理はあなたを病気にさせます。

4036、話をくわしくしようとすれば、もっと煮つめねばなりません、
　　　　話の全体を理解したいなら、あなたもしっかり聞いてください。

4037、人がベグに仕える門を開こうとすれば、
　　　　幼いころから宮中に入ることが一番です。

4038、礼儀を知り、規則を覚え、宮殿への出入りの仕方、
　　　　王室の規範に従う作法も学べます。

4039、明け方はやく宮廷に出向き、仕事の始まりを待ちます、
　　　　態度は謙虚で、言葉や行動に慎重でなければなりません。

4040、手足をキビキビと動かし、仕事に誠意を持ってのぞむ、
　　　　目をひらき、耳をそばだて、よく気をつかわねばなりません。

4041、尊敬する年長者のために心をつくして働き、
　　　　おしゃべりをせず言葉を慎む必要もあります。

4042、若い人がこのようによく仕事をすることができれば、
　　　　ベグに近づくこともでき、出世の道が開けるでしょう。

第47章 絶賛、覚醒に対していかにベグに仕えるを論ずる

4043、宮廷に出入りができるようになると、
　　　規則に沿って報告書を出します。
4044、こうして低い地位から高い位に昇っていくと、
　　　ベグは彼をもっとも適切な仕事に就かせます。
4045、仕える者が賢く正直で、奉ずる報告が優れていれば、
　　　ベグのめがねにかなって素早く幸運を獲得できます。
4046、もし弓を射るのに優れていれば、射手を務めることができ、
　　　正直で信頼できる者なら公印を管理させるでしょう。
4047、もし礼儀正しく端正な風貌であれば、
　　　酌人を任されベグに仕えるでしょう。
4048、読み書きと計算に優れていれば金庫係に、
　　　智恵があれば書記となるでしょう。
4049、どのような職務に任じられたとしても、
　　　仕事を尊び、心を尽くして遂行しなければなりません。
4050、宮廷に仕えていたある人物が言いました、
　　　彼は実績をあげ、願いを実現しました。
4051、「もしベグと対面したら、
　　　立場を心得て謙虚で控えめに、
4052、**言葉に気をつけ目をおちつかせ、**
　　　身を正して、賢く慎重に。」

4053、仕事をうまく成功させれば、
　　　有能な同僚たちを友人とできます。
4054、自分のために良いことを願うなら宮廷に仕えなさい、
　　　それはあなたに栄光をもたらします。
4055、ベグの御前に出ることがあれば、
　　　目は床に向って伏せ、恭(うやうや)しく耳を傾けます。
4056、足をまっすぐにして立ち両手を交差させます、
　　　右手は左手の上に置き礼をつくしてください。
4057、接見の部屋に入るときはかならず右足から入り、

第47章　絶賛、覚醒に対していかにベグに仕えるかを論ずる

　　　　　ご下問があった場合は注意を払って聞かねばなりません。
4058、報告するときは両手をたれて膝をつき、
　　　　　態度は穏やかで品よくしてください。
4059、このとき、きょろきょろ見まわしてはいけません、
　　　　　恐縮してベグのおっしゃる意図を聞きなさい。
4060、陛下が報告について尋ねたら事実の通りに報告してください、
　　　　　陛下から命令をくだされたら誠実に遂行せねばなりません。

4061、酒を飲んではいけません、暇(いとま)を盗んで遊んではいけません、
　　　　　悪行や非行をおこなってはなりません。
4062、聞いたことも聞かなかったかのようふるまいなさい、
　　　　　見たことも見なかったかのように装いなさい。
4063、臣下がものごとをこのように聡明におこなえば、
　　　　　どんな事業も順調に行き、幸運は日ごと増して行くでしょう。
4064、ある者は兵を率いて将軍を務め、
　　　　　ある者は駿馬の上で人びとを治める。
4065、ある者は武将になり、ある者は侍従となり、
　　　　　ある者は書記になって、王の側近となります。
4066、臣下がこういう高位の部署に就いて任務を正確におこなえば、
　　　　　最高の位も夢でなく、願いはほとんど達成されます。
4067、ある者は優れた智恵によって参謀となり、
　　　　　ある者はキョク・アユク[1]の地位を得ることができます。
4068、ある者はイナンチ・ベグ、ある者はチャグリ・ベグ、
　　　　　ある者はティギン・ベグ、ある者はチャブリ・ベグとなります。
4069、ある者はヤブグまたはユグルシュからイル・ベギとなり、
　　　　　ある者は比類なき名称エル・オギとなります。
4070、臣下の等級はここまでで、
　　　　　その他に特に重要な等級はありません。

4071、ベグは臣下にこのような爵位を与えます、

第47章　絶賛、覚醒に対していかにベグに仕えるを論ずる

　　　　　すなわちそれは臣下への情ある報賞なのです。
4072、高位の臣下が最大の功績を示せば、
　　　　　ベグは多くの利益を得て、願望を実現できます。
4073、反対に愚かで傲慢な人物がこの地位を得れば、
　　　　　ベグは巨大な損失を得るでしょう。
4074、ある賢人が言っています、
　　　　　『ふさわしくない人物を高位につけてはならない。』
4075、他の知者はさらに的確なことを言っています、
　　　　　『おおベグよ、愚かで無知な者を、絶対に出世させてはならぬ。
4076、知識のない者は知識を壊し、
　　　　　無知な者は人びとを破滅させる。
4077、ベグが無知な者に高い地位を与えれば、
　　　　　彼はかならずやベグに背くだろう。
4078、智のない者に権力を与えれば、
　　　　　彼はあなたの頭を食いちぎるにちがいない。
4079、ベグは知識がどれだけあるかに基づいて、
　　　　　臣下の官職の大小を決めるべきである。
4080、臣下を仕事の実践のなかで選び、
　　　　　才智に基づいて職務を授けねばならない。』
4081、ベグへの忠誠と主人への情愛は臣下の義務です、
　　　　　ベグはそれに対する恩典を彼に与えるでしょう。

4082、宮廷の典礼を作り上げた人物が言いました、
　　　　　彼は政務を礼と法に基づいて処理した人物です。
4083、『臣下の地位がどれだけ高くとも臣下は臣下である、
　　　　　彼はただベグのために働く"しもべ"にすぎない。
4084、ベグがどれだけ小さくともやはりベグである、
　　　　　君主の地位は臣下の地位よりも高い。
4085、おい、ベグのおかげで昇進できた者よ、
　　　　　ベグを見くびらず彼を心より尊べ。』

第47章　絶賛、覚醒に対していかにベグに仕えるかを論ずる

4086、けっしてベグと対立してはいけません、
　　　彼の秘密を漏らさず、彼を賛美しなさい。
4087、彼が幸運であれば、あなたも栄えます、
　　　彼が烈火のように怒れば、あなたは燃やされます。
4088、彼は時代の幸運児、人は幸運に従うべきです、
　　　時代に順応すれば、喜びは共にあります。
4089、ある経験に富んだ人物の話を聞いてください、
　　　彼は仕事を積んで願いを実現しました。
4090、**「ベグが笑みをたたえて見つめても、**
　　　喜ぶな、うぬぼれるな、
4091、**今ある高位は頼りにならない、**
　　　笑顔を渋面に変えるのもベグの気分だけ。」
4092、大小にかかわらず、有名か無名かに関係なく、
　　　臣下は臣下であることを知ってください。
4093、ベグに仕えるときにまちがいを犯してはなりません、
　　　臣下は臣下の道をはずしてはいけません。
4094、ベグがどれだけ親しさを示しても、
　　　自分が誰かを忘れず、臣下の道をまっすぐ歩んでください。
4095、どのような寵愛を受けたとしても慎重に行動してください、
　　　いつも畏れを抱き、けっして対等と思わないでください。

4096、彼はときに火となり、水となります、
　　　ときにあなたを喜ばせ、ときにあなたを涙させます。
4097、次の三つにはけっして近づいてはいけません、
　　　燃えたぎる炎、激しい流れ、ベグの面子(メンツ)。
4098、ベグは獰猛なライオンと同じと思ってください、
　　　鄭重な言葉で賞賛すれば、絹のように柔らかくなるでしょう。
4099、軽んずれば、彼の怒りは燃え上がり、
　　　あなたの血管を引き裂き、頭を切り落すでしょう。

第47章　絶賛、覚醒に対していかにベグに仕えるを論ずる

4100、ベグが激怒しているときに近づいてはなりません、
　　　近づけば大きな辱めを受けます。
4101、尋ねられたら答え、呼ばれたらお会いしなさい、
　　　それがあなたの名誉と安全を守ります。
4102、たくさん聞いていたとしても、聞いていないようにふるまい、
　　　見たことのすべてを、あなたの心にしまっておきなさい。
4103、忍耐強く自制心に長けた人が言ったことです、
　　　彼は時間を守って、ベグに謁見しました。
4104、**「王が入れと言ったら誉れとなり、**
　　　立ち去れと言われたら面目を失う、
4105、**目を伏せて自分自身を抑えなさい、**
　　　忍耐強い人は恥辱から身を守る。」

4106、三つのことがあなたの努力で避けられます、
　　　一つは思いあがってベグのようにふる舞うこと。
4107、一つは嘘をつくこと、一つは貧欲であること、
　　　この三つの行為は身の破滅を呼びます。
4108、他人を中傷してはいけませんが、
　　　事実は隠すことなく申し上げなさい。
4109、あなたの純潔を保ちなさい、
　　　純粋なベグは純潔なおこないを好みます。
4110、宮廷に入ったら慎重に、あなたを尊重する人をたいせつに、
　　　無礼なふるまいは他人から嫌われます。
4114、手を振って歩いてはいけません、体を傾けてはいけません、
　　　大きな声で笑い、声が響きわたることをしてはいけません。
4115、御前で爪先をいじったり、あぐらを組んだりしてはなりません、
　　　こんなことをすれば幸運を逃してしまいます。

4116、目上の人があなたに話すとき、口をはさんではいけません、
　　　耳を傾け謹んで聞いてください。

第47章　絶賛、覚醒に対していかにベグに仕えるかを論ずる

4117、あなたの話が的を射れば彼の顔は輝くでしょう、
　　　　身分不相応な話はけっして話してはいけません。

4118、酒を飲んだときは参殿を控えねばなりません、
　　　　飲酒は無礼で宮中にふさわしくありません。

4119、聞きなさい、次の三つのことを管理できなければ、
　　　　あなたは自分の頭を失くすことになるでしょう。

4120、一つめはベグの秘密の相談を心にとどめること、
　　　　これは命よりたいせつなことです。

4121、二つめは国が乱れたときに冷静を保つことです、
　　　　動乱の日々のなかでも国家に反逆してはなりません。

4122、三つめは宮中で正しいおこないを貫くことです、
　　　　悪事には絶対かかわっていけません。

4123、このなかの一つでも間違えたら、
　　　　どれだけ高い地位にあっても命は守れません。

4124、おお、宮中を行き交いする礼儀正しく賢い者たちよ、
　　　　そのときが来る前に、無理をして謁見してはなりません。

4125、宮門で待つときは末席を選びなさい、
　　　　自分が呼ばれたら立ちあがって中に入ります。

4126、ベグがお尋ねになったら、勇気ある人よ、
　　　　要点を簡潔に話し、長々としゃべりつづけてはいけません。

4127、彼には自分の知っていることだけを報告し、
　　　　尋ねられなければ、話を終わりなさい。

4128、もしベグがあなたに食事を賜れたら、
　　　　食事の作法を守らねばなりません。

4129、食べものは右手でお取りください、おお賢人よ、
　　　　"アッラーのみ名において"と唱えることを忘れてはなりません。

4130、自分の前の食べものだけを口に運びなさい、
　　　　他の人の食べものに手を出してはいけません。

4131、ナイフを使ってはいけません、骨をきれいに残しなさい、

第47章　絶賛、覚醒に対していかにベグに仕えるを論ずる

　　　　他の人を呼んだり、食べものをあげたりするのはやめなさい。
4132、食いしん坊のように早食いをしてはいけません、
　　　　女のように上品ぶって食べるのも良くありません。
4133、満腹であってもベグからの食事は食べる必要があります、
　　　　ベグからの賜りものは最高の栄誉だからです。

4134、なんらかの仕事を命じられたなら、
　　　　忠誠をもっておこなえばきっと幸運があるでしょう。
4135、智恵ある人の言った素晴らしい言葉です、
　　　　話は純金のようで、あなたにも多くの利益をもたらします。
4136、『もし、あなたが王位を手に入れたなら、名高き人よ、
　　　　なによりも知識をもって万事を処理すべきです。
4137、もし、あなたが比類なきヤブグとなり、
　　　　大きな権力を持ったとしても、君主に忠誠をつくさねばいけません。
4138、もし、あなたが軍隊の将軍となったら、勇者よ、
　　　　気前よさと機敏さを保たねばなりません。
4139、もし、あなたが騎兵部隊や十の精鋭隊の隊長となれば、
　　　　財は兵士に施し、刀と弓をしっかり手中に握りしめなさい。
4140、もし、あなたが宰相になれば大権を手に入れます、
　　　　悪法をつくらず、純粋で寛大な人物であらねばなりません。
4141、もし、あなたが参謀となったなら、
　　　　君主に誤りがあれば、知略を使い正しい道を示しなさい。
4142、もし、あなたがキョク・アユク〔2〕になったなら、
　　　　慎重にふるまいなさい、すでに幸運の帯は巻かれているのです。
4143、もし、あなたが軍隊の長や地方長官になったなら、
　　　　正しく身を保ち、耳をそばだて目を見開きなさい。
4144、もし、あなたが大侍従になったら、賄賂を受け取らず、
　　　　寡婦、孤児、貧しい人たちの訴えに耳を傾けなさい。
4145、もし、あなたが金庫係になったら国庫の管理をします、
　　　　正直で忠実、清廉潔癖であらねばなりません。

第47章　絶賛、覚醒に対していかにベグに仕えるかを論ずる

4146、もし、あなたが書記になったら、
　　　国家の機密をしっかり守らねばいけません。』

4147、これらはすべて肩書きのある臣下です、
　　　これ以外の仕事は彼らの下位に属します。
4148、他の職務もありますが、細かく話す必要はありません、
　　　たとえば、住居の管理人、鷹匠、料理人など。
4149、あなたは、このような職務を避けた方がよい、
　　　仕事は厳しく報酬は少ないからです。
4151、いつも名誉ある地位を望んでいれば、
　　　栄華や富は後からついて来ます。
4152、老人たちは言っています、
　　　老人の話を聞き、心に刻んでください。
4153、**「貴人を敬うことは礼儀である、**
　　　貴人が来たらまず立ち上がることだ、
4154、**小人が貴人への礼節をわきまえれば、**
　　　貴人もまた小人を小人と扱わぬだろう。」」

4155、絶賛はこのようにまとめた、
　　　「ベグと臣下、それぞれのあり方について話しました。
4156、わたしが言ったことをあなたはすべて学びました、
　　　宮廷でどのように仕えるか分かったはずです。
4157、このようにベグに仕えることができるなら、
　　　幸運はその門を開いてくれるでしょう。
4158、ひとことで言えば、宮廷でのお仕えは素晴らしいことです、
　　　これらを理解して、ベグに近づいてください。」

覚醒、絶賛に問う

4159、覚醒は答えて言った、「善き人よ、
　　　あなたの言ったことはよく分かりました。

第47章　絶賛、覚醒に対していかにベグに仕えるを論ずる

4160、わたしにはもう一つ聞きたいことがあります、
　　　答えてください。
4161、わたしが町に行って国王にお仕えすると、
　　　毎日、宮廷に出入りしなくてはなりません。
4162、どのように自分の同僚たちと付きあえばよいのか、
　　　なぜならわたしは彼らと共に生活するのだから、兄弟よ。
4163、また貴族や騎士たちと交際することにもなります、
　　　その前に彼らとの社交方法を学ばねばなりません。
4164、どのように彼らと交際するのが適切か、
　　　その方法をわたしに聞かせてください。」

訳注

〔1〕キョク・アユク（kök ayuq）、イナンチ・ベグ（ınanč beg）、チャグリ・ベグ（čaġrı beg）、ティギン・ベグ（tigin beg）、チャブリ・ベグ（čavlı beg）、ヤブグ（yavġu）、ユグルシュ（yuġurş）、エル・オギ（er ögi）はカラ・ハーン朝の貴族の称号。詳細は不明。

〔2〕**キョク・アユク**（kök ayuq）　中間管理職チームリーダーの地位。

第48章

絶賛、どのように宮廷の人間と接するかを論ずる

4165、絶賛は答えて言った、「兄弟よ、
　　　これはとても重要なことです。
4166、これから話していきます、
　　　あなたは宮中の人間との交際方法を知らなくてはいけません。
4167、親しき人よ、彼らは同僚として友人として生活を共にします、
　　　彼らとはかならず理解しあわなければならないのです。
4168、宮廷の人たちと打ち解けて交際し、
　　　お互い行き来し、兄弟のように親しくしてください。
4169、もし彼らと打ち解けられなければ、
　　　人生の楽しみを味わうことはできません。
4170、ある宮廷で仕えた臣下がこう語りました、
　　　彼は規則を守り、宮中で正道を歩みました。
4171、『もし、あなたがベグの恩寵を受けたければ、
　　　たくさんの宮廷の人たちと親交を深めねばならない。
4172、あなたが高い地位を得たいのであれば、
　　　かならず臣下たちと親しく付きあわなければならない。
4173、ベグがあなたをいかに寵愛しても、
　　　高官や騎士たちとの友好を深めねばならない。』

4174、宮中の人間は三つの階級に分けられます、
　　　そしてあなたは彼らと付きあうのです。
4175、一つはあなたよりずっと高い位の高官です、
　　　彼らを尊重すれば幸運の笑顔が現れます。
4176、彼らを尊重しその言葉に従うこと、
　　　彼らもあなたをたいせつにしてくれるでしょう。

第48章　絶賛、どのように宮廷の人間と接するかを論ずる

4177、ある賢人が良いことを言いました、
　　　賢人の言葉を軽く見てはいけません。
4178、**「大きな者に仕えてこそ、**
　　　小さな者は幸運を得られる、
4179、**大きな者が命じたらしたがいなさい、**
　　　おまえは出世できるだろう。」
4180、幸運があるというなら、貴人がすなわち幸運です、
　　　彼らにつくせば、幸運は手のなかに来るでしょう。

4181、二つめは、あなたの同僚です、
　　　遠ざければ敵となり、親しくなれば味方となります。
4182、同僚たちはだれも平等です、
　　　誰とも等しく接し、友人としていくことです。
4183、三つめはあなたより低い階級の人たちです、
　　　彼らとは酸いも甘いも同じように味わうことです。
4184、しっかり管理し、しかし威張ってはなりません、
　　　軽蔑されないように、言葉を慎まねばいけません。
4185、良い仕事には報賞を、失敗すれば酬いがあります、
　　　気ままにさせず、いつも報告させなさい。
4186、多くの友人や仲間と交流しなさい、
　　　多くの友人がある者は賞賛も多いのです。
4187、無意識のうちに敵を作ってはいけません、
　　　敵を持てば、心は穏やかになりません。
4188、敵が少なければ危害が少ないなどとは言えません、
　　　敵があって良いことなどないでしょう。
4189、悟りを開いた者が話したことを聞いてください、
　　　彼は敵の攻撃で被害を受けた人物です。
4190、**「友は千人いても一人と同じように少ない、**
　　　敵は一人であっても千人同様に手強い、
4191、**どんなに老練な人物でも、**

第48章　絶賛、どのように宮廷の人間と接するかを論ずる

　　　敵から利益は得られない。」

4192、あなたが同僚を友と見なせば、
　　　彼らもあなたに友情を持つでしょう。
4193、友人は同僚のなかから選ぶべきです、
　　　同じ地位の者はあなたと平等だからです。
4194、悪い人間を友としてはなりません、
　　　悪友はあなたを誤った道に引き入れます。
4195、もしあなたが名声を博したいと願ったら、
　　　悪人とはけっして交わってはいけません。
4196、世のなかのすべての生きものは皆群れます、
　　　人も家畜も虫も同類が群れるのです。
4197、ある帝王がとても良いことを言っています、
　　　彼は善悪をはっきり理解した経験に富んだ老人です。
4198、『ムクドリとカラスがいっしょに飛ぶのを見たが、
　　　両方とも羽根は黒い色だった。
4199、白鳥と鴨は群れをなさない、
　　　黒鷲は白鷹と道を分けていく。
4200、飛ぶ鳥は皆同類で群れをなす、
　　　人も人を選別し己に似た者を探していく。』

4201、交友の道は二種類あります、
　　　人びとはこれによって友となります。
4202、一つは人との交友をアッラーのためとする、
　　　この友情に悪いところはありません。
4203、もう一つは交友を個人の利益のためにおこなう、
　　　このような友情は長く続きません。
4204、あなたの友情がアッラーのためであるのなら、
　　　彼の荷物も甘んじて受け、眉をしかめてはなりません。
4205、この世で彼から利益を得ることを考えてはいけません、

第48章　絶賛、どのように宮廷の人間と接するかを論ずる

　　　　アッラーが来世にあなたへの報酬を払うでしょう。
4206、しかし現世の利益のためにあなたを友としようとするなら、
　　　　そんな友情はすぐに見切ってしまいなさい。
4207、友人を持つ人の素晴らしい話を聞いてください、
　　　　彼は友情の利害についての深い経験があります。
4208、『あなたの友人が益あるか害あるか試す方法がある、
　　　　その友情が本ものならばより強いものとなる。
4209、彼のまことの胸の内を知りたければ、
　　　　不機嫌な顔をしながら怒った口調で話してみよ。
4210、あなたを本当に好きかどうか確かめるには、
　　　　彼のたいせつなものを求めてその態度を見ればよい。
4211、もしこの二つで友人が眉をしかめなければ、
　　　　彼は心の知れた真の友人と言える。』

4212、中傷する者は遠くに避けてください、
　　　　このような人の舌は燃えさかる炎と同じです。
4213、世界の争いや紛争は悪人の口から出るのです、
　　　　英雄よ、早く彼らの首を切り落とせ。
4214、また貪欲な者にも近づいてはいけません、
　　　　まちがいなく、彼はあなたの敵になるでしょう。
4115、もし彼があなたから利益を欲しいときには、
　　　　彼はあなたを"兄弟"と呼ぶでしょう。
4116、もし利益を得ることができなければ手のひらを返し、
　　　　あなたから逃げ去って、知らないふりをするでしょう。
4117、あなたに対して下心のない者なら友人になれます、
　　　　このような人は信頼でき、問題も起きません。
4118、良いときも悪いときも、共に喜び共に泣き、
　　　　真の友人はいつもいっしょにいるでしょう。
4119、もしあなたが多くの人びとに愛されたいのなら、
　　　　パンも塩も惜しまず、笑顔で人に接しなさい。

第48章　絶賛、どのように宮廷の人間と接するかを論ずる

4120、財物を惜しまず穏やかに人に接すれば、
　　　人びとも温かく応えどんなときでもあなたの側にいてくれます。

4121、ある賢人が次のような言葉を残しています、
　　　善き人よ、彼の話を実行してください。

4222、「気前よくパンと塩を施しなさい、
　　　人にはやさしく笑顔で話しなさい、

4223、人の心はそれだけで虜にできる、
　　　他の手段はどこにもない。」

4224、敵と言われるものも二種類あります、
　　　敵とはあなたの前に落とし穴を掘る者たちです。

4225、一つはアッラーの教えに対する敵です、
　　　異教徒はこのような人びとです。

4226、一つは個人的な利害のために動く人びとです、
　　　彼はあなたの敵として報復を狙います。

4227、異教の敵に対しては断固として戦いを進め、
　　　そのために命を捧げることを惜しんではなりません。

4228、もし個人的な利害のために敵となったら、
　　　利益を与えて和解しなさい。

4229、もし利益を得たら彼は友好的になるでしょう、
　　　おお寛大な方よ、禍を消すことができ利益も多い。

4230、そういう敵と友好的に付きあえられれば、
　　　あなたの生活は無事であり命も守れるでしょう。

4231、敵をつくって良いことはありません、
　　　このような無益なことに手を出してはいけません。

4232、敵を作らず、あなたの仕事を確実におこなってください、
　　　多くの敵を持つ者は絶えない喧嘩で頭を痛めるのです。

4233、優れた人を選んで友人となりなさい、
　　　交友関係が悪ければ、あとから後悔するでしょう。

第48章　絶賛、どのように宮廷の人間と接するかを論ずる

4234、善い友人を持とうと思うなら、
　　　二種類の人間があなたの願いを満たしてくれます。
4235、一つは生まれが高貴で才能に卓越した人、
　　　英才よ、このような人物なら友人にできます。
4236、一つは敬虔でアッラーに誠実な人、
　　　彼はまことの人間らしさを持っています。
4237、この二種類の人たちと友情を結べば、
　　　彼らは良い見返りを与えてくれるでしょう。

4238、しかし、悪い評判が立つ男は避けてください、
　　　このような人物の性格は卑劣だからです。
4239、善人よ、卑劣な者と交際してはなりません、
　　　彼は純白なものを真っ黒な垢で染めるのです。
4240、智者が素晴らしい言葉を与えました、
　　　知識のある人がそれを読めば気を引き締めます。
4241、『善き人よ、悪人とは交わるな、
　　　交われば、彼と同じ悪人となる。
4242、善き人よ、悪人には近づくな、
　　　近づけば、あなたの名前も悪となる。
4243、無能な輩(やから)を避けなさい、
　　　避けねば、彼はあなたの邪魔をする。
4244、どれだけの立派な人びとが悪人たちと交わって、
　　　破滅したのを見てきたか。
4245、どれだけの人びとが邪な友人に害を受け、
　　　問題を引き起こしては地位を失ったか。』

4246、ベグの住むところを宮廷（qarşı）と呼ぶのは、
　　　そこが人びとの争う（qarşı）場所でもあるからです。
4247、宮廷では嫉妬が蔓延しており、
　　　至るところで嫉妬する者たちが諍(いさか)い争っているのです。

第48章　絶賛、どのように宮廷の人間と接するかを論ずる

4248、あなたより身分の高い者があなたを嫉妬し恨み、
　　　あなたを屈辱で痛めつけるでしょう。
4249、あなたの同僚はあなたを許すことができません、
　　　あなたが善いことをしても悪事に変えます。
4250、あなたより身分の低い者もあなたに嫉妬します、
　　　あなたが自分たちより幸運にあるからです。
4251、宮中の人間は互いに対立しあっています、
　　　両者が戦えば一方が死ぬことになります。
4252、心の太陽よ、しっかりしてください、
　　　誰も妬まず、まっすぐ歩いてください。
4253、嫉妬は一種の病気です、治すことは難しい、
　　　その実を食べれば自分を破滅させます。
4254、人の優劣はアッラーが決められたことです、
　　　嫉妬でアッラーのさだめを換えることはできません。
4255、他人を妬んでなにになりましょうか、
　　　結局自分で自分を傷つけるだけです。

4256、人は力をつくして善を行わねばなりません、
　　　それはあなたにも良い見かえりを与えます。
4257、誰かが幸せになればあなたも喜びます、
　　　誰かが悲しめばあなたも共に嘆きます。
4258、あなたが人びとに喜ばれ名声を広めると、
　　　すべての人があなたとの交際を望みます。
4259、兄弟よ、どれだけ多くの友人を持っても、
　　　けっして敵を作ってはなりません。
4260、それでも敵ができたら注意を怠ってはいけません、
　　　彼を陥れる罠を設けなさい。
4261、敵を持ったことのある人物が言ったことです、
　　　彼は罠を使って敵を打ち破りました。
4262、**「敵が強すぎるときはなにもするな、**

第48章　絶賛、どのように宮廷の人間と接するかを論ずる

4263、**注意を払って敵の近くには寄るな、**
　　　戦うときは鉄の盾で身を守れ、
　　　油断をさせて罠に陥れろ。」

4264、友人を傷つけず、彼の重い荷物を背負ってあげなさい、
　　　わたしの言葉を忘れずに覚えておいてください。
4265、友人が敵になったらあなたの財産だけでなく、
　　　あなたの命まで奪い取ろうとします。
4266、彼はあなたを良く知っています、
　　　あなたに立ち向かう方法も知っています。
4267、もし彼があなたの財産を奪いたいと考えたら、
　　　彼はあなたの命を脅かすでしょう。
4268、だから、あなたは自分を守ると同じように、
　　　友人を守らねばなりません。
4269、交友はかんたんだが、友情を維持することは難しいのです、
　　　敵を作るのはかんたんだが、和解することは困難なのです。
4270、敵がいれば自分の身体と命を守らねばなりません、
　　　敵から逃れることは容易ではありません。

4271、交際してはいけない二種類の人間がいます、
　　　もし彼らと付きあえば禍を招くでしょう。
4272、一つは無実の者を陥れる者、相手を誹謗し陥れます、
　　　もう一つは二面性を持つ者、たいへん貧欲です。
4273、さらに、大酒飲みと友人になってはいけません、
　　　彼はあなたを裏切り、あなたの心を傷つけるでしょう。
4274、また私利だけを求める者も友としてなりません、
　　　あなたに利がないと見るや敵対するでしょう。

4275、もしあなたが誰かと親しくなりたいと思ったら、
　　　頼みごとはしていけません。

第48章　絶賛、どのように宮廷の人間と接するかを論ずる

4276、もしあなたが安らかな生活を送っていきたいのなら、
　　　他人の妬みを受けないようにしてください。

4277、もしあなたが敵を自分の奴隷のようにしたいのなら、
　　　黄金を惜しまず与えて彼を安心させなさい。

4278、もしあなたが親しい人から遠く離れたいのなら、
　　　相手の話は聞かず、冷たくぞんざいに扱うことです。

4279、もしあなたが長生きをしたいのなら、
　　　お金を惜しまず気前よく使いなさい。

4280、もしあなたが他人に好かれたいのなら、
　　　心と言葉を一つにして、やさしく声をかけなさい。

4281、もしあなたが他人の尊敬を得たいのなら、
　　　まず先にその人を尊敬しなさい。

4282、もしあなたが大金持ちになりたいのなら、
　　　足ることを知ればアッラーが善い運を授けてくださいます。

4283、もしあなたが人びとの賞賛を得たいのなら、
　　　善行に励み他人への態度を穏やかにしてください。

4284、どのような人間を高潔な人かと言うならば、
　　　他人への思いやりある人こそ人情ある人と言えます。

4285、もしあなたがある人の天性を知りたければ、
　　　彼のおこないを見ればはっきりします。

4286、詩人がこのことを分かりやすくのべています、
　　　詩句とその意味は互いに証明し合っています。

4287、「善いおこない、善い言葉、
　　　そしてまっすぐな心、

4288、この三つの品性が、
　　　人の気高さの証し。」

4289、高潔な人よ、邪な者と群れをなしてはいけません、
　　　彼らはあなたの名声を奪うでしょう。

4290、礼節に通じた賢人がなにを言ったかお聞きください、

第48章　絶賛、どのように宮廷の人間と接するかを論ずる

　　　　　彼は正義を求め、愚かな輩を遠くに追いやった。
4291、『あらゆる争いの根本は悪行だ、息子よ、
　　　　　だから愚か者に近づいてはならない。
4292、残忍で乱暴な者と付きあってはいけない、
　　　　　怒りは友情を傷つける。
4293、心のなかの秘密を人に漏らしてはいけない、
　　　　　漏らせばおまえが苦しむことになる。
4294、もし友情を日ごと深めていきたければ、
　　　　　智者よ、欲を捨てねばならない。
4295、もしおまえが喜び溢れて生きたいのならば、
　　　　　今の暮らしに満足し正しいおこないを積むことだ。
4296、もし自分の言葉を永遠に残したいなら、
　　　　　なににでも手を出してはいけない。
4297、もしおまえが自分の名声を保ちたいなら、
　　　　　嘘をついてはいけない、言葉の信用は失せよう。
4298、どこかで幸運が顔を出したら、
　　　　　おまえはそれを追いかけ捕まえなさい。
4299、幸運と争わず、彼女にしたがいなさい、
　　　　　争えば彼女は食べものを毒に変えてしまうだろう。』

4300、もし人に賢くありたいと願うなら、
　　　　　問われた問いにはまっすぐなまことの言葉で答えなさい。
4301、根拠のない話や他人の長短を語ってはいけません、
　　　　　他人への中傷や恨みごとを話してもいけません。
4302、根拠のない話は冷たい風のように人を傷つけます、
　　　　　傷つけられた人間はあなたの命さえ奪うでしょう。
4303、年長者に横柄であってはいけません、
　　　　　どんなかんたんな返事でもぞんざいではなりません。

4304、あなたは長老たちをよく尊敬してください、

第48章 絶賛、どのように宮廷の人間と接するかを論ずる

彼らの栄光はあなたの上にも降り注ぐでしょう。
4305、同僚たちとはよく行き来してください、
同等の立場で交流し親しくなってください。
4306、人があなたを誉めたら、あなたも彼を賞賛すべきです、
人があなたを貶しめたら、彼らの仲間に近づかないことです。
4307、人がするように、あなたもふるまいなさい、
やさしい言葉にはやさしい言葉で返してください。
4308、善い人には善いことを返しなさい、
悪い人には悪いことで報いなさい。
4309、礼法に通じた人物がこのように言いました、
彼は王室の礼法を使って民を治めました。
4310、『あなたと呼ばれたらあなた様と応えよ、
返す言葉は相手よりもより丁寧に。
4311、おまえと呼ばれたらおまえと応じよ、
岩のあいだの木霊のように相手と同じ言葉で返せ。』

4312、これが宮中の人たちとの交際の仕方です、
宮廷社交の処方箋として記憶してください。
4313、わたしの話はこれまでです、あなたはすべて聞きました、
良く学んでうまく宮廷で使ってください。」

覚醒、絶賛に尋ねる

4314、覚醒は答えて言った、「善き人よ、
あなたの話はすべて理解しました。
4315、他にも話したいことがあります、
あなたの意見を教えてください。
4316、今日もしわたしが町に入ったら、
普通の平民と接触するでしょう。
4317、彼らとはどのように付きあえばよいのか、
詳しくわたしに教えてください。」

第48章　絶賛、どのように宮廷の人間と接するかを論ずる

絶賛、覚醒に答える

4318、絶賛は答えて言った、
　　「このことは詳細に話す必要があります。
4319、あなたの質問はたいへん重要なことです、
　　わたしがお伝えします、よくお聞きください。」

第49章

絶賛、覚醒にいかに平民[1]に応じるかを論ずる

4320、「平民について言えばまったく別のことです、
　　　彼らの知性と性格は宮廷人とは大きく異なります。
4321、彼ら同士の関係では品性は必要ありません、
　　　礼儀や作法も知らず、規則も分かっておりません。
4322、しかし、彼らがいなくてはなにごともできません、
　　　やさしく話しかけてください、でも親しくはなれません。
4323、彼らのふるまいは下劣で耐えがたいものです、
　　　自分をたいせつにし、彼らから汚染されないでください。
4324、元来、平民は気ままで粗暴です、
　　　行動は彼らの性格に似ていい加減です。
4325、彼らはただ腹一杯にすることのみを知っています、
　　　飲み食い以外、考えることはありません。
4326、ある人が平民の品行について語っています、
　　　彼は世界を旅した経験に満ちた人物です。
4327、『平民の願いは腹一杯に食うことだ、
　　　すべての努力を腹のために費やす。
4328、どれだけの人間が腹のことで死んだか、
　　　今は土の下、報いに火の玉を食らう。』
4329、粗野な者は腹がくちると口が軽くなり、
　　　気をつけなければあなたをばかにします。

4330、彼らとも付きあわなければなりません、
　　　おお兄弟よ、彼らにはいつも服や食べものを施しなさい。
4331、やさしく話し欲しがるものを与えなさい、
　　　与えたものは本当の利益として返ってきます。

第49章　絶賛、覚醒にいかに平民に応じるかを論ずる

4332、彼らには忍耐強く、しかし多くを話してはいけません、
　　　しゃべりすぎればあなたの価値が下がるでしょう。
4333、知識ある人がこのことについて語っています、
　　　彼は我慢強く、多くを話しません。
4334、「すべてを語るのはやめよ、
　　　必要なことだけを慎んで話しなさい、
4335、わたしが見た智者はいつも寡黙だった、
　　　それでも彼は自分の多言を後悔していた。」

　訳注
〔1〕平民（カラ・アーム・ボドゥン qara 'ām bodun）

第50章
絶賛、アリー家の人びと [1] (サイイド [2]) と どのように交わるかを論ずる

4336、宮廷の使用人や宮廷のベグ以外で、
 　　あなたが交際するべき人びとがつぎの人たちです、おお兄弟よ。

4337、その一つが預言者の子孫です、
 　　彼らには畏敬の念を持ちなさい、幸運が来るでしょう。

4338、彼らを心から敬愛してください、
 　　彼らによいことを為し、彼らをささえてください。

4339、彼らはメッカのベイト*から来た預言者の親族です、
 　　預言者と同じように心から愛してください。

4340、彼らにふさわしくない言葉が出ないかぎり、
 　　彼らの出自や心境を根ほり尋ねてはなりません。

訳注
〔1〕**アリー家の人びと**　ムハンマドの直系子孫を指す一般的な尊称。
〔2〕**サイイド（sayyid）**　アリー家の人びとを指すアラビア語。

---

* ベイト（Beyt）イスラーム教徒の聖地、メッカにあるカーバの神殿。

第51章

絶賛、どのように学者[1]に接するかを論ずる

4341、ウラマー[2]は別の知識集団に属します、
　　　彼らは知識を用いて世の人のために道を照らし出すのです。
4342、だから彼らを心より敬愛し、その教えを尊重してください、
　　　彼らの知識を探究し、ほんの一部でも学びなさい。
4343、彼らは優劣善悪をはっきり知ることができます、
　　　彼らはまっすぐで純粋な道を歩みます。
4344、できるかぎり彼らの知識を学び探究しなさい、
　　　彼らへ敬意を表し、丁重な言葉遣いで話しなさい。
4345、彼らは真理と信仰の支柱です、
　　　彼らの知識は神聖なる法の基礎となります。
4346、もし学者や賢者たちがこの世にいなければ、
　　　畑に植えた食べものも収穫ができないでしょう。
4347、彼らの知識はすべての民をたいまつのように照らします、
　　　暗い夜でもたいまつがあれば旅人は道に迷いません。

4348、あなたの財物を寄進し、よい言葉でねぎらってください、
　　　彼らに飲食を捧げ、にこやかに接してください。
4349、彼らに心から畏れを抱き虚言を言ってはいけません、
　　　虚言は毒のように彼らを傷つけるでしょう。
4350、彼らを尊敬しパンと塩[3]を施してください、
　　　彼らを尊重し手厚くもてなしてください。
4351、彼らの教えを学び、彼らの学問を用いてください、
　　　彼らの行動にむやみな批判をしてはなりません。
4352、あなたに役立つものは彼らの知識です、
　　　それはあなたに真理への道を指し示してくれます。

第51章　絶賛、どのように学者に接するかを論ずる

4353、彼らはちょうど羊の群れの首領のようなものです、
　　　　彼らが羊の群れを正しい道に導いてくれます。
4354、彼らと交際し良い関係を築きなさい、
　　　　現世も来世も幸運はあなたと供にあるでしょう。

訳注
〔1〕**学者**（ビルゲ　アーリムレル bilge 'ālimler）。
〔2〕**ウラマー**（'ulamā）　イスラーム教における学者・知識人。せまい意味ではイスラーム法学者とされる。
〔3〕**パンと塩**　象徴的表現。食べものや飲みもの全般のこと。

第52章

絶賛、どのように医者[1]と接するかを論ずる

4355、それ以外の知識集団が他にあります、
　　　集団ごとの学識はそれぞれ異なります。

4356、そのなかの一つは医者です、
　　　彼らは人びとの病を治します。

4357、彼らはあなたにとってどうしても必要なものです、
　　　彼らがいなければ痛みや病気は治りません。

4358、人は生きているあいだにかならず病気になります、
　　　医者はあなたの病気を治すことができます。

4359、病気は死の道連れです、
　　　生あればかならず死がありそれが人生です。

4360、医者は人びとの役に立ちます、
　　　彼らの恩に背いてはなりません。

訳注
〔1〕**医者**（オタチラル otaçılar）

第53章

絶賛、どのように巫術師[1]に接するかを論ずる

4361、次に、巫術師について話させてください、
　　　悪霊や悪魔の祟りは彼らが治すことができます。
4362、彼らとも良い関係を結んでください、
　　　悪霊に対する呪術には彼らが必要です。
4363、もし彼らを役立てたいと思うなら、
　　　彼らをふだんから親切に取り扱いなさい。
4364、医者は彼らの呪文を信じませんが、
　　　巫術師も医者にそっぽを向けています。
4365、医者は薬によって病気を消すことができます、
　　　巫術師は呪術で悪霊を追い払うことができます。

訳注
〔1〕巫術師（ムアッズィムレル mu'azzimler）。

第54章

絶賛、どのように夢判断師[1]に接するかを論ずる

4366、もう一つの学問の種類に夢判断術があります、
　　　夢判断師はあなたのための道を開いてくれます。
4367、人は眠れば夢を見ます、
　　　夢判断師は夢の意味を分かりやすく解説してくれます。
4368、彼があなたの夢を縁起良い夢と判断したのなら、
　　　すべてがうまく行き愉快に過ごせます。
4369、もし恐ろしい悪夢を見たのなら、
　　　貧しい人びとに施しをおこない自分の身を守ってください。
4370、慈悲深いアッラーは人びとの利益のために、
　　　夢で兆しを測る夢判断の学問を賜れました。
4371、もし良い夢を見ればあなたは喜んでください、
　　　悪い夢と判断されたならアッラーに祈ってください。
4372、凶兆から逃れるために貧しい人へ銀貨を施しなさい、
　　　アッラーがお望みになれば、あなたは難から免れます。
4373、夢は現実のなかで預言された通りになっていくでしょう、
　　　だから、夢判断師よ、慎重に観察し判断してください。
4374、優れた夢判断師はこのようにあるべきです、
　　　賢く情に深い夢判断師は人を幸福にします。
4375、兄弟よ、よく彼らと接しなければなりません、
　　　あなたの兄弟や親友のようにたいせつにしてください。

訳注
〔1〕**夢判断師**（テュシュ　ヨルグチラル tüş yorğuçılar）。

第55章

絶賛、どのように天文学者[1]に接するかを論ずる

4376、他にも天文学者がいます、
　　　この学問は格別にち密な方法を取ります。

4377、日・月・年の計算は彼らがおこないます、
　　　これには精緻な数学の知識が必要です。

4378、自分で計算したければ、最初に幾何学が必要です、
　　　そのあと、ようやく算術の門を開けることができます。

4379、まず掛け算、割り算を学び、次に分数を学ぶ、
　　　それはあなたの数学の理解を検証してくれます。

4380、また倍数と比例も学習しなければなりません、
　　　そのあと平方根にも踏み入れます。

4381、また加減とそれを応用した土地測量を学べば、
　　　七層の天もまるで草のように手の内に入ります。

4382、それ以外にも、代数、方程式を学ばねばなりません、
　　　それからユークリッドの門を開きます。

4383、現世と来世を信じなさい、
　　　哲人が計算によって証明できることも信じなさい。

4384、善き人よ、もし計算が間違っていたら、
　　　現世も来世も壊れるでしょう。

4385、もしあなたが一つのことを成功させたいと願ったら、
　　　まず適切な日時を選ぶ必要があります。

4386、日時には幸運の日があり不運のときもある、
　　　天文学者に尋ねて幸運の日を選ばねばなりません。

4387、智恵ある老人が良いことを言っています、
　　　『なにごともよく知る人に尋ね、その通りにおこないなさい。

第55章 絶賛、どのように天文学者に接するかを論ずる

4388、知識を使って仕事をおこなう者は、
　　　どんなことでもかならずやり遂げることができる。』
4389、ものごとをおこなう際にはまず知識に頼りなさい、
　　　知識を離れたらなにも成就しません。
4290、まず天文学者に尋ねなさい、だがかんたんに信じてはいけません、
　　　すべてを知っているのはただアッラーだけなのですから。
4291、彼らと交際するときは親切に接してください、
　　　ぞんざいな言葉で彼らの心を傷つけてはいけません。

訳注
〔1〕天文学者（ユルドゥズチラル yulduzçılar）。

第56章

絶賛、どのように詩人[1]に接するかを論ずる

4392、詩人の番です、彼らは言葉を摘みとり奏でます、
　　　人間を賞賛し、同時に風刺します。
4393、彼らの言葉は剣よりも鋭く、
　　　彼らの思考は毛髪よりも細やかです。
4394、もし奥深く繊細な言葉を知りたければ、
　　　詩人たちの詞(ことば)を聞けば分かります。
4395、彼らは海底で宝をさがす人のようです、
　　　海のなかから金銀宝石をすくいだす。
4396、彼らがあなたを賞賛したら、その名は四方に伝わるでしょう、
　　　彼らがあなたを風刺したら、その名は永遠に傷つくでしょう。
4397、彼らの風刺の的になってはいけません、兄弟よ、
　　　彼らに良くすることを忘れてはなりません。
4398、もし彼らの賞賛を受けたいのなら、
　　　彼らに愛されること、それだけがすべてです。
4399、彼らの求めるものはなんでも与えてやってください、
　　　彼らの言葉の害毒から身を守るために。

訳注
〔1〕詩人（シャーイルレル shā'irler）。

第57章

絶賛、どのように農民 [1] と接するかを論ずる

4400、次の集団は土を耕す農民です、
　　　彼らはかならず必要な者たちです。

4401、彼らと良い関係を結んでおけば、
　　　食べもののことでは心配なく暮らせます。

4402、あらゆる人が彼らから利益をもらって生きています、
　　　食べものや飲みものは彼らの所から来るのです。

4403、生きている者のすべてが飢えと満腹を知っています、
　　　生きているかぎり誰もが彼らを必要とします。

4404、もちろん、彼らはあなたにも必要な者たちです、
　　　あなたの食事の問題は彼らの助けを借りねばなにもできません。

4405、兄弟よ、農民たちとの良い関係を結びなさい、
　　　それではじめて、新鮮で清潔な食べものを得ることができます。

4406、ある敬虔な信徒がこのように言いました、
　　　彼はすべてについて真剣に考えています。

4407、『もし、あなたが正しい道を歩みたいのなら、
　　　従順な者よ、飲食はかならず純潔であらねばならない。

4408、もし、あなたが敬虔な信徒でありたいなら、
　　　許された（ハラル）食べもののみを摂らねばいけない。

4409、もし、あなたが貧しくなりたくなければ、
　　　淫らな行為をおこなってはならない。

4410、もし、あなたが他人からの賞賛を受けたいなら、
　　　淫乱な破戒者たちと交わってはいけない。

4411、淫行は人間の根底を破壊し、
　　　あなたの善行の積みかさねを一瞬に覆(くつがえ)す。

第57章　絶賛、どのように農民と接するかを論ずる

4412、淫行は幸運を逃し、
　　　それは消えた業火を再び燃やすだろう。』
4413、品行方正なおこないの人が次のように語りました、
　　　知識は彼の願いをかなえてくれます。
4414、「**淫行に近づかず遠くに避けよ、**
　　　淫行あるところ汚名がはびこる、
4415、**淫行の館に幸運はとどまらず、**
　　　たとえ休んでもそれは一夜の旅人。」

4416、農民たちは、皆気前がよく、
　　　アッラーが賜ったものだけで満足しています。
4417、すべての生物に栄養は必要です、
　　　地を歩く者、空を飛ぶ者、皆食べねばなりません。
4418、言葉づかいは丁寧に、態度も穏やかに、
　　　農民とは親しく交遊すべきです。

訳注
〔1〕**農民**（タリグチラル tarigçılar）。

第58章

絶賛、どのように商人[1]に対するかを論ずる

4419、彼らの他に商人がいます、
　　　売買を通して利益を追求し休むことを知りません。
4420、彼らは生きるために全世界をまわる一方で、
　　　心も意志もすべてアッラーに捧げています。
4421、彼らとは親密に交流する必要があります、
　　　彼らが望むものはできるだけ与えてください。
4422、世界中から選りすぐった産物はすべて彼らの手にあります、
　　　おかげで人びとは美しく着飾ることができます。
4423、彼らは人びとが欲しがるものを求めて東西を往来し、
　　　あなたの願望を実現する手助けをしています。
4424、世界中の無数の珍しい物産や絹織物は、
　　　すべて彼らが提供してくれるのです。
4425、おお寛大な人よ、この世に商人がいなければ、
　　　どうして黒貂の衣装が着られるでしょうか。
4426、もし契丹(キタイ)の隊商が路上で砂塵を上げるのを止めたら、
　　　無数の絹織物はどこから来るのでしょうか。
4427、もし商人が世界をめぐらなかったら、
　　　誰が真珠の首飾りを見ることができたのでしょう。
4428、話を挙げれば彼らにはまだ多くの良い点があります、
　　　しかし話が長くなるので、一つひとつはのべません。

4429、このような人たちが商人です、
　　　門を開いて彼らと交際してください。
4430、彼らには寛大に接しなければなりません、
　　　あなたの名声は彼らが旅する所全土に伝わります。

第58章　絶賛、どのように商人に対するかを論ずる

4431、世の人の名声は彼らから世界に伝えられるのです、
　　　名声、悪名にかかわらず彼らがすべて伝えます。
4432、もし彼らから珍しい贈りものがあれば、
　　　あなたも彼らに相応のお返しをしなければなりません。
4433、彼らの利害への計算はたいへん緻密です、
　　　彼らと付きあうときには十分な注意が必要となります。
4434、世界中を旅した人の話を聞いてください、
　　　彼は苦労して世界をめぐり、多くの見識を得ました。
4435、『もし自分の名前を四方に広めたいのなら、
　　　異郷の旅人たちとよく接しなければならない。
4436、もし自分の評判を世界中で挙げたいのなら、
　　　商人たちに惜しみなく報酬を差し出しなさい。
4437、おお息子よ、おまえが名声を得たいのであれば、
　　　旅人や隊商たちとよく交わることだ。』
4438、商人とはこのように交際しなさい、
　　　そうすればあなたの生活は楽しく名声は轟くでしょう。

訳注
〔1〕**商人**（サティグチラル satıgçılar）。

第59章
絶賛、どのように牧人[1]に接するかを論ずる

4439、次に牧人という職業があります、
　　　　家畜の群れの管理はすべて彼らがおこないます。
4440、彼らは純粋で正直な人びとです、
　　　　自分の負担を他人にかぶせたりはしません。
4441、食糧、衣服はもとより軍馬と家畜の運搬まで、
　　　　こういったことは、皆彼らが提供します。
4442、馬乳、牛乳、毛皮、油、バター、ヨーグルトとチーズ、
　　　　部屋を快適にしてくれる絨毯も彼らがもたらします。
4443、彼らは本当に社会の役に立つ人びとです、
　　　　ラクダの幼子よ、牧人とは親しく接しなさい。
4444、彼らとよく交流しなさい、
　　　　彼らに飲食を施し公正に分け与えてください。
4445、彼らが欲しがるもので支払い、あなたの必要なものをとりなさい、
　　　　彼らが正直でずるくないことはわたしがよく知っています。

4446、しかし、知識や礼儀を彼らに求めてはいけません、
　　　　彼らは自由でなんの束縛も知らないのですから、洗練された人よ。
4447、彼らと付きあうときは自分の考えを変えねばなりません、
　　　　彼らは厚かましく無鉄砲、礼儀知らずだからです。
4448、やさしい言葉で付きあい、しかも親しくなり過ぎてはいけません、
　　　　素朴な人たちは粗野で愚かな頑固者です。
4449、経験深い法律家がいさめの言葉を語っています、
　　　　彼は平民と交際し、彼らのことをよく知っています。
4450、『無学な者と親しくなり過ぎてはいけない、
　　　　近づけば、彼らは礼を失うだろう。』

第59章　絶賛、どのように牧人に接するかを論ずる

4451、他の賢人はより的確な忠告をしています、
　　　すべては知識によって行われます。
4452、「愚か者は恥ずべき畜生だ、
　　　彼らからは遠くに離れよ、
4453、友人には賢い者を選びなさい、
　　　人生に幸運が宿るだろう。」
4454、これが牧人たちについての話です、
　　　彼らと付きあう場合の案内となりましょう。
4455、どのように世間を渡るか幸運を享受するか、
　　　さらに一つひとつ話して行きます。

　訳注
〔1〕**牧人**（イグディシュチレル igdişçiler）。

第60章

絶賛、どのように職人[1]に接するかを論ずる

4456、次に職人の親方たちがいます、
　　　彼らは生計の道をすべて技術によって得ています。

4457、彼らはあなたにとって、とても有益な人びとです、
　　　英雄よ、彼らに近づけば利益となります。

4458、鍛冶師、靴匠、木地師、皮革職人、
　　　左官、弓師、絵師などがいます。

4459、世界は素晴らしい工芸品によって装飾され、
　　　それは皆職人たちが作ったものです。

4460、その例は数多く話せば長くなります、
　　　ここで打ち切りますが、ほかは自分で理解してください。

4461、彼らと交際し、彼らを友人としてください、
　　　彼らを喜ばせば、あなたも幸せになれるでしょう。

4462、あなたのために働いたら、それに応じた賃金を払い、
　　　彼らに豊富な飲食を与えなさい。

4463、彼らの仲間のなかであなたの悪口を言わせてはいけません、
　　　あなたの名誉を傷つけさせないよう気をつけてください。

4464、ある学者が良いことを言いました、
　　　彼は善良で平民に温かい人物です。

4465、『いたずらに生を貪らず、名声と誉れを求めなさい、
　　　一度生まれ出たのなら、美名を伴とすべきです。

4466、人はすぐに死んでいきますが、名前はあとに残ります、
　　　名声が続くかぎり、あなたは生きていることと同じです。

4467、もしおこない悪く悪名が立ったなら、
　　　生きているより死んだ方がよいのです。

4468、人生は投下された資本です、悪事をしてはなりません、

第60章　絶賛、どのように職人に接するかを論ずる

　　　善行をおこなって名声を残しなさい。』

訳注
〔1〕職人（ウズラル uzlar）。

第61章

絶賛、どのように貧しい人 [1] に接するかを論ずる

4469、その他に貧しい人びとがいます。
　　　あなたは彼らに施しを与え、善行をつくしなさい。
4470、彼らはあなたのために祈るでしょう、
　　　兄弟よ、彼らの祝福は本当に価値あることです。
4471、彼らから財物での返礼を期待してはなりません、
　　　アッラーが天国であなたの善行に報いてくれます。

4472、以上が王国のさまざまな階層の人間と接する方法です、
　　　自分の立場も彼らの受け方も理解できるでしょう。
4473、彼らとは公正に親切に接してください、
　　　皆、あなたに親しく近づいてくるでしょう。
4474、こうして、現世と来世ともにあなたは幸運となります、
　　　あなたは美名を勝ち取り、評判は遠くまで広がるでしょう。

訳注
〔1〕**貧しい人**（チガイラル çıgaylar）。

第62章

絶賛、どのように妻をめとるかを論ずる

4475、もしあなたが善い妻を娶りたいなら、
　　　　見抜く力と優れた考えを備えれば、善い女性を得られます。

4476、彼女は善い血筋の生まれで心は純粋であらねばなりません、
　　　　貞淑で恥を知り敬虔な女性であるべきです。

4477、あなた以外の男の顔を見たことのない女性、
　　　　できれば誰も触れたことのない処女と結婚しなさい。

4478、あなただけを愛し、他の男を知らない女性であること、
　　　　礼儀を知らない悪い習慣を持つ女ではいけません。

4479、もしあなたが結婚するなら、少し低い家柄の娘を選びなさい、
　　　　奴隷になりたくなければ、家柄の勝る女と結婚してはなりません。

4480、ある人物の言葉があります、
　　　　彼は経験に富み正しい判断をします。

4481、「**家柄は自分より低めの家の娘を娶れ、
　　　　美しい容姿を求めず気立てで選べ、**

4482、**純粋で貞淑な女を見つけよ、
　　　　敬虔な彼女はあなたに幸運をもたらす。**」

4483、結婚はしなくてよい、それでも妻を娶るなら、
　　　　敬虔な人よ、自分にふさわしい身分の娘を選びなさい。

4484、容姿の美しさではなく性格で選びなさい、
　　　　気立ての善い娘ならそれで完全です。

4485、ただ花嫁に美貌を求めるだけならば、
　　　　あなたの元気な紅顔も枯葉のように黄ばむでしょう。

4486、男が結婚を考えるとき、英才よ、

第62章 絶賛、どのように妻をめとるかを論ずる

この四種類の女性のどれかになります。
4487、ある者は貧欲な心で金持ちの娘を求めます、
　　　ある者は肉欲の目で美しい容姿を求めます。
4488、ある者は自尊心と高い地位のために、
　　　輝かしい名門の令嬢を求めます。
4489、ある者は神を畏れる敬虔な心の娘を求めます、
　　　彼は願いがかなうとすぐに妻として娶ります。
4490、よく聞いてください、
　　　このなかで誰が一番幸せになるか言いましょう。
4491、富豪の女性を求めた智者よ、
　　　彼女の奴隷になってはいけない。
4492、彼女は財産に寄りかかり得意になっている、
　　　彼女の求めるものを探し休む間も与えられない。
4493、美しい姿に見とれている良い男よ、
　　　笑ってはいられない、皆があなたの妻を狙っている。
4494、ただアッラーだけが彼女を守ってやれる、
　　　アッラーは永遠に彼女の美しさを保たせはしないから。
4495、権力と高位を選んだ紳士よ、
　　　貴族たちと交わって自分を惨めに思ってはいけない。
4496、家柄が高貴な者たちはとても傲慢である、
　　　令嬢の奴隷となってこき使われてはならない。
4497、おお、敬虔な女性を求めた高貴なる公子よ、
　　　この信仰深い娘を娶れば、前の四つの願い*すべてがかなうだろう。

4498、あなたが敬虔で心やさしい女性を探し出したら、
　　　良い機会を失うことなく、彼女を得てください。
4499、もしあなたが金持ちになりたければ、
　　　彼女は節約して財を集め、あなたを喜ばせるでしょう。
4500、敬虔な女性であれば、彼女の美しさは自然にあらわれます、

---

* 上に述べた、財産、家柄、美貌、敬虔の四つ。下文中の「四つの長所」もこれを指している。

第62章　絶賛、どのように妻をめとるかを論ずる

　　　　智者たちは女性の美しさが品性のなかにあることを知っています。
4501、敬虔で貞節である女性こそ真に高貴な生まれを意味します、
　　　　先にのべた三つの条件は皆彼女のうちに集まっています。
4502、おお高貴な人よ、もしあなたが賢ければ敬虔な女性を探しなさい、
　　　　敬虔で善良な娘であれば四つの長所すべてを秘めています。
4503、あなたがこのような女性を見つけたら、男子よ、
　　　　その機会を逃さず、行って彼女を娶りなさい。

第63章

絶賛、どのように子どもを教育するかを論ずる

4504、もしあなたに月のような子どもが産まれたら、
　　　他人に託さず、自分自身で教育すべきです。

4505、善良で純粋な婦人を乳母として選んでください、
　　　そうすれば、純粋に育ち健康な子どもに育つでしょう。

4506、子どもたちには知識と礼儀を教えなさい、
　　　現世と来世の二つの世界で利益を得るでしょう。

4507、成長すれば娘は嫁に出し息子には妻を娶らす、
　　　幸運の人よ、これで一生憂いはありません。

4508、息子には品性と技能を教えなさい、
　　　彼は財産を作ることができるでしょう。

4509、息子を放任すれば自分勝手な怠け者になります、
　　　時間をむだにせず、息子をしっかり教育してください。

4510、娘に主人を持たせぬまま長く家にとどめてはいけません、
　　　病気もないのに後悔であなたは死んでしまうでしょう。

4511、おお友人よ、兄弟よ、わたしは断じて言おう、
　　　娘などいっそ産まない方がよい、そのまま死んだ方がよい。

4512、もしも娘が生まれたら、彼女にとっては大地の下がもっともよい、
　　　もしも娘が家にいれば、隣に墓場があるようなものだ。

4513、女は朝から晩まで家のなかに入れておきなさい、
　　　女の内心と外面は同じものではありません。

4514、他人を家に招いても、女を外に出してはいけません、
　　　巷の男の目に触れれば、彼女を誘惑するかもしれません。

4515、目を合わさなければ心が向かうことはありません、
　　　目が合う所に心が向かい合うのです。

第63章　絶賛、どのように子どもを教育するかを論ずる

4516、目に気をつければ、心はなにも欲しません、
　　　　心が欲しなければ、人は虜になることがありません。

4517、男と女をいっしょに飲食させてはいけません、
　　　　彼らは見さかいを失くしてしまいます。
4518、女たちを外に行かせてはなりません、
　　　　いったん外に出すと正しい道から外れます。
4519、女は肉のようなもの、しっかり閉っておかねばいけません、
　　　　いちど保管を間違えれば腐って臭気を漂わせます。
4520、女たちに敬意を持ち欲しがるものを与えなさい、
　　　　しかし家にはしっかり鍵をかけ、他人に会わせないように。
4521、女はもともと気分で動き信念を持ちません、
　　　　心変わりが激しく、目の行く所に心が動く動物です。
4522、ちょうど浮気の水で育てた木のように、
　　　　毒の実が出ても摘んで食べてはいけません。
4523、どれだけ屈強な勇士たちが、
　　　　女のために命を失ったでしょうか。
4524、どれだけ高徳な望み多き人びとが、
　　　　女のために名声を地に落としたでしょうか。
4525、どれだけの名士、豪傑、勇者たちが、
　　　　女によって自らの命を絶ったでしょうか。
4526、どうやって男が女のすべてを管理できましょう、
　　　　彼らを統べることができるのはただアッラーだけです。

第64章
絶賛、部下の使用人とどのような関係を築くかを論ずる

4527、あなたの奴隷や部下の使用人をうまく扱わねばなりません、
　　　彼らには十分な食べものと衣服を与える必要があります。
4528、彼らに仕事をさせる場合には、
　　　彼らができる範囲の可能な量にとどめなさい。
4529、耐えられないほどの仕事の量を与えれば、
　　　アッラーはあなたの敵となり、あなたに罰を下すでしょう。
4530、彼らもあなたと同じアッラーのしもべです、
　　　彼らを抑圧することは自分を地獄に送ることです。
4531、あなたは高い身分の者であり、彼らは賤しい分際です、
　　　大きな者は小さな者の身になって考えねばなりません。
4532、たとえ高い身分にあっても謙虚でなくてはいけません、
　　　謙虚であればあるほど、あなたの値打ちは上がります。
4533、優れた詩人が人びとを戒めて次のようにうたいました、
　　　賢者よ、このように行動されることを願います。
4534、**「たとえベグであっても、**
　　　温かい言葉と謙譲の心を失うな、
4535、**自我を忘れ正道を外れてはいけない、**
　　　幸運の来る門を閉ざしてはならない。」

4536、住まいや部屋を清潔に保ちなさい、
　　　気前良い人よ、幸運がやって来るでしょう。
4537、飲食が足りれば人に分け与えなさい、
　　　あなたの幸運は続き名声は広がるでしょう。
4538、家計は収入に応じて支出を決めなさい、
　　　余分な支出があれば、方法を講じて補ってください。

第64章　絶賛、部下の使用人とどのような関係を築くかを論ずる

4539、借金は難しいことではありません、
　　　この方法はいつもあなたに開いています。
4540、しかし、あなたが本当にその金が必要でも、
　　　男子よ、他人に面倒を求めてはなりません。
4541、あなたの友人は丁重に聞きますが援助はしないでしょう、
　　　あなたを恨む者はそれを聞けば大笑いするでしょう。
4542、結果として、あなたは親しい友人たちの尊敬を失くし、
　　　屈辱であなたの心は傷つくに違いありません。

4543、善い人たちと付きあい彼らを友人としてください、
　　　そして、人びとのなかに交わって生活をしてください。
4544、金銭を分け与えて仲間を作ってはいけません、
　　　あなたは後悔で輝く紅顔を萎れさせてしまいます。
4545、家を持つなら大きな通りに沿って建ててはいけません、
　　　災いを免れる安全な場所を選ばねばなりません。
4546、ベグの隣に住んではいけません、
　　　河の近く大水が出る所、また砦の側も良くありません。
4547、この三つの場所と隣り合わせて良いことはありません、
　　　いったん災難が起こったらとめることはできません。
4548、家を買おうと思ったら隣の人をよく見なさい、
　　　土地を買おうと思ったら水の流れを考えなさい。
4549、悪人たちと付きあわぬかぎり、あなたは安全に過ごせます、
　　　正しく行動するかぎり、駿馬のように走れます。

4550、なにごとにも足るを知れば、人びとはあなたをベグとも呼ぶでしょう、
　　　こそこそせず悠々と暮らせば心は王侯に勝ります。
4551、頭をはっきりさせ、死を忘れてはいけません、
　　　目をしっかり見開き、アッラーを忘れてはなりません。
4552、言葉を慎み、もめごとを起こしてはいけません、
　　　ぼんやりと時間を過ごさない、後悔しないように。

第64章　絶賛、部下の使用人とどのような関係を築くかを論ずる

4553、傲慢になってはいけません、人に軽蔑されます、
　　　ケチになってはいけません、罵られます。
4554、謙虚で情のある人の教えを聞いてください、
　　　人情はやはり人情で返さねばなりません。
4555、『もしあなたが名声を欲しいのなら、
　　　できるかぎり、人びとに気前よく施しなさい。
4556、もし自由人をあなたの奴隷にしたいのなら、
　　　余計なことは言わず、あなたの財貨を与えなさい。
4557、もしあなたが天に届くほど出世をしたければ、
　　　知識と先見の明をもって、ことをおこなう必要があります。
4558、もしあなたが自分の名前を世に知らせたいのなら、
　　　旅人や隊商を歓待すれば、世界に広がるでしょう。
4559、もしあなたが楽しく幸せに生活していきたいなら、
　　　善き人よ、ぼんやりしていてはいけません。
4560、もしあなたが敬虔にアッラーへの祈禱をつづけたいなら、
　　　肉欲の門を閉じ、欲望に打ち勝たねばなりません。
4561、もしあなたが善行と果報を求めるならば、
　　　肉欲と情熱を抑えなければいけません。
4562、ある敬虔な信者が良いことを言っています、
　　　大胆な者よ、自分の場合に応用しなさい。
4563、「**肉欲に迎合してはならぬ、**
　　　従えば、それはおまえを頭から飲み込もう、
4564、**肉欲に笑みを送れば、彼女はおまえを病にさせる、**
　　　肉欲を抑えつければ、彼女は腰をかがめて頭を下げる。」

4565、絶賛は最後に言った、「おお兄弟よ、
　　　平民の習性はこのようであります。
4566、言うべきことは終わり、あなたはすべてを聞きました、
　　　話が分かれば、とくに質問もないでしょう。」

第64章　絶賛、部下の使用人とどのような関係を築くかを論ずる

覚醒、絶賛に尋ねる

4567、絶賛は答えた、「おお善人よ、
　　　わたしは完全にあなたの話を理解しました。
4568、まだ他のことで尋ねたいことがあります、
　　　どうか教えてください。
4569、わたしが世間に入って他人と交際する場合、
　　　にこやかに礼を持って往来しなければなりません。
4570、言うまでもなく、人びとはわたしを宴会に招待するでしょう、
　　　またわたしも彼らを招待しなくてはなりません。
4571、どのように宴会に赴き、どんな席に着けばよいのか、
　　　友よ、わたしが主人役のときにはどうしたらよいのか。
4572、わたしの責任が果たせるように、
　　　どうか宴会の作法について教えてください。」

第 65 章

絶賛、覚醒に宴会における作法について論ずる

4573、絶賛は答えた、「これはことさら知っておく必要があります、
　　　兄弟よ、わたしは詳しく説明しなければなりません。

4574、あらゆる身分の人たちがあなたを招待します、
　　　宴会の種類もそれぞれ異なります。

4575、その一つに婚礼の宴があります、
　　　また男子の誕生と割礼のお祝いがあります。

4576、あるときは友人や親族から、あるときは上司から、
　　　あるときは使用人から招かれます。

4577、また葬式の際の追憶の宴(うたげ)、
　　　あるいは昇格祝いの宴席があります。

4578、招かれた宴席は優先度を注意深く考えて、
　　　約束するか、断るかはっきり答えるべきです。

4579、もし親しい友人や親族の宴会に招かれたなら、
　　　かならず参加しなければなりません。

4580、宴会のあいだ、来客に気を配り、
　　　食事が足りているかどうか留意してください。

4581、親しい隣人があなたを宴席に招いたとき、
　　　信者仲間の祝いの席に呼ばれたとき。

4582、彼らの気持ちを考えて参加し、
　　　あなたが楽しく過ごせば、彼らもそれを喜びます。

4583、もし宴席があなたのために特別に設けられたのなら、
　　　かならず宴に赴き、主人を安心させてください。

4584、これら以外の宴席もありますが、
　　　不安に駆られて出席するなら行かない方がよい。

第65章　絶賛、覚醒に宴会における作法について論ずる

4585、宴会で立つ場所も座る場所もないときは、高貴な者よ、
　　　礼儀も守れず、あなたは困惑するでしょう。
4586、また客たちが酔って騒いだり喧嘩したりすれば、
　　　美味しいものも消化できず苦痛となります。
4587、料理や酒を目的に食べてばかりいると、
　　　否応なしにあなたは見くびられます。
4588、食欲を抑えて節食している人が忠告しています、
　　　彼は酒も飲みません。
4589、『胃袋の欲望を封じ、自ら卑しい人間になってはいけない、
　　　胃袋の欲望のために、他人の奴隷となってはならない。
4590、どれだけ多くの尊敬すべき男たちが欲するまま飲食して、
　　　名声を失ったことだろうか。
4591、どれだけ多くの成功した人間たちが胃袋にとらわれて、
　　　土の下に並べられたかを知っているだろうか。
4592、たくさんの金持ちが同じ原因で破産していった、
　　　その後、誰ももどった者はいない。
4593、貧欲な者よ、胃袋の奴隷となるな、
　　　一度その奴隷となると抜け出すのは難しい。』

4594、どのような種類の宴席に行くかにかかわらず、
　　　良い作法で食事を取らねばなりません。
4595、礼儀のない無知で頑固な者たちは、
　　　良い育ちの人間を前にすると狼狽します。
4596、あなたより上位の人が、あなたの前に料理を取ろうとしたら、
　　　それを譲って待つのが正しい礼儀です。
4597、右手で料理を取り、アッラーへの感謝を唱えなさい、
　　　食べものに困ることなく、あなたは裕福になれるでしょう。
4598、他人の前にある食べものに手を伸ばしてはいけません、
　　　目の前にある料理を食べなさい。
4599、ナイフを取って、骨から肉をそぎ落として食べてはいけません、

第65章　絶賛、覚醒に宴会における作法について論ずる

　　　　　遠慮もなくガツガツと乱雑に食べてはいけません。
4600、どんなに腹がふくれていても運ばれた料理は食べねばなりません、
　　　　　兄弟よ、これは主人に敬意を表すことです。
4601、食べるときは、よく噛みゆっくり飲み込みなさい、
　　　　　熱い食べものを口で吹いて冷まして食べてはいけません。
4602、机の汚れは手で拭いてはなりません、
　　　　　他人に足を近づけたり、汚い行為をしてはいけません。
4603、これらが宴会での礼儀作法です、
　　　　　不作法な者たちは他人を傷つけます。
4604、典礼の長だった人物がこう言っています、
　　　　　『礼節を知る者は上座に座ることができる。
4605、すべてのものごとには形式、慣習、規則がある、
　　　　　それらによく従う者は人びとから誉れを受ける。
4606、社会の約束ごとを知らぬ者は、
　　　　　どんな仕事をしても成功しないだろう。』

4607、よく食べ料理を味わいなさい、
　　　　　その様子を見れば主人の妻は喜ぶでしょう。
4608、労をいとわず、あなたのために席を設けてくれたら、
　　　　　主人の苦労と心配りに背いてはなりません。
4609、ある覚醒した人物がこのことについて語りました、
　　　　　意味は深く、多くを味わえます。
4610、『人の心はガラスのようにもろい、
　　　　　注意深く扱え、ぶつければ割れてしまう。
4611、心が粉々になれば人は虚ろとなり、
　　　　　友情の絆は断たれ、親友さえも疎遠となる。
4612、もし誰かに近づきたければ、彼の心をたいせつにしなさい、
　　　　　人の心は一度損なうと親しい者も遠ざかる。』

4613、『食べ過ぎはやめよ、適度に食べよ。』、

第65章　絶賛、覚醒に宴会における作法について論ずる

　　　ある智者がこのようにわたしにのべました。
4614、食べすぎれば消化は悪くなります、
　　　消化されない食べものは病を起こします。
4615、病は口から、飲食は適度にしなさい、
　　　食欲を抑え、食べる量、飲む量を控えてください。
4616、病気になると、体がどんどん弱くなります、
　　　もし治療ができないと、たちまち死に至ります。
4617、医術に長ける智者がこのように言いました、
　　　医者の処方を悪いとはだれが言えるでしょう。
4618、「**病は死の兆しである、**
　　　病に侵されれば、死はとなりにいる、
4619、**考えを改めよ、病は死の使いだ、**
　　　人生は終わるぞ、と叫んでいる。」

4620、アダムの子孫なら、
　　　食べものの熱い冷たいを、知っていなければなりません。
4621、自分の体質を知り、身体に合うものを食べねばなりません、
　　　体質に合わないものは食べてはいけません。
4622、内臓に熱がたまったら、すぐ冷たいものを食べなさい、
　　　寒気があれば、温かいものを取ることが重要です。
4623、若い盛りは人生の春と言ってもよい、
　　　冷たいものを多くとれば熱い血を冷やすでしょう。
4624、もし四十の歳を過ぎたのなら人生の秋に面します、
　　　温かいものをたくさん取って、体質の変化に気をつけてください。
4625、六十を数えれば、人生は冬となります、
　　　温かいものだけを食べ、冷たいものは摂ってはいけません。
4626、寒さと乾燥がきついときには、湿気のある温かいものを摂りなさい、
　　　湿気と温かさの多い食べものは、乾燥と冷たさを取り払います。
4627、反対に、湿気と寒さが体に害をおよぼしているなら、
　　　乾燥した温かいもので打ち払ってください。

第65章 絶賛、覚醒に宴会における作法について論ずる

4628、もしあなたの体質が冷えていれば、温かいものを摂ってください、
　　　体質が熱くて乾燥していれば飲食は冷たいものに。
4629、だがもし体質がちょうど中間にあったなら、
　　　温かいものと冷たいものを等分に組み合わせて食べてください。
4630、このようにあなたの体質が適切に調節されていれば、
　　　あなたは健康に一生を過ごせるでしょう。
4631、医者の話したことを聞いてください、
　　　羊の子よ、その意味をよく理解してください。
4632、「人間の身体の四つの元素を考えてみる、
　　　それは血の赤、痰の白、胆汁の黄、そして黒、
4633、それらは互いに他の色と交わらない、
　　　一つが進めば、一つが後ろに退く。」

4634、自分の体調を整えるには智恵が必要です、
　　　身体に合うものを適切に食べることです。
4635、人間が家畜と違うのは、息子よ、
　　　体質を見て自分の食べものを選ぶことです。
4636、長老たちの言葉を聞きなさい、
　　　その深い意味をよく理解してください。
4637、『人が四十歳を過ぎて自分の体質を知らないのは、
　　　しゃべる家畜ということに他ならぬ。
4638、人間が経験から知識を学ばなければ、
　　　純粋な者よ、どうして彼を人の子と言えようか。
4639、経験により行動を慎まなければ、
　　　彼は家畜と同じである。
4640、歳をとることが賢くなることではない、
　　　そんな者は人間ではなく、畜生とでも呼ぶべきなのだ。』

4641、良い医者たちが良いことを言っています、
　　　『少飲少食でこそ、健康で楽しく暮らすことができる、

第 65 章　絶賛、覚醒に宴会における作法について論ずる

4642、あなたが病気知らずで、健康に過ごしたいなら、
　　　"節食" が一番の薬である。
4643、幸福が永遠に続き、一生平安でありたいなら、
　　　"言葉を慎む" ことこそ特効薬である。』

第66章

絶賛、覚醒に宴に招く際の礼儀についてのべる

4644、あなたが宴会を開こうとするなら、
　　　まず十分な準備をすることが必要です。

4645、食器をすべて清潔にし、部屋や宴会場を整え、
　　　食材は良いものを選んでおきます。

4646、料理は味が良く、清潔で、健康にも優れたものを用意し、
　　　来客が食べて満足できるようにします。

4647、なにかあって宴会を開かないと悪い噂が立ちます、
　　　しかし、宴会に招けば客たちと良い関係が結べます。

4648、料理はできるかぎりおいしく衛生的に作りなさい、
　　　来客を満腹にして、心から満足させて帰してください。

4649、招待した客は、親しい親しくないを分け隔てせず、
　　　すべての人を尊重しなければなりません。

4650、招待すれば来られる人は来ますが、
　　　来られない人もあなたを嫌っているのではありません。

4651、食べものの恨みは恐ろしい、不手際をすれば、
　　　あなたを忘れず死ぬまで恨むでしょう。

4652、すべての客に料理を口にしてもらわねばなりません、
　　　遅刻した客にも料理の不足のないようにします。

4653、客が食べているあいだ、あなたは飲みものを勧めねばなりません、
　　　飲み終わった人がいれば、さらに一杯注がねばいけません。

4654、料理には飲みものがつきものです、
　　　料理と飲みものは兼ねあいが重要です。

4655、料理に飲みものが無ければ、
　　　素晴らしい食べものも毒薬と同じです。

第66章　絶賛、覚醒に宴に招く際の礼儀についてのべる

4656、ビールを勧めるか、ぶどう酒を注ぐか、
　　　はちみつ水であるか、バラ茶であるか。
4657、他になにを出したらよいかは、
　　　わたしに聞かずに客人に尋ねなさい。
4658、まず身分の高い客に十分食べさせ、
　　　それから下の者の飲食を心配してください。
4659、料理はすべての来客の口に届くよう注意してください、
　　　空腹で返してはいけません、呪われるでしょう。
4660、食事の後にはデザートも用意すべきです、
　　　あめ菓子、ナッツ、アーモンドが適しています。
4661、財をつくして、客への礼物には絹の織物＊を用意しなさい、
　　　吝嗇(けち)だと非難されないようにしなければなりません。
4662、こうして宴が無事終われば、
　　　家の門を開け、帰りたい客から順に送ります。

4663、宴会に招く者は四つの種類に分けることができます、
　　　ラクダの子よ、宴会に行く者も四つの種類に分けます。
4664、一つめは招待されれば、すぐに行く者です、
　　　彼は宴会においてはただ腹一杯に飲み食いするだけです。
4665、しかし自分自身は人を宴会に招きません、
　　　自分の家の食べものは自分が食べるだけです。
4666、二つめは親しくない人でも喜んで行き、
　　　他人のものを食べたら自分も感謝の宴をもよおす者です。
4667、三つめは、招かれても赴かず、
　　　自分もまた他人を宴に招かない者です。
4668、この種の人間は生きものではなく屍と同じです、
　　　こういう者と交際したり、生活を共にしたりしてはなりません。
4669、最後の者は招かれても宴会に行かない人たちです、

＊　宴会の後にはシルク等の織物で招待した客人にお礼をした、これはカラ・ハーン朝時代のテュルク人の一つの習慣である。

第66章　絶賛、覚醒に宴に招く際の礼儀についてのべる

　　　　家畜を屠り料理を用意し、人びとを宴会に招くのを喜びとしています。
4670、四種類の人間のなかで最後の者がもっとも高尚とされています、
　　　　彼らの品行には賢者たちも賞賛を惜しみません。

4671、必要な宴会なら行き、必要でなければ謝辞しなさい、
　　　　欲を抑え小食に務めて、宴を楽しむことです。
4672、食べることに貪欲な者は病気となって、
　　　　顔色は黄色く柴のように痩せ、悪名が蔓延ります。
4673、ある格言を世間に名高い医者が語りました、
　　　　彼は博学で知識に溢れ、人間の体質をよく理解しています。
4674、**「病気は食べものといっしょに口から入る、**
　　　　それは人を老いさせ長寿を拒む、
4675、**食欲を抑えて食べものに注意しなさい、**
　　　　病気はあなたの美しい顔を朽ちさせる。」
4676、これが宴会での食事や飲酒の作法です、
　　　　招くとき、招かれたとき、このようにしてください。

4677、わたしはすべてを語り、あなたはすべてを聞きました、
　　　　話は十分につくしました、もう尋ねないでください。
4678、これが世界の作法のあるべき姿です、
　　　　人と交際したいのであれば、この作法を知らねばなりません。
4679、おお、親しきまことの友よ、わたしの心の光よ、
　　　　わたしの言葉の意味をよく考えてください。」

第67章
覚醒、絶賛に世間から逃避すること、
足るを知ることについて論ずる

4680、覚醒は答えて言った、「わたしの話を聞いてください、
　　　わたしはしっかりあなたの意見を聞きました。

4681、誰もがあなたの教えに従ったなら、
　　　この世での願いはみなかなうでしょう。

4682、しかし、人はただパンだけで生きるものでしょうか、
　　　まずこのことを考えなければいけません、才智ある者よ。

4683、苦労して財物を集めたとしても人生は短い、
　　　そんなことになんの価値があるのですか。

4684、たとえ現世を終えたところで、
　　　人間のまことの仕事、神への服従と祈りは成就しません。

4685、あなたが今日ここに来たことで、
　　　どれだけわたしのアッラーへの祈禱が妨げられたでしょう。

4686、一人の人間と交際するのですらこれだけの損失を受ける、
　　　どうかわたしを俗世に戻さないでください。

4687、もしわたしが町にもどったら、
　　　すべての会話や仕事を俗世の人とおこなうのです。

4688、これではわたしが道にかない敬虔にアッラーを奉じても、
　　　修行の道は閉じてしまいます。

4689、わたしはすでに若くはありません、
　　　人生のすべてを黙想とアッラーへの祈りに捧げてきました。

4690、むなしい俗世に再び戻る、
　　　おお仁愛の人よ、これはわたしにふさわしいのでしょうか。

4691、川の流れのように賢明な人物の次の言葉があります、
　　　おお正直な人よ、これを聞いてください。

第67章　覚醒、絶賛に世間から逃避すること、足るを知ることについて論ずる

4692、『青春のうちに老いの備えをしておきなさい、
　　　　歳をとればあなたの力は弱くなる。
4693、若さあるとき、一所懸命にアッラーを礼拝しなさい、
　　　　歳をとれば祈る力も衰えていく。
4694、幼いころからアッラーへの祈りを急がねばならない、
　　　　老い朽ちるとき、情熱の炎はつきていく。
4695、見なさい、青春時代はなんと美しい、
　　　　すべての機会をとらえ、善行を積みなさい。
4696、だが若者の行動を、年とった者がまねてはいけない、
　　　　むだに時間をついやすことは老人には適さない。』

4697、現世のものはみな今の人生のためのものです、
　　　　しかし、この人生が終わればすべて必要なくなります。
4698、富を集めるのに忙しかったあなたが、
　　　　息を引き取るときには、財産を誰に残すのでしょうか。
4699、いいでしょう、あなたの言うとおりわたしは王さまに仕えます、
　　　　宮廷人や平民たちへの礼儀作法もよく分かりました。
4700、しかしわたしが死ぬとき、これがなんの利益となるのでしょう、
　　　　残るのは屍を包む二枚の白い布だけです。
4701、そこでは、凍えと暑さに耐え辛酸をなめつくします、
　　　　ムスリムの男よ、俗世の願いはただ二つだけです。
4702、一つはこの世の富を獲得して自分を偉大にする、
　　　　一つは自分の名声を国中に広めとどろかせる。
4703、二つを兼ねそろえればたいへんよい、
　　　　もし永遠に死ななければさらに素晴らしい。
4704、しかし、最後には死がこの二つの喜びを奪い去ります、
　　　　おお智者よ、現世はわたしに必要なものでしょうか。

4705、幸運な人には兆しがあります、
　　　　彼らの善いおこないは日々増していきます。

第67章　覚醒、絶賛に世間から逃避すること、足るを知ることについて論ずる

4706、幸せでなければ、人は他人に冷酷になります、
　　　　歳をとるにつれて彼の性格は壊れていきます。
4707、才能のある学者が語った話はすばらしい、
　　　　幸運な者よ、彼の教えを聞いてください。
4708、「幸運に祝福された人は、
　　　　歳を降るほどますます善行に励む、
4709、幸運に呪われた者は、
　　　　歳を経るほど欲望を掻き立てられる。」

4710、今、あの者はどこに行ったか、この世界を保持することを望み、
　　　　自身のために鉄の町をつくったあの者[*]は。
4711、現世の喜びを追い求めたばか犬[**]はどこに行ったか、
　　　　黒鷹にまたがって、青い空に飛んで行った。
4712、自分を神だと名乗った恥ずべき輩[***]はどこに行ったか、
　　　　知りなさい、アッラーは彼を海の底に沈められた。
4713、地上の富をすべて集めた者[****]はどこに行ったか、
　　　　富といっしょに大地に飲み込まれた。
4714、東方から西方まで征服し破壊して、
　　　　世界の帝王となったあの男[*****]はどこに行ったか。
4715、杖を蛇に変え、
　　　　海を割ったあの偉人[******]はどこに行ったか。
4716、鳥や家畜を支配し人類と精霊を操った、

---

[*]　堅固なイラムの町を建設したといわれるアード族のシャッダード王。町はイェメンにあったともいわれるが、詳細は不明。
[**]　旧約聖書中、神に反逆した無道な君主ニムロド（nimrod）を指す、彼は黒鷹に乗り天を飛び、蚊や蠅の群れに襲われ失敗した。
[***]　モーゼと同時代のエジプトのファラオ(pharaoh)。彼は暴君で預言者モーゼの言葉を聞かず、最後にはアッラーにより大海に飲み込まれた。
[****]　モーゼの同族、コラ（korah）は富豪で有名であり、そのためモーゼの布教に反対した、また同族の人を圧迫し、最後は穴に落ちて死んでしまう。
[*****]　古代世界の征服者「ズル・カルナイン（二本角）」アレクサンドロス大王を指す。
[******]　モーゼのこと、彼はエジプトの王の前で杖を蛇にする奇跡をおこなった。またエジプトの軍に追われたユダヤの民を救うため紅海を二つに割いて道を作り逃れた。

第67章　覚醒、絶賛に世間から逃避すること、足るを知ることについて論ずる

　　　　偉大な聖人[＊]はどこに行ったか。
4717、死んで再び生き返る力があると言う聖人^{＊＊}はどこに行ったか、
　　　　彼もまた最後には死の虜にとなった。
4718、神から選ばれた人類の精英^{＊＊＊}はどこに行かれたか、
　　　　彼の栄光で満ちた世界もすでに失われた。

4719、わたしが知っている人間のすべてを死が持ち去りました、
　　　　純真な人よ、あなたひとりがそれを避けられるのですか。
4720、これがこの世のさだめです、
　　　　あなたがそれに従おうと抵抗しようと。
4721、褐色の大地の底にはどれだけの人が眠っているのか、
　　　　見てください、それでも一杯になることはありません。
4722、もしあなたが大地の襞を開いてみれば、
　　　　偉大な人物たちが呻きながら横たわっているでしょう。
4723、なんと多くのベグたちが黒い土の下に嘆いていることか、
　　　　なんと多くの賢人や聖者たちが土の下で呻いていることか。
4724、わたしにはベグと奴隷を区別できません、
　　　　わたしの目は富豪と貧民の見分けもつきません。
4725、風邪さえひいたことのない勇士たちも、
　　　　土のなかに横たわり身体を動かすこともできません。
4726、ここに示した英雄や聖人たちも今は大地を褥としています、
　　　　あなただけは死にませんか、それともわたしだけは。

4727、旅する途中で一休みする人に、
　　　　道の端に家を建てることはできません。
4728、現世の願いはすべて捨て去りました、
　　　　わたしを自由にしてください、アッラーだけが唯一帰るところです。

＊　　ソロモン王を指す。
＊＊　　イエス・キリスト　イエスは一度復活したがその後天に昇った。
＊＊＊　預言者ムハンマドを指す。

第67章　覚醒、絶賛に世間から逃避すること、足るを知ることについて論ずる

4729、欲望は人をその奴隷にしてしまいます、
　　　わたしはすべての欲望を捨て、それに満足しています。
4730、ある世捨て人がどのように言ったか、聞いてください、
　　　彼はこの気まぐれな世界を捨て去っています。
4731、**「すべての貧欲を捨て去って、**
　　　わたしの心は満ち足りた、
4732、**俗世のことを消し去れば、**
　　　めざす行く手が見えてくる。」

4733、現世は広い畑です、
　　　種をまけば来世で収穫することができます。
4734、あなたが善の種をまけば、善い果実を結びます、
　　　あなたに衣食と喜びを与えてくれるでしょう。
4735、あなたが悪の種をまけば、悪い果実を結びます、
　　　あなたの来世に重い首かせとなるでしょう。
4736、わたしが現世で欲望を抱いているかぎり、
　　　来世の至福を得ることはできません。
4737、現世があなたを捨てる前に、あなたが現世を捨てなさい、
　　　現世があなたをあきらめる前に、あなたが現世をあきらめなさい。
4738、あなたが現世を厭えば、現世もまたあなたを厭うでしょう、
　　　それはあなたを捨てていきます、あなたもそれを捨てなさい。
4739、さらに良いのは、現世来世ともに願わず、
　　　二つの世界の主、アッラーを求めることです。
4740、この世とあの世で、あなたに必要なのはなにでしょうか。
　　　あなたが創造主を見つければ、創造物はあなたのものになるのです。
4741、もしあなたがこれ以上のことを望むのなら、
　　　現世来世のためのあらゆる欲望を捨てなさい。
4742、行きなさい、二つの世界の主人を求めなさい、
　　　現世の意味が分かれば来世の意味も分かります。

第67章　覚醒、絶賛に世間から逃避すること、足るを知ることについて論ずる

4743、造りものの主＊を探し出せば、現世のものは皆あなたのものです、
　　　　創造主を探し出せば、両世があなたのものです。
4744、造りものを畏れず、それに願いを託してはいけません、
　　　　創造主を畏れ、彼に助けを求めてください。

4745、わたしがどうして造りものに仕え、
　　　　創造主アッラーへの祈りを放棄できるのでしょう。
4746、人が他の人に仕えることには二つの可能性があるだけです、
　　　　彼の努力が受け入れられるか、受け入れられないか。
4747、受け入れられなければ、
　　　　すべての努力はむだとなり虚ろな人生を過ごすことになります。
4748、もし受け入れられればベグから抜擢されるでしょう、
　　　　しかし、そのときはもはや自分が自分の主人ではなくなります。
4749、彼は空腹のときも満腹のときも、いつも主人を世話せねばなりません、
　　　　ベグが眠っているあいだでさえ、自分の仕事をつづけます。
4750、一度、主人の意にそぐわないと、
　　　　それまでの努力はすべて徒労となります。
4751、このような献身は、仕える者にどのような利得を生むのでしょうか、
　　　　このような仕事になんの楽しみがあるのでしょうか。
4752、イリのエルキン（ıla erkini）の言葉をよく聞いてください、
　　　　彼は"仕えること"の法則をはっきりのべています。
4753、『もっとも難しい仕事はベグに仕えることです、
　　　　もっともかんたんなことは罪をかぶることです。
4754、一度彼の心にかなえばあなたは自由を失い、
　　　　願いにそわねば高位は剥奪されるでしょう。
4755、あなたの地位を信頼してはいけない、功ある者よ、
　　　　ある日、それがあなたに禍をもたらします。
4756、あなたが主人を満足させたと思っても彼は罵るでしょう、
　　　　あなたが主人を喜ばせたと感じても彼はあなたを辱めます。

───────────────

　＊　造りものの主　アッラーによって造られた人間の主、国王のこと。

第67章　覚醒、絶賛に世間から逃避すること、足るを知ることについて論ずる

4757、主人の性格をあなたはまったく理解できません、
　　　彼の要求にあなたは応えきれません。』

4758、男子よ、現世は一陣の風のようなものです、
　　　また影法師のようでもあり、揺れ動いて定まりません。
4759、それは蜃気楼のようにつかむこともできません、
　　　あるようで、そこにはなにもありません。
4560、幸運の帯は誰にでも休まずめぐっています、
　　　しかしそれは気まぐれで、すぐにも朽ちてしまいます。
4761、わたしはこの世に求める物はありません、
　　　壮士よ、めぐりまわる幸運がわたしのなにになるのでしょう。
4762、永遠なるアッラー、それがわたしの幸福です、
　　　アッラーのご意志、それがわたしの精神の慰めです。
4763、もしわたしがアッラーの慈悲に満足できなければ、
　　　きっと悪魔がわたしの敵としてあらわれるでしょう。
4764、アッラーはわたしの願いと希望のより所であり支えです、
　　　日夜アッラーに祈ること、それがわたしの喜びなのです。

4765、わたしは羊の毛をまとい大麦の粥が食べられれば、
　　　兄弟よ、この俗世でわたしは十分満足しています。
4766、敬虔な聖者の話に耳を傾けてください、
　　　彼は人生を山林の洞窟で過ごしました。
4767、**「わたしは現世でアッラーを求めるために、**
　　　粗末な食事と獣毛の衣をまとった、
4768、**大麦のパンは蜜よりも甘く、**
　　　羊の毛は錦の織物より心地よかった。」
4769、ただ飢えを満たすためならば、
　　　食べものは粟と大麦だけで充分です。
4770、兄弟よ、食べることは生きるためにあります、
　　　牛のように大食すれば人体に悪い影響をおよぼします。

第67章　覚醒、絶賛に世間から逃避すること、足るを知ることについて論ずる

4771、美味で豊かな食事を求めれば健康を損なうでしょう、
　　　贅沢な食べものは人を邪悪な落とし穴に陥れることと同じです。
4772、美味な食べものは口や腹を悦ばせます、
　　　口や腹を喜ばそうとする人間は牛馬と変わりありません。
4773、絹や錦も美食と同じことです、
　　　粗末な服も体がおおえられればそれで十分です。
4774、飢えた胃袋は一度満たせば二日間は凌げます、
　　　粗末な衣も一度肌をおおえば二年間は保ちます。
4775、この二つのことのためだけに他人に仕え、
　　　人の奴隷になることになんの価値があるでしょうか。

4776、上は玉座から下は塵芥までアッラーに属しています、
　　　この世のすべてのものがアッラーを必要とするからです。
4777、ただ全能なるアッラーのみがなにものをも求めません、
　　　彼は慈愛に満ち、万物が必要とするものを知っています。
4778、わたしは唯一のアッラーに心を捧げます、
　　　望んでわたしはアッラーにひれ伏します。
4779、アッラーの存在を揺るぎなく信じています、
　　　わたしの口はかぎりなくアッラーへの祈りを唱えます[1]。
4780、わたしはアッラーの存在を認め、彼を求めつづけます、
　　　しかしわたしはどこで彼を得られるか知りません。
4781、わたしは夜も眠らずアッラーを探し求めています、
　　　しかし兆候はあっても、彼はいまだその顔を見せません。
4782、探し求める者よ、眠らず探しなさい、
　　　たとえ探し出せなくとも探しつづけるのです。
4783、探し求めることを止めてはいけません、
　　　もし誰も探し出せないと言って、身体を休めてはなりません。
4784、途中で止めてはいけません、
　　　途中で止めればなにも得ることができません。
4785、探し求める者に収穫がないということがあるでしょうか、

413

第67章　覚醒、絶賛に世間から逃避すること、足るを知ることについて論ずる

　　　　　途中でさがすことを放棄した者に願いがかなうでしょうか。

4786、はじめからアッラーはわたしを愛しわたしを求めてくださった、
　　　　急ぎ、わたしの心も彼を求め彼を愛しました。
4787、アッラーはわたしの存在を欲し、わたしを創造しました、
　　　　そしてわたしは彼の願うような人間になりました。
4788、このような主を、どうして慈しまずにおれましょうか、
　　　　彼を見つけるまで、どうしてなにもせずにおられましょうか。
4789、アッラーはわたしの心の苦しみを取り除いてくれます、
　　　　災難が降りかかればわたしを救ってくれます。
4790、アッラーはすべてに先駆けてわたしを選び愛してくれました、
　　　　それゆえに、わたしは誠意をもってアッラーの探究者となったのです。
4791、"アッラーはわたしを創造した"、この言葉は虚妄ではありません、
　　　　彼はわたしを育て、わたしを成長させました。
4792、わたしは俗世のすべてを捨て、アッラーの庇護に頼りました、
　　　　わたしは祈り、彼はわたしを守ってくださいます。
4793、わたしがたった一人であっても、アッラーはわたしの側らにいます、
　　　　必要とする言葉は、ただ彼の名を唱えることだけです。
4794、わたしの慰め、わたしの思い、わたしの支えである唯一の神アッラー、
　　　　飢えたるときも満つるときも、わたしを加護してくださいます。
4795、一心にアッラーに帰依した人がなにを言ったか聞いてください、
　　　　彼の心は清らかで澄んでいます。
4796、「わたしの心の秘密のすべてをあなたに開く、
　　　　願いと憧れを抱きあなたの下に進んで行く、
4797、わが主よ、わたしの慰め、わたしの支え、
　　　　わたしはすべてを捨て、あなたの下へ逃げて行く。」

4798、あなたの来世の位置は現世で決まります、
　　　　現世の欲望を捨てずに来世はありません。
4799、現世の欲望に背き、それを捨てなさい、

第67章　覚醒、絶賛に世間から逃避すること、足るを知ることについて論ずる

　　　　　そのとき、来世の幸福があなたの手に入ります。
4800、薄情な世を未練がましくつかもうとして、
　　　　　永遠の世を求めることができるでしょうか。
4801、現世は危険です、そこで流れる液体は猛毒です、
　　　　　だから純潔な食べものを求めねばなりません。
4802、現世の願望を捨てさえすれば、
　　　　　来世で良い場所を得ることができます。
4803、ここにはたいせつな真理があります、絶賛よ、
　　　　　わたしの考えを話させてください。
4804、人間が捨てなければならない四つのことがあります、
　　　　　さもなくば、四つの善いことを得られないでしょう。
4805、人は現世のことを捨てなければ、貴い方よ、
　　　　　来世のための功徳を積むことは難しい。
4806、人は俗世から遠く離れなければ、兄弟よ、
　　　　　一心にアッラーを礼拝することはできません。
4807、人は肉体の欲を断ち切らなければ、
　　　　　心身ともに正しい道に踏み入れることができません。
4808、人は俗世の情を思い切らなければ、
　　　　　アッラーを本当に愛することはできません。

4809、ムスリムにとって現世はまさに牢獄です、
　　　　　断念しなさい、牢獄のなかで幸福を探していてはいけません。
4810、肉体の欲に駆り立てられないように、心を強く持ちなさい、
　　　　　このようにしてこそ、正しい道に入ることができるのです。
4811、過ぎ去る月日をむだに過ごしてはいけません、
　　　　　歳月の流れは水のように再び帰ってくることはありません。
4812、虚しく過ごす歳月を、あなたはきっと後悔するでしょう、
　　　　　むだにされた命は、二度とあなたのもとへ返りません。

4813、一人の智者の言葉を聞いてください、

第67章　覚醒、絶賛に世間から逃避すること、足るを知ることについて論ずる

　　　　　謙虚さに溢れ学識は海のように深い人物です。
4814、『この村からあの村へと旅をするときには、
　　　　　自分の持ちもの＊は先に運んだ方がうまくいく。
4815、移動する前に持ちものを先に運び込めば、
　　　　　そこに着きしだい役に立つ。』
4816、あなたが自分の持ちものを先に行かせるかどうかは勝手だが、
　　　　　行かねばならぬのは決まっていること、疎（おろそ）かにはできません。
4817、あなたがベグであろうと奴隷であろうと、永遠に存在はできません、
　　　　　死はあなたの行く道をとだえさせます。
4818、あなたが千年を生きようが、十八歳で早死にしようが死は来ます、
　　　　　だから自分の証しとしてこの世に美名を残すべきです。
4819、あなたが乞食であっても富豪であっても、
　　　　　歳月の流れは同じようにあなたの命を飲み込んでいきます。
4820、あなたの地位がいかに輝かしくとも、名声が卓越していようとも、
　　　　　あなたの終（つい）の棲家は、とどのつまり暗い土のなかです。
4821、生（う）を享けて虚しく一生を過ごす、
　　　　　それは自ら火のなかに入ると同じです、家畜と違いはない。
4822、体は健康のまま、むだに歳月を過ごしたとしたら、
　　　　　兄弟よ、この一生はなんと無意味なものとなるのでしょう。

4823、兄弟よ、あなたはわたしを心配するにはおよびません、
　　　　　あなたは自分のために心配し涙を流しなさい。
4824、この世界は一つの罠です、囚われてはいけません、
　　　　　囚われればしっかり絡まれ逃げられません。
4825、今日幸運が訪れれば、あなたの願いはかなえられます、
　　　　　しかし頼ってはいけない、幸運はすぐに逃げていくでしょう。
4826、死に注意を払いなさい、自分だけは例外と思ってはいけません、
　　　　　死は待ち伏せし、突然あなたの前に現れます。
4827、死によってどれだけ多くのぼんやり過ごした者たちが、

＊　自分の持ちもの　現世において積んだ功徳のこと。

第67章　覚醒、絶賛に世間から逃避すること、足るを知ることについて論ずる

　　　　自分の国や部族を滅ぼされたことでしょうか。
4828、ある悟った詩人がうたった言葉を聞いてください、
　　　　死を軽く見てはいけません。
4829、「空に舞い上がった人間もいつかは落ちる、
　　　　死を思えばおまえの目は涙でうるむ、
4830、兵馬や武器がなにとなろう、
　　　　死はすべての国や部族をも打ち滅ぼす。」

4831、ぼんやり過ごすな、命は水のように去っていく、
　　　　流れ去った時間はけっして戻ることはありません。
4832、享楽にふけるな、虚しく一生を過ごすでしょう、
　　　　現世の幸運を信じるな、薪のようにすぐ燃えつきます。
4833、自分を高貴と思っている者は死の餌食となります、
　　　　自分を偉大だと思っている者は死に征服されます。
4834、死は多くの町や村を破壊してきました、
　　　　死は多くの城や宮殿を押し潰してきました。
4835、多くの命を消滅させ冥土にその身を葬りました、
　　　　そしてわたしたちがこの道をたどるのを待っています。
4836、大きく両目を見開いて彼らを一つひとつ判別してください、
　　　　あなたにベグと奴隷を見分けることができるでしょうか。
4837、高い地位も死に対してはなんの役にもたちません、
　　　　死から逃れる道は誰も探すことができません。
4838、死は高貴な預言者さえ一人ひとり奪っていきました、
　　　　誰が不死の霊薬や魔法を持っているでしょうか。

4839、この移ろいやすく気まぐれで邪悪な世界、
　　　　このようなものを信ずることはできません。
4840、どのように過ごそうとも、歳月は絶えず流れていきます、
　　　　善人、悪人、曲った者、まっすぐな者、皆去っていきます。
4841、飢えた者も満ちた者も金持ちも貧しい者も等しく、

第67章　覚醒、絶賛に世間から逃避すること、足るを知ることについて論ずる

　　　　　ベグも奴隷も誰も区別ありません。
4842、苦しみはつきるまであり、喜びは常には保てません、
　　　　　この俗世の騒々しさはなにゆえでしょうか。
4843、ある博学の賢人が良いことを言っています、
　　　　　彼の口と心は一致しており、言葉と行動が同じです。
4844、**「少しばかりの幸運に男は死の恐怖を忘れる、**
　　　　　胸を反らせて吹いた法螺話は天より高い、
4845、**死は彼を切り刻んでその胸を刺す、**
　　　　　男の目からは悔悟の涙が流れて止まらない。」
4846、親切な人よ、あなたへの厚意として、
　　　　　わたしは自分の心の内を伝えました。
4847、この世がこのようなものだと知れば、
　　　　　誰も俗世に寄りかかろうとはしないでしょう。

4848、青春はすでに去りわたしはいつか年老いました、
　　　　　麝香の香りの黒髪も樟脳の匂いに変わっています。
4849、選ばれた勇士よ、これからの歳月は、
　　　　　疑いなくただ死を準備するためだけの時間です。
4850、喜びは永久(とわ)に去り死の悲しみが差し迫る、
　　　　　死後のわたしはどうなるのでしょう。
4851、わたしはこのような苦しみに苛(さいな)まれています、
　　　　　善き人よ、どうして陛下にお目にかかれましょうか。
4852、王さまはわたしがいることでなんの利益も得られません、
　　　　　わたしが力をお貸しできることもありません。
4853、もし陛下に力を貸すことが来世につながるなら、
　　　　　わたしはすぐにも行って正しい道をお教えします。

4854、万能のアッラーは人類を創造しました、
　　　　　そして次の二つの内の一つを選ぶようにされました。
4855、誉れに満ちて天国のベグとなるべきか、

第67章　覚醒、絶賛に世間から逃避すること、足るを知ることについて論ずる

　　　　辱めを受けて地獄に行くべきか。
4856、誉れが欲しいのならアッラーはすでに道を示しています、
　　　　そして辱めの道もあなたのために用意されています。
4857、アッラーのしもべは信仰をつくすことによって、
　　　　アッラーの恩恵を得ることができます。
4858、しもべがアッラーの恩恵を授けられたら、
　　　　すべての善い道が彼の前に現れます。
4859、アッラーを熱心に祈りなさい、
　　　　善行の大門が開かれるでしょう。
4860、これがわたしのお話しできることのすべてです、
　　　　おお誠実な友よ、わたしはすべてを伝えました。
4861、わたしの言葉はあなたにとって有益です、
　　　　多分、わたし自身よりあなたの方に役立つでしょう。
4862、来世を探し求めるなら、話したことがその道です、
　　　　現世が欲しいなら、わたしがなくともあなたの良く知ることです。
4863、幸運があなたにほほ笑んでいます、
　　　　きっと、あなたの願いはかなえられるでしょう。
4864、わたしはあなた方に対してなんの取り柄もありません、
　　　　おお友よ、わたしはなにをあなたに利益として与えられましょう。

4865、王さまがわたしをアッラーに任せてくださることを願います、
　　　　わたしは陛下のために祈りましょう。
4866、もし陛下にわたしの知識が必要ならあなたが知っています、
　　　　話したことはあなたからお伝えください。
4867、あなた自身の考えとしてわたしの知識を利用してください、
　　　　きっとあなたに良い結果をもたらすでしょう。
4868、ある詩人がうたっています、聞いてください、
　　　　彼は智恵と知識に富んだ人物です。
4869、「今ここでわたしの話を聞きなさい、
　　　　注意深くしっかり心に刻みなさい、

第67章　覚醒、絶賛に世間から逃避すること、足るを知ることについて論ずる

4870、わたしの言葉に従えば、
　　　　現世と来世で実を結ぶ。」
4871、王さまにわたしの遺憾の気持ちをお伝えください、
　　　　陛下に求めることがあれば、わたしに代わって答えてください。
4872、行ったり来たりご苦労をかけました、
　　　　アッラーがそれに報い、あなたの未来が光輝くことを願います。
4873、兄弟よ、わたしに対してわだかまりを残さないでください、
　　　　またあなたの親しい仲間からわたしを外さないよう願います。」

絶賛、覚醒に答える

4874、絶賛は聞き終わると次のように答えた、
　　　　「あなたの言葉はたいへん重く心に響きました。
4875、あなたの話を聞いてよく理解できました、
　　　　わたしに返す言葉はありません、あなたの言う通りです。
4876、あなたの言うまっすぐな道は正しく本質をのべている、
　　　　これ以外の道はすべて歪んだ道です。
4877、あなたの話は真実であり、わたしの答えは遊びに過ぎません、
　　　　わたしは言葉遊びを捨て、真実にひれ伏します。
4878、わたしはこれで失礼します、体に気をつけてください、
　　　　吉兆の人よ、あなたは二つの世界で幸多いでしょう
4879、アッラーがあなたに力と幸運を授けますように、兄弟よ、
　　　　わたしを忘れないで、わたしも祈る度にあなたを気にかけるでしょう。
4880、わたしが目覚めるようアッラーに祈ってください、
　　　　わたしの心が開かれるようあなたもわたしのために祈ってください。」

4881、話を終えると絶賛は体を屈めながら立ち上がり、
　　　　お互いに挨拶を交わしてから門を出た。
4882、彼は馬に乗って自分の家にもどった、
　　　　馬を下りて部屋に入るとしばらく休息を取った。
4883、彼は食事を摂り飲みものを飲んだ、

第67章　覚醒、絶賛に世間から逃避すること、足るを知ることについて論ずる

　　　　　それから自分の兄弟の言葉を深く思い返した。
4884、落日が彼の顔に黒いベールをかぶせ、
　　　　　世界は夕暮れの薄墨色に包まれた。
4885、ローマの娘は美しい顔を隠し、
　　　　　彼女の長くつややかな黒髪が大地をおおった。
4886、果てしない青空は黒人の肌の色に変わり、
　　　　　飛ぶ鳥は木に休み地上の動物も活動を止めた。
4887、彼は沐浴で身を清め夜の礼拝を行った、
　　　　　それからベッドを整えさせて横になった。
4888、少し眠ってから目を覚ますと、
　　　　　すでに火星は天頂から下に沈んでいた。
4889、北斗七星が西に落ちていくのに代わって、
　　　　　今度はさそり座が東からゆっくりと昇ってきた。
4890、もう一度横になったが、眠ることはできなかった、
　　　　　彼の目は不寝番（ねずのばん）のように瞼（まぶた）を閉じることを拒んでいた。
4891、絶賛は考えながらしばらくのあいだ横たわった、
　　　　　空の色は樟脳のような乳白色となった。
4892、空中には香水をふりまいたような煙霧がただよい、
　　　　　地平からは赤色の長い矛が現れ、光が四方に溢（あふ）れる。
4893、朝日が昇ると九つのオレンジ色の光の旗が前方に進んでくる、
　　　　　それは夕暮れの埃をきれいに洗うようだった。
4894、絶賛は起床して顔を洗い、
　　　　　いつものように朝の礼拝を行った。
4895、太陽の盾が地平線を赤く染めるころ、
　　　　　彼はまっすぐに王宮へ向かった。

4896、国王は絶賛が着いたと聞いて御前に通した、
　　　　　彼は王の前に出ると両手を胸に当てて敬意を表した。
4897、国王は手で合図し席に着くことを許した、
　　　　　絶賛は礼儀正しく身分にふさわしい場所に座った。

第67章　覚醒、絶賛に世間から逃避すること、足るを知ることについて論ずる

国王、絶賛に尋ねる

4898、しばらくの沈黙の後、国王がまず尋ねた、
　　　「おお卓越した人よ、話してくれ。
4899、そなたの兄弟はなんと申したか、使命は成し遂げられたか、
　　　彼はここに来ると約束してくれたのかどうか。」

4900、絶賛は慎重に答えた、
　　　覚醒の言葉を正確に伝えようとした。
4901、両者の間でどのように話され討論したのか、
　　　国王は詳細に報告を受け理解した。
4902、国王は少しの時間、沈黙し考え込んだ、
　　　心のなかにはさまざまな思いが錯綜し涙が溢れた。

国王、絶賛に答える

4903、国王は言った、「そなたの兄弟は正直者である、
　　　彼がのべたことは、ひとことひとことに道理がある。
4904、今、われわれは自分で自分たちを苦しめている、
　　　また彼も苦しみ、苦しめたのも我われである。
4905、俗世は雲のように瞬く間に流れて行く、
　　　余生がいくばくあるかは誰にも分からない。
4906、永遠の世界はまちがいなく来よう、
　　　幸せであろうが苦しみであろうが長くは続かない。
4907、来世にある幸福こそ真実の幸せであり、
　　　そこにはあるべき居場所と善き朋友がいる。
4908、そなたの兄弟はほとんど悟りの境地に入っている、
　　　我われが彼を招くなど道理がないことだ。
4909、我われと言えば、悲しいことにすでに欲望の虜に転落している、
　　　我われの過ごしている時間は虚しく淋しい。

第67章　覚醒、絶賛に世間から逃避すること、足るを知ることについて論ずる

4910、清らかな心を持つ人物が言ったことを聞きなさい、
　　　彼はくりかえし人びとを戒めている。
4911、『肉欲はいにしえからの仇敵である、
　　　一度それを持ちあげれば、かならずあなたに報復するだろう。
4912、肉欲が盛んとなれば、心は死んでしまう、
　　　息子よ、心が死んだら祈りはむだとなろう。』
4913、今、余の心は死んでしまっているのに違いない、
　　　肉欲や貧欲はすでに節度なく増大してしまった。
4914、偉大であり、多くの尊敬を集め、幸せは思い通り、
　　　誠実の人よ、そんなことは永遠にとどまることなどない。
4915、この世では喜びは少なく苦しみはかぎりない、
　　　悩みや呪い、罵りがたえまなく続く。
4916、経験に満ちた賢人が次のように言っている、
　　　彼の言葉があなたに警告している。
4917、「**出世すれば出世するほど、**
　　　おまえの頭は悩みで大きくなる、
4918、**禍なしの喜びはなく、**
　　　一つの幸せは千の苦しみをともなう。」」

国王、絶賛に尋ねる

4919、国王は再び言った、「余の信頼する絶賛よ、
　　　余が彼を招きたいのはまさにそれを願うからだ。
4920、もし彼が余を善道に導いてくれるならば、壮士よ、
　　　余は自分の心を取り戻せるであろう。
4921、しかし彼はどうしても従わない、来るのを拒んでいる、
　　　友人や親族とも会おうとしない。
4922、しかし、彼の話すことはすべてが正しい、
　　　再び彼を説得することは難しいであろう。
4923、また、そなたも彼の所へ行ったり来たり苦労した、
　　　彼への説得にも疲れたに違いない。

第67章　覚醒、絶賛に世間から逃避すること、足るを知ることについて論ずる

4924、少し待って、おお寛大なる者よ、
　　　どうなるのか様子を見よう。

4925、未来のことは夜の闇のようにおおわれている、善き友よ、
　　　ただ太陽の輝きだけがそれを照らすことができる。
4926、歳月という弓は矢を放つことを待っている、
　　　ときには利益をもたらす、ときには禍をもたらす。
4927、なにごともアッラーの裁決にゆだねる他はない、
　　　賢明な人よ、ときが来ればそれなりに解決していくだろう。
4928、なにかを行って、ふさわしい結果が出なければ、
　　　博学の士よ、しばらく放置しておいてもかまわない。
4929、現世の悪い習いとは、人が求めればそれは逃げ、
　　　捨てればそれが人を追いかけて来るということだ。
4930、もう少し待って彼を見ていよう、
　　　時間がたてば彼が我われを必要とするかもしれない。
4931、なにが自分にとってもっとも良いのかを考えたら、
　　　彼も余を訪ねてくるかもしれない。」

4932、ここまで話して国王は話を終えた、
　　　絶賛は立ちあがって静かに宮廷を去った。
4933、この会話の後数日がたったが、
　　　国王はまだこのことで色いろと思い悩んでいた。

訳注
〔1〕**アッラーへの祈りを唱える**　ジクル（dhikr）のこと。"アッラー"を唱えつづけることによって精神を集中し、神と一体になる宗教行為。ただし、『クタドゥグ・ビリグ』には単語としては一度も出てこない。

第68章

日の出王、覚醒に三回目の呼び出しを命じる

4934、ある日、国王は絶賛を呼んで言った、
　　　「そなたに頼みたいことがある。
4935、余が招いたにもかかわらず、そなたの兄弟は命令に従わない、
　　　余の希望は水の泡となってしまう。
4936、今は、余は過去の願いをあきらめている、
　　　願いをかなえるために他の道を選んだ。
4937、余の願いはこれだけである、
　　　それはこの目で一度覚醒に会うということだ。
4938、覚醒を来させるか、もしくは余が行ってもよい、
　　　ただ直接会えることを求める。
4939、もっとも良いのは彼がここに来て余に戒めを教授し、
　　　自分の住まいに戻って彼の望む修行に励むことである。
4940、これは余にも有益であり、彼にとっても害はない、
　　　余は自分の心のなかの不純なもののすべてを浄めて欲しい。」

絶賛、国王に答える

4941、絶賛は答えた、「おお栄光の王よ、
　　　これは理に適った申し分のない申し出です。
4942、もし王さまがそのようにお考えなら、
　　　ご命令しだい、彼に会いに行きます。
4943、わたしはすぐに出かけ陛下の言葉をお伝えします、
　　　陛下が行く必要はありません、わたしがここに連れてきます。
4944、陛下、再度手紙をお書きくださいませんか、
　　　それを読ませ、宮殿に来させます。」

第68章　日の出王、覚醒に三回目の呼び出しを命じる

国王、絶賛に答える

4945、国王は言った、「手紙がどうして必要なのか、
　　　そなた本人の方が手紙より信頼でき、それで足りるではないか。
4946、行く人間が頼りないときに手紙は必要である、
　　　誰がそなたより信頼でき、信じられるというのか。
4947、ヤグマのベグが言った言葉を思い起こすがよい、
　　　彼は多くの見識に富み智恵も深い。
4948、**「信書など必要あろうか、**
　　　信ずるに値する使者が行けば、
4949、**手管など必要あろうか、**
　　　真情(まごころ)に裏付けられたる使者であれば。」
4950、これはそなたの力でできないことではない、
　　　まして心配するほどのことでもない。
4951、これには堅苦しい書状や繕った言葉は必要ない、
　　　絶賛よ、そなたこそ余の頼れる手紙である。
4952、彼を呼び、余と会えばすぐに帰す、
　　　行くも返るも自由にし、けっして強くとどめない。
4953、余がそなたを行かせるのはそのことを彼に知らせるためだ、
　　　そなたはうまく誘い、けっして強要してはならない。
4954、もし彼がここに来たくないのなら、
　　　余が覚醒のいる所まで出向こう。」

絶賛、国王に答える

4955、絶賛は答えた、「アッラーのご加護がありますように、
　　　陛下はかならず願いを実現できます。
4956、わたしは全力をつくしてこの仕事をやりとげます、
　　　陛下の願いを満足させます。
4957、陛下が健康で平安であられますよう願います、
　　　アッラーが陛下の願いをかなられますよう祈ります。」

第68章　日の出王、覚醒に三回目の呼び出しを命じる

4958、絶賛は御前から退くと、すぐ家にもどった、
　　　部屋に入ってゆっくり帯を解いた。
4959、火のように赤い空はすでに黄色に変わっていた、
　　　宇宙には金色の光沢が敷かれた。
4960、太陽はサフランを顔に塗り、
　　　宇宙は透明な水色に変化した。
4961、天空はさらに美女の眉毛のような淡い黒色に変わった、
　　　ついには、世界は黒色の服をまとった。
4962、絶賛は夕食を摂り、身を清め、礼拝をした、
　　　ベッドで横になったが、睡眠は少なかった。
4963、ナイチンゲールのさえずりがやまず、
　　　絶賛は目が覚め、眠気は消えた。
4964、しばらく彼は耳を傾けながらうつらうつら、
　　　ナイチンゲールの美しいさえずりに浸った。
4965、疲れのせいか寝つきが悪く夜を長く感じた、
　　　彼は朝が来ることを待ち望んだ。
4966、空はついに黒いとばりを打ち捨て、
　　　ベールを上げると美しい顔が現れた。
4967、太陽は乙女のようにほがらかに笑いながら昇ってくると、
　　　世界の隅々まで照らしだした。
4968、日あたりにも影となった斜面にも挨拶しながら、
　　　朝日は山々の真上に昇って行った。
4969、絶賛はベッドから起きると沐浴して身を清め、
　　　朝の礼拝をおこない、良い一日になるよう祈った。
4970、彼は鞍や手綱を準備し馬にまたがった、
　　　召使いの少年を従え、勇んで自分の兄弟の所へ出発した。
4971、覚醒の住まいに近づくと、彼は馬を下り、
　　　門に向ってゆっくり進んだ。
4972、彼は軽く門の扉をたたいた、

427

第68章　日の出王、覚醒に三回目の呼び出しを命じる

　　　　兄弟はその音を聞くと、身を起して扉を開いた。

覚醒、絶賛に尋ねる

4973、絶賛を見ると覚醒は言った、
　　　「兄弟よ、あのことはまだ終わってないのですか。
4974、あなたはどうして自分を苦しめるのですか、
　　　なぜ終わった話をつづけようとするのですか。
4975、ともかく中へ入ってください、
　　　どうして再びここに来たのか話してください。」
4976、二人の兄弟は部屋のなかに入った、
　　　修道者は絶賛に対して眉をしかめた。

絶賛、覚醒に答える

4977、絶賛は口を開いた、「おお正直な人よ、
　　　顔をしかめる前にわたしの話を聞いてください。
4978、あなたの意見はすでに陛下に伝えました、
　　　大きいことも細かい所も余すことなく報告しました。
4979、陛下は伝えたことに耳を傾け、その意味を理解されました、
　　　またわたしが話し終わった後も長い時間考えておられました。
4980、陛下はあなたを自由にしておくことにされた、兄弟よ、
　　　しかし、陛下にはそれとは違う願いがありました。
4981、そのために陛下はわたしを使者として送ったのです、
　　　わたしに恥をかかせないでください。
4982、ものごとにはすべて適切な限度というものがあります、
　　　勇敢な人よ、あなたも極端に走ってはいけません。
4983、智者たちが語っていることを聞いてください、
　　　この言葉はものごとを判断する基準となります。
4984、「すべてのことには限度がある、
　　　それを守れば安泰だ、
4985、すべてのことの限度を超えるな、

第68章　日の出王、覚醒に三回目の呼び出しを命じる

限度を超えて罪を犯すな。」

4986、陛下は先の要望を取り下げられ、
　　　今はあなたに会いたいとだけ願われている。
4987、あなたが会いに行くか、陛下の訪問をお受けするか、
　　　寛大な人よ、一度陛下とお会いしてください。
4988、兄弟よ、これはあなたになんの害もありません、
　　　強情な人よ、わたしを助けてください。
4989、陛下は情け深い高貴なベグです、
　　　貧しい人にも不幸な者にも誠実です。」

覚醒、絶賛に答える

4990、覚醒は答えた、「正直な人よ、
　　　この話には道理があります。
4991、ムスリムとムスリムは皆兄弟です、
　　　心はつながり、お互い交流すべきです。
4992、この話にわたしは心から感服しています、
　　　今日にでも王さまをお尋ねしましょう。
4993、以前、わたしがお会いすることを断ったのは、
　　　陛下がわたしに過分の望みを抱いておられたからです。
4994、今はその目的を捨てられ、正しい道を選ばれた、
　　　それならばわたしも同じ道を歩かねばなりません。
4995、わたしが陛下にお会いしに行きましょう、
　　　陛下にご苦労をおかけすることはありません。
4996、陛下は国王であられ万民の統率者です、
　　　わたしも陛下に対する崇拝の念は十分に抱いています。
4997、陛下は正しいおこないと正しい言葉を話さねばなりません、
　　　国中のあらゆる悪の原因を取り去らなければいけません。
4998、ある智者がどのように教えたか聞いてください、
　　　彼の学識は海のように広く心は美しい。

第68章　日の出王、覚醒に三回目の呼び出しを命じる

4999、「ベグの命に従うことこそ臣民の本分、
　　　おまえが貴人であるか平民であるかにかかわらず、
5000、国王とその言葉に敬意を払え、
　　　彼の生まれが銀で買われたヒンドゥー[1]の奴隷でも。」

5001、国王のご命令はわたしの誉れとしてしたがいます、
　　　すぐにでも陛下を訪問しお会いしましょう。
5002、宮殿に戻って陛下にお伝えください、
　　　わたしはすぐにここを出発いたします。
5003、明るい世界が夜のとばりに包まれるころ、
　　　わたしは都に着くつもりです。
5004、なぜなら昼間なら人びとがわたしの行く後ろから悪口を並べ、
　　　自ら地獄の劫火に身を投げさせることになるからです。
5005、さあお帰りなさい、家に戻ってわたしを待ってください、
　　　わたしはすぐにここを発ちます。
5006、都に着いたら、わたしはまずあなたの家に行きます、
　　　なにをすべきか、いっしょに考えてください。」

絶賛、覚醒に答える

5007、絶賛は大いに喜び、このように言った、
　　　「素晴らしい、たいへん良いことです。
5008、わたしはすぐにお別れし、国王に会いに行きます、
　　　あなたの返事を聞けば、心から喜ばれるでしょう。
5009、わたしが出発したら言葉どおり実行してください、
　　　約束した時刻を守ってわたしの家まで来てください。」
5010、このひとことで二人は合意し、
　　　絶賛は笑顔で帰路についた。
5011、帰り際に、絶賛は再度彼の兄弟にもう一度念を押した、
　　　「心からの友よ、あなたの約束を違えてはいけません。
5012、太陽が西に傾き、その顔を地平に隠しはじめたとき、

世界が自分の姿を炭色のベールでおおうころ。
5013、わたしはあなたを自分の家で待っています、
  あなたに必要なものすべてのものを用意しておきます。」

5014、彼は馬を走らせ宮門の側まで来ると、
  馬から降りて国王の御前に通すよう伝えた。
5015、覚醒から聞いた一言ひとことを報告すると、
  国王は大いに喜び、笑顔をほころばせた。

国王、絶賛に尋ねる

5016、国王は言った、「そなたの言葉通りに、
  この件はどうやら良い結果で終わった。」
5017、国王はさらに言った、「ところで、彼はいつここに来るのだ、
  どこで余は彼と会ったらよいのか。」

絶賛、国王に答える

5018、絶賛は答えた、「夜が来て、
  世界の顔が暗くなったときです。
5019、彼はまずわたしの家でしばらく休ませます、
  陛下が会いたいときにはいつでも来させられます。」

国王、絶賛に答える

5020、国王は言った、「そなたは急ぎ往来し疲れたに違いない、
  アッラーはそなたの苦労に報いてくれるだろう。
5021、そなたのしたことは余の心の病の処方箋となった、
  今、余の気分はたいへん優れている。
5022、家に戻って彼を待ち、着いたらすぐ余に報告せよ、
  公式の招待として使者を差し向けよう。
5023、そなたは兄弟を連れて余の前に来なさい、
  余は彼と対面しその風貌を見てみたい。

第68章　日の出王、覚醒に三回目の呼び出しを命じる

5024、一人の学者がこの点についてのべている、
　　　この言葉の深い意味を分かって欲しい。
5025、**「人間は望みを願うかぎりは、**
　　　いつまでも追いかける、
5026、**だが一度望みを果たせばなにもない、**
　　　心にまとわりつくこともない。」

5027、絶賛は命令を受けるとその場を去り、
　　　自分の家に戻って少し休んだ。
5028、太陽は西に沈み、その顔を地平に隠した、
　　　夕靄（もや）が立ち込め大地をおおった。
5029、世界は顔を曇らせ、寡婦の黒い衣をまとった、
　　　空は薄暗くなり、やがて悪魔の顔のように黒く変わった。
5030、すべての命あるものが目を閉じて休むと、
　　　騒がしい声もおさまり、音もなく静まり返った。

訳注
〔1〕ヒンドゥー　中国語訳は「奴隷」となっているが、原語ではインド人（ヒンドゥー hindu）。ここでは銀で買われたとあるので、インド人奴隷のことである。

第 69 章

覚醒、絶賛の所に来る

5031、まもなく覚醒がひっそりとやって来た、
　　　それを待っていた絶賛は彼を出迎えた。
5032、互いに手を握って"サラーム"*と挨拶し、
　　　二人の善良な人物は中庭に入った。
5033、客人のために絶賛は飲みものと料理を用意した、
　　　その間に国王は手紙を携えた使いを送った。
5034、国王はこれを知るとすぐに返事をし、
　　　公式の賓客として彼らを招待した。

＊　サラーム（salām）　イスラームの挨拶の言葉。正式にはアッサラーム・アレイクム。「アッラーの平安があなたに」の意味。サラームだけでも使われる。

第 70 章

日の出王、覚醒と会見する

5035、二人は身を起こすと王宮に向けて出発した、
　　　国王は玉座から立ち上がって彼らを出迎えた。
5036、王がはじめに"サラーム"と声をかけお辞儀すると、
　　　修道者も深くお辞儀をしてそれに応じた。
5037、国王と修道者は手を取り合った、
　　　王は満面の笑みで彼の厚意に応えた。
5038、そして王は自分の側に彼に席を与えるなど、
　　　格別な待遇で彼への好意を示した。
5039、国王は言った、「覚醒よ、苦労をかけました、
　　　徒歩でここまで来るのはたいへんであっただろう。」

覚醒、国王に答える

5040、覚醒は言った、「わたしは陛下にお会いして、
　　　今は旅の苦労を忘れました。
5041、わたしは自分で望んで陛下の下に参りました、
　　　陛下、なんの苦しむことがありましょうか。
5042、自分の望みに向かって旅する者は、
　　　疲れなど感じず、ただ望みを実現するだけです。
5043、有名なヤブグ*・ハーンの名言をお聞きください、
　　　誉れ高く、智恵に満ちた人です。
5044、『望みに向かって歩けば空の果てもすぐ隣となる、
　　　望みを追い求めればかならず実現できよう。
5045、願望を胸に抱き真心を持って歩いていけば、

---

*　ヤブグ（yavġu）　テュルク系国家で用いられた、カガン（可汗）に次ぐ高官の称号、官名の一種。カガンの一族がこの称号を帯びた。yabġu とも書かれる。

第70章　日の出王、覚醒と会見する

　　　　　長い道のりも短くなる。
5046、しかし、自分の願いに逆らい旅すれば、
　　　　　身近な場所も遠い道のりとなろう。
5047、望みなく歩くだけの者はいつも苦痛を受ける、
　　　　　望みを抱いて歩く者には苦しみも楽しみとなる。』
5048、おお王さま、わたしは心から望んでここに来ました、
　　　　　どうして苦しみを受けたと労（いたわ）られることがありましょう。
5049、人が敬愛する人物を求めるのであれば、
　　　　　どれだけ遠くても、すぐ近くにいるのと同じです。」

国王、覚醒に問う

5050、国王は言った、「話に先だって、
　　　　　余はいくつか尋ねたい、答えてくれ。
5051、そなたは喜んで余の前に来たと申していたが、
　　　　　これはどういうことなのか、教えて欲しい。
5052、そなたも挨拶の礼儀が重要なことは知っておるだろう、
　　　　　先に挨拶した者はものごとに通じていると言われる。
5053、そなたは余に会っても率先して挨拶をしなかった、
　　　　　まさか余への祝福を忘れたのではあるまいな。」

覚醒、国王に答える

5054、覚醒は答えた、「わたしはこの状況を分かっています、
　　　　　しかし、陛下に率先して挨拶をおこないませんでした。
5055、サラーム（salām）、これは平安な道のりを祈ること、
　　　　　返事のサラーマト（salāmat）は平安の基礎をさだめることです。
5056、サラームは人のために平和と安らぎを求めることであり、
　　　　　返事のサラーマトは精神の安らぎを求めるという意味です。
5057、ある詩人の言葉がこれを説明しています、
　　　　　正直な王よ、お聞きください。
5058、「サラーム・アレイク（Salām 'aleyk）という者は、

435

第70章　日の出王、覚醒と会見する

　　　　他人のために平安を保障すること、
5059、アレイク・サラーマト（'Aleyk salāmat）という者は、
　　　　答えることによって自分の平安の保障を受け取ること。」
5060、貴人は卑しい者にまず"サラーム"を施さねばなりません、
　　　　それにより卑しい者は力ある者の悪から守られるのです。
5061、卑しい者は貴人の言葉により、
　　　　生活は平安となり幸運を望めるのです。
5062、卑しい者は貴人が自分に危害を加えないことを求め、
　　　　彼らの恩恵を得て平安でいることを求めているのです。
5063、わたしが陛下に対して危害を加えることができるでしょうか、
　　　　小さな者が偉大な者にどうして危害を与えましょう。
5064、しかし国王の権力はすべての民におよびます、
　　　　王が眉をひそめれば命も危うくなります。
5065、ごらんください、人びとはベグに向かい"サラーム"をしません、
　　　　完全なる智者よ、以上のべたことがその理由です。

5066、陛下はまずわたしに宮廷で仕えることを命じました、
　　　　多くの期待を持ってわたしをお召しになろうとしました。
5067、そしてわたしはまだ陛下に従っておりません、
　　　　この人を騙す世界をわたしは信じていません。
5068、陛下はその考えを放棄され、会うだけとわたしを召されました、
　　　　わたしはようやく命令にしたがい今夜ここに着きました。
5069、ここに来ることに、わたしの心は恐れでいっぱいでしたが、
　　　　陛下の"サラーム"で安心いたしました。
5070、わたしは今でも陛下に恐れを抱いていますが、
　　　　それは陛下が以前の命令に戻るかも知れないからです。
5071、今は、わたしは陛下を完全に信用しております、
　　　　陛下の善意をお受けすることができるでしょう。」

第70章　日の出王、覚醒と会見する

国王、覚醒に答える

5072、国王は答えた、「ベグが言葉をひるがえし、
　　　食言することはもっとも悪いおこないである。
5073、ベグの言葉を人びとが信じられないと言うなら、
　　　彼は国王の名を享受することはできない。
5074、約束を破る者、怠ける者、怒りにまかせる者、
　　　このような人間はこの世界の主人になってはならない。
5075、その種の人物がベグとなれば、
　　　嘘ばかり話して、両手は空っぽということになる。
5076、賢人の言葉を聞く方がより分かりやすい、
　　　『男子が自分の言葉を守らなければ幸運を失う。』
5077、もっとも悪い人間は嘘つきや人を騙す者である、
　　　約束を破る者はその悪い人間のなかのさらに悪い人間である。
5078、ある正直者がたいへん素晴らしいことを言っている、
　　　アッラーが彼に祝福を与えますように。
5079、「自分が発した約束を破る者を、
　　　ベグと呼ぶことはできない、
5080、勇者が一度発した言葉は取り返しがきかない、
　　　言葉を信じぬ者は女のような者である。」

覚醒、国王に答える

5081、覚醒はこのように答えた、
　　　「陛下の品性は優れて高尚です。
5082、おお王さま、アッラーが陛下の民をかぎりなく増やし、
　　　陛下のおこないがさらに気高く続かれんことを願います。
5083、ベグとは人間のなかから選ばれたもっとも優れた英傑です、
　　　ですからベグは自身の言動も選ばれた者らしく保つべきです。
5084、ある賢者はこのように教えました、
　　　『ベグが公正であれば民は繁栄する。』

第70章　日の出王、覚醒と会見する

5085、さらに一人の白髪の長老の言葉があります、
　　　彼は高齢で長く世界の移り変わりを見てきました。
5086、『王よ、よいことをたくさんおこないなさい、
　　　この世は無常、幸運は行ったり来たりする。
5087、自分の名声を残すため、しっかり着実におこないなさい、
　　　幸運は不実なもの、再び見知らぬものとなる。』
5088、権力が大きな者は悪事を働いてはいけません、
　　　陛下は善い言葉を使い、善いおこないをしてください。
5089、高位も権力も陛下を裏切ります、
　　　善行だけはけっして陛下に背きません。
5090、勇敢な人よ、今日、民という大きな荷を担えば、
　　　明日には素晴らしい報酬を得ることができるでしょう。
5091、今日の暮らしはそよ風が吹いていても、
　　　不実な幸運は突然、陛下を遠くへ打ち払ってしまいます。」

国王、覚醒に答える

5092、国王は言った、「道を開け、おお賢い人よ、
　　　善徳の道を開くことこそ、余がそなたを招いた理由である。
5093、余は頑迷に思われるほどにそなたを呼んだ、
　　　善人よ、今はなんの目的か理解したと思う。
5094、余に教えと戒めを与えよ、
　　　余は善徳の門を開くことができるかもしれない。
5095、余のまわりには多くの強欲な者どもが集まっている、
　　　しかし正直で忠実な者はいない。
5096、ベグはどんな望みも欲しいものも手に入れると言うが、
　　　余はいまだまことに頼れる者を見つけることができない。
5097、宮廷にはさまざまな人間が集まっているが、
　　　しかし賢者よ、彼らのなかに余の役に立つ者はいない。
5098、寛大な者よ、ある詩がこのことについてうたっている、
　　　余の言いたいことを知りたければ味わうがよい。

第70章　日の出王、覚醒と会見する

5099、「人と呼ばれる者は少なくないが、
　　　有能な者は一人としていない、
5100、千人集めても一つの仕事すらできないのに、
　　　有能な者は一人で千の仕事をなす。」」

5101、国王はつづけて言った、「覚醒、聞きなさい、
　　　そなたはアッラーの恩寵を一身に集めている。
5102、そなたの性格は完全で、覚醒の名もそれにふさわしい、
　　　アッラーがそなたの願いを達せられますように。
5103、余はそなたがアッラーより賜ったものを分け与えて欲しい、
　　　余の肉欲を捨てさせ、善き心を芽生えさせよ。」

覚醒、国王に答える

5104、覚醒は答えた、「おおベグよ、
　　　陛下はわたしの表面だけを見て誉め讃えてくださいます。
5105、だが英主よ、陛下がもしわたしの心の内を知れば、
　　　何千もの呪いの言葉でわたしを追い払うでしょう。
5106、事実、わたしは修道者の名を得てから、
　　　この名前が修行の禍となることを知りました。
5107、きっとこの名前がわたしを滅ぼすでしょう、
　　　わたしの肉体がわたしの主人となって、わたしを支配しています。
5108、わたしは人から愛されるように店を飾りました、
　　　しかし、この店は利益もなく売るものもありません。
5109、おお王さま、人を見るときはうわべだけを見てはなりません、
　　　人の心のなかの隠されたものを見なければいけないのです。
5110、メロンの外側は色も形状もたいそう美しく、
　　　良い香りを放っています。
5111、しかし、そのなかの果肉が美味くなければ、
　　　鹿の子よ、陛下はそれをお捨てになるでしょう。
5112、ある悟りを開いた人物が言いました、

『外面をつくろうより、あなたの心の内を飾りなさい。
5113、ものごとの価値はその内面にあります、
　　　　内容がなければ外側はなんの役に立ちましょう。』」

国王、覚醒に答える

5114、国王は答えた、「おお純粋な人よ、
　　　　そなたの内側と外側は完全に一致している。
5115、そなたは現世を捨て、その重荷を捨て去った、
　　　　しかし余はいまだその虜であり、荷を背負っている。
5116、この世のことで余は悩み苦しんだ、
　　　　どうしてアッラーの祝福を受けることができようか。
5117、余は自分自身を抑制したい、余に忠告を与えよ、
　　　　そなたの言葉で余の心を浄め、幸福をもたらしてくれ。」

覚醒、国王に答える

5118、覚醒は答えた、「ベグはご存知でしょう、
　　　　善徳はかならず善行によって得なければなりません。
5119、アッラーのしもべのなかでわたしはもっともできが悪い、
　　　　おお、海のような学識を持つ人よ。
5120、もし陛下がもっとも悪いしもべを探したければ、
　　　　わたしの他に誰もおりません、
5121、わたしの言葉が陛下にどれだけ役立ちましょうか、
　　　　わたしの戒めはどのように陛下に幸運をもたらすでしょうか。
5122、そうだとしても、わたしはアッラーに対して絶望いたしません、
　　　　唯一の主のみがわたしの罪をお許しになることができるのです。
5123、一人の罪人がどのように話したかお聞きください、
　　　　彼は罪を知り、アッラーに許しを請いました。
5124、「わたしはあなたのしもべです、
　　　　罪にまみれて、さ迷い歩く、
5125、アッラーよ、あなたこそ唯一の隠れ場所、

心から祈ります、わたしの罪をお許しください。」」

国王、覚醒に答える

5126、国王は言った、「おお目覚めた人よ、
　　　アッラーは美徳をもってそなたの品性を飾った。
5127、過去の自分を罪深いと反省しているがゆえに、
　　　そなたは人びとの鑑(かがみ)となれるのだ。
5128、そなたの心と言葉は純潔で、その身も清い、
　　　どうか余に助言を与え、まことの利得を得させて欲しい。
5129、おお、善行は素晴らしい、信頼できる人よ、
　　　余にそなたの心からの喜びの言葉を語ってくれ。
5130、アッラーはそなたにすべての善徳を与えた、
　　　名士よ、同じように余のために善徳の門を開いてくれ。
5131、善なる人よ、早く余にふさわしい忠告を与えてくれ、
　　　アッラーがそなたの来世にふさわしい報酬を賜るだろう。」

第71章

国王に対する覚醒の忠告

5132、覚醒は言った、「おお王さま、
　　　　アッラーが、陛下の願い通りにしてくださるよう祈ります。

5133、この虚ろで気ままな幻の世よ、
　　　　彼女は多くのベグを老いさせたが、自身は少しも変りません。

5134、彼女はあなたのようなベグに気まぐれに好意をよせては、
　　　　ふたたびあなたを捨てて、次のベグに飛んで行きます。

5135、こんな幻の世に、自分のまことの情を託してはなりません、
　　　　それはつれないものであり、打ち捨てるべきものです。

5136、わたしの忠告などなんの必要がありましょう、
　　　　歳月の教えは、陛下の教訓として十分です。

5137、生きてある王よ、陛下の前に世界を制覇した帝王たち、
　　　　彼らの昔の権勢はどこに行ったのでしょうか。

5138、よく考えてください、彼らはどこに行ったのか、
　　　　歳月はすぐに陛下を彼らが行った所へ連れて行きます。

5139、権力は今、陛下の下に集まっています、
　　　　しかしそれも長くはない、急ぎ将来を計ってください。

5140、なにが陛下の祖先に至福をもたらしたのでしょうか、
　　　　陛下も彼らのようにおこなえば来世の見返りがあります。

5141、彼らは死に臨んでなにを悔やんだでしょうか、
　　　　陛下はそれを避け、善行をお求めください。

5142、よく学を積んだ賢者の話は素晴らしい、
　　　　彼の言葉は真珠でありルビーの玉です。

5143、『他人が死ぬのを見ながら、なぜ自分だけは死なぬと思うのか、
　　　　悪いおこないをやめて死を迎える準備をせよ。

442

第71章　国王に対する覚醒の忠告

5144、死ぬということを知っていながら惰眠を貪る者よ、
　　　命は流れ去るもの、むだに過ごしてはならぬ。
5145、死を忘れて日々を過ごす欲望の奴隷よ、
　　　死に襲われるな、死が命を取りにやってくる。』

5146、思いだしてください、過ぎ去った日々のことを、
　　　すべては春の夢のようなもの、自分をお振り返りください。
5147、もし陛下が善き思いをかかげ、善行をつくせば、
　　　永遠の至福を得られるでしょう。
5148、もし、一生が愚かしくも無為だったならば、
　　　昼も夜も眠りにつけず、ただ悲しみに明け暮れるでしょう。
5149、とこしえの生命は、求めても得られません、
　　　青春の力は過ぎ去れば戻りません。
5150、残った時間をむだにしてはいけません、
　　　急いでアッラーを礼拝し、死に備えてください。

5151、おお王さま、あなたの前の世をごらんください、
　　　父君は強大な権力をふるわれたベグでした。
5152、父君は、富と権威、それに強力な軍団を有し、
　　　ほしいままにふるまい一生を終えられました。
5153、しかし、最後には死に連れ去られ、
　　　赫々たる威名はなんの役にも立ちませんでした。
5154、父君の死は、陛下に対する大きな教訓です、
　　　それは父君から息子への甘い飴のような教えです。
5155、この考えに似た詩句があります、
　　　これは陛下に真実を見る目と利益を与えます。
5156、「父親は死のまぎわにこう言った、
　　　「息子よ、おまえは悟らねばならぬ、
5157、わたしを捉えたように死はおまえにもかならず来る、
　　　息子よ、目覚めて後世に善き名を残せ。」」

第71章　国王に対する覚醒の忠告

5158、父母の死は子どもたちへの戒めです、
　　　人の子よ、心に銘記してください。
5159、死は、陛下のご両親も見逃しはしませんでした、
　　　ときがくれば、陛下にも手を緩めないでしょう。
5160、この世はご両親を裏切り苦しめました、
　　　陛下ばかりにへつらうことなどありえましょうか。

5161、命をたいせつにされ、意義あることにお使いください、
　　　財産を民に恵み、功徳をお積みください。
5162、過去のむなしい日々を思い、必要なものだけを求めてください、
　　　歳月はすぐに去ってしまう、旅立ちに備えてください。
5163、陛下は民という大きな荷物を背負われています、
　　　目を見開き、しっかりと注意して職務をつくしてください。
5164、陛下のまわりには、飢えた狼の群れが集まっています、
　　　羊たちをお守りください、勇敢なるわが王よ。
5165、お目覚めください、王国にもし一人でも飢える者がいれば、
　　　アッラーはその罪を書きとめられるでしょう。

5166、おお王さま、今、陛下は燃え盛るランプの炎です、
　　　その光の輝きは多くの民の背中に注がれています。
5167、ひとたび陛下の寿命がつき死期が近づけば、
　　　陛下にとって、その人びとはなんの益となりましょう。
5168、他人のために火のなかに身を投じてはいけません、
　　　自ら火をつけ自らを焼く、そんな自縄自縛に陥ってはなりません。
5169、ひとたび死が門を開いたら、
　　　栄光と王権、すべてが消え去ります。
5170、正道をまっとうし、法を公正に執行してください、
　　　このようにすれば、王国はしっかり長く治められます。
5171、卓越した智者の教えは素晴らしい、
　　　陛下はそれを聞き、正しい道を歩んでください。

第71章　国王に対する覚醒の忠告

5172、『もし国の基礎を強固にしたければ、
　　　　法をおこなうにあたり正義と公正を遵守することだ。
5173、もし来世の主人であることを願うなら、
　　　　現世と同じに公道をきちんと守ることだ。』

5174、己はベグだと思ってうぬぼれてはいけません、
　　　　この世と幸運は気まぐれなもの、うぬぼれは捨てるべきです。
5175、今日の幸運を信じてはなりません、
　　　　運命は計り知れなく変化していくもの、予想もできません。
5176、おお王さま、荘厳なこの宮殿も、
　　　　陛下がつかのまに身を寄せる隊商宿に過ぎません。
5177、陛下の前にもここに住んだ人はいましたが、
　　　　誰一人、とどまることを選ばず旅立って行きました。
5178、今は陛下のために宮殿は残されていますが、
　　　　離れる前に旅の荷物を送っておかれた方が良い。
5179、陛下はもうこの宮殿を飾る必要はありません、
　　　　流れ去る歳月が陛下を連れて行くでしょうから。
5180、陛下とてあした行く所は疑うことなく墓の下、
　　　　陛下は善徳でその墓石をお飾りください。
5181、陛下はこの宮殿を自分のものと思ってられるでしょうが、
　　　　考えてみれば、これは陛下のものではありません。
5182、この宮殿がどう言っているかお聞きください、
　　　　そこにのべられたことが真実です。
5183、「おまえはいつも、「これはわたしのものだ、わたしのものだ」と言うが、
　　　　どうしてそれがおまえのものだと言えるのか、
5184、**おまえの跡継ぎはおまえに「出ていけ」と叫び、
　　　　中に入って「これはわたしのものだ」と言うときを待っている。**」

5185、おお世界に冠たるベグよ、現世は牢獄です、
　　　　牢獄には不安と嘆きの他はありません。

第71章　国王に対する覚醒の忠告

5186、牢獄のなかで幸せを望んではなりません、
　　　喜びも至福も天国にのみあるのです。
5187、移ろいやすい喜びを喜びと見てはいけません、
　　　咲いても萎(しぼ)む楽しみを楽しみと考えてはいけません。
5188、このような幸運は留まらず永遠ではありません、
　　　集めた財冨のすべては撒き散らされるのです。
5189、次の世こそ永遠の住まいであることを知り、
　　　現世を捨てて来世に向かわねばなりません。
5190、得るには厳しい苦難を耐えねばなりませんが、
　　　永久の幸福と永遠の願望をお求めください。

5191、アッラーのおかげでどれだけの恩恵を受けたか、
　　　陛下はよくお考えください。
5192、アッラーは陛下に大きな力を与え万民を支配させました、
　　　彼らを命令で従わせ、陛下の望みのすべてを満たしています。
5193、陛下となんら変わらぬ肉体を持つ臣下や奴隷に、
　　　アッラーは陛下を敬慕させ従わせるようにされました。
5194、おお王さま、陛下は足るを知ってそれに感謝すべきです、
　　　温和で優しいアッラーのしもべに恩恵を施してください。
5195、アッラーは正義のために陛下を現世に置かれました、
　　　陛下は公正で正直な道を歩まねばなりません。
5196、国事をおこなうには智恵と智謀の力に頼らねばなりません、
　　　また私欲に陥らない清い精神を保つ必要があります。
5197、陛下の民をお慈しみください、
　　　卑賤高貴にかかわらず臣民を公平にお扱いください。
5198、しかし民の道徳と行為が悪に逸脱することがあれば、
　　　放置せず厳しく取り締まる必要があります。

5199、海のように深い知識を持つ賢者が言っています、
　　　彼の言葉は陛下の頬を熱くさせるでしょう。

第71章　国王に対する覚醒の忠告

5200、『今、あなたがすべての人を善にすることを願うなら、
　　　王国の主よ、まず自身が善となりなさい。
5201、あなたがすべての堕落を清めたいと思うなら、
　　　自身を洗い清めれば、民もおのずと清まるだろう。
5202、ベグは万民の首領である、
　　　首領が赴(おもむ)くところ、民も後に従う。
5203、もし民が道を外れればベグが諌めよう、
　　　しかしベグを諌められる者はどこにいるのか。
5204、あなた自身の行動を正しなさい、
　　　きっと民も品行正しく善行をおこなうだろう。』

5205、もし陛下が有益なことを進めたいのなら、
　　　かんたんです、無益なことを遠ざけることです。
5206、悪人や堕落した者と交わってはいけません、
　　　両者とも陛下に恥辱をもたらすでしょう。
5207、悪を得たくないなら、
　　　ただ悪行をしないだけのことです。
5208、酒色におぼれてはいけません、
　　　この二つは底知れない苦界です。
5209、性格は誠実で、行動は清くあらねばなりません、
　　　知識を案内者、智恵を助言者としてください。
5210、言葉と心を一致させ、美徳をお保ちください、
　　　過去の迷いの道の苦しみを忘れてはなりません。
5211、高慢で横柄な人物であってはなりません、
　　　強大な軍団を従えたからとうぬぼれてはいけません。
5212、死のためにどれだけの誇り高き勇士たちが、
　　　砂塵の下に埋もれ、黄土を衣にしていることでしょう。
5213、博学の賢人がすばらしい話を語っています、
　　　彼の話に従えば良い結果を生むでしょう。
5214、「**高慢と虚栄に憑かれた者が言った、**

第71章 国王に対する覚醒の忠告

「俺の財力と軍団に並ぶものはない」、
5215、一匹の蠅を追い払うことさえできないおまえ*が、
　　　どうして自分の強さを誇れるのか。」

5216、癇癪が起きても、怒りを抑えてください、
　　　もし怒りが沸き上ったら、喋れぬふりをしてください。
5217、アッラーへの奉仕以外はことを急いでいけません、
　　　急いで仕事をしても良い結果はありません。
5218、褒美を賜るときは速やかに与えてください、
　　　懲罰をくだすときはゆっくりおこなうことです。
5219、言うことおこなうことは良く考えて早まってはなりません、
　　　忍耐強い者こそ寛大な人間と呼ばれるのです。
5220、気前よく民に食糧や財物を施してください、
　　　ケチくさいベグは名声を失うでしょう。
5221、人を傷つける言葉はお控えください、
　　　悪い言葉は人の心を氷のように冷たくします。
5222、むしろ、すべての人にやさしい言葉をかけ、
　　　にこやかな笑顔と親しめる態度を取るべきです。

5223、陛下はすべての人間のなかで最高の地位にあるお方です、
　　　おこないは正しく心と言葉が一致していなければなりません。
5224、平民の一人ひとりが満足できる状態になれば、
　　　傑出した人よ、陛下もその恩恵を得るでしょう。
5225、ベグの行動が正しく善いものであれば、
　　　その利益は王国全体に広がります。
5226、ベグの行動が正しくなければ、
　　　悪人は勢いを伸ばし、善の兆しを破壊します。
5227、自ら悪事を働いて名声を傷つけてはなりません、
　　　邪悪な者たちを抑え込み、放任してはいけません。

---

*　4711番脚注**（408頁）を参照。暴君ニムロドを指す。

第71章 国王に対する覚醒の忠告

5228、飲んではなりません、悪事は毒薬のようなものです、
　　　毒を飲む者は人生の果実を食べることができません。
5229、智恵のある人びとをお近づけください、
　　　賢人たちの話を聞き、報賞で恩に報いてください。
5230、正直で信頼でき声望ある人物がいれば、
　　　彼を側に仕えさせ政務に携(たずさ)わらせてください。

5231、狡猾なこの世界はわがままかつ気まぐれです、
　　　ご注意ください、道はでこぼこで平らではありません。
5232、彼女[1]は美しく装い、人を誘惑します、
　　　しかし一度心を傾ければ、態度を変えて去って行きます。
5233、死を忘れてはいけません、しかし憂うる必要もありません、
　　　光輝く支配者よ、ただし軽視することはなりません。
5234、おお王さま、無関心のまま眠りに陥ってはいけません、
　　　今日の王権に陶酔していてはなりません。
5235、現世の喜びに満足してはいけません、
　　　よく考えて来世の喜びをお求めください。
5236、来世の喜びは大きく永遠です、
　　　そのような喜びこそ真の至福です。
5237、至福を望むには善行の道を歩いてください、
　　　それでこそ永遠の祝福を得るのです。
5238、ある学者が言った言葉をお聞きください、
　　　彼は知識をもって国中の名誉を一身に受けました。
5239、「**アッラーを求めれば、**
　　　かぎりない恩恵のなかで平安を享受できよう、
5240、**アッラーから逃れようとすれば、**
　　　耐えられぬ拷問と辱めを受けるだろう。」

5241、おお王さま、陛下は医者と同じです、
　　　民の病苦は陛下が治す必要があります。

第71章　国王に対する覚醒の忠告

5242、ある者は苛めと搾取の苦しみを受けています、
　　　ある者は貧困と困窮で憂いています。
5243、ある者は食べものがなく、ある者は服がなく、
　　　またある者は苦しみや悲しみで呻いています。
5244、これらの病気のすべての処方は陛下の手もとにあります、
　　　彼らの医者となって陛下はそれを治さねばなりません。
5245、もし彼らの病を治さなければ、
　　　陛下は民に罪を犯すのです。
5246、アッラーは来世で陛下の罪を問うでしょう、
　　　今から無罪のための準備をされた方が良い。

5247、命はすぐに去りますが王国はこの世に残ります、
　　　陛下にたいせつなのは美名を後世に残すことです。
5248、おお王さま、世界はちょうど大きな畑です、
　　　そこに撒いたものと同じものが収穫できるのです。
5249、行きましょう、早く善を蒔きに行きましょう、
　　　陛下は永遠の善の果実を収穫できましょう。
5250、ある賢明なベグが素晴らしいことを話しました、
　　　王国の生きる道を深く理解したベグです。
5251、『おお、万民の上に立つ偉大なるベグよ、
　　　言葉と心を謙虚にすることは自分の身に返る。
5252、おお、主(あるじ)にして比類なき権力を持つ王よ、
　　　すべての行動はまず知識をもって考えるのだ。
5253、知識によってものごとはなされねばならぬ、
　　　知識はすべてを善い結果に導く。
5254、現世は通り過ぎて行くもの、とどまりはしない、
　　　しかし為された善行は永遠に後に残る。
5255、現世を後にして生あるものはかならず死ぬ、
　　　良かれ悪しかれ、ただ名前だけが残るだけだ。
5256、悪人と交わってはならない、彼らはおまえを燃やすだろう、

第71章　国王に対する覚醒の忠告

　　　おまえが善き名を得れば、かならず善行の証しは残っていく。』

5257、おお王さま、油断なく用心深くおありください、
　　　無頓着に眠っていれば禍におそわれるでしょう。
5258、警戒心は国の基です、
　　　それでこそ来世で至福を得られるのです。
5259、無警戒に眠る愚か者になってはなりません、
　　　愚かな者は現世と来世の二つの国を失うでしょう。
5260、敵を作ってはいけません、人の命を奪ってはいけません、
　　　この二つの罪を犯せば、臨終のとき苦しみます。
5261、自分を抑制し、禁忌を犯してはなりません、
　　　犯せば地獄の底が待っています。
5262、すべての民を等しく思いやってください、
　　　誰も傷つけず、道を外れないように。
5263、酒を貪らず、肉欲に溺れてはなりません、
　　　この二つは城も宮廷も滅ぼすでしょう。

5264、生まれる者は死ぬために誕生し、
　　　死ぬ者はただこの世に名を残します。
5265、つかのまに去っていく命は最後にはなにもない、
　　　名前だけが残されて、善か悪かが決められるのです。
5266、この世は享楽で陛下をたぶらかし愛されようとします、
　　　蒙昧という揺りかごのなかで眠っていてはなりません。
5267、蒙昧は人を夢うつつのままに生涯を送らせ、
　　　なに一つ成し遂げさせません。
5268、もし人がこんな状態から抜け出すことができたら、
　　　天使となってアッラーにお仕えできるでしょう。
5269、智者はくりかえし告げています、
　　　もの穏やかな陛下、良くお聞きください。
5270、**「享楽に眠りこけた精神よ、**

第71章　国王に対する覚醒の忠告

5271、　　　救いは捨てられた、
　　　　　　無頓着で無謀な眠りから、
　　　　　　助けたまえ、おおアッラーよ。」

5272、耳を聡く目を鋭くして国中を見渡してください、
　　　陛下の恩恵が国の隅々までおよぶように願います。
5273、アッラーは最後の一日に陛下を尋問するでしょう、
　　　神の問いかけは罪人をとらえるための罠です。
5274、ある敬虔な人が言った言葉があります、
　　　彼の話を良く聞けばことを運べます。
5275、『おい、世のなかを弄んでいる放蕩なおまえ、
　　　準備せよ、アッラーの最後の審判の日は近い。
5276、おい、気の向くままに遊びまわる罪深いおまえ、
　　　ある日、アッラーがおまえの過ぎし日々を清算[2]する。
5277、おい、飲み食いに明け暮れる空っぽの毎日を送るおまえ、
　　　清算を準備して、出路を探しておけ。
5278、すべての人間がアッラーの尋問を受ける、
　　　嫌なら逃げるがよい、だがどこへ逃げるのか。』

5279、陛下は剣と棍棒を握っておられます、おお王さま、
　　　それを使って悪人たちを懲らしめてください。
5280、彼らが悪いおこないを正さなければ、
　　　陛下は彼らの罪を許さず、厳しく鞭打ってください。
5281、悪人たちが悔い改めなかったとしても、
　　　陛下は自身の純潔を守り、悪に染まってはなりません。
5282、しかし、国王自身が悪人となれば国は滅びます、
　　　諫める者がなければ、王は道を外れてしまいます。
5283、善人を賞賛し彼らに報賞を与えてください、名だたる人よ、
　　　そうすればすべての人びとが悪を捨て善に従うでしょう。

第71章　国王に対する覚醒の忠告

5284、快楽や享楽にふけっていてはなりません、
　　　自分をたいせつにしてください、余生は限られています。
5285、陛下の王国は正義を基礎にして統治すべきです、
　　　それは法のみが国をまっすぐに存立させることを意味します。
5286、陛下は力のおよぶかぎり、努力をおつくしください、
　　　むだに過ごした歳月は、アッラーに許しを請うてください。
5287、ある君主ののべた言葉をお聞きください、
　　　彼は公正に法を執行し、名声は遠く知れ渡りました。
5288、「おいベグよ、力のかぎり努力せよ、
　　　正義と法で国を統治し、広く恩恵を施せ、
5289、誤りがあれば、臣民に理解を求め、
　　　日夜懺悔しながら、アッラーに向かって許しを請え。」

5290、宝庫が金銀で溢れることを求めてはいけません、
　　　富を得たなら財物は臣民に与えてください。
5291、死が降り立てば、財冨は身体の後ろに残るだけ、
　　　子どもたちがつまらない悪事に費やすだけです。
5292、財産は生きている内に有効にお使いください、
　　　陛下はアッラーの清算を免れ、その恩寵を得るでしょう。
5293、あるベグが良いことを言いました、
　　　優れた王侯の言葉は真珠のように美しい。
5294、『おい、世界の富を集めたベグたちよ、
　　　おまえの財産を遺してはならぬ。
5295、おまえには最後の勘定書がまわっている、
　　　享楽は他人に任せ、借金を返して禍を防げ。』
5296、おお選ばれし人であり富みし人、
　　　陛下の富を使いつくし、善功をお積みください。
5297、不実な現世に心を縛られてはなりません、
　　　この世は最後には陛下を裏切ります。
5298、おお万民の主よ、

第71章 国王に対する覚醒の忠告

　　　　王権を早く捨て、次の世の準備をしてください。
5299、貪欲にとらわれた眼を持つ人よ、
　　　　死が訪れる前に早く財産を放棄してください。
5300、そのときには財産は無益となります、
　　　　すべては他人のものとなり、僅かな喜びすら残しません。

5301、おお王さま、飲食を減らし礼拝を増やしてください、
　　　　言葉を減らし、あらゆる才徳をお学びください。
5302、貧しい人びと、孤児や寡婦を助けてください、
　　　　彼らを守ってこそ、陛下の政は公正と言えるのです。
5303、他人に讒言(ざんげん)や誹謗をする者を近づけてはなりません、
　　　　風評で民衆を惑わせる者は遠ざけるべきです。
5304、この種の人間は大きな禍と損害を与えます、
　　　　社会に害をおよぼす者は陛下の敵と見なすべきです。
5305、欲深い人間に権力を持たせてはいけません、
　　　　この種の者は、陛下の善政を覆(くつがえ)します。
5306、善いことだけを行ってください、
　　　　アッラーは陛下を地獄から遠ざけるでしょう。
5307、来世の夜が現世の夜に勝るようお努めください、
　　　　来世の昼が現世の昼に勝るようお努めください。
5308、穏やかで賢い人物が言いました、
　　　　このことにもっともふさわしい話をのべています。
5309、「現世のことは来世に答えが出る、
　　　　だから来世のために行動せよ、
5310、ぼんやりと眠っているな、
　　　　目を開け、目覚めよ。」

5311、信仰（dīn）のdと俗世（dunyā）のdは相対立しています[*]、

---

[*] 信仰と俗世という語が、ともに語中に同じd（ダール）というアラビア文字を含むものの、両者は対立するものであることを述べたもの。

第71章　国王に対する覚醒の忠告

　　　信仰と俗世という二つの道はたがいに近づきません。
5312、信仰と俗世とは一体になりにくく、
　　　二つはけっして結合しないのです。
5313、一方が近づこうとすると一方は逃げて行き、
　　　二つの道を同時に歩もうとすれば道に迷います。
5314、俗世は風雨にまみれた嵐と同じです、
　　　大音響を響かせたと思えば、つかのま、もの音一つない。
5315、幸運が来れば宮殿の門前には財物が山のように集まります、
　　　しかし彼女に心を奪われると、彼女はそれを他人に与えます。
5316、今は豊かさを自認する陛下もいつか貧者に落ちぶれるでしょう、
　　　今は栄華をほこる陛下も最後は埃のように惨めになるでしょう。
5317、俗世で食が足ることは、本当は飢えることであり、
　　　俗世の享楽と喜びとは、実際には苦しみのことです。

5318、おお王さま、肉欲を危険な敵とお考えください、
　　　その願いを満たしてはなりません。
5319、肉欲こそもっとも凶悪な敵です、
　　　それは善で臨んでも、悪で報復します。
5320、もし陛下が肉欲を好めば、それは苦しみで報います、
　　　もし陛下が肉欲を抑えれば、それは喜びで応えます。
5321、肉欲を軽蔑すれば、自分を高貴にすることができます、
　　　知識によってベグとなり、智恵でハーンとなるべきです。
5322、現世は敵であり、肉欲もまた敵であります、
　　　二つは罠をめぐらして、陛下が入って来るのを待っています。
5323、現世の人生や幸運に頼ってはいけません、
　　　現世の人生や幸運に希望を寄せてはなりません。
5324、栄光や高位は煙のように目の前を去っていきます、
　　　幸運の炎は一瞬に消えて行きます。
5325、高貴の生まれの人よ、ある王族の言葉をお聞きください、
　　　彼の教えに従えば、大きな利得があります。

第71章　国王に対する覚醒の忠告

5326、「ベグの座を得意としてはならない、
　　　　肩をそびやかし傲慢にふるまってはいけない、
5327、汚れた現世を打ち捨てよ、
　　　　来世、アッラーはおまえに無尽の恩恵を与えよう。」

5328、おお王さま、三つの職務の人物を賢くお選びください、
　　　　彼らに政治の重責をお与えください。
5329、一つは法官で、聡明さ、純粋さ、敬虔な心が必要です、
　　　　彼は平民の利益に役立ちます。
5330、次に代理人（ハリーファ）＊です、誠実で信頼できる人です、
　　　　彼がいれば人びとは幸福と安らぎを感じます。
5331、最後に宰相です、よく考えてお選びください、
　　　　人びとの命運は彼らによって決定されます。
5332、この三つの職務の人間が政治を公正におこなえば、
　　　　民は満足し輝く毎日を送ることができます。
5333、民が豊かになれば王国は繁栄し、
　　　　人びとはこぞって陛下を祝福するでしょう。
5334、この三つの職務の任命が不適切であれば、
　　　　国政はうまくいかず、王国も衰退していきます。
5335、詩人がうたいました、
　　　　優れた人よ、心に刻んでください。
5336、「宰相は国をさばく御者、
　　　　ベグを導き王国を取り仕切る、
5337、もし彼が手綱を緩めたら、
　　　　国の行方はどこにいくのやら。」

5338、この世界は宴の円卓と同じです、
　　　　さまざまな人間が順に食事をとる。

　＊　代理人　ハリーファ「継承者」の意味であり、本来はムハンマド亡きあと、イスラーム共同体、あるいは国家を継承する指導者の称号であった。しかし、ここでは君主の後継者を指す。

第71章　国王に対する覚醒の忠告

5339、わたしの前に座っていた先人たちは、
　　　満腹の腹を押さえて今は黄泉(よみ)で寝ています。
5340、彼らは審判の日を静かに待ちながら、
　　　わたしたちが彼らの側に行くよう招いています。
5341、また次の世代は母親の腹のなかで待っています、
　　　わたしたちが去った後、彼らは宴の席に着くのです。
5342、後から来る者はわたしたちがここから離れることを望み、
　　　先に行った者はわたしたちが着くことを待っています。
5343、今日、わたしたちは宴席で食事を進めていますが、
　　　あとどれだけ、それを享受できるのか分かりません。
5344、死んだ者は『ここへおいで』とわたしたちを呼び、
　　　母の腹にある者は『出ていけ』と急(せ)かせます。
5345、一方は早く行くよう促し一方は呼んでいる、
　　　二つの間に身を置いて、誰が安らかに過ごせましょう。

5346、気をつけてください、王さま、妄想してはなりません、
　　　残っている時間はもう長くはありません。
5347、禁じられた楽しみにふけってはなりません、
　　　邪悪は陛下の心を黒く染めるでしょう。
5348、陛下、清浄な人間になりたいと願うなら、
　　　戒律で許された飲食や楽しみを行ってください。
5349、純潔で名高い人物が話しています、
　　　彼はハラルを敬虔の源(みなもと)と見なしています。
5350、『飲食が清浄な者はアッラーの罪人にはなり得ない、
　　　彼は来世のための準備をしているのだ。
5351、衣食が清浄な者は、
　　　その罪もきれいに洗われる。
5352、純潔を求める者は、まず飲食の清浄を守るべきであり、
　　　その利得は川の流れのように止まらない。』
5353、陛下は自分の利益を求めず、民の利益をお計りください、

第71章　国王に対する覚醒の忠告

　　　　陛下の利益は民の利益のなかにあるのです。
5354、都をつかさどるに経験豊かなベグの話をお聞きください、
　　　　彼は多くの体験があり抜群の智恵を持っています。
5355、**「ベグに幸運があれば、民に幸運をもたらし、**
　　　　幸運がもたらされれば、民の衣食は豊かになる、
5356、**真珠に散りばめられた寝台で眠るベグは海、**
　　　　富を求めて民も海に飛び込む。」
5357、ベグは山で、そこには金銀が埋まっています、
　　　　求める者には金銀が掘れるよう用意されています。
5358、ベグが気前よければ人びとは豊かになり、
　　　　国中の民がその利益を享受できます。
5359、一国の主(あるじ)よ、太陽のように輝く陛下の下、
　　　　すべての民が衣食豊かな暮らしをできるよう願います。
5360、陛下の肩にはアッラーの意志が担われています、
　　　　信頼にお応えください、アッラーは尋問なさる[3]でしょう。

5361、おお王さま、ご自身をよくお見つめください、
　　　　陛下はどれだけの財物を自分のために集めたのでしょう。
5362、海中の宝石すべてでも陛下には十分でなく、
　　　　海底の真珠すべてでも陛下には足りません。
5363、この褐色の大地のなかの金銀すべてを、
　　　　陛下は掘り出して宝庫を埋めようとしています。
5364、深山の地底に埋蔵されている珍しい宝石を、
　　　　陛下はあきたらずまだ掘っています。
5365、純粋なる人よ、陛下は大地に結んだ穀物を徴収し、
　　　　陛下の食糧庫を一杯にしようとなされています。
5366、空を飛ぶもの、地を這うもの、そして水中の魚すら、
　　　　厳格なる人よ、陛下の手から逃れられるものはいません。
5367、陛下の隊商は国々を経て世界を廻り、
　　　　絹や錦、黒貂やチンチラをさがし求めています。

第71章 国王に対する覚醒の忠告

5368、ローマの黄金布もインドの綿や麻も、
　　　陛下の底なしの宝庫を埋めることはできません。
5369、宮殿の厩舎には駿馬良馬が満ちています、
　　　しかし陛下の欲望は満たされたでしょうか。
5370、なん千もの牝ラクダを自分のものとし、
　　　草原には無数の馬の群れ、多くの厩舎にはカトゥル*もいます。
5371、山野のいたる所に陛下の羊の群れがあり、
　　　男奴隷（qul）も女奴隷（küng）も数えきれません。
5372、山蔭はヤクの群れで溢れ、
　　　平原にはさまざまの牛が放牧されています。
5373、山の断崖にはカモシカやヤギも飛び跳ねています、
　　　雄々しき人よ、彼らもあなたの手から逃れられない。
5374、シフゾウも[4]アカシカも、
　　　陛下の日々の馳走となります。
5375、ロバも野生のヤギもすべて捕まえて、
　　　陛下の御前に献上する者がいます。
5376、狐も、猪も、熊も、ライオンも、山犬も狼も、
　　　陛下の狩りで皆等しく殺されてしまいます。
5377、白鷺も、黄鳥[5]も、雁も、鴨も、
　　　また野雁も、ウズラも、白鳥、野鶏にかかわらず。
5378、また青空で群れをなして飛ぶ黒鷲であっても、
　　　おお蒼き狼よ**、陛下の手からは逃げられません。
5379、陛下の鷹は、空の鳥たちを二度と羽ばたけなくし、
　　　陛下の豹や猟犬は、野山の獣の足跡をすべて絶やしました。
5380、陛下は、父親のいる者の父をうしなわせ、
　　　母親のいる者を孤児におちいらせました。

5381、陛下が持っているこの世のものはかぎりありませんが、

---
　*　カトゥル（qatır）　雄ロバと雌馬の交雑種、ラバのこと。
　**　蒼き狼　テュルクをはじめ古代中央アジア遊牧民族における王への尊称。

第71章　国王に対する覚醒の忠告

　　　　猛き虎よ、陛下ご自身の命は必ずつきていきます。
5382、陛下は衣食の欲をすべて満たしましたが、
　　　　死ねばすべてをこの世に残していきます。
5383、陛下が集めた富は最後にはなにになるのでしょう、
　　　　死が陛下の魂を刈りとり、生命の根を断ちます。
5384、よく考えれば、すべてが貧欲にすぎません、
　　　　いつ欲望の峡谷を埋められる日がくるのでしょう。
5385、足るを知った人物の話をお聞きください、
　　　　足るを知ることこそ、豊かさが足りることです。
5386、『貧欲な者が世界全体をつかみ取ったとしても、
　　　　彼を豊かだと言うことはできない。
5387、"貧乏人"とは誰を指すのか、
　　　　貧欲な者はどれだけものを持っていても貧しいのだ。
5388、貧欲な者にどれほど財産があってもなんの価値もない、
　　　　足るを知る者よ、貧欲な人間を憐れみなさい。
5389、貧欲な者は全世界を得ても不足のなかで過ごすが、
　　　　足るを知る者は幸福のなかで一生を過ごす。
5390、財冨は貧欲な者の二つの眼を埋めることはできず、
　　　　ただ一塵の黄砂だけが彼の両眼をふさぐことができよう。』

5391、おお王さま、これがわたしの見聞です、
　　　　わたしは知っているかぎりのすべてを申し上げました。
5392、もしわたしの話したことをよく理解されれば、
　　　　陛下の眼も心もはっきりなさるでしょう。
5393、わたしの言葉に従えば陛下は来世に利益を得るでしょう、
　　　　わたしの意見と異なれば大きな重荷を担がねばなりません。
5394、ある智者の素晴らしい助言があります、
　　　　忠告としてお聞きください。
**5395、「たくさん利益を得るために、
　　　　わたしの助言は少しづつ食べなさい、**

第71章　国王に対する覚醒の忠告

5396、どんな風に食べてよいか分からないなら、
　　　そんな料理は火のなかにくべてしまいなさい。」

国王、覚醒に答える

5397、国王はこの話を聞いて涙を流しながら言った、
　　　「おお覚醒よ、そなたこそ最高の人物である。
5398、そなたは悟りを開き幸福を得た、
　　　しかるに余にとって王位は罰に変わった。
5399、余は真実を知り余の両眼は見開いた、
　　　余は自ら烈火に身を投じたのである。
5400、尊い人よ、余は正道を失っていたが、
　　　そなたが余に正道を指し示してくれた。
5401、覚醒よ、余のために祈ってくれ、
　　　アッラーが余をお助けくださるよう。」

覚醒、国王に答える

5402、覚醒は答えた、「おおベグよ、
　　　アッラーが陛下の願いをかなえ、幸運を賜りますように。
5403、理性で陛下の肉欲をお抑えください、
　　　情熱にまかせて生きれば人生を無にします。
5404、陛下の肉体はすべての所で陛下に反抗し、
　　　いずれ陛下を破滅させようとします。
5405、この世界はひどく歳を重ねた鬼婆と同じです、
　　　彼女はどれだけ多くのベグたちを葬ったでしょうか。
5406、陛下と同じ偉大なベグたちが彼女のために命を失いました、
　　　彼女は陛下だけを永遠に生かすでしょうか。
5407、彼らは去り、この玉座を陛下に残しました、
　　　無意味な日々を送らず、為すべきことをおこなってください。
5408、おお王さま、死があることを忘れてはなりません、
　　　まちがいなくそれは陛下の上にもやって来ます。

第71章　国王に対する覚醒の忠告

5409、そして王さま、己を忘れることもいけません、
　　　　己のために陛下の根本を十分にお考えください。
5410、己と死の二つのことが頭にない者は、
　　　　行くべき道を失って迷うでしょう。
5411、己をよく知る者の言葉があります、
　　　　彼は理性で自分の欲望を抑えました。
5412、**「死を忘れるな、墳墓はおまえのふるさと、**
　　　　己を忘れるな、自分が生きている根本を、
5413、**おまえは精液＊から生まれたもの、「わたし」などというな、**
　　　　「わたし」と叫んだとて、見よ、そこはおまえの墓場だ。」

5414、死は見えない場所で待ち伏せしています、
　　　　いったん外にあらわれると、出会った人を忘れません。
5415、もし一生苦しみを味わっていない人がいるのなら、
　　　　ひと目死の悲惨を見たらよい。
5416、死んだ後は暗い土の下に葬られます、
　　　　死者の身体は徐々に腐って、すべてが無となります。
5417、これ以外の悲惨もまだ多くあります、
　　　　死ねばはっきり見ることができるでしょう。
5418、知識ある人間はこんな状態を思い浮かべながら、
　　　　楽しく食事し安らかに眠ることができるでしょうか。

5419、ある高潔な人物の教えをお聞きください、
　　　　彼は知識を用いて政治にかかわってきました。
5420、『高貴な志を持って、高い峰をめざせ、
　　　　現世への執着を捨て、今生への思いを断ち切れ。』
5421、この世は毒蛇がうごめく薄暗い牢獄です、
　　　　それを捨て、陛下は輝く真実の世界を求めるべきです。

＊　「精液」原文は meni であり、「わたし（men）」の直接目的格も meni である。作家はここで同音詞に頼って、自己の見解を述べた。

第71章　国王に対する覚醒の忠告

5422、純潔な霊魂の外部をおおうものは土くれだけです、
　　　立派な人よ、陛下も黒い土のなかに埋もれるでしょう。
5423、現世は深い井戸のように真っ暗な監獄で、
　　　あらゆる悲惨や苦痛が集まっています。
5424、自分の身を監獄に置いて平安はあるでしょうか、
　　　心と魂を休ませることなどできるでしょうか。
5425、陛下はこの幻の景色になにを求めておられるのか、
　　　この湿った土地を捨てて、永遠の大地をお探しください。
5426、早くこの霧や埃に包まれた汚い場所から出てください、
　　　目を大きく見開き、永遠の浄土をお求めください。
5427、千年を生き長らえたとしても終には死があります、
　　　おお太陽よ、死は最後には陛下を捕まえるでしょう。
5428、陛下がたえまなく財産を増やすほど、
　　　かぎりない憂いや苦しみに苛まれるでしょう。
5429、どれだけ長く生きつづけられたとしても、
　　　陛下のすべての願いをかなえることはできません。
5430、おお誠実な人よ、この話をお聞きください、
　　　話した人物の心には現世の矢が残した傷跡があります。
5431、**「千年長生きできたとしても、**
　　　欲しいものすべては得られない、
5432、**おまえの欲望に終わりはなく、**
　　　かなえられる前に命がつきる。」

5433、話の価値は長さではありません、
　　　聞き手を驚かせ歓心を得ることでもありません。
5434、話の価値は聞いた人がそれを理解し、
　　　身を正し善行をするのに役立つことです。
5435、わたしは多くを語り、陛下はそれをお聞きくださいました、
　　　どうかわたしの話を役立て良い点をお取りください。
5436、わたしの舌は話し過ぎたようです、

第71章　国王に対する覚醒の忠告

　　　余計な話もありましたし内容も不十分です。
5437、おお王さま、アッラーが陛下を善徳に導き成功を賜ることを願います、
　　　陛下が身をつくして多くの善行をなされることを願います。
5438、アッラーが陛下を加護し、陛下の願いをかなえることを願います、
　　　陛下が祈るとき、わたしのことも祈ってくださるよう願います。」

5439、覚醒は話し終わり去ろうと立ちあがった、
　　　国王はもうしばらくこの場にいるよう命じた。
5440、彼はさまざまな料理を運ばせ言った、
　　　「善き人よ、どうか味わってくれ。」
5441、覚醒は手を伸ばして馳走をとり、
　　　食べものと飲みものを少しだけ口に入れた。
5442、しばらくすると彼は手を止め食事を終えた、
　　　アッラーに感謝しアッラーの名を讃えた。
5443、覚醒は立ち上がり別れの挨拶をした、
　　　日の出王も立ち上がって返礼をした。
5444、覚醒が宮殿を去ろうとすると、
　　　国王は宮門までつき添い、別れを惜しんだ。
5445、覚醒はふりかえって国王に別れを告げた、
　　　国王は握手をし、悲しみを抑えて立っていた。
5446、覚醒は都を離れ山奥へ進んだ、
　　　絶賛は少しのあいだ、道のりを共にして別れを惜しんだ。
5447、覚醒は絶賛をここまでと立ち止まらせ、
　　　二人の兄弟は互いに別れを告げた。
5448、絶賛は重い気持ちで部屋にもどった、
　　　憂いは大きく眠れぬ夜を過ごした。

5449、東方から朝日は頭を出しはじめ、
　　　白鳥色の光が世界を照らす。
5450、太陽は胸を張り、天使の顔のように輝いた、

第 71 章　国王に対する覚醒の忠告

　　　　大気は竜脳香が撒き散らされたようになった。
5451、宇宙はまるで天使の笑顔のように美しく、
　　　　天空は竜脳香〔6〕のように清く明るかった。
5452、絶賛は起きて、沐浴し身を清め、
　　　　敬虔な態度で朝の礼拝をした。
5453、彼は服を着ると、馬に乗って官邸を出発し、
　　　　宮殿の方向に向かって行った。
5454、馬を下りて宮殿に入ると、
　　　　彼を召した国王が絶賛の前に現れた。

国王、絶賛に問う

5455、国王ははじめに覚醒のことを尋ねた、
　　　　「彼はいつまで都にいたのか、いつここを去ったのか。」
5456、つづけて国王は言った「おお絶賛よ、
　　　　余は食事をしても味気なく、苦い薬のようになった。
5457、今日から、余はどのように余生を過ごしたらよいのか、
　　　　余の身体は曲がりはじめ、まっすぐに伸ばすことができない。
5458、この王位と民の重荷のためになにが必要なのか、
　　　　不安と憂いが余の生きる根元を折ってしまった。

5459、将兵なくして民を治めることはできない、
　　　　ベグ一人で国事をすべて処理するのは難しい。
5460、将兵を養うには財貨が必要なことはまちがいない、
　　　　財貨が無ければ、誰が彼の旗の下に近寄って来よう。
5461、ある将軍の理性ある言葉を聞きなさい、
　　　　彼は一生をベグのために捧げた。
5462、「将兵と財宝がベグの勢威をもたらし、
　　　　この二つがあるからこそ敵に勝つことができる、
5463、この二つを持つことで、ベグは尊敬される地位に上り、
　　　　二つを一身に集めることで、ベグの王冠を永続することができる。」

第71章　国王に対する覚醒の忠告

5464、将兵を集めるには巨大な資金がいる、
　　　資金を作るためには暴政をも厭うてはならない。
5465、わたしはたった一つの身体、一人分を食べるに過ぎない身なのに、
　　　なぜ多くの民の重荷まで背負わねばならないのか。
5466、どんなに貧しくとも、いつまでも飢えや凍えが続くことはない、
　　　ついには死が生きる者すべてを連れていく。」

訳注
〔1〕**彼女**　現世のこと。
〔2〕**過ぎし日の清算**　最後の審判で現世での行いが神によって裁かれ定められること。
〔3〕**アッラーの尋問**　最後の審判の時のアッラーの尋問。
〔4〕**シフゾウ**　鹿の一種。
〔5〕**黄鳥**　高麗うぐいすのこと。
〔6〕**竜脳香**　竜脳樹(ボルネオール)を原料とした香材。南アジア・東南アジアが原産地。

第72章
絶賛、国王に国を治める方法を論ずる

5467、絶賛は答えた、「おお王さま、
　　　国家の不測の事態に備えた法令が必要です。
5468、不適切な言葉や悪い言葉を口にしてはいけません、
　　　陛下、アッラーはそれを好まれません。
5469、この国は陛下が自分で求めたものではなく、
　　　アッラーが陛下に賜ったものです。
5470、アッラーは陛下を重んじ王位を賜りました、
　　　賢君よ、陛下はアッラーに感謝せねばなりません。
5471、正直な心と純粋な魂でアッラーを祈ってください、
　　　民には慈悲深い公正な統治者になってください。
5472、陛下は理性で肉欲に打ち勝ち、
　　　知識を用いて欲望の根を断ち切ってください。
5473、ある学者の言葉をお聞きください、
　　　彼は知識を用いて欲望を断ち切りました。
5474、「肉体の奴隷に堕ちるな、
　　　肉体は信仰の盗人、
5475、その手を切れ、首を落とせ、
　　　それでこそ救われる。」

5476、おお王さま、陛下はなんと弱いのです、
　　　陛下にはあらゆる善を成し遂げる権力があるのです。
5477、陛下はなにゆえそのように心乱して悲しむのでしょう、
　　　どうして人生をより苦くしておられるのか。
5478、陛下には満たされた宝庫と多数の兵馬があり、
　　　陛下を助ける智者や学者もいます。

第72章　絶賛、国王に国を治める方法を論ずる

5479、陛下の財貨を施し、陛下の臣下を喜ばせば、
　　　彼らは千倍にしてその恩に報いてくれるでしょう。

5480、ある勇猛な武将がこうのべています、
　　　『金銀を与えよ、敵に勝利できるだろう。

5481、あなたがいつも勝利者でありたいのなら、
　　　まず兵士を満足させ讃え励ましなさい。

5482、兵士が喜べば忠誠をつくし、
　　　あなたのために敵を屈服させるだろう。

5483、兵士を多く育成し、いつも彼らを喜ばせよ、
　　　あなたのためにたいせつな命を捧げる日が来よう。』

5484、陛下の軍隊で異教の敵を粉砕してください、
　　　勝利のためにアッラーの助けを求めてください。

5485、大軍を集め、聖戦を発動してください、
　　　異教徒の闘いで死んだとしても魂は生きているのです。

5486、すべての武器と軍団を異教徒に差し向ける、
　　　家を焼き仏像を破壊し、廃墟の上にモスクを建てる。

5487、彼らの子女を略奪して陛下の奴隷をふやし、
　　　財物を取り上げ、宮殿の宝庫に加える。

5488、聖法（シャリーア）を広め、イスラームに道を開く[1]、
　　　こうすれば、陛下の名声は轟き報酬はかぎりありません。

5489、しかし、他のムスリムを侵犯してはなりません、
　　　王さま、ムスリムを犯せばアッラーが敵となるでしょう。

5490、ムスリムとムスリムは互いに兄弟です、
　　　兄弟とは争わず、いつも親しくあってください。

5491、民には公正であって、安らかな生活を送らせてください、
　　　彼らは陛下のために平穏を祈るでしょう。

5492、そうすればアッラーは陛下を寵愛するでしょう、
　　　英主よ、かくして陛下は両世の主人となれるのです。」

第72章 絶賛、国王に国を治める方法を論ずる

国王、絶賛に答える

5493、国王は言った、「絶賛よ、正当な意見だ、
　　　余もそのように力をつくしたい。
5494、どこかに余の仲間として働いてくれる者がいるだろうか、
　　　いや、そなたがきっと余を助けてくれるに違いない。
5495、まず、国家を大いに治め、汚れた者たちを清くしよう、
　　　また宮廷の内と外のもの事をうまくはかどる必要がある。
5496、我われを支持する者は味方に引き入れ、
　　　我われを敵視する者は追放すべきであろう。
5497、それには仕事を組織立て、国政を正さねばならない、
　　　宮廷内外の部門の管理を強化しなければならない。
5498、優れた法によって民を導き、
　　　国中の悪行を消し去らねばならぬ。
5499、だが、どうしたら良いのだ、余に国を統べる力はない、
　　　仕事は煩雑で、余の眼は休むいとまもない。」

絶賛、国王に答える

5500、絶賛は答えた、「おおベグよ、
　　　陛下は為すべきことをのばしてはいけません。
5501、為すべきことをどうして延期されるのか、
　　　命はすぐに去っていく、もう先にのばすのはいけません。
5502、今日のことをなさなければ、明日のことがまた来ます、
　　　陛下の仕事は山積みにされ、結局なにもできません。
5503、今日すべきことを、明日まで持ち越してはいけません、
　　　明日のことがかさんで、さらに遅れるに違いありません。
5504、国家のことはすぐに処理していかねばなりません、
　　　それでこそ陛下と同様、民は明日を楽しめるのです。
5505、ご自身は悪を避けつつ、悪をもって悪に報いてください、
　　　悪人たちを陛下の国から追いやってください。

第72章　絶賛、国王に国を治める方法を論ずる

5506、人には正直であり、ご自身は清廉潔癖でおありください、
　　　悪人たちも陛下にしたがい、正しい性格に変わるでしょう。
5507、悪人や悪事を根絶していかないと、
　　　国家の事業は改善できません。
5508、悪人たちと交わらず、害を受けないように願います、
　　　良く判断して、善人たちと交際してください。
5509、正直な人物の話をお聞きください、
　　　彼は美しい心、性質、言葉をすべて持っています。
5510、**「邪悪に群れて正道を曲げるな、**
　　　正しい道も悪の影に隠れてしまおう、
5511、**審判の日、悪しきおこないの者はうなだれ、**
　　　正しき者は胸を張って堂々と立つ。」

5512、おお王さま、将兵を数多く育ててください、
　　　ベグは彼らによって国家の乱れを正します。
5513、将兵を多く集めたら、彼らに多くの報賞を与えてください、
　　　飢えた者には衣食を与え、貧しい者を豊かにしてください。
5514、将兵たちは自分の望みが得られるかぎり軍団に残りますが、
　　　その希望がなくなれば去っていきます。

5515、おお王さま、陛下の将兵の望みは何種類かに分けられます、
　　　それらを区分し、適切に対応してください。
5516、一つは名誉のために兵士となった者、
　　　彼らの誇りを損なわず、名誉を与えて心を満足させてください。
5517、一つは金銭のために兵士となった者、
　　　働きに応じた報賞を与えれば、命も惜しみません。
5518、一つは名誉も金銭も共に欲する者、
　　　彼らは駿馬も皮衣も卓越した名声も欲しがります。
5519、もし彼が優れた戦士であれば、銀を与えてください、
　　　彼は陛下のために刀をふるって城を取ってくれます。

第72章　絶賛、国王に国を治める方法を論ずる

5520、もし彼が知識と智恵そして徳があれば、
　　　名誉と富、加えて権力をお与えください。
5521、もし彼が悪い人間であれば抜擢してはなりません、
　　　権力を授ければ陛下を苦しめることになります。
5522、ずる賢い連中を豊かにしてはなりません、
　　　彼らは薬草を毒薬に変えてしまいます。

5523、ブケのヤブグ（Böke yavġusı）の話をお聞きください、
　　　『愚かな者が金持ちになると傲慢になる。
5524、悪人に富を与えてはならない、高貴な人よ、
　　　彼らが豊かになっても腐っていくだけだ。
5525、手もとの金が乏しくなり窮地に陥れば、
　　　善人すらもがらりと態度を変える。
5226、節操ある者も苦しみにおそわれれば、
　　　しばしば行動を悪に転ずる。
5527、悪人を厳しく罰し、彼らを改心させよ、
　　　善人を敬い、善行ををつづけさせよ。』

5528、陛下の身近には忠誠心にあつい人間を置き、
　　　恥を知らぬ者を遠ざけてください。
5529、誰が陛下に役立ち、誰が害になるのか、
　　　賢明なる王よ、それをしっかり見極めてください。
5530、陛下を支持する者と敵対する者を見分け、
　　　支持者は友にし、敵対者は滅ぼすべきです。
5531、陛下を喜ばせない者は遠ざけてください、
　　　彼を寵愛せず、政務を任せないことです。
5532、忠義な者と反逆者を混同してはいけません、
　　　有能な者と無能な者を取り混ぜてはなりません。

5533、一つの仕事を同時に二人に頼んではいけません、

第72章　絶賛、国王に国を治める方法を論ずる

お互いに頼りあい、仕事ははかどりません。
5534、できる人間に仕事をお任せください、
　　　経験のない者はなにもできずに悩むでしょう。
5535、仕事を思いつきで身近な人物に任せてはいけません、
　　　本当に役立つ人物を用いるべきです。
5536、国家の利益と陛下ご自身の利益を第一に求め、
　　　臣下や他人の利益を過度に考える必要はありません。
5537、不注意に臣下を喜ばせると自分を滅ぼします、
　　　国家の利益を求め、ご自身を傷つけてはなりません。
5538、陛下につくし、利益を与えた者には報賞で報いてください、
　　　忠誠心も利益もない人間は遠ざけておくべきです。
5539、国家のために利を計り、益をもたらす者はたいせつです、
　　　王さま、重要な仕事は彼らに任せてください。

5540、これらが陛下の推し進めるべき仕事です、
　　　王さま、これに従えば国はよく治まるでしょう。
5541、こうして陛下は名声を得て、
　　　その美名を人の世に末永く残していくのです。
5542、また、民は豊かになり国は繁栄し、
　　　陛下は思い通りに財を集められます。
5543、慈愛にあふれた善人の話をお聞きください、
　　　彼の思いやりと言葉は完全に一致しています。
5544、**「ベグが善であれば民も栄える、**
　　　太陽が昇れば自分たちも昇る、
5545、**民の富はベグの富、**
　　　あれかこれかはあなたが選ぶ。」

5546、街道の山賊や盗賊どもを掃き清め、
　　　旅人や隊商の心配をなくしてください。
5547、都では暴徒をきれいに取り除き、

第72章　絶賛、国王に国を治める方法を論ずる

　　　　地方では強盗たちを掃討する。
5548、犯罪者たちは厳しい刑罰で処罰し、
　　　　毒をもって毒を制することは彼らにふさわしい。
5549、悪党には牢獄、鉄の鎖で立ち向かう、鉄の心の王よ、
　　　　こうしてこそ彼らの悪を正せるのです。

5550、さらに陛下の民はいくつかの人びとに分けられます、
　　　　注意深く区分し、それぞれと良い関係を持たねばなりません。
5551、その一つが知識ある学者（ウラマー）であり、
　　　　彼らは民に幸せをもたらすでしょう。
5552、彼らを尊敬し、彼らの求むこところを行わせ、
　　　　聖法（シャリーア）を遵守し、それに従うことです。
5553、彼らの飲食や俸祿が不足してはいけません、
　　　　賢君よ、彼らを困窮させてはなりません。
5554、ウラマーたちを安心できる環境に置いて、
　　　　無知な者に教えを授けるようにさせてください。
5555、次に来るのが市場監督官（ムフテシブ*）たちです、
　　　　高貴なる王よ、彼らには強大な権力をお与えください。
5556、働かない者、淫蕩な者、ろくでしなしなどを取り締まり、
　　　　モスクは信者たちで賑わうようにしてください。
5557、さらには陛下の臣下たちです、
　　　　あつかいに失敗すれば、彼らは造反するでしょう。
5558、彼らは陛下の重荷を受けてはくれません、
　　　　しかし、陛下は彼らの荷物を担わねばなりません。

5559、最後に平民がいます、
　　　　正義と法で治めなければなりません。
5560、平民は三つの階級に分け区別して統治します、
　　　　強圧はなりません、暴政は国全体を危機に陥れます。

＊　ムフテシブ　muḥtesib。

473

第72章　絶賛、国王に国を治める方法を論ずる

5561、富豪たちがそのなかの首位を占めます、
　　　英主よ、彼らは平民のあいだでもっとも勢力を持っています。
5562、次には中流の生活を維持している人たちがいます、
　　　彼らには富豪のような仕事はできません。
5563、その下には苦しむ貧民がいます、
　　　なによりもまず彼らを保護しなければいけません。
5564、富豪たちへの賦役を中流の者に担わせてはいけません、
　　　中流の者たちは落ちぶれ、家は困窮するでしょう。
5565、中流の者たちへの賦役を貧民に担わせてはいけません、
　　　彼らは飢え、命さえ落とすかもしれません。
5566、貧しい者を守れば、彼らは中流に上がるでしょう、
　　　中流の者が養われれば、彼らは裕福になるでしょう。
5567、貧困者が中流に加わり、中流の者が裕福になる、
　　　そうなれば陛下の王国は富で満ちるようになります。
5568、国家が繁栄し民が安定した生活を送るようになると、
　　　国中の民は陛下のために幸運をお祈りするでしょう。

5569、三つの部族〔2〕を束ねるハーンが言いました、
　　　『死ぬべき身の人間よ、そなたは美名を求めなさい。
5570、魂がこの世を去ったとしても美名を残す者、
　　　彼の名は永遠に人びとの祈りのなかに存在する。
5571、たとえ死んだとしてもそのような人物は、
　　　新しい命を得て再生するだろう。
5572、この世にあろうと黄泉の国にあろうと、
　　　そなたの名声が続くかぎり、そなたの栄誉は続くのだ。
5573、死ぬべき身の人間はかならず美名を残しなさい、
　　　身は亡んでも、そなたの名前は永久に残る。』

5574、民は陛下に対して、三つの権利を持っています、
　　　権力を振りかざさず、みずからこの義務をお果たしください。

第72章　絶賛、国王に国を治める方法を論ずる

5575、一つめは、銀貨の純度を保証することです、
　　　知識多き人よ、かならず銀の含有率の基準をお守りください。
5576、二つめは、平民には公正な法を施行し、
　　　人が人に暴力をふるうことなどを許してはなりません。
5577、三つめは、国中の街道の安全を守ることです、
　　　野盗や山賊を徹底的に打ち払ってください。
5578、以上を行えば陛下は人びとにつくしたと言えます、
　　　自身の職務を果してこそ、王は民に義務を要求できるのです。
5579、陛下は臣民に三つの要求をすることができます、
　　　よくお聞きください、まちがいなく従うようにさせてください。
5580、一つめは、臣民は陛下の詔勅を尊重し、
　　　速やかにその命令にしたがい実行すること。
5581、二つめは、臣民は国庫のための租税に抗ってはいけないこと、
　　　寛大な方よ、租税は期日通りきちんと納めること。
5582、三つめは、臣民は陛下の敵に対し武器を取って戦うこと、
　　　友好国に対しては親しく親交すること。

5583、このようにして彼らと臣民は互いに義務を担い合い、
　　　両者ともに繁栄していかねばなりません。
5584、尊い人よ、ベグはこのように国を統治すべきであり、
　　　民も今のべたようにふる舞うべきです。
5585、こうして民はベグから利益を受けとり、
　　　ベグは民から安泰と評判を得ることができるのです。
5586、おお王さま、これこそがベグの幸福というものであり、
　　　陛下がこの世とあの世の両世で得るべきものです。
5587、多くの学者や賢人がいれば、
　　　彼らには平民に学識を分け与えさせてください。
5588、また市場監督官の権力を強め、
　　　町々を巡回させては、悪を取り除かせてください。
5589、商人には自身の貯蓄の保管をきちんとさせ、

第72章　絶賛、国王に国を治める方法を論ずる

　　　　職人には弟子に技術を伝授させるようにすべきです。
5590、農民には誠心誠意、農業に励むよう促し、
　　　　牧人には家畜の繁殖に力を入れるよう励ましてください。

5591、次には将兵についてのべねばなりません、
　　　　彼らは敵を打ち、狼を捉えるための臣下です。
5592、彼らには財物を与えて喜ばせ、
　　　　軍事以外のことで忙しくさせないように心を配ってください。
5593、陛下への貢献にともない名誉と報賞を与えて、
　　　　彼らの富と地位を高めていかねばなりません。
5594、敵や狼たちには武器をかざした死神となり、
　　　　陛下の仲間には良い友人となるようにすべきです。
5595、これで陛下のすべての味方は明らかになりました、
　　　　陛下の仕事が明確であれば、国はよく治まります。
5596、陛下の善政は両世の功徳として陛下に返ります、
　　　　アッラーは陛下の仕事をともに喜び給うでしょう。

5597、これこそが正義であり、正道であります、
　　　　この道をまっすぐ歩めば、陛下の志は実現できます。
5598、公平であれ、アッラーのご加護がありましょう、
　　　　民にはいつも公正であり、彼らを敵にしてはなりません。
5599、ここにある詩句が証明しています、
　　　　おお、悟りを開いた人物の言葉です。
5600、「**公正揺るぎなくて、天空はそびえ立つ、**
　　　　大地揺るぎなくて、草木は天をめざす、
5601、**揺らぐなかれ、心を平静に保て、**
　　　　公正にあって、両世正道に至る。」

5602、おお王さま、以上がわたしの知る所です、
　　　　表裏なくすべてを申し上げました。

第 72 章　絶賛、国王に国を治める方法を論ずる

5603、わたしの話が陛下の両世でお役に立てれば幸いです、
　　　陛下にはしっかりお伝えしました。
5604、現世での陛下の安楽と素晴らしい名声が、
　　　来世へとつながり、陛下の下にあることを願います。
5605、現世のすべてのものは後に残っていきます、
　　　人は死んでも、名前は昔の賢人のように永遠に残るのです。
5606、ある箴言に次のような言葉があります、
　　　この言葉は智恵自身が自ら発したものです。
5607、「生きる者はすべて死ぬ、
　　　無論、死ぬべきわたしは美名を残す、
5608、善行をつくし名声を求めよ、
　　　誉れがわたしに永遠の命を与える。」

5609、国王はこの話を聞くと大いに喜び、
　　　目は輝き、体は軽くなった。

国王、絶賛に答える

5610、国王は絶賛を大いに賞賛し言った、
　　　「そなたはみごとに説明し賢明な意見をのべた。
5611、今後、そなたの妙案にしたがい実行できるよう、
　　　余は心からアッラーのご加護を願う。
5612、アッラーは余にそなたのような補佐を賜れた、
　　　余の願いはきっとかなえられるであろう。
5613、幸ある人よ、余が願う願いと同じそなたの願い、
　　　アッラーがそなたの願いをすべて実現されんことを願う。
5614、心の友よ、これからも王室の補佐として、
　　　余にそなたの力を貸しつづけてくれ。
5615、余は真実、そなたを信じて疑わない、
　　　正しき男よ、なにごとも隠さず余に話して欲しい。
5616、そなたは太陽となって余の心身を照らし、

第72章　絶賛、国王に国を治める方法を論ずる

　　　　余に誤りがあるなら正してくれ。
5617、ある知己の話は要点をついている、
　　　　彼は心と言葉が一つの誠実な男で余の近臣である。
5618、『人を信じるときにはその者を自分の鏡とせよ、
　　　　あなたの前にいる彼は、彼の前にいるあなたである。
5619、忠誠の士は人をうつす鏡であり、
　　　　彼を自分と見なせば自身の性格を正すことができる。
5620、もしあなたと心が通じる者があれば、
　　　　彼を信じ親しく腹心とすべきだ。
5621、人は信じる者にはなにごとも話すべきだし、
　　　　信頼できる者の意見には従うべきである。』」

5622、絶賛は国王の話を聞くと、
　　　　その賞賛に感謝し心から喜んだ。
5623、国王は話を終えた、
　　　　絶賛はすぐに立ち上がり宮殿を離れた。
5624、それ以来、国王は寝食や享楽を忘れ、
　　　　国の政治を惟（おも）うことに力を入れた。
5625、国王のまわりから悪人を遠ざけ、
　　　　賢者を集めては自分の道を進めていった。
5626、王国から悪いことや汚いものはすべて取り去られた、
　　　　民は正道を歩み、人びととの不平もなくなった。
5627、王国は繁栄し、
　　　　人びとは喜びながら笑顔で幸せを楽しんだ。

5628、国王は絶賛をさらに重用し、
　　　　大きな信頼を寄せ、諸事を任せた。
5629、このように時間が過ぎていくと、
　　　　絶賛は再び不安と心配で悩みはじめた。
5630、彼は自分の過去のおこないを思い起こし、

第72章　絶賛、国王に国を治める方法を論ずる

彼の青春の歳月をむだにしたように感じるようになった。
5631、しだいに彼の心の眼に光が入り、明るくなっていった、
　　　自分の心を清めたいとの願う気持ちが強くなった。

訳注
〔1〕**聖法（シャリーア）を広め、イスラームに道を開く**　ここでは聖戦（ジハード）を意味する。
〔2〕**三つの部族**　三姓カルルクのこと。1594番脚注＊（156頁）参照。

第73章

絶賛、過ぎた歳月を後悔し悔悟する

5632、絶賛は自分に言った、「ぼんやりしながら一生を過ごした、
　　　虚しさのなか、生命の火もほとんど消えかけている。
5633、生命の活力はすでにわたしから離れていった、
　　　わたしは杖をつき、老いぼれた体は不自由になった。」
5634、彼はため息をつきながら悔いた、「おお、わたしの歳月は去った、
　　　人生は最後の日々を迎え、暗い夜が近づいている。
5635、わたしは牡牛のように神の恵みをむさぼり食っていた、
　　　わたしは牡牛のように愚かな人生を無感覚に過ごしてきた。

5636、わたしはなすべきこともなく虚しく過ごし、
　　　歳月はたわ言(ごと)のなかで消え去った。
5637、わたしはすでに青春の活力を失い、
　　　若き日の追憶のなかに自分を慰めている。
5638、わたしの人生は使い切り、死が近づいている、
　　　あらがって戻る道も、避けて通る道もない。
5639、わたしの髪は鷹の翼のように白くなり、
　　　わたしの髭は枯れ草のように薄い。
5640、32本のわたしの歯、純白の真珠の首飾りは、
　　　糸からはずれ、一つひとつなくなっていく。
5641、かつて、わたしの両目は太陽が光り輝く大地を見ていたが、
　　　今はかすんで、目の前の人さえ見えない。
5642、かつて、わたしの両耳は遠くの声も聞けたが、
　　　今は手まねで意味を教えてもらわなければならない。
5643、わたしの髪は烏(からす)の翼のように黒かったが、
　　　今は白鳥が頭に舞いおりている。

第73章　絶賛、過ぎた歳月を後悔し悔悟する

5644、歳月がわたしを捉えようとしている、
　　　わたしの罪が問われるときとなった。
5645、わたしはまもなくアッラーの前に立ち、
　　　わたしの犯した罪の許しを請うだろう。
5646、わたしはすべての無益なことを捨て、
　　　心の汚れを洗い清めたい。」

5647、絶賛は立ち上がり懺悔し、
　　　アッラーに自分の罪の許しを請おうとした。
5648、しかし、彼はまた考えた、
　　　「焦ってはいけない、焦りは大きな失敗を招く。
5649、このことについては他人の意見を求めよう、
　　　まちがいがあれば正さなければならない。
5650、相談は賢く理解するために必要なことだ、
　　　相談しなければ後悔することになろう。
5651、ある話し上手の言葉がある、
　　　『相談はあらゆる行動の予防薬だ。
5652、身近な人と相談しなさい、
　　　相談してこそあなたの考えは成功できる。
5653、相談すれば思い通りになり、
　　　相談しなければ、ただ後悔が増すだけだ。』
5654、これからわたしの兄弟の所に行って、
　　　このことについて相談しよう。
5655、彼が肯定するならわたしは前に進み、
　　　彼が否定するなら即刻あきらめよう。
5656、往々、人は自分自身をよく知ることができない、
　　　そんなときには、誰か他の人に考えてもらうとよい、
5657、相談すれば知識は広がり、
　　　知識を用いて考えれば目的はかないやすい。
5658、よく人と話し合う人物がこう言っている、

第73章　絶賛、過ぎた歳月を後悔し悔悟する

　　　　　彼はなんでも他人と相談しておこなう。
5659、「相談できない者を友とするな、
　　　　　話し合おうとしない者は遠ざけよ、
5660、なにをするにもまずは誰かと相談せよ、
　　　　　話し合わずに悔いるより相談して成し遂げよ。」」

5661、次の朝、太陽が昇ると朝の礼拝をおこなった、
　　　　　彼は沐浴が終わると、馬に乗って王宮に向かった。
5662、王宮に入った所で許可を得て国王の前に出た、
　　　　　国王は席を与え、彼に敬意を示した。

絶賛、国王に尋ねる

5663、絶賛は国王に話はじめた、
　　　　　「わたしは内密にわたしの兄弟の所に行きたいのです。
5664、陛下のお許しが出れば、すぐにでも出発し、
　　　　　急いでここに戻るつもりです。」

国王、絶賛に答える

5665、国王は言った、「完全なる知の人よ、行きなさい、
　　　　　行って余の代わりに敬意を伝えてもらいたい。
5666、覚醒がアッラーに心の奥からの祈禱をおこなうとき、
　　　　　余のための祈りも忘れないようにと伝えてくれ。
5667、彼のアッラーへの祈りによって、
　　　　　余の罪がわずかでも許されることを願う。」

5668、絶賛はしっかり頷(うなず)くと宮殿を離れ、
　　　　　喜びに溢れながら官舎にもどった。
5669、世界は金色に映えて、
　　　　　太陽はルビーの紅からサフランの黄に変わった。
5670、天空は眉をしかめ、顔を黒く染めた、

第73章　絶賛、過ぎた歳月を後悔し悔悟する

　　　　すべての人の目は縫い合わされ、天の光が見えなくなった。
5671、彼は礼拝を済まし寝台に横たわった、
　　　　しばらくすると夢のなかに入っていった。
5672、少し寝ただけで目が覚めた、
　　　　さまざまな思いがめぐり、再び眠れなくなった。
5673、いつのまにか、彼はベッドで深い眠りについたが、
　　　　突然驚いて目が覚めた、ただ独りだった。
5674、それからはもう眠ることはできなかった、
　　　　ベッドに横になっていたが、心は取り乱していた。

5675、夜空を仰ぎ見ると、木星はすでに東の空にあって、
　　　　炎のように地平から昇って来た。
5676、そのあとに、こいぬ座〔1〕とおおいぬ座〔2〕があらわれ、
　　　　続いてふたご座も顔を出す。
5677、朝鳥は目を覚まし、天空を飛びまわり、
　　　　美しい鳴き声で「詩篇」をさえずる。
5678、絶賛が頭を持ち上げ東方を見ると、
　　　　太陽が地平線から笑顔を現わした。
5679、太陽の光は上方に木の枝のように広がり、
　　　　空の顔は炎のように燃え上がる。
5680、世界は恋人たちのように笑みをたたえ、
　　　　喜びを増し憂いを減らす。

5681、絶賛は起き上がり、身を清め、礼拝をしてから、
　　　　馬に乗って山の方へ向かった。
5682、目的地に着くと、馬から降りて扉をたたいた、
　　　　彼の兄弟は祈禱を中断し扉を開いた。
5683、絶賛が彼に挨拶すると、
　　　　覚醒も親しく挨拶した。
5684、互いの手を取り合い二人は部屋に入ると、

第73章 絶賛、過ぎた歳月を後悔し悔悟する

まず覚醒は絶賛が来た訳を尋ねた。

覚醒、絶賛に問う

5685、「兄弟よ、またどうしてここに来たのか、
　　　わたしたちが会ってから、まだ1か月[3]も経っていません。
5686、わたしが見るところ、あなたはずいぶん気落ちしているようだ、
　　　美しい顔が青白くなっています。
5687、なにが起こったのか、どんな悩みがあるのか、
　　　わたしに言ってください、口を開いてください。」

絶賛、覚醒に答える

5688、絶賛は答えた、「おお兄弟よ、
　　　わたしの心は傷だらけです、歳月という矢に当たってしまった。
5689、歳月が人の心を照らし成長させるというのなら、
　　　死んだ心も再び生き返るはずです。
5690、わたしは蒙昧のうちにあり、心は眠りから覚めませんでした、
　　　しかし、歳月の忠告がわたしを再び呼び起こしました。
5691、わたしの心の目で自分の人生を見つめなおすと、
　　　正道から外れていた自分に驚きました。

5692、わたしの命は終わりに近づいたが荷はいまだ重い、
　　　今はまさに過去の罪業を悔いあらためるときです。
5693、わたしは他人を助けるために人生を過ごしましたが、
　　　アッラーへの祈りを考えず放置したままでした。
5694、俗世はわたしを迎えましたが命はだんだん去っていく、
　　　現世は残るのにわたしの命は止まろうとしています。
5695、わたしが俗世を求めたのは生活のためでした、
　　　命が終われば、この恥ずべき俗世になんの意味がありましょう。
5696、わたしの昼は消えていく、
　　　わたしは夜の到来を避けられないことを知っている。

第73章　絶賛、過ぎた歳月を後悔し悔悟する

5697、わたしの髪は枯れ草のように薄く、
　　　わたしの髭は鷹の翼のように白くなっている。

5698、わたしはもう来世の準備をした方がよいでしょう、
　　　智者よ、来世の仕事がわたしの準備を待っています。

5699、ある詩人がうたっている、
　　　正直な人よ、その通り実行すればよい。

5700、**「過ぎ去りし歳月をかぎりなく惜しむ、**
　　　いのち残る日々はいくばくかあろう、

5701、**若きときは虚しく流れ去りぬ、**
　　　こよい最後の夜こそ満ち足りんことを。」

5702、賢人たちはわたしに言っています、
　　　『来世のことは現世で準備せよ。

5703、アッラーへの祈りを怠るな、
　　　現世の礼拝こそ来世の幸いへの道である。』

5704、わたしは放牧の牛のようにただ飲み食いするだけでした。
　　　今は自分の心の飢えと渇きを癒すときです。

5705、わたしの身体は飽食で肥太りました、
　　　今は自分を痩せさせるべきときです。

5706、長い間、思うままに高い地位で安楽に過ごしましたが、
　　　今は自分の足で立つときです。

5707、わたしは多くの人を敵としていましたが、
　　　今は彼らを喜ばせ友としたい。

5708、力と言葉で人を傷つけたこともあるが、
　　　今は彼らに許しを請いたい。

5709、多くの他人をきびしく譴責(けんせき)してきたが、
　　　尊者よ、今はわたし自身を譴責する番です。

5710、恥知らずのわたしはアッラーに背いた逃亡者です、
　　　全身、深い罪の淵に陥っています。

第73章　絶賛、過ぎた歳月を後悔し悔悟する

5711、今は懺悔を頼りに自分を取り戻し、
　　　アッラーが罪を放免くださるよう乞い求めています。
5712、死がまだ来ぬうちに修行を果たす、
　　　死が身にまとわれば修行もむだとなる。
5713、深く学んだ学者の話を聞いてください、
　　　信念の人よ、彼があなたに忠告しています。
5714、『死ぬ前に悔いなさい、自我を抑えアッラーに帰しなさい、
　　　死がおまえの襟首を捉えたら悔やんでももう遅い。
5715、蒙昧から目覚めて、若きときから死を考えよ、
　　　さあ、懺悔の用意を急ぎなさい。
5716、力満ちる青春のうちに礼拝を励みなさい、
　　　老いが至れば、力は心に伴わない。
5717、命をたいせつにして、アッラーに祈りを捧げなさい、
　　　死が来てからでは遅すぎる。
5718、死が来る前に目覚めなさい、
　　　死が来たらすべてがむだになる。』
5719、わたしはこの理由であなたの前に来たのです、
　　　あなたの思慮で、なにが正しいのか教えてください。
5720、勇敢で忠実な兄弟、覚醒よ、
　　　答えて欲しい、わたしはどうすべきなのか。」

訳注
〔1〕**こいぬ座**　中国語訳文では南河星。プロキオン・こいぬ座にある一等星。
〔2〕**おおいぬ座**　中国語訳文では天狼星。シリウス・おおいぬ座にある一等星。
〔3〕**1か月も経っていません**　時間的には1か月は合わない。これ以外にも論理的に矛盾を感ずるところがあるがそのままにした。

第74章

覚醒、絶賛に進言する

5721、覚醒は答えた、「兄弟であり親友でもある人よ、
　　　アッラーがあなたの目的をかなえますように。
5722、あなたの善い目的にアッラーのご加護を、
　　　主があなたの目的を輝かせてくださることを願います。
5723、この場合、一つと言わずいくつもの知識が必要です、
　　　当然処理すべき問題は多いのです。
5724、そのなかの一つからはじめましょう、
　　　同意してくれるならそのようにします。
5725、まず、あなたは今の場所にいることが適当であり、
　　　わたしはここで一人住まいするのがふさわしいことです。
5726、現在、あなたは国家にとってたいへん有益でたいせつです、
　　　しかし国の利益を損なえば悪罵され呪われるでしょう。
5727、国王はあなたに王国を治める権力を与えました、
　　　この力を使ってあなたは多くを成しとげ名声を得ました。
5728、民は満足し国家は繁栄しています、
　　　人びとは昼夜あなたへの祝福をやめません。
5729、人に役立った人物が言ったことです、
　　　人に役立つ人物は、最高の人間です。
5730、**「役に立たない人間は、**
　　　人類という名の大樹になる苦い木の実、
5731、**役に立つ人間の甘い果実は、**
　　　人間性という香りを世界に広げていく。」
5732、人が心に善い目的を抱けば、
　　　仕事は世界のどこででもうまくいく。
5733、たとえそれがかなえられなくとも、

第74章　覚醒、絶賛に進言する

　　　　信仰への果報は実るでしょう。

5734、王国の公正と安全は万全となりました、
　　　　国王も民もあなたによって幸福を味わっています。
5735、古い仕組みは壊され、善い法制が確立されました、
　　　　悪人や悪事は絶えていくでしょう。
5736、もしあなたがすべてを捨ててここに来るとしたら、
　　　　国事は乱れ、あなたはそれを悔やむことになります。
5737、あなたの法制が廃止されれば、
　　　　国の機能は衰え政治は混乱します。
5738、悪人たちがあなたの職位を掠（かす）めとり、
　　　　民を苦しめ、人びとの安らぎを乱すでしょう。
5739、彼らは国王を誤った道に導き、
　　　　自由に悪事をふるうに違いありません。
5740、アッラーはあなたの誤りを咎めます、
　　　　善人よ、神の審判はすぐそこにあります。
5741、悪事をしてはならない、法を弱体化してはならない、
　　　　悪人たちを喜ばせてはならないのです。
5742、正直な人間の言葉を聞いてください、
　　　　彼の戒めを忘れてはいけません。
5743、**「悪人たちと親しむな、**
　　　　無法者など追い払え、
5744、**正義と良法を施行せよ、**
　　　　二つの世界を得るために。」

5745、アッラーはあなたに好意を持ち、
　　　　あらゆる善行を為しうる機会を許された。
5746、なぜこのような善行を損なおうとするのです、
　　　　明智の人よ、それはただあなた一人を苦しめるだけです。
5747、あなたは自分と王国の利益を損なって、

第 74 章　覚醒、絶賛に進言する

　　　　どのような善徳をこの場で求められると言うのですか。
5748、わたしは、ここがわたしにふさわしいと言いましたが、
　　　　その理由を話したい、俊才よ。
5749、わたしは現世の恩恵も幸運も受けたことがありません、
　　　　と言って、現世になんの希望も願いも抱いていないのです。
5750、わたしは人びととのつきあいというものを断っている、
　　　　ベグたちとの交際の方法も知らない。
5751、わたしはこの世の富というものを知らず、
　　　　世人の善悪のおこないにもうとい。
5752、このわたしの状況を自覚しながら俗世に踏み込み、
　　　　礼拝を放棄することは大きな悪事です。
5753、金銀を目にしたことのない者が突然それを見れば、
　　　　性格が変わって、人に非難されるのが落ちでしょう。

5754、契丹の隊商の首領が言った言葉があります、
　　　　彼は長く世界を旅してきた。
5755、『ずっと貧困にあった者が富を得ると、
　　　　彼の善い性格は変わりその善性は失われる。
5756、もし貧者が突然富豪になれば、
　　　　彼はまたたくまに正しい道を失うだろう。
5757、運の悪い人間がいったん幸運にまみえると、
　　　　性格は損なわれ人びとに禍をもたらす。
5758、権力を握ったことのない人間が一度国を支配すると、
　　　　言葉と刀で自分の力を誇示しよう。』

5759、あなたはもう富貴を十分に享楽してきました、
　　　　だからこそ、自分を抑え欲望を制御できます。
5760、あなたの欲望は満たされ心は平静です、
　　　　だから国王と共に正しい道を歩めるのです。
5761、このすべてはアッラーがあなたに賜ったものです、

第74章　覚醒、絶賛に進言する

アッラーはあなたに幸運を与えたのです。

第75章

正直には正直、人情には人情を

5762、ここまでのべたことは、その一つの考え方です、
　　　他の考え方もあるので話させてください。
5763、あなたは迷っているのか、忘れてしまったのか、
　　　修行はあなたにとってなんの利益があるのですか。
5764、この世の誰もが誠実な人間を讃えることは、
　　　親愛なる人よ、あなたもよく知っていることです。
5765、この世が始まって以来、法や慣習は、
　　　他人に対する人情を人間らしさの証しとしています。
5766、善行とは人が他人のためにつくすことです、
　　　実際、一つのいたわりは十倍の親切で返って来ます。
5767、さらに、父方の出身が純潔である者は、
　　　国家に利益を与えることが期待されます。
5768、反対に、母親の密通から生まれた者は、
　　　多くの人びとに災難をもたらします。
5769、さて、国王があなたに与えた利得を考えてみましょう、
　　　まずあなたは陛下から衣食を賜った。
5770、また徳行、智恵、知識のすべてをいただいた、
　　　陛下はあなたのために善徳の道を開拓したのです。
5771、陛下はあなたに高位と名声、気高さを与えてくれました、
　　　あなたが悪を懲らしめ善を推奨する門戸を開けたのです。
5772、まさかあなたはこの陛下の好意を忘れたのですか、
　　　善人よ、これらのことに償いはしないのですか。

5773、兄弟よ、わたしの話は手きびしいですが、
　　　不愉快になって怒らないで欲しい。

第75章　正直には正直、人情には人情を

5774、真実の言葉は耳に痛く心に苦(にが)いが、
　　　一度根が生えれば、甘い実を結びます。
5775、直言を耳にして怒ってはいけません、
　　　直言は荒々しいが、あなたが荒れてはなりません。
5776、聞きなさい、おお優雅な人よ、
　　　ある詩が似たようなことをうたっています。
5777、**「直言はにがい食べもの、**
　　　呑みくだすことは難しい、
5778、**にがい言葉を呑みこみなさい、**
　　　後からあなたを甘くする。」

5779、あなたは幼いときに父親を亡くし、
　　　知識も幸運も得ることができなかった。
5780、国王はあなたを引きとって育て上げ、
　　　あなたは陛下のおかげでひとかどの人物となった。
5781、あなたのために陛下は幸運の門を開き、
　　　奴隷、侍女、駿馬、土地、水源のすべてを与えた。
5782、この世の多くの品々があなたのものとなり、
　　　あなたの名声と評判は国の隅々にまで広まった。
5783、しかし、今あなたは陛下から離れようとしています、
　　　敵のように顔を背けることが、あなたにふさわしいのですか。
5784、陛下にあなたが必要な今、あなたは国事から逃げようとしています、
　　　あなたが陛下の側を離れれば、彼はとても悲しむに違いありません。
5785、国王はあなたに多くの恩情を与えたが、
　　　あなたは彼の恩義に報わないのでしょうか。
5786、わたしは国中の人があなたを賞賛する日を願っています、
　　　情ある人との美名を得て礼賛されることを願っています。
5787、最高の人間が話したことを聞いてください、
　　　『人情こそがまことの人間であることの証しである。
5788、人たる者よ、人情をたいせつにせよ、

　　　　　真に人間となるにふさわしい人としての情誼を持て。
5789、まことの人間になって、人情には人情をもって報いよ、
　　　　　"人"という名に背いてはならぬ。』

5790、国王はあなたにたくさんの恩情を与えました、
　　　　　あなたも陛下に報いなければいけません。
5791、恩を恩で報いることこそ善い人間です、
　　　　　彼こそ世のなかの模範と言うべき人物です。
5792、元来、あなたは無知で粗野な少年にすぎなかった、
　　　　　国王があなたを助け、幸福を与えたのです。
5793、だから、今のあなたは陛下に心身を捧げ、
　　　　　昼夜を問わず、彼の仕事のために尽力すべきです。
5794、これこそ国王の恩恵に報いる最高のおこないです、
　　　　　アッラーもあなたにご加護を賜るでしょう。
5795、人情を重んずる思いやりある人の言葉があります、
　　　　　友よ、心静かに聞きなさい。
5796、**「他人のパンを食べたら彼のために働け、**
　　　　　誠意をつくし背いてはならぬ、
5797、**その親切を深く胸に刻み、**
　　　　　パンをくれた恩に頭をささげよ。」

5798、あなたは自分のさまざまな願いをかなえ、良道を歩いてきた、
　　　　　今は善行をなして陛下の役に立つべきです。
5799、あなたは絹や毛皮の美しい衣類を身につけ、
　　　　　多くの人の目を羨ませてきた。
5800、今は、あなたが国王の名声を遠くまで広め、
　　　　　敵を滅ぼし、異国を服従させるときです。
5801、あなたは高い地位や報賞を自分のものとし、
　　　　　肩や背中は牛のように大きくなった。
5802、今は、全力で陛下のための仕事につくすべきであり、

第75章　正直には正直、人情には人情を

　　　　　彼の長寿を祝福すべきときです。
5803、あなたは財を集め、立派な富豪となった、
　　　　　テュルクの血統馬に乗り、アラビア馬も携えている。
5804、今は、この富を国王のために捧げ、
　　　　　彼の願いを成就し、陛下の顔に笑みを与えるときです。
5805、今日は玉座にいます国王を安らかに過ごさせ、
　　　　　明日には遠方の敵にも頭を下げ跪かせるようにする。
5806、彼はあなたに権力を持たせ、言葉には権威を与えた、
　　　　　敵も味方もあなたを注目するようになった。
5807、兄弟よ、あなたは今のままを保ちなさい、
　　　　　わたしはあなたの長寿と永遠の幸福を祈ります。
5808、高貴な人びとはこのようにして善行を積み、
　　　　　世界に永遠の美しい誉れを残すのです。
5809、あるアラビアの詩がすばらしいことをのべています、
　　　　　詩は人間を知るための道を開きます。
5810、**「人の行為はおこなう者の身を明かし、**
　　　　　おこないによって品格はきまる、
5811、**人格善き者はおこない正しく、**
　　　　　人格卑しき者はおこないも悪い。」

5812、導き手よ、国王が道からそれようとするなら、
　　　　　あなたは知識で正道に引き戻さなければなりません。
5813、国王はすべての善行の基礎である、
　　　　　陛下への忠義を捨て、善行に背いてはなりません。
5814、あなたはわたしを信頼しここまで相談に来た、
　　　　　わたしもわたしのできるかぎりの答をあなたにのべました。
5815、わたしの意見をよく考え、あなたの思いと比べてください、
　　　　　あなたの行く道は明らかになるでしょう。」

絶賛、覚醒に答える

5816、絶賛は大いに喜んで言った、「おお兄弟よ、
　　　とてもすばらしい忠告でした。
5817、今日のあなたの話は素晴らしく、
　　　わたしの心のわだかまりはすっかり解決しました。
5818、あなたの言葉はわたしには覆い隠されたものでしたが、
　　　あなたはそれを切り開いて中の秘密を教えてくれました。
5819、わたしは自分の考えを捨てることにしました、
　　　アッラーがわたしを支え、助けてくださいますように。
5820、わが主よ、わたしを助けたまえ、わたしの心が純粋になるように、
　　　わたしの性格、行動が正道にかないますように。
5821、あなたも祈禱でわたしを助けてください、
　　　わたしが神にあなたを讃えたことも忘れないで欲しい。」

5822、絶賛は言い終わると席から立ち上がった、
　　　覚醒の平安を祈って、馬に乗り都に帰った。
5823、彼は家に着くと馬から降り部屋に入り、
　　　食事をとってから少し休んだ。
5824、世界は黒髪を垂らし、輝く顔を隠しはじめた、
　　　青い空は寡婦の黒服を羽おり、腰を帯でしばった。
5825、落日は束ねたおさげ髪をふり乱し、
　　　夕暮の空のもと、大地は黒貂の皮を敷いたようになった。
5826、彼はベッドの準備をさせて横になった、
　　　しばらくすると穏やかな眠りに入った。
5827、彼が目を覚まし、まわりを見渡すと、
　　　天空は乙女のほほ笑みのように輝いていた。
5828、朝日が首をもたげ再び笑顔を現わすと、
　　　世界中が白鷹の翼を敷きつめた。
5829、絶賛は急いで起きて体を洗うと、

朝の礼拝をすまし朝食を摂った。
5830、彼は馬に乗って宮殿に向かい、
　　　馬から降りて国王の前に進んだ。

国王、絶賛に問う

5831、国王は絶賛に覚醒のことを尋ねた、
　　　「あの悟った賢者は元気に過ごしているか。
5832、彼はなにを言ったか、祈るときには余を思い出しているか、
　　　アッラーに祈れば災難を免れる。
5833、人は祈禱によって善い結果を得ることができ、
　　　祈禱を頼って天国に行くことができる。
5834、この世に祈りという祝福がなければ、
　　　大地はすでに沈み、地獄と化していただろう。」

絶賛、国王に答える

5835、絶賛は答えた、「陛下の話は理にかなっています、
　　　完全に智恵と知識の法則に従っております。
5836、今、わたしの兄弟は小さな一室にひとり住みながら、
　　　いつもわたしたちのためにアッラーに祈っています。
5837、世のなかにわたしたちほど無頓着な者はいるでしょうか、
　　　わたしたちは罪を犯したが、覚醒はわたしたちに代わり祈っています。
5838、彼は陛下にかぎりない忠誠心を持ち、
　　　今も休むことなく陛下のために祈っております。
5839、この世に彼より誠実な人間はいるでしょうか、
　　　彼は自分のことを横に置いてわたしたちの心配をしています。
5840、おお王さま、わたしたちより蒙昧な者がいるでしょうか、
　　　わたしたちは意味ないことに時間を費やし、祈ることを忘れています。
5841、わたしたちはたくさんの享楽で身体を肥やし、
　　　安楽にもたれてだらしなく座っています。
5842、しかし体はいつか死に、蛇や虫の餌食となります、

第75章　正直には正直、人情には人情を

　　　　　命がつきるときに悔やんでももう遅いのです。
5843、智者の言葉にこのようなものがあります、お聞きください、
　　　　　子羊も、よく聞いてこれを実行しなさい。
5844、「楽しみなさい、あなたはお客、
　　　　　体を太らせなさい、蛆虫のよき馳走、
5845、生命は夢、跡もなく流れ去る、
　　　　　去っていく日々こそその証し、目覚めよ。」」

国王、絶賛に答える

5846、国王は答えた、「おお賢き人よ、
　　　　　人はいかに世を渡り、自分を守るべきなのか。
5847、世のなかにそなたほど余に忠実な者はいない、
　　　　　余はすべての信頼をそなたに預けている。
5848、余は深い宮殿にあってすべてが不明瞭である、
　　　　　国の仕事は外界にあり、分らぬことばかりだ。
5849、おお完全なる賢者よ、そなたは余の目であり耳である、
　　　　　まちがいがあればやめさせ正して欲しい。
5850、もし余の助けが必要なら言うがよい、
　　　　　余が良い策を与えよう。
5851、余は宮廷や軍団内部の問題で煩わされたくない、
　　　　　余の時間を邪魔せず解決してくれ。
5852、暴虐な人間のおこないから民を守って欲しい、
　　　　　愚か者や悪人は殺し、智者には安らぎを与えよ。
5853、余の民が豊かになり国家が繁栄すること、
　　　　　このことを余はアッラーに感謝したい。」

絶賛、国王に答える

5854、絶賛は答えた、「もっとも偉大なるベグよ、
　　　　　アッラーが陛下のいやさかを賜りますように。
5855、これこそがわたしの願い求める所です、

第75章　正直には正直、人情には人情を

　　　　　　アッラーがまっすぐな善徳の道をひらくことを祈ります。
5856、国王には幸福と平安を享受され、
　　　　　　すべての労苦と心痛はわたくしめに賜れますよう願います。
5857、偉大なる王（ilçi）よ、わたしは国王のために心身を捧げました、
　　　　　　陛下は平安と安逸のなかで過ごされますように。

5858、今、わたしは陛下に一つだけお願いがあります、
　　　　　　わたしの気持ちを汲み、どうぞよくお考えください。
5859、陛下はベグに誰かが近づくと彼の能力にかかわらず、
　　　　　　他人から中傷を浴びることをご存知と思います。
5860、陛下がわたしをどれほどご愛顧くださろうとも、
　　　　　　中傷者の告げ口を聞けば眉をしかめられるでしょう。
5861、アルプ・エル・トゥンガ〔1〕が言ったことです、
　　　　　　彼の忠告は深い洞察力から出てきました。
5862、『人間の心は肉である、強者よ、
　　　　　　しっかり保存しなければ腐って臭くなる。
5863、告げ口する者をどれだけ信じなくても、
　　　　　　一度讒言（ざんげん）が耳に入ればおちついてはいられない。
5864、どれだけ知的で用心深いベグであっても、
　　　　　　讒言（ざんげん）する者が近づくと王国を滅ぼすだろう。』

5865、なるほど『心はベグ・体はとらわれの奴隷』です、
　　　　　　告げ口を聞けば王たちは体を熱くしたり冷やしたりします。
5866、人の体は互いに相性の悪い四つの要素から成り立っています、
　　　　　　あるものは人を喜ばせ、あるものは人を嘆かせます。
5867、一つは焦燥、一つは沈静、
　　　　　　一つは喜び、一つは涙です。
5868、ある者が焦っているとき、他の者は静かに願っています、
　　　　　　ある者が喜んでいるとき、ある者は悲しんでいます。
5869、栄光の王よ、わたしは恐れているのです、

第75章　正直には正直、人情には人情を

告げ口を好む犬どもが、わたしへの讒言(ざんげん)を陛下にすることを。
5870、そうなれば王さまの失望と疑いは大きくなり、
　　　陛下はわたしに背を向け、わたしの努力はむだになるでしょう。

5871、わたしは陛下に心からお願いします、
　　　誰かわたしを讒言(ざんげん)する者があれば、わたし本人にお尋ねください。
5872、陛下はその経緯を調査しわたしにも釈明させ、
　　　真実を明らかにしてください。
5873、もし陛下の前に讒言(ざんげん)者が現れたなら言い分を尋ね、
　　　よく調査し、その真偽をお確かめください。
5874、昔の人の言葉があります、
　　　『人の話は聞くだけにとどめ、心に残す必要はない。』
5875、もう一つ、さらに良いことを言っています、
　　　高貴な人よ、この考えをご利用ください。
5876、『どんな話でも聞きなさい、そして役立つ話を選びなさい、
　　　無益な話はどこか遠くに捨てなさい。
5877、話には根拠を求めなさい、真か偽かを見極めなさい、
　　　正しいことは取り上げ、嘘ならそれを罰しなさい。
5878、この世は嘘つきたちが壊している、
　　　まっすぐな正直者をおいてこそ、あなたの力は強くなる。』

国王、絶賛に答える

5879、国王は答えた、「そなたの願いはもっともだ、
　　　そなたの求めを余は認めよう。
5880、万能なるアッラーはそなたに人間性を与えた、
　　　そなたは正直な心と品行、それに美名を備えている。
5881、そなたからは悪いおこないや性格はまったく出てこない、
　　　そなたの母の乳には善行の素(もと)しか入っていないのか。
5882、智者よ、誰かそなたを中傷する者があれば、
　　　余は彼を余の敵と見なすであろう。

第75章　正直には正直、人情には人情を

5883、そなたが言った言葉より彼らが言う言葉を、
　　　余が信じることなどあるだろうか。
5884、もし善と悪、正と邪も区別できなければ、
　　　どうして一国の偉大な支配者となれるだろう。
5885、もし理性で誤解を解くことができなければ、
　　　どうして国王として臣下を統率できるだろう。
5886、一度試した実績ある者をさらに試そうとする、
　　　このような愚かな者がどうして王国を維持できよう。
5887、真実と虚偽の見分けもできない者が法を支配したとして、
　　　どうして自分の願いを達せられよう。

5888、そなたはアッラーから余に賜った真の贈りものである、
　　　そなたのおかげでこみいった問題をすべて解決できた。
5889、そなたは類ない忠誠心で任務を成し遂げ、
　　　余の期待以上の働きをしてくれた。
5890、余はそなたにふさわしい報賞を与える、
　　　そなたの余生にも十分なものと思う。
5891、清廉潔白で名高い人物の話を聞きなさい、
　　　彼は正直であるために名声を得た。
5892、『まことの人は他人のためにつくす、
　　　それを人道と言い人情と呼ぶ。
5893、受けた情けと同じだけのものをその人に返せ、
　　　お返しという行為のゆえにそういう人を人（kişi）と呼ぶ。』」

絶賛、国王に答える

5894、絶賛は答えた「おお王さま、
　　　陛下が平安に過ごし、知識でもって民を導くよう祈ります。
5895、アッラーが両世ともに陛下に福を賜り、
　　　現世でも来世でも満足を得られるよう願います。
5896、天が陛下の願いにほほ笑み、それをかなえるよう願います、

歳月が陛下の願いがかなうよう支えることを願います。
5897、陛下が長寿でよき幸運に恵まれますように、
おお正直な心よ、謙虚で誠実であられますように。
5898、わたしは陛下からかぎりない利益を得ました、
衣食と高い地位、富を賜りました。
5899、ごらんください、わたしは忠誠の帯をしっかり腰に結びました、
アッラーが陛下に祝福されんことを、おお知性の極みよ。」

5900、絶賛はつづけて言った、「栄光の王よ、
アッラーは陛下の御名(おんな)を世界に広めました。
5901、アッラーは幸運を陛下に授けました、
高潔な心を保ち、名声をお求めください。
5902、陛下がもしベグとして世界に名をとどめたいのであれば、
次の四つのことが必要とされます。
5903、一つめはいつも率直に話し言葉に信用があること、
二つめは王国に栄光をもたらす法を制定すること。
5904、三つめは寛容な政治をおこない、
民を慈しむこと。
5905、四つめは勇猛果敢な強い国をつくり、
敵を跪(ひざまず)かせ命令に従わせることです。
5906、この四つの戒めを疎かにするベグは、
どの国であろうとかならずゆきづまるでしょう。
5907、この四つは王国の支柱であり土台です、
これは賢明なベグがかならず歩むべき道です。
5908、教えに背かず陛下もこの道をお進みください、
これは多くの優れたベグたちが残した足跡です。
5909、この道から離れたり背いたりしたベグは、
王権を失い、国は滅んでいきます。

5910、三種類の人びとをたいせつにしなければなりません、

第75章　正直には正直、人情には人情を

おお王さま、注意してお聞きください。

5911、一つめは戦士、強く勇ましい、
　　　彼らは剣で多くの利益を国家にもたらします。
5912、二つめは学者と官僚たち、知識に富む、
　　　国の運営の方法に通じ、陛下の政に役立ちます。
5913、三つめは書記官、聡明で事務能力に長ける、
　　　収入支出に詳しく、国庫を満たすことができます。
5914、彼らは他の人と区別して待遇します、
　　　その貢献に従って報酬や地位を与えねばなりません。
5915、このようにして、陛下の事業は繁栄に導かれ、
　　　国家は豊かになり、領土は広がっていきます。
5916、陛下の名声と評判は高まり、
　　　国中の民が陛下を仰ぎ見ます。

5917、ある有名な賢人が良いことをのべています、
　　　『人は死んでも美名は消えない。
5918、人が死んでこの世を離れても名前は残る、
　　　美名とはなんとすばらしいことか。
5919、美名を抱けば暗い黄土の下に横になり、
　　　腐土となっても永遠に死なない。
5920、長寿を願わず美名を求めよ、
　　　名声を得ればほほ笑みながら生きつづける。』

5921、人生とはなにか、善徳とはなにであるか、
　　　賢者よ、わたしに明らかにしてください。
5922、善徳とは誠実であり正直であることを意味します、
　　　考えてみれば人生の意味も同じことです。
5923、おこないが正しい者は永遠に生きられ、
　　　おこないが悪い者は生きながら死んでいるのです。

第75章　正直には正直、人情には人情を

5924、人の世は慌（あわ）ただしく去りますが善行は永遠に残ります、
　　　　善行は消えることのない足跡を残すでしょう。
5925、この気まぐれな現世が陛下に背いても、
　　　　子羊よ、善徳だけは陛下に有益です。
5926、おお王さま、現世に左右されてはなりません、
　　　　彼女は移り気なのです。
5927、現世では人生は危険なゲームそのものです、
　　　　陛下が足を求めると、彼女は自分の頭を差し出す。
5928、おお高貴な方よ、彼女のゲームにかかわってはいけません、
　　　　もし彼女を捨てれば、陛下の首は絞められましょう。
5929、ある書物に詩人が書いています、
　　　　賢い人よ、忘れてはいけません。
5930、**「現世のことはすべてがゲーム、**
　　　　人生を賭けてなにを得るのか、
5931、**アッラーのご意思を選ぶのか、**
　　　　おまえの首を絞めるのか。」

5932、おお王さま、わたしの知る所はすべてお伝えしました、
　　　　内のことも外のことも。
5933、陛下のご意志ならば、わたしは助言をつづけます、
　　　　わたしの言葉を信じないなら、陛下ご自身で結果をごらんください。」

国王、絶賛に答える

5934、国王は言った、「余はすでに心を正した、
　　　　アッラーに余の事業の成功を願う。
5935、アッラーにご意志があれば、余をお助けくださるだろう、
　　　　もし不十分な所があれば、そなたが指し示して欲しい。
5936、外界の事柄をよく観察して欲しい、
　　　　そなたの耳と目をそばたて用心深く見て欲しい。
5937、余に頼らず、力をつくしておこないなさい、

第75章　正直には正直、人情には人情を

しかし、そなた一人でできないときは余が助けよう。」

5938、国王は言い終わると沈黙した、
　　　絶賛はゆっくり立ち上がり、悠然と外に向かった。
5939、彼は馬に乗り家に帰った、
　　　馬を下りて部屋に戻ると帯を緩めた。
5940、夜になると彼は眠り、朝また馬に乗って、
　　　王宮に赴き、馬を下りて宮中に入る。
5941、それ以来、絶賛は懸命に働いた、
　　　宮中で苦労しながら政務を実行していった。
5942、民は安らかで、世のなかは繁栄していった、
　　　国王は満足し喜びはかぎりない。
5943、国中が絶賛を祝福し、
　　　絶賛の美名は永遠に記憶された。

5944、優れた法律はなんとすばらしいものか、
　　　良法は国をそびえ立たせる基礎である。
5945、ベグがこのように人びとを治めれば、
　　　国中の民は幸せを得るだろう。
5946、人びとが従順で、おこないが正しければ、
　　　ベグの日々も輝きつづけるだろう。
5947、ベグの統治する権威はアッラーが与えたもの、
　　　民が善良であるかぎり、ベグも穏やかとなる。
5948、民が悪をおこなえば、ベグも悪人と化すだろう、
　　　悪に対しては悪のみが抑えられるのだ。
5949、民が真っすぐになれば、ベグも真っすぐとなる、
　　　ベグは温和となり、国を正しく治めるだろう。

5950、こうして多くの歳月が流れていった、
　　　王国は繁栄し、人びとは豊かになった。

5951、すべての困難な問題は解決された、

　　　塵や芥は消え失せ、汚泥も清められた。

5952、国王はアッラーにかぎりなく感謝し、

　　　幾万回も讃えた。

訳注

〔1〕**アルプ・エル・トゥンガ**　ペルシアの叙事詩、『シャー・ナーメ（王書）』に出てくるトゥーラーン（テュルク）の王。そこではアフラーシアーブと呼ばれている。ペルシアにとっては悪魔的な破壊者だが、テュルクにおいては賢王に変わり、ひろく民族の英雄として伝えられる。

第76章

覚醒、病にかかり、絶賛を呼ぶ

5953、ときが流れたある日の夜、
　　　すでに隠退した絶賛は横になり眠ろうとしていた。
5954、大門の前から人の呼び声が聞こえた、
　　　ただちに召使いに見てくるように言った。

　　　　召使い、絶賛に答える

5955、召使いは報告した、「人が待っております、
　　　彼は用があると言って、お目どおりを願っています。」

　　　　絶賛、召使いに尋ねる

5956、絶賛は言った、「もう一度聞きなさい、
　　　彼は誰か、どこから来たのか、なんの用なのか。」

　　　　召使い、使者に尋ねる

5957、召使いは再び出て行って使者に会い、
　　　どこから来たか、用件と身分はなにかかを尋ねた。

　　　　使者、召使いに答える

5958、使者は答えた、「わたしは覚醒さまから送られました、
　　　報告すべき話があり、ご主人にお会いしたいのです。」

　　　　召使い、絶賛に答える

5959、召使いは戻り、使者はご主人の兄弟が遣わした者だと、
　　　来客の言ったとおりを伝えた。

第76章　覚醒、病にかかり、絶賛を呼ぶ

絶賛、覚醒の使者に尋ねる

5960、絶賛はすぐに立ち上がり、使者を部屋に招いた、
　　　使者は扉のなかに入ると丁寧に挨拶した。
5961、絶賛が尋ねた、「あなたはどこから来たのか、
　　　どうして欲しいのか、お話しください。」

使者、絶賛に答える

5962、使者は言った、「わたしは覚醒さまの所から遣わされました、
　　　師はあなたにお会いしたいと申しております。
5963、師の気持ちは重く沈み、病に伏せています、
　　　親族のなかでもっとも近いあなたに来て欲しいと願っています。」

絶賛、使者に答える

5964、絶賛は答えた、「ここに来なさい、少し休みなさい、
　　　少し食べてから、いっしょに行きましょう。」

使者、絶賛に答える

5965、使者は断って言った、「ご兄弟のようすはとても悪いのです、
　　　ああ学士よ、お亡くなりになるのは近いようです。
5966、わたしはあなたより一足先に帰ります、
　　　賢者よ、わたしの後にすぐ来てください。」

5967、使者は急いで門から覚醒の家をめざした、
　　　絶賛はもみ手をしながら呆然としていた。
5968、彼は立ち上がって、心配しながら部屋の奥に入った、
　　　喜びは消え去り、気持ちが重くなった。
5969、ベッドに横になったが眠れない、
　　　彼には夜が一年のように長く感じられた。
5970、眠ろうとして両目を閉じたが、

第76章　覚醒、病にかかり、絶賛を呼ぶ

　　　　　眠気は彼の目から遠くへ飛んで行った。
5971、絶賛は再び起きて、しばらく座った、
　　　　　金色の夜明けが東の方から始まった。
5972、お花畑のなかでナイチンゲールがさえずる、
　　　　　繊細な彼の心は、それを聞いて揺れ動いた。
5973、絶賛は馬に乗って、兄弟のところに向かった、
　　　　　覚醒の部屋に入ると、彼の顔と手に軽く口づけした。
5974、彼の兄弟はまっすぐに横たわっていた、
　　　　　使い古された外套をかぶり、その袖を枕にしていた。

絶賛、覚醒に尋ねる

5975、絶賛は尋ねた、「どうしたのだ、わが兄弟よ、
　　　　　このようなあなたを見てわたしの心は痛い。」

覚醒、絶賛に答える

5976、覚醒は答えた、「兄弟よ、わたしの帰る道がわたしの前にある、
　　　　　死はすでにわたしを捕まえた、わたしは去っていく。
5977、わたしはあなたにもう一度会いたくて、
　　　　　迷惑を承知で、ここに来てもらったのです。」

絶賛、覚醒に答える

5978、絶賛は答えた、「おお、わが魂よ、
　　　　　人間は生きているかぎり、病から免れることはできません。
5979、悪いことを考えて、でたらめを言ってはいけません、
　　　　　人間の罪をまかなうものが病気と痛みです。
5980、ある賢人の話を聞いてください、
　　　　　知識は人の心の汚れを清めることができる。
5981、「病は罪を償うもの、
　　　　　罪なき人はどこにいる、
5982、病の高熱は熔鉄炉の炎、

第76章　覚醒、病にかかり、絶賛を呼ぶ

　　　魂は純化され救いは勝利する。」

5983、すべての人は多かれ少なかれ罪を抱えています、
　　　この世に罪なき人はほとんどいません。
5984、あなたの病は治り、体は健康に戻るでしょう、
　　　あなたの罪は清められ、報いを得られるでしょう。
5985、なぜそんな不吉な言葉を使うのですか、
　　　どうして死ぬことが分かるのですか。」

覚醒、絶賛に答える

5986、覚醒は答えた、「わたしがこう言うには理由がある、
　　　アッラーは夢のなかでわたしに死を見せてくれました。
5987、夢で見たことはとても鮮明でした、
　　　勇者よ、わたしの死はまちがいない。
5988、アッラーが人に幸運か悪運かを示すのは、
　　　深く眠った夢のなかでおこなうのです。」

絶賛、覚醒に答える

5989、絶賛は答えた、「おお正直な人よ、
　　　あなたの話は正しくありません。
5990、人が病になるだけで死ぬのなら、
　　　この世に生きている者はいなくなります。
5991、生きているかぎり人間は病気にかかる、
　　　だが、すべての病気が死を招くわけではありません。
5992、人が眠っている間に見る夢のことは、
　　　夢判断師のみに解くことができるのです。」

第77章

絶賛、覚醒に夢判断を論ずる

5993、「まずは夢判断の学問に精通しなければなりません、
　　　そして注意深く考えてこそ、夢を判断できます。
5994、夢判断の説はさまざまです、
　　　冷静な人よ、そのすべてを知らなければなりません。
5995、夢判断に無知な者に自分の夢を語ってはいけません、
　　　見たらすぐに夢を知る人に解いてもらうべきです。
5996、夜の夢を判断することは夢判断の一種です、
　　　しかし白昼に見る夢はまったく別のことです。

5997、夢判断の学問にはあらかじめの条件が必要です、
　　　まず智恵によって判断しなければなりません。
5998、心欲するままに夢の世界を話してはいけません、
　　　誰にでも夢を語るのは更にないことです。
5999、すべての夢を同じ方法で判断してはなりません、
　　　智者よ、夢の判断の方法はいくつもあります。
6000、夢判断は自己流であってはいけません、
　　　憶測やうぬぼれで、都合よく判断してはなりません。
6001、人は夢を見ると夢の解析をしてもらうことを求めます、
　　　しかし夢判断を知らぬ者が夢を解析しても無益です。
6002、海のような知識ある人が語ったことを聞いてください、
　　　あなたの気持ちを揺さぶるでしょう。
6003、「夢判断の原理とさだめを知りなさい、
　　　愚か者に自分の夢を託するな、
6004、解かれる結果は明日の現実、
　　　智恵によって正しい判断を与えなさい。」

第77章　絶賛、覚醒に夢判断を論ずる

6005、さまざまな夢があるが、飲食に関するものが多く、
　　　飲食が不適切であれば、悪夢は続きます。
6006、もう一種類の夢は季節と関係しています、
　　　人間の体質もそれとの関係が深い。
6007、春に若者が見る夢は、
　　　大地は褐色でものはみな赤い。
6008、それはもちろん彼の血気が多いしるしです、
　　　彼には血を出すべきだ*と伝える必要があります。
6009、黄色やオレンジ色に染まったサフランや黍(きび)の粉を、
　　　夏に若者が夢のなかで見ることがある。
6010、智者よ、これは胆汁の持つ熱が旺盛すぎるからです、
　　　下剤としてタレンジウィ**を飲まねばいけなりません。
6011、黒い山か深い穴の夢を、
　　　秋に壮年の男が見る場合がある。
6012、兄弟よ、それは欲望が強すぎることを示しています、
　　　薬を飲んで頭を冷静にさせるべきです。
6013、流れる水と白い雪か硬い氷を、
　　　冬に老人が夢に見ることがある。
6014、これは彼の痰が多い証しであり、
　　　治すには熱い食事や飲みものがよい。

6015、分かりにくい夢に雑然とした夢がある、
　　　それを判断することは困難です。
6016、夜、多くを考えながら夢のなかに入る、
　　　そんなときの夢もはっきり説明することは難しい。
6017、また化けものを崇める夢を見るようなことがあれば、
　　　心身の汚れを聖水で清めねばなりません。

---

　*　当時の医療法の一つ。
　**　ラクダ草（豆科の灌木）から抽出液を結晶化させたもの、薬になる。

第77章　絶賛、覚醒に夢判断を論ずる

6018、もし誰かが自分の職業の夢を見たとしたら、
　　　　壮士よ、これも判断がむずかしい。

6019、これらすべてを理解し区別できるようになって、
　　　　はじめて夢を解くことができます。
6020、夢判断の大家の話を聞いてください、
　　　　夢を見たら人に夢判断を受けるべきです。
6021、**「夢の結果は現実となる、**
　　　　無知な者には判断させるな、
6022、**夢のなかの喜びは悲しみ、**
　　　　悲しみの夢は大いなる喜び。」
6023、夢判断の判定は一つではありません、
　　　　よく考えてください、清らかな人よ。
6024、平民の夢はその一つ、ベグの夢は全くの別のもの、
　　　　それを考えて判断すべきです。
6025、もし夢のなかで踊ったり楽しんでいたりしたら、
　　　　現実では苦しみや悲しみと出会うでしょう。
6026、もし夢のなかで泣いたり悲しんだりしていたら、
　　　　現実では楽しんだり喜んだりするでしょう。
6027、またこのような夢もあります、
　　　　ある者には益があっても、あなたには全く益のない夢です。

6028、つまり、夢の解き方は人によって異なり、
　　　　夢判断師はそれを感受する智恵を必要とします。
6029、見てください、同じ夢であっても、
　　　　ある者は健康であり、ある者は病に冒される。
6030、兄弟よ、このすべてをよく知らなければなりません、
　　　　親友よ、これを知って夢判断は可能となるのです。
6031、それでは、あなたがどんな夢を見たのか教えてください、
　　　　わたしが慎重に分析し、それを解いてあげましょう。」

第 78 章

覚醒、絶賛に夢について話す

6032、覚醒は言った、「お話ししましょう、
　　　しっかりと聞いてください。
6033、わたしは夢で五十段の階段を見ました、
　　　高く険しく、わたしの目の前に聳え立っていました。
6034、わたしは一段一段上がり、
　　　階段を数えながらてっぺんまで上りました。
6035、階段の上には屠殺夫がおり、わたしに一碗の水をくれました、
　　　わたしはそれを一気に飲み干し満足しました。
6036、それから、わたしは天空に飛んで行き、
　　　空のかなたに消えていきました。」

第79章

絶賛、覚醒に夢を解く

6037、絶賛は答えた、「これは良い夢です、
　　　　本当に良い夢、縁起が良いこと極まりありません。

6038、善人よ、この夢はよく解くべきなのに、
　　　　どうしてあなたは悪い夢と解釈したのですか。

6039、あらゆる夢で、登ることは高貴を象徴しています、
　　　　人は登れば登るほど、一歩一歩高くなるのです。

6040、夢のなかで高く上っていくということは、
　　　　良い地位と幸運が得られるという意味です。

6041、まさに階段を上るようにあなたの幸福が増え、
　　　　名声が広がるということでしょう。

6042、ある格言がこれを証明しています、
　　　　昔、夢判断師がこれに基づき夢を解きました。

6043、**「夢のなかの階段は高貴の証し、**
　　　　一段上れば一つ権威が高まる、

6044、**あなたの階段を上る数に従って、**
　　　　名誉と富と幸運が入って来る。」

6045、一碗の水を飲み干したことは、
　　　　あなたの命が長くなることを啓示しています。

6046、最後に、あなたが空を飛ぶということは、
　　　　アッラーがあなたの願いをかなえるということです。」

第80章

覚醒、夢に別の解釈をする

6047、覚醒は答えた、「わが友よ、
　　　　あなたの解き方は正しくありません。
6048、もし夢を見たのがあなたであるなら、
　　　　あなたの解釈は適切でしょう。
6049、あなたの努力はすべてこの世のためであり、
　　　　現世の人が現世の幸せを求めるのはあたりまえだからです。
6050、しかしわたしはこの世を捨てて隠棲し、
　　　　辛酸をなめながら、ここで独り暮らしてきました。
6051、あなたの夢の解き方は正しくない、
　　　　わたしが説明しましょう、よく聞いてください。
6052、夢のなかで高い階段を見たのは、おお兄弟よ、
　　　　わたしがまだ生きていることを説明しています。
6053、わたしが階段のてっぺんまで上ったことは、
　　　　わたしの人生の終わりを告げることを意味しています。
6054、わたしは階段の上まで上り、
　　　　屠殺夫に水をもらって、一気に飲みきりました。
6055、屠殺夫は次のようなことを表します、
　　　　"親ある子の両親を失わせる"という意味です。
6056、屠殺夫はいっしょに生活する者をばらばらにし、
　　　　生きものの命をこれ以上のばしません。

6057、わたしが椀の水を残らず飲んだのを、
　　　　あなたは"長生きすること"と解いてくれました。
6058、もしわたしが水の半分を飲んで半分を残したら、
　　　　あなたの言う通り水はわたしが生きる象徴です。

第80章　覚醒、夢に別の解釈をする

6059、もし椀の水の半分を飲み、半分を残したのなら、
　　　わたしの命も半分残っているということです。
6060、しかしわたしが一滴も残さず飲んだということは、
　　　わたしの命の最後を表しています。
6061、優れた哲人の話を聞いてください、
　　　哲人はこれについて基本的な考え方を示します。
6062、**「夢のなかでコップの水の半分を飲んだら、**
　　　人生の半分が過ぎたことを示している、
6063、**夢のなかでコップの水を飲み干したら、**
　　　命は終わり墓穴が掘られたことを示している。」

6064、わたしは空の遙か彼方に飛んでいき、
　　　青い空のなかで影も姿も消えてしまいました。
6065、それは、わたしの魂が肉体から離れ、
　　　戻れないあの世に飛び去ったことを説明しています。
6066、アッラーは夢でわたしに掲示してくれました、
　　　わたしは死を迎える準備をすべきです。
6067、わたしの夢はこのように解くべきです、高貴な人よ、
　　　あなたの解き方は異なりました。
6068、きっとあなたはわたしを慰めようと考えたのでしょう、
　　　だが死はすぐ側にいます、もう誰もあらがえません。

6069、心ある人よ、よく見てください、
　　　死は黒い土の下にどれくらい荒れた墓を作っただろうか。
6070、華やかで立派な城や宮殿が、
　　　どれほど死の手で破壊されただろうか。
6071、どれだけ多くの誇り高く高慢なベグたちが、
　　　死に命を奪われ地下に眠っていることだろうか。
6072、生きているあなたは用心すべきです、
　　　力づくに集められた財宝も一つ残らずばら撒かれます。

第80章　覚醒、夢に別の解釈をする

6073、怪しむことはない、生があればかならず死があります、
　　　すべての生きものは最終的には死に帰ります。
6074、奇妙なことに、人間は肉体が死ぬことは決まっているのに、
　　　死を忘れようとし、それをひた隠すようにします。
6075、死ぬことは分かっているのに彼はなんと不用心でしょう、
　　　不注意という眠りから目を覚まそうともしません。

6076、わたしの死は決まっています、他に道はありません、
　　　しかし、わたしの死後はどのようなものか。
6077、これこそわたしの心配していることなのです、心の友よ、
　　　わたしの死後、アッラーがわたしに恩恵を賜ることを願います。
6078、わたしは満足してわたしの人生を送りました、
　　　喜びも悲しみも去り、わたしの長い夜が終わりに近づきました。
6079、わたしは財を集めることなく清貧を守ってきました、
　　　欲望のまま享楽を求めることもありませんでした。
6080、今日、わたしは罪の重荷を下ろして、
　　　汚れを清めながら、最後の時間を数えています。
6081、ある教導の話を聞いてください、
　　　彼は宮廷の相談役だった。
6082、「**怠けるな、努力せよ、重き荷をおろせ、
　　　髪の毛より細い道をまっすぐに歩け、**
6083、**ぼんやり過ごさず、休まずに人生を進め、
　　　この世を去るとき、アッラーよ、苦しみを忘れせしめよ。**」

6084、覚醒はつづけて言った、「わたしの愛する兄弟よ、
　　　わたしは死ぬ、あなたも間もなくわたしの後に続くでしょう。
6085、まだ少し話したいことがあります、
　　　わたしが死んだ後も忘れないでください。
6086、その言葉はわたしの心からのあなたへの贈りものです、
　　　わたしの残す言葉を心にとどめてくれますように。」

第81章

覚醒から絶賛への遺言

6087、「これがわたしの遺言です、兄弟よ、
　　　悪の道に入って、人生を虚しく過ごしてはいけません。
6088、まっすぐな道を外れてはなりません、
　　　正道はあなたの願いをかなえます。
6089、すべての人間に関心を持ち、
　　　言葉と心を一つにして、アッラーに祈ってください。
6090、世俗の心配は少なく、神への祈りは多く、
　　　怒ったときは穏やかに、あせるときは冷静に。
6091、死を忘れるな、よく準備してください、
　　　自分を忘れるな、どこから来たかを思い出してください。
6092、財貨に夢中となり、自分を汚してはいけません、
　　　汚せば財貨を残して、恨みながら死に赴くでしょう。
6093、アッラーのご意志にしたがいなさい、
　　　その機会が与えられれば、人びとを幸せにしなさい。
6094、誠実に話し、言葉には信用がなければなりません、
　　　でたらめを言う者は人間のくずです。
6095、笑顔を絶やさずおこないが正しければ、
　　　運命と幸運はあなたの上にほほ笑みます。

6096、思いやりをかけ謙虚であれ、喜んで施しなさい、
　　　他人の短所を暴きだすことはいけません。
6097、欲望を封じ、怒りを抑えなさい、
　　　邪念が生じたら直ちに正しなさい。
6098、自分の利益ではなく民の利益を考えなさい、
　　　国政の負担は自分が背負い他人には任せてはいけません。

第81章 覚醒から絶賛への遺言

6099、自分のためにあなたの財物を施しなさい、
　　　賢人よ、人びとの喜びを求めなさい。
6100、人類最高の人間は他人の幸せを求め、
　　　自分の命を犠牲にして人びとを喜ばせる。
6101、ある思慮深い人物が言っていることを聞きなさい、
　　　彼は博学で明晰な頭脳の持ち主である。
6102、『人類最高の人間とは他人に誠実で、
　　　他人の利益のために身をつくす人である。
6103、人情の証しは二つある、
　　　一つは思いやりのあること、一つは気前がよいこと。』
6104、ある智者がこれ以上の言葉をのべました、
　　　智恵によって行動することはすばらしい。
6105、『気前がよいと言われるが、気前がよいとはどういうことか、
　　　気前よい者は命で人情に報いることも惜しまない。
6106、銀貨を施すだけが気前がよいとは言えない、
　　　気前よい者とは人びとに命を捧げられる者のことだ。
6107、気前よい者は人びとに自分の財物を贈る、
　　　人びとは彼のまわりに集まり取り囲む。
6108、人の栄誉は二つのもので成り立っている、
　　　一つは富、一つは名声。
6109、だがこの二つをもって千年の長寿を得ても、
　　　死が彼を捕まえたら、すべてはむだになる。』

6110、平民が支えることで、ベグたちは栄光を勝ち得ます、
　　　鐙(あぶみ)があるからこそ、手綱(たづな)を握ることができるのです。
6111、現世と幸運のやり方とはそんなものです、
　　　平民の出世は難しい、得るころにはベグの余命はありません。

6112、あなたは移り行く、あなたの馬も移り行く
　　　来世にあなたを連れていく死という騎手がやってくる。

519

第81章　覚醒から絶賛への遺言

6113、移り行く人が宮殿を築くことはありません、
　　　旅する人は道中で長い年月をとどまりはしません。

6114、兄弟よ、あなたもその道を歩く旅人です、
　　　喜んでいてはいけない、笑っていてもいけません。

6115、この世は気まぐれです、あなたを捨て去るでしょう、
　　　死はあなたにも必ず来ます、いつの日か定かではないですが。

6116、死の鋭い爪はもうすでに準備され、
　　　あなた自身も知らぬ間に、あなたを奪い去るでしょう。

6117、現世は美味な馳走です、それを楽しむ者の名前は"だれ"、
　　　あなたが言ってごらんなさい、わたしには答えられません。

6118、自分を抑制し、快楽を追い求めないように、
　　　啞者に学び、他人の陰口を言ってはなりません。

6119、悟った人間の言ったことを聞いてください、
　　　彼の言葉に従えば災いを避けられる。

6120、**「今日の喜びはかくも甘いが、**
　　　明日の報いは千倍辛い、

6121、**あらゆる甘さには辛さが報いる、**
　　　昇る者はかならず落ち、高い峰も深い淵に変わる。」

6122、この世界は少女と同じです、
　　　善き人よ、彼女に騙されてはいけません。

6123、あなたのような傑物がどれだけ彼女に負けてしまったか、
　　　王侯のような偉丈夫がいくたり彼女に葬られてしまったか。

6124、今は、彼女は愛情満ちた眼差しであなたを手招きしています、
　　　温厚な人よ、注意しなさい。

6125、彼女はあなたになにかを与えても、最後には取りもどす、
　　　あなたが集めた財宝も、かならず最後に撒き散らす。

6126、あなたをどれだけ楽しませても最後には嘆かせる、
　　　どんな建物を造っても、彼女は最後には破壊する。

6127、彼女のおこないは恥に満ち裏切りをこととする、

第 81 章　覚醒から絶賛への遺言

　　　　与える光は少なく、もたらすものは闇ばかり。
6128、彼女は美しく着飾り男を惑わし、
　　　　いったん心を傾けたなら、あなたの足にまとわりつく。
6129、はじめは甘い蜜を与えるが、後では毒を投与する、
　　　　これこそ幸運の性格である、おお智者よ。

6130、神霊を感ずる人の話を聞いてください、
　　　　幸運の主よ、言葉の意味をよく考えて欲しい。
6131、『なにも持っていくことを許さない裏切りの現世に、
　　　　冷静な者よ、心を傾けてはならない。』
6132、ある賢者がさらに優れた話をしています、
　　　　彼の智恵と学識は広くて深い。
6133、『気まぐれな幸運に迷ってはならない、
　　　　それは不実で、絶えず変わっていく。
6134、現世は一か所にとどまることを知らぬ影と同じだ、
　　　　富と幸運も長くはとどまらない。』
6135、信仰を惜しみ、現世を重んじてはいけません、
　　　　博識の人よ、信仰はあなたを気高くします。
6136、享楽にふけってはなりません、
　　　　アッラーを心にして、礼拝に励みなさい。
6137、兄弟よ、幸運に酔ってはいけません、
　　　　冷静になれば泣きたくなるでしょう。
6138、あるベグの言った言葉を聞いてください、
　　　　彼は経験に富み智恵と知識に秀でている。
6139、『幸運に酔った者は、
　　　　土の下で、呻き悶えるだろう。
6140、栄達に浸り自分を見失った者は、
　　　　黒い土のなかで苦痛を被るだろう。
6141、青春、財貨、幸運に陶酔する者たち、
　　　　酒の酔っ払いよりもさらに憎むべきだ。

第81章　覚醒から絶賛への遺言

6142、泥酔して意識がなくなっても、
　　　一晩寝れば意識は戻る。
6143、幸運に酔い痴れた者は、
　　　死ぬまで目を覚ますことがない。』

6144、あなたは臣下であり、ベグを超えてはなりません、
　　　あなたのすべきことを為せばよいのです。
6145、あなたの人生だって長くはない、
　　　あなたの栄光もいつまでも続きません。
6146、たとえ千年生きたとしても人は死を免れない、
　　　一つの体もばらばらに分かれていく。
6147、ある詩人がそれを詩にしています、
　　　心に刻んでおいてください。
6148、「すべての願いをかなえたとしても、
　　　長寿の水を飲んだとしても、
6149、天に頭をつけて星を摘んだとしても、
　　　あなたの足は大地から逃げられない。」

6150、兄弟よ、率直に言わせて欲しい、
　　　どうしてあなたに秘密を隠せましょう。
6151、現世の富を誰が好まないだろうか、
　　　誰がこの世の美味と美女を愛さないでしょうか。
6152、わたしが楽しみや喜びを捨て去ったので、
　　　わがままな世界はわたしに扉を閉めました。
6153、この世界は人をアッラーから遠ざけ、
　　　信仰を貫くことを拒んでいます。
6154、それを恐れて、賢人たちは現世を捨て、
　　　世界中を放浪し苦難を受けています。
6155、ある者は山々をさ迷い洞窟を家にしては、
　　　草の根を馳走とし雨水で喉をうるおす。

第81章　覚醒から絶賛への遺言

6156、ある者は砂漠をさすらい、
　　　アッラーへの畏れを抱きながら衰弱する。
6157、ある者は猫背に薄汚れたぼろ布をまとい、
　　　あちこちを放浪しては、両目から涙をまき散らす。
6158、また、ある者は飲み食いもできず痩せ細り、
　　　ある者は夜寝る場所もなく立ちすくんでいる。
6159、"目覚めた"人間の行動とはこの通りです、
　　　その間、"蒙昧な"者たちは安らかに眠っているのです。

6160、兄弟よ、今のあなたは自分をたいせつにすることです、
　　　現世はあなたのものだ、そしてあなたはその頭です。
6161、理性によって物欲を抑え、肉欲に打ち勝ちなさい、
　　　打ち勝つのがまことの男であり理性があるということです。
6162、この二つの欲望は男の力を失わせます、
　　　これらの虜になれば、かならず難を受けるでしょう。
6163、わたしは今去ろうとしていますが、
　　　あなたもこの道に続きます、善を重ねてください。
6164、悪人たちと交わってはいけません、
　　　彼らは現世来世で罰を受けるでしょう。
6166、ある善人の話を聞いてください、
　　　死ぬ前に彼はすべてのことを成し遂げた。
6166、『おい、雄ラクダのように堂々としたおまえ、
　　　悪事を働くな、悪の結果は一杯の毒薬となる。
6167、おい、束縛されることなき英雄よ、
　　　死は間近に迫っている、よく準備せよ。
6168、おい、"俺さま"といつも口にする傲慢な男よ、
　　　早く"俺さま"という言葉を捨てなさい、死が呼んでいる。
6169、おい、世界のすべてを求める貪欲な欲張りめ、
　　　今は死がおまえを欲しがっている、すぐにも捕まろう。』」

第81章　覚醒から絶賛への遺言

6170、覚醒は再び言った、「わたしは心の痛みを抱えながら去っていく、
　　　兄弟よ、二つのことがわたしを苦しませます。
6171、一つはわたしがもうアッラーに祈ることができなくなること、
　　　一つはわたしがアッラーの名を讃えられないことです。
6172、今日か明日か、わたしがこの目を閉じたとき、
　　　わたしのために祈ってくれることを願います。
6173、兄弟よ、あなたが祈るときにはわたしのことも忘れないで、
　　　わたしが行った後から、あなたも続いて来るのです。
6174、見てください、わたしがどんなありさまか、
　　　早くおこないを考え直し、わたしを教訓としてください。
6175、ああ、わたしをつかまえに死がやって来た、
　　　早く準備しなさい、わたしの次にはあなたに降りて来る。
6176、今日、わたしは悲しみながら別れを告げます、
　　　ただアッラーのみがいつ会えるかを知っています。
6177、死が迫った人の言葉を聞いてください、
　　　死の直前、彼は頭を地面にたたきつけながら慟哭した。
6178、**「わたしは死なねばならぬ、悔いの涙は泉が湧くようだ、
　　　死は甘きものを苦さに変える、**
6179、**死にゆくわたしの前に二つの道が広がる、
　　　どちらの道を選ぶべきか、わたしには分からない。」**

6180、覚醒はつづけた、「おお親愛なる兄弟よ、
　　　わたしのために苦しみ傷つかないでください。
6181、わたしが死んだからといって泣いてはいけません、
　　　個人の感情を抑えてアッラーに祈ってください。
6182、わたしのために長く喪に服してはなりません、
　　　それはアッラーの教えです。
6183、帰りなさい、今あなたは国に戻らねばなりません、
　　　悲しみで心を痛めつけることはないのです。
6184、言うべき話はもう話し終えました、

第81章　覚醒から絶賛への遺言

正直な人よ、わたしの言葉を忘れないでください。
6185、王さまによろしくお伝えしてください、
　　　これがわたしから陛下への最後の挨拶です。」

絶賛、覚醒に答える

6186、絶賛は立ち上がって言った、
　　　「どうしてあなたを見捨てて離れられようか。
6187、重い病に苦しんでいるのに誰も側にいない、
　　　どうしてこのまま放置できようか。」

覚醒、絶賛に答える

6188、覚醒は再び言った、「早く行きなさい、
　　　兄弟よ、わたしのことを心配してはいけません。
6189、わたしの心のなかにはアッラーがいます、
　　　アッラーはわたしを捨てることなく守ってくださるでしょう。
6190、アッラーが助けてくださるなら、
　　　祈った願いはかないすべてが順調に運ぶに違いません。
6191、ある人物の真実の言葉を聞いてください、
　　　彼は見識に富み洞察力に溢れている。
6192、『もしアッラーのご加護を賜れば、
　　　幸運が彼にほほ笑むであろう。
6193、アッラーの恩寵を得た者は、
　　　現世も来世も彼のものとなる。
6194、勇士よ、アッラーが誰かを見捨てれば、
　　　彼が犬であれ蒼き狼であれ、同じ目に会うだろう。』」
6195、覚醒は最後に言った、「おお兄弟よ、
　　　無事に過ごしてください、泣いてはいけない。」

6196、絶賛は立ち上がって覚醒を抱擁した、
　　　涙を流しながら彼に軽く口づけした。

第81章　覚醒から絶賛への遺言

6197、彼は泣きながらそこを離れ、
　　　馬に乗って帰途についた。
6198、彼は馬を下りて自分の家に入った、
　　　悲しみで眉はひそみ、心は心配に満ちていた。

6199、おお、人間とはなんと悲しい生きものか、
　　　喜びは少なく苦しみはつきることがない。
6200、願いが一つ実現したら喜び笑う、
　　　しかしそれは不安に変わり、いつしか泣くことになる。
6201、愛しい人に会ったなら、喜びほほ笑むに違いない、
　　　だが別れればすぐに憂いとなり悲しみとなる。
6202、あるときは出会いで心の喜びを湧きださせる、
　　　あるときは別れで声を失わせるほど涙する。
6203、世のなかに別離以上の悲しみがあるだろうか、
　　　別れの辛さは海よりも深い。
6204、愛する者は生きているかぎり再会できる、
　　　さがし求めれば二人はかならず会うことができる。
6205、死の別れはなによりも心が痛む、
　　　どんな武器も死を止めることはできない。
6206、別れの距離は近い遠いで計ることができるが、
　　　死者との距離は延々として計れない。
6207、詩がうたっている、
　　　読み終われば内容の深さが分かるだろう。
6208、「**愛する者との別れはつらいが、
　　　生きているかぎりは再会の望みがある、**
6209、**死しての別れは悲しみに苛まれ、
　　　失意と涙のほかにはなに一つ残さない。**」

6210、絶賛は食べものと水を取って横になり、
　　　しばらく休んで立ち上がると礼拝をした。

第81章　覚醒から絶賛への遺言

6211、太陽は地平線に沈みその顔を隠した、
　　　それに続いて夜の帳が天空をおおった。
6212、絶賛はベッドを用意させ横になったが眠れない、
　　　悲哀と苦痛で目を閉じることさえできなかった。
6213、起き上り庭園に出ると、顔に涙が流れていた、
　　　空の色は褐色のアビシニア人＊の肌色に変わった。
6214、彼は部屋に戻って、再びベッドに横たわった、
　　　悲しさを忍びながら、しばらく眠った。
6215、ローマの娘が明るい顔を隠し、
　　　世界は完全に黒人の肌の色に変わった。
6216、眠気が消えた絶賛が周囲を見渡すと、
　　　スバルは天頂から落ち、長い夜が終わろうとしていた。
6217、彼は立ったまま広い空をじっと眺めていた、
　　　夜は重く、夜明けはまだ見えなかった。
6218、絶賛はまた横になって少し眠った、
　　　次に起き上ると、空はすでに青みがかっていた。
6219、木星が東から昇りはじめ、
　　　敵陣のかがり火のように煌めいていた。
6220、北斗七星は頭上高く昇り、
　　　こいぬ座とおおいぬ座は西に沈んで行った。
6221、ふたご座が大地に向かって頭を下げると、
　　　太陽が昇り、明るい笑顔が現れた。
6222、絶賛は起きて顔を洗い、髪をとかした、
　　　朝の祈りをすまし、一日の業務を列挙した。
6223、世界は黄金色の姿を現わし、
　　　彼女の頬は炎のように真っ赤であった。
6224、絶賛はすばやく服を着て馬に乗り、
　　　急いで宮廷に向かった。
6225、馬から下りるとまっすぐに宮中に入り、

＊　古代エチオピア人。

第 81 章　覚醒から絶賛への遺言

気持ちを静めて国王に謁見した。

国王、絶賛に聞く

6226、国王は絶賛の様子を眺め、
　　　彼が心配で落ち込んでいることに気がついた。

6227、国王は言った、「どうしたのか、絶賛よ、
　　　憂いが心に満ちているように見えるのだが。

6228、どんな重荷がそなたの心のなかにあるのか、
　　　余はそなたが眉をひそめていたのを見ている。

6229、なぜそなたの赤い頬が黄色く＊なったのか、
　　　この世界はどんな憂いをそなたにもたらしたのか。

6230、まだ幸運はそなたにふり向いたままである、
　　　無常な世界もいまだそなたにほほ笑みかけている。

6231、天空の車輪もそなたに対して逆にまわったことはない、
　　　太陽も月もそなたの願いにしたがい循環している。

6232、そなたに対して余は眉をひそめたことはない、
　　　虎よ、いつも笑顔で接し心から好意をよせている。

6233、誰がそなたをこんなに悲しませたのか、
　　　余になにか話があれば言いなさい。

6234、これはいつ起こった悲しみか、息子よ、
　　　教えてくれ、余に心の内を打ち明けてくれ。

6235、そなたが悲しみや災難に出会ったなら、
　　　余がどうして幸せでおれようか。」

絶賛、国王に答える

6236、絶賛は国王に答え、
　　　覚醒の病状について報告した。

6237、どのように彼に会い、いかに見舞ったかをのべ、
　　　覚醒が彼に残した遺言について話した。

＊　黄色は俗世の色を表す。

第81章　覚醒から絶賛への遺言

国王、絶賛に尋ねる

6238、国王も悲しみで涙をこぼしながら言った、
　　　「なんと痛ましい、あの善人が災いに出会うとは。
6239、アッラーが彼の寿命をのばしてくださるように、
　　　彼の血と肉を新しく取り替えてくださるように。」
6240、国王は再び言った、「彼の容態はどのようか、
　　　そなたはなぜ彼を見捨てて帰って来たのか。
6241、今は誰が看病しているのか、誰が彼の病気を診ているのか、
　　　一人で横になっていることが、どうしてよかろうか。
6242、彼の看護になぜそなたは残らなかったのか、
　　　誰に彼を世話してもらおうとしたのか。」

絶賛、国王に答える

6243、絶賛は答えた、
　　　「わたしも同じことを彼に言いました。
6244、だがわたしの言葉を聞かず、わたしを追いやったのは彼なのです、
　　　彼の気持ちに背くことができませんでした。」

国王、絶賛に答える

6245、国王が言った、「アッラーが彼にご加護を与えますように、
　　　彼の病気が治り、体が回復できますように。
6246、彼の心と魂はアッラーとしっかりつながっている、
　　　息子よ、アッラーが彼を裏切りはしない。
6247、彼はすべてを捨て去り、
　　　万物を創造したアッラーを心から敬う者。
6248、唯一のアッラーはかならず彼にご加護を賜るだろう、
　　　彼の願いをかなえ、ふさわしい名誉を与えるだろう。
6249、詩がこのことをうたっている、
　　　よく味わって胸にきざんで欲しい。

第81章　覚醒から絶賛への遺言

6250、「すべてを捨て去り、アッラーを敬え、
　　　言葉も心も汚れなく、まっすぐに歩め、
6251、アッラーは願いをかなえてくれよう、
　　　悪魔にあらがい、アッラーの御許(みもと)にあれ。」」

6252、国王はつづけた、「おお絶賛よ、
　　　悲しむな、心配するな。
6253、彼は善人であり、善人中の善人である、
　　　たとえ死んでも、アッラーは彼に恩寵を施すであろう。
6254、賢人よ、同じさだめが明日には我われにもやって来る、
　　　重要なのは、価値ある生を我らが過ごすことではないのか。
6255、おお、なんと青春をむだにしたことか、
　　　おお、なんと醜い心と想い、そして我らの肉体は。
6256、過ぎ去った歳月は夢となった、
　　　そして今にその報いが来ている。
6257、残る年月を再びむだにしてはならない、
　　　肉欲や物欲にとらわれていてはいけない。
6258、どうあろうとも、最後には死が待っている、
　　　そこでは数えきれぬ後悔が残るだろう。

6259、今日から改めて、そなたは宮廷の外に身を置き、
　　　ともに民衆の困苦に耳を傾けていくようにしたい。
6260、このように善行を重ねて我われ自身を救おう、
　　　アッラーは余たちを善の道へ導いてくれるはずだ。
6261、思いやりに満ちた人の話を聞きなさい、
　　　彼はアッラーのしもべにとても優しく接する。
6262、『善行をなす者があらば、
　　　安心せよ、アッラーは彼によい報いで応えよう。
6263、悪事を働く者があらば、
　　　自業自得、アッラーは悪い報いを授けるだろう。

6264、悪事をしたければ、勝手にするがよい、
　　　悪の報いは永遠に続くだろう。』」

絶賛、国王に答える

6265、絶賛は答えた、「おお王さま、
　　　このような善いご命令を聞くことを願っていました。
6266、このようであれば、平民に善い法律がさだめられます、
　　　アッラーはかならず王国をお守りくださるでしょう。
6267、わたしは国王のために心身を捧げます、
　　　陛下のご長寿と栄光、幸運を祈ります。
6268、死すべき人にとって美名ほど価値あるものはありません、
　　　全能のアッラーが陛下の名声を永遠に保つことを願います。
6269、死はいつでも命を奪い去る準備をしています、
　　　ぼんやり過ごしていてはなりません。
6270、ある賢人が話したことです、
　　　彼は信心の道を指し示しています。
6271、「**死はひそかに窺っている、**
　　　知らない内にあなたを捕まえる、
6272、**書かれたさだめのときが来れば、**
　　　賢かろうが愚かだろうが土と化す。」」

国王、絶賛に答える

6273、国王は言った、「アッラーのご加護を、
　　　余は本日から正しい政治ができるよう努力する。」
6274、国王は言い終えて口を閉じた、
　　　絶賛は立ち上がり、宮殿から去った。

6275、兄弟に対する心配が心にまとわりついていたが、
　　　絶賛は耐えながら何日かを過ごした。
6276、彼は愛する兄弟のために心を痛め、

第81章　覚醒から絶賛への遺言

　　　　顔は青白く体は痩せ細り、見るからに憔悴していた。
6277、これ以上苦しみに耐えられなくなった絶賛は、
　　　　再び覚醒の住む山に行こうと考えた。
6278、訪問の許しを請うために王宮に行くと、
　　　　国王が彼を呼んだ。

絶賛、国王に尋ねる

6279、彼は国王に自分の願いを申し出た、
　　　　「わたしはもう一度兄弟のそばに参りたいのです。
6280、彼の様子が気になって仕方ありません、
　　　　まだこの世に生きているかも分からないのです。」

国王、絶賛に答える

6281、国王は言った、「そちが行くのはあたりまえだ、
　　　　親戚の情からしてたいへん心配であろう。
6282、行きなさい、余からの挨拶も伝えてくれ、
　　　　病気の症状を見ながら、彼を慰めてあげなさい。」
6283、絶賛は国王に感謝し王宮を離れ、
　　　　家に帰って少し休んだ。
6284、食事を取ってから馬に乗った、
　　　　心配しながら絶賛は兄弟の所へ向かった。
6285、近くまで来ると、馬を下りて覚醒の家に向った、
　　　　門に着くと声をかけ、入ることを求めた。

第82章

遺産（Qumaru）[1]、絶賛に覚醒の死去を告げる

6286、覚醒の弟子である遺産が出迎えた、
  彼は涙を流しながら迎えの挨拶をした。

6287、遺産が進み出て言った、「おお兄弟どの、
  アッラーが幸を賜りますように、心をお痛めなさらぬように。

6288、あなたの兄弟はこの世から去りました、
  主があなたに長寿と平安を賜りますよう祈ります。

6289、どうか悲しみに耐えてください、
  生きる者にはかならず死の来る日があるのです。

6290、生あれば死あり、貴重な命は消えていくものです、
  ベグでも奴隷でも、預言者であってさえも。

6291、死はいつも時機を待っています、
  死に対する手立てや武器はないのです。」

6292、この知らせを聞いて、絶賛は声を失うほど号泣した、
  心臓は高まり、涙が湧く泉のように溢れた。

訳注
[1] クマル　カラ・ハーン朝・テュルク語で遺言、遺産、アドバイスなどの意味がある。

第 83 章

遺産、絶賛を慰める

6293、遺産が慰めて言った、「悲しまないでください、
　　　誠心誠意、アッラーのご意志にしたがいましょう。

6294、すべての人間には定まった死ぬ日があります、
　　　覚醒様はもう亡くなりました、あなたもご準備ください。

6295、勇士よ、あなたはなぜ泣きつづけるのでしょうか、
　　　誰かあなたを打ちましたか、なじりましたか、傷つけましたか。

6296、アッラーは彼に一時の命を与えました、
　　　今、アッラーがそれを取り戻しただけです。

6297、彼は行ったきり、二度と帰って来ません、
　　　いずれわたしたちもそこへ行くのです。

6298、参りましょう、親しき人の墓へ、
　　　拝んだ後、またあなたは戻るのです。」

第84章

絶賛、覚醒を哀悼する

6299、絶賛は親しい兄弟の墓に来た、
　　　墓を抱きながら、満面涙にまみれた。
6300、彼は泣きながら言った、「立ち上がってわたしを見よ、兄弟よ、
　　　あなたの顔を見せてくれ、わたしの心を癒してくれ。
6301、わたしはあなたと会うのを楽しみに尋ねて来たが、
　　　あなたはなぜ顔を隠すのか。
6302、心のなかの心、魂のなかの魂よ、
　　　あなたがいなくて、どうしてわたしは生きられるのか。
6303、夢のなかではよくあなたと会うが、
　　　起きたときにはあなたはいない。」（原文散逸）*

---

*　原文散逸　6303番に続くべき詩句が失われている。ダンコフはアラト校訂本（p.624）の脚注に基づき、ここには、「絶賛の最後の覚醒の隠居への訪問、さらに覚醒の弟子との対話、覚醒の遺言と遺された彼の椀と杖の受けとり、都に帰り、覚醒の最後の状況の報告の場面」が書かれていたのではないかという註を与えている（ダンコフ英訳本、p. 281 note190）。

第85章

国王、絶賛を慰める

6304、国王は知らせを聞くと、
　　　絶賛を慰めるために宮門を出た。

6305、国王は励ましながら言った、「絶賛よ、おちつけ、
　　　覚醒のためにたくさん祈り、彼の冥福を祈ろう。

6306、アッラーが覚醒にお恵みくださることを願う、
　　　アッラーが彼のすべての罪を、お許しくださることを願う。

6307、アッラーがそなたの悲しみに慈悲を賜るように、
　　　アッラーがそなたを地獄の苦しみからお守りくださるように。

6308、そなたは門を閉じ外にも出ない、
　　　そなたは顔を見せず口も開かない。

6309、そなたのこのような方法は正しくない、
　　　理性のある人間はけっしてこんなふるまいをしない。

6310、申してみよ、誰かそなたに悪いことをしたか、
　　　誰かそなたを怒らせたか、そなたを敵としたか。

6311、そなたの兄弟の死はアッラーがさだめたことである、
　　　悲しみの気持ちに耐え感情を抑えなさい。

6312、そなたはなぜこんなに嘆き悲しむのか、
　　　このようなふるまいはよくない、やめなさい。

6313、生きる者は死ぬ、登る者は降りる、
　　　旅する者は足を止め、金を貸す者は金を取りもどす。

6314、そなたは親しき人の死を戒めとしなさい、
　　　耐えて功徳を積みなさい、そこに信仰の甘みがある。

6315、生きている者は死者のありさまを見ているのに、
　　　誰がそれを教訓としているのか。

第85章　国王、絶賛を慰める

6316、もし死人が話すとすれば、『我われは別れたが、
　　　すぐに死があなたをここに連れに来る。』
6317、同じことをこの警句が語っている、
　　　よく読んで、心に刻んでおきなさい。
6318、**「おまえが死ぬ前に数えきれぬ死人がいた、**
　　　彼らの誰もが忠告していた、
6319、**「俺を見よ、愚かなまま一生を享楽で過ごしたが、**
　　　死はわたしを捉えた、おまえもすぐだ」。」

6320、国王はまた、覚醒の死について聞いた、
　　　また絶賛が見たこと、知っていることを尋ねた。

絶賛、国王に答える

6321、絶賛は自分が見聞きしたことを報告し、
　　　さらに覚醒が残した遺言についても話しした。
6322、絶賛は一つの椀と一本の杖を持ってきて、
　　　形見として国王に見せた。
6323、絶賛は言った、「これは兄弟が残したわたしへの形見です、
　　　これだけが彼の持つ世俗的なものの一切です。
6324、二つのなかの一つを陛下にお取りいただきたいのです、
　　　それは、この世とあの世の幸運の源となるでしょう。」

国王、絶賛に答える

6325、国王は杖を手に取って言った、
　　　「この杖がわたしに良い運をもたらしてくれるように。
6326、そなたはこの椀を身近に置きなさい、
　　　会いたいときには、彼の魂を呼ぶことができるだろう。」
6327、絶賛は椀を手に載せた、
　　　心が痛み、涙が頬を濡らした。
6328、国王は言った、「よく見よ、

第85章　国王、絶賛を慰める

　　　　今日のことは我われの良い教訓となる。
6329、彼は貧しい生活を守り、一生を終えたが、
　　　　多くのものを残してくれた。
6330、ある偉人が言った言葉を聞きなさい、
　　　　彼はなにごとも智恵を用いて行動する人物である。
6331、『全世界の富を持っていたとしても不足する、
　　　　たとえ僅かな財産でも充分だ。
6332、この世界に美点は少なく、欠陥ばかりが多い、
　　　　人は世俗の財物を必要な分しか使えず去っていく。
6333、死後の財産が多くても、なんの役に立つのか、
　　　　残った者が酒や女に費やすだけだ。』

6334、そなたの兄弟は世間の富を捨てて、
　　　　大麦を飯とし、粗末な布を衣服とした。
6335、彼は自分の人生をまっとうし、
　　　　他人が貪るための財産を遺さなかった。
6336、彼は日夜努力して自分の重荷を軽くした、
　　　　こうして彼は現世の苦難を乗り越えて行った。
6337、彼は自分のすべきことをして現世から解き放された、
　　　　だが我われはどうなるか、解かれぬままに残っている。」

6338、このように国王はたくさんの言葉で慰めて、
　　　　絶賛の悲しみをやわらげた。
6339、そうして国王は立ち上がって宮殿に戻り、
　　　　悲しそうになかへ入って行った。
6340、絶賛は幾日かの喪を取った、
　　　　悲しみはやわらぎ、憂いを帯びた顔は明るくなった。
6341、彼は少しずつ悲しみを忘れていった、
　　　　飲み食べ、いつのまにか日常の生活が元にもどった。
6342、ある賢いベグがこのように言っている、

第85章 国王、絶賛を慰める

　　　　彼は国の運営を、知識をもとにして行った。
6343、「どれだけ憂いがあろうとも、溢れる涙を流しても、
　　　　いつかは笑顔が戻るだろう、
6344、この世が始まるその日から、世界はもともとこの様で、
　　　　善きも悪しきもかならず終わる。」
6345、ごらん、絶賛は悲しみの日々を過ごして、
　　　　再び宮中に戻って政務に奔走している。
6346、彼は胸一杯の熱意で国王のためにつくし、
　　　　日夜、精を出して勤めている。

国王、絶賛に尋ねる

6347、ある日、国王は絶賛を呼びだし、
　　　　民の状況と国事について尋ねた。
6348、国王は言った、「王国と民のあり様はどうなっておる、
　　　　民は日々どのように暮らしているか。
6349、そなたは余の目であり耳である、
　　　　国事は紛(まぎ)らわしく、そなたを頼りにしている。
6350、この何日、そなたは悲しみで国政に手がつかなかった、
　　　　国事がどうなっているのか知らないであろう。」

絶賛、国王に答える

6351、絶賛は答えた、「おおベグよ、民の状況はよく、
　　　　彼らは日々陛下のために祝福しております。

（原文散逸）

絶賛、国王に答える

（原文散逸）

6352、一つは舌、喉、目と肉欲、

第85章　国王、絶賛を慰める

　　　それらは人の神への服従を消し去ります。
6353、食欲を抑え、言葉を慎み、不純なものを見ることを律すれば、
　　　人は悪行を遠くに避けられます。
6354、肉欲を抑え、怒りに打ち勝つ、
　　　このような人を知識あり智恵ある人と呼びます。
6355、聡明で冷静な人物こそその境地に達し得ます、
　　　彼の話は奥深く、おこないは正しい。
6356、智恵と知識のある人は賞賛に値します、
　　　彼は公正で正直、自分には厳しい人間です。
6357、彼は不適切なことはおこなわず、
　　　淫らなものには目を閉ざします。」

国王、絶賛に答える

6358、国王は言った、「そなたは良いことを言った、
　　　この話はすばらしい、余にも有益であった。

（原文散逸）

絶賛、国王に答える

（原文散逸）

6359、不実で恥なきものはこの自分の肉体です、
　　　自己を抑制し、不実に心を寄せてはいけません。
6360、肉体に心を寄せれば寄せるほど、
　　　多くの災難を陛下にもたらすでしょう。
6361、ある優れた人物が良いことを教えました、
　　　彼は不実な肉体から逃れる術を示しています。
6362、「肉欲に誠をつくせば覚悟せよ、
　　　彼は裏切りおまえに災いをもたらす、
6363、肉欲に心惹かれたら恐れを抱きなさい、

第85章 国王、絶賛を慰める

彼は悪で報いておまえを嘆かせる。」

6364、おお王さま、三つのものは太らせてはいけません、
　　　一つは猟犬、一つは狩りをする鳥、一つは自分の体。
6365、それらはいつも飢えさせておかねばなりません、
　　　そうしてこそ服従させておけます。
6366、陛下の鷹が飢えていなければ餌食(えじき)をさがしません、
　　　陛下の犬が太り過ぎれば狩りをしません。
6367、人が飽食に明け暮れれば、体は雄ラクダのようになり、
　　　元にもどすことは難しくなります。
6368、鷹が獲ものを探さないなら鴨を一羽失うだけです、
　　　犬が狩りをしないなら貂が一匹獲れないだけです。
6369、陛下の体が雄ラクダの首のように太くなったら、
　　　泣きながら地獄の劫火に引き入れられると同じことです。

6370、貧しい人は、食べものが乏しくとも幸せです、
　　　心が満ち足りていれば、彼らは豊かなのです。
6371、衣服は体を温められれば、食べものは腹を満たせば足ります、
　　　彼らは自分の生業に励み、アッラーに祈っています。
6372、高位、財産、名声などの幸運は、
　　　人を高慢にさせ、なすべき道を捨てさせます。
6373、高慢はアッラーとしもべを遠くに離します、
　　　智恵ある人はこの道を歩みません。
6374、貧しい者が死ぬように、豊かな者も死んでいきます、
　　　どちらも二枚の布だけで黒い土のなかに置かれます。
6375、貧しい者は悲しみから解き放され安堵を得ます、
　　　豊かな者は財産を後に残し、罪の重荷を降ろせません。
6376、ある詩が次のようにのべています、
　　　どうかそのなかから教訓をお汲みください。
6377、「**悲しむ者よ、死はおまえの幸運、**

541

第85章　国王、絶賛を慰める

　　　　幸せな者よ、死はおまえの悲しみ、
6378、貧しい者には、死は苦しみからの解放だが、
　　　　豊かな者には、死は明日の報いとなろう。」」

国王、絶賛に語る

6379、国王は再び言った、
　　　　「この世界は、毒蛇とサソリで満ちている。
6380、食べものはわずかに施すが、毒物はかぎりない、
　　　　良い所は少なく、責めるべきは多い。
6381、智恵ある者は現世から学ぶことの少なさに耐え、
　　　　知識ある者は得るべきものの乏しさに飢えている。
6382、この世界は無知なる者の天国だ、
　　　　彼らは憂いも心配もなく、快楽を享受している。
6384、しかし、理知ある者には茨の枝が満ちている、
　　　　歩くごとに足を突き刺していく。
6384、ここは理知ある者には毒の畑であり、
　　　　食べものも得られず、生きる力を奪われる。
6385、だからこそ修行者は、妻子を残して家を去り、
　　　　だからこそ敬虔な信者は、アッラーに祈りつづける。
6386、今はまだ、我らは現世にとらわれている、
　　　　アッラーが我らをお守りくださるよう願う。」

絶賛、国王に答える

6387、絶賛は言った、「陛下のお言葉は、
　　　　まったく正しく、道理に合っています。
6388、この世界のあり様をよく見てください、
　　　　まるで飢えたドラゴンです。
6389、自分を太らせては、自分の肉に食らいつく、
　　　　現世の人もわが身を食べているのです。
6390、もし真剣にこの世界の様子を観察すれば、

第85章　国王、絶賛を慰める

　　　　驚き震え心は不安になるでしょう。
6391、アダムとイブがこの世界に来て、
　　　　自分の種を世界に撒き散らしました。
6392、ベグのなかのベグよ、彼らの時代から現在に至るまで、
　　　　どれだけ多くの人間が生まれたでしょうか。
6393、ある者は学者となり、ある者は屈強な射手となる、
　　　　ある者は誇り高く岸壁のように聳え立つ。
6394、ある者は知識豊かで、ある者は智恵に恵まれる、
　　　　ある者は愚かで、ある者は怠け者となる。
6395、ある者は預言者として生まれて神の使いとなり、
　　　　アッラーの意志に従ってわたしたちを導く。
6396、ある者は短命で、ある者は長く生きる、
　　　　ある者は大げさなもの言いで高位につく。
6397、ある者は万物を創造したアッラーに逆らい、
　　　　敵としてアッラーに弓を引いている。
6398、ここに注目すべき話があります、
　　　　良く読み、陛下が自らのおこないを正されることを願います。
6399、**「どれほど知識を持ち、どれほど命を長らえようと、**
　　　　全世界を獲得し、それを貪りつくしたとしても、
6400、**最後は涙と呻きと後悔にくれながら、**
　　　　死んで黒い土の下に横たわる。」

6401、多くの賢人や偉人が不死の命を求めましたが、
　　　　誰も永遠に生きることなくこの世と別れました。
6402、まるで生まれたことがなかったかのように、
　　　　今は、土の下で静かに休んでいます。
6403、さまざまな人間たちがこの世に現れましたが、
　　　　最後には大地に飲み込まれました。
6404、豪華な宮殿と高楼を残して、
　　　　土だけを身にまとう衣服としました。

第85章 国王、絶賛を慰める

6405、静かに眠っているのか、声も息もないのか、
　　　彼らの様子を誰が知っているでしょう。
6406、今、彼らには衣食もなにもすべて要りません、
　　　ただアッラーの恩寵だけが必要なのです。
6407、彼らはそこに横になり、後悔し嘆いています、
　　　多くの願いと共にアッラーの恩寵を求めています。
6408、まだアッラーはわたしたちに時間をくれています、
　　　わたしたちはこの機会を逃してはなりません。
6409、おお正義よ、アッラーのためにお祈りください、
　　　善と栄光の日々を陛下に与えたもうでしょう。」

6410、絶賛は国王を賞賛した、
　　　「賢き王よ、陛下のご長寿を祈ります。
6411、この世界に陛下の存在がなくなりませんように、
　　　アッラーが陛下の子孫を繁栄させますように。
6412、陛下の願うすべてのことに、
　　　アッラーが扉を開いてくださるように。
6413、おお寛大なる人よ、陛下が希望する一つひとつを、
　　　アッラーが実現してくださるように。
6414、おお冷静なる人よ、喜びのなかで長き寿命をまっとうし、
　　　陛下の幸福が末長く続きますように。
6415、だが悲しいことに、陛下のような方すら死んでいく、
　　　黒い土の下で、肉は腐り白骨となるのです。
6416、我らになにができるでしょう、
　　　これがアッラーの創られた世界なのです。
6417、しかし、たとえ死んでも、王のなかの王よ、
　　　善徳を積めば、生きているように考えられるのです。
6418、死んだとしても、千年長生きしたとしても、
　　　陛下の名声はすでに広く世界に響いています。
6419、陛下の味方は多く増え、陛下の領土は日々広がり、

第85章　国王、絶賛を慰める

　　　　陛下の敵が遠く逃げ去ることを願います。」

6420、絶賛はこう言い終わると地面に口づけし、
　　　　馬に乗って家に帰った。
6421、門の前で馬を下り、部屋に入って食事をし、
　　　　横になってしばらく休んだ。
6422、あくる日早く、仕事を再開した、
　　　　命令を下し業務をあらためるなど、忙しく過ごした。
6423、彼は言葉と心を一致させ、正しい道をまっすぐに歩んだ、
　　　　悪人たちも彼に見習い、おこないを正した。
6424、世のなかは繁栄し、時代は彼と共に幸運に輝いた、
　　　　人びとは、日々彼を賞賛し祝福を与えた。

6425、彼らは帰らぬ人となったが名声を残した、
　　　　この名声と栄光の香りはけっして消えることはない。
6426、お聞きなさい、ここに登場した優れた人物は、
　　　　人と言うか、それとも天使と言うか。
6427、もし彼らを昔の人間だと言うなら、
　　　　今の人間とはいったいなに者であろう。
6428、もし我われを人間に属すると言うのなら、
　　　　疑いなく、彼らは天使と称すべきだ。
6429、彼らの言葉やおこないに耳を傾ければ、
　　　　かならず聞く者に幸せをもたらすことができる。

6430、知識ある人、智恵ある人はこの道理を心得ている、
　　　　自分は死んでいくが、この世界は長く残っていく。
6431、我われに与えられた時間をむだに過ごしてはならない、
　　　　アッラーに祈る、それより価値あることがあるのか。
6432、見よ、あなたの前に多くの先代の人びとが世を去った、
　　　　偉大な人よ、これこそが教訓である。

第85章　国王、絶賛を慰める

6433、宮殿や高樓はこの世に残された、
　　　誰がそれらを来世へ持っていけるだろうか。
6434、どれだけの王宮や堅固な城塞が、
　　　死に破壊され、土と化したのか。
6435、どれだけの町や庭園が、
　　　死によって廃墟となったのか。
6436、永遠に住めると思っている宮殿も、
　　　あなたは空っぽにして去って行く、生きてある者よ。

6437、世界を支配した帝王は今どこにいるのか、
　　　兵馬を後に残して、自身は土と化した。
6438、領土が小さ過ぎると嘆いた貧欲な王はどこにいるのか、
　　　どれだけ領土があっても、もう支配はできない。
6439、他人の土地から奪った盗賊たちはどこにいるのか、
　　　両手は土に縛られ、悲しく呻いている。
6440、ムスリムの血を奪った者たちはどこにいるのか、
　　　今は土のなかに入り、力を失った。
6441、他人を陥れ踏みつけた者はどこにいるのか、
　　　黒い土の仲間となって、踏みつけられている。
6442、富のために争いつづけた者はどこにいるのか、
　　　財産だけをこの世に残し、一人自分は去って行った。
6443、錦の織物を集めていた富豪はどこにいるのか、
　　　墓に持っていけたのは、たった二枚の布だけだった。
6444、土地を求めつづけた人はどこにいるのか、
　　　黒い土に埋められて、泣きつづけている。

6445、現世とはこのようなものだ、
　　　智恵をもって観察すれば扉を開くこともできよう。
6446、楽しみは悲しみであり、喜びは憂いである、
　　　貴さは賤しさであり、心地よさは惨めさである。

第 85 章 国王、絶賛を慰める

6447、だからなにごとが起こっても耐えなさい、
　　　ときが過ぎれば、苦楽は去って行く。
6448、逆境を耐えている人よ、
　　　この賢人の詩を、側に置いておきなさい。
6449、「厳しいときには耐えなさい、
　　　気楽な日々などありません、
6450、良いときに出会えば感謝しなさい、
　　　善き運がいや増すだろう。」

6451、賢者よ、今の時代をごらんなさい、
　　　すべてが変わってしまった。
6452、知識ある者は侮辱を受け遠く身を引き、
　　　智恵ある者は口を開かず啞者をよそおう。
6453、悪人たちは国中に満ち溢れている、
　　　温和な者は虐げられて立ち直ることもできない。
6454、礼拝もせず、酒の樽に顔をつっこむ人間が、
　　　英雄と称して、権力を握っている。
6455、酒と色に溺れる輩が"立派な男"と言われ、
　　　酒を飲まない男は"守銭奴"と呼ばれる。
6456、礼拝を守り、断食する人は、
　　　王よ、彼らは"偽善者"と見なされた。

6457、ハラルが消えて、ハラムが蔓延している、
　　　穢れた垢が汚濁した人の心に満ちている。
6458、ハラルとは名ばかりが残る、
　　　食べたいものをハラルと言うのか。
6459、ハラムをハラムと見なす人はいるだろうか、
　　　汚れを捨て純潔を求める人はいるのであろうか。
6460、どこに本当に敬虔な信者がいるのだろうか、
　　　最後の審判で光明を得るのは誰だろうか。

第85章　国王、絶賛を慰める

6461、人びとの心はハラムに染められて、
　　　どこでハラルを見つけられるであろうか。
6462、ある詩がこのことをのべている、
　　　善良な人よ、よく聞いて理解しなさい。
6463、「ハラムはわたしの魂を黒く染めた、
　　　知識の百分の一も守ることができなかった、
6464、不屈の肉体は肉欲の虜となり、
　　　なすべき礼拝を放棄してしまった。」

6465、この世がどれほど変わるのか、ごらんなさい、
　　　人の言葉が心とどれほど違うのか、聞きなさい。
6466、誠実は存在せず、不義に取って代わられた、
　　　信頼できる人は、どこを探せば見つかるのか。
6467、忠誠は消え失せ、裏切りが横行する、
　　　忠義の人は、稀なる宝物となった。
6468、友人は真摯(しんし)な友情を捨て去り、
　　　家族は肉親の情を失った。
6469、若者は礼儀を知らず、老いた者は知識がない、
　　　恥知らずは群をなし、温厚な人は見る影もない。
6470、人間関係はただ金のためだけにあり、
　　　正義と信義のためにつくす者は誰もいない。
6471、信頼の名はまだあるが、誰もそれを履行しない、
　　　忠告も言葉ばかりで、誰も耳を傾けない。
6472、誰が悪を捨て、善を唱えよと忠告するのか、
　　　誰が人びとの悪い行為を制止するのか。
6473、商人は信用を重んじず、
　　　職人は弟子に忠告しなくなった。
6474、有識者は口を開いて直言せず、
　　　女たちは恥を忘れ、ベールを外して顔を見せる。

第85章　国王、絶賛を慰める

6475、正しいことは消え失せ、邪悪がその場を奪った、
　　　アッラーに忠実な者はいなくなった。
6476、人びとは銀貨の奴隷となり、
　　　金持ちならば誰にでも頭を下げる。
6477、昔は、モスクは少なかったが礼拝者は多かった、
　　　今は、モスクの数は多いが礼拝する者は少ない。
6,478、敬虔な吟遊詩人がうたった、
　　　よく聞いて心に刻むがよい。
6479、「どこに正道を歩む者がいるのか、
　　　どこにアッラーを共に戴く友はいるのか、
6480、現世は完全に堕落しているが、
　　　どこかおかしいと思う者はあろうか。」

6481、ムスリムは互いに争い殺し合っているが、
　　　異教徒は安心のうちに眠っている。
6482、ムスリムの財産は奪い取られた、
　　　誰もハラルとハラムを区別できる者はいない。
6483、淫猥な声が人を乱し、夜通し眠らせない、
　　　だがコーランの祈りの声は、いまだ聞こえない。
6484、人の心は固くなり、口は柔らかくなった、
　　　真実の姿は見えなくなり、その面影だけが残る。
6485、息子が親よりも偉くなる、
　　　息子が君主で、親は奴隷だ。
6486、人生は短いのに、野心ばかりが大きい、
　　　欲望は次々と起こり、満足することは少ない。
6487、寡婦や孤児、貧しい者たちを憐れまない、
　　　世のなかは日々悪くなるのに、誰も驚かない。
6488、ある賢人がすばらしいことをのべている、
　　　彼は博学で気前よく、広く世界を知っている。
6489、「礼法は壊れ、終末のときが来る、

第85章　国王、絶賛を慰める

　　　　善人も悪人の後に続く、
6490、智恵ある人は知っている、
　　　　世界は一日、また一日と壊れていく。」

6491、子どもは親を尊敬せず、
　　　　"老いぼれ"と傷つける。
6492、法や制度も変わり、
　　　　黒も白も同じになった。
6493、これらすべてが終末の日の兆し、
　　　　その日の来るのも近いであろう。
6494、万能のアッラーよ、我らの信仰を守り給え、
　　　　この騒乱と災難を鎮めてくださるよう願う。

6495、イスラーム暦〔1〕462年〔2〕＊の年、
　　　　わたしはこの話を書き終わり、これにてペンを置く。
6496、わたしの能力のおよぶかぎり、心の声を書き記した、
　　　　読者が読んで役立つ所を参考にしていただければよい。
6497、わたしは、人の世渡りと身の処し方についてかんたんにのべた、
　　　　この書により処世の礎を築いてくれることを願っている。
6498、ここには信仰の道と現世の道が書かれている、
　　　　この道をまっすぐ行くか、地獄への道を歩むか。
6499、読者が現世を求めるなら、ここにその方法が書かれている、
　　　　もし来世を求めるなら、あなたのすべきことが書かれている。
6500、アッラーのしもべの責務を果たせば、彼はあなたを守るだろう、
　　　　二つの道は求めてよいが、第三の道を歩んではならない。

6501、アッラーよ、わたしはこのような話を書いた、
　　　　わたしの望みがなににあるかは、あなたがよく知っている。
6502、わたしは自分の名声のためにこの書を書いたのではない、

＊　西暦1069年―1070年。

第85章　国王、絶賛を慰める

　　　　　身近な者にも見知らぬ者にも利益をもたらすよう書いた。
6503、この書を読んだ人はわたしのことを思い出して欲しい、
　　　　　そしてわたしのために祝福して欲しい。
6504、わたしの願いは、この一点のみである、
　　　　　読者よ、祈る時にはわたしを忘れないでくれ。
6505、わたしは舌を使って話し、手を用いて書いた、
　　　　　しかし、この舌も手もいずれ死んでいく。
6506、わたしの手と舌が残す遺産がこの書である、
　　　　　聡明で純粋な人よ、これをあなたへの贈りものとする。
6507、わたしがこの世を去り、土に埋められても、
　　　　　読者よ、どうかわたしを忘れないで欲しい。

6508、永遠になにものをも必要としない偉大なるアッラーよ、
　　　　　この哀れなあなたのしもべに慈悲を賜らんことを。
6509、わたしは道を外した奴隷であり、罪は深い、
　　　　　主よ、わたしをお許しください。
6510、わたしは奴隷であなたは主、身分はさだまっている、
　　　　　あなたは慈悲深い主、わたしをお守りください。
6511、お許しあるかぎり、わたしはしもべであなたは主である、
　　　　　わたしを憐れみ、わたしの罪をお許しください。
6512、おお純粋なる主よ、東方から西方まで、
　　　　　あなたのすべての信徒をお許しください。
6513、わたしは愚かな人間であり、愚かなおこないをする、
　　　　　あなたは慈悲を持つお方、わたしをお許しください。
6514、穢れたものは穢れた臭いしか放てない、
　　　　　よい香りの麝香は、よい香りを放つことができる。
6515、主よ、あなたはわたしの希望でありわたしの拠り所です、
　　　　　わたしはあなたからけっして離れない、おおわたしの希望よ。
6516、わたしは罪あるしもべであり、不実な人間です、
　　　　　しかしわたしをお信じください、あなたはわたしの信仰です。

第85章 国王、絶賛を慰める

6517、わたしは不義な者は裏切りやすく、
　　　信義ある者が善行をすることを知っています。
6518、すべての信徒に憐れみをお与えください、
　　　彼らと共に、わたしの罪もお許しください。
6519、わたしからの祝福を預言者にお伝えください、
　　　世の人びとを正しい道へと導いたのは彼なのです。
6520、アッラーよ、預言者の四人の教友に、
　　　わたしの敬意をたえまなく伝えてください。

訳注
〔1〕**イスラーム暦**　正式名はヒジュラ暦。預言者ムハンマドがメッカからメジナへ聖遷（ヒジュラ）した年の1月1日をヒジュラ暦元年1月1日とする。聖遷した日（西暦622年9月24日）を紀元としたのではない。当時のアラビアの暦で、その年の1月1日が622年7月16日であったため、この日をヒジュラ暦の紀元とする。太陰暦をとる。
〔2〕**イスラーム暦462年**　紀元1069年から1070年。

後書き（1）

青春の喪失と老年の到来を嘆く

6521、哀しい、青春は過ぎ去った、空を流れる雲のごとく、
　　　人生は去っていく、疾風のごとく。

6522、哀しい、青春よ、悔しい、青春よ、わたしは未(いま)だ、
　　　おまえを捉(つか)まえることができないのに、おまえはあわてて逃げまわる。

6523、わが青春よ、またわたしのそばに戻ってきておくれ、
　　　わたしの手のなかにもどったら、錦のベッドで寝させよう。

6524、悔しい、青春よ、おまえはどこに行ってしまったのか、
　　　わたしはおまえを待ち望んでいるのに、おまえは見つからない。

6525、おまえは生命の歓びであり、心の慰めである、
　　　この世のなにが青春より魅力があるというのか。

6526、幼き時の歓びと青年の矜持は、
　　　わが指の間からこぼれ落ち、今はその跡もない。

6527、一生正直に過ごせば老いて恥ずべきことはない、
　　　しかし、わたしは一生をただ虚しく過ごしたのだ。

6528、青春よ、わたしはおまえのためにどれほど心を痛めたか、
　　　おまえはあわてて去って行き、わたしの美しさを持ち去った。

6529、わたしの赤いバラのような容貌は、
　　　今は枯れ落ちたサフランとなってしまった。

6530、麝香鹿のような漆黒の髪は樟脳のように白くなり、
　　　満月のような顔には皺が敷きつめられた。

6531、わたしは花でおおわれた春のようだった、
　　　しかし、花びらは散ってわたしの人生は秋となった。

6532、白樺のような体は矢のようにまっすぐであったが、
　　　背中も腰も曲がり、今は弓のように変わった。

後書き（1） 青春の喪失と老年の到来を嘆く

6533、悔しい、楽しみを求めてわたしは一生をむだにした、
　　　　今はただ血の涙が流れ、悔恨が広がる。
6534、幼き日々を汚し、青春を失った、
　　　　わたしの生活は暗澹とし、気持は沈んでいる。
6535、わたしは牡牛のように飲み食いに明け暮れていた、
　　　　欲望を追い求め、埃を巻き起こしていた [1]。
6536、しばしば狩りに出かけては気分を晴らし、
　　　　駿馬に乗って、鳥のように山野を駆けめぐった。
6537、友人たちの目には、彼ら自身の命のように美しく映り、
　　　　敵がわたしを見れば、野生馬が驚いたように逃げて行く。

6538、わたしもかつて無実の者に手を上げた、
　　　　わたしもかつて根拠なく他人を罵倒した。
6539、わたしもかつて敵を打った勇者のように胸を張った、
　　　　わたしもかつて意気揚々と、頭を山のように高く掲げた。
6540、わたしもかつて酒に酔った者のように道を誤り、
　　　　目覚めてはアッラーに恥じいった。
6541、わたしもかつて他人にかかわり、アッラーへの祈禱を忘れ、
　　　　逃亡奴隷のように世をさすらった。
6542、わたしもかつて欲望のために奔走し、
　　　　狂った狼のように世のなかで吠えたこともある。
6543、わたしもかつて力で他人の財産を奪ったことがある、
　　　　わたしは、なんと多くの人を苦しめてきたのだろう。
6544、アッラーが、なぜこのようなことをしたのかと問えば、
　　　　わたしは恥じ入るほかなにもない。
6545、わたしはなんと愚かでひねくれ者なのだろう、
　　　　現世に夢中になって、人生を虚しく使った。
6546、歓びは消えた、苦痛も消えてくれ、
　　　　歳月を失った後悔は、後悔してもしつくせない。

後書き（1）　青春の喪失と老年の到来を嘆く

6547、ケスラー*とカエサル**のように威厳があっても、
　　　シャダダドゥとアダイ***のように地上に楽園を作っても。
6548、アレクサンドロスのように世界を征服しても、
　　　ノアのように長生きしても。
6549、ハイダル****のように刀を稲妻のように振っても、
　　　ルスタム*****のように名声が広がっても。
6550、イエスのように空に飛んでいっても、
　　　ヌーシーン・ラヴァーン******のように公正な法を発布しても。
6551、カールーン*******のような財産を持っても、
　　　ラスの住民********のように鉄の城を築いても。
6552、最後には土に行く身で、それになんの意味があるのか、
　　　世界を残して、たった二枚の白い布を持って墓に行くだけだ。
6553、裸でこの世に来て、裸でこの世を去る、
　　　なのになぜわたしは現世に情熱を傾けたのだろうか。
6554、この幻の世界は風のように吹いていくが、
　　　わたしは俗世で眠ったまま、目を覚ますことがない。
6555、この世にわたしはどんな善行を施したのだろうか、
　　　この世にわたしはどんな種を蒔いたのだろうか。
6556、なにかを植えたら、それを収穫する、
　　　わたしが植えたら、わたしがそれを収穫する。

6557、青春を費やし、老年を迎えた、
　　　しかし今なぜ、わたしはこれほど青春に呼びかけるのか。

---

*　　　　　ササン朝ペルシアの皇帝、ホスロー1世。
**　　　　カエサル、ローマ皇帝シーザーのこと。
***　　　4710番、脚注（408頁）参照。
****　　 雄ライオンという意味、アリーの称号。
*****　　「シャー・ナーメ（王書）」の中の英雄の一人。
******　 「シャー・ナーメ（王書）」の中の英雄の一人。
*******　旧約聖書中のコラ。モーゼと大司教アロンに反逆、神により罰せられる。
********『コーラン』に見えるが、ラスについては定説がない。

後書き（1） 青春の喪失と老年の到来を嘆く

6558、これ以上眠っているな、目覚めてアッラーを礼拝せよ、
　　　苦しみの涙を流せ、おまえの罪は軽くない。
6559、どうせおまえの体は毒蛇と蛆虫の餌となるのだ、
　　　おまえはどうして飽食し、自分をこんなに太らせたのか。
6560、おお、泥酔しているわたしの体よ、早く目覚めよ、
　　　止むことなく涙を流し、アッラーの許しを請いなさい。
6561、青春は遠く去った、残りの年月もすぐ終わるだろう、
　　　人生の歓びは失われ、わたしの前には帰り道が広がる。
6562、この老いぼれた世界はどれほど多くの人を騙したか、
　　　わたしはなぜこんなものに夢中になったのだろう。
6563、アッラーよ、早くわたしを目覚めさせてください、
　　　見捨てないでください、わたしはすでに心を清めました。
6564、ただあなただけがわたしの免罪者です、
　　　全一のアッラーよ、罪深きわたしをどうかお許しください。

訳注
〔1〕**埃を巻き起こす**　巷の快楽を求めて遊びまわること。

後書き（2）

時代の堕落と友人たちの裏切り

6565、立とう、行こう、この世を歩きまわろう、
　　　もし誠実な人がいるのなら、この世でさがそう。

6566、だが、そのような善人は稀になった、どこでさがすべきか、
　　　さがそう、さがして見つけるべきなら会えるまでさがそう。

6567、他の願いはすべてかなえたが、善人だけは見つからない、
　　　まことの人間に会えればわたしの心も満足できよう。

6568、信義はなくなり、裏切りは世に満ちる、
　　　信義を持つ者があれば、少しわたしに分けてくれないか。

6569、もし正直で寛大な人間を見つけたなら、
　　　わたしは彼を肩に担ぎ、頭の上に掲げるだろう。

6570、もし信義ある者を見つけられないなら、
　　　わたしは野生のヤギといっしょに住んだ方がよい。

6571、わたしは草の根で飢えをしのぎ、雨水で渇きを癒す、
　　　砂を布団にし、麻袋を衣とする。

6572、獣のように原野を走りまわり、
　　　人びとから離れ、世界から消え失せる。

6573、そうでなければ、この世を捨てて、
　　　川のように流れ、風のように舞い去る。

6574、主よ、わたしは不実な人間の間で苦しんでいた、
　　　どこかに誠実の士がいれば、魂をも捧げよう。

6575、人間という名のみが残り、人間らしいおこないは消え去った、
　　　人の情はどこへいったのか、わたしはその後ろをついていく。

6576、わたしは世界を歩いたが、誠実な人間など見つからなかった、
　　　不実な者に心を寄せることなど、どうしてできようか。

後書き（2）　時代の堕落と友人たちの裏切り

6577、ある人間をわたしは自分の目のようにたいせつにしたが、
　　　　彼は悪魔のようにわたしの敵に変わった。
6578、ある人をわたしは真剣に愛したが裏切りで応じられた、
　　　　誰を愛することができようか。

6579、人の心を知りたいなら、言葉はその証しである、
　　　　口と心が異なる人を、どうして信じられようか。
6580、世のなかはこんなにも悪くなっている、
　　　　わたしは誰を友とし、誰と親しくすればよいのか。
6581、憂いが心に満ちているのを、誰に言えばよいのか、
　　　　まずこの場でこの苦しみを訴えさせてくれ。
6582、友人たちには絶望した、
　　　　親族は見知らぬ赤の他人、これ以上言うことはない。
6583、信頼が誓いにあると言うのなら、
　　　　まことの男と言うべき誓いを守る者はどこにいるのか。
6584、どこに他人のためにつくそうとする人間がいようか、
　　　　いるならわたしは彼の家を金銀で満たしてあげよう。
6585、誰かわたしと苦楽を共にしてくれる隣人がいるだろうか、
　　　　わたしの家を動かし、彼の家と一つにしてもいい。
6586、誰かわたしのまことの友になってくれる者はいるだろうか、
　　　　わたしは彼をベグに、自分は彼の奴隷となろう。
6587、そんな人はどこにもおらず、わたしは独り憂える、
　　　　心は傷つき、ほんの少しの喜びだけを待つ。

6588、なぜ人びとは堕落し、法も伝統も捨て去られたのか、
　　　　なんという時代か、わたしはどこに身を寄せれば良いのか。
6589、それともわたしは狂っているのか、朦朧としているのか、
　　　　こんなに多くをのべた、どうしてだろう、わたしに教えてくれ。
6590、神経が乱れ、わたし一人が世界を見まちがえたのだろうか、
　　　　それなら、薬を一服飲ませて病を治してくれ。

6591、このような人はすべてわたしと出会っていたのではなかろうか、
　　　　わたしが時代に適していないのか、わたしが普通になるべきなのか。
6592、なんと痛ましい、日に日に悪くなる不義の世に、
　　　　誰か信義の人の名を知っているか、わたしは彼を讃えたい。
6593、先人が遺してくれた法や慣例はどこにあるのか、
　　　　わたしはそれを見ると、心から幸せになる。
6594、ないと言うなら、法や慣例を新たにさだめるべきだ、
　　　　徳ある人が高位に座り、愚か者を一掃せよ。
6595、すべての善人や礼法はすでに滅んでいる、
　　　　人間の滓(かす)だけが残った、どこで善人をさがせばよいのか。
6596、もし歩く体を人間と言うのなら、
　　　　昔の善人は天使ではなかったか。
6597、善人は去った、わたしと人間の滓の群れを残して、
　　　　わたしはどうやって生きて行けばよいのか。

6598、どれだけのべても、まだ言いつくせない、
　　　　もういい、なにか話があれば聞かせてくれ。
6599、ここでは善人を見つけがたい、
　　　　人の世を遠く離れさせよ、この町に別れを告げて。
6600、世間の人にわたしの名前を二度と聞かせるな、
　　　　世間の人にわたしの姿を二度と見させるな。
6601、彼らはサソリのように刺し、アブのように血を吸う、
　　　　彼らは犬のように吠える、どれをはじめに殴ればよいのか。
6602、恥知らずの間で、わたしは身をよじって呻いている、
　　　　この苦しみをいかに耐えればよいのか。
6603、裏切りが二度とわたしに降りかからぬことを願う、
　　　　悪人たちや卑劣な輩は遠く離れてくれ。
6604、アッラーよ、わたしに恵みを与え給え、
　　　　わたしに預言者と彼の四人の友の顔を見せてくれ。

後書き（3）
筆者、ユースフ大侍従自分への戒め

6605、知識を学び、名誉ある地位をめざせ、
　　　知識は強力な要塞である。
6606、心と言葉は知識がなければ一致しない、
　　　知識は流れる水のように、あらゆるものに適応する。
6607、どれだけ知識を得ても、さらに追い求めよ、
　　　賢人のみが、知識を用いて願いを実現できる。
6608、自分は知識があると思う者は、知識からまだ遠い、
　　　彼は知者たちから無知な者と見なされるだろう。
6609、知識は境も底もない大海である、
　　　燕が海水をすすっても、どうして飲みきれよう。
6610、知識はあなたの頭を目覚めさせ、
　　　無知な自分を遠ざける。
6611、知識を求めよ、あなたの精神を高めなさい、
　　　嫌ならケダモノと呼ばれ、誰も相手にしないだろう。
6612、賢い人は考え込んで思いにふけるが、
　　　無知な者はいつも陽気で笑いさざめく。
6613、賢者は心配で憂いも多く、笑うこともできない、
　　　無知な者は野鹿のように埃を立てて走りまわる。
6614、知識を持つ者はそれに縛られ走ることができない、
　　　無知な人は自由に行動し、好きなことをする。
6615、賢者よ、あなたは束縛され愚者は自由である、
　　　あなたは愚者を束縛してもよい、きつく鎖を締めなさい。

6616、わたしは両手をのばして知識を求めた、
　　　真珠の首飾りのように言葉をつないで詩を詠んだ。

後書き（3）　筆者、ユースフ大侍従自分への戒め

6617、わたしにはテュルクの言葉が野生のカモシカのように見えた、
　　　わたしは彼女を優しく捕まえ、わたしにひき寄せた。
6618、わたしは彼女を愛撫し、彼女もすぐにわたしに心を傾けた、
　　　ただ、時々、彼女はわたしから離れ、怖れおびえた。
6619、わたしがちょうど彼女を捉えた(とら)ように、わたしは彼女[1]の後を追った、
　　　すると麝香の香りがどんどん漂ってきた。
6620、わたしが書いたことは粗野で辛辣ではあるが真実だけだ、
　　　智者はかならずこの直言を賞賛してくれるだろう。
6621、わたしは読者がこの書を重すぎると思わないよう願っている、
　　　また長々とわたしが話しをつづけていることも許していただきたい。
6622、話は率直にすべきである、でなければ黙っていた方がよい、
　　　真実と嘘の違いは、白か黒かのように明確である。

6623、このイスラーム暦の462年（1069-70）にあたり、
　　　わたしは力をつくしてこの詩を完成させた。
6624、この書を書くのに18か月を費やした、
　　　わたしの言葉を集めて、適切なものを選んだ。
6625、色彩豊かな絨毯か、香り高い花束のように、
　　　わたしはこれを読者に提供したい。
6626、書き手は終わろうとするが、話は止まらない、
　　　言葉が泉のように湧きあがって来る。
6627、ユースフよ、真実で本質な所だけを話しなさい、
　　　無用な話は心の内にしまいなさい。
6628、おまえは話し過ぎだ、話が長ければ輝きを失う、
　　　言葉が多ければ、不愉快で退屈になる。

6629、移ろいやすいこの世は不実の世界だ、
　　　知ある人は、早く遠くに隠れなさい。
6630、今はすっかり現世に依存しているが、
　　　努力して、急ぎその糸を切りなさい。

後書き（3）　筆者、ユースフ大侍従自分への戒め

6631、この無常の世界を信じてはいけない、
　　　　アッラーを礼拝し、彼のご加護を乞いなさい。
6632、無常のこの世は多くの人びとを捨て去った、
　　　　どれだけの人が悪の道に迷い、正道から離れたか。
6633、彼女は美しく着飾り、笑顔であなたを誘うが、
　　　　気をつけなさい、笑うのはまだ早い。
6634、世界を蹂躙した多くのベグたちが、
　　　　助けも無しにこの世を去っていった。
6635、哀しいことよ、虚しく過ごした青春、
　　　　命がつきようとするとき、人は悔恨に悩まされる。
6636、たとえ千年の命であっても、最後には死が訪れる、
　　　　たとえ世界中の富を集めても、なに一つ持っては行けない。

6637、アッラーよ、わたしはあなただけを求める、
　　　　見守り給え、わたしを怠惰な眠りから目覚めさせてください。
6638、わたしはあなたの罪深い恥ずべきしもべ、
　　　　ただあなただけがわたしの罪を許すことができる。
6639、わたしはアッラーに背き罪を犯したが、
　　　　今はあなたの加護を祈っている、お許しください。
6640、よく見よ、おお哀れな魂よ、
　　　　おまえはなにを頼っていたのだ。
6641、品行を正し、まっすぐな道を歩め、
　　　　おまえは両世の幸運と栄誉が得られるであろう。
6642、この世界の幸福は、空っぽのほら穴に過ぎない、
　　　　それを捨てて、来世の幸せを求めなさい。
6643、おしゃべりや飽食を慎み、睡眠は少なく、
　　　　目を閉じ、耳を塞いで、平安の内に生きよ。
6644、アッラーよ、すべての信徒をお許しくださいますように、
　　　　彼らに果てしないご慈悲を賜りますように。
6645、わたしのかぎりない祝福を預言者にお伝えください、

わたしの敬愛を彼の四人の教友にお伝えくださるよう願います。

完

訳注
〔1〕**彼女** テュルク語のこと。

『クタドゥグ・ビリグ』解題

間野 英二

目　次
　1. 概観／2. 写本／3. ファクシミリー版／4. 校訂本／5. 索引／6. 訳本／7. 内容／8. 本訳書の問題点と価値／9. 参考文献

1. 概　観

　本書は、11世紀後半の中央アジアで、テュルク（トルコ）語を用いて著わされた現存する最古のテュルク・イスラーム文学作品の日本語への初めての全訳である。

　この作品の名を、テュルク語で『クタドゥグ・ビリグ』、日本語訳で『幸福になるための智恵』、より簡潔には『幸福の智恵』という。テュルク語による教訓的な長編物語詩であり、テュルク民族（主にテュルク系の言語を話す人々）が世界に誇る古典である。なお、書名については、この解題の 7.「内容」の冒頭でより詳しく説明する。

　中国の北京大学大学院に留学した経験を持つ訳者の山田ゆかり氏は、この作品の中国語訳を通じてその魅力を知り、この作品を日本にも紹介したいという強い思いから、7年の歳月を費やして中国語訳からの日本語全訳の初稿を完成させた。今回出版される最終稿は、山田氏の協力者たちが、この作品の英訳、現代ウイグル語訳、さらに時にテュルク語原文をも参照して、山田氏の初稿に種々の改訂を加えて完成させたものである。

　この作品は、ユースフ（ヨセフ）という人物が、ヒジュラ暦（イスラーム暦）462年、すなわち西暦1069／70年に、現在の中国新疆ウイグル自治区西端の歴史的都市カシュガルで完成し、当時、この一帯を支配していた東部カラ・ハーン朝の君主で、タブガチュ・ボグラ・カラ・ハーンという称号を持つアブー・アリー・ハサン・ビン・スライマーン（アリーの父、スライマーンの子、ハサン）に献呈したものである。君主ハサンはその内容を高く評価し、この

『クタドゥグ・ビリグ』解題

功により、ユースフを自らの側近中の側近である御前大侍従（ウルグ・ハース・ハージブ）に任命した。この結果、彼は、以後、ユースフ・ハース・ハージブ、つまりユースフ御前侍従の名で知られるようになる。現在、再建された彼の美しい墓廟がカシュガルにある。写真（2005年筆者撮影）は廟への入口である。

　カラ・ハーン朝というのは、9世紀の半ばから13世紀の初めまで、テュルク民族を支配者として中央アジアを支配した王朝である。この王朝は、10世紀の半ばにイスラームを受容し、史上初のテュルク系イスラーム王朝となった。すなわち、カラ・ハーン朝は、以後の、セルジュク朝、ガズナ朝、ティムール朝、オスマン朝など、世界史上に大きな足跡を残したテュルク系イスラーム王朝の先駆けとなった王朝であり、その意味でも世界史上にきわめて重要な位置を占める。

　テュルク遊牧民を主体として東トルキスタン西部（現中国新疆ウイグル自治区西北部）に成立したこの王朝は、東隣の仏教が盛んな天山ウイグル王国（西ウイグル王国）と対峙しつつ、10世紀末、西方に勢力を伸ばし、999年、西トルキスタン（現ウズベキスタン）と東部イランを支配していたイラン系イスラーム王朝のサーマーン朝を滅ぼして、中央アジアの大半を領有する強国となった。しかしカラ・ハーン朝はその成立の当初から分権的傾向が強く、各地に王族が割拠し、結局、11世紀半ばには東西の二つの王朝に分裂した。そのうち、東部カラ・ハーン朝は先述のカシュガルと、天山山脈西部の山中にあって、現キルギス共和国に遺跡の残るベラサグンを、また、西部カラ・ハーン朝は現ウズベキスタンのサマルカンドやブハーラを本拠とした。

　作者のユースフはベラサグンの古い家柄の出身であったが、やがてカシュガルに移り、この地の宮廷で活躍した。この作品もカシュガルで完成されたが、ユースフ自身の言葉によれば、着手より完成までに18か月（1年半）を要したという。ユースフの生没年は不明である。しかし作品の完成時（1069

／70 年)にはすでに 50 歳を過ぎていたと思われるため、彼の生年は 1010 年代後半であったと推定される。これは日本で紫式部が『源氏物語』を完成した時代(1007 年)に近い。

　カラ・ハーン朝のイスラーム受容に伴い、その領内ではアラビア文字を使用したテュルク語が徐々に発達した。このテュルク語をカラ・ハーン朝・テュルク語と呼ぶ。それまでテュルク民族が使用していた文字は、突厥文字(古代テュルク・ルーン体文字)や古ウイグル文字であり、これらの文字で書かれた君主・功臣の紀功碑や仏典の翻訳、契約文書などが残されている。『クタドゥグ・ビリグ』は、イスラームを信奉するテュルク人が、アラビア文字を使ったテュルク語で著した最古の文学作品である。
『クタドゥグ・ビリグ』の本文は、後世に付けられた散文と韻文の二つの序文を除き、終結部の著者自身による三つの補遺の部分を含めて、6645 のバイト(二つの詩句から構成される詩の 1 行)からなる韻文で書かれている。つまり、この作品は長編詩であり、そのうちの大部分は、二つの詩句の末で韻を踏む対句からなる。このような詩型をマスナヴィーと呼ぶ。しかも各々の詩句は、短長長、短長長、短長長、短長という短音節と長音節からなる 11 の音節で短長のリズムを刻む。タ・ター・ター／タ・ター・ター／タ・ター・ター／タ・ターといったリズムである。このような韻律をムタカーリブと呼ぶ。

　マスナヴィーという詩型やムタカーリブと呼ばれる韻律はイランの長編叙事詩などによく使用され、有名なイランの国民的詩人フェルドウスィー(1025 年没)の長編叙事詩『シャー・ナーメ(王書)』も同じ詩型と韻律で書かれている。また、『クタドゥグ・ビリグ』の本文中で、先人の名言・金言などが引用される際には、やはり有名なイランの詩人オマル・ハイヤーム(1131 年没)の『ルバイヤート(四行詩集)』などでもよく知られるルバーイー(四行詩)という四句からなる詩型がしばしば登場する。なお、四行詩では、一句、二句、四句の句末で韻を踏み、四行詩独自の韻律が使用される。

『クタドゥグ・ビリグ』の内容は、古代のサーサーン朝時代以来、イラン文学(ペルシア文学)の重要なジャンルの一つであった教訓文学・鑑文学の伝統を継承したもので、君主をはじめとする読者に、人が人として幸せに生きていくために必要な様々な智恵を教え、かつ諭したものである。同じころ、イ

ランではカイ・カーウース（1087年頃没）の『カーブースの書』、ニザーム・アルムルク（1092年没）の『統治の書』などの教訓文学・鑑文学が書かれている。ただ、これらと『クタドゥグ・ビリグ』との直接的な関連性は明らかでない。なお、『クタドゥグ・ビリグ』の内容については、本解題の7.「内容」でより詳しく説明するので、そこに見える記述を参照していただきたい。

　以上のように、この作品はイスラーム化したテュルク人が、イラン・イスラーム文化の強い影響のもとに作成した貴重なテュルク民族の文化遺産である。ただし、イラン文化の影響を強く受けてはいるものの、この作品が、ペルシア語ではなく、テュルク語で書かれ、本文中にテュルク民族の間に伝えられた名言・金言などを引用し、またテュルク民族の聖地ウテュケン山や伝説的な英雄トンガ・アルプ・エルを登場させるなど、テュルク民族の伝統を色濃く反映した作品である点に特に注意する必要があるであろう。もともと草原の遊牧民であったテュルク民族は、アラブ民族の宗教（イスラーム）、イラン民族の文学など、様々な外来文化に接し、その多大な影響を受けたが、最後まで、自らの言語であるテュルク語とかれらの文化的伝統を捨てることはなかったのである。ここに私たちはテュルク民族の民族的な誇りと矜恃を読み取ることができる、といってもよいであろう。

　また、本書で作者のユースフによって説かれたテュルク民族の智恵は、現代に生きる我々にすら参考になる、普遍性に富んだ人類の叡智であることも、本書を読み進めることによっておのずから理解されることであろう。

2. 写　本

　アラビア文字で書かれていたと推定されるユースフ自筆の原本は早くに失われ、現代に伝えられていない。しかし、幸い、次に記す3種の写本（書き写した本）が残されているため、これらを用いて原本の姿をかなり完全に復元することが可能である。

　① ウィーン写本
『クタドゥグ・ビリグ』の写本として、最初に学界にその存在が知られた写本である。

　この写本は、やや小ぶりの筆記体の古ウイグル文字を使って、ヒジュラ暦

843 年、すなわち西暦 1439 年、ティムール朝の首都ヘラート（現アフガニスタン西北部の都市）で作成された。当時のヘラートにおける古ウイグル文化復興という文化的潮流の中で、アラビア文字で書かれた写本から、古ウイグル文字に書き直されたものと考えられる。

この写本は、不明の時期に、ヘラートからトカト（現トルコ共和国東部の都市）に移され、さらにヒジュラ暦 879 年、すなわち西暦 1474 年、シャイフザーダ・アブドゥル・ラッザーク・バフシという者のために、トカトからオスマン朝の首都イスタンブールに移されていた。しかし、やがて 1796 年、オーストリアの外交官で、浩瀚な『オスマン帝国史』10 巻を著した東洋学者でもあったヨゼフ・フォン・ハンマー＝プルクシュタルがイスタンブールの古書店から安値で買い取り、ウィーンの宮廷図書館に寄贈した。現在はオーストリア国立図書館に所蔵（写本番号 Cod. A. F. 13）されている。

全 95 葉、5971 バイト（バイトについては前述参照）を含む。なお、この写本の末尾（93 葉裏以下）には、この写本の写字生による、『クタドゥグ・ビリグ』とは無関係の、テュルク語による 38 バイトのカシーダ（頌詞）やキトア（断片詩）、それにこの写本完成の年次を記したコロフォンなども付けられている。これについては、本解題の 9.「参考文献」に掲げた論文、M. Sugawara, "A Middle-Turkic *qaṣīda* in the Uyghur script" が参考になる。

『クタドゥグ・ビリグ』の研究は、はじめ、この写本を利用して開始された。この写本を最初に学界に紹介したのが、フランスの P・アメデー・ジョベルである。彼は、1825 年、『ジュルナール・アジアティーク（アジア・ジャーナル）』誌に「ウイグル文字で書かれたテュルク語の一写本についての覚書」という論文を発表して、その存在を学界に報告した。さらに、この写本に基づき、1870 年、ハンガリーの出身で、ダルヴィーシュ（イスラーム神秘主義の修行者）に変装して敢行された中央アジア探検でも有名なアルミン・ヴァーンベーリが 915 バイトのウイグル文字テキスト、ラテン文字転写テキスト、ドイツ語訳を発表し、ついで、ロシアの高名なテュルク学者ヴィルヘルム・ラドロフが、1890 年、そのファクシミリー（写真複製版）を刊行した。現在、ヴァーンベーリの出版物は http://menadoc.bibliothek.uni-halle.de/ssg/content/titleinfo/773461、ラドロフが出版したファクシミリーは、http://menadoc.bibliothek.uni-halle.

de/ssg/content/titleinfo/473406 で見ることができる。またラドロフは、91 年には、キリル文字転写テキストとドイツ語訳を出版した。

　この写本が注目されたのは、当時はなお、英独仏露、そして日本など、世界の各国が派遣した中央アジア探検隊によって、突厥碑文や古ウイグル文字で書かれた多数の文献などの新資料が発見される以前の時代であり、『クタドゥグ・ビリグ』のような長文の文献は、テュルク学者のテュルク語研究に役立ちきわめて貴重な資料であったためである。

　しかし、ヴァーンベーリもラドロフも『クタドゥグ・ビリグ』のウィーン写本で使われている古ウイグル文字の音価について、なお正確な知識を所有していなかったため、転写テキストには誤りが多かった。例えば、ヴァーンベーリとラドロフは、いずれも書名を正しい『クタドゥグ・ビリグ (*Qutadgu Bilig*)』ではなく、誤って『クダトゥク・ビリク (*Kudatku Bilik*)』と読んでいる。そのため、1897 年、デンマークの言語学者で、突厥文字の解読者としても名高いヴィルヘルム・トムセンがその誤りを訂正する学会発表を行ない、さらに 1901 年、自らの見解を論文にして、学会誌にも発表した。

　なお、このウィーン写本は、のちに、本解題の 4.「校訂本」で紹介するアラトの校訂本ではＡ写本と呼ばれている。

　② 　フェルガーナ写本

　1913 年、現在はロシア連邦の一部であるバシコルトスタン出身の弱冠 22 歳の若い東洋学の学徒であったが、のちにトルコ共和国の東洋学の碩学として国際的に知られるようになるゼキ・ヴェリディ・トガンがフェルガーナのナマンガン市（現ウズベキスタン共和国）の個人の書庫で発見したアラビア文字の写本である。この写本は、発見後、一時行方不明になっていたが、ウズベクの知識人であったＡ・フィトラトが 1924 年に再発見し、1928 年には自著『ウズベク文学精選』の中でその一部を引用して紹介した。現在はウズベキスタンの首都タシュケントのウズベキスタン共和国科学アカデミー・アブー・ライハーン・ビールーニー名称東洋学研究所に所蔵（写本番号 1809）されている。

　全 223 葉、6095 バイトを含む。スルス体のアラビア文字で書かれており、冒頭部と結末部を欠くものの、3 写本の中では最も多くのバイトを含む重要な写本である。作成年代も、3 写本の中では最も古く、12 世紀末〜 13 世紀

初頭の写本とされている。

なお、このフェルガナ写本は後述するアラトの校訂本ではB写本と呼ばれている。

③　カイロ写本

1896年、エジプトのカイロのヒディーヴィー図書館で、ドイツ人館長のB・モリッツによって発見されたアラビア文字の写本である。現在はエジプト国立図書館・文書館に所蔵（写本番号 taṣawwuf turkī 168）されている。

全196葉、5800バイトを含む。ナスフ体のアラビア文字で書かれており、14世紀（1367年以前）の写本と推定されている。ラドロフはこれを利用して、1910年、先に1891年に出版していた前著の誤りを正した改訂第二版を出版している。

なお、このカイロ写本は後述するアラトの校訂本ではC写本と呼ばれている。

④　写本ではないが、ロシアの偉大な東洋学者V・バルトリドによると、1909年、ウラル川沿岸のサライチクで『クタドゥグ・ビリグ』の詩の数行が刻まれた土製の水差しが発見されたという。バルトリドは、このことから、現在、少数の写本しか知られていないものの、『クタドゥグ・ビリグ』がかなり広範に流布していたと結論付けている。ただし、この結論の当否はなお究明する必要がある。

3. ファクシミリー版

これらの3写本は、トルコ共和国のトルコ言語協会（Türk Dil Kurumu）の出版物として、次のような2種類のファクシミリー版（写真複製版）が出版されている。

20世紀半ばに出版されたモノクロ版は、写真技術が十分でなかった時代の出版物で、読み取りにくい部分もあったが、2015年に出版された美麗なカラー版により、それらの部分も読みやすくなった。両種とも、各写本についての現代トルコ語による解題を含む。

①　モノクロ版

Kutadgu Bilig. Tıpkıbasım I　Viyana Nüshası, İstanbul: Türk Dil Kurumu, 1942.

Kutadgu Biliğ. Tıpkıbasım II Fergana Nüshası, İstanbul: Türk Dil Kurumu, 1943.

Kutadgu Biliğ. Tıpkıbasım III Mısır Nüshası, İstanbul: Türk Dil Kurumu, 1943.

② カラー版（次の3冊が一つの紙箱におさめられている）

Yusuf Has Hajib Kutadgu Bilig A Viyana Nüshası, Ankara: Türk Dil Kurumu, 2015.

Yusuf Has Hajib Kutadgu Bilig B Fergana Nüshası, Ankara,: Türk Dil Kurumu 2015.

Yusuf Has Hajib Kutadgu Bilig C Kahire Nüshası, Ankara: Türk Dil Kurumu, 2015.

4. 校訂本

　上の3写本を比較・対照して、トルコ共和国のテュルク学者レシト・ラフメティ・アラトが、1947年、トルコ言語協会の出版物として、ラテン文字転写による校訂本を出版した。校訂本とは、著者の自筆本が失われた書物の本文を、いくつかの伝本・写本を比較して、正しい形に復元した書物を指す。このアラトの校訂本は、1979年、その第二版も出版されている。

　この校訂本では、散文、韻文による二つの序文、目次に続き、アラトによって決定された本文のテキストが、85の章名と補遺の三つの章名と共に、ラテン文字で示されている。本文の各バイトには1〜6645の番号が付けられ、各バイトにつき、3写本に見られるヴァリアント（異字形）がすべて脚注に示されている。

　ただし、本文は、3写本のいずれかを底本に他の写本と比較して決定されたものではなく、アラトが3写本に見える語形式の内から、適当と思われるものをいわば恣意的に採録したものである。このように、本校訂本におけるアラトの本文確定の手続きは必ずしも科学的とはいえない。この問題については、本解題の9.「参考文献」に掲げた R. Dankoff, *From Mahmud Kaşgari to Evliya Çelebi* 所収のダンコフの論文 "Textual Problems in Kutadgu Bilig" が参考になる。また、ヴァリアントについても、本書のようにそのすべてを載せるのではなく、写字生による明らかな誤りは提示を割愛するなど、もう少し整理して載せた方が、より利用しやすかったように思われる。

しかし、現時点では、この校訂本が『クタドゥグ・ビリグ』研究の土台をなす最も重要な出版物であることは間違いない。まさに労作であり、『クタドゥグ・ビリグ』研究史上に燦然と輝く金字塔と呼んでよいであろう。

Reşid Rahmeti Arat, *Kutadgu Bilig* I Metin, Ankara: Türk Dil Kurumu, 1947. Ikinci Baskı（第二版），Ankara: Türk Dil Kurumu, 1979.

このほか、トルコ共和国のM・S・カチャリンによるラテン文字による電子テキストがインターネット上に公開されており、Yûsuf Has Hacib-Kutadgu Bilig-e-kitap で検索できる。ただし、カチャリンがアラトのラテン文字転写とはやや異なる転写法を採用している点には注意が必要であろう。

Yûsuf Hâs Hâcib Kutadğu Bilig, Metin. Hazırlan: Mustafa S Kaçalin.

5. 索　引

アラトの校訂本に見える全語彙の索引が、著者の没後に、イスタンブール大学の3名の研究者によってイスタンブールのテュルク文化研究所から出版された。これによって、ユースフが『クタドゥグ・ビリグ』で使用したすべての語彙が、アラト校訂本のどの箇所に現れるかを容易に検出できる。また、各語彙には、現代トルコ語の訳が付されており、参考になる。

Reşid Rahmeti Arat, *Kutadgu Bilig* III *İndeks*, İndeksi neşre hazırlayanları: Kamal Eraslan, Osman F. Sertkaya, Nuri Yüce, İstanbul: Türk Kürtürü Araştırma Enstitüsü, 1979.

6. 訳　本

先に、2.「写本」の「ウィーン写本」の項で言及した古いヴァーンベーリ、ラドロフ、トムセンの出版物を最初に掲げる。続いて⑥以下に、各国語への訳本を出版年順にあげ、短い説明を加える。

① H. Vámbéry, *Uigurische Sprachmonumente und das Kudatku Bilik. Uigurischer Text mit Transscription und Übersetzung nerbst einem uigurisch-deutschen Wörterbuche und lithografirten Facsimile aus originaltexte des Kudatku Bilik*, Innsbruck, 1870.

② W. Radloff, *Kudatku Bilik. Facsimile der uigurischen Handschrifte der K. K.*

Hofbibliothek in Wien, St. Petersburg, 1890.

③ W. Radloff, *Das Kudatku Bilik des Jusuf Chass-Hadshib aus Bälasagun*. Teil I: *Der Text in Transscription*. Teil II: *Text und Übersetzung der uigurischen Handschrifte der K. K. Hofbibliothek in Wien*, St. Petersburg, 1891.

④ V. Thomsen, "Sur le système des consonnes dans le langue ouigoure," *Keleti Szemle*, 2, 1901.

⑤ W. Radloff, *Das Kudatku Bilik des Jusuf Chass-Hadshib aus Bälasagun*. Teil II: *Text und Übersetzung nach den Handschriften von Wien und Kairo*, St. Petersburg, 1910.

次の⑥以下が、ヴァーンベーリ、ラドロフ、以外の訳本である。

⑥ *Yusuf Has Hajib Kutadgu Bilig* II Çeviri: Reşid Rahmeti Arat, Ankara, 1959. Ikinci Baskı, Ankara, 1974. 校訂本を作成したアラト自身による現代トルコ語訳。原文は韻文であるが、散文で訳している。バイト番号は、散文訳された各バイトの前に一つずつ記載されている。

⑦ *Xos Hajib, Qutadgu bilig (Sodatga yoplovchi bilim). Transkriptsiya va hozirgi Özbek tiliga tavsif*, Nashrga taiyorlobchi : Kayum Karimov, Toshkent, 1971. アラトの校訂本を利用して作成された、ウズベク文字転写テキストとウズベク語訳。（筆者未見）

⑧『維吾爾族古典長詩　福樂智慧』 尤素甫・哈斯哈吉甫著　耿世民・魏萃一譯　烏魯木斉：新疆人民出版社　1979 年。中国語による抄訳。バイト番号は付されていない。巻頭に 3 写本の写真を掲げるが、ウィーン写本とカイロ写本を取り違えるなど、杜撰な点も認められる。

⑨ *Yūsuf Khāṣṣ Ḥājib, Wisdom of Royal Glory (Kutadgu Bilig). A Turko-Islamic Mirror for Princes*, Translated, with an Introduction and Notes by Robert Dankoff, Chicago and London, 1983. アメリカの優れたテュルク学者ダンコフによる英訳。原文は韻文であるが、読みやすさを考慮して、四行詩の部分を除き、すべて散文で訳している。バイト番号は英訳のパラグラフごとに、一つにまとめて記されている。巻頭に有益な解説、巻末にペルシア語のカラ・ハーン朝・テュルク語への翻訳借用（calque）の一覧と訳に関する詳しい注が付けられている。翻訳借用というのは、ペルシア語で「顔を向ける、好意を示す」

を意味する rū kardan(逐語訳「顔を行う」)を、カラ・ハーン朝・テュルク語でも、逐語訳と同じ表現を借用し、単語をテュルク語に変えて、やはり「顔を行う」yüz qıl- といういい方で「好意を示す」の意を表すなどの例を指す。このようなペルシア語からの翻訳借用が多いことは、言語的にも、『クタドゥグ・ビリグ』がペルシア語の影響をいかに大きく受けたものであるかを証明するものといえる。

⑩ *Yusuf Balasagunskiy, Blagodatnoe Znanie*, Izdanie podgotovil : S. N. Ivanov, Moskva, 1983. 縦17センチ、横11センチの小型の書物で、ロシア語への完訳である。バイト番号はアラトの校訂本の番号を利用しているが、5バイトごとに一つの番号が付けられている。巻末には、付録として、テュルク学者A・N・コノノフと訳者S・N・イワノフによる二つの解題が掲載され、ソ連の業績を中心とする研究史と書名の解釈、作者のユースフによって使用された言語の名称等についての諸説が解説されている。

⑪ *Yusuf haṣ ḥajib, Kutaḓqu Bilik*, Millətlər Nəxriyati, Beyjing, 1984.(『福樂智慧(維吾爾文)』尤素甫・哈斯・哈吉甫著　新疆社会科学院民族文学研究所編　北京:民族出版社、1984年)。中国新疆ウイグル自治区の民族文学研究所の研究成果である。見開きの右のページに現代のウイグル式のラテン文字によるテキスト、左のページにやはり現代のウイグル式のアラビア文字を使用した現代ウイグル語訳が示されている。バイト番号はアラトの校訂本の番号を利用している。冒頭に現代の画家が想像して描いたユースフのカラーの肖像画を掲載している。この肖像画はカシュガルのユースフ廟にも展示されている。

⑫『優素甫・哈斯・哈吉甫著　福樂智慧』郝関中・張宏超・劉賓訳(北京:民族出版社、1984年)。上記⑪のラテン文字テキストを底本に、先行の諸訳をも参照して作成された中国語による完訳である。バイト番号はアラトの校訂本の番号を利用している。巻頭に解題として「訳者序」を付す。本書の訳者山田ゆかり氏はこの訳本を日本語訳の初稿作成のために利用した。

⑬このほか、テュルク系の諸国で、1993年にはキルギス(クルグズ)語訳、2006年にはアゼルバイジャン語訳も出版されているが、それらの書誌情報は省略する。

7. 内 容

　まず書名の『クタドゥグ・ビリグ』について説明する。

　ラテン文字転写による Qutadġu Bilig のうち、Qutadġu は Qut-ad-ġu と分析でき、Qut が「幸福、幸運」を意味する名詞、Qut-ad- が「幸福になる、幸運になる」を意味する動詞、それに「べき、に必要な、ための」などを意味する接尾辞の -ġu が付いた語形式で、Qutadġu は全体として「幸福・幸運になるための」を意味する。Bilig は「知る」を意味する動詞 bil- に名詞をつくる接尾辞 -ig がついた語形式で、「智恵・知識」を意味する。つまり Qutadġu Bilig は全体で「幸福・幸運になるための智恵・知識」「幸福・幸運の智恵・知識」の意味となる。本書では、これらを踏まえて、簡潔に『幸福の智恵』としている。なお、テュルク語のクト（qut）は「天寵、幸福、幸運、君主が天寵を得て身に着けたカリスマ」などの意味でも使用される重要な単語で、古来、テュルク民族の君主などにもクトルグ（Qutluġ）、すなわち「クトを持つ者」「天寵を得て君主としてのカリスマをそなえた者」という名を持つものが多い。このクトについては、本解題の 9.「参考文献」に掲げたイタリアのテュルク学者 A・ボンバチの「クトルグ・ボルズン！」という重要な論文が参考になる。

　次に『クタドゥグ・ビリグ』の構成について述べる。冒頭に、後世に作者ユースフ以外の人物によって付けられた散文と韻文による二つの「序文」、それに本書の内容を示す「目次」が提示される。これに続き、本文は、第1章「高められ、讃えられるべき神（テングリ）への賛辞を述べる」など、神や、預言者ムハンマド、その4人の後継者（正統カリフ）、輝かしい春と支配者ボグラ・ハーンに対する賛辞などから始まる。そして、本文の本体ともいうべき部分は、第12章「物語の始まり、キュン・トグドゥ王（本書の「日の出王」）について」に始まり、第85章「国王がオグデュルミシュ（人名。本書の「絶賛」）を弔慰したことについて述べる」で終わる。このように、賛辞等の部分を含めて、本文は全85章からなる。そしてその後に、著者ユースフのいわば心情告白として、「若き日々への悔恨と老いについて述べる」「時代の堕落と友らの裏切りについて述べる」「本書の著者ユースフ大侍従が自らに訓戒を与える」という補遺・後書きともいえる3章が続く。この最後の3章によって、

本書執筆時、あるいは本文執筆直後に、ユースフが置かれていた立場や彼の心境を明確に知ることができる。

『クタドゥグ・ビリグ』の分量について述べると、第1章から、この最後の3章を含めて、その全詩句は6645バイトである。残念ながら、どの写本にも見えない明らかな欠落部（例えば、バイト6303と6304の間、6351と6352の間、6358と6359の間など）も少しはあるが、本書は6600をこえるバイトを含む長編詩である。

『クタドゥグ・ビリグ』における物語の展開について述べると、物語は、主に、次の4名の主要登場人物の間で交わされる問答を中心に展開される。なお、問答と問答の間には、独白、訓告や遺言、それに手紙なども挟まれるが、4名のうちのいずれか二人の人物の間で交わされる問答が本書の基軸であることは間違いない。このため、本書を問答式長編物語詩と呼ぶことも可能である。

4名の主要登場人物のうち、一番目の人物は、正義・公正の擬人化である国王のキュン・トグドゥ（本書の「日の出王」）で、キュン・トグドゥを直訳すると「日が昇った」となる。二番目の人物は、幸福・幸運の擬人化であるワズィール（宰相）のアイ・トルドゥ（本書の「満月」）で、アイ・トルドゥは直訳すると「月が満ちた」となる。三番目の人物は、智恵・理性の擬人化で、「満月」の息子であるオグデュルミシュ（本書の「絶賛」）で、オグデュルミシュを直訳すると「讃えられた」となる。オグデュルミシュ（Ögdülmiş）の語根は ög-（讃える）である。このオグデュルミシュを、本解題の6.「訳本」の⑦⑪に挙げた中国語訳ではともに「賢明」とするが、これは語根を ö-（考える）とみなした解釈で、誤りである。四番目の人物は、終末、つまり人生の終末の擬人化で、「絶賛」の兄弟であるオドグルムシュ（本書の「覚醒」）である。オドグルムシュを直訳すると「目覚めた」となる。なお、著者ユースフ以外の人物が後世に加えた二つの「序文」では、「覚醒」を終末ではなく満足の擬人化としている。これはおそらく、都から離れて独りで住み、スーフィズム（イスラーム神秘主義）の修行に励む修行者である「覚醒」が、その修行の終末、つまり修行の最終階梯に当たって神との合一を達成し、満足と共に世を去ったと解釈した結果ではなかろうか。

本書の前半部で、「日の出王」、「満月」、「絶賛」の交流が描かれ、後半部に、「覚醒」が登場する。このほかに、いわばわき役として、「満月」の友人のキュセミシュ（本書の「大望」）、侍従のエルシグ（本書の「剛毅」）、「覚醒」の弟子のクマル（本書の「遺産」）の3名も登場するが、本書の中で果たす役割は小さい。

主要登場人物を4名とし、そのうちの二人の間で交わされる折々の問答を基軸に展開されるこの長編物語詩の枠組みは、ユースフが大きな影響を受けたはずの先行のイランの教訓文学・鑑文学などには見られない。それゆえ、これはユースフが自ら考案した独自の枠組みと考えてよく、彼の独創性を明確に示すものといってよいであろう。

本書の筋書きを示すと以下のごとくである。

「日の出王」が自分一人で政務を行うことの難しさから、自分を補佐してくれる優秀な人物を身近に置きたいと思っていたところ、若いが多くの優れた長所を備えた「満月」が国王の宮廷に到着し、その宮廷に仕える。そして国王と、幸福・幸運、正義・公正などについて問答を交わす。「満月」は国王に言葉や幸福・幸運の移ろいやすさについて述べる。国王は秀でた「満月」を得て満足し、彼を宰相に任命して、安心して政治を任せることができたが、やがて「満月」は、息子の「絶賛」に訓告を与え、国王にも遺言を残して死去する。

ここまでの部分は、国王の統治における正義・公正の重要性と、言葉や幸福・幸運が移ろいやすいものであることを示したものと考えられる。

次に、国王が「絶賛」を宮廷に招き、「絶賛」が宮廷に到着する。「絶賛」は国王に智恵・理性について述べ、また国王や宰相が備えるべき条件、軍を率いる将軍や、大侍従・門衛隊長など宮廷の諸職にどのような人物が必要であるかを述べる。

国王は山里で独り修行する「覚醒」をも宮廷に招くが、「覚醒」は、宮廷の習慣など、世事にうといことを理由に出仕を辞退する。「絶賛」が「覚醒」のところに至り、国王への仕えかた、宮廷の人々や、学者や医師、商人や農民など一般の人々とどのように交際したらよいかを述べる。また、結婚や子供の養育、食事の作法などについても述べる。

「覚醒」は国王の一度会うだけでよいとの希望を「絶賛」から聞くと、都に

出向き、国王に会う。「覚醒」は国王の求めに応じて、国王に自らの考えを開陳し、国王にもやがて死が訪れると諭し、国王が正しい道を歩むよう、また敬虔な国王として民を統治するようにと忠告する。国王は感謝し、「覚醒」は山里へと去る。

「絶賛」が改めて国王に統治の要諦を述べる。国王は感謝し、以後、王国は繁栄し、「絶賛」はさらに重用される。しかしやがて、「絶賛」は自らの過去を悔悟し、国王に「覚醒」のもとに赴く許可を得ると、「覚醒」に会いに山里へと出向く。「絶賛」と「覚醒」との間の種々の問答が交わされた末に、「覚醒」は「絶賛」に都に帰ることを勧め、「絶賛」もそれに従う。「絶賛」の活躍で王国はさらに繁栄する。

「覚醒」のもとから使者が到着し「覚醒」が病気になったことを報告する。このため、「絶賛」は「覚醒」のもとに赴く。「絶賛」は「覚醒」の見た夢を聞き、その夢をよい夢だと解く。しかし「覚醒」は、自らの死が近いことを知らせる悪夢だという自らの夢解きを述べ「絶賛」に遺言を伝える。「絶賛」は一度都に帰ったが、心配になり、再び「覚醒」を訪れる。そこで「覚醒」の弟子である「遺産（クマル）」が「絶賛」に「覚醒」の死を告げ、「絶賛」を慰める。「絶賛」は「覚醒」の墓で彼を追悼する。国王も「絶賛」のもとに至り、彼を慰める。「絶賛」は悲しみの日々を送るが、やがて「覚醒」の死の衝撃から立ち直り、都で政務を再開し、世は再び繁栄する。

その後には、著者ユースフの感懐の吐露が続く。さらに最後の補遺の3章で、ユースフはこの世の乱れと友人たちの裏切りを嘆き、人びとの幸福のためにこの書を著した自らの存在を決して忘れないようにと世の人びとに願う。そして、罪深い自らと信徒たちに対する神の赦しと慈悲を願ってこの書を締めくくる。この結びは、敬虔なイスラーム教徒であった著者ユースフにふさわしいものに思われる。

なお、本書にギリシャ哲学や仏教思想の影響を認める研究者もある。しかし、たとえ影響があったとしても、執筆時に著者のユースフが接することのできた、各種のアラビア語文献に記されたギリシャ哲学や仏教思想に関わる記述からの、いわば間接的な影響と考えるのがやはり妥当と思われる。

本書で展開される問答の内容は実に多岐にわたり、政治、経済、社会、宗

教、哲学、倫理、軍事などのほか、数学、医学、天文学、さらに宴会の作法、夢解き等々にまで及ぶ。そのため、本書を11世紀の中央アジアに関する百科事典とみなす研究者もある。妥当な見解といってよいであろう。

最後に、本書の内容を短くまとめると次のようになる。

この書物は、国王によって正義が正しく行使され、王国が繁栄するには、幸福・幸運（「満月」）と智恵・理性（「絶賛」）、そして人生の終末（「覚醒」）についての知識、すなわち宗教が必要であることを示したものである。

国王はまず幸福・幸運（「満月」）に恵まれて、正義・公正に基づくよい政治を行うことができたが、移ろいやすい幸福・幸運（「満月」）はやがて死去し、彼のもとを去る。彼は次に智恵・理性（「絶賛」）を身近に置いて、やはりよい政治を行うことができたが、なおそれでは満足できず、終末（「覚醒」）を身近に置くこと、すなわち宗教を自らの政治の柱とすることを願う。しかし終末（「覚醒」）はすぐに国王のもとを去って、やがて死去し、結局、正義・公正（国王）と智恵・理性（「絶賛」）のみが残される。すなわち、国王は幸福・幸運（「満月」）や宗教（「覚醒」）に頼って政治を行うことはできず、正義・公正（国王）と智恵・理性（「絶賛」）が、国家を正しく運営するうえでの大きな二つの柱であることを示そうとしたものと考えられる。

8. 本訳書の問題点と価値

『クタドゥグ・ビリグ』の翻訳は、本来、3写本や校訂本を利用してカラ・ハーン朝・テュルク語の原文から直接訳すことが望ましい。しかし、本書は、まず中国語訳から日本語訳が作成され、さらに、英語、現代ウイグル語など、他国語への翻訳、そして時にテュルク語の原文を参照して完成された重訳である。この重訳であるという点が本書の弱点であることは明らかである。

しかし、この点について一言すると、中央アジア史やテュルク学を専攻するこの解題の筆者はこれまでに勤務した大学院（京都大学・龍谷大学）の演習のテキストに『クタドゥグ・ビリグ』をしばしば取り上げ、3写本や校訂本を利用して、そのかなりの部分を院生諸君と共に読解したことがある。この筆者の経験からすると、原文が比喩や暗喩、言葉遊びなどにも富んだ韻文で書かれており、著者ユースフが韻律や脚韻を整えるために特殊な単語を用い

たり、単語の配列を自由に変えたり、格助詞や後置詞を省略したりしているため、原文のいくつかの箇所について、その正確な訳を提示することは容易ではなかった。筆者を含め、正確な訳を要求される日本のテュルク学の専門家が、必要性は感じながらも、これまで原文からの翻訳の出版を断念してきたのも、これが最大の理由であろう。

現在、『クタドゥグ・ビリグ』を読解するためには、Sir Gerard Clauson, *An Etymological Dictionary of Pre-Thirteenth-Century Turkish*, Oxford, 1972 や、Robert Dankoff & James Kelly, *Maḥmūd al-Kāšγarī, Compendium of the Turkic Dialects. (Dīwān Luγāt at-Türk)*, ed. & tr. with introduction & indices by R. Dankoff in collaboration with J. Kelly, 3 Parts., Cambridge, 1982 などの優れた辞書を利用できる。それでも、『クタドゥグ・ビリグ』の中には、これらの辞書中に適訳を発見できない単語や表現が多々存在する。このため、先に、6.「訳本」に挙げた各国語による訳本を比べても、難解な個所については、訳が一致しない場合が多い。これは、カラ・ハーン朝テュルク語、カラ・ハーン朝史を含め、11世紀の中央アジアに関する学問がなお未発達であることの証左である。つまり、単純にいえば、『クタドゥグ・ビリグ』にはなお難解な個所が多く、現在、専門家といえども原文に基づく完璧な訳を提供することは困難で、そのため各国語への翻訳もまた完全なものではない、といわざるを得ないのである。そうであれば、少なくとも現時点では、重訳といえども3種の訳本を参照して作成された本書の価値は決して小さくはないといってよいであろう。

また、このような研究状況の中にあっては、専門家ではない山田ゆかり氏の本訳書が、重訳という弱点のほかにも、いろいろの問題点を含むのは当然である。問題点を少しだけあげると、まず、本書の日本語訳には、山田氏が利用した中国語訳に見られる誤りがそのまま踏襲され、修正されないまま残されている場合もあると思われる。山田氏の協力者たちは、英訳や現代ウイグル語訳、さらに時にテュルク語原文をも参照して初稿の訳文の改訂に努めたが、もとより、それには限界がある。そのため、修正されずに残されている部分については、いつか将来、原文に依拠して、専門家の手で修正されることが望ましい。本書はこの修正作業のための一つの有用な手がかりともなり得るはずである。

また、訳語についていうと、例えば、原文に、テングリ（tengri）、バヤト（bayat）、ウガン（ugan）などの単語で登場する「神」を、本書ではすべて「アッラー」と訳している。厳密にいうと、ユースフが神を指すのに「アッラー」の語を使わず、あえて古くからテュルク民族の神であった「テングリ（天神）」など、他の語を使用している以上、ユースフがそのようにした理由を考察し、その結果を翻訳にも反映させる必要があるように思われる。とはいえ、これは専門家にとっては解決すべき問題であっても、簡明な訳を心がけた訳者山田氏にとっては、そしてまた本書を読む読者にとっては、さほど大きな問題ではないといってよい。なぜなら、敬虔なイスラーム教徒であった著者ユースフにとっての「神」は、それを彼がどの語で呼ぼうと、やはり事実上は、イスラームの唯一絶対神「アッラー」のみであったと考えられるからである。そうであれば、「テングリ」その他の「神」を意味する語を、すべて「アッラー」と訳しても特に問題はない、ということになるはずである。なお、中央アジアの出身で、16世紀の前半、インドにムガル朝（バーブルの故郷ウズベキスタンでは、ムガル朝という他称ではなく、バーブル朝と呼ぶ）を創設したテュルク人バーブルも、その著書『バーブル・ナーマ』の中で「アッラー」を常に「テングリ」と呼んでいることについては、本解題の9.「参考文献」に掲げた論文、間野英二「バーブルの神」を参照していただきたい。

　次に、本書に付けられた注も決して十分とはいえないであろう。本書が中央アジア史やテュルク学の専門家ではない山田氏の手になる以上、それもまた、やむを得ないというほかはない。本書の訳文の中に不明の固有名詞や術語等があれば、「参考文献」に挙げた事典類や概説、手引書などをも利用して、読者自からそれらについての理解を深められることを期待したい。

　重要なのは、本書によって、11世紀の中央アジアに生きた一テュルク人が著した興味深い長編物語詩の全体を、はじめから終わりまで、とにかく初めて日本語で通読できるという点である。これは画期的といってもよい。そして、これがまさに本書の価値であり、また本書出版の意義である。

　日本で中央アジアといえば、「シルクロード」という曖昧な言葉で、その地の人や物、あるいはその地の社会や文化を、単にぼんやりと思い浮かべる場合が多い。そのような私たち日本人が、文学作品とはいえ、中央アジアの

多彩なテーマについて現地出身の著者ユースフが縦横に語った本書によって、11世紀中央アジアの政治・経済・社会・文化・宗教等の諸相を、少しでも具体的に想起できるようになるならば、私たちの前に新たな地平が拓かれたといっても決して過言ではないであろう。

　読者の皆様が、本書を読むことによって、11世紀中央アジアの内実を知り、同時に、そこに生きた一テュルク人ユースフの幅広い教養と叡智に触れ、ユースフが説く普遍性に富んだ「幸福の智恵」を少しでも会得することができたなら、訳者山田ゆかり氏や協力者たちの長年の労苦も十分に報われたというべきであろう。

9. 参考文献　（出版年順）

【日本語・日本人の論文・著書】

オマル・ハイヤーム作（本田亮作訳）『ルバイヤート』、岩波文庫、1949年。

羽田明「中央アジアの歴史」『アジア史講座』4、岩崎書店、1957年。

井筒俊彦（訳）『コーラン（上）（中）（下）』岩波文庫、1957-58年。改訂版1964年。

羽田明・山田信夫・間野英二・小谷仲男『西域』河出書房新社、1969年、文庫版復刻　河出文庫、1989年。

カイ・カーウース、ニザーミー著（黒柳恒男訳）『ペルシア逸話集　カーブースの書、四つの講話』平凡社東洋文庫、1969年。

フィルドゥスィー（黒柳恒男訳）『王書　シャー・ナーメ　ペルシア英雄叙事詩』平凡社東洋文庫、1969年。

三田了一（訳並注解）『日亜対訳・注解　聖クラーン』日本ムスリム協会、1972年。改訂版、1982年。

小田壽典「Qutadġu Bilig とイスラム受容」『トルコ民族とイスラムに関する共同研究報告』（昭和47・48年度）東京外国語大学アジア・アフリカ言語文化研究所、1974年。

代田貴文「カラハン朝の東方発展」『中央大学大学院研究年報』5、1976年。

間野英二『中央アジアの歴史　草原とオアシスの世界』講談社現代新書、1977年。

羽田明『中央アジア史研究』臨川書店、1979年。
R.A. ニコルソン／中村廣治郎訳・解説『イスラムの神秘主義』東京新聞出版局、1980年。
間野英二「『クタドゥグ・ビリグ』近刊訳本三種」『西南アジア研究』23、1984年。
間野英二「トルキスタン」島田虔次ほか編『アジア歴史研究入門 4』同朋舎、1984年。
アブドゥシュクル・ムハンマド・イミン（間野英二・李昌植訳）「中世ウイグル文化の百科事典『クタドゥグ・ビリク』（福楽知恵）」『西南アジア研究』26、1987年。
稲葉穣「ガズナ朝のハージブ」『西南アジア研究』29、1988年。
山田信夫「トルキスタンの成立」『北アジア遊牧民族史研究』東京大学出版会、1989年。
濱田正美「サトク・ボグラ・ハンの墓廟をめぐって」『西南アジア研究』34、1991年。
間野英二・中見立夫・堀直・小松久男『内陸アジア』朝日新聞社、1992年。
西脇隆夫「論《福楽智慧》的結構和形式」『西域研究』13、1994年。
小松久男『革命の中央アジア あるジャディードの肖像』東京大学出版会、1996年。
伊原弘・梅村坦『宋と中央ユーラシア』（世界の歴史7）、中央公論社、1997年。
西脇隆夫 "On the Structure and Form of Kutadgu Bilig"『名古屋学院大学論集（言語・文化篇）』10—1、1998年。
竺沙雅章監修・間野英二責任編集『中央アジア史』（アジアの歴史と文化8）同朋舎、1999年。
梅村坦「中央アジアのトルコ化」間野英二責任編集『中央アジア史』同朋舎、1999年。
間野英二「中央アジアのイスラーム化」間野英二責任編集『中央アジア史』同朋舎、1999年。
間野英二「トルコ・イスラーム社会とトルコ・イスラーム文化」間野英二責任編集『中央アジア史』同朋舎、1999年。
濱田正美「聖者の墓を見つける話」『国立民族博物館研究報告別冊』20、1999年。

小松久男編『中央ユーラシア』（新版世界各国史4）山川出版社、2000年。
濱田正美「中央ユーラシアの「イスラーム化」と「テュルク化」」小松久男編『中央ユーラシア』山川出版社、2000年。
井谷鋼造「トゥルク民族とイスラーム――アイデンティティーの観点から」追手門学院大学アジア文化研究会編『他文化を受容するアジア』和泉書院、2000年。
宇山智彦『中央アジアの歴史と現在』東洋書店、2000年。
菅原睦「チャガタイ文学とイラン的伝統」『総合文化研究』5、2001年。
嶋田襄平ほか編『新イスラム事典』平凡社、2002年。
大塚和夫ほか編『岩波イスラーム辞典』岩波書店、2003年。
宇山智彦編『中央アジアを知るための60章』、明石書店、2003年（第2版、2010年）。
間野英二・堀川徹編『中央アジアの歴史・社会・文化』放送大学教育振興会、2004年。
間野英二「テュルク・イスラーム文化」間野英二・堀川徹編『中央アジアの歴史・社会・文化』放送大学教育振興会、2004年。
小松久男ほか編『中央ユーラシアを知る事典』平凡社、2005年。
間野英二「バーブルの神」『龍谷大学論集』469、2007年。
間野英二「「シルクロード史観」再考―森安孝夫氏の批判に関連して―」『史林』91―2、2008年。
濱田正美『中央アジアのイスラーム』山川出版社、2008年。
丸山鋼二「カラハン王朝と新疆へのイスラム教の流入」『文教大学国際学部紀要』18―2、2008年。
菅原睦「中央アジアにおけるテュルク語文学の発展とペルシア語」森本一夫編『ペルシア語が結んだ世界――もう一つのユーラシア世界』北海道大学出版会、2009年。
V・V・バルトリド（小松久男監訳）『トルキスタン文化史　1』平凡社東洋文庫、2011年。
堀川徹「中央アジア文化における連続性について――テュルク化をめぐって」森部豊・橋寺知子編『アジアにおける文化システムの展開と交流』

関西大学学術研究所、2012年。
ムフタル・アブドゥラフマン「『幸福を与える智慧』における国家論―ウイグル哲学の頂点における理想的国家像―」『(九州大学哲学会) 哲学論文集』49、2013年。
菅原睦「ユースフ『クタドゥグ・ビリグ』とカーシュガリー『チュルク語諸方言集成』――11世紀チュルク諸語とイスラーム」柳橋博之篇『イスラーム　知の遺産』東京大学出版会、2014年。
ニザーム・アルムルク著 (井谷鋼造・稲葉穣訳)『統治の書』岩波書店、2015年。
M. Sugawara, "A Middle-Turkic *qaṣīda* in the Uyghur script,"『東京外国語大学論集』91、2015年。
小松久男編『テュルクを知るための61章』明石書店、2016年。
菅原睦「クタドゥグ・ビリグ――テュルク・イスラーム文化の始まり」小松久男編『テュルクを知るための61章』明石書店、2016年。
東長靖・今松泰『イスラーム神秘主義の輝き――愛と知の探究』山川出版社、2016年。
菅原睦「中期テュルク語翻訳文献とその背景」東京外国語大学語学研究所定例研究会、研究発表資料、2018年。
小松久男・荒川正晴・岡洋樹編『中央ユーラシア史研究入門』山川出版社、2018年。

【日本語以外の論文・著書】(ごく一部のみ。また、6.「訳本」に掲げた文献は除く)。
　詳しくは本欄の最後に掲げるトルコ共和国のE・ウチャルの文献目録を参照。そこにはトルコ語の文献を中心に、『クタドゥグ・ビリグ』関係の687編の論文・著書が掲載されている。なお、この文献目録はインターネット上でも公開されている。

P. Amédée Jaubert, "Notice d'un manuscript turc, en caractères ouïgours, envoyé par M. de Hammer à M. Abel-Rémusat," *Journal Asiatique*, VI, Paris, 1825.
A. Fitrat, *Özbek edebiyat numuneleri*, I, Samarqand-Tashkent, 1926.
A. Bombaci, "Kutadgu Bilig hakkında bazı mülahazalar," *Fuad Köprülü Armağanı*, İstanbul, 1953.

M. Mansuroğlu, "Das Karakhanidische," J. Deny, et al., Philologiae Turcicae Fundamenta, Tomus Primus, Wiesbaden, 1959.

A. Bombaci, "Qutluγ bolzun! A contribution to the history of the concept of 'fortune' among the Turks,"Part one, Ural-Altaische Jahrbücher, 36, 1965; Part two, UAJb, 38, 1966.

C. E. Bosworth, "Ilek-Khāns or Ḳarakhānids,"Encyclopaedia of Islam, New Edition, Leyden and London, 1971.

A. Dilâçar, Kutadgu Bilig İncelemesi, Ankara, 1972.

O. Ptitsak, Studies in Medieval Eurasian History, London, 1981.

S. Tezcan, "Kutadgu Bilig dizini üzerine," Türk Tarih Kurumu. Belleten, XLV/2, Ankara, 1982.

M. Arslan, Kutadgu-Bilig'deki toplum ve devlet anlaşı, İstanbul, 1987.

魏良弢『喀喇汗王朝史稿』烏魯木齐：新疆人民出版社、1986 年。

郎櫻『福楽智慧与東西方文化』烏魯木齐：新疆人民出版社、1992 年。

N. Hacieminoğlu, Karahanlı Türkçesi Grameri, Ankara, 1996.

E. A. Davidovich, "The Karakhanids, "History of Civilizations of Central Asia, Vol. IV, Part 2, Paris, 1998.

Études Karakhanides, Cahiers d'Asie Centrale, No 9, Tachkent-Aix-en-Provence, 2001.

劉衛萍『西域経済思想史——喀喇汗王朝経済思想研究』上海：上海財経大学出版社、2003 年。

H. A. R. Gibb, et al., Encyclopaedia of Islam, New Edition, Leiden, 1960-2004.

E.N. Necef, Karahanlılar, İstanbul, 2005.

R. Dankoff, From Mahmud Kaşgari to Evliya Çelebi. Studies in Middle Turkic and Ottoman Literatures, Istanbul, 2008.

Z. Ölmez, "Kutadgu Bilig'in Mısır nüshasının yazım ve dil özelliklerine göre değerlendirilmesi," VIII. Milletlerarası Türkoloji Kongresi 30 Eylül-4 Ekim 2013, İstanbul, 2014.

E. Uçar, "Kutadgu Bilig'in kronorojik kaynakçası (1825-2016)[Tekmilleştirilmiş Versiyon]," Uluslararası Uygur Araştırmaları Dergisi, 2015/6.

カラ・ハーン朝系図

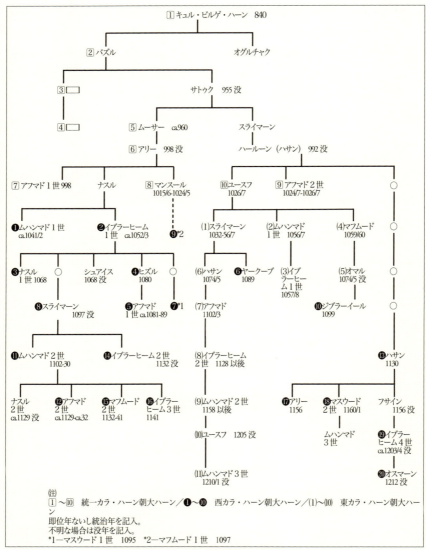

カラ・ハーン朝（840～1212年）系図
（日本イスラム協会監修『新イスラム事典』平凡社、2002年、p.579-580 掲載の図をもとに作成）

カラ・ハーン朝関連地図

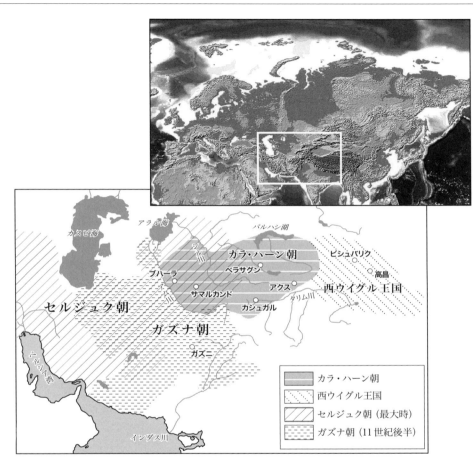

カラ・ハーン朝関連地図
(亀井高孝ほか編『世界史年表・地図』吉川弘文館、第24図「十一世紀のアジア 宋・遼・高麗」をもとに作成)

訳者後書き

山田ゆかり

　2010年7月、北京大学歴史学部修士課程を修了した私は、学生時代最後の思い出として、北京から中国の西端新疆ウイグル自治区を目指して友人と旅にでた。西安から蘭州、敦煌からウルムチへと一つひとつ新しい街をめぐりながらシルクロードをたどった。

　当時は現在の「一帯一路」の政策の前身とも呼べる「西部大開発」の時代だったが、西域への出口、敦煌をでると車窓から見える景色は、果てしなく続く乾燥した大地に、キリンの首のような油井が数えきれないほど立ち並び、無数の風力発電機の風車とともに、内陸部における中国の発展を息苦しくなるほどに感じさせられた。私が訪れたのは7月の新疆自治区である。外気は高温サウナのように熱く、あの息苦しさはひょっとすると空気の息苦しさだったのかもしれないが、少なくとも私は中国の熱気だったと今でも思っている。

　西に行くに連れて、イスラーム風の建物やモスクが多く見られるようになる。ハラルの食堂も増えていき、イスラーム文化の影響が近づいてくることを感じた。それなのに私が幼いころから思い浮かべていた「月の砂漠」の歌にあるような砂漠の情緒や、辺境ののどかさは田舎町や観光地に行ってもほとんどない。古来の砦や城の遺跡も映画のセットのように整備され、高額な入場料に驚くばかりで、歴史への感傷など感ずる暇もなかった。

　到着した新疆ウイグル自治区の省都ウルムチにはさらに驚かせられることになった。そこは北京や上海となんら変わらなく、高層ビルが立ち並び大通りは車が渋滞する典型的な中国の大都会だった。ただ違うのはビルや店舗に掲げられている看板やポスターが漢字と並んでウイグル文字が書かれていたことだけである。しかしバザールに行くと、居並ぶ商品や飛びかう言葉も漢族のものではなく、圧倒的に現地の住人たちのものだった。千夜一夜の世界にまぎれこんだようなカラフルな色取りの衣服やイスラーム風の雑貨、干しブドウとイチジクなどが誇らしげに売られている。この街ではまぎれもなく

訳者後書き

二つの文化がせめぎあっていた。

　この旅を終えてから1年後、父の知人から、1冊の本を渡された。11世紀の中央アジアに君臨したカラ・ハーン朝時代に古いテュルク語で書かれた書物で、マキャベリの『君主論』のような内容のもので、ウイグル族にとっては最も貴重な古典だという。中国語が理解できる私に翻訳してみないかという話を持ちかけて下さったのだ。それがこの『クタドゥグ・ビリグ（中国名：福楽智慧）』である。

　私も中国にかかわり中国で歴史を学んだ以上、中国の少数民族問題についても多少の知識は持っている。中国政府の少数民族政策が、時に強圧に転じて少数民族の生活を苦しめていることも理解している。私が新疆に行った時にも漢族と間違えられ、ウイグル族の人たちから厳しい目で見られたこともあった。新疆へ行ってウルムチまでは入ったが、『クタドゥグ・ビリグ』の作者ユースフ・ハース・ハージブの墓があるカシュガルに行っていないのも、私の卒業旅行が、いわゆる「ウルムチ騒乱」の1周年に近く、奥地にあるカシュガルやヤルカンドまで行くことに躊躇したからである（結局、私たちは、ロシアの国境近くのアルタイ地方に旅先を変えた。今思えば非常に惜しいことであった）。

　私の北京大学での生活では恩師はもとより漢族の友人がほとんどだったが、だれもが日本人の私にやさしく友好的であり、楽しく大学生活をサポートしてくれていた。私が北京大学大学院で学んだ学部は歴史学部であり、専攻は近現代史だったので日中戦争の話題はいつも避けては通れなかった。もちろん、かれらとの歴史認識に相違がある場合も多々あったが、それをもってしても不愉快なことはほとんどなかった。

　それに私も歴史学徒として、歴史においては民族間の争いは多くあるが、同時に争いの時代以上に平和的な交流の時代が長くあったことも学んでいる。よほどの知識がない限り目の前の紛争から、いまだ見ぬ未来についての判断をくだすことはできない。あるいはその評価は1000年の歴史をへても定まらない場合も数多くある。私は中国の少数民族問題に第三者である日本人が安易に入ることは好ましいとは思っていなかった。

　そこに『クタドゥグ・ビリグ』である。人生で一度も聞いたことのない名

前の膨大な分量の 11 世紀の古典をつきつけられて、いかに父の親しい友人であり、わたしも学生時代にずいぶんお世話になった方の依頼であったとしても、簡単に受けることはできなかった。それに、その方の言われる通りの貴重な本なら、すでに日本語の訳書や論文があるはずだと思いネットで検索してみたが、訳書はおろか研究論文もほとんどでてこない。

　中国ではどうかと思い、北京大学時代の友人たちに頼んでさがしてもらうと、中国政府の少数民族政策として、改革開放の波を受けて、1980 年代には中国語訳、現代ウイグル語訳、ほかにいくつかの抄訳本があることを知った。とくに現代ウイグル語版の訳本はアラビア文字とローマ字文字表記を並べた大版のとても立派な本であった。関係する中国での研究論文も非常に多く、政治、経済、文化それぞれの分野で多岐にわたった論文が量産されていることもわかった。ほかに世界を見渡せば、英訳本と現代トルコ語訳本があることも確認した。たしかに日本語では翻訳されていないが、ウイグル人にとっては貴重な書物であり、同時に漢族研究者にとっても重要な本であることは間違いなかった。まずは読んでから考えようと思い、手に取ってみることにした。

　もちろん『クタドゥグ・ビリグ』は、簡単に通読できる書物ではなかった。「序言その 1」からはじめて、6645 句 1 万 3290 行の詩句で成り立つ大著である。通読と言うより、目次から見て関心を持った部分だけを飛ばし読みしたというのが事実である。それにしても不思議な本であった。まず、主人公が、正義、幸運、智恵、終末という四つの概念の擬人化ということであり、それぞれがそれにふさわしい名前、「日の出王」「満月」「絶賛」「覚醒」を持つ。正義が幸運と話をしたり、智恵が正義と会話したりするなんて、なかなかおしゃれで面白いではないか。戦争と子育て、陰謀うずまく宮廷での処世術、女性への蔑視とうらはらの憧憬、出世への野心と宮仕えの苦労、上は宇宙の摂理から下は宴会で出された料理の食べ方まで、パンドラの箱のように、次から次へと、人間の人間たる所業が淡々と語られていく。今で言えばちょうど高邁な哲学本と処世のハウツー本が 1 冊にまとめられたような内容である。だんだんと私はこの古典のとりこになっていった。調べていくうちに、私はこの

書物が中国のウイグル族だけでなく、漢族も含む中国全体で評価されているものであることを知った。また、テュルク文学として、トルコやウズベキスタンなど世界のテュルク系民族や国家の共通の文化遺産として尊重されていることも知った。その内容は、聞いていたマキャベリの『君主論』とは少々違っていたが、世界でも類を見ない文学様式と11世紀という年代を考えれば頭抜けて深い思索に満ちた文学であることを確信し、日本語訳に挑戦することを決意した。

　しかし困難はここから始まった。まず、私の語学力である。次に「カラ・ハーン朝」、つまり当時の中央アジアに対する私の教養である。中国語の語学力もだが、翻訳には日本語の語学力も必要とされる。私はそれまでに企業調査レポートやIT関係の専門論文を翻訳したことはあるが、これほど大部な文学、それも長編詩を訳したことはない。さらに、中央アジアの歴史については高校時代の世界史程度の知識しか持ち合わせはない。イスラームとテュルクの歴史についての勉強も疎かにできない。しかも私は学生ではなく、すでに結婚し主婦をしながら、所属しているIT関係の会社で連日のように中国企業との厳しいやり取りを行っている。翻訳の時間をつくるにはずいぶんの犠牲を自分と家庭に強いることになった。簡単に言えば、はたしてこのような人類的古典文学を翻訳する資格があるのか、ということまで自問した。家族と相談し、詳細な時間プランをたてた。ありがたいことに夫は何も言わず協力を約束してくれた。

　2年たって、やっと中国語訳からの素訳ができ、それによって大まかに主人公の性格と作品の構成をつかむことができた。これで、ようやく本格的に目的を達成できるという自信がついた。なぜなら身分も考えも立場も違う4人の主人公が、どのように対話するのか、そのイメージがやっとわかってきたからである。王と家臣、父と子、違う道を歩んだ親しい兄弟、そして彼らの会話中に引用される種々の賢者や聖人の言葉、これに個性や立場を与えて翻訳することは、個別の文章を見ているだけでは到底できることではなかった。

素訳は完成したが、中国語訳からだけの翻訳では正確さを確かめる手立てがない。日本ですでに翻訳されている詩句をできる限り集めてみた。東京外国語大学の菅原睦先生が「チャガタイ文学とイラン的伝統」、同じく「中期チュルク語翻訳文献とその背景」、京都大学教授の濱田正美先生が『中央アジアのイスラーム』、ここではカラ・ハーン朝の原語から訳された立派な訳文を見ることができ学ぶことは多かったが、もともと論文中の引用に過ぎないので絶対数が少なく私の翻訳の精度を確かめるには至らなかった。他に日本に留学したウイグル系中国人の論文にあった訳文や、カシュガルのユースフの霊廟で販売されていた「劉賓編選『優素甫・哈斯・哈吉甫《福楽智慧》箴言選粋』」に掲載された日本語訳文を参考にした。とくに後者は400句余りで分量は多いが、訳者の日本語能力の不足で日本語として完成していないものも多く、十分に役立つものではなかった。

　素訳ができたころ、ある人から人づてに、この翻訳に対して疑義の声があがっているという話を聞いた。「現代ウイグル語ならまだよいが、中国語からの重訳では翻訳の価値がない」という。語った人は現代ウイグル問題の専門家だそうで、私からみれば雲の上の権威だった。「価値がない」と言われては、2年間の苦労を一言の言葉で打ち消されたようで、さすがに能天気な性格の私にもこたえた。私が意気消沈したとき励ましてくれたのが父の友人の元出版編集者のS氏である。彼は、この『クタドゥグ・ビリグ』が日本に翻訳される意義を訳者の私以上に明確に示してくれた。彼は、古今東西の重訳を経て日本に定着した文学や哲学の著作の例を出して教えてくれた。またそれと同時に、魯迅の「重訳を論ず」「再び重訳を論ず」を読むように紹介してくれた。この魯迅の二つの評論は、私を力づけてくれ、再び翻訳を続行する勇気を与えてくれた。

　私は翻訳をできるだけ正確にするために二つの方法を考えた。英語訳本からの翻訳と現代ウイグル語訳本からの翻訳で、すでに完成した中国語からの素訳を補訂することである。中国語、英語、現代ウイグル語の三つの訳本を使って改良すれば少なくとも原語からの逸脱を最小限に防ぐことができると考えたのだ。さいわいアマゾンの通販システムによって、ロバート・ダンコ

訳者後書き

フの英訳本 *Wisdom of Royal Glory* は 30 年以上前の出版物にかかわらずアメリカ本土から送られてきたし、現代ウイグル語訳本も知人に頼んでウルムチの古書店で手に入れることができた。英訳本からの翻訳協力者は日本人で選び、現代ウイグル語からの協力者は、当時京都大学の経済学部教授（現慶應義塾大学経済学部教授）であった大西広先生の教え子を通じて、日本の大学院に学ぶ日本語が堪能なウイグル人女学生を紹介していただいた。毎週時間を決めて一句一句、私の素訳と照らしあわせ、それをまた英訳文からの日本語と照合するという作業を根気よく続けた。協力してくれたウイグル人女子学生は帰国や結婚で入れ替わり、合計 3 人の人が助けてくれた。さらに 2016 年になって、カラ・ハーン朝テュルク語を理解できる協力者が現れ、「クタドゥグ・ビリグ」の中でも重要な語彙については、原典から日本語の訳語を選定することができるようになった。これによって初期の訳文よりはるかに良質なものにできたと信じている。

はじめて『クタドゥグ・ビリグ』と出会って、7 年の歳月が過ぎた。ようやく出版にこぎつけることができた。私がここに述べたかった一番のことは、この訳文が多くの人たちに支えられて完成したことである。翻訳を薦めてくれた M 氏、翻訳の心構えや翻訳の意義を教えてくれた S 氏、中央アジアの著書や『クタドゥグ・ビリグ』に関する資料を集めてくださった K 氏、英訳本から日本語への翻訳をした Y 氏、現代ウイグル語から日本語に翻訳してくれた T 氏、K 氏、Q 氏、カラ・ハーン朝テュルク語をお教えくださった A 氏、ほかにも未熟で怠惰なわたしを、背中をおして励ましてくれた友人たち、わたしはこの日本版『クタドゥグ・ビリグ』（『幸福の智恵　クタドゥグ・ビリグ――テュルク民族の長編物語詩』）はそういった方々の共同の作品だと思っている。残念ながら、一部の協力者が事情あって翻訳者としての名前の公開を固辞されたので、他の協力者も名前の掲載を辞退することにした。そのためこの書は、主要に作業をした山田ゆかりの名前をもって翻訳者とし、この訳本のいっさいの責任を負う。

この出版状況のきびしい中で『クタドゥグ・ビリグ』の日本語訳本『幸福

の智恵クタドゥグ・ビリグ——テュルク民族の長編物語詩』の刊行を快くお引き受けしていただいた明石書店大江道雅社長に感謝いたします。また、無理なわがままを聞いていただきながら編集をしていただいた明石書店編集部の佐藤和久氏には本当にお世話になりました。

　今回、日本学士院会員・京都大学名誉教授、間野英二先生には、イスラームや中央アジア史のアカデミズムからはまったく遠い、在野で無名の私たちの『幸福の智恵』に対して、すばらしい「解題」をたまわりました。私たちの訳書にこのような優れた論文を飾らせていただける栄誉をあたえてくださったこと、まことに光栄です。それは私どもの仕事に対しての評価と言うよりも、学界のうちにいるかいないかに関わらず、新しい仕事に挑戦している多くの無名の学徒たちへの励ましであり勇気づけであるかと存じます。先生の寛大で崇高な学者精神に心よりの敬意を表します。

【訳者紹介】
山田　ゆかり（やまだ　ゆかり）
1979年生、愛知県に生まれる。
2003年3月、愛知大学現代中国学部卒業。2007年9月、北京大学大学院本科歴史学部近現代史 修士課程入学。2010年7月　北京大学大学院本科歴史学部近現代史 修士課程修了（中華人民共和国・国費留学）。以後、IT関連会社に勤務、中国ITコンサルティング事業において、中国マーケット調査、IT関連事業の調査、分析、レポート作成、通訳、翻訳を行う。現在、日中間ビジネスのコンサルタント。2009年、北京大学留学生成績優秀学生賞受賞。

幸福の智恵　クタドゥグ・ビリグ
──テュルク民族の長編物語詩

2018年8月31日　初版 第1刷発行

著　者　ユースフ・ハース・ハージブ
訳　者　山　田　ゆかり
発行者　大　江　道　雅
発行所　株式会社 明石書店
〒101-0021 東京都千代田区外神田 6-9-5
電話 03（5818）1171
FAX 03（5818）1174
振替　00100-7-24505
http://www.akashi.co.jp/

組版／装丁　明石書店デザイン室
印刷／製本　モリモト印刷株式会社
（定価はカバーに表示してあります）
ISBN978-4-7503-4706-6

イスラーム世界歴史地図
デヴィッド・ニコル著　清水和裕監訳
◎15000円

イスラーム・シンボル事典
マレク・シェベル著　前田耕作監修
甲子雅代訳
小川菜穂子、ヘレンハルメ美穂、松永りえ訳　株式会社リベル翻訳協力
◎9200円

テュルクの歴史　古代から近現代まで
世界歴史叢書
カーター・V・フィンドリー著
小松久男監訳　佐々木紳訳
◎5500円

黒海の歴史　ユーラシア地政学の要諦における文明世界
世界歴史叢書
チャールズ・キング著　前田弘毅監訳
◎4800円

イランの歴史　イラン・イスラーム共和国高校歴史教科書
世界の教科書シリーズ 45
八尾師誠訳
◎5000円

イスラーム世界の奴隷軍人とその実像
17世紀サファヴィー朝イランとコーカサス
前田弘毅著
◎7000円

中東・イスラーム世界の歴史・宗教・政治
多様なアプローチが織りなす地域研究の現在
髙岡豊、白谷望、溝渕正季編著
◎3600円

ロシアの歴史を知るための50章
エリア・スタディーズ 152
下斗米伸夫編著
◎2000円

テュルクを知るための61章
エリア・スタディーズ 148
小松久男編著
◎2000円

ウズベキスタンを知るための60章
エリア・スタディーズ 164
帯谷知可編著
◎2000円

中央アジアを知るための60章【第2版】
エリア・スタディーズ 26
宇山智彦編著
◎2000円

カザフスタンを知るための60章
エリア・スタディーズ 134
宇山智彦、藤本透子編著
◎2000円

中国のムスリムを知るための60章
エリア・スタディーズ 106
中国ムスリム研究会編
◎2000円

トルコを知るための53章
エリア・スタディーズ 95
大村幸弘、永田雄三、内藤正典編著
◎2000円

アゼルバイジャンを知るための67章
エリア・スタディーズ 165
廣瀬陽子編著
◎2000円

コーカサスを知るための60章
エリア・スタディーズ 55
北川誠一、前田弘毅、廣瀬陽子、吉村貴之編著
◎2000円

〈価格は本体価格です〉